작가에게 반성을 족구한다

유안나 장편소설

동아

작가에게 반성을
족구한다 Ⅱ

초판 1쇄 인쇄일 | 2020년 7월 24일
초판 1쇄 발행일 | 2020년 7월 31일

지은이 | 유안나
펴낸이 | 박성면
펴낸곳 | (주)동아

출판등록 | 제406-2007-000071호
주소 | 경기도 파주시 문발로 115, 세종출판벤처타운 201-A호
전화 | (031)8071-5201
팩스 | (031)8071-5204
E-mail | bear6370@hanmail.net

정가 | 12,000원

ISBN 979-11-6302-374-6 (04810)
    979-11-6302-372-2 (set)

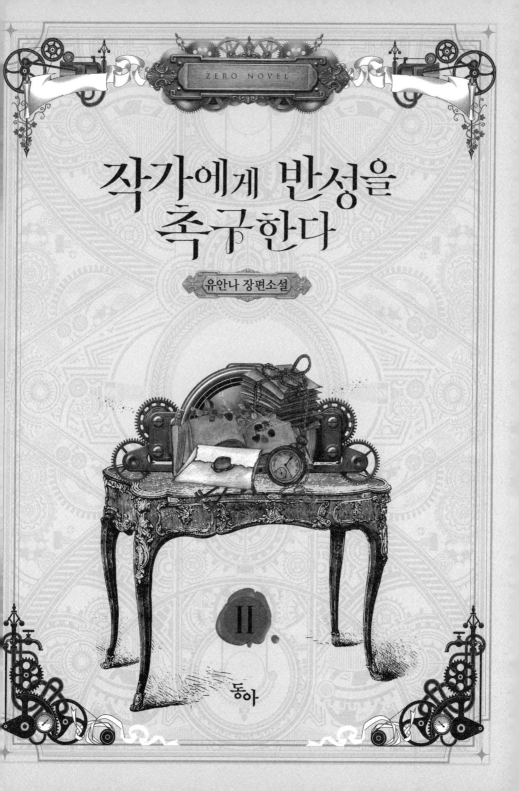

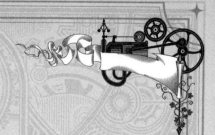

contents

8. 반성하는 인간이었다면
애초에 취향이 망하지도 않았다

자, 정리하자. 나의 유구한 취향이 너무나도 열심히 일을 했다는 것은 인정해야 한다.

이쯤에서 나는 내가 쓸 예정이었던 스토리를 명확하게 구성할 수 있게 됐다. 세간에 알려진 바에 따르면, 천재 공학자, 위대한 대발명가 유리 옐레체니카는 열넷의 나이로 푸른 숲을 빠져나와, 열여섯에 황제의 시험을 거쳐 명예 백작의 작위를 받았다.

하지만 그로부터 약 10년 전, 그녀가 이미 연합국에서 알렉시스 에슈마르크와 모종의 관계를 형성했다는 사실을 방금 전에 막 확인했다. 그 무렵 유리 옐레체니카는 이미 최소 이십 대 중반의 나이였다.

유리 옐레체니카가 어떤 수를 썼는지는 알 바가 아니었다. 미처 추론할 수 없는 영역의 문제다. 하지만 아마, 추측하기를, 몬타뉴 경의 불사약과 모종의 관련이 있을 것이다. 생각해 보면 그들은 처음부터 하나의 맥락으로 이어져 있었다.

요컨대 이야기는 불사약의 발명가 몬타뉴 경에게서 시작된다. 2천 4백 년 전의 마법사 몬타뉴는 뷔올이라는 이름을 갖기 전의 이 지역에서 가정을 꾸렸다. 그 출신지가 밀락테이트 지방이었기 때문에, 이후 그의 가문은 대대로 밀락테이트 성씨를 사용했다.

그의 후손들은 대대로 마법을 연구했다. 그 정통 후계자가 대마도사 에슈올과 마법사단장 이리나 밀락테이트였으며, 이리나 경이 황실의 여인이 되면서 최종적인 후계자는 알렉시스 에슈마르크가 되었다.

그러나 푸른 숲 안으로 들어가서 더는 돌아오지 않은 몬타뉴 경의 세 번째 여행에서, 그는 아마도 유리 옐레체니카에게 이어질 연구, 혹은 전승을 남겨 두었다.

생각해 보면 푸른 숲 공방이 몬타뉴 경 이전의 시대부터 존재했으리라는 추측이 발생한 것은 어디까지나 몬타뉴 경이 몇 차례고 푸른 숲을 들락거렸기 때문이고, 사실 그 전에도 존재했다는 명확한 증거는 없었다. 즉, 푸른 숲 공방은 어쩌면 몬타뉴 경의 작품일지도 모른다는 것이다.

푸른 숲 공방이 몬타뉴 경의 작품이라는 전제를 두자. 그렇다면 유리 옐레체니카…… 아니, '엘류이센 라이케'가 말한, '짓물러서 청소를 해야만 했던' 아버지는 무엇일까? 유감스럽게도 나는 이 세계에 들어온 지 채 1년도 되지 않은 시점에 이미 레일리에게서 그 해답을 들은 바 있다.

불사약을 먹었지만 불로는 보장받지 못한 인간의 말로였다. 전신에서 고름과 진물이 흐르고, 운신은 불가능해지며, 소통도, 생활도 영위할 수 없다. 죽지는 않았지만 죽음보다 더한 고통스러운 삶이 그들을 기다리고 있다. 불사약의 발명가 몬타뉴 밀락테이트가 과연 불사약을 자신에게 시험해 보지 않았을까? 유리 옐레체니카가 본래 자신의 몸에 실험하는 일을 꺼리지 않았다는 점에서부터 정황은 추측이 간다.

대마법사이며 대발명가였던 현자 몬타뉴 밀락테이트는 불사약을 먹고, 푸른 숲에 공방을 만들어 틀어박혔다. 아마 그곳에서 사용한 이름은, 본래 방랑을 하던 시절 쓰던 가명 '아돌프 라이케'였을 것이다. 엘류이센 라이케가 언급한 '어머니'가 죽은 이후로도 아주 오랫동안 그는 살아 있었다. 마법의 극한을 본 인간이니, 평범한 사람보다는 불사약을 먹고도 오래도록 건강하게 살았을 것이다.

그러나 결국 그에게도 한계가 왔다. 엘류이센 라이케는 그를 '청소'했다. 알렉시스 에슈마르크가 2천 년 동안 그 목숨을 부지하고 있어야 했던 밀락테이트 가문의 오래된 사용인에게 안식을 줬듯이. 짐작건대 같은 방식이었을 것이다.

그리고 그 후, 몬타뉴 경이 적당히 조절하던 외부 세계와의 접촉이, 엘류이센 라이케의 대에서 무너졌다. 그녀는 인간에 관심을 가졌다. 일기에서도 언급되었듯, 그 시체를 끌고 가서 구경하고 확인했을 것이다. 그렇다면 아마도 엘류이센 라이케가 푸른 숲을 빠져나온 계기 역시 가문의 번영 어쩌고 하며 스스로 떠든 이유와는 무관할 것이다.

엘류이센 라이케, 유리 옐레체니카는 그저 인간이 흥미로웠을 테지. 그래서 곁에서 구경하고 싶었을 것이다. 나는 금고 안에 들어 있던 자비도, 인륜도 없는 인체 실험의 방대한 연구 자료를 떠올렸다.

그녀는 그저 실험하고 싶었던 것이다. 푸른 숲 안의 격리된 공방에서 늘 기계들을 만지던 것과 마찬가지로.

"레일리!"

떨어져 내리는 쇠몽둥이를 간신히 굴러서 피하며 고래고래 소리를 질렀다. 눈앞이 어찔하게 흔들렸다. 금고가 폭발하며 마력장을 뒤튼 바람에, 아직 정령의 소환에 익숙하지 못한 나로서는 뮤라를 다시 불러낼 수도 없었다. 마법을 쓰는 방법은 모른다. 속이 울렁거렸다. 역시 처음에 머리를 얻어맞을 때 잘못 맞은 것 같았다.

두 번째 추측으로, 엘류이센 라이케 역시 불사약을 먹었으리라고 생각해 보자.

다만 그녀의 불사약은……. 몬타뉴가, 그리고 뷔올의 '인간 보물'로 여겨졌던 그의 사용인이 마셨던 것과는 다를 것이다. 완성된 무언가를 마셨겠지. 하지만 유리 옐레체니카가 다시 불사약을 연구하고 있었던 것을 보면, 그 제조법만은 미처 전달되지 못한 채 유실된 듯했다.

불사, 불로, 그리고 신체의 연령대를 마음대로 조절할 수 있는 인간. 유리 옐레체니카는 20년 전 이십 대 중반의 모습이었지만, 10년 전 십 대 중반의 모습으로 새롭게 이 땅에 나타났고, 그때부터는 새로 만든 이름을 사용했다. 아마도 알렉시스 에슈마르크의 협조를 얻어 뷔올에 자리를 잡았을 것이다. '아버지'가 살던 땅.

그렇다! 빌어먹게도 한 나라의 대공인 알렉시스 에슈마르크는, 이런 사이코에게, 혈연이라는 이유일지 다른 이유일지는 모르겠으나 원조를 아끼지 않고 있었다. 인간과 반인, 유사인족을 가져다 바쳤고, 뒤에서 수작질을 해 주었으며, 더러운 명성은 자신이 전부 짊어져 줬다.

이 시점에서 나는 페도라의 남자를 떠올릴 수밖에 없었다. 그는 자신의 주인이 유리에게 '두려운' 연구를 강제로 시키고 있다고 믿었다. 하지만 유리 옐레체니카, 엘류이센 라이케의 연구 자료를 확인해 보자면, 이는 어디까지나 그녀의 자발적인 연구였다. 알렉시스 에슈마르크는 세간에 알려진 그녀의 인식을 '선량하고 순진한 연구자'로 지켜 주고, 무사히 연구를 이어 가도록 도왔다.

이유는? 아직 정확히는 알 수 없지만, 필시 황제에 대한 악감정과 관련이 있을 테지!

빌어먹게도 완벽하게 내가 짰을 법한 스토리와 캐릭터들이었다. 작가 녀석 역시 반성해!

헉, 헉, 덩어리진 숨을 뱉으며 엉금엉금 기어가려 했지만 등허리를 짓밟 혔다. 가느다란 유리의 몸 위에 남자의 묵직한 무게가 실리자 뼈가 어긋나는 소리와 함께 눈앞이 새하얘졌다. 감당하지 못한 비명이 찢을 듯이 터져 나왔다. 어떻게든 기어서 빠져나가려 했지만, 그 순간 아마 방 안에 있었을 법한 레터 나이프가 단숨에 내 손을 꿰뚫어 바닥에 푹 박혔다. 힘으로 강제로 쑤셔 넣은 듯했다.

이 정도의 힘이라면 분명 평범한 인간은 아니었다. 반인? 유사인족? 어느 쪽이든 레일리와 모종의 관계가 있는 것만은 명확했다. 아니, 아니지. 아까 일찌감치 자신이 준 지도라고 했으니까······.

빌어먹을, 내통자였든지 뭐든지 간에 이젠 그 고통을 묘사할 수 있을 법한 심적 여유조차 없었다. 비명을 내지르며 몸을 웅크리다가 다시 찢어지는 고통을 맛봤다. 시팔, 대체 왜 레일리 같은 피지컬 좋은 새끼와 이렇게 연약한 유리를 헷갈리고 지랄이란 말인가!

"레일리 이 자식아! 네 원한은 네가 해결해!"

그 순간 '꽝-!' 요란한 폭음이 터졌다. 이미 까맣게 명멸하고 있던 시야가 한순간에 먼지 구름으로 뒤덮였다. 두 눈을 질끈 감고 바닥에서 몸을 웅크렸다. 나를 짓밟고 있던 남자의 발은 떨어져 나갔지만, 허리에서부터 밀려오는 통증과 두통, 머리를 잘못 얻어맞은 탓인지 메스꺼움이 이어졌다. 도저히 몸을 세울 수 있는 상태는 아니었다.

퍽, 과일 깨지는 듯한 소리가 났다. 가까스로 고개만 들어 살펴보니, 다행히도, 늦지 않게 도착한 레일리가 남자의 머리통을 붙잡아 구석의 탁상에 짓누르고 있었다. 유감이지만, 그가 온 것만으로도 조금쯤은 마음이 놓였다.

"주제를 모르는군."

레일리가 싸늘하게 씹어뱉었다. 아흑, 입만 열면 야설 남주의 대사를 지껄이는 양아치 같은 집사 놈이 이렇게까지 반가울 일이냐. 나는 주섬주섬 손을 뻗어, 한쪽 손을 관통한 레터 나이프를 뽑기 위해 끙끙거리기 시작했다. 가발은 일찌감치 저 멀리에 나동그라져 있었다.

그런데 자세히 보니 영 이상했다. 레일리는 반쯤 눈이 뒤집힌 듯했다.

생각해 보니 저 녀석이 만신창이로 다친 주인을 뒤로하고 적부터 족치고 있다니 평소 같지 않은 일이었다. 그가 음절, 음절 씹어뱉으며, 남자의 머리 위로 가만히 고개를 기울였다.

"누구한테 감히 손을 댔지?"

응, 난데, 적보다도 중요한 게, 지금 그 내가 다 죽어 가고 있거든.

그런데 레일리에게 됐으니까 그 자식 빨리 처리하고 내 상처나 봐 달라고 말을 하려는 순간, 끄으윽 하는 신음이 희미하게 새어 나왔다. 어찔한 시야로 인상을 쓰고 겨우 살피자, 남자의 입과 귀, 코 등에서 새하얀 연기가 무럭무럭 뿜어져 나오고 있었다. 그러고 보니 달짝지근한 단백질 타는 냄새가 났다.

오……. 저 미친 새끼…….

설마 싶지만 설마가 진짜일 것 같았다. 저 미친놈 또 무시무시하게 잔인한 방식으로 사람 죽이고 있잖아…….

"야……. 야, 레일리."

다급히 더듬으며 그를 불렀지만 레일리는 딱히 제대로 듣지 않는 듯했다. 저 자식 유리 안 좋아한다며! 정말로 유리 죽으면 시체 안고 사라져서 눈 뒤집혀 돌아올 것 같은 꼴로 저러고 있으니, 젠장 내가 불안해, 안 불안해? 이 자식 역시 유리 엄청 사랑하잖아!

더구나, 새롭게 깨달은 바에 따르면, 레일리는 어땠는지 모르겠지만 유리는 어디까지나 레일리를 이용하고 속이며, 기만하고 있었던 것이 아니겠는가?

반인 혁명은 무슨. 그녀에게 있어 반인이나 유사인족은 인간보다 조금 더 흥미로운 객체에 불과했을 것이다. 레일리와 손을 잡은 행세를 하며 뒤에서는 그들을 실험체로 빼돌리고 있었겠지. 따지자면 희대의 배반이었다.

빌어먹을, 이제야 타래가 풀렸다. 솔데인 마이어가 몇 차례 언급했던, 작년 여름부터의 살인 사건 말이다. 레일리의 말에 따르자면 함께 역경을 딛고 살아남아 서로 간의 신뢰와 조력을 아끼지 않는 유사인족과 반인들이 어째서 서로를 살해하고, 갈기갈기 찢어 두었는지도 알게 된 것이다.

연구의 일환이었을 것이다. 단지 유리 옐레체니카에게 독특한 반인 실험체가 필요했기 때문이다. 그렇다면 유리가 명확하게 동선을 파악하고 있는 자들을 대상으로 삼았을 것이고, 유리가 동선을 파악하고 있는 반인과 유사인족이라면……. 뻔한 일이다. 살해당한 것은 반인 혁명에 연관되어 있던 자들이리라.

그녀는 혁명을 돕는 시늉을 하며, 뒤에서 그들의 정보를 빼돌리고 있었던 것이다. 조력자가 알렉시스 에슈마르크니, 혁명의 양상 역시 전부 알렉시스 에슈마르크의 손바닥 위에 놓여 있었을 것이다.

"레일리, 이 개자식아, 걔 말고 주인님부터 살피라고! 더럽게 아프단 말이다!"

결국 고래고래 소리를 지르고야 레일리가 퍼뜩 고개를 들었다. 그는 물끄러미 나를 바라보다가 인상을 찡그렸고, 단숨에 팔에 번개를 휘감아 남자를 숯덩이로 만들어 버렸다. 역한 냄새가 코를 찔렀다. 고개를 돌리다가 머리가 울려서 그대로 다시 엎어졌다. 그으윽, 나는 죽는 소리를 내며 버둥거리다가, 레일리의 팔에 붙들려 겨우 자세를 바로 했다.

"그러게 혼자 가셔도 괜찮을지 여쭤보지 않았습니까."

"아, 나라고 금고가 터지며 정령을 역소환시킬 줄 알았냐! 너야말로 원한 부자시네요. 너로 오해받아서 공격당했다고!"

그의 표정이 여간 심각한 것이 아니라 나도 덩달아 불안해졌다. 무슨 부상이든 유리의 약을 지닌 레일리라면 치료할 수 있을 것이라는 믿음이 있었는데, 설마 이대로 객지에서 비명횡사하는 건가.

불안감을 느끼고 있는데 레일리가 단번에 인상을 썼다.

"야, 유……. 유리는 몸 약한데 이렇게 얻어맞았으니 어떡하지?"

"당신은 유리 님과 달라서……."

동시에 튀어나온 말이, 정반대의 방향성을 지닌 내 질문을 듣고 별안간 중간에서 뚝 끊어졌다. 내가 눈을 치뜨고 바라보는데도 그는 미간을 팍 좁혔다가 더는 말을 붙이지 않고 내 상태를 살피기 시작했다.

"거, 뭐. 나야 유리랑 다르지."

더는 고민하고 싶지 않았다. 나는 멀뚱히 대답했다. 그리고 성한 손으로 머리를 꾹 누르며 말했다.

"그러게나 말이야. 유리 몸에 상처 입혀 버렸네. 거참 내 의도는 아니었다, 야. 아무튼 빨리 머리 울리는 것 좀 어떻게 해 줘 봐."

레일리는 대답하지 않았다. 그는 그저 즉시 내 머리의 상처를 확인하고, 손에는 상처를 치료하기 위한 고약을 바른 후, 품에서 뇌진탕에 먹으면 좋을 법한 알약 몇 알을 꺼냈다. 윽, 젠장, 알약이잖아.

알도 크고 양도 많았다. 두 눈을 딱 감고 알약을 받아 들려는데, 레일리는 단숨에 알약들을 본인의 입 안에 털어 넣었다. 그리고 눈을 댕그랗게 뜬 내가 어 소리를 내기도 전에, 당장에 키스했다.

억눌린 신음이 입술 사이로 터져 나왔다. 허공을 헤매던 손가락 끝으로 레일리의 어깨를 움켜쥐었다. 그러니까……. 그러니까, 젠장, 유리랑 내가 다르고, 부상을 입은 게 유리가 아닌 나여서 과민 반응을 했다는 것처럼 들리는데. 약 1년 전에 갑자기 유리의 방에서 깨어났을 땐 전기 고문으로 강제로 넘긴 알약들이 사뭇 다른 방식으로 목으로 넘어갔다.

로맨스 플래그 같지만 데드 플래그 같기도 했다. 레일리 크라하가 유리 옐레체니카에게 마음을 줬기 때문에, 유리 옐레체니카의 죽음을 통해 그는 미친 사람처럼 날뛰게 되고…….

더는 생각하고 싶지 않았다. 그래, 망할, 나야 당연히 유리랑은 다르지! 거기까지만 생각하자!

나는 말없이 두 눈을 질끈 감고 레일리의 어깨를 틀어쥐었다. 이제는 명백했다. 내 소설, 《세레나의 티타임》에서 나로 인해 누구보다도 인생이 망가졌을 인물이 누군지도 확실했다.

내 뺨을 붙잡고 꼭 연인처럼 달콤하게 키스를 하는 이 자식이야말로, 내가 이 소설에서 그 누구의 것보다도 가장 격렬하게 말아먹은 인생을 살았고, 살아가고, 또 살아가게 될 것이다.

정말이지 개 같은 일이었다.

* * *

어쨌든 내 뇌진탕 증세가 조금 가라앉자마자, 레일리는 나를 붙들고 자리에서 일어났다. 닫아 놓은 문 바깥에서 요란한 소리가 들려오고 있었다.

"그런 폭발 소리가 난 만큼, 문을 열고 나갈 수는 없습니다. 적들이 바글바글할 겁니다."

"폭발 소리 컸냐?"

"저쪽 건물까지 들렸으니, 다들 들었겠지요."

내 손의 관통상을 확인하고, 정장 안쪽에서 꺼낸 손수건으로 손을 감아 준 그가 인상을 찡그리며 다시 물었다.

"찾으려고 하시던 것은 찾으셨습니까?"

"……."

인체 실험의 자료는 유리 옐레체니카의 초상화와 함께 불에 타 버렸지만, 에슈마르크 대공이 연합국과 연계하여 부당한 이득을 벌어들이고 있었다는 증거 자료만은 가방 안에 남아 있었다.

묵묵히 고개를 끄덕이다가 미간을 좁혔다. 유리 옐레체니카의 인체 실험에 대해 레일리 크라하가 알게 되면……. 무슨 일이 벌어질까? 생각만 해도 끔찍한 일이었다. 꿈으로도 꾸고 싶지 않았다.

애초에 내가 세운 가설이 맞는다면, 레일리가 활동하던 시기에 유리 옐레체니카가 브라우에 들락거릴 이유는 없었을 것이다. 그 무렵은 귀국한 알렉시스 에슈마르크가 한창 승승장구하던 시기이고, 실험 대상은 충분하고도 남았을 테니까. 그렇다면 사실 인권에도 관심이 없던 유리 옐레체니카가 굳이 브라우에 들락거리고, 몇 번이고 레일리 크라하와 스치다가, 그를 구해서 곁에 두게 될 이유는 하나뿐이다.

그녀는 처음부터 레일리 크라하에게 의도적으로 접근했다. 아마 그만한 힘을 지닌, 유명한 반인 혼혈 악당을 수족처럼 부리게 되면 이후의 일이 수월해지리라고 여겼을 것이다. 레일리 크라하는 1/4만이 평범한 인간이었다. 이런저런 혈통이 섞였기 때문에 다양한 반인, 유사인들과 얽혔고, 그로 인해 쉽게 배척받았지만 지니고 있는 강대한 힘으로 단숨에 그들을 제압했다.

그는 얼마 지나지 않아 브라우의 패자가 됐다. 혼혈이지만 여느 반인들보다도 명망이 높고, 절대적인 권력을 지니고 있었다. 브라우에 가득 쌓인 쓰레기와 시체 더미 위에서 군림하는 악당 '브라우의 까마귀'는 평범한 사람들 사이에서도 악명이 자자했다.

그러니 레일리 크라하를 끌어들인다면, 대부분의 반인과 유사인에게 이어지는 커넥션을 갖게 되는 셈이었다. 유리 옐레체니카가 레일리 크라하에게 접근할 이유도 그 정도면 충분했을 것이다.

응……? 나는 거기까지 생각했다가 고개를 모로 꼬았다. 그렇다. 레일리 크라하는 번개인 '혼혈'이다. 어머니는 대로변에서 번개를 맞은 남자의 몸에서 태어난 번개인이었으며, 아버지의 정체는 알지 못한다.

왜 내 설정에서 레일리 크라하는 1/4만 평범한 인간이란 말인가? 아버지가 유사인족인가? 반인은 이름 그대로 혈통의 절반가량이 인간인 것으로 여겨지니, 아버지도 반인이었다면 레일리는 절반만 평범한 인간이라고 치부될 것이다.

레일리의 아버지가 유사인족이라면……. ≪세레나의 티타임≫에서 그의 아버지는 대체 어디에서 무엇을 했는가? 브라우의 까마귀 레일리 크라하의 장대하고 난폭한 서사에서, 그의 태생은 정말로 한 치의 영향력조차 발휘하지 못했는가? 그렇다고 보기엔 어머니와 관련된 탄생의 서사는 꽤나 공들여 형성되어 있는데?

애초에, 유리 옐레체니카가 죽고, 그녀의 시신을 품에 안은 채 그저 누구도 해치지 않고 푸른 숲으로 들어갔던 레일리가 갑자기 이지를 잃고 미쳐 날뛰는 강력하고 흉악한 악당이 되어 돌아오기까지, 대체 무슨 일이 있었단 말인가?

관련이 있는 요소일까?

"야, 너⋯⋯."

문 근처에 가구들을 쌓아 놓고, 창문 바깥으로 흘금 바깥 상황을 살피던 레일리가 고개를 돌렸다. 그가 의아한 얼굴로 턱을 빼 들었다.

"아버지에 대해서 들어 본 적 있어? 어머니에 대해선⋯⋯. 음, 알려져 있어서 들어 봤는데 말이야."

그가 눈썹을 꺾으며 못 들을 말을 들었다는 듯 짜증스레 고개를 까딱였다. 팔짱을 끼고 돌아선 그가, 왁자지껄하고 요란한 고함 소리가 들려오는 창문을 등진 채 팔짱을 꼈다.

"중요한 문제입니까?"

"어, 응. 그냥 궁금해서."

"굳이 지금 물으신 이유는 무엇이지요?"

"아까 아버지 운운하는 일기장을 발견했거든. 에슈마르크 대공 거는 아니었는데, 그래서 그냥 생각나서."

나는 적당한 변명을 떠올리자마자 입 밖에 내며 목뒤를 문질렀다.

"네 얘기는 별로 들어 본 적이 없는 것 같아서⋯⋯."

내 대답을 들은 레일리가 한동안 침묵했다. 어쩐지 불쾌함이라도 느끼는 듯한 표정이었다. 약간 지뢰라도 찔러 버린 기분이었다. 나는 잽싸게 눈치를 살피고, 머리칼을 헤집으며 즉시 자리에서 일어났다.

"아, 됐어, 됐어. 별로 그렇게까지 궁금한 건 아니니까."

"……."

그가 눈썹을 꺾으며 묘한 낯을 했다. 그러나 금세 한숨을 토해 내며 담담히 말을 이었다.

"저를 낳은 번개인 여자의 몸에는 므라우 외곽의 유곽 거리에서 몸을 파는 창기 특유의 낙인이 찍혀 있었습니다. 가장 먼저 저를 발견한 알선업자가 혹시 몰라 그녀의 일련번호가 적힌 노리개를 뜯어 제 손목에 묶어 주었기 때문에, 그것만은 확실히 알지요. 아버지가 누구인지는 알지 못하고, 알아보고 싶은 마음도 없습니다. 모르긴 몰라도 어지간한 세력가였을 테니 그런 홍등가에 드나들었겠지요."

"일련번호?"

"구속구를 부착한 노예에게는 일련번호가 부여됩니다. 그래서 시체를 파헤쳐 구속구를 확인하면, 그 노예가 어디에서 굴러먹던 인물인지도 알수 있지요. 반인과 유사인족에게는 그 어떤 자유도 없습니다. 죽기 전에도, 죽고 난 뒤에도 마찬가지입니다."

일련번호라니. 스팀펑크도 SF의 일종이라는 것은 알고 있었지만, 내가 쓴스팀펑크가 그런 식으로 비인간적인 형태가 되었으리라고는 상상도 하지 못했다. 레일리 크라하의 인생을 내가 대체 얼마나 말아먹었던 걸까? 쓸데없이상세한 설정이었다.

정말이다. 너무 쓸데없이 상세한 설정이다.

끙 소리를 내며 미간을 문지르는 사이, 습격자가 줬던 지도를 다시 펼친 그가 탈출로를 탐색하며 인상을 썼다. 잠깐 말을 멈췄던 레일리는 곧품에서 다른 지도를 꺼내 들었다. 나와 헤어져서 따로 살펴보았던 반대쪽건물에서 얻은 두 번째 지도인 듯했다. 그는 다시 자신이 하려던 이야기를시작했다.

"어쨌든 저자가 왜 마스터를 습격한지는 몰라도, 그가 준 지도에는 거짓이 없는 듯합니다. 여러 구획에 대한 묘사와 설명이 대체로 일치하는 것을 보니 신뢰해도 괜찮을 것 같군요. 강철이나 납으로 만든 탄환이라면 제 선에서 처리가 가능하지만, 만일 근래 개발된 유리 탄환이나 신소재를 이용한 총기라면 곤란합니다. 그런데 에슈마르크 대공의 중요한 비밀을 지키는 사병들이라면 어느 정도 발전된 이기를 이용하고 있을 것 같지 않습니까? 무턱대고 나갔다간 벌집이 되는 것도 순식간일 테니, 지금부터 퇴로를 뚫어 보겠습니다."

"그 노리개는 어디로 갔어? 한 번도 본 적 없는 것 같은데."

"그러니까, 갑자기 그게 왜 궁금해지셨습니까?"

그게……. 내가 모르는 설정을 확인할 필요가 있으니까 말이지. 그렇다고 그렇게 대답을 할 수는 없었다. 나는 어물어물 말을 삼가다가 주춤 물러났다. 그런데 별안간 레일리가 불쑥 팔을 뻗어 내 손을 쭉 잡아끌었다. 그가 가만히 시선을 깔고 재차 물었다.

"이유는?"

나는 레일리의 추궁하는 듯한 태도 위로 자꾸만 아까 들은 괴상망측한 발언이 아른거려 견딜 수가 없었다.

그러니까……. 유리 옐레체니카가 신경 쓰이는 게, 그 내용물이 나이기 때문이라는 말처럼 들리지 않는가. 그 말을 한 주체가 다른 누구도 아닌 내가 인생을 요란하고 화려하게 말아먹어 준 내 캐릭터라는 점도 문제였다. 시팔, 개자식이 이렇게까지 어울리지 않게 사람을 들었다 놨다 할 일이냐.

"그, 뭐냐."

어떻게든 변명하려는 순간 꽝 소리와 함께 레일리의 등 너머에서 창문이 폭발하듯 깨져 나갔다. 다급히 몸을 움츠리는 사이 날카롭게 고개를 돌렸던 레일리가 즉시 장갑 낀 손을 펼쳐 비산하는 유리 파편들을 향해 넓게 뻗었다.

가느다란 이명과 함께 찌르르 방전음이 울렸다. 박살 난 채 쏟아져 들어오던 유리 파편들이 거대한 기류의 파동에 휩쓸리듯 아래에서 위로 확 치솟았다. 레일리가 뿜어낸 번개의 힘이 우리 위로 쏟아지던 유리 조각들을 단숨에 쳐올렸다. 천장 가득 박힌 유리 조각이 무지갯빛으로 반짝였다.

무섭게 표정을 굳혔던 레일리는 더 이상의 대화를 나누지 않고 나부터 번쩍 안아 들었다. 그의 팔에 대롱대롱 매달린 채 들려 올라간 나는 레일리의 어깨 위에 손부터 짚고 중심을 잡았다. 그러고 나서 창문 바깥을 살피려는데, 덜컥 소리와 함께 유리 갈고리가 창문에 걸렸다. 레일리가 시선을 끌면서 번개를 쏜 탓에 이미 그를 대비해 대부분의 무기를 유리로 구성해 찾아온 모양이었다.

"장단은 나간 후에 맞춰 드리지요. 부지 구석에 사용하지 않는 마차고가 있다고 하니 그쪽으로 먼저 가서, 마차를 취득한 후 달아나겠습니다. 마력석이 박히지 않은 구식 마차뿐인 것 같습니다만, 다른 누구도 아닌 에슈마르크 대공의 영역이니 오히려 그편이 나을 수도 있습니다. 정문은 막혔을 테고, 이렇게 된 이상 미리 소개받았던 하수 처리용 시설을 이용하지 않는 편이 나을 것 같으니, 부지의 시체 처리용 하수구를 이용해 지하 수로로 내려가겠습니다. 기존의 계획과 경로가 달라진 만큼 돌발 상황에 조심하셔야 합니다."

"오오케에이."

"'오오케에이'?"

"앗, 젠장. 알겠다고. 이 근방을 벗어나면 뮤라를 다시 소환할 수 있을 것 같으니까, 잠깐 동안만 맡기자."

"알겠습니다. 그럼."

창가에 걸린 유리 갈고리를 구둣발로 콱 짓밟은 레일리가 보랏빛 눈을 지그시 깔아 창 바깥을 흘긋 내다보았다. 우선 갈고리를 발끝으로 걸어 내며 창 바깥으로 손을 펼쳤던 그가 표정을 찡그렸다. 그의 주변으로 새까맣게 물든 푸른 번개가 사납게 방전하기 시작했다.

"혹시라도 데지 않게 조심하십시오."

그 말이 끝이었다. 전기를 머금은 은사가 옷소매 안쪽에서 살아 움직이는 생물처럼 꿈틀거리며 빠져나와 빠른 속도로 퍼져 나가기 시작했다. 하얗게 산란하며 빛나는 은사는 마치 차갑게 번쩍이는 철의 거미줄 같았다.

이전에 추측한 그대로, 번개를 이용해 은사를 자유자재로 다룰 수 있는 능력이었다. 나는 당장 고개를 빼 들고 그의 방식을 살펴보았다. 창을 통해 사방의 여러 기물들에 은사를 연결한 레일리가 인상을 찡그리며 장갑 낀 손을 꾹 움켜쥐었고, 단숨에 잡아당겼다.

꽝-! 순식간에 요란한 소리와 함께 곳곳의 기물들이 박살 났다. 은사에 연결되어 있던 곳곳의 단단하고 차가운 물건들이 폭발에 가까운 파열음을 내며 우리가 있는 건물로 날아와 충돌했다. 아마 갈고리를 얹어 기어오르려 했던 모양으로, 창 바깥에서는 난리가 났다. 순식간에 소란스러워진 창밖을 흘긋 내다본 레일리가 즉시 창틀에 구둣발을 얹었다. 그리고 단숨에 뛰어내렸다.

일찌감치 펼쳐 두었던 은사를 발끝으로 퉁 밟았다가 허공에 몸을 띄운 레일리가 전신에 번개를 휘감았다. 찌르르한 방전음과 함께 사방에서 무언가가 박살 났다. 뒤늦게 확인하니 납 탄환들이었다. 나를 안지 않은 손을 동시에 휘둘렀던 레일리는 다른 은사 위에 내려앉으며 인상을 찡그리고 손을 털었다. 그의 손아귀에서 반쪽으로 갈라진 유리 탄환들이 후드득 떨어졌다.

유리 탄환들을 쏟아 뱉은 그가 다시 손을 휘두르는 순간 새하얗게 번득이는 파도가 몰아치는 듯했다가, 사방에서 비명이 터져 나왔다. 은사로 주변에 몰려든 적들을 단숨에 해치운 레일리가 다시 근처의 은사를 짓밟고 탄성을 이용해 넓게 몸을 띄웠다.

오……. 레일리의 전투 방식이 궁금해서 목을 길게 빼 들고 고개를 기웃거리다가 그만 별로 보고 싶지 않은 광경을 목도했다. 나는 윽 소리를 내며 꾸물꾸물 고개를 집어넣었다. 레일리가 한숨을 쉬었다. 그가 나를 안지 않은 손으로 내 머리를 푹 눌러 자신의 어깨에 파묻는 순간, 빠르고도 조급하게 씽 하는 소리가 들렸다.

신경이 쓰여서 다시 고개를 들었다가 또 별로 궁금하지 않던 광경을 목도했다. 여러 갈래로 나뉜 은사가 회오리치듯 사방을 에워싸며 잔인하게 적들을 도륙하고 있었다.

"으아악."

"고개 숙이고 계시라고 눌러 드렸더니 왜 또 굳이 기웃대십니까. 얼굴 묻고 계십시오."

은사의 끝을 꾹 짓밟으며 크게 몸을 튕긴 그가 허공에서 나를 안은 채 몸을 돌려 빈손을 뻗었다.

꽝-! 무언가가 격렬하게 충돌하는 소리가 바로 옆에서 들렸다. 몸에 납덩어리를 박아 넣은 거한이 레일리를 향해 주먹을 휘둘렀다가 인상을 썼다. 레일리도 유들유들한 낯 그대로 눈썹을 꺾었다.

"브라우의 까마귀?"

남자가 반신반의하는 태도로 묻는 순간, 이를 드러내며 웃은 레일리가 충분히 가까워진 마차고의 지붕 위에 다짜고짜 나를 내던졌다.

"마차를 꺼내십시오!"

그리고 그는 단숨에 은사를 짓밟고 빠르게 쇄도했다. 요란한 폭음이 뒤따라 터졌다. 아니 저 미친놈들이, 왜 양쪽 다 맨몸으로 싸우는데 폭음이 터지고 난리란 말인가?

그리고 애초에 시발, 나를 혼자서 마차고의 지붕 위에 내던지면 나한테 뭘 어떻게 마차를 갈취하라고 이러는 건데? 불만이야 많았지만 그조차 토로할 틈이 없었다. 나는 즉시 나를 향해 겨눠지는 총구들을 보며 기겁해서 뮤라를 재소환했다. 다행히 알렉시스 에슈마르크의 금고가 있던 방으로부터 거리를 벌린 덕인지 무사히 뮤라가 나타났다.

"뮤라, 나한테 오는 공격은 전부 반사해!"

물의 방어막이 단숨에 내 눈앞을 막고, 탄환들을 그대로 흡수했다가 반대로 쏘아 보냈다. 나는 그사이 다시 뮤라에게 시켜 지붕에서 내려갈 물의 계단을 만들었고, 직접 나를 제압하기 위해 달려오는 경호원들보다 먼저 마차 하나를 붙잡고 탔다.

마력석이 박혀 있지 않은, 단지 기계와 증기 장치만으로 돌아가는 구식 마차였다. 증기 장치를 확인하고, 무사히 가동이 가능한 상태라는 것을 안 즉시 출발시키기로 결정했다. 드득, 드득, 드득, 마차를 구성하는 거대한 태엽 장치들이 일제히 작동을 시작했다.

사실 이 세계에서 구식 마차를 타 본 일은 없지만, 유리 옐레체니카가 구식 마차를 지금의 형태로 발전시키는 일에 일조했기 때문에 저택에는 설계도와 사용 설명서가 꽤나 상세히 널려 있었다. 한 번씩은 살펴본 적이 있는 덕에, 나도 어렵지 않게 마차의 기관들을 일일이 작동시킬 수 있었다. 그런데 순간, 덜컥, 하는 소리와 함께 마차가 매우 불안한 형태로 곧추섰다.

와당탕 넘어져서 마차 안에서 구른 내가 '어?' 소리를 뱉는 순간, 덜컥덜컥 무언가가 흔들리는 소리가 났다.

"오……."

시팔, 불안한데.

그렇게 생각하는 순간, 마차가 '뿌–!' 요란한 소리와 함께 막대한 양의 증기를 뿜어냈다. 어쩐지 나를 쫓아오던 경비들이 마차고 안에 들어오지 않고 바깥에서만 서성댄다 싶었는데, 마차고 안을 빼곡하게 채운 뜨거운 열기가 단숨에 꽝 소리를 내며 폭발하듯 압축됐다. 이윽고 마차가 움직이기 시작했다.

바야흐로 미친 듯한 속도였다.

온 사방에서 무언가가 박살 나는 소리가 들렸다. 마차 안에서 데굴데굴 굴러다니다가 겨우 소파의 등받이를 붙잡고 몸을 세운 후, 아까 깨졌던 머리가 덧나기라도 하지는 않았을지 걱정하며 곧장 머리부터 쓰석거렸다. 다행히 손끝에 묻어나는 것은 없었다.

그런데 안심할 시간도 없이, 덜컹덜컹 소리를 내며 상하좌우로 마구 흔들리던 마차가 돌연 어딘가에 꽝 소리를 내며 부딪쳤다. 결국 나도 겨우 붙잡았던 소파를 놓치고 반대쪽 벽에 쾅 부딪쳤다가 주르륵 미끄러졌다. 정신이 하나도 없었다.

그런데 미처 몸을 세우기도 전에, 마차가 다시 덜덜 진동하더니 '뿌-!' 요란한 소리와 함께 증기를 뿜어냈다. 바깥을 둘러싸기 시작했던 경비원들도 돌연 혼비백산하며 달아났고, 아니나 다를까 마차는 다시 폭주하기 시작했다.

"으아악."

미처 소파 등받이를 붙잡지 못한 채 다시 휙 앞으로 쏠렸던 나는 바닥에 머리를 박고야 엉금엉금 일어나서 창가의 커튼부터 잡아챘다. 우두둑 후드득 소리를 내며 커튼이 뜯겨 나오고 있었지만, 그래도 그사이에 창틀을 제대로 붙잡고 몸을 고정하는 일에 성공했다.

마차는 괴상한 폭음을 터트리며 상단 건물의 곳곳을 들이박고, 거대한 연무장을 종횡무진 가로질렀다. 아연한 얼굴로 폭주 마차를 지켜보던 경비원들도 뒤늦게 정신을 차렸는지 장총을 어깨 위에 걸치며 나를 향해 조준을 시작했다. 내내 정신을 차리지 못한 채 휘둘리던 나도 그때에야 아차 싶었다.

나는 즉시 창문을 놓고 엉금엉금 소파 위로 옮겨 붙었다. 적어도 창가에 붙어 있는 것보다는 이편이 총알로부터 안전할 것 같았다. 그리고 그 순간, 온 사방에서 격렬한 총성이 터져 나왔다.

이리저리 날뛰는 마차의 구석에 몸을 붙이고 앉아 머리부터 감싸 쥐고 있다가, 어쩐지 이상해서 고개를 들었다. 뻥 뚫린 마차의 창문 바깥으로 검은 정장이 펄럭펄럭 거칠게 흔들렸다. 마차 지붕을 한 손으로 붙잡고, 발판을 구둣발로 꾹 짓누른 채 창문 앞에 붙어서 한 손으로 총알들을 쳐 냈던 레일리가 혀를 쯧 찼다.

"무슨 짓을 하신 겁니까?"

그는 날카롭게 질문을 던져 놓고는 대답도 기다리지 않았다. 레일리 크라하가 지붕을 붙잡은 채 뻑 소리를 내며 문을 걷어차고 공중으로 몸을 띄웠다. 검은 옷자락이 펄럭펄럭 휘날렸다.

"문 앞에서 물러나십시오!"

아니, 이 미친놈이 지금 뭘 하려는 거야?

기겁한 나는 재빨리 몸을 웅크리며 데굴데굴 굴러서 반대쪽으로 간신히 몸을 피했고, 그 순간 꽝 소리와 함께 무릎으로 마차의 문을 박살 낸 레일리가 마차 안쪽에 안전하게 착지했다. 마차가 열이라도 받은 것처럼 다시 푹푹푹푹 증기를 뱉어 냈다.

"새꺄, 뒈질 뻔했잖아!"

"제가 안 왔으면 일찌감치 뒈졌습니다."

이 자식이, 지금 그걸 말이라고 하냐?

당장에 눈을 세모꼴로 뜨며 항의하려 했지만, 레일리는 즉시 나를 잡아 끌어 품 안에 집어넣더니, 빠르게 휘돌며 다시 한 번 주변에 쏟아진 총탄들을 걷어 냈다.

"마차의 경로를 대체 어떻게 지정하신 겁니까? 맛이 갔군요."

"어……. 이건 마력석 없으니까 태엽으로 하는 거 아냐?"

"그렇게 하는 게 맞긴 합니다만, 그에 앞서 축척과 방위 설정은 하셨습니까?"

"미친, 그런 것도 설정해야 하냐?"

"……."

인상을 팍 찡그린 레일리는 바닥에 떨어져 있던 마차 문의 파편을 휙 걷어찼다. 순간 그의 발끝에 떠밀려 공중에 떴던 마차 문 주변으로 파지직 갑작스러운 스파크가 일었고, 이윽고 텅 비어 있던 마차의 옆면으로 다시 돌아가 요란한 소리를 내며 틀어박혔다. 쫘과과광-! 그러기가 무섭게 충격음이 사납게 뒤따랐다.

레일리는 우선 외부의 공격을 번개 먹인 나무로 잠시 차단할 수 있도록 조치를 취해 놓고, 곧장 태엽 장치 앞에 섰다. 장갑부터 고쳐 끼고는 태엽 장치를 이것저것 만지기 시작한 것이었다. 나는 덜컹덜컹 앞뒤로 흔들리는 마차의 소파를 붙잡고 겨우 몸을 붙이고 있다가 눈을 가늘게 떴다. 레일리의 등짝이 어쩐지 흥건했다.

"야, 너……."

"이런 젠장."

내 말을 끊고 갑자기 욕설을 뱉은 레일리는 돌연 내가 붙지 않은 소파의 쿠션들을 단숨에 뜯어내 들추더니, 그 안으로 한 손을 푹 박아 넣었다.

"아무 데나 잡으십시오."

"엥."

내가 멍청한 신음을 뱉는 순간이었다. 꽝-! 요란한 폭음이 갑자기 소파 아래에서부터 터져 나왔다. 마차는 한순간 공중으로 뜨기라도 하듯 격렬하게 튀어 올랐다가 쿵 소리를 내며 바닥에 추락했다. 그리고 막대한 양의 증기를 단숨에 뿜어냈다. 눈앞이 어찔했다.

"이 자식, 지금 뭐 한 거야?"

"말을 안 듣기에 그냥 중앙 장치를 박살 냈습니다."

"그럼 어떻게 되는데? 마차가 멈추니?"

"아뇨."

미간을 좁히고 뜯어낸 바닥 아래를 살피던 레일리가 손을 다시 쑥 뽑아내더니, 즉시 내 허리를 감고 끌어당겼다.

"연료가 고갈될 때까지 날뛸 겁니다."

"음."

그 순간 마차가 경황없이 진동하기 시작했다. 물론 나는 몹시 불안해졌다.

"역시 미쳤나?"

"새삼스러우시긴."

"야!"

얼굴에서 핏기가 싹 가시는 것을 느끼며 멱살을 잡고 빽 내지르는 순간 마차가 쾅 하고 앞으로 풀썩 기울었다. 레일리의 가슴팍에 코를 박으며 앞으로 넘어갔던 나는, 뜯기지 않은 소파에 털썩 걸터앉은 그의 어깨를 붙잡고 사색이 되어 뒤를 돌아봤다.

쾅-! 무시무시한 양의 증기가 마차의 뒤꽁무니로 터져 나갔다.

뒤쪽으로 막대한 양의 증기가 빠져나가면, 응당 마차는 무시무시한 추진력을 얻어 내달리게 된다. 원치 않게 한 번 더 레일리의 가슴팍에 뺨을 박았다가 가까스로 그의 어깨를 꽉 틀어쥐고, 나는 나도 모르게 꽉 막힌 신음을 토해 냈다.

"끄악."

"그 경망스러운 비명의 어느 부분을 뛰어나고 우아한 인재 유리 옐레체니카의 것으로 봐 드려야 합니까?"

"닥쳐."

곧 죽어도 귀여운 소리는 못 하는 집사 자식의 명치에 주먹을 박아 넣으려다가, 아차 싶어서 손을 멈추고 재빨리 다시 물었다. 아까 살폈을 때, 어째 이 녀석의 등짝이 흥건하지 않았던가.

"그보다도 너 다쳤나?"

"금방 낫습니다. 여느 때와 같은 헛소리는 나중에 들어 드릴 테니, 모쪼록 잘 붙잡고 계십시오."

"헛소리라니, 이 자식이?"

거기까지 말하는 순간 마차가 또 꽝 소리를 내며 어딘가를 들이받았다. 그 바람에 말하다 말고 혀를 꽉 깨문 내가 윽 하고 비명 섞어 신음을 토해 냈다. 다행히 혀가 잘리거나 하는 불상사는 발생하지 않은 것 같았지만, 꽤 크게 상처가 났는지 입 안에 피 맛이 절절히 흘렀다. 눈물이 핑 돌았다.

"혀, 혀 씨벗어."

내 말을 들은 레일리가 깊은 한숨을 푹푹 토해 냈다. 그는 내 뒷머리를 꽉 잡아 쥐고 자신의 품에 누르더니, 이미 넝마가 된 문을 발끝으로 걷어차서 바깥 상황을 확인했다.

"탈출 방법에 대해 이야기를 나눠야 할 것 같습니다."

"시체 구멍으로 나간다며. 아흐흑, 미쳤어, 진짜 아파."

"아까 덤볐던 개조 인간을 상대하며 슬쩍 살펴보았습니다만, 한 명이 누워서 통과할 수 있을 법한 긴 하수구의 형태입니다. 우리가 지하에서 확인한 바에 따르면 갈수록 넓어지긴 할 것 같으나, 그런 구조라면 추격자들이 구멍 안으로 총을 대고 쐈을 때 피할 수가 없습니다."

"그런 문제가 있군……."

"물론 우리가 지나간 곳에 은사로 장벽을 몇 겹 만들며 내려가는 방법이 있긴 하겠습니다만, 하수구의 재질이 무엇으로 이루어져 있는지 알지 못하는 상황에서는 저어되는군요. 은사를 충분히 박기 어려운 재질일지도 모릅니다."

"네 은사의 재질은?"

"므라우의 산화은입니다."

므라우의 산화은이란, 이름 그대로 므라우에서 만들어 낸 산화은이었다. 단지 기존의 은과는 약간 물성이 달랐다. 바깥 세계로부터 격리된 채 일종의 판타지식 디젤 펑크를 달성해 낸 므라우의 주민들은, 외부에서부터 버려진 여러 발명품들의 안에서 은과 금을 조금씩 뜯어내 합금에 사용했다.

므라우에서 탄생한 뛰어난 발명품들 중에서도 손에 꼽히는 것이 바로, 외부로부터 유입된 유성의 산업 오물들과 마력, 반인들이 지닌 특수한 능력을 이용해 마법 반응을 일으켜 만들어 낸 물질, 므라우 산화은이었다.

낭창거리고 부드러우며, 그러나 강력하다. 그렇다고 해서 알렉시스 에슈마르크가 15년 전 개발하며 이름을 널리 알린 강화 합금만큼 경도가 좋지는 않았다.

"하수구는 대공이 만든 강화 합금일 가능성이 높겠지."

"이 지역의 폐수들로부터 녹아내리지 않으려면, 분명 그걸 썼겠지요."

"그럼 어디로 나가지?"

이번에는 혀를 씹지 않기 위해 주의하며 물어보았다. 내가 마차 바깥을 두리번거리며 살피는 내내 왜인지 침묵하며 대답을 돌려주지 않던 레일리가 뒤늦게 인상만을 찡그렸다.

"아직 정령을 부르는 것은 무리한 일이겠지요?"

"아차. 잊고 있었네. 이미 부를 수 있지 말이에요."

"제 주인의 멍청함에 오늘도 탄식이 나오는군요."

"닥쳐."

나는 왁 이를 드러내며 쏘아붙였다가 즉시 뮤라를 불렀다.

"어떤 식으로든 저들의 추격을 따돌릴 수 있도록 해 주십시오. 저는 정령의 메커니즘은 잘 모릅니다."

"추격을 따돌리면?"

"정문으로 정면 돌파할 계획입니다."

"문이 닫혀 있을 텐데?"

"박살 내지요. 그 순간 달리 덤비는 놈만 없다면 불가능한 일도 아닙니다."

"좋아. 그래서 너 상처는 어떻게 된 건데? 일단 좀 보여 봐."

포기를 모르고 다시 묻자, 결국 레일리도 더는 버티지 않고 순순히 등을 기울였다. 그의 품에 대롱대롱 들려서 어깨 너머로 빼꼼 고개를 내밀었던 나는 당장에 눈살을 왈칵 찡그렸다.

"아, 미친놈아, 피투성이잖아! 세 방이나 맞았네. 너 이러고 어떻게 움직이니?"

"짐덩이 같은 주인님을 모시다가 다쳤습니다만."

"그건 좀 죄송. 아니, 애초에 이렇게 다쳤으면 치료부터 해야 할 것 아니야?"

"말씀드렸다시피, 그 정도는 금방 낫습니다."

"'그 정도'는 개뿔이. 야, 일단 이거 치료부터 해."

"시간 없습니다. 그리고 마스터는 반인이 무엇인지 전혀 모르고 계시는 것 아닙니까. 경험적으로 말했을 때, 특히 제 경우 상처에 대한 치유력과 치유 속도 역시 일반적인 인간과는 다릅니다. 저들부터 일단 제압해 주시지요? 무사히 빠져나가면 마스터의 상처도 살피고, 제 상처도 치료하겠습니다."

할 말은 많았지만 아무튼 구구절절 반박하기 어려운 말이었다. 반인족의 생리 따위 내가 알 게 뭐란 말인가? 본인이 그렇다면 그렇다고 생각해야 했다. 결국 나는 짜증스레 그의 어깨를 퍽 쳤다가, 레일리의 팔에 안겨서 겨우 중심을 잡고 마차의 뻥 뚫린 문 바깥쪽으로 상체를 내밀었다. 마차에 다가올 엄두도 내지 못하고 있던 경비원들이 즉시 총구를 겨눴다.

유리 옐레체니카의 물빛 머리칼이 실구름에 휘말리듯 하늘 위로 넓게 나부꼈다. 나는 손등 위를 타고 오르던 뮤라를 앞으로 뻗은 채, 당장에 외쳤다.

"뮤라, 해일을 일으켜!"

그 말이 떨어지기가 무섭게 우르릉, 땅이 진동했다. 전신의 힘이 쭉 빨려 나가며 머릿속이 어찔해졌다. 그래도 유리 옐레체니카는 이 세계에서 손에 꼽히는 마법 능력자다. 우르릉우르릉 하는 요란한 소리가 폭풍처럼 밀려드는 순간에조차 그녀의 정신은 몹시 멀쩡했다. 연약한 몸에는 티끌만 한 이상도 일어나지 않은 채였다. 타고난 방대한 마력이 온 천지를 휘감았다.

"해일이요?"

레일리만이 잠자코 되물었다.

"우리도 죽습니다."

"아하핫! 걱정 말라고, 짜식. 주인님이 지켜 주마, 레일리."

"별로 신뢰가 가지 않습니다만."

그가 못 미더운 태도로 낮게 대꾸했다. 나는 댕댕 울리는 머리를 부여잡고, 어쩐지 이제는 상처가 대충 나았는지 고통조차 느껴지지 않는 손을 쭉 펼쳐 검은 바닷물이 새까맣게 일어선 바닷가를 향해 펼쳤다.

"뮤라, 우리 주변을 물로 감싸!"

지쳤어. 못 해.

"엑."

실화냐?

침착하게 죽음으로의 카운트다운을 시작하려는 순간, 들으라는 듯이 혀를 찬 레일리가 내 허리를 꽉 틀어쥐고 당장에 마차 바깥으로 몸을 날렸다. 모래구름을 좌르륵 이끌고 바다에 몸을 세운 그가 즉시 땅을 박찼다. 몰려오던 해일을 발견하고 총구를 내린 채 멍청히 있던 경비원들도 즉시 추격을 그만두고 혼비백산하며 달아나려 들기 시작했다. 그러나 레일리가 누구보다도 빨랐다.

"대체 몇 번이나 계획을 바꾸는지 모르겠습니다만, 하수도로 가겠습니다!"

그리고 그는 다른 경비원들의 움직임을 역류해, 오히려 건물의 가장 깊은 쪽으로 내달리기 시작했다. 그의 품에 들린 나는 사색이 된 채 바다 쪽의 하늘을 새까맣게 덮은 거대한 폐수의 파도를 바라보다가 천천히 고개를 끄덕였다.

확실히 저런 것이 쏟아지면……. 단숨에 뒤덮일 바깥쪽으로 도망가는 것보다는, 차라리 작은 구멍으로 물이 밀려들어 올 시체 처리용 구멍을 통해 피신한 후 통로를 무너트리는 편이 나을 것이다.

나는 그저 부상을 입은 몸으로도 무서우리만치 빠른 속도로 내달리는 레일리의 품에 안긴 채, 그의 어깨를 다정히 토닥여 주었다.

"우리 집사 파이팅."

"정말 제 인생의 한 점 잉크 같은 오점이시군요."

레일리가 하하 웃으며 말했다. 무시하기로 했다.

* * *

결론부터 말했을 때, 우리는 무사히 시체를 버리는 하수구 구멍으로 피신했다. 레일리는 나부터 하수구로 밀어 넣은 후 뒤따라 내려오며 하수구에 손을 대고 내부에 강력한 번개를 흘려 넣었다. 우리가 통로를 빠져나오자마자 하수구가 무너지도록 조치를 취한 것이다.

이윽고 내가 지하에 닿자마자 굴러서 옆으로 자리를 피하고 그 자리에 뒤이어 도착한 레일리가 빠르게 돌아서는 순간, 하늘이 무너지는 것 같은 소리가 들리더니, 곧장 돌덩이가 우수수 떨어져 내렸다. 그리고 거대한 압력과 함께 지하 수로가 크게 진동했다.

몇 번이고 연속적인 충격파가 일었다. 레일리는 지체 없이 다가와서 나부터 부여잡고 상황을 지켜보기 시작했다.

"해일의 규모를 살폈을 때, 엘제바 전역을 덮을 겁니다. 지하에 있다가는 휩쓸리기 쉬울 테지요. 엘제바의 지하 수로는 본래 해일이나 홍수에 대한 대비를 갖춰 각각 높이가 다른 층으로 나뉘어 있고, 개중 낮은 곳은 바다로 바로 빠질 수 있도록 설계되어 있으니, 우리도 이곳까지 휩쓸리기 전에 조속히 위쪽으로 자리를 옮기는 편이 나을 듯합니다."

"여긴 어디쯤인데?"

"기존에 파악한 정보에 따르면 시체 처리 구멍은 그렇게 깊이 파여 있지 않았으니 이곳이 잠기려면 시간이 조금 걸릴 겁니다. 지하 수로의 규모도 거대하고, 이 아래로도 수많은 층이 있을 테니 말이지요."

"엘제바의 지하 수로는 미로처럼 꼬여 있다고 들었어. 위로 올라가는 길은 알아?"

"당장은 모릅니다만, 파악하겠습니다."

말을 끝낸 순간 레일리가 부들부들 진동하는 지하 수로의 내벽에 한 손을 얹었다. 그의 손에서 새파란 열기가 날카롭게 방전했다. 푸른 보랏빛 눈동자에서 불길처럼 스파크가 일었다. 전도체로 이루어진 수도관 곳곳에 번개를 퍼트려서 대강의 구조를 파악하고 있는 듯했다.

나는 그사이 불쑥 손을 뻗어서 레일리의 품 안에 쑤셔 넣었다. 유리 옐레체니카의 길고 창백한 손끝이 그의 옷 속을 더듬더듬 훑기 시작했다.

"뭐 하십니까?"

레일리가 당장에 인상을 썼다. 나는 그의 정장 안주머니를 뒤졌다가 가슴을 토닥토닥 두드리다가 슬금슬금 바지 주머니로 손을 내리며 대꾸했다.

"약 찾는다."

어디 무슨 대답이 나올지 지켜보겠다는 듯 기다리던 레일리의 표정이 대번에 폭삭 일그러졌다.

"천연덕스럽게도 대답하시는군요. 지금 대체 어딜 만지십니까."

"자기는 이곳저곳 잘도 만져 놓고, 거 민감하게 구네. 약 찾아서 발라 줄 테니까 우리 집사는 주인이 뭘 하든 개의치 마시고 집중이나 하쇼."

"……."

부드럽게 생긋 웃은 레일리가 짜증스럽게 품을 뒤지더니 약통을 꺼내서 툭 내던졌다. 덕분에 수고하지 않고 득템한 나는 즉시 약통의 뚜껑을 열었다.

라벨을 살피니 관통상과 열상 등에 사용하는 연고였다. 이참에 내 손에도 한 번 더 연고를 발라야 할 것 같았다.

나는 일단 레일리가 주변 지형을 빠르게 파악하는 사이 그의 등 뒤로 돌아가서 다짜고짜 옷자락부터 걷어 올렸다. 그리고 나도 모르게 장탄식을 뱉고 말았다.

"아니?"

"거의 아물었을 텐데요."

"진짜잖아?"

이 자식, 인간은 맞는 거냐? 나는 그를 미심쩍게 바라보다가 매우 못마땅히 눈썹을 꺾은 채 생글생글 웃고 있던 레일리와 시선이 딱 마주쳤다. 그리고 속으로 욕한 것이 어쩐지 찔려서 그만 슬그머니 고개를 내렸다.

정말로 놀랄 만한 속도였다. 레일리의 상처는 이미 어느 정도 알아서 지혈된 상태였고, 새살이 돋듯이 우툴두툴하게 솟아서 서서히 아물고 있었다. 일단 손에 연고를 조금 덜어서 상처 곳곳에 펴 바르며 인상을 찡그렸다. 반인족의 설정을 상세히 짜기 전이니, 레일리의 신체 능력과 회복력이 유난히 뛰어난 건지, 아니면 그 일족이 죄 그런 건지를 알 수가 없었다.

"마스터의 손도 살피십시오."

안 그래도 내 손도 보려고 했는데, 레일리가 그새를 못 참고 잔소리를 했다. 나는 건성으로 네, 네 대답하며 내 손에 감아 뒀던 천을 풀어냈다.

"몰랐는데 너 흉터 되게 많다."

"가끔 정말로 궁금한데, 도대체 제가 뭘 하던 인간이라고 생각하십니까?"

"히트맨 했잖아."

"아시긴 하는군요. 놀랍고도 의외입니다만 어쨌든 집사로서 뿌듯함을 느낍니다."

"인마, 빈정대지 마라. 그야 청부업자였으니 다치긴 다쳤겠지. 내 말은, 이렇게까지 잘 아무는데 흉터가 이렇게나 많을 일이냐 이거라고!"

"제대로 치료한 적은 없습니다. 그러니 흉터는 자연히 크게 남을 수밖에 없지요. 오히려 빨리 아물기 때문에 적절한 조치를 취하기 전에 아물어 버려서, 흉터가 많이 남는 편이기도 합니다."

레일리가 담담히 말했다.

"유리 님도 공감하신 문제입니다만, 굳이 알아서도 잘 낫는 상처를 돌볼 이유는 없습니다."

"완전 히익이다, 히익. 끝내주는 사고방식이네. 그사이에 아픈 건 뭐가 되고?"

"그깟 고통도 견디지 못하시다니……."

"아, 능력이 좋으면 인간도 아니냐? 냅둬, 시팔!"

내 대답을 들은 레일리가 푹푹 한숨을 뱉었다. 그사이 손을 감아 둔 천 조각 역시 다 풀어낸 내가 다시 연고를 덜어 냈다. 그런데 문득 손을 멈춰야 했다. 어쩐지 이상했다.

레일리의 등뿐만 아니라, 내 손의 상처 역시 거의 아물어 있었다. 달아나면서 뮤라의 능력을 다양하게 사용하고 심지어는 시체 처리용 하수구에서 미끄럼틀까지 탄 터라 여러 폐수를 뒤집어쓰고 이리저리 젖은 손등에는 우둘투둘한 흉터와 약간의 상흔만이 남아 있을 뿐, 이제는 피도 흐르지 않았다. 깔끔하게 관통당해 있던 손바닥은 서서히 다시 빈 공간을 줄이고 틈을 메우며 회복되고 있었다.

"……."

나는 말없이 시선을 깔아 내 손을 물끄러미 바라봤다. 방금 전 나누었던 대화도 별안간 머릿속을 뎅 후려쳤다.

요컨대……. 유리 옐레체니카 역시 완전한 인간은 아니란 말인가?

"다행히 외곽으로 물이 빠지다가 바로 바다로 둑이 터진 것 같아, 이곳은 완전히 침수되진 않을 듯합니다. 차라리 이곳에 머무르다가 기회를 봐서 빠져나가는 편이 좋겠군요."

그때 레일리가 갑자기 휙 돌아서는 바람에 화들짝 놀라서 뒤로 넘어갈 뻔했다. 콸콸콸 흐르고 있는 뒤쪽의 폐수에 거꾸로 빠질 뻔했다가 당장에 레일리에게 붙잡혀 그의 팔 위에 대롱대롱 늘어졌다. 그가 사뭇 다정한 낯으로 생긋 웃었다. 나를 몹시도 한심하게 여길 때의 표정이었다.

눈이라도 깔라고 쏘아붙이려는 순간, 그가 돌연 입을 맞췄다. 폐수에 빠질 듯이 꺾여 있던 상체가 조금 더 뒤로 짓눌렸다. 레일리의 팔에 등허리를 붙잡힌 채였다.

"야, 상식적으로 지금이 키스할 타이밍이냐? 애초에 방금 전까지 격렬하게 한심한 눈으로 나를 보고 있었으면서 왜 갑자기 키스하는데?"

"하고 싶은 말은 많았고 이런 주인을 모셔야 하는 안타까운 제 신세에 대한 회한도 크게 느꼈습니다만, 마스터께 말씀을 드려 봤자 별 효용이 없을 듯해서 헛소리라도 막아 드리기로 했습니다."

"이 새끼가."

반사적으로 그의 정강이를 걷어차려다가, 그때에야 안전하게 다시 그의 곁으로 끌려 올라왔다. 여전히 폐수는 콸콸콸 흘러가고 있었고, 그는 내 머리칼을 콱 헤집은 채 다시 한 번 깊게 키스했다. 나는 즉시 그의 어깨를 밀어냈다. 다정하게 키스하기 시작한 이래 늘 그랬듯, 이번에도 레일리는 순순히 밀려났다.

"너 인마……."

"불만 많은 표정이십니다만."

"너 나 좋아하냐?"

"많이 아프십니까?"

레일리가 싸늘하게 웃으며 즉답했다. 나는 그를 흘긋 살폈다가 슬그머니 한 걸음을 물러섰다. 벽에 발뒤꿈치가 닿았다. 아니, 생각을 해 보란 말이다. 다시 정리를 해 보자고.

첫째, 유리 옐레체니카는 아주 개새끼였다. 물론 유리 옐레체니카를 그런 개새끼로 설정한 건 나다.

둘째, 그뿐만 아니라 유리 옐레체니카는 인간이 아니었다. 이 점이 몹시 수상쩍은데, 당연히 이 설정도 내가 했을 것이다. 관련하여 꿈도 희망도 없는 전개가 기다리고 있다는 뜻이 된다.

셋째, 레일리 크라하는 나로 인해 인생이 아주 망하는 놈이었다.

넷째, 나로 인해 인생이 아주 망할 빌런 예정자 김레일리 크라하는 나랑 지낸 지 1년쯤 된 시기부터 왜인지 키스를 하기 시작했다.

다섯째, 그런데 그는 나를 유리 옐레체니카와 명백히 구분 지어서 보고 있고.

여섯째, 내가 유리 옐레체니카와는 다르기 때문에 신경이 쓰인다는 식의 발언까지……. 아니, 아니, 빌어먹을.

"역시 미친, 너 나 좋아하잖아?"

"뭔 소리를 하시나 했습니다만, 제 주인의 자의식과 자존감이 너무 낮지 않을까 하는 걱정은 하지 않아도 될 듯해 마음이 놓이는군요."

그가 싸늘하게 빈정거리더니, 즉시 나를 벽 쪽으로 밀어붙였다.

"시간도 남는데, 개의치 마시고 직접 명명하신 '엔조이'나 하시지요."

그리고 레일리는 내 말을 더 기다리지 않은 채 몰아붙이듯이 다시 키스했다. 나는 빠르게 눈꺼풀을 깜박깜박 흔들다가 입을 떡 벌리며 기함했다. 다른 이유는 없고, 아무튼 혼란스러웠다.

레일리 크라하가 나를 어? 으, 속으로 추측하는 거라지만 이마저도 말도 잇기 싫군. 레일리 크라하가 나를 좋, 으.

으!

지금 이거 실화냐!

"기, 기, 기, 기다려, 미친놈아. 나한테도 생각을 정리할 시간을 줘라!"

"좋아하지 않습니다."

"어? 그러니까, 어?"

"연애 감정은 없다고 말씀드렸습니다."

결국 내 발버둥을 이기지 못하고 나를 놓아준 레일리가 인상을 찡그리며 말했다. 내 머리칼을 습관적으로 정리해 목뒤로 가지런히 모아 주며, 그가 특유의 시건방진 낯짝으로 못마땅히 시선을 깔았다.

"그깟 감정이 없어도 마스터는 어차피 제 것이 아닙니까?"

"그건 또 뭔 인성을 드러내는 워딩이냐? 현실적으로 네가 내 거면 몰라도, 내가 왜 네 거야? 어째 우리 집사 자식이 지금 어처구니없는 소리를 하고 있는 것 같은데, 내 귀가 잘못됐냐."

"재잘재잘 시끄러우니 입이나 벌리십시오. 귀여워해 드리겠습니다."

"숨 쉬듯이 야설 남주 같은 발언 하지 마라."

"단지 거슬립니다."

코앞까지 고개를 기울인 레일리가 맥락 없이 말했다.

"신경이 쓰이는군요."

나는 눈을 두어 번 끔벅거리다가 입을 떡 벌린 채 그를 멍청히 바라보았다.

"'거슬려'?"

처음엔 눈에 거슬리고 신경이 쓰일 뿐이었다니, 게다가 '내 것'이라니? 나는 그만 기겁하고 말았다.

너무나 놀랍게도, 지금 이 자식은 평소 내 캐릭터들의 인격 상태와는 퍽 다른 의미에서 인성이 박살 난 로맨스 남자 주인공 같은 소리를 하고 있는 것이 아닌가? 내 캐릭터 주제에, 레일리 크라하 주제에 말이다!

그리고 거기까지 생각했을 때, 나는 새삼스럽게 레일리 크라하 역시 2D의 인물이라는 것을 깨달았다. 어쩐지 그 사실이 너무나 새삼스러웠다.

내가 다쳤다는 사실을 알자마자 눈이 뒤집혀서 온갖 잔혹한 방식으로 적을 내부에서부터 태워 죽이던 레일리 크라하를 떠올린 순간 나도 모르게 한 걸음 뒤로 물러설 뻔했다. 이런 젠……. 장. 나는 위기 상황에서 레일리의 이름만 연달아 외치던 나 자신의 반응을 떠올리고 더더욱 기겁했다.

벽에 닿아 있던 발은 더 물러나지 못했지만, 아무튼 나는 감정적으로 판단해서, 레일리의 그 태도만은 이 이상으로 고찰하고 싶지가 않았다! 그에 대한 내 반응 역시 마찬가지였다! 애당초 말이나 된단 말이냐? 나는 그냥 내 캐릭터를 사랑할 뿐이지 그게 이런 방식은 아니, 아니. 으! 아니!

그런데 깊게 생각을 이어 가기도 전에, 코앞에서 새파란 보랏빛 눈동자를 신경질적으로 접었던 레일리가 이를 드러내며 사납게 말했다.

"한심해서 원."

본인의 옷을 뜯을 듯이 쥐어 잡고 밀어내던 내 손끝에 깍지를 낀 그가 내 아랫입술을 질근질근 물어뜯듯이 뭉근하게 키스했다.

"마스터는 그 모자란 머리통으로 구구절절 생각하실 필요가 없습니다. 어차피 제가 길러 드리고 키워 드리고 먹이고 재워 드릴 게 아닙니까. 모쪼록 예뻐해 드릴 테니 늘 그랬듯 나태하게 살며 달게 받으시면 됩니다."

그러고는, 파렴치한 집사가 감히 주인을 짓누르듯이 서서는, 분명한 명령조로 말했다.

"입 벌리시지요, 마스터. 키스하는 법 정도는 제가 분명 공들여 교육해 드렸습니다."

이번에도 역시나 19세 연령가의 상식과 개념을 말아먹은 남자 주인공 같은 소리를 지껄이고, 레일리는 곧장 내게 키스를 했다. 유감스럽게도, 최근 늘 그랬듯, 꼭 연인처럼 다정한 키스였고, 아주 깊고도 진득했다. 두 뺨을 감싸고 고개를 기울인 채 오래도록 체온을 느끼는 그런 종류의! 내 기분을 이상하게 만드는 바로 그 키스 말이다!

"으아아악."

어쩐지 말려들고 만 것 같은 느낌인데! 나는 사색이 되어 두 눈을 질끈 감고 말았다.

빌어먹게도 이번에도 역시 키스만은 끝내줬다. 정말이지 빌어먹을 일이었다!

* * *

저질러 버렸다.

뭘 저질렀느냐면, 그거 말이다, 그거. 아무튼 저질렀다.

어쩌다가 그렇게 됐느냐면 사실 나도 설명할 길이 없는데, 어쩌다 보니 해 버렸다. 시팔, 그럴 수도 있지. 아니, 그럴 수 없다. 으!

우리는 엘제바의 해일이 어느 정도 진정될 무렵, 더더욱 거세진 물길을 거슬러서 수로 바깥으로 빠져나왔고, 폐수의 해일로 오염된 폐허에서 금속과 마력석으로만 만들어져서 바로 가동이 가능한 마차를 찾아냈다.

그 후 뮤라를 통해 몸을 씻어 냈다가······. 레일리가 두어 번 감질나게 키스를 해서······. 안 그래도 복잡했던 나는 그의 멱살을 잡아채고 내가 먼저 키스해 버리고 말았고, 그러다가······. 저질러 버린 것이다. 마차에서 한 번, 엘제바를 빠져나와 숙소에 도착해서 한 번 더, 비공정을 타고 수도로 돌아와서 한 번 더.

다 큰 남녀가 서로에게 호감이 있는데 그럴 수도 있지. 그렇지만 레일리는 2D가 아닌가. 아니, 물론 2D와 좀 잔다고 문제될 것은 없다. 그런데 나는 왜 굳이 2D, 그것도 내 캐릭터와, 그것도 또 다른 내 캐릭터의 생판 다른 몸을 가지고 저지르고 말았는가?

"She is pearl······."

어쨌든 스스로 저지른 일이니 이번만큼은 욕을 하지 않으려 했으나, 그러다 보니 나도 모르게 달콤하고 유창한 외국어를 지껄이고 말았다.

사실 더 큰 문제는 그냥 저질러 버렸다는 것이 아니다. 저질러 버렸다고 해서 레일리 크라하와 내가 연애를 하느냐 하면 그것은 물론 아니고,

사실 나는 그 자식이 무슨 생각인지도 알 수 없다. 물론 나 자신이 무슨 생각인지도 오리무중이었다.

일단 지금의 상황만 따지자면 레일리 크라하가 놀랍게도 '로맨스 소설'에 나 나올 법한 남자 주인공처럼 굴고 있다는 것만은 확실했다. 그는 소위 '이렇게 방종하게 군 건 네가 처음이야.' 하며 사랑에 빠진 듯했다. 미친, 나는 레일리 크라하를 만들 때 사랑 따위는 한 스푼도 넣지 않았는데 어디에서 불순물이 섞인 거냐. 누가 거짓말이라고 좀 해 봐.

아무튼 더더욱 중요한 건 그 문제 자체가 아니었다. 나는 아네신트라 언덕 위의 저택에 눌러앉아 이불을 둘둘 말고 침대에 칩거하며 베개에 두어 번 머리를 박았다. 일단 나 자신에 대해 고민을 해 봐야 했다.

나는 지난 2년 넘는 기간 내내 레일리 크라하의 수발을 받으며 살았고, 저 자식이 사실 얼굴 끝내줘, 몸 좋아, 능력 좋고 인성만 좀 박살 났지만 그 인성마저도 나한테는 심각하게 쓰레기처럼 발휘하지 않으니 적당히 노는 기분을 내며 그와도 문제없이 지냈다.

키스도 뭐, 2D랑 키스쯤은 괜찮겠지 생각했고. 매사 레일리한테 맡기다 보니 나도 모르게 위기 상황에서 레일리부터 찾은 거다. 솔직히 다친 걸 봤을 땐 좀 당황했고, 치료하기 위해 안달복달하기까지 했다. 캐릭터임에도 불구하고 말이다.

아냐. 아니다. 애초에 레일리의 원한 관계였으니, 내가 자연스럽게 그를 부르는 일에 합당함이 부족하지 않다. 음, 좋아. 그럴싸해. 그러고 보니 그 원한 관계는 대체 뭐였는지를 모르겠지만, 아무튼 지금 중요한 문제는 아니었다.

그런데 왜……. 왜 그 사실을 스스로 문득 인식했을 때 충격을 받았냐 이거지

왜긴 왜겠냐? 찔리는 구석이 있어서지. 아니, 아니다. 으아악.

어쩌다가 이 꼴이 됐지? 다른 세계도 아니고 내 소설 속에 빙의해서 내

몸도 아니고 내 캐릭터의 몸(그것도 아마도 이 소설 최고의 쓰레기의 몸!)으로 저질러 버리다니, 지금 나는 뭘 하고 있는 것이냐?

그렇다고 내가 레일리를 이성적으로 애틋하게 사랑하느냐? 물론 아니었다.

"……."

솔직히……. 솔직히 말했을 때, 나는 잘생기고 파렴치하고 잘 챙겨 주고 능력 좋고 가끔씩 신경이 쓰이고 오랜 시간을 둘이서만 함께 보낸 나 자신의 캐릭터에게 그만 이성적인 호감을 느꼈을지도 모른다. 인간으로서 인간을 상대로 갖는 이성적 호감 말이다.

그러나 그렇다고 해서 그것이 이른바 '로맨틱'의 범주까지 번졌다고는 생각하지 않는다. 딱 그 정도였다. 다 큰 성인 남녀가 한 침대에서 뒹굴다가 그만 저질러 버릴 수 있을 정도의 애매한 호감! 요컨대 엔조이의 영역이란 말이다!

나는 딱히 그런 절절한 사랑과는 거리가 먼 인간이고, 레일리의 경우도 아무리 좋게 생각해도 원나잇이었다. 그로서도 그 이상의 다른 의미를 크게 부여하지는 않는 것 같았다. 그렇다면 이토록 깔끔한 사건에서 대체 뭐가 문제란 말이냐? 당연히 감정이 문제였다.

레일리는 그래서 왜 유리 옐레체니카가 아닌 나한테 저러고 앉아 있는가?

애초에 저 자식은 그래서 유리의 얼굴이 좋은 거야, 알맹이인 내가 좋은 거야, 알맹이가 나인 유리의 얼굴이 좋은 거야? 더구나 나는 그래서 왜 내 캐릭터 따위에게 이렇게 말려들고 말았단 말인가?

언제 나갈 수 있는지도 알 수 없는데 앞으로도 이따위로 살다가는 정말로 말려들고 말지도 모른다. 그것이 과연 괜찮은 일인가? 오……. 반성하자. 미친 인간아.

나는 다시 베개에 머리를 박고 끙끙거렸다.

"왜 고치를 만들고 계십니까?"

간식거리를 챙겨 왔던 레일리가 문간에서부터 잔소리를 했다. 나는 둘둘 만 이불 바깥으로 손을 뻗어 과일이 잔뜩 담긴 쟁반만을 이불 안에 가져왔다. 아무튼 충동에 휩쓸린 찰나가 지나가고 제정신이 되고 나니, 아직은 저 자식의 얼굴을 볼 마음의 준비가 되지 않았다. 이불 안에서 먹을 요량이었다.

그런데 레일리가 단숨에 이불을 잡아당겨 강제로 걷어 냈다.

"인마, 내 이불 못 내려놔?"

"지금 저를 피하시는 겁니까?"

"네가 뭔데 내가 너를 피해요? 아, 됐고, 주인님은 지금 여러모로 고민 많은 시기니까 근심 낳는 얼굴 들이밀지 말고 꺼져, 좀."

"아직 월경 때는 아니라고 압니다만."

레일리는 태연히 말하며 내 허리를 번쩍 붙잡아 올려서는 제대로 앉히고 과일이 담긴 쟁반을 내려놓았다.

"그 정도는 고려하고 했습니다."

이 자식이 진짜.

"짜⋯⋯. 짜샤, 참고로 먼저 말해 두자면 나는 너 좋아하지 않는다. 엔조이야, 엔조이. 원나잇이었다고. 알아들어? 그러니까 더 할 생각도 없고⋯⋯."

"그게 무슨 상관이죠?"

넥타이를 쭉 풀어낸 레일리가 보랏빛 눈동자를 가늘게 누그러트리며 성격 나쁘게 웃었다.

"그냥 제가 하고 싶으니 하는 겁니다."

그가 내 옆에 한 손을 짚고 위로 몸을 기울였다.

"과일 생각이 없으시면 집사 된 소임으로 마땅히 즐기실 수 있는 다른 것을 준비해 드리지요."

"그게 설마 너냐? 미친 거 아니야. 너 진짜 장르 잘못 들어왔잖아! 빨리 야설로 꺼져!"

"아무튼 하는 것은 싫지 않으셨잖습니까?"

빠르게 과일 쟁반을 치워 협탁 위에 올려놓은 레일리는 바야흐로 예쁘고 쓰레기 같은 미소를 지으며 내 코앞까지 얼굴을 들이대고 두어 번 짧게 키스를 했다.

"멍청한 머리로 많이 생각하실 필요 없습니다."

그가 짐짓 달짝지근하게 속삭였다.

"이미 제 인생에는 달갑지 않게 떨어진 잉크 방울 같은 오점을 남기셨으니, 모쪼록 즐기시지요."

* * *

"아, 시발."

또 해 버렸다. 화려한 장식이 음각된 유리 옐레체니카의 침실 천장을 멍청히 바라보며 생각했다가 으아악 하며 머리를 쥐어뜯었다. 나는 정말로 반성이라는 것을 모른단 말이냐?

하기야 반성할 수 있는 인간이었다면, 애초에 저렇게까지 내 취향인 얼굴이라 해서 키스 따위에 홀리지도 않았을 것이다. 짜식, 그런데 얼굴만 잘생기고 키스만 잘하는 게 아니라 그것도 끝내주……. 닥쳐, 내 안의 인격 3.

아니, 아니……. 애초에 이건 유리 옐레체니카의 몸이다. 이래도 된단 말이냐?

"생각해 보니, 안 될 건 또 뭐야?"

나는 발랑 누워서 다시 천장을 물끄러미 노려보다가 장탄식을 토해 냈다.

남의 몸으로 그런 원만한 관계를 가진다고 해서 나 자신에게 해가 될 것은 없다. 내가 그 문제를 꺼려하는 이유는, 유리 옐레체니카의 몸으로 그와 연관되는 것이 달갑지 않기 때문이다.

그렇다면 나는 설마 유리 옐레체니카로서가 아닌 나 자신으로서 레일리와 대치하고 싶은 걸까?

"미쳤냐?"

반사적으로 자문자답했다가 크으윽 통렬한 신음을 뱉으며 데굴 굴러 베개에 얼굴을 파묻고 쿵쿵 찍었다.

"저 자식은 네 캐릭터예요, 작가님!"

나는 윽윽 하고 침대를 주먹으로 두드리며 다시 한 번 외쳤다.

"쓰레기고요!"

이것만으로는 분통이 풀리지 않았다. 나는 침대에 주먹을 푹푹 꽂으며 흐느끼듯 외쳐 보았다.

"아, 김레일리, 헷갈리게 하지 말고 제발 좀 후딱 뒈져!"

"집사의 건강과 평안을 기리시는 발언 잘 들었습니다."

막 문을 열고 들어오던 레일리가 산뜻하게 웃는 얼굴로 대꾸했다. 나는 흘긋 그를 바라봤다가 저 자식이 지금 몹시 열이 받았다는 사실을 인식했다. 내가 외친 소리들을 곱씹고 나니 등골에 소름이 쫙 돋았다. 큼큼 목을 가다듬고, 조심스럽게 물어볼 수밖에는 없었다.

"어디에서부터 어디까지 들었냐⋯⋯?"

"'레일리 뒈져'."

레일리가 싸늘하게 그 문장을 반복해 읊었다.

"흐느끼고 계신 줄 알아 와 보았습니다만, 대체 뭘 흐느끼고 계신 겁니까?"

"응, 너 쓰레기라고 흐느끼고 있었는데."

내 대답을 들은 그가 산뜻한 태도로 만면 가득 미소를 지었다. 이번에도 몹시 빡친 듯한 태도였다.

"아무튼, 그래? 뭐야, 뭐. 별거 못 들었네."

"그 앞에 또 뭔 망발을 붙이셨기에 안도하십니까?"

레일리가 턱하니 내 턱을 붙잡았다. 나는 붕어 입이 되어 세모꼴로 눈을 부라렸다가 주먹을 그의 명치에 푹 박아 넣었다. 물론 아무 소용도 없었다. 별수 없이 그에게 턱을 붙잡힌 채 웅얼웅얼 외칠 뿐이었다.

"쓰뤠귀롸 햇떠 외!"

내 대답을 들은 레일리가 몹시 산뜻하게 웃었다. 그는 생글생글 웃으며 나를 바라보다가, 뜻밖에도 별다른 일을 하지 않고 돌연 내 턱을 놓아주더니 편지 한 통을 툭 내던졌다. 턱을 문지르며 편지를 살핀 나는 인상을 찡그리며 그것을 열어 보았다. 뷔올에 도착하자마자 황제에게 알현 신청을 넣었었는데, 그에 대한 허가가 적힌 답장이었다.

"내일 오라고?"

"예. 자료를 다시 확인하시고, 직접 가서 말씀하실 내용을 정리하시는 편이 좋을 듯합니다."

"흠……."

턱을 만지작거리던 나는 레일리를 한 번 크게 흘겨보고 건성으로 침대에서 내려앉았다. 털 슬리퍼에 발을 쑥 집어넣고 가운을 대충 걸친 채 옷을 질질 끌고 서재로 갔다. 레일리도 말없이 침구를 정리한 후 내 뒤를 따라왔다.

아무튼 정말로 레일리 따위의 문제로 고민할 수 있는 여유를 지닌 시기는 아니었다. 나는 알렉시스 에슈마르크와 유리 옐레체니카에게 얽힌 모종의 음모를 발견했다. 유리 옐레체니카의 분탕질은 나로서도 곤란한 일이지만, 이 국가에도 아마 큰 혼란을 낳고 있다. 솔데인 마이어가 수사하고 있는 살인 사건과도 분명 연결될 것이다.

더구나 알렉시스 에슈마르크가 뒤에서 연합국과 손을 잡고 그들의 이권을 봐주며 득을 보고 있었으며, 공매를 통하지 않은 대규모의 노예 경매를 사적으로 진행하고 있었다는 점 역시 문제였다. 이는 황제의 권위에 도전하는 일이고, 그의 권력을 압박할 수도 있는 행보였다.

내가 빙의된 이상 유리 옐레체니카의 문제는 지금 당장 해석하거나 해결하기 어려우니, 알렉시스 에슈마르크부터 처리해야 한다. 물론 가장 큰 동맹이 될 법한 인물은, 다름 아닌 황제였다.

그러고 보면 나는 레일리의 철천지원수의 몸을 뒤집어쓴 채 레일리와 갈 데까지 가 버린 셈인데.

문득 생각했다가 세차게 고개를 저었다. 정말이지 그래서는 안 됐다. 반성하자, 반성. 두 번째도 세 번째도 네 번째도 넘어가 버렸으니, 정말로 다섯 번째는 없어야 한다. 벌써부터 소름이 돋고 등골이 오싹했다.

서재의 의자에 털썩 파묻힌 나는 흘긋 레일리를 바라봤다가, 알렉시스 에슈마르크의 건물에서 챙겨 온 여러 자료들을 정리하기 시작했다. 어쨌든 눈앞에 닥친 문제부터 해결해야 했다.

* * *

날이 밝자마자 레일리의 도움을 받아 정갈한 드레스를 차려입고, 유리 옐레체니카의 유난히 싸늘하고 아름다운 얼굴을 돋보이게 해 줄 우아한 화장까지 완벽하게 마치고야 뷔올 중앙의 황궁으로 향했다.

내가 이 세계에 들어온 이후로 두 번째로 맞이한 가을도 이제는 완연히 깊어져 있었다. 하늘은 높고 파랬으며, 그 아래로 늘어진 거대한 황궁은 가을볕을 맞아 새하얗게 번득거렸다.

나는 뷔올 황궁으로 향하는 거대한 백색의 계단 앞에 서서 못마땅히 넓은 계단을 바라보다가, 계단 대신 일종의 증기 동력 장치 에스컬레이터 앞에 섰다. 이 세계에서 통용되는 정식 명칭은 '이동계단'이지만, 나로서는 에스컬레이터로 명명하는 편이 더 익숙했다.

"그늘에서 쉬고 있도록 해요, 레일리."

"분부대로 하겠습니다, 마스터."

레일리 크라하는 이름 높은 대륙의 초월자들 중 한 명이지만, 기본적으로 므라우에서 발생한 신분조차 없는 일족의 인간이다. 사실, 완벽히 인간인 것도 아니었고, 뷔올에서 반인은 가축보다도 못한 취급을 받는다. 애초에 저만한 명성의 암살자를 황제의 면전으로 데리고 갈 수는 없는 법이었다. 뷔올의 법제하에서 반인이란 황제의 면전에 서기는커녕 황궁 안에도 발을 들일 수 없는 존재인데, 심지어 암살자다. 동행은 무리였다.

그에게서 중요한 서류와 부채를 받아 든 나는 흘긋 눈짓을 해서 레일리를 두어 걸음 물러나게 했다. 관리자가 다가와서 내 소지품을 검사했다.

황제를 만날 때는 모든 위협 가능한 것을 빼 두고 가야 한다. 마법사나 정령사들이라고 해서 예외는 아니었다. 소환되어 있는 정령은 정령을 가두는 구속함에 넣어서 맡기고 들어가야 하고, 모든 마법적 재능을 지닌 인물은 오래전 몬타뉴 경이 발명한 마력장 와해 장치를 장착해야 했다. 물론 기억을 잃었다고 해서 예외인 것은 아니었다. 나는 뮤라를 구속함 안에 들여보내고, 내 팔목에는 마력장 와해 장치를 찼다.

부채를 입가에 꾹 누른 채 입궁 허가가 떨어지기를 기다렸다. 솔직히 말해, 나는 상당히 긴장하고 있었다. 그도 그럴 것이 나는 2년 넘게 여러 예절을 공부하기는 했지만 대체로 내 멋대로 살았고, 아직도 그럴싸한 예법을 지키지는 못한다. 갑자기 이 나라의 가장 신분 높은 인물을 마주하기 마땅한 상황은 아니었다.

게다가 늘 유리 엘레체니카를 견제하고 있음을 은연중에 표현하던 인물이 아닌가? 분명 상대하기 어려운 작자일 것이다.

더구나, 나는 지금 황제의 막냇동생이 그에게 궐기할 준비를 하고 있음을 알릴 생각이다. 어떻게 포장하든지 민감한 사안인 셈이다. 어느 쪽이든 긴장하지 않을 수 없는 문제였다.

"백작님, 들어가십시오."

"고마워요, 남작."

담당자가 정중히 팔을 펼쳐 에스컬레이터 앞까지 안내해 주었다. 나는 그에게 최대한 유리 옐레체니카처럼 부드럽게 대꾸해 준 후 에스컬레이터에 올라탔다.

사람의 무게가 감지되자, '이동계단' 아래에 들어 있던 저울추가 기울어지며 발판에서 묵직한 진동음이 몇 차례 들려왔다. 연속적인 장치가 두어 번 툭탁거리다가, 이윽고 계단이 가동을 시작했다. 뿌-! 높은 곳의 에스컬레이터 가장자리에서는 새하얀 연기가 푹 뿜어져 나왔다.

아무튼 나는 이 세계의 구조를 이해하는 것을 일찌감치 포기했다. 망연한 얼굴로 쓸데없이 발전한 기계 문명을 물끄러미 바라보다가 손잡이를 붙잡고 자료가 든 가방을 툭툭 두드려 확인했다.

어제저녁까지 내내 알렉시스 에슈마르크와 관련된 자료를 정리했고, 레일리의 상처나 한 번 더 마지막으로 살펴본 뒤 피곤에 절어 곧장 침대에 쓰러져 잤다. 그리고 다시 일어나서는 분주히 입궁 준비를 했다. 덕분에 이번에는 레일리에게 쥐도 새도 모르게 휘말릴 일 없이 여러모로 느긋하고 냉정하게 생각해 볼 시간이 생겼다.

사실, 지금 내가 가장 먼저 생각하고 고려해야 하는 문제는 레일리 따위의 일이 아니었다. 여러모로 고민해 봐도 마찬가지였다. 이미 저질러 버린 것은 해 버린 것이고, 어쨌든 지난 일이었다.

다행히 약재를 다루는 능력이 뛰어난 레일리가, 늘 챙겨 다니던 약 몇 가지를 조합해 엇비슷한 효과를 낼 수 있도록 스스로 처방했으니 뒤탈도 없다. 이미 복용 중인 약이 있는 나 대신 본인이 미리 먹을 형태로 약을 조합한 덕에, 몸에 무리가 생긴 것도 아니었다.

유리 옐레체니카의 월경 시기를 꿰고 있는 레일리가 몸에 안 좋은 시기와 위험한 시기는 알아서 피했다고 하니 관련된 문제는 더더욱 줄어들었다. 그 후에 이어진 2차, 3차의 일들이라면 만전을 기했으니 더더욱 깔끔했다.

나는 이후로 더 할 생각이 없으니 그 사안은 거기에서 끝이었다. 더는 그 일로 골머리를 썩을 여유도 이유도 없다. ……. 아마도.

가장 큰 난관은 집사의 잘생김이었지만, 그래, 뭐, 시발, 내가 내 집사랑 이러쿵저러쿵 썸을 타다 보면 가끔 좀 저지를 수도 있지. 어찌 되었든 그건 중요한 문제가 아니었다.

그 밖에도 고려해야 할 문제는 한 아름 있었다. 알렉시스 에슈마르크와 유리 옐레체니카에서부터, 나 자신의 문제도 있었다.

나는 어쨌든 내가 쓸 예정이었던, 자기 자신의 소설 속에 빙의했다. 실제로 경험하고 확인한 이 세계의 실체 역시 딱 '내가 쓸 법한' 구조를 지니고 있었다. 어째서 이런 일이 생겼는지에 대해서도 생각해야 했다. 그뿐만 아니라, 어떻게 하면 이 상황을 타개할 수 있을지에 대해서도 생각해야 한다.

열심히 찾아 헤매던 이 세계의 흑막이 사실 유리 옐레체니카 본인이었음을 알았으니, 그녀가 하려던 일이 훗날 어떤 방식으로 되돌아올지도 고려해야 했다. 또한, 하필이면 나 자신이 빙의한 몸이 이 꼴의 쓰레기라는 것을 확인한 이상, 나 자신의 빙의가 의미하는 바 역시 고민해 봐야 할 것이다.

하지만 그 모든 고민은 지금 당장 할 만한 고민은 아니었다. 당면한 가장 큰 문제는 단연 황제와의 독대였다.

어디로 이어지는지 모를 고풍스러운 문 앞으로 안내를 받아 안으로 들라는 허가가 떨어지기까지 온갖 잡념에 시달리며 기다리던 나는 얼마 지나지 않아 그 안으로 무사히 들어설 수 있었다. 생각은 자연스럽게 거기에서 끊어졌다.

"오랜만에 보는군. 백작이 건강해 보이니 짐도 기쁘다."

황제가 부드럽게 말을 건넸다. 그는 알렉시스 에슈마르크와 놀랄 만치 똑 닮아 있었다. 하얗게 빛을 뿌리는 우아한 백금발과 선명한 보랏빛 눈동자가 인상적이었다. 한때 에슈마르크 대공 이상으로 잘나갔을 것 같은 섬세하고 아름다운 풍모도, 여유롭고 다소 태만해 보일 정도의 제스처도 거의 유사했다. 그저 대공보다는 조금 나이가 있었다. 대공의 20년 후, 혹은 25년 후를 미리 보고 있는 듯했다.

왜 대낮에 부르나 했더니 함께 식사를 하자고 부른 것이었다. 나는 자연스럽게 안내받아 그의 우편에 자리를 잡으며 나긋나긋하게 인사를 해 보였다.

"폐하, 옐레체니카 백작이 인사 올립니다. 마음 써 주셔서 감사합니다."

그런데 내 인사를 들은 황제가 별안간 어깨를 떨며 잘게 웃기 시작했다. 그는 꼭 알렉시스 에슈마르크 같은 표정으로 여유롭게 등을 기대며, 음식을 내오라고 손짓을 했다.

"거짓말이라도 하려는 줄 알았는데."

"예?"

"자네 정말로 기억 같은 건 잃은 것이 틀림없군."

전채부터 차근차근 준비되기 시작하는 긴 식탁을 물끄러미 바라보다가 두 손을 모은 황제가 입가를 가늘게 누르며 차분히 덧붙였다.

"뭐, 들리는 소문도 있었고, 어렴풋이 짐작은 하고 있었다."

"그러셨군요. 인사를 늦게 드리러 와 죄송합니다. 제가 예절이 다시 몸에 익지를 않아, 폐를 끼칠 것 같았습니다."

"그런데도 갑자기 만나고 싶다고 한 이유가 있겠지."

느긋하게 말한 황제는 수프가 담긴 접시 끝을 포크로 툭툭 두드리며 턱을 괴더니, 용건이 있으면 지금 꺼내라는 투로 턱짓을 했다. 나는 난처하게 시선을 굴렸다가 뒤늦게 대답했다.

"다른 이들을 물려 주십시오. 조금 민감한 사안일 수 있을 듯합니다."

"호오."

몹시도 흥미롭다는 투로 눈썹을 꺾었던 황제가 한 손을 휘휘 내저었다. 주변에 머무르던 시종들이 알아서 물러가기 시작했다. 황제는 유리 옐레체니카를 전혀 경계하지 않는 눈치였다.

나는 주변을 조금 둘러보다가, 거대한 식탁 주변에 아무도 남지 않았을 때에야 슬며시 물었다.

"식사 중에 이야기를 나눠도 괜찮으십니까?"

"짐이 다른 시간은 빼기가 힘들어. 서류도 작성해 온 것 같은데, 내보이게. 읽어 볼 테니 그사이 먼저 들고."

아무렇지 않게 대꾸한 황제가 조금 나른한 태도로 턱을 괴고 나를 향해 손바닥을 펼쳤다. 나는 즉시 가방에서 서류들을 꺼내서 사양 않고 그에게 내밀었다.

그리고 황제는 한 손으로는 식사를 이어 가며, 한 손으로는 내가 바친 서류들을 오래도록 읽었다. 표정 한 점 변하지 않은 채였다. 펄럭펄럭 종이 넘어가는 소리만이 들렸다. 나는 그를 기다리는 시간이 길어질수록 왠지 초조해져서 포크 끝으로 샐러드만을 깨작거렸다.

한참이 지났을 때에야, 어느 정도 식사를 마치며 황제가 담담히 말했다.

"알렉시스인가."

구체적으로 누구를 캔 자료인지는 언급하지 않았지만, 대번에 눈치를 챈 듯했다. 나는 재빨리 포크를 내려놓고 답했다.

"예, 대공 각하께서 운영하시는 엘제바의 상단에서 유사종족의 시신이 지나치게 높은 빈도로 빠져나오고 있다는 사실을 접해 이를 조사해 보았습니다."

"엘제바의 해일 문제에 대해서도 아는 바가 있나."

나는 왈칵 미간을 찌푸릴 뻔했다가 가까스로 표정을 수습했다. 대신 조금 민망한 얼굴로 해명했다.

"제가……. 자료를 찾아낸 후 빠져나오는 길에 그쪽 사람들과 충돌이 조금 있어서, 반격한다는 것이 그만……."

"듣자니 과했어."

"죄송합니다. 최근에는 정령을 부리는 일에 서툴러서……. 국가적인 손실에는 제가 책임지고 보상과 복구 작업을 진행하겠습니다."

어차피 레일리가 일 처리를 할 것이고 유리 옐레체니카에게는 충분한 부와 기술력이 있을 것이다. 주저 없이 책임을 지겠다고 대답하자 황제가 또 잠깐 웃었다. 서류를 팔랑팔랑 흔들던 그가 서류들을 한자리에 내려놓고, 기울어진 자세 그대로 턱을 조금 만지작거리며 생각에 잠겼다.

"백작이 요즘 뭘 하고 다니나 했더니, 이런 낌새를 챘었군. 식사를 마쳤으면 일어나지. 잠시 집무실에 들렀다 가는 편이 좋겠어."

"예, 폐하."

즉시 그의 뒤를 따라 일어나며 옷매무새를 정돈했다. 그는 한 손에 서류 더미를 정돈해 쥔 채, 나를 본인의 뒤로 따르게 하고 어딘가로 성큼성큼 걷기 시작했다. 나는 적당히 그럴싸한 말을 붙였다.

"예전과 다른 방식으로 생활하고, 보고, 겪다 보니 그렇게 되었습니다."

"마이어 후작과 가깝게 지낸 것도 이 문제를 조사하기 위해서였나?"

그가 부드럽게 물었다. 머릿속에 경종이 울렸다. 이 질문에는 대답을 잘해야만 했다. 나는 고개를 숙인 채 빠르게 눈을 깜박이다가, 조급하지 않게 말투를 누그러트리고 대답했다.

"뷔올에 막 처음 내려왔을 때, 길을 잃었다가 우연찮게 도움을 얻어 가까워지게 되었습니다만, 이후 시내의 살인 사건 이야기를 전해 듣고 괴이함을 느꼈습니다. 하여, 마이어 후작님과 이야기를 나누며 몇 가지 의문점을 확인하고, 이를 통해 그 결론에 도달한 것입니다. 그러고 보니 후작님과는 최근 연락을 주고받지 않았군요."

마이어 후작과는 어디까지나 업무적인 관계로, 그 외의 접근 목적은 없었음을 유하게 돌려 말해야 했다. 나는 차근차근 말하다가, 황제의 집무실에 도착했을 무렵 걸음을 멈추고 희미하게 웃으며 다시 고개를 들었다.

"짐작건대, 후작님께서는 저와 내밀하고 사적인 인연을 이어 가면 좋지 않을까 하는 생각을 염두에 두시는 듯했습니다. 단지 제 입장에서는 후작님의 그런 마음이 당혹스럽기도 하고 마땅치 않았기에 그러한 이야기가 나온 이후로는 교류가 거의 없습니다."

"다른 자료는?"

"추가적인 서류는 있습니다. 단지, 중요한 내용만은 전부 오늘 정리해 왔습니다. 남은 것은 자잘한 항목뿐입니다."

"이 자료에 대해서는, 후작도 아나."

"아뇨. 응당 폐하께 가장 먼저 알려 드려야 할 문제로 여겼습니다. 사안이 사안이니 후작님을 통해서는 정보를 얻었을 뿐, 그분과는 어떤 의혹도 공유하지 않았습니다. 필요하시다면 다시 후작님께 연락을 드려 자세한 조사를……."

"그럴 필요는 없을 것 같군."

그가 특유의 유한 태도로 말하며, 서류 더미를 집무실 안의 거대한 벽난로에 내던졌다. 한순간의 일이었다. 내가 미처 반응을 보이기도 전에, 방대한 분량의 서류는 빠르게 불에 타들어 가기 시작했다.

머릿속에 빨간불이 켜지며 요란하게 경종이 울리기 시작한 것도 그 직후의 일이었다. 오판을 했다. 결론은 빠르게 떨어졌다.

에슈마르크 대공이 벌이고 있는 짓을 황제가 정말로 눈치를 못 챘을지, 큰 문제로 여기지 않아 자세히 알아보지도 않고 적당한 선에서 눈을 감아 주고 있는 것인지, 아니면 이미 알렉시스 에슈마르크가 능란히 황제의 눈앞에서 대놓고 엿을 먹일 만큼 세력을 불렸는지에 대해서는 나도 고민해 본 바가 있다.

그러나 일찌감치 시작된 고민의 결과로, 이 세 가지가 복합적으로 발휘된 상황이리라 판단했다. 제정신인 국가 원수라면 이만한 반역을 가만둘 리 없으니까. 그러나 아니었다. 이쯤 되면 명백한 일이었다.

그야말로 오판을 했다.

황제야말로 에슈마르크 대공의 뒤에 있는 인물이었다.

"알렉시스는 내 소중한 아우일세. 더구나 대공이라면 본인의 관할지에서는 무슨 일을 해도 이상하지 않을 직위인 셈이지. 나는 그에게 그러한 자치권을 줬어. 몰랐던 모양이지만, 공교롭게도 어제부로 엘제바는 알렉시스의 자치령 중 하나가 되었다."

나는 망연히 벽난로 안에서 타들어 가는 수많은 알렉시스 에슈마르크의 외도 증거 자료들을 바라보다가 멍청히 고개를 들었다. 집무실의 책상 앞에 털썩 걸터앉아, 특유의 유들유들한 낯으로 웃으며 보랏빛 눈을 초승달 모양으로 접은 황제가 다리를 꼬고 삐딱하게 고개를 기울였다.

"옐레체니카 백작의 충성심은 칭찬하겠으나, 이 일에 대해서는 함구하게."

"예······?"

"이후로도 관여하지 말고."

황제가 태연히 말했다. 서류는 요란한 소리를 내며 빠르게 재로 변하고 있었다.

"나가는 길에 상이나 받아 가지. 조만간 새 발명품에 대한 치사라는 명목으로 포상 급여가 저택에 갈 걸세."

그 혈통 특유의 우아한 손동작으로 깍지를 낀 그가 책상 위에 팔꿈치를 괴고, 깍지 낀 손을 입 앞에 드리우며 나를 향해 다정스레 웃어 보였다.

"현명한 백작이라면, 무슨 말인지 이해했겠지?"

결론은 빠르게 도출됐다. 알렉시스 에슈마르크와, 그의 원조를 얻은 유리 옐레체니카의 무도한 악행들과 범법 행위의 최종적인 배후는 황제였다. 거대 제국 뷔올의 중추인 그가 뒤를 봐주고 있으니 겁도 없이 스케일이 큰 장난질을 벌였던 것이다.

본래는 국가의 재산으로 귀속되어야 마땅할 부를 황가의 사적인 자산으로 빼돌리기 위해, 그 창구로써 에슈마르크 대공의 위치를 이용했다. 귀족들에게 들키지 않은 채 그들끼리 나라의 돈을 해먹고 있었던 것이다.

어째서 그들이 그렇게까지 긴밀한 관계를 지니게 되었는지는 알 수 없었지만, 표면적으로 사이가 나쁜 형제라고 해서 그 가능성을 상정하지 못한 내 실책이었다.

단지 새로운 의문이 생겼다. 황제와 한통속이라면 황제의 수족인 유리 옐레체니카를 죽일 리가 없으니, 유리 옐레체니카를 죽이는 자는 알렉시스 에슈마르크일 수가 없었다. 여기에서 문제가 발생한 것이다. 모든 가설이 단숨에 꼬여 버렸다.

근처의 능력 좋은 권력자 중에서도 마이어 후작은 손에 꼽히는 정의파였고, 수상한 세력의 뒷배였던 에슈마르크 대공은 황제의 끄나풀로 식민 무역과 노예상으로 활약하는 작자였다. 세레나 윌리엄스는 유리 옐레체니카와 관련된 서사로 충격을 받는 주인공의 포지션이니, 처음부터 무죄일 수밖에 없었다.

이 모든 일이 어떻게 흘러가서, 누가, 무엇을 위해, 어떤 방식으로 유리 옐레체니카를 죽였단 말인가?

나는 집무실 한가운데에서 멍하니 서 있다가 뒤늦게 입을 닫았다. 달리 대답할 말이 없었다. 어쨌든 명백한 실수였다. 적만 늘린 셈이었다. 그나마 지금까지 유리 옐레체니카가 그들의 실력 좋은 동조자였던 덕에 당장은 큰 제재가 없을 듯했다. 그것도 앞으로의 내 행실에 달려 있겠지만 말이다.

한참 동안 침묵하던 나는 가까스로 대답했다.

"예, 폐하. 은혜에 감사합니다."

"그래. 가 보게."

황제가 축객령을 내렸다. 더 취할 수 있는 행동도 없었으므로, 나는 얌전히 집무실 밖으로 물러났다. 중요한 증거는 황제가 단번에 태워 버렸고, 남은 증거도 함부로 공개했다가는 내 목줄이 날아갈 수 있다는 것을, 지금까지의 충성심을 높게 친 황제가 일찌감치 경고해 준 것이다.

알렉시스 에슈마르크는 건드릴 수 없다. 그를 건드리는 순간 황제는 나를 적으로 규명할 것이고, 이 세계관에서 황제의 뜻에 거역하려 드는 것은 반역이었다.

별수 없이 정중한 인사만을 남기고 돌아 나오다가, 황궁의 입구쯤에서 어딘가로 이동하지도 않고 특유의 태연자약한 얼굴로 무언가를 기다리듯 서 있던 불쾌한 상대를 맞닥뜨렸다. 허공에서 마주친 보랏빛 눈동자가 부드럽게 접혔다. 에슈마르크 대공이 일상적인 태도로 인사를 건넸다.

"좋은 가을날이군, 백작."

그가 다정스레 말했다. 황제와 더없이 유사한 얼굴이었다. 황제의 얼굴을 처음으로 대면했을 때 떠올린 생각이 알렉시스 에슈마르크의 20년 후나 25년 후쯤을 보고 있는 듯하다는 감상이었다면, 이번엔 거꾸로였다. 그는 황제의 20년 전이나 25년 전쯤을 보여 주는 거울인 것처럼 유려한 낯으로 서 있었다.

새파란 가을 하늘 아래에, 하얗게 펼쳐진 광활한 도시를 배경으로 금수가 놓인 검은 제복이 너울너울 흔들렸다. 그 곁에는 초면의 여성 마법사가 서 있었다. 잠깐 만나서 인사만 주고받은 듯한 가벼운 분위기였다.

마법사단 특유의 금수가 놓인 붉은 코트를 입은 여자였다. 불타는 듯한 머리칼, 빨간 곱슬머리가 알렉시스 에슈마르크의 곁에서 유난히 화려하게 흔들렸다. 퍽 연륜이 있어 보였고 조목조목 따지자면 완전히 다른 사람이었지만, 그 강렬한 색채 때문에 어딘지 레스킷 양과도 비슷한 분위기를 풍겼다. 한눈에 인상이 비슷했다.

그녀의 가슴팍에 까만 실로 박힌 문장은 밀락테이트 가문의 것이었다. 밀락테이트 가문의 사람들 중, 저 정도 연배에 알렉시스 에슈마르크와 사소한 안부를 자연스럽게 주고받을 만한 마법사단 소속의 인물이라면 한 명뿐이었다. 알렉시스 에슈마르크의 어머니, 이리나 밀락테이트였다.

나를 발견한 여자가 가볍게 묵례를 하고 돌아서서 성큼성큼 계단을 내려갔다. 알렉시스 에슈마르크도 그녀에게 눈인사를 한 후, 나를 향해 제대로 돌아섰다. 마치 나를 기다렸다는 듯한 태도였다.

일종의 직관적인 판단이었다. 이렇게까지 '내 취향'으로 만들어진 세계에서 있었을 법한, 남들에게 알려지지 않은 비밀과 진실이 무엇인지를 판단하는 것 역시 어려운 일이 아니었다.

"이리나 경은."

나는 그를 맞닥트리자마자, 화려한 태엽 장식이 수놓인 예장용 총을 넣어 둔 허리띠를 의례적으로 정돈하는 알렉시스 에슈마르크에게 더듬더듬 말했다.

"이리나 경은 거짓말을 한 적이 없었군요."

아직 젊은 나이, 능력은 뛰어났으나 평화로운 국가에서 미처 공훈을 쌓지 못해 일개 마법병에 불과했던 이리나 밀락테이트가 선황에게 직접 간택을 받아 반강제로 밤 시중을 들고 후궁으로 책봉되었을 때였다.

그 직후에 황제는 모반을 일으켰다. 아버지고 형제고 살피지 않는 잔인하고 비정한 방식의 찬탈이었다. 그는 혈육들을 직접 베어 내고 황위를 손에 넣었다. 형제를 전부 죽인 황제가, 모반 직후, 여덟 달이 지났을 때 태어난 막냇동생에게만은 자비를 베풀었다.

다른 이유는 마땅치 않았다. 이리나 경도 이미 후궁으로서의 권위를 상실한 후였고, 아비의 정체도 불분명했다. 그러니 막냇동생을 살려 두고 자신의 인간적인 윤리를 합리화하기 위한 최후의 보루로 삼았다. 이리나 경만은 알렉시스 에슈마르크가 분명한 황실의 자손이니 그 누구도 알렉시스 에슈마르크의 혈통을 매도할 수 없다고 주장했지만 사람들은 모두 그녀의 주장을 무시했다. 불명예의 멍에였다.

그럼에도 불구하고 알렉시스 에슈마르크는 황가의 혈통을 뚜렷하게 드러내며 성장했다. 소위, 황제의 권위와 정당성을 위협할 정도의 능력과 명분을 지닌 인물이다.

결국 그에게는 그 무엇도 주어지지 않았다. 황제는 일찌감치 그에게서 정당한 자격들을 빼앗았다. 황실 종친으로서의 권리, 권력, 계승권, 그 모든 것이 박탈됐다. 후사를 낳아도 무엇 하나 물려줄 수 없다. 그래서 더더욱 알렉시스 에슈마르크는 제멋대로 굴며, 온갖 스캔들을 일으키고 있었다. 어차피 그의 자손은 무엇 하나 손에 쥘 수 없고, 만일 자손이 생기더라도 뒤탈이 없을 상대들만을 만나고 있다.

첨예하게 대립하지는 않아도, 서로에게 호의가 없을 관계였다.

그렇게 알려져 있었다. 그러나 그들은 수면 아래에서 더러운 일을 중심으로 뭉쳐 협력하고 있는 관계였으며, 지금 이 순간, 똑같이 달콤한 표정으로 눈가를 찡그리듯 웃고 있다.

나는 이 세계를 만들었지만 내가 아는 것은 세레나의 시점에서 확인할 수 있을 법한 표면적인 요소가 전부였다. 그마저도 스토리 초반에 밝혀질 만한 내용만 상정해 두었다. 내가 규명한 주인공이 세레나 윌리엄스였기 때문이다. 그러나 내가 만든 세계인 이상, 분명 나라면 짰을 법한, 이 상황을 설명해 주기에 걸맞은 설정이 있다.

황제는 아직도 붉은 머리칼을 탐스럽게 늘어트린 애인을 두고 있다.

짐작하건대, 알렉시스 에슈마르크는 황제의 동생이 아니었다.

"그대, 지금 나와 비밀스러운 이야기가 하고 싶은 걸까."

황제와 똑같이 생긴 대공이 부정의 말조차 없이 산뜻하게 웃었다.

그는 이리나 경이 선황의 후궁으로 책봉되기 전에 그녀와 연인 관계였을 현 황제의 아들일 것이다. 혹은, 선황의 아들인지 현 황제의 아들인지를 구분할 수 없어서, 그저 그대로, 주어진 것만을 지니고 살도록 내정된 채 태어난…….

"은밀한 이야기는 단둘이만 있을 때 하도록 하지."

대공이 유들유들한 태도로 말했다. 분명 이 나라에서 황제와 그 누구보다도 가까울 인물이었다.

왜 황제가 자신의 장자일 황태자에게 모든 것을 물려줄 생각이면서도 그의 교육이나 교우 관계, 직접적인 지지에 무관심했는지도 곧장 이해했다. 진짜 장자는 따로 있었으니까. 심지어는, 무슨 일이 생겨도 황제의 권위는 위협할 수 없는, 안전하고, 어디까지나 협력적인 장자 말이다.

그리고 그 시점에서 황태자는 황제의 지지를 전폭적으로 등에 업고 황제를 도울 조력자의 자리를 박탈당한다. 황태자는 황제의 자리를 언젠가 뺏어 갈 경계 대상에 불과해진다. 마이어 대공가의 지지만을 등에 업고, 황태자는 스스로 자신이 있을 자리를 개척해, 표현 그대로 아버지에게서 황위를 알아서 뺏어 올 수밖에 없는 상황이다.

에슈마르크 대공은 황위를 노릴 수 없는, 그러나 결코 배반할 수도 없는 무시무시한 아군이다. 시대 최고의 마법사를 수족처럼 거느린 황제가 군림하는, 기계 국가의 새하얀 성 위였다.

요컨대, 내 설정이 거침없이 격렬하게 말아먹은 인생의 소유자는, 어쩌면 레일리 크라하 한 명뿐이 아닐지도 모른다는 것이다.

"백작이 내게 상당한 관심을 보였다는 이야기를 들었지. 걱정 말게, 아름다운 레이디의 관심이라면 그 수위가 조금 과하더라도 내 결코 사양하지 않아."

소매의 끝단을 느긋하게 정돈하며, 화려한 백색 왕관을 두른 듯한 백금발을 느슨히 늘어트린 채, 남자가 유순해 보이는 보랏빛 눈동자를 부드럽게 기울였다.

"나에 대해 더 자세히 알아볼 생각은 없나."

정말이지 알면 알수록 가관이었다. 이놈의 세계는 어떻게 돼 먹은 것인지, 까면 깔수록 수상쩍은 이야기들로 가득했다. 그들의 서사는 각각의 것만으로도 어지럽고 복잡했다. 내가 짠 설정, 내가 짜지 않은 설정, 내가 아는 설정, 내가 모르는 영역의 설정까지.

분명 내가 만든 세계임에도 이 나라의 스팀펑크적 발전을 아직까지도 전혀 이해하지 못하는 것처럼, 사실 나는 이 나라의 서사와 인물들을 하나도 이해하지 못하고 있는지도 모른다. 어느 날 갑자기 그 중앙으로 등 떠밀려 떨어져 버리고 만 내게는, 사실상의 선택지 따위가 없었다.

가릴 것도 없이 인상을 팍 썼다가, 장식 삼아 들고 다니던 부채를 탁 소리 내며 접고 그의 앞으로 성큼성큼 걸어갔다. 그리고 드레스 자락을 잡아 올리며 허리를 숙여 인사했다.

"시간을 할애해 주신다면 영광이지요, 각하."

나를 에스코트하겠다는 듯이 자연스럽게 손을 내민 알렉시스 에슈마르크가 잠깐 웃었다.

"물론 그대의 집사는 없이 만나기를 바라는데."

"전령을 보내겠습니다."

나야말로 바라던 바였다. 즉답부터 꺼낸 후 미간을 좁힌 채 곰곰이 생각하다가 속으로 욕을 했다.

사실, 황제가 내 면전에서 서류를 통째로 불쏘시개로 던져 버린 순간부터 내 머릿속은 다른 이유에서, 혹은 같은 이유에서 어지럽게 꼬이고 말았다. 다시 질문은 근원적인 곳으로 돌아간다.

나는 내가 직접 짠 로맨스판타지 소설의 주인공이 될 세레나 윌리엄스의 정신적 멘토이며, 아마도 실질적인 스승이었을 유리 옐레체니카의 몸에 빙의했다.

그녀는 연약한 몸을 지녔으며 우아하고 나긋나긋한 행동거지, 부드러운 미소와 존대를 보이는 어딘지 신비롭고 수상쩍은 인물이었다. 유리 옐레체니카는 자신의 충격적인 죽음을 통해 세레나 윌리엄스에게 각성의 계기를 제공할, 이른바 '트리거'로 기능하는 캐릭터다.

유리 옐레체니카는 누군가에게 살해당한다. 세레나 윌리엄스의 이야기가 비로소 새로운 국면을 맞이하고, 스스로 내면의 변화를 촉진할 수밖에 없는 결정적인 '트리거'로 기능하기 위해서. 그녀는 작가의 입장에서 보자면 상당히 중요한 소설적 장치였다.

그리고 이때, 언제라도 유리 옐레체니카에게 영향력을 발휘할 수 있을 정도의 가까운 거리, 즉, 이 나라 안에는 네 명의 초월자가 있다. 알렉시스 에슈마르크, 유리 옐레체니카, 솔데인 마이어, 레일리 크라하가 바로 그들이다.

개중에서도 유리 옐레체니카는 드러낸 것보다 감춘 것이 많은 대단한 실력자였고, 그런 그녀를 죽일 수 있을 법한 능력자는 결국 이 네 사람의 초월자 중 한 명일 수밖에 없다. 추후 세레나 윌리엄스가 드문 재능을 발견하고 각성하여 실력자가 되지만, 그것은 유리 옐레체니카의 죽음 이후에나 일어날 변화였다. 그렇다면 상황은 일견 명료해졌다.

유리 옐레체니카는 불사약을 연구하기까지 하며 영생에 집착했다. 자살을 할 법한 위인은 아니었다.

솔데인 마이어는 어디까지나 정의롭고 융통성이 없는 인간이다.

알렉시스 에슈마르크는 황제의 끄나풀이니, 사실 유리 옐레체니카와 한통속이다.

뷔올 다음으로 손꼽히는 대륙의 세력자이며 가장 위협적인 적대국인 연합국 측의 수뇌부는 사실 알렉시스 에슈마르크, 유리 옐레체니카를 중추로 한 뷔올 황제의 세력과 내밀한 연락 관계를 지니고 있다.

세레나 윌리엄스는 애초에 논외의 인물이다. 그녀는 유리 옐레체니카의 죽음으로 인해 발전과 변화, 성장의 방아쇠가 당겨지는 결정적인 주체이므로, 유리 옐레체니카의 죽음과는 완전히 무관하다.

그렇다면, 유리 옐레체니카를 위협할 수 있는 남은 인물은?

"각하와는, 단둘이서 나눌 이야기도 있을 것으로 생각하고요."

유리 옐레체니카에게 품은 개인적이고도 거국적인 원한이 가장 컸을 인물은?

"부디 각하와 차분한 마음으로 마주앉아, 우리만의 이야기를 나눌 수 있는 자리를 가질 수 있기를 바랍니다."

유리 옐레체니카의 죽음으로 인해 가장 이득을 얻을 수 있었을 인물은?

"좋아. 귀한 손님이니, 함께 뱃놀이라도 하지."

누가 유리 옐레체니카를 죽였을까?

알렉시스 에슈마르크가 달짝지근한 태도로 대답했다. 아무튼 나는 지금 유리 옐레체니카에 대해 더 자세히 알아봐야 할 필요성을 느꼈다. 레일리를 마주하지 않을 필요도 있었고, 그와 이대로 불필요한 시간을 계속 함께 보내는 것도 위험했다. 유감스럽게도 숱한 의문이 한곳으로 귀결되고 있었기 때문이다.

확신은 없지만, 나는 일단 확인하고 파악해야 한다. 행동을 취하기 위해서는 이 세계를 이해할 필요가 있었고, 내 이해는 한참이나 부족하다는 사실을 비로소 깨달았다.

국면이 완벽하게 달라졌다. 이제는 정말로 움직여야 했다.

SIDE OUT: 작가에게 로맨스를 촉구한다! (4)
Vol. 4 — 알렉시스 에슈마르크

그저 자기 자신으로서 존재해도 되는 곳을 찾고 있었다. 정당하게 살아 가도 좋다고, 그 어디에서도 허가받은 일이 없기 때문에.

* * *

"유리 옐레체니카가 기억을 잃었다는 소문이 뷔올 사교계에 파다하게 퍼졌습니다."

몸을 씻고 난 후 가운을 느슨하게 걸치고 방만하게 걸어 나오던 알렉시 스 에슈마르크의 뒤로 '어둠인' 갈리아가 붙어 섰다.

검은 머리칼에 붉은 눈, 파리한 비늘이나 날개깃처럼 반짝이는 묘한 피 부를 지닌 갈리아는 언제든 어둠 속에 녹아들 수 있고, 언제든 어둠에 몸을 싣고 빠르게 이동할 수 있는 반인이었다. 유사인족이기도 했다. 사실, 그 둘 중 무엇도 아니다.

알렉시스 에슈마르크는 갈리아를 흘긋 일별했다가, 크리스털 잔에 호박색의 독한 술부터 그득히 따랐다.

"기억을 잃어?"

"예. 일전에 찾아갔을 때 기억을 잃어 각하를 기억하지 못한다느니 하는 헛소리를 하기도 했고, 실제로 소문의 형태를 살펴보아도 이전의 유리 옐레체니카와는 완전히 다른 인물이 된 것 같을 지경입니다."

"재미있군."

그가 단조롭게 대꾸하며 잔을 들었다. 여전히 반은 흘러내린 가운을 정돈하지도 않은 채, 그는 술잔부터 입가에 대고 서재 근처를 배회했다.

"어차피 그녀가 원한다면 전혀 다른 인간인 것처럼 행세하는 일쯤은 문제도 아니야. 중요한 건 '왜' 갑자기 그런 행세를 하고 있느냐 쪽이겠지."

"그게……. 애매합니다. 유리 옐레체니카가 '그렇게 행세할 수 없는' 형태라기보다는, '결코 그렇게는 행동하지 않을 방식으로' 움직이는 사람이 되어 돌아왔습니다."

"묘한 표현인데."

"직접 보시면 주인께서도 제 표현을 이해하실 겁니다. 조만간 상세한 조사를 마쳐, 여러 행보와 언행을 적은 자료를 가져오겠습니다."

갈리아가 충성스러운 태도로 부복했다. 알렉시스 에슈마르크는 특유의 온유하고 부드러운 낯을 펼쳐 화사하게 웃었다. 곁들이는 음식도 얼음도 없이 빠르게 반 잔을 비운 독주를 한 손에 달랑달랑 흔들며, 연구 자료를 한 권 뽑아낸 그가 협탁의 앞에서 잠시 걸음을 멈췄다. 협탁에는 편지들이 가득 쌓여 있었다.

"지난겨울, 편지를 두고 갔지."

"예?"

"옐레체니카 백작이 말이다."

그가 유하게 대꾸했다. 달빛을 받은 백금발이 하얗게 쏟아져 내려 그의 우아한 뺨과 조각 같은 얼굴을 적시는 듯했다.

"제가 모시고 왔던 때를 말씀하십니까?"

"그래."

대답을 들은 갈리아가 곰곰이 지난겨울의 일들을 곱씹었다. 그는 어둠 속에 숨고, 그림자 아래에 모습을 감춰 언제든지 편리하고 빠르게 이동할 수 있는 능력을 이용해 유리 옐레체니카와 알렉시스 에슈마르크의 소통을 담당하고 있었다. 유리 옐레체니카의 연구실에 잠입해서 이야기를 전하거나, 혹은 남몰래 그녀를 대공저의 침실로 데려오는 것이다.

잠시 곰곰이 생각에 잠겨 언제쯤 유리 옐레체니카가 찾아왔었는지를 가늠해 보았다가, 갈리아가 금세 고개를 저어 버렸다. 결국 그는 특정한 날을 규명하지는 못했다. 그들은 빈번한 만남을 가진 편이었고, 내밀한 대화까지 함께 듣지는 못한 갈리아가 그 날짜를 확실히 특정할 수는 없었다.

대신 갈리아는 재빨리 다른 질문을 했다.

"특별한 내용이라도 있었습니까?"

"열어야겠다는 생각이 들면 그때 열라고 하던걸."

알렉시스 에슈마르크가 잠깐 소년처럼 웃었다.

"열어야 하는 순간이 지금이 아니면 또 언제겠나."

술잔을 협탁 가장자리에 내려놓고, 곧장 편지 한 장을 깊숙한 곳에서 빼 들어 올린 알렉시스 에슈마르크가 눈을 가늘게 떴다. 레터 나이프로 부드럽게 봉투를 가르고, 매끄럽게 꺼낸 얇은 종이를 팔락이며 흔들었다.

갈리아가 살피기에 긴 내용이 적히지는 않은 것처럼 보였지만, 알렉시스 에슈마르크는 말없이 편지지만을 바라보며 한참을 서 있었다.

사실, 그의 주인은, 늘 유리 옐레체니카와 관련된 일 앞에서는 뜸을 들이는 편이었다. 어떤 문제에서든 빠르게 대응하는 법이 없었다. 여유를 부리는 것인지, 일부러 초조하게 만들려는 것인지는 알 수 없었다.

간혹, 초조한 사람은 에슈마르크 대공 쪽일지도 모른다는 생각이 들 지경이었다.

"갈리아."

"예?"

갈리아가 퍼뜩 상념에서 깨어났다. 에슈마르크 대공이 노래하듯 말했다.

"이 세상에 신이 존재한다고 생각하나?"

"예……?"

인상을 쓴 갈리아가 한참을 고민하다가 묵묵히 고개를 저었다. 사실 신성 제국의 인간이 아닌 이상에야 신의 존재를 철저하게 믿는 인간은 얼마 남지 않은 시대였다. 신 같은 것을 추앙하기엔 뷔올은 너무 '격렬 하게' 발전했다.

휘적휘적 걸어가며 벽난로에 편지를 내던진 알렉시스 에슈마르크가 딱 소리를 내며 가볍게 손가락을 튕겼다. 단숨에 피어오른 거대한 불길이 벽난로 위에 자리를 잡았다. 마른 장작이 딱딱 소리를 내며 타들어 가기 시작했다.

"그럼, 살아가는 보편자가 사유를 통해 신에 근접한 존재가 되는 순간이 있다면, 그건 어느 시점이라고 생각하지?"

"글쎄요. 주인의 말씀은 늘 너무 어렵습니다."

갈리아가 당황스러운 표정을 짓고 대답했다. 새빨간 불길이 알렉시스 에슈 마르크의 그린 듯한 얼굴 위로 붉은 그림자를 드리우며 일렁이고 있었다.

"하지만 굳이 꼽으라면, 인간을 창조하는 순간이 아니겠습니까?"

대공이 잠자코 웃었다.

"됐네. 어쨌든 그대는 일단 더 이상 유리 옐레체니카에게 연연하지 않아도 좋아."

풀어 두었던 머리칼을 쓸어 넘기며, 이 시대에 가장 뛰어난 발명가이며 공학자이자 마법사인 인간이 나긋나긋하게 말했다.

"내가 직접 만나 보지."

갈리아가 알겠다고 대답하며 자취를 감춘 자리에 새까만 그림자만이 흔들리다가 훅 꺼졌다.

갈리아의 완전하지 못한 능력의 반동으로, 그 위에는 까마귀 깃털처럼 생긴 묘한 금속 깃털만이 떨어져 있었다. 알렉시스 에슈마르크는 허리를 굽혀 깃털의 파편을 주워 들었다. 손가락 사이에서 검은 깃털이 팽그르르 돌아갔다.

그는 다시 술잔을 들고 단숨에 들이켜며 침대를 향해 걸어갔다.

"'인간을 창조하는 순간'인가."

그는 조금 태만한, 혹은 권태로운 표정을 지었다. 빈 술잔이 침대 옆의 서랍 위에 달칵 내려앉았다. 알렉시스 에슈마르크가 미진한 태도로 웃었다.

"그 기준대로라면 인간은 이미 오래전에 신을 잃었어."

* * *

태어나서 처음 만난 아버지는 그림 속에 서 있었다. 누구도 '당신의 아버지'가 누구인지를 이야기하지는 않았지만, 아주 자연스럽게 이미 죽은 선황이 자신의 '아버지'라는 것을 알았다. 어머니가 자신을 낳을 때에 어떤 수상쩍은 논란이 있었는지는 들었으나, 초상화만 봐도 답은 명백했다.

아들의 손에 목숨을 잃은 선황은 알렉시스 에슈마르크와 똑같이 생긴 얼굴을 지닌 채 초상화 속에 잠들어 있었다. 아무도 알렉시스 에슈마르크의 혈통을 걸고넘어지지 못했다. 누가 봐도 그는 뷔올 황가의 피를 짙게 물려받은 인물이었다.

여덟 살의 봄이었다.

태어날 때부터 하사받은 대공령에서 유년을 보냈다. 외조부는 은퇴 후

방랑벽이 생겼고, 어머니는 굳이 알렉시스 에슈마르크를 자주 만나러 올 생각이 없는 듯했다. 가끔 만나기는 했지만 그뿐이었다.

그는 시종들과 지방 남작의 손에서 자랐다. 그들은 산지기에서 뿌리를 뻗어 나온 변방의 귀족이었다. 중앙 정계로의 진출 따위는 꿈에도 꾼 적이 없다. 단지 성실하게 황족의 아이를 키웠다. 알렉시스 에슈마르크는 귀족의 이권과 무관하게 성장했다. 그때는 모든 이의 세상이 그의 것처럼 빼곡하고 괴로운 것인 줄로만 알았다.

최초로 뷔올의 수도에 섰을 때, 알렉시스 에슈마르크는 여덟 살에 불과했다. 근자에 소문이 자자한 '적통' 황실의 자손이라는 소문을 들은 황제가 그의 얼굴을 직접 봐야겠다며 불러들인 탓에 새하얗고 거대한 도시에 처음 발을 들였다.

그렇게 처음으로 발을 들인 궁에서, 그는 복도에 커다랗게 걸려 있는 역대 황제들의 초상화들을 지나치다가, 선황의 초상화 앞에 섰다.

권력을 지니지 못했던 이리나 밀락테이트는 강제로 밤 시중을 들고, 지체 없이 후궁으로 책봉되었다. 에슈올 경의 영향력이 여전히 대단했으니, 돌아온 에슈올 경에게 꺼낼 최소한의 변명의 말이 필요했을 것이다. 상처뿐인 직위였다.

그녀가 후궁으로 책봉된 직후 황좌의 주인이 바뀌었다. 이리나 밀락테이트의 목숨을 남겨 주는 대신 후궁 책봉은 취소되었다. 대신 그녀는 독기를 품고 자신의 능력을 증명해, 마법사단의 단장직에 올랐다. 마법사단은 곧 마법병단이었다. 군권의 한 축을 손에 넣게 된 것이다. 누구도 함부로 건드릴 수 없는 자리였다.

그러나 어쨌든 그 몇 밤 안 되는 짧은 사이에 황제의 아이를 임신하고, 무사히 낳기는 한 모양이었다. 알렉시스 에슈마르크는 대수롭지 않게 그 앞을 지나쳤다. 똑같은 얼굴을 통해 이제 와서 아버지가 선황이 맞는다는 증명을 받아 봤자 쓸 만한 곳은 없었다.

그는 단 한 번도 무언가에 열의나 애정을 품어 본 일이 없다. 절박함을 지녀 본 일도 없었다. 열의를 지녀도, 야망을 품어도, 애정을 보여도 소용이 없으리라는 사실을 아주 어린 시절부터 경험적으로 알았다. 황제에게 있어 막냇동생의 생존은 그저 그 자체로 상징적인 효용이 있지만, 그 무엇도 동생에게 공유할 생각은 없을 것이다.

그는 그저 보기 좋은 인형으로, 형님의 명분으로 살아가다가, 어느 날 쥐도 새도 모르게 삶을 마무리하면 그만이었다. 그 무엇도 달성할 필요가 없었다.

"알렉시스인가."

그러나 처음으로 마주한 형님의 얼굴을 보고, 조금 흔들리고 갈등하며 떨리는 보랏빛 눈동자를 마주했을 때, 그와 똑같은 얼굴을 한 알렉시스 에슈마르크도 직감적으로 깨달았다. 무자비하고 잔혹한 패륜을 저지른 형님이 어째서 막냇동생만은 자비롭게 살려 두었는지.

그에게는 확신이 없었던 것이다.

"예, 형님."

알렉시스 에슈마르크가 떨리는 목소리로 대답하고, 깊숙하게 고개를 조아리며 인사를 올렸다.

"미련한 아우가 이제야 형님을 처음으로 뵙습니다. 알렉시스입니다."

자신의 아이가 아닌, 아버지의 아이라는 확신이 없어서.

그래서 죽이지 못했다.

단지 이리나 밀락테이트가 그의 정인이었기 때문에, 알렉시스 에슈마르크는 우연히 살아남은 것이다. 진짜 아버지가 누구인지는 관계조차 없었다. 무엇 하나도 알렉시스 에슈마르크의 것으로서 성립되지는 않았다.

그날, 황제는 알렉시스 에슈마르크에게서 계승권과 황실 종친으로서의 모든 권력을 거두어 갔다. 명목상으로는 에슈마르크 자치령에 전념하라는 뜻이었고, 다른 이들이 이해하기로는 동생을 위협으로 여겼기 때문이었다.

그러나 알렉시스 에슈마르크는 그날 바야흐로 깨달았다. 전리품처럼 살려 둔 황제의 막냇동생으로 사는 것보다 더 비참한 인생이 앞으로 자신의 미래에 기다리고 있으리라는 사실을. 세상 누구보다도 납작하게 몸을 낮춘 채 죽은 듯이 살아야 하는 인생이 바로 자신의 것이었음을.

그는 그저 이리나의 아들이기에 살아남았고, 지금 이 순간, 그저 황제와 똑같은 얼굴을 지니고 있기 때문에 앞으로도 살아남을 것이다.

모든 것을 허가받지 않으면 어떤 것도 영위할 수 없지만, 아무것도 허가받지 못한 삶이었다.

* * *

몬타뉴 밀락테이트는 본래 성씨를 지니지 못한 마법사였다. 그가 거점으로 삼았던 그의 고향, 지금은 뷔올 변방의 강으로 변해 이제는 마을이라고도 불릴 수 없는 지역의 명칭이 밀락테이트였기 때문에, 사람들은 그를 두고 밀락테이트의 몬타뉴라고 불렀다.

그의 고향이 푸른 숲으로부터 멀리 떨어지지 않은 곳에 있었던 덕에 몬타뉴에게 있어 푸른 숲은 늘 신비로 가득한, 그러나 언젠가는 정복하고 싶은 불모지의 일종이었다.

그는 밀락테이트 지방의 작은 공방 가문에서 태어났다. 가문의 사람들은 모두 연금술사였고, 그 역시 자연스럽게 연금술을 익혔다. 몬타뉴는 유난히 특출한 인물이었다. 그는 독학으로 마법을 사용하기 시작했고, 정령과 계약을 맺었으며, 이를 연금술에 접목시켜 세기의 발전을 이룩했다.

두 번 나오기 힘들, 걸출한 인간이었다.

시대와 세계를 뛰어넘을 정도의 천재였다.

"그대는 불사약을 마셨나."

어느 날, 알렉시스 에슈마르크가 물었다. 알렉시스 에슈마르크는 유리 옐레체니카의 출신 성분을 어느 정도는 확신하고 있었다. 유리 옐레체니카도 부정한 일이 없다.

"불완전한 것이 아닌, 완성품을 말이야."

얇은 캐미솔을 걸치고 침대 가장자리에 앉아 와인 잔을 다시 채우던 유리 옐레체니카가 우아한 낯으로 목을 빼 들었다. 물끄러미 그를 바라보던 그녀가 특유의 화려하고도 달콤한 얼굴로 웃었다.

"당신은 어떻게 생각하나요, 알렉시스."

치즈를 꺼내 놓던 알렉시스 에슈마르크가 눈썹을 꺾으며 인상을 쓰듯 웃고는, 그녀의 앞에 작은 접시를 내려놓았다.

"마셨다고 생각했는데."

"후후, 무엇을 근거로?"

"그대 늙지를 않으니 달리 해석할 여지가 있나."

"'늙지 않는' 정도라면 상정 가능한 여러 이유가 있겠지요. 당신이 사로잡혀 있는 것은 간단한 선입견이에요."

나긋나긋하게 대꾸한 유리 옐레체니카가 하얀 목을 기울이며 물빛 머리칼을 가느다란 손끝으로 귀 뒤에 넘겼다.

"비밀 하나, 말해 줄까요, 알렉."

선홍색 눈동자가 반달 모양으로 접혔다. 금방 입을 맞추기라도 할 것처럼 목을 빼 올린 유리 옐레체니카가 자신의 입술을 만지작거리며 부드럽게 속삭였다.

"나는 인간을 창조하는 법을 안답니다."

* * *

유리 옐레체니카는 알렉시스 에슈마르크의 협조를 얻어 '어둠인' 갈리아를 만들었다.

이미 죽은 반인과 유사인족의 시신을 재료로 해서 '그것'이 탄생했다. 불완전하고, 계속해서 다른 유사인족이나 반인들을 죽여 그 성질을 흡수 해야지만 물감처럼 뒤섞어 어둠의 성질을 유지하고 생명을 연장할 수 있는 미완성체였지만.

그럼에도 그것을 창조 아닌 무엇으로도 말할 수가 없었다.

'오랜 옛적부터 꿈이었어요.'

바닥에서부터 꿈틀꿈틀 기어오르는 살덩이를 물끄러미 바라보며, 유리 옐레체니카가 감정 없는 얼굴로 담담히 말했다.

'이런 기분이었을까?'

하지만 어디까지나 실패였다. 유리 옐레체니카는 자신이 성공할 수 있다고 믿었다. 확신이라고 해야 할 것이다. 맹신이기도 했다. 어느 정도는 광신적인 믿음에 가까웠다. 언젠가는.

언젠가는 신의 권위를 손에 넣을 수 있다고.

* * *

어떻게 살기를 바라는지, 혹은 어떻게 살아야 하는지를 알지 못했다. 열셋의 나이로, 형님인지 아버지인지 모를 자가 시키는 대로 연합국의 볼모로 갔다.

그는 단지 살고 있었다. 그 누구도 알렉시스 에슈마르크가 이 땅에 존 재해도 된다고 말해 주지 않았고, 그렇게 허가하지 않은 땅이었다. 그는 단지 앞 세대의 구질구질한 미련에 등을 떠밀려 오직 살아 있었다.

그에게는 의욕도 열정도 없었다. 야망도 물론 지닌 적이 없다. 어떤 것도 달성할 수 없으리라는 사실을 알았다. 외가로부터 물려받은 능력이 때때로 숨통을 짓눌렀지만, 태어날 때부터 지니고 있던 강대한 마력만은 이제 온전히 다룰 수 있게 되었다. 그것은 세계의 무게였다.

그 누구도 알렉시스 에슈마르크와 똑같은 '무게'를 느끼지는 못했다. 같은 시대에 가장 뛰어난 마법사로 이름을 알린 어머니 역시 마찬가지였다. 아마도 그것을 재능이라고 부를 테지만, 그에게는 그런 재능이 있어도 쓸 곳이 없었다. 그러니 개발하려는 마음 역시 지니지 못했다. 오직 괴로웠다.

그저 시간을 보냈다. 볼모로서의 삶도 그에게는 큰 영향을 주지 못했다.

이윽고 그의 나이 열여섯, 볼모로서 머무르고 있던 연합국에 내전이 일어났을 때, 뷔올은 그를 구출하려는 그 어떤 시도도 하지 않았다. 황제는 차마 알렉시스 에슈마르크를 자신의 손으로 죽이지는 못했지만, 그렇다고 해서 그를 살려서 곁에 두고 싶은 것도 아닌 듯했다.

나는 무엇을 위해 살고 있는가?

알렉시스 에슈마르크는 내전의 핵이 된 수도를 빠져나와, 어린 시절부터 자신을 모시던 늙은 남작의 뒤를 좇아 연합국의 외곽으로 향하며 생각했다. 모래바람이 부는 황야였다. 남작은 어떻게든 뷔올로 가는 배편을 얻어서 몸을 피해야 한다고 했다.

후에 국제 문제가 될 수도 있을 우환덩이를, 뷔올에서 받아 줄 리가 없다.

"헛된 희망은 버리게. 애초에 죽으라고 보낸 거니까."

열여섯 살의 알렉시스 에슈마르크가 자신을 키운 늙은 남작에게 냉정하게 대답했다.

나는 무엇으로 인해 살고 있는가?

남작은 이리나 경에게라도 연락을 해 보겠다며 부득불 항구 마을의 외곽에서 용병단을 찾아 들어갔다. 알렉시스 에슈마르크는 그를 뒤에 둔 채 작은 항구 마을을 떠돌았다.

도주 중에 쓰는 가명으로는, 전통적이고, 뻔하게도, 몬타뉴가 가명으로 삼았던 성씨 라이케를 썼다. 자신을 알렉시스 라이케라 밝힌 그는 여관의 명부에 이름을 적고 식사를 시켰다. 남작은 희망을 버리지 않는 모양이었지만 그는 전혀 기대를 하지 않았다. 이 외곽의 항구 마을에서 내전이 종식되기만을 기다리다가 후의 대처를 떠올리는 편이 나을 듯했다.

"자네 성씨도 라이케인가?"

그런데 문득, 여관의 명부를 받아 넘기던 여관 주인이 살갑게 물었다. 알렉시스 에슈마르크는 그를 물끄러미 바라보다가 고개를 기울였다.

"'도'라니. 라이케가 또 있습니까?"

"흔한 성이니까."

"그렇기는 하군요."

"뭐, 근본 없는 가문은 죄 라이케 성씨를 쓰기 시작했으니까 말이지. 그래도 우리 의사 양반은 워낙에 고상한 사람이라, 어쩌면 정말로 전설 속의 대마법사 몬타뉴랑도 인연이 있는 가문인지도 몰라!"

여관 주인이 자랑스러운 듯이 떠벌렸다. 이 마을에도 라이케 성씨를 쓰는 인간이 사는 모양이었다. 진짜 몬타뉴의 후손인 알렉시스 에슈마르크로서는 관심도 없는 이야기였다. 무심하게 잔돈이나 받아 챙겼다.

먼저 식사를 주문하고, 잠자코 자리에 앉아 끼니나 때우기 시작했다. 그는 고급스러운 음식에 익숙했지만, 그렇다고 해서 서민층의 생활 방식을 영위할 수 없을 정도로 훌륭한 삶을 산 것도 아니었다.

나는 무엇으로서 살고 있지?

영양을 채울 목적으로 제대로 씹지도 않고 꾸역꾸역 입에 맞지 않는 음식을 밀어 넣는 사이, 별안간 여관 주인이 벌컥 문을 열고 나갔다.

"엘류이센 선생!"

식견 있는 사람이라면 누구나 비웃을 법한 이름이었다. 알렉시스 에슈마르크는 보랏빛 눈을 찡그렸다가 표정을 풀었다.

"글쎄, 오늘 댁하고 똑같은 성씨를 지닌 꼬마가 왔지 뭐야. 라이케라고, 라이케. 보고 갈래?"

"'라이케'요."

노래하는 듯 달콤한 미성이었다. 먼 곳에서부터 굴러 떨어지는 낭랑한 시의 송가처럼 들리기도 했다. 확실히 교육을 받지 못한 인간의 말투나 어법은 아니었다. 어쩌면 알렉시스 에슈마르크처럼, 자신의 신분을 속이기 위해 가명을 쓰는 귀족 계층의 인물인지도 모른다. 그때에야 그가 고개를 빼 들고 창밖으로 시선을 돌렸다.

그때, 마찬가지로 여관 주인의 말을 듣고 문제의 '라이케'를 찾기 위해서지 고개를 갸웃거리던 여자와 시선이 마주쳤다. 포도의 즙을 짜서 끓인 것 같은 진하고도 선명한 선홍색 눈동자가 부드럽게 일그러졌다.

마법처럼 눈이 마주쳤다. 기쁜 듯한, 그러나 인상을 쓰는 듯한, 동시에 짜증스러운 듯한, 우아하고도 아름다운 미소였다.

"조금 흥미가 도는군요."

연합국의 변방, 큰 배는 한 달에 한 번꼴로 겨우 볼 수 있는 작은 항구 마을에서, 기이하고도 교교한 물빛 머리칼이 황야의 모래바람에 뒤섞여 휘말렸다. 눈이 마주친 순간 시선을 떼어 내는 법을 잊어버렸다. 그 순간 홀리듯이 붙잡혔다.

바람 많이 부는 황야였다. 재능을 품었으나 그것을 깨우지 못하고 있던 젊은 마법사는, 황야에서 물빛 머리칼을 휘날리는 기이한 여인을 만났다. 마법의 샘물을 긷고, 미지의 세계로 그 등을 떠밀.

"'라이케.'"

엘류이센.

여신의 이름을 지닌 여자가 즐거운 듯 뇌까렸다.

* * *

'신이 되는 법은 간단하답니다.'

엘류이센 라이케가 속삭였다.

'부와 권력, 힘만 있다면 누구에게든. 그러나 물론, 누구보다도 비열하고 유능해야겠지요.'

서사시에나 나올 법한 악마가 내미는 유혹의 잔 같았다. 꿀이 그득하게 담겨서, 혀가 마비될 정도로 달콤한 말이기도 했다.

'나는 내가 머무를 곳을 만들 거예요, 알렉시스. 증명은 타인이 해 주는 것이 아니랍니다.'

바야흐로 유리 엘레체니카가 내민 손을.

'영원한 삶을 손에 넣고, 이 세계의 질서를 우리의 손으로 재조립해서.'

알렉시스 에슈마르크가 맞잡았다.

'세계의 질서가 되고 나면, 우리가 존재해도 되는, 세상에는 존재하지 않는 곳을 더 이상은 찾아 헤매지 않아도 되겠지요.'

* * *

"단지 머물러도 좋을 곳을 찾고 있었다."
알렉시스 에슈마르크가 지친 얼굴로 말했다.

"나를 허락하는 장소 같은 건 아마 영영 없을 테니까. 직접 만들 생각이었지."

유리 옐레체니카의, 아니, 아마도 다른 누군가의…….

그렇다. 이름 모를 신의.

딱딱하게 굳은 얼굴을 앞에 세워 두고. 그는 일생을 괴롭힌 삶에의 피로를 한 점도 감추지 않은 채 온전히 드러내고 말했다.

"성장하지 못한 인간은 결국 자신에게나 타인에게나 재앙을 부른다. 유리 옐레체니카나 나나, 단지 그뿐이었어."

자조하는 듯한 목소리였다.

"그대 내 부정함을 경멸하나?"

9. 마법사들

알렉시스 에슈마르크에게 동의를 표한 그대로, 나는 즉시 레일리에게 전령을 보냈다. 에슈마르크 대공과 시간을 보내게 되었으니 먼저 저택에 돌아가 있으라는 전언이었다.

그 후 대공은 자연스럽게 뷔올 외곽의 거대한 호수로 나를 데리고 갔다. 유리 옐레체니카가 본래 사람 많은 곳을 싫어하는 인물인지라 레일리도 이런 곳으로는 나를 데려온 일이 없지만, 데이트 장소로 명성이 높다는 소문만은 들어 본 적이 있었다.

실제로도 호반을 둘러싼 둑의 곳곳에는 옹기종기 모여 앉은 커플들이 가득했다. 나는 찝찝하게 그들을 둘러보다가, 에슈마르크 대공에게 한 걸음 다가섰다.

"왜 꼭 이런 곳인가요?"

"둘만의 시간을 보내도 수상쩍지 않으니까."

그가 담담히 대꾸하며, 미리 연락을 넣어 놨던 선착장 관리인에게 직접 몇 마디를 건넸다. 소형의 배들 중에서는 가장 호화스러운 배를 고르는 듯했다. 아무튼 이 나라의 외교와 재무를 손에 쥔 인간의 씀씀이 스케일은 상상 이상의 영역에 있었다.

배가 마련될 때까지는 별다른 대화가 오가지 않았다. 대공은 시종들로 하여금 호숫가에서 기다리고 있도록 명령을 내렸고, 직접 만들었을 법한 처음 보는 방음 장치를 손 위에 꺼냈다. 풍뎅이 모양의 마력 태엽 장치였다.

그가 내게 손을 내밀었다. 드레스를 입은 나는 에슈마르크 대공의 도움을 얻고야 무사히 배 위에 올라탔다.

뷔올의 놀잇배는 증기 기관과 태엽, 마력석으로 알아서 움직이는 탈것이기 때문에 노꾼이 따로 필요치도 않았다. 에슈마르크 대공의 말대로, 단 둘이서만 이야기를 나누기에는 안성맞춤인 장소였다.

"타지."

"이제 이야기를 할 수 있을까요?"

"무슨 이야기가 하고 싶기에 지금까지 내내 피하던 나를 따라왔지?"

"저야말로 궁금한데요. 무슨 이야기를 하고 싶으셔서 지금까지 내내 쫓아다니셨죠?"

여러 겹의 얇은 커튼과 우아한 촛불들이 즐비했다. 디자인이 영 부담스러운 배 위에서 적당히 앉을 곳을 찾으며 묻자, 에슈마르크 대공이 바람 새듯 웃음을 터트렸다.

먼저 내가 앉을 수 있을 만한 자리를 마련해 준 그는, 별안간 몸을 숙이더니 바닥에서 무언가의 뚜껑을 열었다. 뚜껑을 열자 등장한 것은 뜨끈한 수증기가 피어오르는 족욕탕이었다. 호화스러운 놀잇배였다.

나는 조금 고민하다가 결국 굽 높은 신발을 훌렁훌렁 벗어서 옆에 가지런히 내려 두고 드레스를 걷은 후 발을 담갔다. 꽃잎에 향유까지 듬뿍 뿌려져 있었다.

몸을 쭉 늘어트리고 나도 모르게 기분 좋은 표정을 지었는지, 대공이 잠깐 소리 내서 웃었다. 나는 곧장 인상을 찡그렸다. 그때에야 본론이 시작됐다.

"내 용건이라."

보랏빛 눈을 가늘게 뜨며 나를 바라보던 대공이 성큼성큼 걸어 작은 서랍 앞으로 갔다. 와인과 독주들이 종류별로 놓인 서랍이었다. 그는 잔을 꺼내서 술부터 따랐다. 나도 일단 제공된 과자들에 손부터 뻗었다. 레일리 크라하의 수상쩍은 오천 가지 재주에 비하면 맛이 덜하겠지만, 아무튼 달콤한 것을 먹으면 머리도 잘 돌아갈 것이다.

그런데 별안간, 술잔에 얼음을 채워 넣은 대공이 불쑥 물었다.

"그대, 누구지?"

"예?"

"유리 옐레체니카는 아니잖아. 내 말이 틀렸나."

유들유들한 얼굴로 웃어 보인 그가 내 앞에 술잔을 내려놓았다. 나는 그의 말을 해석하기도 전에 반사적으로 술부터 사양했다.

"죄송하지만, 술을 못 마십니다."

"'술을 못 마신다'……?"

"체질적으로……. 심장이 약해서? 많이는 못 마신다고 하더군요. 아무튼 독한 술은 역시 무리겠어요."

그런데 내 말을 들은 그가 몹시 흥미로운 말을 들었다는 듯 혼자 어깨를 잘게 떨며 웃더니, 바로 곁의 상을 짚고 기우뚱하게 섰다. 어딘가에 앉을 생각은 없어 보였다.

"레일리 크라하가 그렇게 알고 있던가. 그가 그렇게 파악하고 있었다면, 그대가 그렇게 생각할 수밖에 없는 것도 자연스러운 일이겠지."

이건 또 뭔 소리란 말인가? 인상을 찡그리며 미니 마들렌을 하나 입에 집어넣다가, 결국 다시 물었다.

"기억을 잃은 것을 두고 '다른 사람이 됐다'고 표현하시나요? 그렇게 본다면 아니라고는 할 수 없겠지만……."

"내가 금고까지 접근할 수 있도록 길까지 열어 줬으니, 봤을 텐데?"

알렉시스 에슈마르크가 부드럽게 물었다.

"'우리'가 무슨 일을 하고 있었는지."

역시 엘제바에서의 사건은 전부 그의 의도대로 흘러갔던 것일까? 황제의 반응을 보고 엘제바가 이미 에슈마르크 대공의 자치령이 되었다는 답변을 들었을 때부터 대충은 짐작하던 일이었지만, 기분이 상하는 것만은 어쩔 수가 없었다.

나를 습격한 정체불명의 인물 역시 에슈마르크 대공의 손을 탔을까? 어쨌든 처음부터 끝까지 알렉시스 에슈마르크의 손바닥 위에서 놀아났다. 나는 인상을 팍 쓰고, 이번엔 크림이 듬뿍 올라간 스콘이나 퍽퍽 씹었다. 나를 관찰하듯 뜯어보던 알렉시스 에슈마르크가 말끔하게 웃으며 다시 한 번 술을 권했다.

"마실 것도 없이 그러지 말고, 들게. 유리 옐레체니카는 심장이 약한 게 아니니까. 아니, 약하다면 약하지만 '그런 의미'로는 일반인 못지않아."

"예?"

"'유리 옐레체니카'라고 말하면 혼동이 될 테니, 엘류이센 라이케라고 할까."

거기까지 듣고, 나는 저작 운동을 하던 턱을 딱 멈췄다. 그리고 눈썹을 꺾고 다시 물었다.

"그래서 대체 각하와 저는 무슨 관계였죠?"

"'자신'으로 표현해도 합당하단 말인가?"

에슈마르크 대공이 다시 수상쩍은 말을 했다. 이제는 꼿꼿이 허리를 세우고 그를 빤히 바라보던 나도 별수 없이 미간을 좁혔다.

"다시 묻겠습니다. 당신과 엘류이센 라이케는 무슨 관계였죠?"

"유리 옐레체니카가 쉽게 탈진하는 것은 다른 이유 때문이었지. 근원을 본 자라면 누구나 고질적으로 등에 짊어진 채 살아야 하는 것이 있기도 하고."

그는 그러나 내 질문에 대한 답이 아닌 다른 얘기를 꺼냈다. 여전히 이해할 수 없는 말이었다. 하지만 이 역시 내가 알아 둬야 하는 사실인 것 같기는 했다. 유리 옐레체니카에 대한 정보였다. 왜인지는 모르겠으나, 알렉시스 에슈마르크는 내게 무언가를 알려 주는 일에 호의적인 듯하니 이 기회에 이것저것 알아내야 했다.

찝찝해져서 끙 소리를 냈지만, 나는 이번에 엘제바를 탈출하면서 얻은 새로운 의문을 입 밖에 토해 냈다. 결국 유리 옐레체니카를 흉내 내며 그녀의 행세를 하는 일 따위는 의미가 없다는 사실을 비로소 명백히 확인한 기분이었다.

"유리 옐레체니카는 인간이 아닙니까?"

"인간이지만 인간이 아니기도 할 것이다."

"반인?"

"비를 맞거나 물에 오래 접촉한 채 있으면 상태가 나빠지겠지. 그건 체질이 나쁘기 때문이 아니라 내부의 마력이 폭주하기 때문이야."

"그건 알고 있습니다."

"왜 물과 접촉할 때 내부의 마력이 폭주한다고 생각하나?"

나는 그의 말을 곰곰이 곱씹다가 결국 술잔을 들었다. 알렉시스 에슈마르크의 말을 이해할 수 없는 것은 아니었다.

그런 측면에서 살피자면 유리 옐레체니카의 이상 체질은 다른 방식으로도 설명이 됐다. 아마도 물의 기질이 그 자체로 그녀의 마력의 기반을 이루고 있기 때문일 것이다. 이미 유리 옐레체니카가 평범한 인간의 것이 아닌 회복력을 지니고 있다는 사실은 확실하게 확인한 뒤가 아니겠는가.

어인인가? 수인? 어쨌든 지금까지 알고 있던 유리 옐레체니카의 설정을 재정립해야 하는 순간이 왔다.

"유리 옐레체니카의 심장이 약한 것은, 마력을 너무 많이 지니고 있기 때문인가요?"

"마법을 써 본 적 없는 인간만이 할 수 있는 질문이군."

그가 자조적으로 대답했다.

"하지만 그렇게도 이해할 수 있겠지."

"그럼, 온몸의 마력 회로가 거꾸로 되었다는 것도 거짓말?"

"아니, 그건 진실이야. 그대 평범한 몸을 지닌 게 아니니까."

"아까부터 묘한 말씀을 하시는데……."

"그대는 유리 옐레체니카가 아니잖나."

알렉시스 에슈마르크가 웃으며 말했다.

"유리 옐레체니카가 자신의 몸에 불러들인, 제삼자가 아닌가."

막 술잔을 입가에 가져다 대던 나는 인상을 쓰며 고개를 번쩍 들었다. 나를 기존의 유리 옐레체니카와 구별하는 일은 그럭저럭 납득할 수 있다. 레일리 크라하도 그렇게 생각하고 있을뿐더러, 기억을 잃은 옛 지인을 이전과 다른 사람처럼 생각할 수도 있는 일이었다.

하지만 나를 아예 별개의 '불러들여진' 인물로 파악하는 것은 다른 문제였다.

그렇다. 나는 '불러들여졌다.' 강제로 이 몸, '유리 옐레체니카'가 있어야 할 자리에 대신 빙의되고 말았다. 그리고 그 사실을 아는 인물이 있을 리 없다고 생각하며 지내고 있었다.

에슈마르크 대공은 여전히 더없이 태연하고 다정스러운 얼굴로 나를 물끄러미 내려다보다가, 빙그레 웃어 보이며 자신이 먼저 술잔을 기울였다. 그는 상당한 독주를 단숨에 들이켰다. 이제 보니 내게 준 잔과 달리, 스스로 따른 잔에는 얼음조차 없었다.

"안주 드세요."

"마법사에게 그런 건 의미가 없어."

알렉시스 에슈마르크가 또렷한 목소리로 대답했다. 그리고 대신 다른 이야기를 꺼냈다.

"영혼의 존재를 믿나."

"결론을 내리고 저한테 그런 식으로 말씀하고 계신 것 아닙니까?"

"우리는 믿고 있었지. 믿지 않고서는 견딜 수 없는 세계를 살고 있었거든."

그는 그렇게 말하고는 여러 겹으로 늘어져 있던 천을 걷어 내고 배의 가장자리에 섰다. 내 발치에서는 여전히 향긋한 물이 보글보글 피어오르고 있었다. 족욕탕을 장식한 꽃잎들이 자꾸만 춤을 추듯 흔들렸다.

"인간을 파헤치고 재조립했다. 신의 영역이 어디에서 시작되어 어디에서 끝날지에 대한 논의가 우리의 주된 관심사였어."

"당신들은 그래서, 무엇이 하고 싶었던 건데?"

결국 나는 짜증스럽게 물었다. 알렉시스 에슈마르크는 내가 어떤 말투를 쓰든지 개의치 않는 눈치였다. 나도 그냥 말투에는 가감을 두지 않기로 했다. 배의 외곽에 서서 출렁이는 호수를 바라보다가 나를 돌아본 그가 다정다감하게 대꾸했다.

"신이 되기로 했지."

"애나?"

"어린아이나 품을 소망처럼 들리나?"

그가 유쾌하게 웃었다.

"우리는 세계의 새로운 질서를 확립하기로 했어."

"그러니까, 무엇을 위해서?"

"살아가는 것에 지쳐 있었거든."

그런 것치고는 퍽 쾌활한 어조였다. 나는 인상을 썼다가, 결국 족욕탕에서 슬그머니 발을 빼냈다. 따뜻한 물 안에 잠겨 있던 발이 바깥으로 빠져나오자 조금은 싸늘했다.

"당신들은 불사약을 연구하고 있었나?"

"그래."

"유리 옐레체니카는 불사약을 마신 거야?"

"아마도 그렇겠지."

"인간을 그렇게나 무수히 해부하고, 무엇을 꿈꿨지?"

"인간을 창조하는 것."

알렉시스 에슈마르크가 부드럽게 대꾸했다.

"영생을 살고, 늙지 않으며, 생명체를 창조할 수 있는 존재라면, 그야 말로 신이 아니고 무엇일까?"

"개소리하네, 진짜."

나도 모르게 진심이 툭 튀어나왔다. 아무리 생각해도 일평생 열다섯 살을 사는 인간이 아니고서는 입에 담기 어려운 말이 아닌가. 그런데 여전히 대공은 내 말투에 신경을 쓰지 않는 태도로 잠깐 웃었다가, 술을 한 잔 더 따랐다.

나도 미간을 꾹 누르다가 다시 존대를 쓰기로 마음먹었다. 어쨌든 저 남자는 이 세계관에서 내로라하는 신분과 권력을 지닌 인물이었고, 지금 당장 원하기만 하면 내 목줄을 따 버릴 수 있는 대마법사다.

음……. 진정하고 최소한의 예의는 지키자.

"마법사의 세계를 이해할 수 있는 것은 마법사밖에 없어. 내게 있어 유리 옐레체니카는 유일한 이해자였지."

"잠깐……. 말이 이상한데. 이리나 경도 마법사잖아? 아니, 그러니까, 마법사잖습니까."

"마법사?"

그가 묘한 태도로 고개를 기울였다.

"세계의 근원을 보지 못한 자를, 어떻게 근원을 짊어진 자들과 대등한 마법사로 여기지?"

그 말을 단번에 이해하기는 어려웠다. '세계의 근원'? 알렉시스 에슈마르크는 명백하게도 묘한 표현을 쓰고 있었다.

"그게……. 무슨 소리죠?"

"유리 옐레체니카와 나만이 섰던 땅이 있다. 태어날 때부터 내 삶을 무의미하고 무가치한, 세계의 일부분으로 격하한 힘이었지. 우리는 질서를 새롭게 구축하기로 했다. 처음부터 우리만이 특별한 땅이었으니, 사실 달라질 것도 없었어."

그가 한 손을 펼쳐 호수 쪽으로 우아하게 내밀었다.

"모든 마법사를 같은 마법사라고 판단한다면 이야기를 나누기 어렵겠는데, 백작."

그리고 그 순간부터 기이한 일이 벌어지기 시작했다. 새하얗게 번득였던 호수가 통째로 부글부글 끓기 시작한 것이었다. 배가 크게 출렁였다. 다급히 쿠션들을 붙잡고 버티려는데, 호수가 돌연 새파랗게 변하며 쫘드득 얼어붙기 시작했다. 알렉시스 에슈마르크는 여전히 심드렁한 낯이었다. 힘을 크게 끌어 쓰는 것 같지도 않았다.

호수는 이번엔 녹색으로 변했다. 그 아래에 있던 수초들이 빠른 속도로 자라, 호수의 표면을 뒤덮기 시작했다. 호숫가에 앉아 있던 사람들이 비명을 내지르는 소리가 배 안에까지 들려왔다. 명백한 실력 행사였다. 그가 평온한 태도로 소매를 정돈하며 팔을 거두었다. 호수는 다시 잠잠해졌다.

"섭리라 불릴 법한 것을 흔들 수 있는 마법사들을 상대할 때에는 다른 기준을 지녀야지."

그렇게 말하고 나를 살폈다가, 잠깐 실소한 알렉시스 에슈마르크는 여전히 무감한 얼굴로 읊조리듯 말했다. 어쩐지 조금 회의적인 목소리였다.

"근원의 존재 자체를 잊으며 눈을 닫았나. 아무것도 '보지' 못한 표정이군."

"그게 무슨 말입니까?"

"아니, 됐네. 신이 되기 위해 무엇이 필요하다고 생각하지?"

그가 또 난데없이 물었다. 뜬금없는 말이었지만, 어쨌든 나는 성실히 대답했다.

"스스로 말했듯, 불로자로서의 영생 아닙니까?"

"그리고?"

"생명체를 창조하는 힘……?"

"그리고?"

"그리고?"

"절대자를 신으로 추앙하는 절대 다수의 약자가 필요하다."

그가 산뜻하게 답했다.

"부와 권력, 그리고 약간의 힘과 능력만 지녔다면 누구나 할 수 있는 일이지."

알렉시스 에슈마르크가 보랏빛 눈을 부드럽게 접으며 나를 향해 돌아섰다. 호수는 어느 사이엔가 다시 멀쩡해져서는, 바람 한 점 없이 잔잔하게 출렁이고 있었다.

"우민 정책을 펼치겠다고?"

"아니. 인간들 위에 서는 것은 우리일 필요가 없네. 진정한 권능은 직접적으로 위에 서는 것이 아닌, 어딘가에 절대적인 의지로, 근원으로서 존재하는 것. 권능을 드러낼 수단만 있다면 그만이야. 우리 대신 앞에 세울 완벽한 존재만을 갖추면 되는 일이다."

쭉 펼쳤던 손을 휙 털어 낸 그가 잠자코 소매 속으로 손목을 갈무리했다.

"갈리아."

알렉시스 에슈마르크가 돌연 누군가의 이름을 불렀다. 그리고 그 순간, 돌연 배의 밑바닥에 번져 있던 그림자로부터 불쑥 사람의 형상이 솟아났다. 그림자가 고스란히 몸을 세운 듯했다.

새까맣게 흔들리는 먹물 같은 것을 뚝뚝 떨어트리며, 이미 한 번쯤 만난 적 있는 얼굴이 그 아래에서 서서히 드러났다. 이 세계에 처음 빙의했을 무렵, 이제는 거의 1년이 다 되어 가는 과거에 찾아왔던 남자였다.

페도라를 쓴, 검은 머리칼과 홍옥 같은 붉은 눈을 지닌 남자의 발치에는 까마귀 깃털이 수북했다.

"인사하게, 유리."

알렉시스 에슈마르크가 다정다감하게 말했다.

"그대가 자신의 손으로 창조한 새로운 세계의 절대자가 아닌가."

* * *

목욕탕에 전신을 늘어트린 채 누워 천장을 바라보다가 또 습관적으로 인상을 썼다. 흔들리는 욕탕의 물을 보고 호수의 물을 떠올린 탓이었다.

분명 이 세계는 내가 쓸 예정이었던, 내가 만든 세계였다. 캐릭터들도 마찬가지로 기본적인 사항은 내가 설정했다. 그러나 지난 주말, 나는 알렉시스 에슈마르크와 호반에서 시간을 보내며 지금까지 알던 것과는 사뭇 다른 '서사'를 발견하고 말았다.

에슈마르크 대공은 뜻밖에도 내게 여러 정보를 공유하는 일에 거리낌이 없었다. 그는 내 추측대로 연합국에서 열여섯의 나이로 유리 옐레체니카, 아니, 당시의 이름으로는 엘류이센 라이케로서 활동하던 '이 몸'을 만났다. 그녀는 연합국의 변방에서 의사로 활동하고 있었다.

그렇게 우연찮게 서로를 만난 후, 그들은 모종의 협약을 맺었다. 알렉시스 에슈마르크는 그 시절의 일을 자세히 서술하지는 않았지만, 단지 이렇게 표현했다.

그들은 스스로 머물러도 좋을 곳을 찾고 있었다. 그 누구도 그들이 머물러도 좋다고 허가해 준 적이 없기 때문에.

유리 옐레체니카가 어디에서 왔는지, 무엇을 위해 살아가는지는 알렉시스 에슈마르크 역시 명확하게 알지 못한다. 그러나 그 역시 나와 마찬가지의 추측을 했다.

하필 그녀가 빠져나온 곳이 푸른 숲이었다는 점에서부터, 그녀가 나이를 먹지도 않고, 자기 자신의 시간을 되돌릴 수 있다는 것만으로도 단서는 충분했다. 그녀가 왜 자기 자신을 두고 '머물러도 좋다고 허가해 준 곳이 없다'며 존재의 의미를 찾겠다고 나섰는지는, 그럼에도 불구하고 여전히 알 수 없는 일이었다.

알렉시스 에슈마르크라면 어느 정도 이해가 갔다. 그는 구체적으로 내 의문에 긍정을 표하지 않았지만, 황실의 명예와 연관된 문제임에도 부정의 뜻 역시 밝히지 않았다. 그는 어쩌면 이리나 밀락테이트와, 그녀의 공식적인 남편이었던 선황이 아닌 그의 아들 사이에서 태어난…… 복잡한 혈통을 지닌 인물일 것이다. 혹은, 그런 가능성을 지녔을 것이다. 그래서 죽은 듯이 살다가 무엇 하나 남기지 못한 채 죽어야만 한다.

황제에게 있어 알렉시스 에슈마르크는 직접 죽이기는 찝찝하지만 그대로 두기에도 애매한 계륵이었고, 그래서 반쯤 방치한 채 연합국에 볼모로 두고, 내전 중에도 빼돌리지 않는 등 알아서 죽기만을 기다리고 있었다. 알렉시스 에슈마르크는 삶의 의미를 알지 못했다.

그때, 그녀가 먼저 제안을 했는지, 아니면 그가 제안을 했는지는 몰라도, 그들은 새로운 세계를 정립하고 그 세계의 신으로서 자신들의 자리를 만들기로 했다.

물론 정신 나간 소리다. 누구나 인생에 한 번쯤은 자신이 특별하다는 생각에 사로잡혀 되돌릴 수 없는 암흑의 역사를 적립하는 법이지만, 유감스럽게도 이 정신 나간 소리를 한 인물들은 지금의 시대에는 이 대륙에서 따라올 자 없는 초월 능력을 지닌 작자들이었다. 덕분에 그들의 허황된 계략은 단숨에 놀랄 만한 성과를 보이며 진행되기 시작했다.

이윽고 알렉시스 에슈마르크가 뷔올로 금의환향하자, 엘류이센 라이케도 그를 따라 뷔올로 거처를 옮겼다. 그때까지는 아직 표면적으로 자신을 드러낸 일이 없었다. 그러나 약 2년 후, 그녀는 가짜 이름을 사용해 뷔올에 공식적으로 자신을 알렸고, 결국 황제로부터 명예 백작의 작위를 받아 냈다.

그 후부터 알렉시스 에슈마르크와 유리 옐레체니카 사이에는 그 어떤 공식적인 접점도 없었다. 하지만 이면에서는, 알렉시스 에슈마르크가 직접 내게 보여 준……. 그리고 유리 옐레체니카가 '제작'했다는 호문쿨루스 '어둠인 갈리아'를 통해 계속해서 연락을 주고받는 중이었다.

그들은 인간을 창조하고 싶었다. 유리 옐레체니카는 '의사'로서 활동하며 이미 인간의 구조와 생리에 대해 파악한 후였다. 그래서인지, 혹은 다른 연구가 있었는지, 어쨌든 생명체를 만드는 방법을 어느 정도 구축하고 있었던 모양이다.

어둠인 갈리아는 유리 옐레체니카가 직접 반인과 유사인족들의 시신을 기우고 붙여 만들어 낸 유사 생명체였지만, 어디까지나 불완전했다. 갈리아는 그 성질이 안정되어 있지 않고 감정의 기복이 극심했으며, 의도한 속성은 '어둠인'이었음에도 모체로 삼은 조인족의 특성이 사라지지 않아서 능력을 쓸 때마다 까마귀 깃털을 떨어트렸다. 그렇다고 해서 날 수 있는 것도 아니었다.

수명도 평범한 인간이나 반인의 것보다 현저히 짧았다. 기껏해야 제작일로부터 30년이라도 살면 오래 사는 편일 것으로 예측됐다. 그마저도 능력을 꾸준히 쓰면 점점 더 '유효 기간'이 짧아진다. 더구나 지속적으로 능력을 사용하기 위해서는 계속해서 다른 반인이나 유사인족을 갈기갈기 찢어 그 기운을 들이켜야 했다.

'갈리아'는 속된 말로 애매했다. 유리 옐레체니카가 반인의 생체 실험을 진행하지 못하거나 실험 중이었던 대상체들이 일제히 죽어 버리면, 갈리아는 시내로 나가 직접 사냥을 해야 했다. 이것이 최근 뷔올에 소문이 자자했던 '살인 사건'의 정체였다.

사실 어려운 주제이기는 했다. 어둠이나 빛 따위의 강대한 속성을 첫 시도부터 완성하려고 하니, 잘될 리가 없는 일이었다. 그럼에도 불구하고 유리 옐레체니카는 언젠가는 자신이 완전한 인간을 만드는 일에 성공하리라고 확신하고 있었다.

알렉시스 에슈마르크에게는 이제 그녀를 지지할 충분한 부와 권력이 생겼으며, 유리 옐레체니카가 지닌 명성과 재력 역시 뛰어났다. 그들은 협력했다. 포기하지도 않았다. 뛰어나고 특출한 무언가를 지녔지만, 삶에 대한 의욕도, 타인에 대한 연민도, 특정한 삶에 대한 열망조차 없는 인간들이 모여 역사상 가장 끔찍한 일들을 벌이기를 주저하지 않았다.

측근인 레일리 크라하마저도 파악하지 못했으니, 뷔올의 그 누구도 모르는 관계라고 봐야 했다. 아마 예외가 있다면 황제 정도가 유일할 것이다. 사실 황제가 그들의 관계를 아는지 모르는지, 어디까지 아는지는 명확하지 않았다.

아무튼 나는 머리칼을 마구 헤집고 욕탕에서 일어났다. 커다란 수건을 든 채 대기하고 있던 레일리가 내 몸에 수건을 둘러 주고, 그대로 이리저리 닦고 말리기 시작했다. 나는 그의 수건에 푹 감싸인 채 계속해서 생각을 했다.

알렉시스 에슈마르크는 나를 처음 만났을 때 자신으로부터 도망갈 생각이었냐고 물었다. 갈리아도 내게 따로 찾아왔을 때 그런 논조의 말을 했다. 왜인지 알렉시스 에슈마르크가 구정물을 혼자 다 뒤집어써 주고 있었으므로 그 꼴을 곁에서 본 갈리아의 인식이야 어쩔 수 없었다. 갈리아는 유리 옐레체니카가 어쩔 수 없이 협조하는 선량한 과학자쯤 된다고 여기는 듯했다.

하지만 알렉시스 에슈마르크의 경우, 그는 유리 옐레체니카가 아주 자발적이고 열성적인 동조자라는 사실을 알고 있었을 것이다. 그런데 왜 그런 말을 했을까?

어쩌면 그는 언제나 유리 옐레체니카가 자신의 곁을 떠날 것이라고 생각했는지도 모른다. 알렉시스 에슈마르크와 유리 옐레체니카의 관계에 대해서도 생각을 해야 했다.

그의 세계에는 아마도 유리 옐레체니카만이 유일한 이해자였다. 그가 직접 표현하기를, '마법'을 짊어진 자는 이 세계에 자신과 유리 옐레체니카뿐이라고 했다.

그 표현이 무엇을 의미하는지는 아직도 모른다. 내가 제대로 마법을 쓸 수 있게 되기 전까지는 이해할 수 없을 것이고, 사실, 앞으로도 이해하고 싶지 않다는 직감적인 거부감이 들었다.

알렉시스 에슈마르크는 마법을 배우라고 종용했지만, 나는 그의 제안을 거절했다. 무슨 꿍꿍이인지도 알 수 없었기 때문이다. 큰 전력이 되기는 할 테니 다른 사람에게서 배운다면 금상첨화일 텐데, 솔직히 내가 생각하기에도 알렉시스 에슈마르크보다 잘난 스승을 얻는 것은 불가능한 일일 것이다.

"줴엔장."

"왜 또 다짜고짜 상스러운 말을 하시지요, 마스터."

"여자에게는 가끔씩 그러고 싶은 기분이 되는 날이 있다."

"제 주인이지만 정말 아무 말이나 하시는군요."

똑같이 결핍된 세계를 살고 있던 두 사람 중 한 사람만이 온전한 세계를 갖게 되면, 남은 사람은 배신감을 느낄 수밖에 없는 것인지도 모른다. 나로서는 이해하기 어려운 부분이지만, 캐릭터를 해석하는 기분으로 납득은 했다. 알렉시스 에슈마르크는 유리 옐레체니카와 둘만이 공유했던 세계를 언급하며 스스로 자조했다.

무엇 하나 구체적으로 들은 이야기가 없었지만, 나는 알렉시스 에슈마르크의 허무에 동조했던 유리 옐레체니카, 즉 엘류이센 라이케의 '허무'의 정체야말로 내가 파악해 내야 할 우선적인 과제로 여겼다.

무엇보다도, 알렉시스 에슈마르크에 대해서는 의외로 경계를 한 단계 낮춰도 될 것 같았기 때문이다. 그는 결코 유리 옐레체니카의 직접적인 적으로서 기능하지 않을 인물이었다. 그러니까, 무슨 일이 생기더라도 말이다. 당장 내게 위해가 되지 않는다는 이야기와도 상통했다.

애초에 그는 나와 유리 옐레체니카를 확실하게 구분 짓고 있는 것 같고, 어차피 그에게 있어 진짜 유리 옐레체니카는 '엘류이센 라이케'일 것이다. 이름이고 호칭 따위는 그에게 있어 중요한 문제도 아니었다. 그럼에도 불구하고 그가 계속해서 내 호칭을 지적한 것은, 요컨대 내게 강조하기 위해서였다. 자신이 알고 있다는 사실을 강조하기 위해서 말이다.

유리 옐레체니카와 나를 그렇게까지 명백히 구분하고 있는 이상 그녀에 대한 호의가 나에게까지 연결되지는 않을 테지만, 적어도 이 몸을 죽게 만들지는 않을 것이다.

무엇보다도, 끊임없이 내게 마법을 가르쳐 주겠다느니, 마법을 보지 못하게 된 거냐느니 하며 질척거리지 않았는가. 그는 지속적으로 그런 의사를 표현해 왔다. 관련 문제에 대해, 내게도 알려 줄 생각이 있다는 뜻이다.

그가 '유리 옐레체니카'와 구분되는 존재인 나에게 그렇게나 호의적인 이유는 여전히 모르겠지만……. 최소한 그가 내게 표면적으로나마 이유 모를 호의를 보이는 이상, 나도 일단은 그의 장단에 어울려 줄 작정이었다.

"황궁의 파티에 참가하시려 한다는 이야기는 들었고 준비도 마쳐 놓았지만, 파트너는 아직까지도 정하지 않으셨지요."

그런데 별안간 레일리가 은근한 태도로 말을 꺼냈다.

"이렇게 갑작스럽게 참가할 파티도 아니거니와, 파트너 없이 함부로 발을 들일 곳도 아닙니다."

"파트너 있어."

나는 그에게 건성으로 대답해 준 후, 그가 건네는 옷에 팔을 끼웠다. 레일리가 눈썹을 꺾으며 입매를 비틀었다. 하지만 알렉시스 에슈마르크와 만나고 돌아온 이후 늘 그랬듯, 나는 그에게 신경을 쓸 여력이 없었다. 사실 황제와의 면담에서 깨달은 의혹으로 인해 레일리와는 거리를 두고 있는 중이기도 했다.

아무리 생각해도, 지금까지 파악한 국면을 기반으로 판단했을 때, 유리 옐레체니카의 살해범으로 가장 미심쩍은 인물은 다름 아닌 레일리 크라하였다.

"그래서 파트너는 누구입니까? 마이어 후작인지요."

자잘한 장식품의 착용까지 마쳤을 때 레일리가 돌연 조용히 질문했다. 목걸이를 만지작거리던 나는 눈을 댕그랗게 뜨고 그를 올려다봤다가 홰홰 손사래를 쳤다.

"아니, 왜 자연스럽게 그 인간이 나오냐? 아닌데."

"그럼 누구……."

레일리가 조금 더 상세한 질문을 붙이려는 순간 똑똑 노크 소리가 들려왔다. 문을 열자 오토마타가 대기하고 있었다. 손님이 왔다는 사실을 알리기 위해서였다.

나는 어쩐지 손님이 누군지 알 것 같아졌고, 즉시 손님을 맞이하러 나가려는 레일리를 붙잡고 여유롭게 준비나 마치게 했다.

"대공일 거야."

"대공 각하 말씀이십니까?"

"어. 데리러 온 거겠지. 으, 싫다, 싫어."

"'싫다, 싫어'?"

레일리가 빈정거리듯이 내 표현을 반복했다. 이를 드러내며 비죽 웃고 있었지만 별로 기분이 좋아 보이지는 않았다. 그와 몇 마디 더 나누려는데, 오토마타가 다시 한 번 문을 두드렸다.

조금쯤은 그냥 기다리지 왜 이리 재촉질이야. 이번엔 나도 레일리의 뒤를 따라 성큼성큼 문에 달라붙었다. 오토마타에게 그 인간을 강제로라도 쫓아내라고 명령이라도 하려 했는데, 오토마타가 불쑥 내민 것은 웬 목걸이였다. 레일리가 대신 해명했다.

"손님께서 건네는 선물인 모양이군요."

"왜?"

"본래 황궁의 무도회에 참석할 때는 파트너와 색깔이나 컨셉, 혹은 하다 못해 장식물 정도는 통일하는 게 예의지요. 보아하니 말씀하신 '파트너'는 대공 각하이신 것 같습니다만, 커플 코드에 대해서는 전혀 상의하지 않으신 눈치이니 각하께서 준비하신 모양입니다."

"그런 예의 처음 듣는데."

"무도회에는 참석할 예정이 없었으니까요. 목걸이를 다시 해 드리겠습니다."

레일리가 짜증스레 대꾸하며 오토마타의 손에서 휙 목걸이를 채 갔다.

"너 왜 저기압인데?"

"'왜'냐고 물으셨습니까? 고양이님 고양이님 하니까, 이젠 사람다운 눈치도 없으신 모양이군요."

"질투하나?"

"연애 감정 없다고 말씀드렸습니다."

"그럼 뭐가 문제야?"

"그래도 최소한의 예의라는 건 있는 것 아닙니까."

"무슨 예의?"

진심 모르겠는데. 나는 인상을 팍 쓴 채 그에게 목덜미를 쭉 빼고 내밀었다가, 화장을 고치며 신경질적으로 반문했다.

"엔조이하라며?"

"……."

내 대답을 들은 레일리가 별안간 생글생글 웃기 시작했다. 몹시도 열이 받은 얼굴이었다. 으, 젠장. 저 녀석이 저런 꼴로 웃으면 좋은 일이 생긴 적이 없다. 나는 슬금슬금 물러나다가 결국 도망치듯 문을 벌컥 열고 성큼성큼 걷기 시작했다. 즉시 나를 쫓아오기 시작한 레일리가 뒤꽁무니에 대고 잔소리를 했다.

"지금 이건 질투를 유발하기 위해 일부러 하시는 행동입니까?"

"얼씨구, 혼자 김칫국 잘 처잡수시고 계세요."

"김……. 그게 뭐지요."

"아, 그, 뭐냐. 혼자 망상의 나래 열심히 펴시라고."

내 대답을 들은 레일리가 못마땅한 낯으로 걸음을 빨리하더니, 단숨에 나를 따라잡아서 바로 곁에 서서 산뜻하게 웃으며 턱을 기울였다. 떠보는 듯한 투였다.

"대공 각하와 함께 가시면 저는 동행할 필요가 없습니까?"

"엥? 너 뭔 일 있어? 선약이라도 있나?"

반사적으로 눈을 댕그랗게 뜨고 반문하자, 레일리가 아주 이상한 표정을 지었다. 내가 걸음을 멈춘 통에 그도 나를 따라 걸음을 멈춘 상태였다. 복도 중앙에 선 채, 그가 한숨을 푹 내쉬었다.

"제가 따라가는 걸 아주 당연히 상정하고 계시군요."

"어디 집사가 주인 가는 데에 동행을 않으려고 그래? 중요한 일 있는 거 아니면 따라와."

"본래 황궁의 무도회에는 파트너만 동반하지, 시종은 잘 데리고 가지 않습니다. 불가능한 것은 아닙니다만."

"황궁의 무도회는 뭐가 특별한데 그래?"

"모르면서 가겠다고 하신 겁니까?"

"대공 각하가 가자고 하시기에 알겠다고 했는데."

대공이 뜬금없이 '레일리 크라하가 유리 옐레체니카의 실험 내용을 알면 백작이야말로 곤란할 텐데?' 따위의 싸가지 없는 소리를 해서 그런 것도 있다. 따지자면 전부 레일리 크라하가 수상쩍고 위협적인 탓이었다.

그런데 내 대답을 들은 레일리가 미간을 꾹 누르며 인상을 찡그렸다.

"보통 교제 상대를 찾거나, 교제 상대와 동행하는 파티입니다."

"뭐, 미친."

"뇌가 정말 고양이의 것만큼 작아지셨습니까?"

"으, 미친! 따지러 간다!"

그 말을 들은 순간부터 더 볼 것도 없었다. 나는 예쁘고 단정하게 늘어트린 드레스의 양쪽 끝단을 덥석 붙잡고, 종아리를 바깥에 훤히 드러낸 채 성큼성큼 걷기 시작했다.

"제가 제정신이 아닌 주인을 모시고 있다는 것만은 확실히 알겠군요. 드레스 내리십시오."

뒤통수에 대고 레일리의 비꼬는 목소리가 들려오긴 했지만, 나는 그의 말을 싹 무시한 채 손님맞이용 응접실 앞에 서서 쾅 문을 열어젖혔다.

"각하!"

당장에 따지기 위해 문을 열었다가, 문 앞에 가만히 서서 천장의 장식을 살펴보던 알렉시스 에슈마르크와 시선이 마주쳤다. 눈이 마주치자마자 특유의 태도로 느긋하게 웃어 보인 그는, 안고 온 백합 꽃다발을 통째로 내게 안겼다. 난데없는 일이었다.

강렬한 향기가 훅 밀려들었다. 유리 옐레체니카의 몸통만 한 거대한 꽃다발을 안는 바람에 순간 뒤로 상체가 넘어갔다가, 어찔한 향기에 반사적으로 눈살을 찌푸렸다.

"이건 또 뭡니까?"

"그대의 이름 뜻이라고 들었어. 파티에 가기에 앞서 파트너를 위해 꽃다발 정도는 들고 오는 식견이 있다네."

유리의 뜻이 왜 백합이야? 미간을 좁히며 따지려다가 아차 했다. 저번에는 영어더니, 이번에는 일본어냐?

애초에, 나는 알렉시스 에슈마르크가 대체 어떻게 '나'를 '유리 옐레체니카'와 별개의 인물로 인지하고 있는지조차 듣지 못했다. 영혼적인 차원에서 정말로 '다른 사람'이라는 사실을 어떻게 알고 있는지, 그 이유나 근거조차 설명받지 못한 것이다.

"당신들, 정말 대체……."

어떻게 이 세계에 없는 언어를 알고 있는지 따져 물으려 했다가, 등 뒤에서 불쑥 튀어나온 장갑 낀 손을 발견하고 급히 입을 다물었다. 알렉시스 에슈마르크와 연관된 일을 절대 발설하면 안 될 상대가 바로 곁에 있다는 점을 간과했다.

입을 꾹 다문 나를 차가운 눈으로 물끄러미 바라보던 레일리가 뒤늦게 생긋 웃어 보이며 꽃다발을 챙겼다.

"꽃은 제가 정리해 두겠습니다. 잠시 시간을 주실 수 있으신지요."

"잠깐이라면 기다려도 파티에 늦지 않겠지."

에슈마르크 대공이 부드럽게 대꾸하며 내 손을 다정스레 잡아 올려 손등에 키스를 했다.

"옐레체니카 백작과 파트너로 황궁의 무도회에 참석할 수 있게 되다니, 그것만으로도 충분한 영광이니까."

미……. 친……. 놈…….

"저야말로……. 영광이지요, 하핫, 미친 새끼."

"하하, 백작, 본심이 뒤에 붙어 버렸군."

본심인 걸 알면 적당히 좀 해라. 나는 속으로 눈물을 쭉 삼키며 그의 손아귀에서 내 손을 쏙 빼냈다. 물어야 할 것도 많고, 들어야 할 것도 많다. 이미 함께 저지른 일이 무수히 존재하는 상황이라는 것을 알게 되었으니, 어쨌든 당분간은 그와 협력 관계를 구축해 상황을 파악하고 도움을 얻는 편이 나았다. 그러니 어쩔 수 없는 일이었다.

어쩔 수 없는 일이긴 하지만 역시 짜증스러웠다. 알렉시스 에슈마르크의 파트너로서 파티에 참석하면 사방에서 인생이 피곤해지는 소리가 들려

올 것이다. 그리고 등 뒤에서 생글생글 웃고 있는 레일리 크라하와, 면전에서 부드럽게 미소를 짓고 있는 알렉시스 에슈마르크. 양쪽의 잘생긴 얼굴과 그에 반비례하는 인성을 생각해 봤을 때, 내 인생은 이미 걷잡을 수 없이 피곤해졌음이 분명했다.

음, 역시 인생이 너무 개 같군. 나는 여태 종아리까지 걷어 올리고 있던 드레스를 툭 놓아 버리며 짜증스럽게 미간을 좁혔다.

* * *

요약했을 때, 나는 파티장 안의 분위기가 그냥 머리부터 발끝까지 불편했다. 숨만 쉬어도 불편해지는 공기라니, 아무튼 나랑은 생리가 맞지 않았다.

에슈마르크 대공을 파트너로 삼아 함께 파티장에 들어선 순간부터 좌중이 싸늘하게 식은 듯했다. 끈적거리는 눈빛으로 서로를 열렬히 바라보며 춤을 추던 커플도, 열띤 토론을 나누던 고위 귀족도, 서로 눈치를 살피며 눈빛으로 썸을 타던 젊은 남녀도 다들 입을 떡 벌린 채 우리만을 바라보고 있었다.

"각하, 최근에 따로 애인이라도 있었습니까?"

"아니. 작년 봄에 헤어졌지만 헤어졌다고 공표한 것은 작년 가을의 일인데."

"그럼 제가 지금 각하의 세기말적 양다리의 주인공으로 오해받는 것도 아닌데 사람들의 시선이 왜들 저런답니까."

"그대 내 새로운 연인처럼 보이는 모양이고, 정치적으로 묘한 구도가 아닌가."

"으, 역시 그거겠지. 아무리 생각해도 젠장이다, 젠장."

소리 죽여 구시렁거리며 구석으로 들어가려는데 에슈마르크 대공이 내 팔을 붙잡으며 다정다감하게 고개를 까딱해 보였다.

"춤이나 한 곡 추며 이야기를 하지."

"주변 눈치가 보여서 이야기를 나누기엔 적합하지 않다고 여기는데요."

"목걸이에 간단한 방음 조치를 취해 놨으니 걱정 말게."

결국 나는 인상을 찡그렸다가 레일리에게 짐을 떠맡긴 후 그를 따라 플로어로 나갔다. 다행히 알렉시스 에슈마르크의 말대로 목걸이의 방음 장치는 그가 약간의 마력을 주입하자마자 곧장 발동됐다.

먼저 말을 건 것은 내가 아니었다. 알렉시스 에슈마르크는 대뜸 질문부터 했다.

"며칠간 생각은 좀 해 봤나?"

"각하와 협력 관계를 다시 구축하자는 제안 말씀이신가요?"

"그래."

호반에서 뱃놀이를 가장한 실력 행사를 하면서, 그는 내게 자신의 곁에 머무를 것을 제안했다. 일종의 수족처럼 부리려 한다는 것이었다.

표면적으로는 찻잎을 재배하는 식민 무역의 주도자인 그의 사업에 유리 옐레체니카의 발명품들을 원조하는 방식의 협력을 구한 것이다. 물론, 발명품을 새로 개발할 능력이 내게 있을 리가 만무하니 실질적으로는 곁에 두는 것이 전부겠지만 말이다.

이유가 짐작이 가지도 않는다. 직접적으로 물어보기도 했지만 따로 답을 듣지도 못했다. 단지 지금의 내가 그에게 별 쓸모가 있을 것 같지는 않으니, 개인적으로 추측하기로는 그저 나를 눈앞에 두고 감시하려는 의도가 아닐까 생각하고 있다. 그런데 굳이 그럴 필요가 있을까? 에슈마르크 대공의 입장에서? 그렇게 생각해 보면 역시나 요지경이었다.

내가 마법도, 정령술도, 발명도 할 수 없는 인간인 이상 알렉시스 에슈마르크는 권력 관계에서 지극히 우위에 놓여 있고, 이대로 나를 방치한다 해서 내가 실제로 할 수 있는 일이 많지도 않을 것이다. 그가 나를 관찰하고 지켜봐야 할 이유가 마땅치 않다.

어쨌든 합당하지 않은 일이고, 잘못 휘말렸다간 한 큐에 골로 갈 수도 있을 것 같아서 보류해 뒀다. 사실, 아직은 알렉시스 에슈마르크를 전폭적으로 신뢰할 수도 없지 않겠는가. 그가 유리 옐레체니카를 죽일 리 없는 인물임을 확인했기 때문에 이래저래 잘 지내기로 마음을 먹기는 했지만, 기본적으로 인격적인 측면에서는 썩 신뢰가 가는 상대가 아니었다.

"저는 이제 예전만큼 쓸모가 있진 않을 텐데요?"

"제삼자에게 유리 옐레체니카 수준의 효용을 바라지는 않아."

"이번에도 그런 식으로 말씀하시는군요. 대체 저를 무엇으로 생각하십니까? 또, 그렇게 생각한 이유는 뭘까요? 저는 아무리 생각해도 각하의 행동거지가 석연치 않아서 도무지 신뢰를 드리기가 어렵습니다만."

또 묘한 태도로 대꾸하던 그는 속사포처럼 뱉은 질문을 듣자마자 인상을 찡그리듯 웃으며 고개를 기울였다. 비밀스런 얘기라도 속삭이려는 듯한 자세였다.

"유리 옐레체니카가 '기억을 잃'기 직전의 겨울, 내게 편지를 남겼다."

"편지?"

"열어야 한다고 생각되는 때가 오면 열라더군."

이건 또 뭔 수상쩍은 개소리야. 반사적으로 눈썹을 휙 치켜세웠던 나는 잠시 주변을 향해 시선을 돌리며 그 말의 의미를 가늠해 보다가, 결국 다시 인상을 썼다.

듣자니 그 편지의 내용이 여간 것은 아니었던 모양이다. 하지만 그 말인즉, 유리 옐레체니카는 어떤 식으로든 이번이 생기리라고 예측하고 있었다는 얘기가 아니겠는가?

왠지 또 알렉시스 에슈마르크의 뜻대로 상황이 굴러가는 듯해 편치는 않았지만, 나는 어쩔 수 없이 그의 뒷말을 종용했다.

"그건 또 무슨 얘깁니까?"

"글쎄. 하지만 들어 봤자 이해하지 못할 텐데."

"아니, 사람을 얼마나 얕보면 그런 소리가 나오는 거지요."

"또 궁금한 건?"

"또 말 돌리는 겁니까? 좋습니다, 내가 당신에게서 들어 내야 할 문제는 차고 넘치니까 이번엔 다른 걸 여쭤보죠. 당신과 엘류이센 라이케 사이에서 일어난 일들 중에는 수상쩍지 않은 게 하나도 없으니까요! 일단, 유리의 이름 뜻이 백합이라는 건 어떤 언어를 기반으로 하는 거죠? 또, 그 언어는 어디에서 처음으로 알게 됐죠?"

"나도 상세히는 모르네. 전해 들었을 뿐이니까."

차분히 대꾸한 그가 보랏빛 눈을 가늘게 뜨며 반달 모양으로 접었다. 고개를 기울인 대공이 부드럽게 속삭였다.

"아는 언어인가 보군?"

나는 미간을 꽉 좁혔을 뿐 대답하지 않았다. 내 반응을 살핀 그는 그것이 아주 신선한 반응이라도 된다는 듯 어깨를 떨며 웃었고, 이내 보란 듯이 턱을 까딱해 보이며 눈썹을 찡긋거렸다.

"무엇을 묻든 대답할 가치가 없다. 근원을 보지 못한 자는 어차피 이해할 수 있는 영역이 한정적이야."

"'근원을 본다'……."

그의 말을 곱씹다가 입을 다물었다. 어딘가에서 들은 적이 있는 듯한 표현이었다. 한참을 곰곰이 고민하다가, 뒤늦게 탄성을 뱉었다. 첫 곡이 끝나고, 자연스럽게 그에게 붙잡혀 두 번째 곡까지 춤을 이어 추고 있을 무렵의 일이었다.

유리 옐레체니카가 황제 앞에 나아가 푸른 숲에 대해 떠들었던 말이다. 책에서 읽은 일이 있었다. 애석하게도 그 직후 레일리가 대뜸 키스를 하지 않나, 세레나가 키운 딸기가 갑자기 내 위장에 들어갔다지 않나, 여러모로 개 같은 일들이 연달아 일어나는 바람에 기억에서 잊히고 말았다.

호반에서도 비슷한 논조로 떠들었고 매번 그런 식으로 걸고넘어지는 셈이니, 모든 비밀의 열쇠를 쥐고 있는 것은 바로 그 '근원'의 정체일 터였다. 나는 곧장 다시 질문했다.

"근원을 당신도 봤나요?"

알렉시스 에슈마르크는 상세한 대답을 주는 대신 그저 빙그레 웃어 보이더니 나를 뱅그르르 돌려 다시 손을 잡고 끌어당겼다.

"마법부터 배우지 그러나?"

이 자식이 진짜.

또 똑같은 레퍼토리를 사용해 대답을 회피하는 에슈마르크 대공을 향해 눈을 세모꼴로 떴다가, 결국 뿔이 나서 곧장 드레스 아래로 그의 발을 확 밟아 버렸다. 대공이 눈썹을 꿈틀했다. 나도 그를 빤히 바라보며, 유리 옐레체니카의 미소 4번을 만면 가득 띤 채 보란 듯이 구두 신은 발을 좌우로 뱅글뱅글 돌리며 그의 발등을 짓눌렀다.

그런데 갑자기 대공이 생긋 웃더니, 그대로 나를 놓아 버릴 듯이 뒤로 휙 젖혀 버렸다.

"으악."

순간 그의 팔을 붙잡은 손아귀에 나도 모르게 힘이 들어갔고, 어느 사이엔가 내 등을 받친 그가 깊숙하게 허리를 숙였다. 그러고 나니 마치 농밀한 연인의 과시적인 댄스처럼 질척이는 자세가 됐다.

"이런, '으악'이라니, 백작. 교양 있는 이의 비명은 아니로군."

닥쳐! 짜증스럽게도 빙글거리고 있는 알렉시스 에슈마르크도 거슬렸지만, 주변의 시선이 더더욱 거슬려졌다. 다시 뺨이 따가울 정도의 시선이 쏟아지기 시작한 것이다. 나는 직감적으로 내 인생이 지금까지의 것보다 한결 더 피곤해졌음을 깨닫고 입을 떡 벌렸다.

"뭐 하는 짓이에요?"

이를 드러내며 날카롭게 묻자, 그때에야 나를 다시 세운 그가 아닌 척하며 슬쩍 허리를 붙잡아 들었다가 내려놓음으로써, 내게 밟혀 있던 자신의 발을 구제했다. 어딘지 즐거운 듯한 낯이었다.

"그대는 꼭 고양잇과 짐승 같군."

무슨 그런 레일리 크라하 같은 발언이란 말인가? 그렇다면 고양이처럼 귀엽게 행패나 한 번 부려 드리겠다는 마음을 먹고 눈을 부라리고 사납게 다리를 치켜드는데, 그는 이번엔 자연스럽게 내 공격을 피해냈다. 덕분에 순간 중심을 잃고 휘청거리다가 다시 대공의 팔에 붙들려 우아한 춤을 추는 사람처럼 뱅 휘돌았다.

유감스럽게도 그는 정말로 춤을 잘 추는 인물이었고, 일전에도 그랬듯 나는 그의 손에 휘둘려 일견 완벽해 보이는 댄스를 이어 가고 있었다. 개자식이었다.

알렉시스 에슈마르크는 부드럽게 웃으며 알아서 설명을 덧붙였다.

"경계심이 강하지만, 깊게 생각하지 못하고 결국에는 인간의 덫에 잡히지 않나."

잠깐만, 이 말인즉…….

"당신이 나를 의도적으로 꼬드겼다고? 엘제바에서의 일 말인가? 아니, 보아하니 그뿐만이 아닌 거죠? 또 언제 뭔 짓을 했기에?"

"탐내는 먹이만 충분히 있다면 어려운 일은 아니지. 그대, 유리 옐레체니카에 대해 조사하고 있지? 안 그런가."

유들유들하게 대꾸한 그가 특유의 선량한 낯으로 보랏빛 눈을 다정스레 접었다.

"하지만 만일 정말로 고양이라면, 높은 곳에서 밀쳐 떨어트리면 알아서 자신을 보호할까?"

"이것 보쇼. 몸소 저를 밀쳐 떨어트리겠다는 소리로 들리는뎁쇼."

"나는 나를 공격하지 않는 인물에게까지 극단적인 조치를 취할 정도로 성실한 인사는 아니야."

그가 사뭇 멀끔한 얼굴로 말했다. 두 번째 곡이 끝나가고 있었다. 나는 이번엔 이 괴로운 춤판에서 빠져나갈 기회를 놓치지 않고 달아나기 위해 슬금슬금 눈치를 보며 뒤로 물러날 타이밍을 쟀다. 대놓고 싫어하는 내 태도를 쭉 살펴보며 눈썹을 꺾었던 대공도 서서히 속도를 줄이며 내 손을 붙잡고 가장자리로 물러나기 시작했다.

"하지만 호기심이 고양이를 죽인다지."

"……."

나는 싸늘히 그를 보다가, 결국 존대를 때려치우고 이를 드러냈다.

"이젠 하다하다 협박까지 하나?"

하지만 대놓고 덤벼든 내 태도에도 불구하고 알렉시스 에슈마르크는 동요조차 않은 듯했다. 그는 태연히 내 말을 무시하더니 스리슬쩍 넘겨 버렸다. 춤을 끝내자마자 내 손을 잡아끌어 다정스레 플로어에서 꺼내 놓고 있었던 것이다.

이 새끼……. 어차피 더는 대답해 줄 생각도 없는 것 같은데, 죽여 버린다, 진짜! 나는 즉시 주먹을 휘둘렀다.

그런데 민망하게도, 한 팔로 내 등을 감싸 안고 성큼성큼 외곽으로 물러나기 시작하는 그의 등허리에 크지 않은 동작으로 슬그머니 주먹을 박아 넣다가 돌연 세레나와 시선이 마주치고 말았다.

두 손을 입가에 모으고 대공과 나를 바라보던 그녀의 댕그란 눈동자가 초롱초롱 반짝였다. 자신의 등허리에 휘두르는 주먹을 한 손으로 여유롭게 잡아챘던 대공도 그녀를 향해 사교적인 미소를 지어 주었다. 그런데 꿈에 취해 사는 아가씨, 세레나 윌리엄스는 그만 이번에도 자신의 감탄사를 여과 없이 입 밖에 꺼내 놓고 말았다.

"어쩜, 멋진 애정 표현……!"

애정 표현? 뭐가? 설마 주먹질이?

순간 멍청히 서 있는데, 자신의 등에 휘둘러지던 주먹을 중간에서 막고 꾹 틀어쥐었던 알렉시스 에슈마르크가 내 손을 자연스럽게 고쳐 쥐더니 자신의 곁으로 나를 쭉 잡아끌었다. 그리고 자연스러운 태도로 내 목걸이 위에 손을 펼쳤다가 거둠으로써 방음 마법을 해제했다.

"아, 소개하지, 백작. 내가 그녀를 제자로 들였거든. 기억을 잃었다지만 그대 눈에도 저 재능만은 충분히 보이겠지?"

보일 리가 있나. 전혀 모른다는 것을 뻔히 알면서 뻔뻔하게 물은 그가 세레나 윌리엄스를 향해 살갑게 안부를 물었다.

"윌리엄스, 자네, 그사이 마법에 대한 진전은 있었나."

그런데 얼굴을 맞대자마자 마법의 향상 정도를 묻는 에슈마르크 대공을 향해 난처한 표정으로 인사를 했던 세레나가, 어물거리다가 조금 주저하는 태도로 대답했다.

"그, 노력하고 있습니다. 각하."

그녀의 대답을 들은 대공이 보랏빛 눈을 가늘게 떴다. 특유의 유들유들하고도 수상쩍은 표정이었다. 남들 앞이라 직접적으로 소리 내서 말하지 않았을 뿐, '그래? 유감이군.' 따위의 의사를 표현하는 듯한 얼굴이었다는 얘기다. 실제로도 그는 뭐라고 잔소리를 붙이지 않은 채 다정다감하게 빙긋 웃어 보이고 끝낼 뿐이었다.

두 사람 모두 내게 지대한 스트레스를 주는 인물들이지만, 여기까지 왔으니 비로소 확신할 수 있게 됐다. 내 정신에 가하는 유해함과 별개로, 두 사람 모두 내 신체에는 딱히 유해한 사람들이 아니었다. 유리 옐레체니카에게 위협이 되지 않는 사람들이라는 뜻이다.

알렉시스 에슈마르크는 최소한 유리 옐레체니카를 죽이지는 않을 놈이었다. 그의 세계에는 유리 옐레체니카만큼 가치 있는 인물이 없기 때문이다. 세레나 윌리엄스 역시 유리 옐레체니카에게는 적의가 없고, 앞으로도 없을 것이다. 유리 옐레체니카는 그 존재 자체로 그녀가 동경하던 이상향 그 자체이기 때문이다.

"오랜만이에요, 세레나."

생각도 잠깐, 나는 오랜만에 '유리 옐레체니카다운' 미소를 화사하게 머금으며 그녀를 향해 인사를 해 보였다. 세레나는 또 홀린 사람 같은 표정을 지은 채 나를 멍하니 바라보다가 두 손을 꼭 모아 쥐었다.

"저를 기억해 주시는군요, 백작님."

"물론 기억하지요."

다정다감하게 대꾸하자 세레나는 금방이라도 눈물을 터트릴 것처럼 감복한 표정을 지었다. 왜 얘는 로맨스 장르의 여자 주인공이면서 늘 내 옆의 세계관급 미남에게는 시선도 주지 않고 나한테 그러는 거야. 아무리 내 주인공이라지만 요지경이었다.

그런데 한동안 명화를 감상하듯 나를 뚫어져라 바라보던 세레나가 뒤늦게 정신을 차리더니, 우물쭈물하며 무언가를 고민하다가 별안간 조심스럽게 양해를 구했다.

"저, 외람되지만 백작님과 잠시 이야기를 나누고 싶습니다. 혹시 잠깐 시간을 할애해 주실 수 있으신가요?"

나야 상관이 없었지만, 어쨌든 나는 지금 파트너와 함께 파티에 참석한 상황이다. 흘긋 대공을 살피며 의견을 구하자, 그는 태연한 얼굴로 너그럽게 고개를 끄덕이며 내 등을 가볍게 떠밀었다. 어차피 모든 시간을 함께 보내야 하는 사이는 아니었다.

내 생각대로 그의 목적이 나를 감시하는 데에 있는 게 맞다면, 순순히 보내 주는 것도 수상쩍긴 하지만……. 나는 일단 무슨 용건인지부터 물으며 세레나에게 다가가 섰다.

세레나는 조심스러운 태도로, 인적이 드문 곳으로 자리를 옮길 것을 제안했다. 무슨 비밀스러운 얘기라도 하고 싶은 모양이었다. 세레나가 가깝게 지내지도 않던 내게 갑자기 털어놓으려는 비밀 얘기가 무엇일지 감도 잡히지 않고 불안하기만 했지만, 별수 없이 그녀의 제안을 수락해야 했다.

우리가 자리를 벗어나려 하자 레일리가 자연스럽게 우리 뒤로 따라붙었다. 세레나는 그가 따라붙은 것을 조금 불편해하는 눈치였지만, 우리를 번갈아 바라보다가 무언가 굳게 마음을 먹은 것처럼 스스로 고개를 끄덕이며 알아서 납득했다. 레일리의 존재는 '유리 옐레체니카, 그 외 한 명' 정도로 생각하기로 한 것일까?

아무튼 세레나 역시 그의 동행만은 용인하려 드는 듯했다. 그러고는 앞장서서 우리를 테라스로 안내했다. 그런데 세레나는 테라스에 들어서자마자 능숙하게 바람 정령을 불러 주변의 소리를 차단하더니, 갑작스러운 얘기를 꺼냈다.

"지금부터 있을 일은 대공 각하께는 비밀이에요! 다른 사람한테도 물론이고요!"

"흠……?"

"진짜 중요한 일이에요. 반드시, 반드시 비밀이에요!"

다람쥐처럼 두 눈을 댕그랗게 뜨고 달려든 세레나가 다시 한 번 당부했다. 역시 레일리를 데려올지 말지 고민하다가 데려온 건 그가 전적으로 내 명령을 따르는 인물이라고 여긴 탓인 듯했다. 어차피 나를 설득하면, 레일리도 함께 설득이 끝난다고 봐야 하니까 말이다.

이걸 어쩌지. 들어, 말아.

나는 끙 소리를 내며 머리를 벅벅 헤집으려다가 레일리에게 손을 붙잡혀서 가까스로 참아 냈다. 그리고 한숨을 뱉으며 고개를 끄덕였다.

"알겠어. 비밀. 무슨 일인데 그래?"

"정령 다루는 법과 마법 쓰는 법을 가르쳐 드릴게요."

음……. 나는 순수해 보이는 세레나의 얼굴을 요목조목 뜯어보며 그녀의 의중을 짐작해 보기 위해 애를 썼다. 에슈마르크 대공의 사주라도 받은 것일까?

하지만 내 의심도 무색하게, 세레나는 안절부절못하면서 슬그머니 대공의 위치를 파악하고는, 그가 다른 사람과의 대화에 열중하고 있다는 사실을 확인하고 나서야 다시 내 쪽을 바라보았다.

"원래 스승 몰래 이런 걸 공개하면 안 된대요. 하지만 백작님께는 필요할 것 같았어요."

"왜?"

"그, 그, 그게."

더듬거리던 세레나가 다시 대공의 눈치를 살피다가, 테라스의 커튼을 휙 닫아 버리며 조급하게 대답했다.

"아까 백작님이랑 대공 각하가 춤을 추는데, 사람들이 백작님을 비웃었단 말이에요."

"흠?"

"이젠 정령도 마법도 못 쓰는데, 그래서 대공님한테 들러붙으려는 모양이라고 했어요. 그런 게 아니라는 건 제가 알아요! 애초에 백작님은 정령도 마법도 없어도, 대단한 발명가시잖아요. 다들 백작님의 뛰어남이 부러우니까 시기하는 것뿐이에요."

그녀가 못마땅한 듯이 투덜거리며 다시 나를 향해 돌아섰다. 그리고 두 손을 방방 휘두르며 다시 강조해 말했다.

"하지만 대공 각하와 교제를 하신다면, 앞으로도 저런 사람들이 더 많아질 테고, 그런 건 왠지 싫어서…… 백작님은 원래도 자신만의 방식으로 마법을 쓰시던 분이니, 제가 점화 부분만 살짝만 도와 드리는 정도는 대공 각하께도 큰 문제가 되지 않을 거라고 생각했어요."

"아하……."

사람들이 어떤 식으로 수군대고 있을지는 대충 알 만했다. 나는 나름대로 납득했다가, 일단 세레나의 오해부터 정정해 주기로 했다.

"그런데 나, 저 사람이랑 사귀는 거 아니야."

"예?"

"아니, 아니, 일단 생판 남남. 오늘은 새 사업을 같이 할지 말지 얘기하다가 그냥 파티까지 동행하게 됐어."

"어, 어째서죠? 당연히 좋은 분위기인 거라고 생각했는데!"

"야, 뭘 믿고 좋은 분위기래?"

내 반응은 차가웠지만 세레나는 눈에 띄게 실망한 표정을 지었다. 아마도 그녀는 본인이 생각하는 '이상적인' 커플의 형태로 나랑 대공을 엮고 있었던 모양이었다. 음, 얼굴만 나란히 놓고 보면 완벽하긴 하겠지. 나도 이해는 했지만, 대공이랑은 진짜 유리 옐레체니카가 파탄자들끼리 끼리끼리 사이좋게 지냈으니, 나까지 그 인간이랑 사이좋게 지낼 일은 없을 듯했다.

"그리고 왜긴 왜야. 마음이 동하질 않으니까지."

"앗, 그렇군요. 하긴 그렇죠."

시무룩해진 세레나가 고개를 끄덕끄덕 흔들다가 아차 한 표정을 지었다. 그녀가 황급히 고개를 푹 숙이며 사과했다.

"제가 또 혼자 앞서 나갔군요……. 죄송해요……."

"아냐, 아냐. 괜찮아. 걱정해 줘서 고마워."

그런데 그렇게 이야기가 끝나고도 자리를 뜨지 않은 채 가만히 우물쭈물하던 세레나가 조심스럽게 다시 운을 뗐다.

"저기, 백작님. 그래도 혹시 괜찮으시다면 마법은 알려 드릴게요. 백작님께도 분명 도움이 될 거라고 생각해요."

"너 왜 그렇게 날 돕지 못해 안달이니? 아, 그러니까, 뭐라고 하는 게 아니고, 그냥 정말 궁금해서."

결국 순수한 의문을 갖고 묻자, 별안간 세레나의 얼굴과 귓불이 발갛게 익었다. 그녀는 더더욱 어쩔 줄을 몰라 하며 우물쭈물 테라스 주변을 배회하기 시작했다. 손끝이 서로 얽히며 배배 꼬이고 있었다. 세레나가 더듬더듬 말했다.

"그, 그게 있잖아요."

"어, 응."

왠지 세레나의 상태를 봤을 때 별 시답지 않은 소리가 나올 것 같다는 직감이 들었지만, 내가 먼저 물은 죄도 있고 일단은 그녀의 말을 들어 주기로 했다.

"저는 완전 시골에서 자랐거든요. 세 자매인데, 둘째 동생은 정말 똑똑하고, 막내 동생은 정말 예뻐서요. 왜 그, 기사도 소설에서도 보면, 꼭 특별한 아이는 둘째나 막내잖아요. 저는 정말 평범하니까요."

"응."

"제 인생에 특별한 일 같은 건 죽었다 깨어나도 생기지 않을 거라고 생각했어요. 또, 그게 평민 집안의 여자아이로 태어난 이상 당연하고 자연스러운 일이라고 여겼고요."

"아……. 뷔올에서는 그게 보편적이긴 하지."

"네, 그래서 백작님의 소문을 들었을 때, 정말 너무 대단하다고 생각했어요. 실례가 되는 말씀일지도 모르지만 백작님은 저와 같이 평민 출신이었고, 여성분이시니까요. 그런데도 불구하고 백작님은 어디에 가서도, 누구와 견주어도 결코 밀리지 않는 훌륭한 능력을 지니고 계시고, 실제로 세상의 모든 사람들이 백작님을 인정하고 존경하고 있잖아요. 그런 사람이 실존한다는 게 너무 신기했어요."

"그랬구나."

거기까지는 설정된 내용이었다. 세레나의 인생이 유리 옐레체니카를 만나고 백팔십도 바꾸어 버린 계기이기도 했다. 사실 유리 옐레체니카는 쓰레기였지만 거기까지는 세레나에게 허락된 정보가 아니었으니까 말이다. 세레나는 계속해서 말하고 있었다.

"직접 뵙고는 더 놀랐어요. 마이어 후작님처럼 무서운 분과도 편히 말씀을 나누시고, 크라하 씨처럼 대단한 능력을 지닌 분도 백작님께는 충성을 맹세하셨잖아요."

"아, 그건 우연찮게……."

"어느 자리에서도 굴하지 않고 당당하게 말씀하시는 모습이 너무 멋있었어요. 또, 귀족적으로 말씀하셔야 할 때는 너무나 우아하셔서 대단하다고 생각했고요. 그러니까, 그러니까……."

주저하던 세레나가 이제는 홍당무처럼 빨갛게 익은 얼굴을 푹 숙이고 기어들어 가는 목소리로 말했다.

"저는 백작님을 내심 동경하고 있어요."

"어, 응. 고맙다."

"주제넘은 말일지도 모르지만, 그래서 백작님은 제 안에서는……. 뭐라고 할까! 넘볼 수 없는 경지라고 할까요! 그린 듯한 이상향이라고 하면 될까요? 제 안에서 백작님은 늘 그런 곳에 계셔요. 그러니까 무슨 일이 있든지 잘 해결되고 계속해서 지금처럼 빛나고 계시면 좋겠어요. 뭐라고 해도 제가 동경하는 분이니까요. 남들이 함부로 백작님을 비난하지 않았으면 해요. 사실, 원래도 백작님과 함께 이야기를 나누던 덕분에 대공 각하와 백작님께서 정령을 다루시는 자리에 동석했던 거고요. 그 일이 계기가 되어서 대공 각하께서도 제게 이러한 재능이 있다는 걸 알아봐 주신 거니까요. 전부 백작님 덕이에요."

"아니, 뭐, 그건 네 운이고 네 재능이지. 좋게 봐 줘서 고맙지만 그건 내 덕으로 생각할 필요 없어."

내 말을 듣고 세레나가 에헤헤 웃으며 멋쩍게 머리칼을 문질렀다. 그러면서 퍽 애교 있는 말투로 슬그머니 말했다.

"그렇게 말씀해 주시는 점도 좋아해요. 저 같은 게 뭐라고 백작님을 제가 닮고 싶은 이상향으로 삼고 동경한다 만다고 말하는지 저도 솔직히 조금 민망하지만, 그래도 기왕이면 예쁘게 봐 주세요."

그녀를 멀뚱히 바라보던 나는 결국 나도 모르게 웃었다가, 손을 뻗어서 세레나의 머리를 마구 헝클어트리며 내 품으로 끌고 왔다.

음, 귀여워, 귀여워. 파티 복장을 입은 상태라 한껏 정돈되어 있던 세레나의 머리 형태를 망가트리기는 조금 미안했지만, 황량했던 가슴 깊숙이 인류애가 부활하는 이 그리운 감각을 견디지 못하고 그만 그녀를 꽉 끌어안기까지 했다.

까아아, 세레나가 어쩔 줄을 몰라 하며 이상한 소리를 내더니 좋아 죽으려고 했다. 슬그머니 손을 뻗어 나를 살짝 끌어안더니 안절부절못하며 자기 손을 들여다보기까지 했다. 왠지 며칠간은 손도 안 씻을 기세였다. 그래, 머리 모양을 망가트려서 미안하지만 장본인이 행복하면 된 거지, 뭐.

여길 봐도 쓰레기, 저길 봐도 쓰레기인 세계에서 역시 세레나만은 내가 머리부터 발끝까지 촘촘하게 설정을 마친 치유계의 캐릭터다웠다. 믿을 수 있는 몇 안 되는 인격의 소유자가 아니겠는가. 우리 귀여운 세레나. 아무튼 주인공 하나는 잘 만들었다.

"그래, 그래. 여하튼 고맙다, 야. 내가 잘 배울 수 있을지는 모르겠지만 좀 가르쳐 줘. 너한테 피해가 가는 것만 아니라면 기쁘게 배울게."

"피해는 없어요! 전혀 없어요! 제가 좋아서 하는 일인걸요!"

세레나가 몸을 휙 세우며 재빨리 대답했다. 그러고는 또 두 손이 함께 움직이며 방방 위아래로 손짓을 했다. 나 때문에 엉망이 된 갈색 단발머리 아래로 댕그란 녹색 눈이 반짝반짝 빛이 났다.

"백작님께 이렇게라도 도움을 드릴 수 있어서 오히려 제가 너무너무 기쁘고 영광이고 감사해요!"

흥분한 모양인지 또 속사포 같은 감격의 말이 문장의 뒤에 붙어 문법을 무시하고 쏟아지듯 등장했다. 세레나는 늘 감탄사가 많은 아이였으므로, 이번에도 그녀가 이어 뱉은 말들을 별로 귀담아듣지는 않았다. 아무튼 그녀는 매우 감격한 듯했고, 그 사실만은 확실히 파악이 됐다.

나는 내 소매 끝을 조심스럽게 붙잡고 위아래로 손짓을 하며 몇 마디 더 행복의 말을 풀어내는 세레나를 은은히 바라보았다.

애초에 설정을 그렇게 했지만, 과연 그녀는 진정으로 무해하고 귀여운 주인공이었다. 어떻게 이런 쓰레기 대잔치가 벌어지는 세계관에서 역하렘을 찍나 했지. 본인이 너무 무해해서 주변의 유해함을 1그램도 인지하지 못해 해피엔딩을 얻은 것이 분명했다. 물론 세레나 주변의 유해한 인간 중에는 유리 옐레체니카도 있겠지만. 시팔. 다시 생각해도 개 같은데.

나는 인자하게 미소를 지으며 세레나를 진정시키고, 그녀로부터 마법을 쓰는 법을 간단히 배웠다.

직접 마법을 시도해 볼 시간은 없었고, 세레나는 에슈마르크 대공과 달리 이런 파티에서 함부로 마력을 끌어 올렸다간 경을 칠 신분이기 때문에 이야기는 어디까지나 구두로 이루어졌다. 세레나 본인이 처음 마력을 느끼는 법을 배웠을 때 알렉시스 에슈마르크가 어떤 식으로 도와줬는지, 또 자신이 어떤 감각을 느꼈는지에 대해 서술해 주는 식이었다.

그녀의 말에 따르자면, 세상은 조밀하게 무언가로 가득 차 있고, 그것을 밀거나 당김으로써 밀도를 다르게 해서 기이한 현상을 일으키는 행위가 마법이라는 것이었다. 마력을 느끼거나 하는 과정 없이, 그런 상상 작용과, 이를 실현할 약간의 동작만 수반되면 마법은 성립된다.

의외로 그런 추상적인 설명만으로도 충분히 도움이 됐다. 본래 유리 옐레체니카는 마법을 자유자재로 쓰던 인물이니, 마법이 그럼 개념의 행위라면 의지를 통해 어떻게든 할 수 있을 것이다. 적어도 앞으로 어떻게 연습을 시작하면 좋을지는 알 수 있었다.

"야, 고맙다. 언제 한번 같이 차라도 마시자."

"네에에?!"

감사의 의미로 꺼낸 말에 세레나가 기겁했다. 레일리가 미간을 짚고 대놓고 한숨을 토해 냈다.

"저, 저, 저, 저는 평민이라 백작님과 마주 앉아 차를 마시는 건 말도 안 되는 일이에요!"

"엥, 그런가. 아니, 따지고 보면 나도 평민 출신인데?"

"마스터의 머리로는 도통 이해하실 수 없겠지만 사정이 다릅니다. 윌리엄스 양은 아직 작위를 받지도 못했고, 마스터는 처음부터 푸른 숲 공방의 명성을 등에 업고 있었기 때문에 일종의 특수 계층으로 시작하신 겁니다."

레일리가 짜증스럽게 쏘아붙였다. 그런 게 어딨어? 평민이면 평민인 거고, 귀족이 되면 귀족인 거지?

물론 판타지 세계에서야 그럴 수 있겠지만, 그렇다고 현대인인 나까지 그런 부분에 신경을 쓸 이유는 없었다. 어차피 유리 옐레체니카는 마이웨이로 살지 않았는가? 원래도 마이웨이로 살던 인간이 기억까지 잃었다. 안 될 건 또 뭐야?

"아, 됐어, 됐어. 싫은 건 아닌 거지?"

"저, 저야 기쁘지만!"

"그럼 나중에 와. 차나 같이 마시자고. 이 자식 차 되게 잘 끓여."

"하아아……."

"집사 너는 한숨 쉴 거면 저리 꺼져서 혼자 쉬어라."

"하아아아……."

그런데 이야기가 어느 정도 마무리되어 비로소 여자들끼리 즐겁게 친교의 이야기꽃이나 피우려 하는데, 닫혀 있던 커튼이 돌연 벌컥 열렸다. 파티에서 도망이라도 나온 듯한 기사의 실루엣이 우리 위로 커다랗게 그림자를 드리웠다. 그가 우리를 발견하고 침음을 흘렸다.

"음……."

문제는 그 기사가 너무나 잘 아는 사람이라는 점이었다.

우리를 발견하고 드물게 눈을 동그랗게 떴던 솔데인이 큼큼 헛기침을 하더니 뒤쪽을 잠시 돌아봤고, 북적이는 파티장을 다시 확인하더니 우리에게 혹시 테라스 안쪽으로 들어와도 될지 양해를 구했다.

어차피 본론은 끝난 참이었다. 세레나는 재빨리 테라스 바깥으로 물러나며 솔데인이 들어갈 수 있도록 비켜 주었고, 나도 슬슬 테라스를 떠날 준비를 했다.

그런데 갑자기 솔데인이 내 팔뚝을 잡아챘다. 본인도 예기치 못한, 딱히 의식하지 않고 이루어진 행동이었는지 그의 팔에 붙잡힌 내가 순간적으로 휘청이자 솔데인이 나보다 더 당황한 듯한 태도로 재빨리 손을 놓았다. 레일리가 나를 붙잡아 부축해 세우더니 생긋 웃으며 그를 바라보았다.

"후작님께서는 제 마스터께 뭔가 하실 말씀이라도 있으십니까."

그가 날 선 태도로 물었다. 후작도 스스로 놀란 듯 멍청히 서 있다가 황급히 손을 거두며 내게 묵묵히 고개를 숙여 사과했다.

"미안하오. 만난 김에 잠시 이야기를 나누고 싶다고 제안을 하려던 것이 그만, 행동이 앞서 버려서."

"어, 아뇨, 괜찮습니다."

생각해 보니 세레나의 문제로 언쟁을 벌인 후로는 처음 만나는 셈이었다. 세레나를 후원하지 말라고 난리를 쳤으면서, 오늘은 또 세레나랑 세상에서 제일 친한 모습으로 둘이서 시시덕거리고 있었으니 마이어 후작으로서도 당황스러운 일일 것이다.

나는 고개를 끄덕끄덕 흔들면서 마이어 후작의 이야기를 듣기 위해 제대로 돌아섰다. 그런데 그가 레일리를 흘긋 살피며 눈치껏 물러나라는 듯한 눈짓을 했다.

물론 레일리 자식은 그런 눈짓을 들어줄 놈이 아니었다. 어쩔 수 없이 내가 나서서 팔꿈치로 레일리의 명치를 푹 찌르며 강제로 내쫓았다.

"야, 가서 세레나 머리 모양 망가진 것 좀 봐 줘."

"이럴 거면 저를 굳이 따라오라고 하신 이유는 뭡니까? 호위의 역할도 보좌의 역할도 못 하고 있습니다만."

그야 네놈이 내가 안 보는 곳에서 뭔 짓을 할지 믿음이 안 가니까 데려온 거지…….

물론 그렇게 답할 수는 없었으므로, 나는 그의 턱을 손바닥으로 툭 밀어 올리며 퉁명스럽게 대꾸했다.

"주인님 하시는 결정에 집사가 토를 달지 말라. 아, 꺼져, 꺼져."

"……."

매우 불쾌한 얼굴로 생글생글 웃어 보였던 레일리는 별수 없이 내 등을 테라스 안쪽으로 떠밀더니, 세레나에게 다가가서 말없이 고개를 숙여 보였다. 세레나가 자기 머리는 직접 돌보겠다며 당황해서 손사래를 쳤지만, 내가 한 번 더 권하자 어쩔 줄을 몰라 하며 레일리를 향해 고개를 푹 숙여서 죄송함과 감사함을 표했다.

그렇게 그들이 자리를 비워 주고 나서야 솔데인 마이어와 둘이서만 마주 보고 설 수 있었다. 나는 당연히 그가 이전에 싸웠던 얘기를 하거나, 혹은 그 전후로 계속해서 지속적인 썸을 타던 것으로 인해 잠시 이야기를 나누고자 한다고 생각했다.

그런데 왠지 분위기가 지나치게 묵직하고 안 좋았다.

"저기, 후작님."

"음."

"하시려는 말씀이 좋은 주제는 아닌가요?"

슬그머니 묻자, 솔데인 마이어가 딱딱한 얼굴로 진중하게 고개를 끄덕였다.

왠지 좆 된 각이 선명하게 서는걸.

"……."

"……."

그러고도 한참 동안 침묵이 흘렀다. 대체 무슨 이야기를 꺼내려고 이렇게까지 무게를 잡고 뜸을 들이는지 모를 일이었다. 쭈뼛거리던 내가 제대로 커튼을 치고 이야기를 듣기 위해 서자, 솔데인 마이어가 천천히 운을 뗐다.

"대공 각하와 가깝게 지내고 있나."

"가는 곳마다 그 얘기를 듣는군요."

짧게 대답하자, 그때에야 솔데인 마이어의 얼굴에 곤혹스러운 낯빛이 스쳐 지나갔다.

"아니, 이건……. 확실히 애매한 시기이긴 하군."

무언가 변명을 꺼내려던 그가 곤란한 표정으로 큼큼거리며 헛기침을 했다. 그러고도 또 한동안 고민을 하다가 난처한 태도로 한 걸음 물러섰다.

"일전에 내가 그런 말을 꺼내 놓고 갑자기 이런 이야기를 하게 되어, 그대가 내 의도를 오해하지 않았으면 좋겠소."

"어떤 말씀을 하실 생각이기에 그러시는데요? 먼저 말씀드리자면, 대공 각하와는 발명과 관련된 문제로 사업 확장에 대해 이야기를 나누다가 파트너로 참석하게 된 것이니 개의치 않으시면 될 듯합니다만……."

"그렇다면 다행이지만, 이후로도 대공 각하와 가깝게 지내지 마시오. 그에게 마음을 주는 것은 온당하지 않소."

후작이 딱딱하게 대답했다. 나는 멀뚱히 그를 바라보고 있다가 반사적으로 고개를 훌쩍 기울였다. 오해하지 말라고 한 후 붙이기엔 누가 생각해도 그쪽으로밖에 해석이 안 되는 발언이 아니겠는가. 솔데인 마이어는 예전부터 내가 대공에게 보이는 호감에 퍽 민감한 편이었고 말이다.

졸렬한 발언은 하겠지만 졸렬해 보이고 싶지는 않은 것인지도 모른다. 그는 명예를 아는 기사니까. 이 새끼, 내 생각보다 개자식 아냐?

별다른 말을 꺼내지는 않지만 표정에서 내 생각을 고스란히 엿본 듯, 그가 끙 소리를 내며 결국 구체적인 말을 꺼냈다.

"일전에 내가 백작에게 말했던 살인 사건에 대해 기억하실지 모르겠소. 생각해 보면 레이디를 대하기 좋은 화제는 아니었는데, 열심히 들어 주어 기뻤지."

"아……."

나는 미지근한 감탄사를 흘렸다. 솔데인 마이어가 갑자기 왜 내게 찾아와서, 저런 오해의 여지 가득한 발언을 하는지 곧장 짐작이 갔기 때문이었다. 그런데 내 반응을 제대로 살피지 않은 후작은 본인의 곤란함으로 마음이 바빴는지, 내 쪽을 확인하지도 않고 제자리에 서성거리며 테라스를 두어 걸음 배회하기만 했다. 그가 계속해서 말했다.

"그와는 별개로, 그대에게 말할 법한 주제가 아님을 나 스스로 파악해 잘라 냈던 사건도 있소. 대공 각하의 무역업이 어딘지 기이한 형태를 지니고 있다는 거였소. 알다시피 그분은 식민지에의 차 재배 무역을 독점적으로 진행하고 계시지 않나."

"아, 그런 것도 있었지요."

대공의 다른 문제들이 워낙 크다 보니 잊고 있었다. 내가 떨떠름하게 대꾸하자, 그럭저럭 관심을 보인다고 생각했는지 솔데인 마이어가 말투에 조금 더 힘을 줬다.

"그분이 상당히 공격적인 방식으로 차 재배를 하고, 그것을 무역에 활용하고 있다는 것은 나 역시 익히 알고 있는 사실이었지만, 그런 것을 감안하더라도 예사롭게 보기 어려운 수치를 곳곳에서 확인해서……. 내가 군권에 몸을 담은 무렵부터 줄곧, 긴 세월에 걸쳐 관련된 자료를 캐고 있었소. 말하자면 기밀 사항이야."

"갑자기 기밀 사항을 제게 일러 주시는 이유는 무엇이지요?"

"나는 대공 각하께서 어딘지 석연치 않은 일에 연루되셨을지도 모른다고 생각하오."

그가 참담한 말투로 묵직하게 대답했다.

"어떤 방법으로도 그 기묘한 수치와 관련된 상세한 내용을 찾아낼 수 없었소. 단지 그럭저럭 납득 가능한 수준의 '중간 관리의 횡령' 선에서 묘한 수치를 전해 받을 수 있을 뿐이었지. 하지만 대공 각하께서 여간한 위치에 계신

분은 아니니까……. 더 정확히 말하자면, 그만한 능력을 지니신 분이 중간 관리 몇 명의 횡령도 눈치채지 못한 채 그냥 두는 것이 더 이상하다고 여겼어. 나는 차라리 믿을 만한 수하 한 명을 그곳에 보내, 몇 년간 공들여 잠입을 시키기로 결정했소. 그리고 올해로 벌써 8년째야."

"미친, 8년이나. 아, 아니, 죄송합니다. 저도 모르게 상스러운 소리를 했는데 그건 잊어 주세요."

"아니, 이해하오. 스스로 생각하기에도 괜한 분을 의심하나 여길 정도의 세월이었으니까. 다행히 최근 비로소 이상한 유착을 찾아냈소. 아마도 그분은 연합국과의 내밀한 연락을 위해 차 무역을 이용하시는 듯하오. 알다시피, 작금 뷔욀의 권위를 가장 크게 위협하려 드는 국가가 연합국이거늘, 이는 좌시할 수 있는 문제가 아니지."

확실히 솔데인 마이어가 알렉시스 에슈마르크와 긴밀한 관계를 갖지 말라고 조언을 할 정도의 사안이기는 했다. 요컨대……. 음…….

이걸 어떻게 조심스럽게 대답을 하면 좋단 말이냐. 이런 단어를 입에 함부로 담아도 되나? 한동안 고민했지만, 결국 나는 기억 상실 설정의 위대함을 믿고 직접적으로 문제 많은 단어를 입에 담기로 했다.

"각하께서 반역을 준비한다고 생각하세요?"

"어쩌면……. 사실, 그분께는 명분도 이유도 충분하지 않나."

그게 말이지, 사실 황제의 수작질인데요.

솔데인 마이어의 크나큰 착각을 정정해 줘야 할 것 같지만 뷔욀 제국의 황가에 도사리고 있는 인성 밑바닥 파티를 설명할 만한 적절한 표현이 떠오르지 않았다. 내 미래를 고려하지 않으면 어떤 식으로든 말해 줄 수 있겠지만, 내 몸을 보신하면서는 안전히 설명할 길이 없어 보였던 것이다. 나는 마땅히 붙일 말을 찾지 못하고 일단 입을 다물었다.

솔데인 마이어는 계속해서 설득조로 말하고 있었다.

"또한, 대공 각하께서 식민 무역을 하시는 곳에 종종 대리인으로서 얼굴을 비친 젊은이가 있었다고 하더군. 그런데 그 출신 성분도, 정체도 알려지지 않았소. 묘한 생김새나 분위기, 피부를 지니고 있었다는 것으로 보아 반인이나 유사인인 듯했지만 달리 구속구를 차고 있다는 증언도 없었고, 보이지 않는 부위에라도 구속구를 차고 있었을지는 모르겠지만 본래 중간 관리자급 이상이 모인 자리에만 간혹 나타나는 모양이라 자세히 확인하지는 못했소. 대신 그의 등록된 일련번호라도 추정하기 위해 조사해 보다가 기이한 사실을 알았지. 그와 완벽히 일치하는 특성을 지닌 반인이나 유사인족은 어디에도 등록되지 않았어."

대충 듣기에도 그자가 누구일지 짐작이 갔다. 아마도 갈리아의 얘기일 것이다. 그리고 갈리아라면, 어째서 솔데인 마이어가 이야기의 시작에 앞서 화두로 살인 사건 이야기를 꺼냈을지도 추측이 됐다.

요컨대, 그는 나와는 전혀 다른 경로로 알렉시스 에슈마르크의 뒤를 캤다. 이제 알렉시스 에슈마르크가 어째서 솔데인 마이어를 경계하며 세레나 윌리엄스의 정체나 의도를 확인하고자 지난 살롱에 참석했었는지도 명료하게 보이기 시작했다. 대공 역시 어느 정도는 솔데인 마이어가 자신의 뒤를 캐고 있다는 사실을 눈치채고 있었던 것이다.

그렇다면 알렉시스 에슈마르크가 굳이 솔데인 마이어의 후원을 받는 세레나 윌리엄스를 제자의 명목으로 들인 일 역시 솔데인 마이어의 행동을 관찰하기에 용이한 환경을 만들기 위해서라고 봐도 될 듯했다. 일찍이 알렉시스 에슈마르크가 갑자기 세레나 윌리엄스를 제자로 들였을 때는 어째서 《세레나의 티타임》에서 유리가 했을 일을 그가 대뜸 해 버리는지 이해하지 못했지만, 이제 보니 아주 당연한 일이었다.

그들은 협력하는 관계였고, 같은 목적을 지니고 있었다. 《세레나의 티타임》 원작과 이 세계의 흐름이 달라진 만큼 그들의 상황 역시 각자 다르기는 했겠지만, 알렉시스 에슈마르크의 뒤를 캐는 것은 곧 유리 옐레체니카의 뒤를 캐는 일이었을 터. 유리 옐레체니카가 세레나를 제자로 들였던 것

또한 자신들의 뒤를 캐는 듯한 솔데인 마이어의 상황을 어느 정도 근접 거리에서 파악하기 위해서였을 것이다.

아니나 다를까 솔데인 마이어는 곧장 그 얘기를 꺼냈다.

"며칠 전, 엘제바에서 해일이 있었던 사실을 아시오?"

내 짓인데 알다마다…….

"직후, 엘제바가 대공 각하의 자치령으로 지정되었지. 우리는 엘제바에 무언가가 있다고 여겼소. 이미 모든 것을 정리한 후인지 유의미한 증거는 확인하지 못했지만, 그곳에서 흔적을 정리하는 듯한 그 묘한 청년을 맞닥뜨렸고, 이어진 공격 끝에 그가 도망친 자리에는 앞서 말했던 연쇄 살인 사건의 현장에서 발견된 것과 똑같은 까마귀 깃털이 남아 있었소. 내 말이 무슨 뜻인지 이해가 가겠지."

그것도 어찌 보면 내 짓일 텐데 알다마다……. 나는 자연히 침잠한 목소리로 대답했다.

"살인 사건 역시 대공 각하와 연관이 있다고 생각하십니까?"

"직접적인 연관이 없더라도, 최소한 어느 정도의 영향은 있었으리라고 보고 있소. 허가를 받아 자세한 조사를 해 봐야겠지. 사실 연합국과의 내통부터도 간과할 수 없는 사안이고."

"제게 그런 말씀을 해 주시는 이유는 무엇이죠? 제가 입이라도 잘못 뻥긋했다간 그쪽에 심어 두셨다는 믿을 만한 수하분의 신변에 위협이 생길 수도 있다는 사실을 모르지 않으시리라고 여깁니다. 중간 관리자 이상의 신분이 되어 그 청년을 맞닥뜨릴 수 있었던, 팔 년 전에 그쪽에 잠입한 인물이라면 거의 일목요연하게 대상을 특정할 수 있을 듯한 정보인데요."

"그대에 대한 내 신뢰를 표현하기 위해, 감추지 않고 말했소."

솔데인 마이어가 단호하게 대답했다.

"나는 그대가 대공 각하와 관련된 이런 일로 명예를 실추당하기를 바라지 않소. 또, 그대는 대단한 사람이지만, 이러한 정치적인 문제에 얽혔을 때 제대로 보신 가능한 세력이나 도피처를 갖추지도 못했어."

"제가 걱정되셨다는 말씀이신가요? 그렇다고 쳐도 후작님의 위치에 합당하지 않은 일 같습니다. 물론 저는……. 발설할 생각이야 없습니다만……."

"위치에 합당하지 않은 일이지. 나는 단지 그대를 걱정했소."

말끝을 흐리는 내 뒷말을 끝까지 기다리지도 못하고, 평소의 그답지 않게 마이어 후작이 다소 조급하게 말했다.

"대공 각하와 가깝게 지내다가 상처를 받게 될 그대가 걱정스러워서 견딜 수가 없었소. 오늘 만나게 되어 다행이야. 어쨌든 내 용건은 그것으로 끝이오. 걱정되는 마음에 의견은 전했지만, 받아들일지 어쩔지는 그대의 선택에 맡기겠소."

빠르게 뒷말을 끝낸 그가 잠깐 이상하리만치 당혹스러운 듯한 낯을 하더니, 주먹으로 입가를 가리고 큼, 한 번 목을 가다듬은 후 재빨리 돌아섰다. 그대로 테라스를 벗어나려는 듯했다. 나는 반사적으로 그의 팔을 붙잡았다.

어쨌든 이렇게까지 호의를 받은 이상, 최소한 그가 비명횡사하지는 않도록 나도 조언을 줘야 할 것 같았다.

"후작님."

솔데인 마이어가 당황스러운 얼굴로 나를 돌아봤다. 나는 여전히 그의 팔을 붙잡고 차분히 말했다.

"혹, 황제 폐하께 이 사실을 보고하실 생각이십니까?"

"물론 그렇소."

"그러지 않는 편이 좋습니다."

자세한 이야기는 말할 수 없어도, 최소한 생각은 해 보라는 마음으로 꺼낸 말이었다. 그런데 그 말을 들은 솔데인 마이어의 표정이 딱딱하게 굳었다. 그가 나를 향해 제대로 돌아서더니, 날카롭게 쏘아붙였다.

"이런 국가적인 문제를 묵과해 주기를 내게 청하는 건가."

그가 싸늘하게 말했다.

"대공 각하를 위해서요? 아니면 달리 이유가 있나."

"아뇨, 아뇨, 그건 아니지만요. 저는 그냥 걱정이 돼서……."

"미안하지만 백작, 그대에 대한 개인적인 호감으로 인해, 내가 발휘할 수 있는, 내 지위에 어울리지 않는 호의를 그대에게 표현했소. 하지만 내가 표현할 수 있는 호의는 이것으로 한계요. 일이 어찌 되든 나는 내 할 일을 할 작정이고, 이 이상으로는 그대를 배려해 줄 생각이 없소. 그대를 믿고 내가 스스로 꺼낸 이야기니 그대가 발설하더라도 탓하지는 않겠지만, 최소한 그 순간부터 나를 적으로 둔다고 생각해야 할 거요."

"아니, 그게 아니라……."

"알아들어 주었으리라고 여기오."

그러더니 그는 내 뒷말도 듣지 않고 쌩하니 돌아서 나가 버렸다. 자신의 팔을 붙잡고 있던 내 손을 평소와는 사뭇 다른 태도로 퍽 거칠게 털어 내기까지 했다. 다급히 그를 쫓아가려 했지만, 테라스의 커튼을 걷었을 때 그는 이미 파티장의 사람들 사이로 섞여 들어가고 있었다.

"아, 저 벽창호 같은 자식이."

사람이 말하면 좀 귀담아들어라, 새꺄! 나도 모르게 욕을 뱉으며 그의 등을 향해 당장에 가운뎃손가락을 휙 들어 올렸다.

씨발! 요즘 세상에 저런 80년대 스타일의 캐릭터가 있다니? 심지어 내가 썼다니? 저런 캐릭터가 어딘가에는 있을 수도 있겠지만 왜 굳이 내 소설에 있단 말인가? 조선시대 사람도 널 보면 구리다고 하겠어요, 후작! 로맨스 남주는 로맨스로 꺼져! 물론 내 소설은 로맨스지만 아무튼 너랑은 어울리지 않으니 꺼져!

그러나 분이 풀리지 않아 반대쪽 손까지 들어 쌍으로 가운뎃손가락을 냉큼 펼치는 순간, 왜인지 솔데인 마이어가 미련이라도 가진 사람처럼 흘긋 뒤를 돌아봤다. 당연한 수순으로, 그와 나의 시선이 마주쳤다.

"아 씨발."

좆 됐다. 이번엔 진짜 좆 됐다.

당황해서 두어 걸음 물러서며 슬그머니 손을 내리는데, 이상한 표정을 짓고 나를 바라보던 솔데인 마이어가 별안간 성큼성큼 테라스 쪽으로 돌아오기 시작했다. 아, 악. 리벤지냐? 지금 설마 폭력을 휘두르려는 거냐? 좀 구리다고 생각하긴 했지만, 정말로 욕 좀 먹었다고 그런 전근대맨 같은 짓을 할 셈이냐, 마이어 후작!

다급히 뒤로 물러서다가 테라스 난간에 등허리가 걸리는 순간, 솔데인 마이어가 커튼을 휙 들추며 테라스 안으로 들어왔다.

"레, 레일⋯⋯."

반사적으로 레일리를 부르려는데, 갑자기, 예기치 못한 일이 벌어졌다. 유리 옐레체니카의 가느다란 팔을 휙 잡아끈 솔데인 마이어가 커다란 손으로 내 뺨을 감쌌고, 돌연 다짜고짜 키스했다.

엥 하는 소리가 입 밖으로 빠져나가다가 짓눌렸다. 건장하고 단단한 체격인 솔데인 마이어의 품에 끌려가 키스를 당하려니, 유리 옐레체니카의 가느다란 몸은 마치 통째로 그에게 먹히는 듯했다.

나는 정말로 ? 싶었다. 이게 뭔가 싶지만 ? 싫었다고밖에는 말할 수가 없다.

마이어 후작은 캐릭터성상 손가락 욕이 취향이었단 말인가? 시발, 그래서 지금까지 나한테 자꾸 추파를 날렸던 걸까? 진짜로? 솔데인 마이어, 그런 취향이었어? 진짜, 진짜로?

"⋯⋯."

"⋯⋯."

이번에도 감당하기 어려운 침묵이 이어졌다. 이번엔 아까의 긴 침묵과는 사정이 다르긴 했다. 대화의 주체인 두 사람의 입이 모두 막혀 있으니, 의도한 바와는 다르더라도 대화 역시 자연스럽게 끊어지고 말았다.

솔데인 마이어가 쌍뻐큐를 받은 즉시 돌아와서 키스했다는 점만 제외하자면 정말이지 로맨스 소설의 한 장면만 같은 완벽한 키스였다. 그 로맨스 소설이 내 소설은 아닐 것 같지만 아무튼 그랬다.

뷔올 제국의 근위기사 자격을 충족한 자만이 입을 수 있는 고급스러운 흰 제복에는 푸른 술이 말끔하게 달린 채 살며시 흔들렸고, 떡 벌어진 어깨와 단단한 체격이 나를 품 안으로 집어삼키듯 끌어안고 있었다. 파티장에서 쏟아지는 화려한 빛이 미처 닫히지 못한 커튼의 틈새로 깊게 내리꽂혀서 그의 등을 흠뻑 적셨다.

나는 조금 눈이 부셨다. 일종의 후광처럼 보이기까지 하는 조명 효과였다. 내 한 뺨을 감싸 쥔 그의 커다란 손은 몹시 다정하기까지 했고, 내 팔을 억세게 잡아끌었던 손은 어느 사이엔가 등을 받치고 나를 부드럽게 지탱하고 있었다. 아니, 그보다도 일단, 앞뒤꽉막힘맨 주제에 키스를 잘했다.

하지만 이거, 기본적으로 쌍뻐큐를 받더니 갑자기 시작된 키스잖아. 시발 진짜 뭐임. 존나 이해가 안 됨.

그 키스는 지나치게 깊지도 않았다. 그는 부드럽게 입술을 떼어 내더니, 정중히 나를 놓아주었다. 나만이 멍청하게 그를 올려다보다가 입을 떡 벌렸다. 솔데인 마이어는 시선이 마주치자마자 목까지 시뻘게져서는 시선을 회피했지만, 내가 입을 떡 벌린 것은 솔데인 마이어의 키스 때문만은 아니었다. 그것이 공교롭게도 쌍뻐큐 직후의 키스였다는 사실 때문도 물론 아니었다.

이 완벽하게 로맨스 소설의 한 장면 같은 다정한 키스를 경험하며, 아무튼 뭔가가 잘못되었음을 깊게 깨달은 것이다. 그러니까……. 그러니까, 나는 레일리가 나에게 키스할 때 내가 흔들렸던 건 어디까지나 그 자식이 평소의 인간쓰레기답지 않게 연인 같은 다정한 키스를 했기 때문이라고 생각했다.

그런데 마찬가지로 이렇게까지 다정한 태도로 연인 간의 키스처럼 입을 맞춘 솔데인 마이어의 앞에서, 왜 나는 레일리 크라하 그 개자식이나 떠올리고 있단 말인가? 말세로다, 말세야. 머릿속에서 날려 버려라.

"불쾌한……. 일이었다면 미안하고, 갑작스러운 무례를 사죄하겠지만, 그렇다고 해서 내 행동을 다른 것으로 포장하거나 변명할 생각은 없소."

그때 솔데인 마이어가 돌연 선언했다. 그래서 왜 나에게 허가도 없이 다짜고짜 키스했는지는 일언반구 말이 없었다. 미친놈이, 역시 단서는 쌍뻐큐냐?

하지만 중요한 문제는 역시 그깟 것이 아니었다. 솔데인 마이어의 키스 따위 어차피 따지자면 종잇장과의 키스란 말이다. 아니! 젠장! 레일리와의 키스 역시 마찬가지다!

김레일리 크라하, 내 머릿속에서 꺼져, 제발!

나는 여전히 반쯤 넋이 나간 채 그를 바라보고 있다가 멍하니 대답했다.

"어, 네."

내 반응을 어떻게 생각했는지, 솔데인 마이어는 더더욱 민망한 얼굴이 되더니 한 손으로 얼굴 반을 가렸다가 휙 돌아서 가 버렸고, 나는 멀뚱히 테라스에 남아서 비틀비틀 주저앉았다.

그렇다. 2D와 좀 키스를 한다고 그게 무엇이 문제란 말이냐? 연애 노선이 존재하는 게임을 한다 해서 가슴이 뛰거나 설레거나 그 캐릭터에게 연애 감정에 깊게 관련된 실재의 호감을 느끼는 게 아니듯이, 책도 마찬가지가 아닌가? 2D와의 키스가 좀 야하거나 퍽 다정했다고 해서, 그게 무엇이 문제란 말인가? 연인처럼 키스를 한다고 해서 정말로 연인과 키스를 하는 것도 아닌데, 내가 그것에 맥을 못 춘 이유가 대체 무엇이란 말이냐?

의! 답이 너무나 명료했다! 나는 머리를 쥐어뜯으며 괴상한 신음을 토해 냈다. 그런데 그때 갑자기 커튼이 휙 걷혔다. 반사적으로 고개를 들었다가 화려한 불빛을 등진 보랏빛 눈동자와 시선이 마주쳤다. 하필이면 지금 가장 보고 싶지 않은 놈이었다.

"무슨 일입니까?"

인상을 팍 찡그린 그가 급히 다가와서 내 앞에 한쪽 무릎을 굽히고 자세를 낮췄다.

"어디 아프십니까?"

"레일리."

"예?"

"키."

"키?"

나는 반사적으로 그의 이름을 부르고 입술을 뻥긋거리다가 가까스로 닫았다. 확인 좀 하게 키스라도 해 보라고 하려 했는데, 빌어먹게도 확인하기 전에 이미 결론이 났다.

미쳤나……. 나는 정녕 미쳐 버린 걸까……. 입을 떡 벌린 채 그를 바라보다가 더듬더듬 미끄러졌다. 쪼그리고 앉아 있던 자세에서 털썩 자세가 낮아졌다. 반사적으로 손을 뻗은 레일리가 즉시 내 허리를 휙 끌어안아 지탱했다. 그가 사납게 인상을 썼다.

"마이어 후작이 무슨 짓을 했습니까?"

"아, 아니. 그 사람 아무 짓도 안 했는데."

나는 그때에야 목이 졸린 듯 가까스로 대꾸했다.

"아니, 아니, 아무 짓도 안 한 건 아니지만……."

"말씀하십시오."

"아, 그, 뭐냐. 진짜 별거 아니야. 그냥 키스당했어."

"예?"

날카롭게 대꾸했던 레일리가 눈을 세모꼴로 떴다. 그는 나를 못마땅한 얼굴로 빤히 내려다보다가, 돌연 주저 없이 고개를 숙였다. 그리고 또 다짜고짜 집어삼킬 듯이 입을 맞췄다.

아니, 씨발, 개새끼들아, 키스를 할 거면 좀 개연성 있게 하란 말이야.

아니, 아니, 아니 젠장, 그보다도 지금은 내 머릿속이 너무 복잡해서 안 된다, 이 자식아.

나는 당장에 그의 어깨를 팍 밀어냈다. 쭉 밀려났던 레일리가 눈썹을 꺾으며 이를 드러내든 말든, 나는 비척거리며 일어났다.

"난 이만 파티장으로 돌아간다."

"마스터."

그런데 레일리가 대번에 내 팔을 잡고 휙 끌어당겼다. 신음을 흘리며 끌려가자 조심스럽게 놓아주긴 했지만, 본질적으로 반성이라고는 한 티끌도 느껴지지 않는 태도였다. 다만 형형한 낯을 한 그가 내 얼굴 위에 위협적으로 고개를 기울였다.

"지금 왜 밀어내셨습니까?"

"뭐?"

"왜 밀어내셨는지 여쭀습니다."

"그야 싫으니까 밀었겠지, 이유가 뭐 달리 있냐. 아, 꺼져. 복잡한데 더 복잡하게 만들지 마."

짜증스레 그의 어깨를 밀치고 다시 파티장으로 돌아가려는데, 그는 자신이 무슨 드라마 남자 주인공이라도 되는 양 배려 없이 내 어깨를 잡아 끌었다. 이 자식이 이게 뭐 하는 짓이란 말인가? 나는 드라마에서도 이런 짓을 하는 놈은 1화부터 거른단 말이다. 나도 대번에 눈을 부라리며 눈썹을 휙 추켜세웠다.

"제대로 대답을 주시죠, 마스터."

그가 이를 드러내고 말했다.

"왜 갑자기 저를 밀어내셨냐고 여쭤봤습니다."

"글쎄, 싫으니까."

"마이어 후작과 키스를 하고 나니, 뭔가 생각이 달라지셨습니까?"

"아니, 그냥 네가 싫어서라고."

"파티의 파트너는 대공에, 마이어 후작과 키스를 하고 나니 '썸'을 타는 기분에 저는 보이지도 않으시는 모양이군요."

"아, 염병, 진짜. 그냥 너랑 키스하기 싫어서라고!"

빽 내질렀다가 벽에 몰아붙여진 채 다시 깊숙하게 키스를 당했고, 나는 망설이지 않고 그의 입술을 콱 물어뜯은 후에 레일리의 뺨을 주먹으로 후려쳤다. 별로 아프지는 않은 듯했지만, 버티지 않고 입술을 떼어 낸 채 서늘한 얼굴로 나를 바라보는 보랏빛 눈동자가 여전히 차갑고도 형형했다.

나는 그를 빠르게 밀어내고 성큼성큼 파티장 안으로 들어섰다. 그리고 레일리의 입술을 물어뜯으며 피가 묻은 입가를 쭉 닦으며 짧게 말했다.

"지금은 네 얼굴 볼 생각 없으니까 먼저 돌아가."

내 말을 들은 레일리가 인상을 팍 찡그렸다. 그러나 그는 다르게 대답했다.

"기분이 상하신 듯하니 밖에서 기다리겠습니다."

특유의 정중하고 멀끔한 태도였다. 이유는 몰라도 갑작스럽게 한풀 꺾인 듯한 태도이기도 했다. 나는 못마땅히 그를 위아래로 훑다가, 더는 말을 섞지 않고 돌아섰다. 이런 빌어먹을, 나는 왜 저딴 자식에게 괜히 흔들려서 일이 이따위로 됐단 말인가?

걸으면 걸을수록 생각하면 생각할수록 기가 막히고 코가 막혔다. 레일리 크라하는 ≪세레나의 티타임≫에서 유리 엘레체니카를 살해했을 가능성이 가장 높은 놈이며, 내가 직접 설정을 짜고 만든 내 캐릭터이고, 어디까지나 가상의 세계에서 활자로 존재하는 인물이다. 내가 격렬하게 인생을 말아먹고, 현재 빙의된 몸의 주인인 유리 엘레체니카가 아주 쓰레기 같은 짓을 한 상대 중 한 명이기도 했다.

그런데 어쩌다가 나 자신의 캐릭터랑 이 꼴이 났단 말인가?

"으아아악."

결국 파티장인 것도 신경 쓰지 않고 두 손으로 머리칼을 마구 헤집으며 성큼성큼 걷는데, 아까 있던 자리에 그대로 서서 다른 사람들과 떠들다가 술이나 한 잔 마시고 있던 알렉시스 에슈마르크만이 동요 없는 얼굴로 태연히 나를 맞이했다.

"무슨 일이 있었는지 물어보려 했는데, 여러 일이 있었나 보군."

"각하랑 상관없는 일이니까 신경 끄시죠!"

냅다 쏘아붙이고 주변의 시선을 의식해 다시 머리칼을 대충 빗어 내리는데, 팔짱을 낀 채 내 쪽으로 은근히 어깨를 기울인 그가 부드럽게 질문했다.

"마이어 후작과 무슨 얘기를 했지?"

"……."

나는 이 시점에서 약간의 선택의 기로에 놓였다. 어쨌든 나를 생각해서 중요한 스파이의 정보까지 알려 주며 위험한 남자를 조심하라고 경고해 준 마이어 후작의 호의를 무시하기에는 양심적으로, 또 인륜적으로 찝찝했다.

아무튼 나는 경고를 해 줬으니 그가 결국 황제에게 그 정보를 고하든 말든 내 알 바는 아니었지만, 적어도 그보다 앞서 내 입으로 대공에게 까발리기는 곤란했다. 잠시 대답을 주저하자 알렉시스 에슈마르크가 보랏빛 눈을 가늘게 뜨며 대답을 종용하듯 나를 향해 고개를 기울였다. 결국 나는 더듬더듬 대답했다.

"키."

"키?"

"키스당했는데요……."

"……."

내 대답을 들은 그가 돌연 이상한 표정을 짓더니, 팔짱을 풀고는 들고 있던 술잔이나 한 모금 입가에 가져다 댔다.

"내가 괜한 걸 물었군."

"그러게요."

"눈치가 없었어. 사죄하지."

"반성하십쇼."

퉁명스럽게 대꾸하자 그가 어깨를 으쓱이며 화제를 돌렸다. 이번에도 퍽 좋은 화제 선정은 아니었다.

"방금 들어갔던 레일리 크라하는 왜 두고 나왔지?"

"걔한테서도 키스당했고요."

"저런."

"입술 뜯고 뺨 때리고 나가라고 했어요."

"엉망이군."

"시팔, 그러게요."

"술이나 한잔 하겠나."

나는 거절하지 않고 그에게서 술잔을 받아 들었다. 그런데 그 순간, 상석에 앉아 있던 황제가 갑자기 내게 손짓을 했다. 눈을 댕그랗게 뜨고 바라보자, 에슈마르크 대공이 어깨를 기울여 조언을 해 줬다.

"춤이라도 한 곡 추자는 제스처일세. 다녀오는 게 좋겠어."

"허어어."

이렇게까지 머릿속이 복잡한데 황제까지 상대해야 할 일이냐? 나는 비척비척 술잔을 내려놓고, 그러나 허리를 꼿꼿하게 세운 후 당당하게 황제에게 걸어가 부드럽게 드레스 자락을 올려 보였다.

황제가 나를 데리고 중앙으로 나서자 다들 자연스럽게 길을 비켜 주었다. 실제로도 유리 옐레체니카는 내가 빙의한 이래 최근 들어 약간 이상한 행동거지를 보였을 뿐 처음부터 끝까지 명실상부한 황제파의 주축 중 한 명이었다. 알렉시스 에슈마르크나 솔데인 마이어와 춤을 추는 것보다는 이쪽이 훨씬 자연스러운 그림이라는 뜻이었다.

나는 태연히 황제의 손짓을 따라 중앙으로 나가며, 흘긋 주변을 둘러봐서 세레나와 솔데인 마이어의 위치를 파악했다. 솔데인 마이어는 휘하의 기사 몇몇과 잠시 술잔을 기울이는 중이었고, 세레나는 처음 보는 남자와 뭔지 모를 담소를 나누고 있었다.

유심히 살피니, 내가 뭔가 조치를 취하지 않아도 세레나는 알아서 황태자 남친을 사귄 듯했다. 그녀의 앞에 서 있는 사람의 신분이 대충 짐작이 갔다. 황제를 똑 닮은 알렉시스 에슈마르크와 달리 특출하지 않은 생김새라서 간 간이 신분을 숨기고 언더커버 보스놀이에 심취해 하급 무관으로 가장한 채 민심을 알겠다며 나다니는 이 나라의 황태자 애셔 아마르트 뷔올이었다. 황제의 공식적인 장자이기도 했다.

'공식적인' 장자라……. 입맛이 찝찝했다. 괜히 본 것 같았다. 나는 내가 장렬히 말아먹은 두 종류의 인생을 나란히 떠올리다가 그만 뱃속이 괴로워지고 말았다.

어찌 되었든 처음으로 애셔 아마르트 뷔올과 세레나의 인연이 생겼음을 확인한 셈이니 그것으로 됐다며 스스로 마음을 정돈했다. 사실 그 밖에는 달리 특별한 사항이 없기도 했다.

세레나와 솔데인 마이어는 유달리 이상한 행동을 하고 있는 것도 아니었고, 유달리 나와 황제의 춤사위에 집중하고 있는 것도 아니었다. 솔데인 마이어가 간헐적으로 흘금흘금 내 쪽을 살펴보기는 했지만, 저 인간이야 방금 전에 내가 내민 가운뎃손가락을 보고 덤벼들어 다짜고짜 키스를 한 미친 새끼니 그건 그럴 수도 있을 것 같았다. 황제한테 할 말이 있는 양반이기도 하고.

아무도 우리를 평소보다 더 주목하지는 않고 있다는 게 중요했다. 황제와의 대화는 딱히 방음을 할 수도 없고 입 모양을 숨길 수도 없으니까. 그 사실을 파악한 뒤, 나는 다시 댄스에 집중하기 시작했다. 황제가 뭔 말을 하려는지 몰라도 그건 그와 나 사이의 문제일 뿐, 어쨌든 적어도 다른 부차적인 문제를 일으키지는 않을 것 같았다.

별다른 말도 없이 정말로 사무적인 댄스만을 이어 가다가, 음악이 고조에

이르렀을 때, 그 소리에 묻혀 황제가 돌연 물었다.

"며칠 전까지만 해도 알렉시스와는 거리를 두는 듯하더니, 그와 가깝게 지내기로 했나?"

"제가 기억을 잃은 후 어떡하면 좋을지를 몰라 천둥벌거숭이처럼 돌아다녔습니다만, 모쪼록 폐하와 뷔올에 누가 되지 않도록 처신하고자 합니다. 오늘은 사업 이야기를 하면서, 겸사겸사 함께 파티에 참석하게 되었습니다. 놀라셨는지요."

"하기야 이유가 없었을 때면 몰라도, 이렇게 되었으니 친하게 지내는 것도 좋겠지. 놀랐지만 나쁘지 않다고 여기네."

그가 부드럽게 대꾸했다. 나는 잠자코 그의 말을 곱씹다가 고개를 갸우뚱 꺾었다. 그 말인즉……. 황제는 유리 옐레체니카와 알렉시스 에슈마르크가 가깝게 지낸 일은 지금까지 없었다고 여긴다고 보면 되는 건가.

"좋은 생각일세. 오랫동안 소원했던 아우와의 관계에 백작이 좋은 완화의 역할을 해 주기를 기대하지."

뒤에서 숨겨진 아들과 손잡고 둘이서 쎄쎄쎄 온갖 짓을 하고 있던 주제에 그가 뻔뻔하게 말했다. 하지만 나는 그보다도 다른 생각에 사로잡혀 있었다.

정말로 황제가 유리 옐레체니카와 알렉시스 에슈마르크의 관계를 몰랐다면 그 인체 실험이나 신과 관련된 묘한 논의들은 죄 황제와 관련이 없다는 뜻이 된다. 생각해 보면 이 작자가 남긴 업보야말로 알렉시스 에슈마르크가 그 수상쩍은 일에 가담하게 된 가장 큰 계기였을 테니, 유리 옐레체니카와의 자세한 쓰레기 짓들을 황제는 모르는 편이 훨씬 마땅하긴 했다.

"큰 역할을 맡게 되었군요. 두 분께 누가 되지 않도록 지금까지와 같이 치우치지 않는 선에서 성실히 임하겠습니다."

나는 일단 황제에게 듣기 좋은 대답부터 돌려주었다. 얼마 지나지 않아 곡이 끝나자마자 그는 내 손을 놓아주었고, 나는 에슈마르크 대공에게 다가

가서 술잔을 들어 다짜고짜 들이켠 후에 그에게 작별을 고했다.

"왜 저를 굳이 여기까지 데리고 오셔서 이곳저곳에 보이셨는지는 생각하고 싶지도 않지만, 어쨌든 용건이 끝난 듯하니 저는 이만 돌아가도 괜찮을까요?"

"나도 슬슬 빠질 생각이었네. 배웅하지. 아마 금세 다시 만나게 될 거라고 생각하지만 말이야."

에슈마르크 대공이 다정스레 대꾸했다. 나는 그의 말을 듣고 신경질적으로 쏘아붙였다.

"사적으로는 또 뵙고 싶지 않네요."

"내게 물어볼 것이 있잖나."

"물어 봤자 답도 안 해 주시면서 무슨 소리?"

그렇게 떠들며 그의 배웅을 받아 나와 보니, 정말로 바깥에서 기다리고 있던 레일리가 까딱 묵례를 해 보였다.

으, 생각하기 싫은 문제는 정말이지 여길 가든 저길 가든 산적해 있었다. 나는 대놓고 싫은 표정을 지으며 레일리에게 합류했고, 그의 도움을 받아 마차에 올라탔다. 대공은 더는 질척이지 않고 알아서 돌아섰다. 자신의 저택으로 갈 생각인 듯했다.

레일리는 마차에 타서도 별다른 말을 하지 않았다. 그는 그저 홍차 블렌딩과 관련된 정보가 기록된 자료집을 뒤지고 있을 뿐이었다. 흘긋 봐서는 그 이상으로 태연해 보일 수가 없었다. 세상에서 가장 평온하고 태연한 사람처럼 보였다.

하지만 저 새끼가 정말로 태연하면 그건 또 그것대로 저놈의 인성에 문제가 있는 것이고, 저 새끼가 태연한 척하고 있을 뿐이면 그건 또 그것대로 심정적으로 문제였다. 레일리에게 이 이상으로 신경을 쓰면 안 될 것 같았지만 이대로 두기엔 더 신경이 쓰일 듯했다.

천천히 거리를 둬야 했다. 그런데 얼마나 천천히? 망할, 모른다. 알 수 없었지만 아무튼 거리는 둬야 했다. 그것만은 확실히 알고 있었다. 나는 신경질적으로 구두를 벗어 내며, 다짜고짜 말을 걸었다.

"야."

"왜 부르십니까."

"사과해."

"죄송합니다."

그가 깔끔하게 답했다. 영 진실성이 느껴지지 않기도 했고, 너무 즉답이기도 했다. 내가 신뢰하지 않는 얼굴로 찝찝하게 미간을 좁히자, 레일리가 탁 소리를 내며 책을 덮고 다시 말했다.

"강제로 팔을 잡아끈 것, 죄송합니다. 공공연한 장소에서 물불 가리지 않고 달려든 것 역시 주인께 사죄드려야 하는 문제겠지요. 그 밖에 또 무엇을 죄송히 여기면 되겠습니까?"

"양심이 없냐? 네가 나한테 취하는 태도 하나하나가 백번 사죄해도 모자랄 일이야. 어? 집사가 되어 가지고 주인님을 소유하려 드는 게 말이나 되냐? 네가 내 집사이든 아니든지 나한테 왈가왈부할 권리는 없다고. 나는 죽었다 깨어나도 네가 표현한 '네 것'은 안 되니까 그렇게 알고, 말했듯이 너는 엔조이니까 내가 대공과 뭘 하든, 후작과 뭘 하든 네가 기분 상해하고 관여할 문제가 아니란 말이다."

"단지 질투했을 뿐입니다만, 제가 질투하는 것을 죄송히 여겨야 합니까?"

"어?"

못 들을 말을 들은 것 같아서 반사적으로 멍청하게 반문하자, 책을 옆에 휙 내던진 레일리가 시건방진 태도로 다리를 꼬며 무릎 위에 장갑 낀 손으로 비스듬히 깍지를 꼈다. 그리고 짐짓 나를 깔아보는 듯한 얼굴로 턱을 치켜들고, 보랏빛 눈동자를 우아하게 내리깔았다. 일단 바람직한 집사의 자세는 백 퍼센트 아니었다.

"제가 질투하든 말든, 마스터께서 관여하실 문제가 아닙니다."

"너, 나 안 좋아한다며? 이 자식이 틈만 나면 말을 바꾸고……."

"좋아하지 않습니다."

뻔뻔하게 대답한 그가 득달같이 다른 말을 이었다. 이번에도 상식인의 기준에서는 도통 알아듣기 어려운 말이었다.

"하지만 요컨대, 마스터의 기준에서 제가 당신의 연애사에 의견을 표할 자격은, 제가 마스터에 대한 이성적 호감을 지니고 있는 상황이 전제되어야 한다는 것이군요. 그렇다면 좋아하는 것으로 하겠습니다."

"이게 말이야, 소야? 이성적인 호감이 있든 말든 남의 연애사에 왜 왈가왈부……."

"좋아하는 것으로 해 보지요."

"히이익."

레일리 크라하의 혀로 꺼낼 발언이리라고는 전혀 생각해 보지 못한 말이었다. 반사적으로 기겁했다가 뻑 대답했다.

"그렇게 말한다고 될 일이냐?"

레일리 크라하가 지나치게 당당한 태도로 말했다.

"어디까지나 일시적 유희라면서 선을 그으시니, 그럼 '엔조이' 따위가 아닌 연애를 해 보는 것도 괜찮겠군요."

"아니, 됐거든."

"저와 연애하시겠습니까?"

"싫은데."

딱 잘라 대답하자 레일리가 눈썹을 꺾으며 성격 나쁜 얼굴로 싱글벙글 웃었다. 그가 내 두 손을 덥석 붙잡고 몸을 세웠다. 지그시 나를 깔아 누르듯이 내 쪽으로 건너와 의자 위에 무릎을 얹고 몸을 기울이기 시작한 것이다. 아무튼 시발 불길했다. 나는 다급히 다른 할 말을 찾아냈다.

"야, 솔데인 마이어가 나한테 키스를 했든 말든 네가 뭔 상관이야? 애초에 남이 키스하자마자 키스하기 찝찝하지도 않냐?"

"마스터가 아무하고나 이곳저곳에 함부로 다니는 것보다는 찝찝하지 않습니다. 제가 할 때에는 이리저리 피하시더니, 마이어 후작이 하는 일에는 넋이 나가서 주저앉아 계시지 않았습니까?"

"히이익! 정말 히익이다!"

미쳤나 봐! 레일리 크라하가 마치 로맨스 소설 같은 소리를 하고 있지 않은가! 아무리 생각해도 말도 안 된다!

"응석 부릴 곳이 어딘지 아직도 모르시는 모양입니다."

섬세하게 만든 인형 같은 아름다운 얼굴을 내 코앞까지 기울이고, 그가 풍성한 은빛 속눈썹을 내리깔며 이를 드러내고 싸늘하게 물었다. 보랏빛 눈동자는 좀 제정신이 아닌 사람의 것처럼 번득이고 있었다.

"애초에 마스터야말로 저를 좋아하고 계시지 않습니까?"

"집사야, 자의식 과잉이십니다."

"저는 이미 일찌감치 마스터를 손에 넣었다고 생각합니다만, 그렇게 생각할 때마다 이리저리 도망가려 하느라 바쁘시군요."

내 입술을 뭉근하게 물어뜯으며, 그가 나긋나긋하게 말했다.

"제 것이 되는 것이 마음에 차지 않으시면, 모쪼록 마스터께서도 저를 가질 수 있게 해 드리겠습니다."

"필요 없."

말을 하다 말고 틀어 막혔다. 그가 다소 난폭하게 키스했다. 읍 소리가 튀어 나가다가 웅얼웅얼 가로막혔다. 마차가 덜컹덜컹 흔들렸다. 고개를 뒤로 빼려는데 레일리가 유들유들하게 속삭였다.

"마스터를 좋아하겠습니다."

그가 보랏빛 눈동자를 반달 모양으로 접으며 더러운 인성을 여과 없이 드러내는 상냥한 얼굴로 웃어 보였다.

"필요하다면 연애도 하지요."

그리고 다시 한 번 입술을 훑으며 달짝지근하게 키스했다.

"당신 것이 되겠다고 말씀드렸습니다."

양손에 각각 틀어쥔 내 손아귀에 깍지를 끼며 세 번째, 네 번째로 거푸 입을 맞춘 레일리가 나긋한 태도로 고개를 꺾었다.

"갖고 싶은 게 생겼을 때 수단이나 방법을 가리는 족속은 아니라서."

거기까지 말하고 특유의 산뜻한 낯으로 생긋 웃어 보인 그가 말끔하게 말했다.

"지금 본인의 표정을 보셔야 하는데 말이지요. 아쉽군요. 역시 제게 호감이 있으시잖습니까?"

"닥쳐……."

"오물 더미에서 태어나서 빛나는 것만 보면 사족을 못 씁니다."

아무튼 이대로 있다가는 백 퍼센트 휘말릴 것이 분명했다. 나는 여기에서 더 관계를 진전시킬 생각이 없었다.

그러나 옴짝거리며 달아나려 하는 나를 대놓고 깔아 보며, 덜컹덜컹 움직이는 마차의 흔들림에 맞춰 그가 나를 향해 깊숙하게 고개를 기울였다. 나는 마차의 의자와 레일리의 몸 사이에 갇힌 것 같은 형상이 됐다.

"집사 된 소임으로 필요한 조건을 모두 드렸으니, 이제는 할 말도 없으시겠지요."

입술을 맞대고 천천히 달싹이며, 레일리가 산뜻하게 속삭였다. 기가 막히고 코가 막히게도, 이 새끼는 그 개 같은 말이 스스로 느끼기에 논리적으로 들리는 모양이었다. 당연하게도 개소리였지만.

"모쪼록 제 것이 되십시오."

한 번, 두 번, 세 번째로 감질나는 입맞춤이 붙었다가 떨어졌다.

"일평생 키워 드리겠습니다."

개 같다고 생각하면서도, 결국 그 유혹에 더는 견디지 못한 내가 달려들어서 그의 넥타이를 잡아채고 신경질적으로 키스했다. 레일리가 당장에 내 뒷머리를 헤집으며 거칠게 잡아끌어 집어삼킬 듯이 입을 맞췄다. 중심을 잡지 못하고 비틀거리다가 마차의 의자 위에 넘어졌다. 내 등부터 감쌌던 그가 눈썹을 찡그리며 인상을 쓰듯 웃고, 내 위에 올라탔다.

그때 마차가 '뿌-!' 하고 요란하게 증기를 뿜어냈다. 타이밍 좋게 저택에 도착한 것이었다.

덕분에 정신이 번쩍 들었다. 잠깐 멈칫하며 고개를 들었던 레일리를 밀쳐 내고, 나는 재빨리 마차를 빠져나가서 성큼성큼 저택을 향해 걷기 시작했다.

"마스터."

레일리가 내 뒤꽁무니에 따라붙으며 나를 불렀다. 집사복을 입은 망나니가 성큼성큼 내 곁에 따라붙어 눈을 가늘게 떴다.

"또 '부끄러워'지셨습니까?"

"닥쳐, 좀. 너랑 그럴 생각 없어."

"저랑 그럴 생각이 가득해 보였는데요."

"아, 없다니까. 짜샤, 꺼져, 좀. 안 꺼질래? 이젠 나한테 마법도 있거든? 네가 나를 붙잡는다고 호락호락하게 붙잡히지 않거든?"

"제 주인이 쓰는 법을 좀 들었다고 해서 단번에 쓸 수 있게 되는 분은 아니라고 여깁니다만."

"이 자식이 또 막말하네. 세레나의 얘기를 듣고 나니 감이 좀 잡혔다고! 공기가 조밀하게 무언가로 들어차 있다고 생각하고, 그래서 내가 원하는 곳에 영향을 미칠 수 있도록 공기를 움직인다는 느낌으로, 이렇게……."

보란 듯이 한 손을 허공에 휘저으며 세레나가 말해 주었던 방식으로 감각을 곤두세우고, 일전에 레일리에 의해 주변에 감아 봤던 번개의 기운을 떠올리는데, 별안간 머리털이 쭈뼛 섰다.

"어……?"

등골에 소름이 오싹하게 돋았다. 반사적으로 무릎이 풀썩 꺾였다. 내 곁을 따라 걷던 레일리가 다급히 나를 잡아챘다.

그런데 레일리가 내게 접촉하는 순간, 감당 못 할 압력에 심장이 짓눌리는 듯했다. 그가 있는 곳에서부터 도저히 견디기 힘든 수준의 거대하고 혼란스러운 기운의 덩어리가 소용돌이쳤다.

"놔, 놔!"

외치다 말고 헉 하고 숨을 삼켰다. 마치 거대한 무언가에 짓눌린 듯했다. 눈앞이 핑 돌았다. 토할 것만 같았다.

"마스터?"

레일리가 딱딱하게 물었다. 그러나 나는 그에게 대답해 줄 틈이 없었다. 마법을 쓰려고 한 번 시도를 했을 뿐인데, 주변에서부터 세상이 무너지고 있었다. 아니, 엄밀히 말하자면 기존의 세상이 무너지는 듯했다. 나는 알렉시스 에슈마르크가 번번이 '근원'이라고 칭했던 것이 무엇인지를 이제야 비로소 깨달았다.

"대……. 대공."

"예?"

"대공저로 가자, 대공저로."

숨이 턱턱 막히고 있었다. 더 늦기 전에 해법을 아는 에슈마르크 대공과 합류해서 조언을 얻어야 했다. 후들후들 떨리는 무릎이 바닥에 푹 파묻혔다. 심장이 조이는 듯 아파 왔다.

"아……. 아냐, 너는……. 너는 따라오면 안 될 것 같아."

"무슨 말씀이십니까?"

"닥치고 가서 마차에 좌표 입력하고 나를 태워!"

손을 휘두르며 레일리를 밀쳐 냈다. 진짜 '마법'을 쓸 수 있는 자의 시야에는 이 세계가 기존의 것과 다르게 보인다는 사실을 알았다. 이 세계는 단순한 세계가 아니었다. 내가 마법을 써 보겠답시고 마력을 움직이듯 떠밀며 시늉을 했던 곳에서부터 삐걱삐걱 움직이기 시작한 거대한 마력의 덩어리들이 일제히 연결되어 작동을 시작했다.

그곳에서부터 색깔이 번지듯, 세상의 형태가 조금씩 베일을 벗어 냈다. 그것이 베일을 벗고 모습을 드러낼수록 나를 짓누르는 압력도 강해졌다. 더욱 더 무거운 것이 나를 찍어 누르고 있었다.

마력의 형태는 톱니였고 나사였다. 이 세계는 하나의 거대한 기관 장치처럼 움직이고 있었다. 한 곳의 톱니를 돌리면 다른 곳의 톱니가 움직이고, 그런 식으로 세상의 섭리를 조절할 수 있도록. 말하자면 거대하고도 복잡한 골드버그 장치였다. 전신을 짓누르는 그 무게는 강렬했고 장엄했으며, 공포스러울 지경이었다.

마법의 세계를 다시 각성하고 그 마력을 '체감'할 수 있게 되는 순간, 나는 지금껏 지각하지 못한 채 지내던 세계의 무게에 갑작스럽게 짓눌려 찌그러질 것만 같았다. 이대로 있다가는 거대한 압력에 짓눌려서 죽고야 말 것이다. 심장이 터질 것처럼 뛰었다. 누군가 나를 지도할 사람이 필요했다.

"그럴 필요 없네."

별안간 우리 사이로 낯익은 목소리가 떨어졌다. 따로 마차를 잡기에 당연히 대공저로 갈 줄 알았던 알렉시스 에슈마르크가 뒤따라 도착했던 마차에서 내리며, 여상한 얼굴로 손바닥을 펼쳐 하늘을 향해 내밀었다.

"윌리엄스가 그대에게 어떤 식으로든 호의를 베풀려고 하는 것 같기에, 두 사람이 만날 만한 장소가 있으면 좋을 것 같았어. 그대 역시 경계하는 나보다는 귀엽게 여기는, 순진하고 무구한 윌리엄스의 말을 더 쉽게 받아들이리라 봤고. 뭐, 정작 윌리엄스 본인은 재능에도 불구하고 지레 겁을 먹어 마법을 '제대로' 시작할 생각이 없어 보이지만, 그대를 깨우는 일만을 원한다면 사실 나야 윌리엄스의 외도를 살짝 눈감아 주기만 하면 그만일 테니."

그리고 그는 슬며시, 보이지 않는 무언가를 들어 올리는 시늉을 했다.

귓가에서 요란하게 삐걱대는 소리가 들렸다. 나를 짓누르고 있던 태엽 장치들이 단숨에 조금 위로 올라갔다. 그때에야 조금 숨통이 트였다. 나 자신을 살필 여유를 갖게 되고야 내 얼굴이 눈물과 콧물, 타액 등으로 엉망이 되어 있었다는 것을 비로소 눈치챘다.

"그 무게는 세계의 무게지."

알렉시스 에슈마르크가 부드럽게 말했다.

"마법사의 세계로 돌아온 것을 환영하네, 백작."

가까스로 호흡을 되찾고 고개를 들어 주변을 바라보며, 나는 알렉시스 에슈마르크와 유리 옐레체니카가 어째서 신이 되겠다거나 하는 허황된 꿈에 사로잡혔는지를 단번에 이해했다. 그럴 수밖에 없었다.

알렉시스 에슈마르크가 직접 표현했듯 이것은 그야말로 각성의 순간이었다. 세레나가 마법을 익히는 일에 공포를 느낄 수밖에 없었던 것도 당연했다. 압도적인 세계의 존재감은 평범한 사람이 짊어지기엔 너무나 육중했다.

알렉시스 에슈마르크와 유리 옐레체니카는 '세계'로 명명된 이 거대한 기계 장치의 작동에 관여할 수 있는 권리를 손에 넣은, 단둘뿐인 마법사들이었던 것이다.

* * *

결국 나는 알렉시스 에슈마르크의 도움을 받아 겨우겨우 숨통을 텄고, 비틀거리며 일어나 당장에 그에게 달려들었다. 공격적인 의도는 아니었다. 아무튼 그만이 나를 지금 상황에서 구제해 줄 수 있다는 것을 본능적으로 알았기 때문이다.

대공은 금방이라도 쓰러질 듯한 나를 한 팔로 부축하고 한 손으로는 '세계'를 조금 위로 들어 올려 주고 있었다. 영문을 모르는 레일리를 일별했던 그는, 오늘은 대공저에서 머무르고 가라는 제안을 했다.

무시무시한 압력을 지닌, 내 심장을 짓누를 것 같은 레일리의 기운과는 함께 있지 않는 편이 좋다는 것을 직감적으로 깨달았고, 별수 없이 그의 제안을 받아들였다. 레일리의 반발 따위는 문제가 아니었다. 나는 결국 레일리를 내 저택에 내려 둔 채, 덜덜 떨리는 전신을 꾹 감아쥐고 알렉시스 에슈마르크의 안내와 도움을 받아 겨우 대공저에 도착했다.

어느 정도 진정된 것은 한참이 지나서의 일이었다. 독한 술을 세 잔이나 연거푸 들이켜고야 차갑게 식었던 손발에 다시 온기가 돌기 시작했다. 알렉시스 에슈마르크는 내 머리 위로 살며시 들어 주고 있던 태엽들을 조금씩 내려놓으면서, 내가 그 무게에 적응할 수 있도록 도와줬다. 아직도 쇼크로 손발은 덜덜 경련하고 있었지만, 그럭저럭 대화를 나눌 수 있을 정도로는 충격으로부터 회복됐다.

"클래스 구분이 있다고 알고 있는데……."

"무지한 자들의 기준이지. 얼마나 간단한 행동으로 얼마나 더 큰 마법을 부릴 수 있느냐에 따라 저희끼리 등급을 나누었다고 하면 이해가 쉬울까. 실제로도 신체 내부에 마력을 쌓으면 비상시에 용이하기는 하고 그것이 대부분의 사람들이 사용하는 방식이지만, 보다시피, 구조만 볼 수 있다면 내부에 저장된 마력의 양과는 별개로 이 장치의 실질적인 지배권을 손에 넣을 수 있어."

"그렇다면 '근원'이 대체 뭐죠."

나는 내가 숨을 토하거나 말을 뱉을 때마다 그 공기에 떠밀려 삐걱삐걱 움직이는 사방의 태엽 장치들을 바라보며 치를 떨었다. 세계관이 스팀펑크라고 해서 이렇게까지 스팀펑크에 충실한 설정일 필요는 없었을 것이다. 나조차 바라지 않았던 폭발이었다.

알렉시스 에슈마르크가 방 안을 배회할 때마다 사방의 톱니들이 그에게 밀려났다가 다시 제자리를 찾기를 반복하고 있었다. 또 그 움직임에 따라 태엽들이 돌아갔다. 삐걱삐걱 움직이고 마찰하는 태엽들에서 가끔은 조각난 부스러기가 떨어졌다.

장치를 구성하고 있는 기본 단위는, 유감스럽게도 활자였다.

"말 그대로의 '근원'이지."

알렉시스 에슈마르크가 담담히 말했다.

"이 세계는 그 자체로 하나의 거대한 기계 장치야. 우리는 단지 부속품으로 살아가고 있는 걸세. 봐서 알겠지만 말이야."

"그래서 그 전제를 이해하지 못한 내게는 그 무엇도 설명해 주지 못한다고 한 거고?"

"그래. 분명 누군가 '관리자'가 있을 법하지 않나. 엘류이센 라이케나 나나, 무언가를 발명하는 일에는 이골이 난 사람들이야. 기이할 정도로 마력이 응집되어 있는 푸른 숲, 세계 전반을 빼곡하게 채운 '마력' 장치들……. 톱니를 건드림으로써 이 세계의 구조를 조금씩 조절할 수 있었지. 그게 인간이 사용하는 마법의 정체였다. 알다시피, 발명을 할 때는 몇 가지 도구를 이용하지 않나. 톱니, 태엽, 나사, 증기 기관, 그리고 마력석일세. 각각의 역할이 이쯤 되면 뚜렷해 보일 지경이었어. 우리가 도달할 수 있는 결론은 하나뿐이었다."

에슈마르크 대공이 내게 침대를 양보한 채, 본인은 티 테이블 앞에 앉아 술잔을 입가에 가져다 댔다. 그는 생각보다 술을 즐기는 편이었지만, 그럼에도 불구하고 단 한 번도 내 눈앞에서 취기에 사로잡힌 일이 없다. 이제 보니 그럴 만한 이유가 있었던 모양이다. 알렉시스 에슈마르크야말로 진짜 의미에서 '초월'한 사람이었다.

"이 세계는 누군가의 발명품일 뿐, 그 이상도 그 이하도 아니라고."

나는 그에게 대답하지 않았다. 사실 마땅히 대답할 만한 말이 떠오르지도 않고 있었다. 실제로도 이 세계는, 말하자면 내 발명품이었다. 내가 개발하고 처음부터 끝까지 설계한 하나의 장치인 것이다.

그러나 그 사실이 이 세계 안에서 그런 식으로 발휘되고 있을 것이라고는 생각해 본 적이 없다. 애초에 이 세계가 나의 창작물이기 때문에 그런 것인지, 아니면 내가 그저 그렇게 오인하고 있는지도 이제는 알 수 없었다.

의! 이제는 차라리 생각을 그만두고 싶다.

"나는 내가 못 들었던 질문들에 대한 대답을 들어야겠어요."

결국 나는 다른 모든 말을 생략하고, 파티에서 대답을 듣지 못한 질문을 다시 꺼냈다. 그들은 어째서 이 세계에 존재하지 않는 언어를 알고 있는가? 또, 나에 대해서는 어떻게 추론했는가에 대해서도 알아내야 했다. 두 가지의 질문은 하나의 의문으로 연결되었다.

"그렇다면, 이 세계의 '발명가'가 존재하는 바깥의 세계도 보았나요?"

"앞서 말했지만, 마력이 응집되어 있는 지역, 푸른 숲에 대해 생각해 봐야 하네. 말하자면 그곳은 우리가 기물을 발명할 때 박아 넣는 마력석, 혹은 엔진의 역할을 하고 있는 거겠지. 그리고 그런 식으로 마력이 뭉쳐 있는 곳이라면, 요컨대 바깥으로부터의 공급이 이루어지는 직접적인 매개도 된다는 뜻이야."

잠시 협탁을 뒤지던 대공이 문득, 이미 뚜껑을 열고 내용물을 확인한 흔적이 있는 편지 봉투를 하나 꺼내 들었다. 그러고는 휘적휘적 다가와 편지를 내밀었다.

"이미 태웠지만, 그대에게 보여 주는 것이 좋을 것 같아 기억을 되짚어 그것을 '복제'해 두었네. 오늘 파티에 데려가서 주변에도 보이고, 어떻게든 윌리엄스를 통해서라도 그대를 깨울 작정이었으니까."

"이 '기관 장치'를 마력으로써 다룬다면, 마법사에게 불가능한 일은 무엇이죠?"

"이미 알고 있지 않나?"

그가 부드럽게 대꾸했다. 확실히 나는 이미 그 대답을 들은 적이 있었다. 온전한 생명체를 만들고, 늙지 않은 채 건강히 살 수 있는 불로불사의 영생을 갖는 것. 마법으로 가능한 일이었다면 굳이 불사약이니 어쩌니 하는 연구를 지속하지는 않았을 것이다.

"유리 옐레체니카가 말하길, 푸른 숲에서 이 세계의 '역사'와 이야기를 만드는 흐름이 시작된다고 했다. 작은 틈새를 통해 그 흐름만은 볼 수 있다고 하더군. 아마도 이 세계와 닮은 수도 없이 많은 세계가 있겠지. 여러 이야기를 지닌 채 말일세. '평행 세계'라고 표현하면 합당할까. 기계를 만들 때도 단지 한 번만 시도하지는 않으니까……. 그리고 그렇게 주입된 마력은 어디의 것인지 모를 활자의 형태로 스며들어, 차차 이 세계의 부속품을 형성하지. 그렇다면 필연적으로 외부에서 마력을 흘려 넣는 '관리자'가 있다. 발명가라고도 부를 수 있겠군."

나는 눈앞까지 내밀어진 편지를 바라보며 짧게 갈등하다가, 별다른 대책 없이 그것을 받았다. 봉투에는 발신인도 수신인도 적혀 있지 않았다. 직접 건넨 편지라는 뜻이다. 그리고 나는 이미 이 편지에 대한 언급을 들은 일이 있다. 빌어먹을, 열어 보기 싫었다. 그러나 내용을 확인해야 한다. 스스로 알고 있었다.

"그야말로 '신'이라고 불릴 법한 인물이겠지. 그렇다면 우리는 그 관리자를 없애고, 이 기계 장치 내부의 시스템을 되찾기로 했다. 마력석만으로 돌아갈 수 있는 영구 기관을 만들자고."

"그래서……?"

"읽게."

알렉시스 에슈마르크가 다정스레 대꾸했다.

"답은 그녀가 내렸으니까."

그리고 한참을 망설였다. 결국 어쩔 수 없이 편지를 꺼내기까지, 정말 수도 없이 주저했다. 내 망설임에 비해 편지의 내용은 현저히 짧았다.

거짓말을 했어요, 알렉

옐류이센 라이케의 일기장에서 봤던 멋들어지는 명필이었다. 역시 그 일기장의 주인은 유리 옐레체니카였다.

불사약 같은 건 없었어요. 전부 속임수일 뿐이죠. 이 세계의 부속품을 열심히 관찰해서 몸에서 '죽음을 빼는 것뿐이에요. 그러나 젊음이나 늙음 같은 것은 어떤 정해진 부분에 붙어 있는 장치가 아니었답니다. 기계를 만들면 언젠가는 녹이 슬고 노화되듯이, 무언가가 만들어진 이상 노화는 막을 수가 없었어요.

"편지를 읽고 있나."
알렉시스 에슈마르크가 물었다. 나는 대답하지 않았다.

그러나 나는 근원을 보았어요. 말하지 않은 일이 수도 없이 많답니다. 우리가 하려 했던 일은 온전히 불가능하지만은 않을 거예요. 그 근원을 찾으러 갑니다.

유리 옐레체니카가 어째서 그에게만은 편지를 남겼는지, 몬타뉴가 어째서 그것을 '불사약'이라고 거짓말을 했는지는 알 수 없는 일이었다. 또한, 그것이 거짓임을 알면서도 유리 옐레체니카가 알렉시스 에슈마르크의 곁에 남아 수상한 불사약 연구를 지속한 이유 역시 알 수 없다.
그러나 다음 문장을 읽고, 나는 퍼뜩 고개를 들었다.

그간의 감사 인사로, 비밀 하나를 공유할게요. 내가 늙지 않은 것은 단지 내가 인간이 아니었기 때문이에요.

"생명과 죽음, 노화를 관장하는 것이 신의 전능함이라면, 인류는 오래전에 신을 잃었어."
알렉시스 에슈마르크가 차분히 말했다. 그의 말이 머릿속을 파고들어 뇌리를 헤집었다. 이어진 유리 옐레체니카의 말과 함께였다.

몬타뉴 밀락테이트. 내게는 아돌프 라이케로 자신을 밝혔던 나의 아버지는 푸른 숲의 '근원'과 뒤섞어 새로운 생명체를 만들겠답니다. 내가 갈라를 만들었듯이 말예요. 이 세계의 모든 흐름은 어느 찰나엔가는 저를 거쳐서 세계를 구성할 수밖에 없답니다.

나는 세계의 물이며 마력이고. 그러나 몬타뉴 밀락테이트의 발명품이죠 나의 '구성'은 노화하지 않아요. 계속해서 흐르고 있기 때문이지요. 당신이 모르는 것 당신에게 말하지 않은 것이 그렇듯 수도 없이 많아요. 알렉시스. 하지만 알다시피 두 겹의 심장과 뒤집힌 회로를 지니고. 매사 마력과 흐름에 민폭하게 반응해야 했던 나 역시 불완전했어요.

이 세계 최초의 호문쿨루스, '엘류이센' 라이케가 마지막으로 자신의 유일한 동조자이자 이해자였던 남자에게 남긴 편지였다. 흘러가는 듯한 아름다운 글씨가 문장을 맺었다.

그럼에도 불구하고. 나는 비로소 영원의 시간 속에서 이 장치의 질서가 되는 방법을 찾았답니다. 영구적으로 작동할 수 있는 마력의 흐름. 핵만 존재한다면 되는 것이겠죠. 그간의 정으로 당신이 혼자 남지 않도록 당신 곁에 근원을 두고 가도록 할게요.

"근원."

마지막 선물로 받아 줘요.

나는 잠자코 곱씹었다. 머릿속이 어지러웠지만, 놀랄 만치 말끔했다. 결론은 일찌감치 나 있었다. 이곳은 내 소설 속이다. 인물들 역시 내가 만든 설정 그대로의 삶을 살고, 그러한 설정을 지니고 있다.

그들은 단지 자신의 설정과 '캐릭터성'에 충실했다.

유리 옐레체니카는 비인간적일 정도로 유능했고, 몬타뉴 밀락테이트는 세계에 과분할 정도의 천재였으며, 알렉시스 에슈마르크는 결코 해소하지 못할 재능을 타고났다.

"자, 그간의 질문에 대답이 되었을까. 그대가 흘려 넣던 마력에 그대 스스로 덜미를 잡혀, 그녀가 그대를 이 땅에 묶어 놓고 갔다."

대공이 팔짱을 낀 채 술잔을 달랑달랑 흔들었다. 그가 일전에 했던, '마법사는 독주 따위에 영향을 받지 않는다'던 말 역시 비로소 이해가 갔다.

단지 인간에게 새롭게 추가된 독주의 성분을 나사 하나 가볍게 잡아 빼듯이 빼 버리면 그만인 것이다. 세계를 구성하는 것이 전부 장치고, 이 세계가 하나의 거대한 기계라면, 취기나 피로 따위는 결국 부품의 문제에 불과하리라.

알렉시스 에슈마르크가 인상을 쓰듯 웃었다. 소리도 내지 않고.

"그깟 것으로 충족되리라고 봤다니, 그야말로 엘류이센 라이케다운 일이지."

피로한 얼굴이었다.

"그녀는 끝까지 인간을 이해할 수 없었어."

나는 편지를 한참 동안 바라보다가, 끝내 와그작 구겼다.

요컨대, 나는 이 세계를 만들었지만 세계 내부의 인물로 인해 세계 안으로 끌려 내려왔다. 그렇다면 돌아가는 방법은? 정녕 내가 살던 세계로 돌아갈 수는 없단 말인가?

그리고 나를 끌어내려 자신의 몸 안에 집어넣은 후, 유리 옐레체니카는 무엇을 하기 위해 어디로 갔는가?

유리 옐레체니카는 어디로 사라졌을까?

그리고 만일 그렇다면 알렉시스 에슈마르크와 유리 옐레체니카로 하여금 그들만의 허무에 잠기게 만들었던 장본인이 바로 나인 셈인데 어째서 에슈마르크 대공은 내게 호의적인 행세를 한단 말인가?

"무슨 꿍꿍이죠?"

나는 잠자코 물었다. 지금 답을 얻을 수 있는 유일한 의문이었다.

"당신은 나를 증오하는 게 아닙니까?"

에슈마르크 대공은 말없이 빈 술잔을 책상에 내려놓고, 팔짱을 낀 채 비스듬히 그 가장자리에 걸터앉았다. 그가 하얗고 긴 손가락으로 팔뚝을 두어 번 툭툭 두드리다가, 한숨을 토해 내듯이 고개를 꺾었다.

"내가 존재해도 될 곳을 찾고 있다."

알렉시스 에슈마르크가 차분히 대답했다.

"하지만 그로 인해 불려 온 것이 그대라면, 결국 그대에게 똑같은 일을 반복할 뿐이겠지. 존재해도 되는 곳에서, 존재를 허가받을 수 없는 곳으로 끌려 내려온 자에게 주는 최소한의 연민과 인간적인 속죄라고 보면 될까."

거기까지 말했을 때, 그가 표정을 일그러트리며, 기꺼움이라곤 찾을 수 없는 얼굴로 자조하듯 웃었다.

"단지 이리나 밀락테이트가 낳았기 때문에 살아가고, 이 세계를 구성하는 장치로 기능하고, 무언가의 부속품으로 만들어지고 유지되는 삶의 괴로움을 그 개발자에게 호소하고 공감 받을 수도 없는 셈이니까 말이야. 나는 이 이상의 대답은 들려줄 수가 없다."

웃음기 섞인 얼굴로 온화하고 아름다운 낯을 부드럽게 들어 올린 알렉시스 에슈마르크가, 퍽 온화하고 다정한 태도로 말했다.

"엘류이셴 라이케가 아닌 유리 옐레체니카라면, 내 세계에는 필요치 않네."

* * *

대화가 끊어지고, 알렉시스 에슈마르크는 나를 자신의 개인 공간에 버려둔 채 본인은 잠시 남은 업무를 처리한 후 씻고 오겠다며 방을 떠났다.

나는 그가 나간 후로도 한참 동안을 침대에 앉아서 멍청히 생각을 정리하고 있었다.

내가 만든 세계지만, 나는 이 세계의 무엇도 이해하지 못하고 있다. 행동을 하겠다고 생각했지만 내 행동이 과연 어디로 나아가고 있는지도 확인할 길이 없었다. 나는 ≪세레나의 티타임≫의 대략적인 서사를 짰지만, 이 세계는 이미 ≪세레나의 티타임≫과는 사뭇 다른 방향으로 굴러가고 있다. 아니, 똑같은가? 이제는 잘 모르겠다.

이 세계는 활자로 구성된 조밀한 태엽과 나사로 조립되었다. 그 자체로 하나의 발명품이며, 거대한 기계 장치처럼 돌아가고 있다. 그래서 나는 이 세계에 처음 들어왔을 때부터 무리 없이 책을 읽을 수 있었던 것이다. 활자란 그 자체로 이 세계를 구성하는 마력이었고, 그 마력은 결국 내가 만든 이야기로써 이 세계에 유입되었기 때문에.

이 세계에서 살아가고 있는 사람들은 어디까지나 그 부속품에 지나지 않는다. 그들은 내 캐릭터, 주연, 조연, 엑스트라, 단 한 줄로 스쳐 지나갈 사람들, 혹은 그렇게조차 등장할 수 없는 설정에 불과하기 때문에.

그러나 그 세계에, 불가능한 수준으로 걸출한 인간이 나타났다.

말하자면 완벽하게 프로그래밍된 이 세계의 시스템에 생겨난, 일종의 버그였다. 몬타뉴 밀락테이트가 바로 그 인물이다.

몬타뉴 밀락테이트는 푸른 숲에서 이 세계의 '근원'을 보았다. 본래 대단한 마법사의 자질을 지니고 이 세계를 구성하고 있는 '태엽 장치'들을 확인했던 그는 우선적으로 마력이 응집되어 있는 푸른 숲으로 향했을 것이다.

그가 최초에 태어난 지역이 푸른 숲 인근의 작은 마을이었던 것을 생각해 보면, 그는 어쩌다 보니 자연스럽게 발생한 '상정 외의' 인물이었을 것이다. 우연찮게 푸른 숲의 마력에 영향을 많이 받은, 세계의 구조를 볼 수 있는 인간 말이다.

그는 말년에 인간에게서 '죽음'이라는 장치를 제거하는 일에 성공했다. 하지만 그뿐으로, 그 이상의 실질적인 불로도, 불사도 찾아낼 수 없었다. 절망한 그는 새로운 일을 시도했다. 생명체를 창조하는 것이었다. 누군가의 창조물로서, 단지 발명된 부속품으로서 살아가는 인생에 환멸을 느꼈기 때문에 신의 영역을 어떻게든 손에 넣고 싶어 했다.

우선 자신에게서 죽음을 제거해 수명을 늘린 몬타뉴는 푸른 숲의 근원을 이용해 걸작 호문쿨루스 '엘류이센 라이케'를 만들었다. 이제는 그 이름도 이해가 갔다. 어느 정도의 외부, 즉 나의 세계를 엿볼 수 있는 푸른 숲의 중심지에서 그는 호문쿨루스를 만들었다.

그곳에 흐르는 마력 가득한 물을 이용해 형성되었으며 이 세계를 구성하는 나의 설정, 무한히 유입되는 마력의 흐름을 갱신받을 수 있으므로, 유리 옐레체니카는 계속해서 재생되는 마력을 지닐 수 있게 되었다. 그리고 영원히 재생되는 자 엘류이센 라이케는 몬타뉴의 방식으로 죽음을 제거함으로써, 거의 '불로불사'에 가까운 삶을 살게 되었다.

몬타뉴가 여신의 이름으로 불렀다던 엘류이센 라이케의 '어머니'는 이름 그대로의 '근원'이었던 것이다.

얼마나 오래 살았을까?

마법을 지각하지 못하던 엘류이센 라이케는 몬타뉴의 최후 이후 '창고를 청소'하다가 근원을 인식하게 되었으며, 인간에게 관심을 갖고, 세상에 나왔다. 그리고 알렉시스 에슈마르크를 만났다. 그 역시 말하자면 이 세계의 '버그'였던 걸출한 마법사 몬타뉴 밀락테이트의 유전자와 함께 그 위대한 재능을 물려받은 후손이었다.

그로 인해 마찬가지로, 태어날 때부터 이 세계의 구조를 볼 수 있었던 인간이다.

알렉시스 에슈마르크는 출생과 혈통으로 인해 이미 설 자리가 없는 인물이었다. 더구나 이 세계에서의 삶 자체에서 의미를 부여받지 못했다. 그 어디에도 그가 정당한 인간으로서 살아갈 수 있는 자리가 없었다. 그는 회의에 사로잡혔다.

인생을 사로잡은 허무, 공허, 해소할 수 없는 괴로움에.

엘류이센 라이케가 손을 내밀었다. 최초로 그의 세계를 이해해 줄 수 있는 인물이었다. 그들은 몬타뉴와 마찬가지로, 그렇다면 이 세계의 질서를 어지럽히고 재조립하기로 마음먹었다. 자신들이 세계의 주인이 되고 싶다고 여겼다.

그 과정에서 유리 옐레체니카는 레일리 크라하의 뒤통수를 쳤다. 그녀는 반인 혁명 따위에는 관심도 없었다. 이 세계가 누군가의 발명품에 불과하며, 자신이 그 부속품이라는 사실을 푸른 숲에서부터 알고 있었고, 이에 대항하여 몬타뉴와 마찬가지로 신의 권위에 대항했다.

그녀는 자신에게도 타인에게도 개의치 않았다. 그저 신의 권능으로 정의한 '불로불사의 영생'과 '인간 창조'에 열중했다. 그리고 그녀는 스스로 판단하기에 보다 발전된 인간형이라 여긴 반인과 유사인족의 해부에 심취했다. 그것을 위해 단지 레일리 크라하를 이용했을 뿐이다.

알렉시스 에슈마르크가 말하길, 유리 옐레체니카는 인간을 이해할 수 없었다고 했다. 끝까지.

그녀는 걸작으로 만들어졌고, 걸작답게 살았으며, 걸작으로서 판단했다. 자비도 자애도 몰랐으며 가치에는 관심이 없었다. 그저 자신이 상정한 무언가를 위해 가장 이상적인 방식으로 행동했다. 어쩌면 지금도 그러고 있을 것이다.

≪세레나의 티타임≫에서, 누군가가 유리 옐레체니카를 죽였다. 더는 그들을 그렇게 두고 싶지 않았기 때문에.

그저 내가 개인적으로 짐작하기로는, 레일리야말로 그 범인이리라고 생각하고 있다. 정말로 그럴 수밖에 없다. 레일리 크라하가 이 사실을 알았다면 분명 어떤 방식으로든 유리 옐레체니카를 응징했을 것이다.

내가 레일리와 거리를 둬야 한다고 생각하게 된 가장 큰 원인이 여기에 있었다. 소거법으로 판단했을 때, 레일리 외에는 유리 옐레체니카를 살해할 만한 인물이 떠오르지 않은 탓도 있었다.

그러나 ≪세레나의 티타임≫에서의 이야기가 과연 의미가 있을까?

지금 내가 발을 딛고 선 땅은 이미 ≪세레나의 티타임≫과 똑같이 흘러갈 수 없게 되었다. 최소한 수면 아래에 묻혀 있어야 했을 진실들을 내가 끄집어낸 만큼은 변화했다.

유리 옐레체니카는 단순한 부속품에서 멈추는 것으로는 만족할 수 없다며 스스로 이 세계의 마력 조달을 담당하는 중추 마력원이 되어 핵을 이루겠다는 생각에 이르렀다. 그녀는 자신이 생각하기에 '근원'에 가장 가까운 인물을 이 세계에 끌어내렸다. 이 세계를 만들기 위한 흐름을 계속해서 주입하던 인물. 바로 나였다.

내가 이 세계에 끌려왔다. 작가로서의 내가 사라졌으니, 더는 이 세계로 유입되는 흐름도 없을 것이다. 그렇다면 유리 옐레체니카…… 아니, 엘류이센 라이케가 한 짓과 마찬가지로 그 마력을 거슬러 올라 다시 내 영혼을 돌려놓을 방법도 없다고 봐야 했다.

"어?"

생각하다 보니 이상했다. 만일 내가 이야기를 만드는 것을 멈춰서 마력의 흐름이 끊어졌다면, 그 흐름으로 계속해서 갱신되고 있던 유리 옐레체니카의 육신 역시 재생을 멈추고 붕괴되어야만 한다. 그러나 나는 유리 옐레체니카의 육신으로 멀쩡히 살고 있다. 그 말인즉, 이 세계로 유입되는 흐름은 멈추지 않았다는 뜻이었다.

작가인 내가 이야기를 쓰는 일을 멈췄음에도, 세계는 멈추지 않고 있었다.

"뭔가 깨달은 바가 있나 보군."

문간에 기대어 서 있던 알렉시스 에슈마르크가 말했다. 내게 미리 예고한 대로 일을 마무리한 후 씻고 왔는지, 헐렁한 옷차림에, 머리칼은 아직도 물기를 머금고 있었다. 나는 말없이 침대에 앉아 있다가, 한참 늦게 고개를 삐 들었다.

나는 그것이 두려웠다. 레일리가 유리 옐레체니카의 진실을 알게 되는 것 말이다.

그는 소설 속의 인물이었지만 나는 소설 따위와는 별개로 레일리 크라하에게 흔들리고 말았고, 그 이성적인 호감을 어떻게든 갈무리해야 한다고 생각했다. 그러지 않으면 정말이지 견디기 어려운 상황이 생겨나리라는 것을 일찌감치 짐작했기 때문이다.

좋아, 인정하자. 아무튼 나는 레일리에게 마음이 끌렸다. 실제로도 그러고 있다.

그러나 레일리 크라하가 유리 옐레체니카의 비밀을 알게 된다면, ≪세레나의 티타임≫이든, 혹은 이곳에서든 그는 유리 옐레체니카를 용서할 수 없을 것이다. 이 세계가 사실 소설 속의 세계이며 나는 유리 옐레체니카가 아니라고 말해 봤자 역효과를 낼 뿐이다. 그는 단지 유리 옐레체니카를 용서할 수 없을 것이고, 그쯤이 되면 내 말은 무엇이든 신뢰할 수 없게 된다. 애초에 별로 긍정적인 영향을 줄 수 있을 발언도 아니었다.

그건 절대적인 감정이었다. 자신의 온 생애를 바쳤던 가치 있는 일에 대한, 집착과도 어딘지 유사할 것이다.

알렉시스 에슈마르크가 어떤 일이 생겨도 유리 옐레체니카를 놓을 수 없었듯이.

"각하."

"응?"

그가 부드럽게 웃으며 대답했다.

"그래서 당신에게 협조하라고 제안했군요?"

"그래."

다정스럽게 대꾸한 알렉시스 에슈마르크가 성큼성큼 다가와서 내 앞에 섰다. 물기가 남은 백금발이 내 양옆으로 후드득 떨어졌다. 나를 내려다보며 보랏빛 눈동자가 달짝지근하게 접혔다.

"마법사의 세계에 온 것을 환영하네, 백작. 솔직히 말하지. 자네가 필요했어. 정확히는 그 몸과 이 세계의 힘을 다룰 수 있는 인물이 필요했다."

그가 자학적인 태도로 얼굴을 일그러트리며 웃었다. 조금은 체념한 목소리로, 대공이 말했다.

"이제는 강이 된 구 밀락테이트 지방에 갈 생각일세. 그녀와 최초로 만났던 연합국의 변방에도 다시 찾아갈 생각이야. 흔적을 확인하기 위해서는 나와 똑같은 세계를 볼 수 있는 눈을 지녀야 한다. 내가 알기로는 유리 옐레체니카뿐이었지. 그리고 사실, 유리 옐레체니카가 아니고야 의미도 없다."

자신의 협소한 세계를 부정할 생각도 않는 그를 바라보며 조금은 괴로워졌다. 어떻게 해석하면 부채 의식이라고도 표현할 수 있는 감정이었다. 태어날 때부터 무엇 하나 허락받지 못하는 삶이 예정되어 있던 남자가 내 눈앞에 꼿꼿하게 서서, 인생에 지녔던 단 한 명의 이해자를 찾겠다고 선언했다.

나는 이 세계를 만들었다. 유감스럽지만, 내 캐릭터들의 인생을 아름답고도 우아하게 망가트렸다. 그것이 내 작품 세계였기 때문에 후회는 없다. 그렇게밖에 흘러갈 수 없는 이야기와 인물들이었기 때문에 그렇게 되었다.

하지만 그렇게 말아먹은 인생의 주인공이, 지금 내 눈앞에서 실존하는 사람처럼 살아 움직이고 있다. 그것도 자신이 만들어진 인물이라는 것을 명백하게 눈치챈 채로 말이다. 그렇게 된 이상, 나는 적어도 그에 대해서만은 생각해야 했다.

알렉시스 에슈마르크가 움직이고 내가 호흡할 때마다 세계가 삐걱삐걱 움직이며 어딘가에 또 다른 영향을 행사하고 있었다. 기계 장치의 형태지만, 이것은 이미 하나의 세계였다.

내 눈앞의 이것은 활자로 이루어져 있지만, 적어도 내 눈앞에 있는 이상 부정할 수 없이 인간이다.

"므라우."

나는 막혀 있던 숨을 토해 내듯이 말했다. 유리 옐레체니카는 처음부터 끝까지, 평범한 인간이 아닌 반인과 유사인에 집착하고 있다. 굳이 불완전하게 만든 어둠인 갈리아로 하여금 새로운 질서를 지닌 세계의 절대자로 서게 두겠다는 발상 역시 그 연장선에 있었다. 그렇다면 그들의 흔적이 가장 짙게 남은 곳을 찾아야 했다. 대표적인 장소는 바로 가까운 곳에 단서처럼 존재한다.

"므라우의 폐허에도 가요, 알렉시스."

내 말을 받아들인 알렉시스 에슈마르크가 푸른 물빛 머리칼을 한 줌 잡아 올리며 물었다.

"유리 옐레체니카는 어디로 사라졌을까?"

내 감정을 마주하든지, 레일리 크라하를 마주하든지, 알렉시스 에슈마르크를 마주하든지, 이 세계와 내 글, 어쩌면 그 이상의 것을 마주하든지. 나는 그에 앞서 유리 옐레체니카를 알아내야 했다. 그리고 그녀가 무엇을 선택했는지도 확인해야 한다.

직접 만나서 물어야 했다. 어떻게 하면 나는 내가 본래 살던 곳으로 돌아갈 수 있는지. 당신의 목적은 무엇인지. 그것을 위해 무슨 일을 하려 했는지.

나는 정말로 이 세계를 내 뜻대로 흔들 수 있는 전능자가 맞는 건지.

선택은 그 후에야 할 수 있는 일이었다. 나는 이 세계의 작가지만, 그럼에도 이것은 내가 무엇 하나 확신하거나 예측할 수 없는 세계였다. 나는 한낱 분수의 발전조차 이해하지 못하고 있다.

그들이 내게 반성과 자각을 요구하며 이 세계로 끌어내렸으니, 나는 최선을 다해 내가 만든 세계에 부딪칠 수밖에는 없다. 행동해야 한다고 생각했지만 생각을 잘못했다. 행동을 할 만한 사건조차 아직은 일어나지 않았다. 사건이 일어나기 전에 끝내야 했다.

"유리 옐레체니카를 찾아야겠어요."

어딘가로 사라진 유리 옐레체니카의 몸에 대신 빙의해서, 나는 이 몸으로 과연 무엇을 할 수 있을까?

VIII. 반성하는 인간이었다면
애초에 취향이 망하지도 않았다
그리고 IX. 마법사들

전제를 수정하자! 내 추리는 전부 잘못됐다!
나는 내 캐릭터들에 의해 책 속에 끌려 들어왔고,
모든 흑막은 내 몸의 원래 주인 유리 옐레체니카=엘류이셴 라이케였다!

· · ·

세계관과 플롯

A. 뭔가 흉흉한 사건 ⓐ → 유리의 죽음, 세레나 각성

 → 레일리의 흑화 후 사건 ⓑ

 ⇒ ⓐ 사건과 ⓑ 사건 사이에 유의미한 연관 관계가 있는가?

B. 황제의 7일 모반 → 유리 옐레체니카는 명분을 지니지 못한

 황제의 와일드카드!

 ⇒ 유리도 귀중한 패였지만, 진짜 와일드카드는 에슈마르크 대공이었다!

Big Question

1) 하지만 그렇다면 그 주체인 유리 옐레체니카는 어디로 사라졌을까?

2) 돌아갈 방법은 존재하는가? 존재한다면?

 내 빙의물의 법칙을 따르는가?

1. 뷔올 제국 황실, 세력 구도

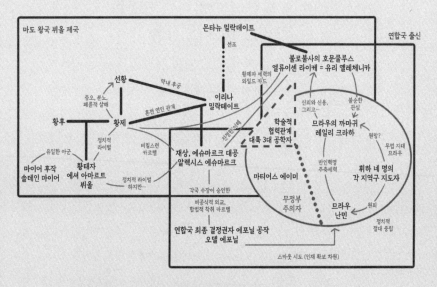

마도 왕국 뷔올 제국

몬타뉴 밀락데이트

선조

불로불사의 호문쿨루스
엘류이센 라이케 = 유리 옐레체니카

연합국 출신

황제파 세력의
와일드 카드

선황

막내 후궁

이리나
밀락테이트

신뢰와 신용,
그리고…

불온한
관심

증오, 분노,
폐륜적 살해

혼전 연인 관계

학술적
협력관계

므라우의 까마귀
레일리 크라하

황후

황제

정치적
라이벌

비릴스런
카르텔

재상, 에슈마르크 대공
알렉시스 에슈마르크

대륙 3대 공학자

원망?

무법 지대
므라우

유일한 아군

황태자
에셔 아마르트
뷔올

정치적 라이벌
하지만…

각국 수장이 승인한

마티어스 에이미

반인혁명
주축세력

휘하 네 명의
각 지역구 지도자

마이어 후작
솔데인 마이어

비공식적 외교,
합법적 착취 카르텔

무정부
주의자

므라우
난민

원죄

연합국 최종 결정권자 에포닐 공작
오델 에포닐

스카웃 시도 (인재 확보 차원)

정치적
절대 중립

·불합리와 기만, 착취로 점철된 가진 자들의 리그.

·빌어먹게도 엘류이센 라이케가 이 모든 카르텔에 깊게 관여되어 있다!

2. 초월자 (1)

A. 레일리 크라하

·자체 정보력을 보유.(므라우 잔당, 반인-유사인족들의 커넥션)

·반인 혁명을 준비하는 주축 세력의 지도자.

·유리 옐레체니카의 협조를 얻어 이 모든 일을 시도하고 있었으나,

유리 옐레체니카는 처음부터 그를 이용할 생각으로

접근했던 상황인데?

·누구보다도 유리 옐레체니카를 살해할 만한 동기가 충분한 인물.
·이제 나는 그가 유리 옐레체니카의 사후 미쳐 날뛰게 될 만한 이유를
충분히 알고 있다!　　그리고 애석하게도 나는 유리 옐레체니카의 몸으로
　　　　　　　　　　애령 자 버렸다!

B. 유리 옐레체니카 = 엘류이센 라이케

·대마법사 몬타뉴 밀락테이트가 제작한 지극히 완벽한 불로불사자.
·하지만 완전한 인간으로서 성립될 수는 없었다. 완전성과 자신의 존재,
안식처에 대한 갈망. 알렉시스 에슈마르크의 말에 따르면 '돌아갈 곳'에서
자신이 완전한 것이 되기를 바랐던 것 같기도.
·결함이 있는 신체에 대한 콤플렉스 → 거울을 기피한 이유일까?
·사람 많은 곳을 기피했음. → 가시적인 신체적 이상으로 이어지기도.

<u>사람이 많은 곳에 수반되는 마력 요동,</u>
<u>즉 '무게' 때문</u>

·애초에 레일리 크라하를 기만할 목적으로 접근했다.
·반인 혁명에 가담하는 척하며 얻은 정보로 반인-유사인족에 대한
반인륜적 생체 실험을 지속하고 있었음.
·그 결과, 그나마 '신'에 가깝다 불러 마땅할 법한 어둠인 갈리아를 창조.
·알렉시스 에슈마르크가 벌인 모든 반인륜적 행각들의 진짜 배후.
·어디까지 예상하고 어디까지를 준비한 걸까?
아직은 그녀가 어떤 인물인지도 종잡을 수 없고,
그녀의 생각을 도무지 따라잡을 수 없다.

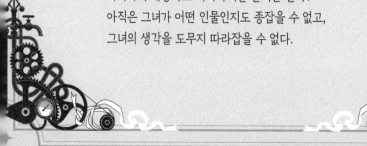

·알렉시스 에슈마르크가 그나마 잘 아는 듯하니 그를 통해 단서를 얻어 가는 중.
·이미 연합국에서 의사로 활동하며 인간의 신체와 생리를 파악한 적이 있다고 함.
　알렉시스 에슈마르크와 만난 것도 이 시기의 일.
·《세레나의 티타임》에서 세레나를 제자로 들인 것은
　자신의 연구를 뒤쫓고 있는 솔데인 마이어의 견제를 위해서일 뿐이었을까?
·영원의 시간 속에서 이 장치의 질서가 되기 위해
　근원을 찾아 떠난다는 말만 남기고 사라졌다. 그게 대체 무슨 소리지?

　　　　　유리 옐레체너카는 어디로 사라졌을까?

C. 알렉시스 에슈마르크

·선황의 후궁 이리나 밀락테이트는 혼전에 현 황제의 연인.
·그는 죽을 때까지 누구의 자식인지 명쾌히 구분될 수 없다.
　결국 처음으로 자신과 똑같은 얼굴의 현 황제를 만난 날,
　소년 시절의 그는 이도 저도 아닌 상태로 모든 권리를 박탈당해야 했다.
　　　　　　　⇒ 해소 못 할 결핍과 충족시킬 수 없는 갈망에 휩싸인 채
　　　　　　　　　일생을 보낸 사람.
·그의 인생에 엘류이센 라이케는 그 자체로 온전한 애정이고 구원.
·엘류이센 라이케가 벌이는 모든 일에 어떤 직언조차 올리지 않고
　그저 동조.

·그는 돌아갈 곳 없이 살아온 평생에, 돌아갈 곳이 갖고 싶었다고 말한다.

·딱한 사정으로도 용서받을 수 없을 숱한 착취와 폭력,

기만과 착복의 정치적 카르텔에 적극적으로 가담하며 살아왔으며,

엘류이센 라이케와 반인륜적 세계 전복을 시도하기까지.

·시발, 엘제바에서의 개짓거리도 다 이 인간 손바닥 위였던 것임.

·하지만 그는, 세계 밖의 세계를, 엘류이센 라이케를, '설계자'를 알고 있다.

·비열하고 부정한 애정, 갈망, 처음으로 욕심 내 본 것.

그는 어쩌면, 누군가에게 부정당하고 경멸받기 위해 살고 있는지도 모른다.

씨발, 내가 어떻게 이 인간을 탓해?

어쩌면 내가 레일러 크라하와 더불어 가장 거칠게 인생을 말아먹은 주인공.

난....... 씨발 난....... 씨발 진짜 모르겠다.

·《세레나의 티타임》에서 유리 엘레체니카가 한 스승 역할을

이곳에서는 알렉시스 에슈마르크가 대신했다.

그들 사이의 비밀스러운 부정을 감추기 위한 견제 역할이니,

당연히 진짜 유리가 사라진 이곳에선 알렉시스가 할 수밖에!

D. 솔데인 마이어

·수도 살인 사건을 조사하다 보니 갈리아를 발견하고,
결국은 알렉시스 에슈마르크와 유리 옐레체니카의 부정한 짓을 쫓게 된 사람!
·《세레나의 티타임》버전과 경위는 다르겠지만
내가 있는 세계에서도 같은 결론에 다다랐다.
·호의에서 황제한텐 알리지 말라고 말해 줬는데 알아서 꼬아 듣더니
제 팔자를 제가 알아서 꼬았음.
·아마도 쌍뻐큐에 설레는 이상 취향인 듯.

3. 뷔올 제국

·제3세계에의 착취를 기본으로 함 ⇒ 완벽한 제국주의.
·중산 계급의 귀족화가 이루어지는 중.
·극단적 양극화와 극심한 빈부격차.
·반인과 유사인족의 취급은 정말 최악.
·문은 열려 있지만 실질적으로는 제한된 사회 활동. 억압된 사회 분위기.
·사실은 각국 수장들이 다 해먹고 있다!
·있는 놈에겐 유토피아, 아닌 사람에겐 디스토피아.

4. 세계와 마법

·근원. 시대와 세계를 초월한 천재가 있었던 땅.
활자로 이루어진 세계. 하나의 거대하고 위대한 골드버그 장치.

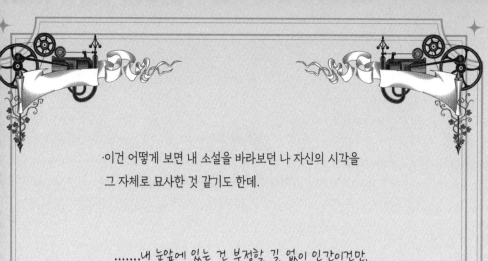

·이건 어떻게 보면 내 소설을 바라보던 나 자신의 시각을
그 자체로 묘사한 것 같기도 한데.

.......내 눈앞에 있는 건 부정할 길 없이 인간이건만,
나는 정말 이 세계의 모든 것을 알고 있다고 자부할 수 있을까?
자신을 증명하겠다고 나를 불러들인 이 세계는,
정말로 내 창조물일까?

10. 은자의 새장

이 상황을 뭐라고 표현하면 좋을까. 아무튼 이것 역시 '자 버렸다'고 표현하면 되는 걸까. 나는 알렉시스 에슈마르크의 침실에서 눈을 뜨자마자 일단 내가 누워 있는 침대의 정체에 대한 고찰을 먼저 진행했다.

내가 언제 기절하듯 잠들었는지조차 모르겠지만 어제 여간 피곤했어야 말이지. 안타까운 점은 내가 까무룩 잠들었다는 사실이 아니라 내가 누워 있는 침대가 이 나라의 제일가는 플레이보이의 침대라는 점이었다.

불행인지 다행인지 침대 주인과 함께 누워 있는 것은 아니었다. 언제나 나태한 생활만을 하던 나와는 달리 훨씬 일찍 잠에서 깨어난 듯한 알렉시스 에슈마르크는 거대한 서재를 겸하고 있는 침실의 안락의자에서 차를 마시며 책을 읽고 있었다.

"이봐요."

"일어났나."

"제가 왜 여기에서 자고 있지요?"

"지도를 펼쳐 놓고 이동 경로에 대해 상의하다가 졸려 하기에, 자도 좋다고 허가하지 않았나?"

"아, 그랬던가? 아무튼 침대 뺏어서 죄송합니다."

부스스하게 일어나며 내가 뺏은 그의 침대를 흘긋 일별하는데, 알렉시스 에슈마르크가 태연히 대답했다.

"그대 한 명 누웠다고 좁아지지는 않았으니 개의치 말게."

"그러니까 뭣이여, 같이 잔 거라고? 요?"

"아무 일도 없었으니 기겁할 이유는 없을 것 같군."

"아니, 뭐 일이야 있었어도 상관은 없는데."

대충 대답하며 주변을 둘러보다가, 내 것까지 준비되어 침대 바로 옆에 놓여 있는 찻잔과 쿠키들을 발견하고 미간을 좁혔다.

"다과가 준비되어 있는데, 그 말인즉 누군가가 왔다 갔다는 얘기 아닙니까?"

"세안수를 들고 들어온 이들과, 내 목욕 시중을 드는 자들……. 그사이 다과를 준비해 둔 이들, 업무 보고를 하러 왔던 부관 두엇 정도겠어."

이 개미친 새끼가 제정신인가? 내가 댁 침대에서 자는 사이 그렇게 많은 인간이 들락거렸는데 뭘 태연히 떠들고 있단 말인가? 쿠키부터 주워먹다가 그의 대답을 듣고 기겁해서 입을 떡 벌렸다.

"아니, 제가 누워 있으면 다른 사람들이 들어오면 안 되는 거 아니냐고요. 상식이 없고 개념이 없어."

침대를 팡팡 내리치며 말하자, 알렉시스 에슈마르크가 아주 이상한 표정을 지었다. 그는 오히려 내 말을 이해하기가 힘들다는 듯한 얼굴이었다. 나는 그의 여상하고도 일상적인 얼굴을 바라보며 복장이 터지다가, 그 남자가 이 세계관에서 어떤 혈통을 갖고 태어났는지를 뒤늦게 다시 깨달았다.

으으윽, 전근대 사회의 왕족…….

침대에 머리를 박고 고꾸라져서 깊은 한숨을 토해 냈다. 제길, 이 방을 나서면 나는 알렉시스 에슈마르크의 공식적인 이번 애인으로 알려져 있을 것이 분명했다.

"애초에 우리의 관계는 숨겨야 하는 것 아니었습니까……?"

"늦은 저녁 비틀거리는 그대를 내가 안아서 침실에 데려왔는데, 이제 와서 숨길 게 뭐가 있겠나. 애초에 내가 그대와 함께 여행을 떠나려면 밀월여행이라도 떠났다고 생각하게 하는 편이 속 편할 테지."

"그러고 보니 일은 안 하세요?"

"어제부로 휴가일세."

태연히 대답한 알렉시스 에슈마르크가 찻잔을 말끔히 비우고야 책을 정돈해 놓았다. 나는 그의 답변을 듣고 기가 찼다. '어제부로'라고 한다면, 내가 아직 의사를 표명하기는커녕 마법조차 쓰지 못하던 시기에 일찌감치 이번 사태를 준비하고 있었다는 것이 아닌가?

애초에 이 인간은 세레나를 제자로 들일 때부터 퍽 가깝게 지내는 세레나와 내 관계를 눈여겨보고, 그걸 이용해 세레나로 하여금 내게 마법을 알려 줄 수 있도록 판을 짜 놨을 것이다.

그래서 그 후 내가 자신을 캐게 될 것을 알고 엘제바에 대한 정보를 흘리고, 무사히 금고까지 도달할 수 있도록 보초와 경비병의 배치를 다르게 했으며, 금고 안에는 '내가 알기를 바라는', 그리고 절대로 레일리에게는 공유할 수 없는 정보들을 넣어 두었다. 이뿐만 아니라 그 후 당연히 황제에게 이 사실을 고해바칠 것을 짐작하고, 달아날 수 없는 덫을 쳐 놓기까지 했다.

일이 이렇게 된 이상 협조하기로 했지만, 아무튼 배알은 뒤틀렸다.

"하하."

잠자코 웃은 대공이 침대 머리맡까지 다가와서 자신의 잔에 다시 차를 채웠다. 그는 여태 비어 있던 내 잔에도 차를 따라 주며 퍽 달콤한 태도로 말을 걸었다.

"불퉁한 표정이 됐네, 백작."

"당한 짓들을 떠올리니 기분 나빠서 그렇습니다요."

"그런 표정을 짓는 것은 본 일이 없어. 낯선 경험이군."

"유리가요?"

"그래, 유리가."

침대 머리맡에 털썩 앉은 그가 찻잔을 내밀었다. 나는 일단 찻잔부터 받았고, 먹던 쿠키를 마저 삼키며 입가에 가져다 댔다가, 잠들기 전까지 살피던 지도들을 다시 들어 올렸다.

대제국 뷔올은 버젓이 명맥이 유지되고 있는 신성 제국을 무시하고 황제의 칭호와 제국의 이름을 사용했다. 그러고도 어떤 제재도 받지 않았던 것은 국력의 차이가 컸기 때문이다. 오히려 눈치를 보던 신성 제국의 교황이 앞장서 대관을 거행해 줬다.

위대한 마법과 발명이 끊임없이 쏟아져 나오는 마도 제국은 사실상 대륙의 패자였다. 옛적부터 뛰어난 마법사는 뷔올에서 유난히 빈번히 등장했고, 흔히들 말하는 '여덟 명의 초월자' 역시 무력으로 따지면 뷔올에 소속된 자들이 압도적으로 강력했다.

주의 깊게 살피지 않았던 부분이지만 따지고 보면 명백했다. 내가 잘 아는 《세레나의 티타임》에서의 설정을 기준으로 삼아 얘기하자면 신성 제국의 교황이야 아예 성질이 다른 능력자이니 논외고, 아메트리크의 에포닐 공작은 뛰어난 지략과 용병술로 명성을 얻었으며, 연합국에 소속된 용병 길드의 마스터는 장대한 신체와 근력을 지닌 무인이다. 슈리하 왕국의 초월자는 특출한 연금술사이며 의료 연합을 이끄는 매드 닥터일 뿐, 마법 능력과는 인연이 없었다.

하지만 뷔올은 어떠한가? 대륙의 중부에서부터 북부에 이르기까지 넓은 지역을 손에 넣은 뷔올에서 나고 자란 '초월자'라고 불리는 네 사람 모두 어느 정도 마력과 밀접한 관련을 갖고 있다.

번개를 다루는 번개인 레일리 크라하는 그나마 뷔올의 최남부, 연합국과의 경계에 있던 브라우에서 나고 자랐지만, 나머지 세 사람의 출신지에는 반론의 여지가 없었다. 마이어 후작이나 알렉시스 에슈마르크야 당연히 북서부의 뷔올 수도에서 태어났을 테고, 푸른 숲 역시 뷔올 제국의 북동부에 자리를 잡고 있다.

아직은 에슈마르크 공작과 나를 제외하면 아무도 그 명확한 재능을 알아본 일이 없지만, 언젠가 유리 옐레체니카나 알렉시스 에슈마르크와 비슷한 수준의 위대한 마법사 겸 정령사가 될 세레나 윌리엄스 역시 뷔올의 북부에서 태어났다. 몬타뉴 밀락테이트도 푸른 숲 근방의 작은 소도시 출신이라고 했다.

알렉시스 에슈마르크는 그것을 두고, '흐름'에 의한 힘의 편중이리라고 추측했다. 요컨대 푸른 숲이라는 일종의 '마력석'을 통해 쏟아져 들어온 예의 '마력'에 영향을 받은 것이리라고 말이다.

애초에 이 세계의 마력은 퍽 육중한 무게를 지닌 '사물'로써 기능하기 때문에 '입구'로부터 먼 곳보다는 가까운 곳에 많이 분포하고 있을 것이다. 실제로도 지난밤, 알렉시스 에슈마르크는 자신이 연합국에서 지내던 동안엔 뷔올에서보다 인간적인 삶을 살 수 있었다고 웃으며 말하기도 했다.

그렇다면 이 '세계', 그 '근원'을 볼 수 있는 '마법사'의 입장에서 가장 큰 위화감을 느껴야 할 문제가 무엇인지 퍽 명료해진다. 어째서 유리 옐레체니카가 남부의 연합국에 머물렀는지, 그 시절 유리 옐레체니카가 무엇을 하고 있었는지에 대한 의문이 남지 않겠는가. 마력이 풍부한 북부를 버려두고 연합국에서 실험을 진행했을 마땅한 이유가 없다.

그뿐이 아니다. 엘류이센 라이케의 행동에는 그 밖에도 해명되지 않는 부분이 있었다.

알렉시스 에슈마르크는 약제의 형태로 이루어진 '불사약'을 원했다. '죽음'을 제거하는 정도의 불완전한 방식이 아닌, 완전한 '불사'를 체내에

삽입할 방법을 찾아내려 했다는 것이다. 이미 '유리 옐레체니카'라는 훌륭한 선례가 그의 곁에 있었으니까.

하지만 정작 유리 옐레체니카는 완전한 불사약의 개발이 불가능하다는 사실을 일찍이 알고 있었다. 그녀가 늙지 않는 데에는 달리 이유가 있었기 때문이다.

그녀는 불사약을 연구한 것도, 불로를 연구한 것도 아니었다. 처음부터 불사와 불로 따위에는 회의적이었다. 하지만 그렇다면, 유리 옐레체니카는 무엇을 위해 푸른 숲을 빠져나와 각지를 돌아다녔는가?

알렉시스 에슈마르크가 유리 옐레체니카의 초기 행적을 쫓겠다는 계획을 세운 것도 그 탓이었다. 유리 옐레체니카의 진짜 목적과 바람은 그조차도 끝까지 알아내지 못했다.

밤을 지새운 토론 끝에, 우리는 다른 곳에 앞서 연합국으로 가기로 했다. 알렉시스 에슈마르크가 엘류이센 라이케를 만난 지역이었다.

"갈아입을 옷을 준비하게 해 두었으니, 조금 기다려야 할 걸세."

그 말을 듣고 나서야 내 차림새를 다시 살피고, 제일 불편한 겉의 드레스만 벗은 채 자고 일어났다는 사실을 깨달았다. 속 드레스는 엉망으로 구겨져 있었다. 그런데 이상하리만치 불편한 느낌이 없었다. 팔을 이리저리 휘둘러 보며 불편함을 확인하다가, 등의 단추들이 전부 풀려 있고 속옷의 철사 끈들도 모조리 정리되어 있었다는 것을 깨달았다.

"제 옷은 언제 벗기셨어요……?"

"그대를 침대 안쪽에 옮겨 두고 나도 누울 때 해 뒀네. 불편해 보이더군."

"진짜 쓸데없이 능숙하시네요."

"이쯤 됐는데 능숙하지 않으면 반성해야지."

알렉시스 에슈마르크가 뻔뻔하게 대답했다. 솔직히 말하자면 나도 사람인데, 내가 세상모르고 자는 사이 그가 내 속옷을 대신 정리해 줬고 심지어 같은 침대에서 함께 잤다고 생각하면 어쩔 수 없이 찝찝했다. 인상을 찡그리고 있다가 등 뒤로 손을 돌려 속옷의 끈이라도 일단 정돈하려 하는데, 대공이 자연스러운 태도로 손짓을 해서 뒤로 돌아앉게 했다.

"혼자 재웠다가는 자다가 '짓눌려' 죽을지도 모르겠다고 생각했어."

"아, 하긴······."

그것만은 확실히 부정할 수 없는 문제였다. 알렉시스 에슈마르크가 '근원'을 조금 들어 올려서 압박을 덜어 주거나 어딘가로 밀어내 준 덕에 그나마 일상적인 생활을 누릴 수 있을 정도로는 편해진 것이다. 여전히 사방에서 삐걱삐걱 요란한 소리가 들려오고 있었고, 덜컥덜컥 움직이고 흔들리는 톱니바퀴에 눌려 주변을 제대로 살필 만한 여유도 없었다. 그가 없었으면 자다가 비명횡사했을지도 모른다. 진짜로.

내가 나름대로 수긍한 것 같자 그도 더는 다양한 말을 붙이지 않았다. 그저 자연스러운 태도로 손을 뻗어, 몹시도 능숙하게 속옷의 철사 끈들을 다시 정돈하고 꼼꼼하게 리본과 단추들을 엮어 등허리와 목덜미의 장식들을 정돈해 주기 시작했다. 사실 레일리가 늘 이것저것 수발을 들었던 탓에, 나는 이 세계의 복식을 혼자서 다루지도 못한다. 어쩔 수 없이 그에게 맡겨야 하는 상황이었다.

그때 바깥에서 소란스러운 소리가 들려왔다.

"알렉시스, 바깥이 엄청 시끄러운데요."

처음 만났을 때 그가 먼저 부탁했던 것처럼, 나는 이제 알렉시스 에슈마르크의 호칭을 이름으로 정해 두었다. 다시 그날의 일을 곱씹으면 마음 한구석이 조금 찜찜해지는 탓도 있었다. 그렇다. 나도 사람이다. 막 사는 인간이기는 해도 나 역시 사람이니 최소한의 책임은 느끼고 있다.

요컨대 이런 쓰레기에게, 만일 정말로 잊었다면 슬프겠지만, 자신은 슬퍼도 좋으니 잊고 지내도 괜찮다고. 함께하던 무자비한 일들로부터 달아나 다른 삶을 찾고 싶었느냐고.

그 내용물이 엘류이센 라이케 본인이 아닌 나일지도 모른다는 것을 어렴풋이 짐작하면서 말을 건넬 때, 그가 어떤 기분이었을지를 생각하면 복잡해지는 것이다. 내 캐릭터라서, 유감스럽게도 그 감정선만은 짐작이 갔다. 사실 내가 가장 자주 쓰는 타입의 캐릭터이기도 했다. 마음이 쓰였다. 창조주 된 입장에서 말이다.

아무튼 알렉시스 에슈마르크만은 더 이상의 거절 없이, 온전히 이름으로 부르기로 했다. 내 마음이라도 조금 편해지자고 선택한 일이었다.

내 호칭을 들은 대공이 잠깐 손을 멈췄다가, 다시 맨살이 드러난 등 언저리를 정돈해 주기 시작했다.

"아랫사람들이 알아서 할 걸세. 그대가 살던 세계에서는 익숙하지 않은 일인가."

"이젠 아예 자연스럽게 '그렇게' 칭하시는군요."

"'그런' 것으로 이해하고 파악했으니 저어할 이유가 없지."

"자연스럽게 저를 침대에서 재우셨는데, 유리 옐레체니카와 당신은 어떤 관계였죠?"

사실 별건 아니겠지만 아까부터 괜히 궁금하던 사안이다. 아까라기보다 어제부터였다. 그렇게 세상에 둘뿐인 관계를 유지하며 살았던 두 사람이 과연 서로에게 있어서 어떤 존재였을지에 대한 의문이기도 했다. 로맨스 장르 작가로서의 궁금증이 조금도 포함되지 않은 호기심이라고 하면 거짓말일 것이다.

애초에 침실에 들이고 침대에 앉히고 재우기까지 하는 일련의 과정이 너무 자연스러운 탓도 있었다. 더구나 지금은 자연스럽게 옷을 입혀 주고 있지 않은가. 대공쯤 되는 사람이!

이게 아주 부자연스러운 일이라는 사실을 깨달았다. 그는 마치 자신이 소문난 바람둥이라 이런 일에는 당연히 익숙하다는 듯 대답했지만, 그럴 수가 없는 것이다.

그의 연인들은 대공의 신분을 아는 상황에서 만남을 가진 사람들뿐이었을 테니 알렉시스 에슈마르크에게 이런 일을 시키지 않았을 것이다. 엄두도 내지 않았을 테고, 보아하니 에슈마르크 대공이 신분 사회에서 그렇게까지 두드러지게 튀는 사고방식을 지닌 것도 아니었다.

그는 철저히 왕족이었다. 그저 유리 옐레체니카의 속옷과 옷매무새를 정돈해 주는 것에 익숙할 뿐이다.

그것이 무얼 뜻한단 말인가? 뻔한 것이 아닌가?

내 질문을 들은 알렉시스 에슈마르크가 한동안 조용히 웃었다. 그가 대답했다.

"자연스럽게 침대에 재우는 관계였겠지."

"서로 사랑하는 사이?"

"편지의 사본을 읽게 해 주었는데도 그런 소리를 하나."

"오잉, 그럼 일방적으로 사랑하는 입장……?"

"아픈 곳을 찌르는군."

대공이 잠잠히 대답했다.

"그러나 사랑 같은 것은 모른다. 사랑이 무엇인지 학습한 일이 없어서, 무언가를 사랑으로 규정할 방도가 없지."

"그래서 단지 '유일'했다……."

"맞아."

내가 곰곰이 곱씹은 말에 그가 순순히 수긍했다. 바깥은 여전히 시끄러웠다.

대공은 속옷을 깔끔하게 입히고 철사 장치들을 조정해 준 후에야 드레스의 자락들을 한 올 한 올 차근차근 정돈해 주기 시작했다. 맨살이 드러난 등에 간간이 그의 손끝이 스쳤다. 그의 태도는 퍽 담백했다.

"그럼 그냥 자는 사이였어요?"

"그대와 레일리 크라하처럼?"

"……."

이 자식, 아픈 곳을 찌르는군. 개시팔, 걔랑 나랑 그런 사이인 건 또 언제 눈치챈 거야.

아니, 아니, 논리적으로 생각해 보면 물론 눈치를 챘을 것이다. 저택에서 혀로 온도를 재니 어쩌니 하는 개소리를 지껄이는 사이 이 작자가 멋대로 잠입한 일이 있지 않았던가? 미쳤다, 미쳤어. 다시 생각하니 여전히 미친 발언이 아닌가.

이 양반도 대단했다. 그 소리를 잠자코 듣고 있었단 말이지. 공감성 수치를 조금도 느끼지 않는 건가? 역시 개자식은 개자식이었다.

나는 크으윽 소리를 내고 통렬한 신음을 뱉으며 불퉁히 턱을 괴었다. 등이 구부정해지자 에슈마르크 대공이 제대로 허리나 세우라는 듯 옷자락을 쭉 잡아당겼다.

"가끔은 그랬지. 유리 옐레체니카는 무엇에도 구속되지 않는 여인이라, 어떤 식으로든 구속할 만한 장치를 만들어 두고 싶었으니까. 따지자면 같은 혈통일 테지만 내 쪽이 훨씬 흐려졌을 거라고 생각했어."

그가 태연히 덧붙였다. 나는 그의 말을 곰곰이 곱씹다가, 듣고 보니 이상해서 인상을 썼다.

"댁들 피임은 안 한 거요?"

"전혀 그런 개념이 없는 사람 같더군. 그래서 나도 말하지 않았다."

"이 인간, 진짜 개새끼 아니냐? 아, 아니, 나도 모르게 진심이."

"왜 개의치 않았는지는 그 편지를 보고야 알았지만 말일세."

"편지이?"

네가 파트너에겐 말도 없이 피임을 생략하는 우주 제일의 개자식인 거랑 유리 옐레체니카의 편지가 무슨 상관이야? 개쓰레기인 김레일리 크라하도 최소한 첫 번째 이후로 피임만은 제대로 챙겼단 말이다!

나는 아주 격렬하게 혐오스러운 것을 바라보는 듯한 시선을 치우지 않고 고개를 돌려 그를 위아래로 훑어보았다. 그러나 알렉시스 에슈마르크는 내 힐난의 시선을 받고도 태연해 보였다.

그는 그저 특유의 단정하고 우아한 얼굴로 부드럽게 웃으며 내 옷자락 안쪽에 겨울용의 발열 패드들을 차근차근 넣어 주었다. 이제는 가을도 깊어 졌으므로, 유리 옐레체니카의 종이 몸을 위해 종종 그런 것들을 착용하고 다니는 중이었다. 알렉시스 에슈마르크의 태도는 퍽 살뜰했다.

이야기가 이어졌다.

"호문쿨루스에게는 생식 기능이 없다. 질병이 있거나 몸이 약해서 불가 능한 것과는 다르지. 비슷한 현상만을 일으킬 뿐, 사실 내부의 순환도 전 혀 다르게 설계되어 있어. 그녀의 표현에 따르면, 그녀가 불완전한 제작 품이기 때문에 그랬다는 모양이지만……. 완벽한 결과물이 나온 적이 있 는 것도 아닌데, 알 게 뭔가. 그대도 보편적인 호문쿨루스의 성질 정도는 짐작할 수 있을 텐데."

"내가 그걸 짐작했으면 유리 대신 발명이라도 해서 먹고살았겠죠……."

애석한 표정으로 내 대답을 들은 그는 내게 너그럽게 알려 주는 듯한 태도로 다정히 대꾸했다.

"유리 옐레체니카의 마법 회로는 인간의 것과 거꾸로 되어 있다. 심장은 두 겹이기 때문에 적절한 약물의 처방이 없이는 제대로 작동하지 못하고, 피에서는 물비린내가 나지. 갈리아의 피부가 빛 아래에서 쉽게 붕괴되고 파 충류처럼 체온이 낮은 것 역시 비슷한 현상이야. 갈리아의 피에서는 화약의 냄새가 난다. 아마도 '재료'가 된 것의 영향을 받았겠지."

나는 멀뚱히 대공을 바라보다가 입을 꾹 다물었다.

자세한 설명을 해 봤자 내가 알아들을 문제는 아니었고, 간단히 요약하 자면 호문쿨루스로 창조된 '것'들은 인간과는 전혀 생체 기능의 원리가 다 르다는 얘기였다. 겉보기에는 인간과 비슷해 보여도 사실은 인간이 아닌 것이다.

유리 옐레체니카의 편지도 비로소 이해가 됐다. 그녀는 자신마저 완벽한 것은 아니라고 했다.

"말하자면, 그녀가 스스로 생각하기에는 바로 그래서 '실패'였군요."

"그래. 불완전하니까."

알렉시스 에슈마르크가 희미하게 대답했다. 그 말 그대로였다.

유리 옐레체니카는 완벽한 인간으로 살았던 일이 없다. 그녀는 끝까지 '인간'의 방식을 알지 못했다.

알렉시스 에슈마르크가 자신에게 큰 의미를 두고 있다는 것을 알면서도 그것을 자신과 연결하지 않았다. '엘류이센 라이케'가 아니고서는 그에게 의미 있는 객체가 아니라는 것도 이해하지 못했고, '근원'을 자신의 몸에 심어 곁에 두고 가니 충분하리라는 투로 마지막 인사를 했다.

감정적인 면에서는 오히려 그녀보다도, 호문쿨루스가 제작한 또 다른 호문쿨루스인 갈리아 쪽이 더 '인간답다'고 할 수 있을 것이다.

"하나의 온전한 생명을 창조했다고는 할 수 없었다는 게 그 얘기였어. 맞죠?"

"맞네."

알렉시스 에슈마르크가 부드럽게 답했다. 그리고 그 순간이었다. 아까부터 시끄럽던 바깥이 더욱 소란스러워지더니, 쾅 소리와 함께 침실의 문이 벌컥 열렸다.

어떤 미친 새끼냐? 대체 누가, 얼마나 목이 날아가고 싶었으면 감히 황실 종친인 대공의 침실 문을 저따위로 열어젖히나 싶어서 고개를 빼 들었다가 무릎을 탁 쳤다.

오……. 큰일이었다. 우리 집 미친놈이었다.

슬쩍 대공의 눈치를 살폈지만, 다행히 그는 무례한 불법 침입에 대해서는 별다른 조치를 취할 생각이 없는 듯했다. 오히려 퍽 유쾌해 보이기까지 했다. 레일리의 시선이 흘긋 우리에게로 굴러왔다. 대공은 비로소 마지막

발열 패드를 내 옷 안에 넣어 주고, 훤히 열려 있던 등의 단추들을 닫아 주고 있었다.

"여어, 레일리."

"'여어'?"

한 손에는 경비원의 멱살을 쥐고 있다가 대충 내던지며, 레일리가 사납게 인상을 쓰고 이를 드러냈다.

"말은 아주 잘 나오시는 모양입니다, 마스터."

"남의 집에 왜 그따위로 침입하냐."

"제 주인의 안위가 걱정되어, 집사 된 소임으로 직접 모시러 왔습니다."

그가 신경질적으로 대답했다. 나는 멀뚱히 레일리를 바라보다가, 주먹으로 손바닥을 팡 때렸다.

완벽한 타이밍이 아닌가! 대공과 한 침실에서 밤을 보냈고, 지금은 이 작자가 내 속옷을 정돈해 주기까지 했다. 그 한복판에 레일리가 난입했다! 마침 끝내주는 타이밍이라 알렉시스 에슈마르크는 내 옷 안쪽에 손을 쑥 집어넣기까지 했다.

잘만 하면 한동안 레일리와 엮이지 않을 핑곗거리가 될 듯했다. 나는 아무튼 당분간 레일리와 엮이고 싶지 않았다. 유리 옐레체니카의 문제도 있지만, 레일리 크라하라는 인물을 상대하는 일 그 자체가 감정적으로 복잡하고 어려웠다.

죄책감? 웃기지 말라고 해. 나는 글을 썼을 뿐이다. 그게 하나의 세계였음을 안 이상 그들의 삶에 대한 모종의 책임은 느끼지만, 내가 이야기를 만들고 소설을 구성한 것이 죄는 아니다. 요컨대 지극히 자연스러운 '스토리의 구상' 자체를 내가 이제 와 죄악처럼 여긴다면, 어떤 의미에서는 내 글들에 대한 일종의 모독이기도 했다.

그렇다면 레일리의 인생에 책임을 느끼느냐? 책임은 느끼지만 그것이 그 자체로 나를 복잡하게 만드는 것은 아니었다.

사, 사, 사, 사랑. 아니, 제기랄.

그러니까……. 말로 표현하기 찝찝하지만, 결국은 내가 레일리 크라하에게 도저히 이해할 수 없지만 인간적이고도 성애적인 호감을 느꼈기 때문이다. 그래서 그 이후로 여지없이 휩쓸리고 있는 탓이었다. 호감이 있고 휩쓸리면 뭐가 어떻겠느냐 싶지만, 사실 많이 문제였다.

나는 이따위의 꿈도 희망도 없는 세계에 계속 머무를 생각이 없다. 나름대로 격렬하고 치열하며 괴로운 삶을 살았던 곳이지만, 적어도 내가 태어나고 자란 땅으로 돌아갈 생각이었다. 그렇다면 레일리 크라하는 무엇이냐? 나와는 다른 세계에서 태어나고 자란 인물이다. 심지어 캐릭터다. 내가 만들고, 처음부터 끝까지 구성한 캐릭터 말이다!

사실 이쯤 되어, 평소에 곧잘 하던 말대로 '이 세계'가 우주의 아카이브를 통해 단지 나에게 전달된 실존하는 세계일지도 모른다는 생각은 했다. 이야기여도 그 자체로 세계일지도 모른다고 말이다. 그렇지만 어쨌든 내게 있어서 이것은 세계여도 이야기였다. 대체 어쩌자고 캐릭터에게 이렇게까지 휘둘리고 있단 말이냐?

아무튼 곤란했다. 레일리 크라하와 이 이상으로 깊은 감정적 인연을 맺고 엮여서, 지금처럼 절제 없이 흔들리다가는 돌아가고 말고 하는 문제까지 흐지부지 망가지고 말 것이다. 아니, 그게 망가지지 않더라도 내 마음이 더 복잡해진다.

그리고 미안한 얘기지만 사랑이고 나발이고, 그깟 것에 흔들려서 생존과 관련된 중요한 문제를 선택할 때 필수적이지도 않은 부가적 스트레스를 받고 싶지는 않았다.

"나를 팔아먹을 생각인가."

내가 손바닥에 주먹을 내리꽂으며 좋아하자, 바로 곁에서 그 꼴을 지켜보던 알렉시스 에슈마르크가 생긋 웃으며 속삭였다. 과연 눈치는 더럽게 빠른 인간이었다. 애초에 레일리 크라하한테 들으라고 한 소리 같았다.

내가 자신을 팔아먹는 게 썩 달갑지는 않은 모양이었다. 그야 그렇겠지. 나여도 싫을 것이다.

하지만 나는 그의 미온적인 가담 거부 의사 표명을 싹 무시한 채, 제대로 정돈된 차림새를 하고 자리에서 벌떡 일어났다.

주인님께는 원대한 뜻이 있으니, 집사는 알아서 오해하고 있으렴!

"좋아, 레일리. 짐 싸."

"그게 이 상황에 자연스럽게 튀어나올 명령인지요, 마스터."

"여행 갈 거니까."

"또 무슨 여행입니까?"

침대 아래에서 내 신발을 찾아서 주섬주섬 신은 후, 성큼성큼 다가가서 레일리의 어깨를 툭 치며 알렉시스 에슈마르크를 향해 고개를 돌렸다.

"뷔올 제1 성문 근처에서 뵈어요."

"세 시간이면 될까. 아니면 하루 정도의 여유는 두는 편이 좋을까."

"세 시간이면 될 것 같아요. 챙길 건 사실 별로 없어서."

결국 장단을 맞춰 줄 생각인지 잠시 어깨를 잘게 떨며 웃던 알렉시스 에슈마르크가 뻔뻔한 태도로 턱을 괴고 몸을 기울였다. 그가 꽃 같은 보랏빛 눈동자를 반달 모양으로 접으며 달콤하게 대꾸했다.

"그대와의 여행을 기대하며 세 시간을 보내도록 하겠네. 그때 보지."

"마스터."

그리고 나를 부르는 레일리의 목소리를 무시한 채, 나는 성큼성큼 걸어서 먼저 방을 빠져나왔다. 레일리가 꽤나 깽판을 치며 찾아왔는지 복도 곳곳에는 이미 무장한 사병들이 흉흉한 기세를 내뿜으며 대기하고 있었다. 그들은 레일리를 경계하면서도 나를 발견하면 슬그머니 한 걸음을 물리며 몸을 사리고 있었다. 역시 내가 대공의 새 애인이라는 헛소문이 순식간에 퍼진 듯했다.

"마스터."

레일리가 내 뒤에 따라붙으며 다시 날카롭게 나를 불렀다. 으아악, 안 들려, 안 들려. 나는 휘적휘적 걸어서 최대한 빠르게 저택을 빠져나가려 애를 썼다. 그러나 미처 복도를 다 지나기도 전에, 레일리가 내 팔뚝을 거칠게 잡아챘다. 반사적으로 악 소리를 내자 그가 황급히 손을 풀었다. 그러나 여전히 표정은 흉흉했다.

"여기에서 주무신 겁니까?"

그가 일단 그 질문부터 했다.

"보면 모르냐……."

"주무시면서 무엇을 하셨는지요?"

꼴을 보니 다행히도 알렉시스 에슈마르크의 침실이 집무실을 겸하는 방인 만큼 마법적인 방음 처리가 되어 있어서 레일리가 난입 직전에 우리의 대화 내용을 듣지는 못한 모양이었다. 하기야 대공도 뻔히 바깥의 소란을 듣고 있었으니 방음 처리가 되어 있지 않았다면 마음 편히 나와 떠들지도 않았을 것이다. 하지만……. 그래도 직접적으로 거짓말을 하기엔 꺼림칙했다. 나는 일단 한숨을 섞어 적당히 진실만을 대답하며 시선을 회피했다.

"뭘 하긴 뭘 해. 치료받고, 얘기하고, 그러다가 자고……."

"어떤 의미에서?"

"아, 네가 그게 왜 궁금한데?"

레일리가 나를 복도 중간의 창가까지 밀어붙였다. 두어 걸음 물러나다가, 주변에서 구경이라도 난 듯 우리를 보고 있는 대공저의 사용인들을 향해 빠르게 손짓을 했다. 그들은 흥미진진한 얼굴을 하고 있다가 아쉬운 표정으로 하나둘 물러가기 시작했다.

하지만 정작 내 사용인은 사람 무는 미친 개여서, 어떤 상황에도 거리 낌이 없었다.

"어제 제가 한 말은 과자와 바꿔 드시기라도 하셨습니까?"

레일리가 신경질적인 얼굴로 이를 드러내고 얼핏 웃는 듯한 낯을 했다.

그러나 누가 봐도 몹시 빡친 얼굴이었다. 비단 레일리 크라하의 표정을 읽는 것에 천부적인 재능을 지닌 원작자인 내가 아니더라도, 누가 봐도 기겁할 법한 얼굴 말이다. 대단히 흉악했다.

어제 레일리 크라하가 한 말……. 뭐더라. 나는 속으로 새삼스럽게 그 상황을 곱씹었다가 뒤늦게 윽 소리를 내며 주춤주춤 물러섰다. 창틀에 몸이 부딪쳤다. 더는 물러날 곳도 없었다.

시, 시팔, 개자식아! 주인님은 지금 굳이 네 문제 때문이 아니더라도 머릿속이 너무나 심각하게 복잡해진 상태여서, 너랑은 그런 문제로 왈가왈부하며 피곤해지고 싶지 않단 말이다! 속으로 눈물을 흘리며 그의 정강이를 퍽 걷어찼지만, 역시나 내 발만 아팠다.

"별로, 이해하기 어려웠는데."

슬그머니 시선을 회피하며 말하자, 레일리가 심술궂게 웃으며 고개를 깊숙하게 기울였다. 나는 그를 피해 상체를 젖히다가 가까스로 창틀을 짚었다. 별로 키스를 할 듯한 자세는 아니었다. 차라리 짐승에게 물릴 법한 느낌이었다.

"그럼 직접적으로 말씀드릴까요?"

내 표정을 낱낱이 뜯어보던 그가 별안간 달짝지근하게 말했다.

"뭘……?"

어째 불안한 태도여서 슬쩍 시선을 올려 다시 표정을 살폈다가 기겁했다. 레일리 크라하가 보란 듯이 성격 나빠 보이는 얼굴로 웃으며 코앞까지 얼굴을 내렸다.

"저는 어제 프러포즈를 했습니다만."

"그런 개 같은 방식의 고백을 프러포즈라고 하고 앉았냐."

앗, 나도 모르게 순간 필터링 없이 진심을. 그러나 레일리는 이번에도 추호의 망설임 없이 곧장 반문했다.

"그럼 뭐라고 말씀을 드려야 하겠습니까?"

그리고 내가 미처 대답을 꺼내기도 전에 다짜고짜 덧붙였다.

"사랑한다고 말씀을 드려야 이해하시겠습니까?"

"너 나 사랑해?"

"그 말이 듣고 싶으신 건지요."

"아니, 별로 듣고 싶지 않은데. 그냥 네가 날 사랑하냐고 물어본 거 아냐? 나는 네 의견을 물었는데 왜 내 선호를 물어?"

"저를 좋아하시잖습니까?"

"아니, 별로……."

"'별로'?"

레일리가 빈정거리듯이 내 대답을 되풀이했다. 그리고 다시 시선을 회피하던 내 턱을 잡아채서 자신을 똑바로 바라보도록 잡아끌었다.

또 붕어 입이 된 채 그에게 붙잡힌 나는 반사적으로 눈을 세모꼴로 떴다. 이 자식이 양심적으로 적당히 받아 주니까, 감히 신체적인 힘으로 주인을 강제로 잡아끌어? 너는 정도라는 걸 모르냐?

그런데 뜻밖의 일이 이어졌다. 레일리가 그 직후에 상상조차 해 보지 못한 기상천외한 행동을 이어 붙였다.

그는 내 두 손을 강제로 깍지 끼듯 붙잡아 창틀에 묶어 두었고, 그 후 고개를 기울여 콧등에 입을 맞췄다. 나는 반사적으로 억 소리를 냈다. 평소에 곧잘 하던 농밀한 키스와는 질이 다른 애정 표현이었다.

"미, 미친놈아, 남의 집에서 뭐 하는 거야?"

"남의 집이 아니면 괜찮습니까?"

"아니, 물론 그건 아닌데."

반사적으로 대답하는 순간 그가 이번엔 내 턱 근처에 입을 맞췄다. 으아악! 나는 소리 내서 기겁하며 한 걸음 더 물러서려다가 벽에 가로막혀 휘청거렸다. 그 순간 레일리가 몸을 제대로 세워서 눈꺼풀 근처에 입술을 묻었다.

"아! 아! 아!"

나는 정말이지 명백하게 기겁했다. 다른 말을 제대로 할 틈도 없이 빽빽 고함만 내지르다가 그만 상체가 창문 밖으로 크게 넘어갈 뻔했다. 레일리는 주저 없이 내 허리를 잡아챘다. 그가 눈을 가늘게 떴다.

"대공에게 협박이라도 당하셨습니까?"

대공 각하의 이미지는 왜 또 그 꼴이니? 야, 적어도 이런 문제에 있어선 너보다 그 사람이 깔끔해. 애초에 이놈은 뭘 믿고 대공의 직함을 이렇게 찍찍 불러 댄단 말인가.

물론 레일리는 알렉시스 에슈마르크 때문에 나와 함께 온갖 산전수전을 다 겪은 입장인 데다, 해일까지 일으키는 인성 자랑을 몸소 체험해 온 녀석이니 이해 못 할 이미지라고 할 수는 없는 일이었다. 사실 해일은 내가 일으켰지만, 근본적인 원인 제공자는 대공이니 그것도 대공 탓이다.

하지만 아무리 그래도 그렇지, 내가 자기를 보기 싫다고 하는데 다짜고짜 대공부터 의심하는 꼴을 보니 기가 막혔다. 양심도 없는 놈이, 내가 자신을 좋아하지 않을 거라는 생각은 추호도 하지 않는 듯했다. 나는 빽 소리라도 지르듯이 오기로 대답했다.

"아니!"

"부끄럼이라도 타십니까?"

"아니!"

"지금 저랑 사랑 놀음의 일환으로 밀고 당기기를 하고 계신 겁니까?"

"아니다, 이 자의식 과잉아!"

물론 실제로도 레일리 크라하에게 스스로 이해하지 못할 호감을 느끼고만 것은 사실이지만, 시발, 그렇다고 내가 반드시 얘랑 연애하고 사랑하고 백년해로해야 하는 건 아니지 않겠는가! 애초에 이 너무나 뻔뻔한 행동거지에 열 받지 않는다면 그건 소설 작가가 아니라 보살이 되어야 할 자질일 것이다. 고래고래 대답했지만 레일리가 산뜻하게 웃으며 다시 물었다.

"그럼 뭡니까. 얼굴이 새빨개지셨는데요, 마스터."

이 개애애애자식이…….

더는 주저할 것도 없었다. 레일리의 손에 허리와 손이 붙잡힌 채로 고개를 휙 뒤로 젖혔다가 앞으로 휘둘렀다. 그리고 격렬하게 레일리의 얼굴을 들이받았다. 평소에 들이받을 땐 이마나 턱이라도 조준해 줬지만, 이번엔 그마저도 하지 않았다. 대번에 뻑 소리가 났다.

순간적으로 레일리가 주춤 물러났다. 그에게 붙잡혀 있던 나도 다시 제대로 발을 딛고 복도로 들어서서, 풀려난 손 한쪽을 가까스로 빼 들어 레일리의 면전에 대차게 가운뎃손가락을 들어 주었다.

"얼굴이 빨개진 것은 단지 네 주인의 격렬하고도 무한한 분노의 표현이다! 아, 젠장! 까놓고 말해서, 머리 복잡해서 너랑 이러저러 복잡하고 어지러운 짓 하고 싶지 않다고! 신경 쓰이게 좀 하지 마라! 스트레스 받는 문제를 하나라도 줄여 두려고 하는데 왜 자꾸 난리야, 난리긴?"

내 말을 들은 그가 들이받히면서 찢긴 입술을 장갑 낀 손끝으로 만지작거리며 심술궂게 웃었다.

"그거 마치 열렬한 사랑 고백처럼 들리는군요."

"미쳤나?"

기겁하며 말했지만 결국 그 말은 제대로 끝을 맺지 못하고 삼켜졌다.

아, 그리고 환장할 일이었다.

나는 또 반성도 하지 않은 채, 남의 집에서 김 집사에게 휩쓸려 그만 열렬한 키스를 나누고 말았다.

* * *

"나와 연인 사이라는 식으로 공표가 된 직후에 내 저택에서 그러고 있을 줄은 생각조차 못 했네."

알렉시스 에슈마르크가 부드럽게 말했다. 결국 레일리에게 또 휘말려서 그의 어깨를 끌어안고 격렬하게 키스하다가, 물러갔던 사용인들의 보고를 받고 우리를 쫓아 나왔던 알렉시스 에슈마르크에게 뻔히 그 꼴을 보인 탓이었다.

결국 그의 감시하에 빠르게 짐을 싸서 마차에 탔다. 나는 마차의 창문에 반성, 또 반성의 의미로 머리를 박다가 초췌하게 대답했다.

"정말 죄송하게 됐습니다……."

"고작 사용인이 주인의 말을 그렇게 안 들어서야 되겠나."

"그러게나 말이에요, 삑 삐빅 삑삑 삐……."

"숨 쉬듯이 상스러운 소리를 하는군."

"내가 나름대로 윗사람 앞이라고 적당히 삐 처리해 검열해서 말했으면 댁도 알아서 검열해서 들으시죠……. 사람이 어떻게 최소한의 예의가 없어?"

"윗사람 앞에서 단어를 검열할 생각이면 '삐' 같은 적나라한 소리도 남기면 안 되지."

"내가 어쩔 수 없이 비속어를 검열하기는 하지만 욕을 했다는 것만은 명확히 알아주기를 바라는 마음입니다……."

뚱한 대답을 들은 알렉시스 에슈마르크가 잠시 입가를 가리고 잠잠히 웃었다. 그가 웃음기 서린 태도로 대답했다.

"자꾸 삐삐거리니 상스러운 소리를 뱉고 싶은 그대의 열렬한 마음만은 알겠지만, 거친 말을 한 것 같다기보다 귀엽기까지 한데."

"역시, 젠장. 김레일리 크라하가 저딴 식으로 구는 건 내가 자꾸 매력적으로 삐삐거린 탓인가?"

마차의 의자를 쾅 치며 통탄을 드러내자 대공이 다시 웃기 시작했다. 개자식, 남은 진지한데 웃지 말란 말이다. 나는 불퉁하게 다리를 꼬고 창가에 턱을 괴었다. 드레스 대신 움직이기 편한 승마복을 갖춰 입은 채였다.

마차 안에는 우리 둘 외에도 몇 개의 각진 짐 가방이 함께 들어 있었다. 현대인인 나로서는 시대물이나 박물관에서나 본 적이 있는, 근대 무렵에나 사용했을 법한 사각 가죽 가방과 비슷하게 생긴 가방들이었다. 곳곳에 태엽을 이용한 잠금장치가 있다는 점만이 내가 아는 모습과 달랐다.

대공이 나와 함께 마차에 탑승한 덕에, 그와 동석할 신분이 아닌 레일리 크라하는 자연히 마부석에 앉았다. 어차피 증기 기관과 태엽 장치를 이용한 기계식 마차여서 마부가 필요한 것은 아니지만, 내부에 앉을 수 없으니 마차 지붕 위에 앉거나 마부석에 앉는 것 외에는 함께 갈 방도가 없었기 때문이다.

여행의 목적이 목적인지라, 대공도 나도 다른 시종이나 일행을 늘리지는 않았다. 사실 원래는 레일리를 데려갈 생각도 없었다. 그러나 레일리가 대놓고 못마땅해하기도 했고, 므라우의 폐허에도 들를 생각이기 때문에 어쩔 수 없이 그를 데리고 가기로 했다.

므라우는 일찌감치 폐허가 되었지만 여전히 무법자들이 숨어든 불모의 땅이었다. 과거 므라우를 제패했던 레일리라도 데리고 가면 그나마 안전하게 그곳을 둘러보기 편할 것이다. 협조자를 구하는 것까진 바라지도 않겠지만, 최소한 내부를 둘러볼 때 가이드 역할이라도 시킬 수 있을 테니 말이다.

첫 목적지는 연합국의 항구 마을이었다. 알렉시스 에슈마르크와 엘류이센 라이케가 최초로 조우한 곳이기도 했다. 모종의 단서가 존재한다면 그곳에 남아 있을 가능성이 높다.

유리 옐레체니카는 어째서 '마력의 중추'인 뷔올 북부를 남겨 둔 채 남부의 연합국에서 의사 노릇을 하며 살고 있었을까? 애초에 푸른 숲을 빠져나와 방랑을 시작한 진짜 이유도 파악해야 했다.

알렉시스 에슈마르크가 스스로 증언하기를, 연합국에서는 '세계의 무게'가 덜하다고 했다. '세계의 무게'란, '마력의 실체'가 지닌 무게감을 의미한다.

천지를 빼곡하게 채운 거대한 기계 장치를 온전히 짊어졌을 때 숨조차 마음껏 쉴 수 없게 만드는, 그 강력한 압박과 존재감을 뜻하는 것이다. 그러한 무게가 덜하다는 것은, 즉 마력의 밀도가 낮다는 뜻이 된다.

나는 여기에서 큰 의문을 느꼈다. 내가 이해한 '유리 옐레체니카'라는 캐릭터의 해석에 따른 의문이었다. ≪세레나의 티타임≫에 빙의하기 전에 짰던 설정부터, 그 후에 파악하고 추론했던 설정까지. 의식은 단숨에 흘러 갔다.

지금부터는 하나의 시나리오다. 유리 옐레체니카는 병들고 불완전한 자기 자신의 육신에 애착을 지니지 못한 인물이었다. 사교적인 자리를 즐기지 않으며 많은 이들과 관계를 엮을 노력도 보인 적이 없다. 약자나 소외된 자들과는 가깝게 지냈지만 사실은 그들에 대한 애정도 없었다. 단지 이용할 수 있는, 혹은 흥미로운 대상일 뿐이었다.

영원히 순환하는 물에 연원을 둔 호문쿨루스여서, 늙거나 부상을 입어도 얼마든지 재생이 가능했다.

엘류이센 라이케는 한계와 수명을 지닌 존재로서 살았던 일이 없다. 그렇다면, '신과 같은 존재'로의 열망은 그녀의 특수한 삶과 연결되어 있을까?

유리 옐레체니카는 근본적으로 마력의 구조를 볼 수 있는 마법사였다. 그리고 가장 마력의 구조가 두꺼운 지방에서 대마법사의 손을 빌려 탄생했다. 그녀 자신이 미처 인간으로서 완성되지 못했기 때문에 인간에게 관심을 가졌을 것이다.

그래서 그녀는 몬타뉴 사후, 푸른 숲에 들어오는 자들이 길을 헤매다 죽기를 기다려 자신의 거처로 끌고 갔다. 그리고 이리저리 살피고 탐구한 결과, 자신도 몬타뉴처럼 '인간을 만들고 싶다'고 생각하게 된 모양이었다.

혹은 철저하게 기계로 구성된 이 세계에서, 알렉시스 에슈마르크가 말했듯이, 자신이 있어도 될 곳을 찾고 있었는지도 모르겠다.

유리 옐레체니카는 애초에 인간으로 태어나지 못했다. 그녀는 누군가에 의해 만들어진 존재였다. 그러나 그녀를 만든 사람조차 누군가에 의해 설계된 기계 장치 안에서, 일종의 나사처럼 작동하는 부품에 불과했다. 유리 옐레체니카는 자신의 존재에 의문을 품었을 것이다.

아마도, 자기 자신을 증명하고 싶었을 터였다.

그래서 이 세계의 신과 같은 전능자가 되겠다느니 하는 허황된 꿈을 갖게 되었다. 더구나 그녀의 일기장에서도 확인했듯, 유리 옐레체니카는 푸른 숲 안에 존재하는 '통로'를 직접 목격했을 것이다. 그녀가 창고에서 본 '무언가'가 얼추 그런 것이리라고 추정하고 있다.

그 통로를 통해 외부 세계의 상황을 살필 수 있었다고 가정하면 뷔올 제국의 묘한 역사도, 푸른 숲 공방의 존재도 설명이 된다.

돌연 푸른 숲을 통해 역사적 맥락도 없이 빠져나온 총, 그리고 전구 같은 것들 말이다. 유리 옐레체니카의 서명을 구성한 알파벳과, 그녀가 자신의 가명으로 사용한 일본어 '백합' 따위와 같은 기묘한 지점들이 설명되는 것이다.

푸른 숲 안에 세계 바깥을 엿볼 수 있는 통로가 있다면 내가 확인해야 하는 것도 그 통로일 것이다. 돌아가기 위해서는 반드시 필요한 일이었다.

어쨌든 그러한 유리 옐레체니카가 왜인지 '마력의 흐름이 희미한' 남부로 향했고, 굳이 푸른 숲으로부터 한참 멀리 떨어진 연합국의 해안을 선택했다. 생각해 보면 이후 열넷으로 가장한 유리 옐레체니카가 주로 떠돌았다고 알려진 곳도 뷔올 남부와 연합국이지 않은가.

유리 옐레체니카는 얼마나 오랜 세월일지 모를 아득한 시간을 살아왔으며, 자기 자신의 신체를 무한히 재생하는 것이 가능한 불사의 호문쿨루스다. 마력의 흐름과 작동, 인간의 체계에 관심을 가진 인물이기도 했다. 그리고 오직 그것이 우리가 그녀에 대해 파악한 정보의 전부였다.

유리 옐레체니카가 무슨 생각을 했는지, 무엇을 원했는지, 언제쯤 태어나 얼마나 오랜 시간을 어떻게 살아왔는지, 사실은 무엇을 하고 있었는지. 우리는 그녀에 대해 아무것도 모르고 있다.

솔데인 마이어가 평가한 그대로, 유리 옐레체니카는 어딘지 비밀스럽고 베일에 싸인 인물이었다. 세간에 평가되던 바와 추호도 다르지 않은 은자(隱者)였던 셈이다.

해답이 있다면 바로 그 항구 마을에 있을 것이다. 유리 옐레체니카는 연합국에 머무르는 내내 그 지방에 터전을 만들어 놓고 있었다. 알렉시스 에슈마르크를 만나고, 구체적으로 '신'이 되기 위한 작업을 시작할 추진력을 얻을 때까지.

유리 옐레체니카는 그곳에서 무엇을 하고 있었을까? 그것을 알아내는 일이야말로 우리에게 주어진 최우선의 과제라고 할 수 있을 것이다. 유리 옐레체니카의 행방을 쫓고 그녀의 실체에 다다르기 위한 첫 번째 계단이었다.

공식적으로는 에슈마르크 대공과 옐레체니카 백작이 돌연 사랑의 밀월여행을 떠난 것으로 해 두었지만, 사실 우리가 향하는 목적지는 뷔올의 라이벌 격인 연합국의 땅이었다. 최근 어느 정도 동맹의 규모를 갖추면서부터 호시탐탐 뷔올과 적대하고 있다고 알려진, 바로 그 연합국 말이다.

물론 실제로는 황제야말로 앞장서서 에슈마르크 대공이라는 교각을 통해 은밀히 내통하고 있었지만, 공식적으로는 첨예하게 대립 중인 적국이었다. 그러니 우리의 목적지가 연합국이라는 것도 굳이 공식적으로 알릴 이유는 없는 사안이었다.

우리는 뷔올 서해안의 포탈까지는 마차를 타고 이동했고, 포탈 근처의 관광지에서 하루를 보낸 후 포탈을 타고 동해안으로 자리를 옮겼다. 그리고 그곳에서 이틀 정도를 머무르다가 곧장 북부의 산간 지방으로 비공정을 타고 이동했다.

산간 지방의 별장에 들어간 후 눈보라가 일며 연락이 끊긴 것으로 처리했다. 이 시기의 북부 눈 폭풍은 한 달여의 기간 내내 지속되니, 그사이에는 자유롭게 연합국을 떠돌 수 있었다.

그럼 북부에서는 어떤 이동 수단을 택했느냐? 방법은 간단했다. 우리는 직접 이동 마법진을 그렸다.

거대한 마법을 사용할 때는 미리 설치한 진과 마법 건축물을 이용해 부족한 체내 마나를 보충해야 한다는 것이 일반적인 마법사들 사이의 상식이었다. 특히 대규모의 이동 마법은 '이론적으로 개인이 사용할 수 없다'는 것이 이 세계의 통념이다. 알렉시스 에슈마르크도 지금까지는 이러한 통념에 공식적으로 반박하지 않았고, 오히려 정기적으로 포탈을 비롯한 마법 건축물들을 정비하는 일을 도맡아 해 왔다.

하지만 사실, 유리 옐레체니카나 알렉시스 에슈마르크 같은 걸출한 마법사들에게 있어 '마법'이란 '장치의 조작'과 다를 것이 없었다. 마나의 양 따위에는 구애받지 않는다. 그들의 기준에서는 광역 마법도 다른 마법과 다를 것이 없다.

굳이 필요한 자질을 언급해야 한다면, 마나의 총량 따위가 아니라 거대한 기계 장치의 구조와 인과 관계를 파악할 수 있는 특출한 공간 지각 능력이라고 해야 할 것이다. 요컨대 그들의 기준에서 광역 마법과 일상 마법 사이에는 차이가 없으며, 어느 쪽이든 단지 거대한 기계 장치의 일부를 조작해서 다른 장치들까지 가동할 수 있을 법한 동력 경로를 설계하기만 하면 되는 간단한 일이었다.

그들에게만 허락된, '지극히 단순한 일' 말이다.

알렉시스 에슈마르크가 태연한 얼굴로 별장의 넓은 바닥에 마력석들을 늘어놓는 동안, 나는 소파 위에 무릎을 모으고 앉아서 그의 작업을 구경했다.

대공은 레일리에게 보여도 괜찮을 법한 방식으로 이동 마법진을 설치하고 있었다. 세계의 실체를 볼 수 없는 사람에게 '근원' 같은 것의 존재를 알릴 수는 없는 법이기 때문에, 그는 지극히 자연스럽고, 또 익숙한 태도로 '근원'을 보지 못하는 사람처럼 행동했다.

사실 레일리는 '대형 마법'마저 홀로 사용할 수 있다는 문제 때문에 이미 그를 경계하고 있었으니, 알렉시스 에슈마르크의 그런 세밀한 동작에는 미처 마음을 쓸 수 없었을 것이다.

마력석은 요컨대, 공구함 같은 것이었다. 그 안에는 세밀하게 설계된 조밀한 기계 장치들이 들어 있었다. 마법진을 그리는 것은 주변에 펼쳐진 장대한 기계 장치의 중요한 부속품들을 곳곳으로 밀어내는 작업이었다. 마법진을 그리는 행동에 따라 자연히 장치들이 정렬되는 것이었다.

이 세계의 '근원'을 보고, 그 마력을 느낄 수 있게 되었지만 역시 내가 직접 하기에는 엄두도 나지 않는 방식이었다. 인문계라 죄송합니다.

"대충 된 것 같군."

주변에 튀어나온 버튼과 톱니들을 슬슬 밀어서 적당한 위치에 가져다 두며, 알렉시스 에슈마르크가 나를 불렀다. 마법진의 작업을 완료했다는 사실을 명확하게 공지한 것이다.

즉시 무릎을 죽 펼치고 일어나려는데 레일리가 자연스럽게 손을 내밀었다. 나는 그의 손을 잡고 일어나서, 마법진 중앙으로 들어갔다.

대공은 우리가 움직이며 조금씩 밀려났던 장치들을 다시 필요한 자리에 둔 후에야 마법진 안으로 따라 들어왔다.

그가 오른쪽 아래로 비스듬히 팔을 기울인 채 가볍게 딱 소리를 내며 손가락을 튕겼다. 사실 그건 겉으로 보이는 효과를 위한 동작이었을 뿐, 실제로는 그러면서 자연스럽게 주변의 버튼과 톱니들을 두드리기 위해서였다. 그리고 그 동작에 자연스럽게 연결해, 팔을 세워 가슴 앞으로 기울인 채 한 번 더 손가락을 튕겼다.

이번엔 팔꿈치의 움직임과 손끝의 움직임이 전부 유효했다. 그러고는 잠시 시간 차를 뒀다가 마지막으로 손을 위로 펼치며 둥그렇게 호선을 그리듯 레버를 밀어냈다.

덜걱, 덜걱, 덜걱. 세계가 진동했다. 삐걱거리는 소음이 사방을 아득하게 메우기 시작했다. 우리를 감싸고 있던 기계들에서부터 시작된 진동이 빠르게 번졌다. 뿌-! 실재하지 않는 요란한 소음이 귀청을 때렸다. 땅이 뒤집히고, 별장의 천장이 뱅그르르 휘돌았다. 쾅.

그리고 우리는 돌연 숲 속에 서 있었다. 진동과 소음에 떠밀려 비틀거리던 나를 안듯이 부축한 레일리가 묵직하게 숨을 토해 냈다. 그는 '거대한 마력의 흐름' 따위를 느낀 사람처럼 어깨를 경직시키며 인상을 썼다.

"하하⋯⋯."

나는 그저 막힌 숨을 뱉듯이 띄엄띄엄 웃었다. 한 가지는 확실했다. 이미 이 세계의 구조는 내 손을 떠났다.

세계를 볼 수 있고 없고, 그런 문제와는 별개로, 이런 거대한 기계의 구조를 완벽히 이해하고 숨 쉬듯이 자연스럽게 작동시킨다는 것 자체가 일반인은 엄두도 낼 수 없는 범주의 일이었다. 이런 말을 직접 하고 싶진 않지만 굳이 말하자면 나는 일반인이고, 이미 이 작동 방식은 내 이해의 수준을 벗어났다는 얘기다.

혀를 내두를 만한 능력에 덮어놓고 감탄을 하는 사이, 레일리가 먼저 주변을 둘러보았다. 나도 뒤늦게 사방을 살폈다. 사위가 고요했다. 짐승조차 살지 않는 듯한 빽빽한 숲이었다.

계획대로라면 연합국 북부, 뷔올 남부에 걸친 국경 지대의 숲에 도착했을 것이다. 확실히 주변을 가득 채운 '마력'의 밀도가 퍽 성기게 변했고, 육중한 압박감도 줄어들었다.

지도를 꺼내 방위와 좌표를 살피던 알렉시스 에슈마르크도 주변의 '마력'에 붙은 좌표 일련번호를 재차 확인한 후 이동 마법이 성공했다는 사실을 명확히 알렸다.

"여기서부터는 걸어야겠군."

"아, 네."

방금 전의 거대한 마법을 묵묵히 곱씹다가 뒤늦게 대답하자, 나를 빤히 바라보던 그가 부드럽게 미소를 띠며 망토를 정돈했다.

"백작의 몸은 오래 움직이면 무리를 호소하지. 천천히 이동하도록 하세."

평범한 발언이었지만, 어쩐지 뼈가 있었다. 이동하는 속도 따위와는 무관한 체질이라는 것을 이제는 그도 나도 알고 있다. 그녀의 '연약함'은 유리 옐레체니카가 불완전한 호문쿨루스였기 때문에 드러난 '특이성'에 불과했다.

강대하고 멈추지 않는, 무한히 재생되는 마력과 육신. 두 겹의 심장 구조로 인해 격렬한 운동을 할 수 없고, 마력의 회로는 거꾸로 뒤집어져 있다. 물과 접촉하면 마력이 폭주하기 시작한다. 불완전한 육신은 오래 사용하면 삐걱거리고, 많은 사람이 모인 장소에서는 끊임없이 움직이는 기계 장치에 떠밀려 마력이 불안정해지므로 건강에도 적신호가 켜진다.

내가 직접 설정하기를, 유리 옐레체니카는 육신의 불로장생에 관심이 없었다. 이제 와서 이유를 추론해 보자면, 아마도 이미 성취했기 때문일 것이다. 자기 자신의 육신에 대한 애정도 없었다. 스스로 칭하길 '실패작' 이라고 부를 정도였으니 당연히 그랬을 것이다.

짐작건대 그래서, 저택에는 거울조차 없었다. 물과 마법의 여신을 형상화해 '옐류이센' 그 자체를 담은 듯한 얼굴을, 어쩌면 본인은 내심 꺼렸을지도 모르는 일이다.

알렉시스 에슈마르크에게는 유리 옐레체니카, 즉 옐류이센 라이케야말로 물과 마법의 여신 옐류이센이었을 테지만 말이다.

"국경 안쪽으로 이동하면 누군가에게 탐지되어 쫓길지도 모르니 국경 바깥으로 이동하겠다는 의견까지는 이해했는데……. 그래서 이제부터 국경은 어떻게 통과하실 생각이세요?"

"개인적인 루트를 써야지."

개인적인 루트라면, 설마 연합국에 볼모로 잡혀갔을 때 얻어 낸 연결고리들을 말하는 것일까? 나는 대번에 눈썹을 역팔자로 꺾으며 다시 물었다.

"'그쪽' 루트를 쓰면 곧장 황제 폐하께 보고가 올라갈 텐데요?"

"'그쪽' 루트를 쓴다고 내가 말이라도 했나?"

알렉시스 에슈마르크가 잠잠히 웃으며 앞장서서 걷기 시작했다.

"국경에 거처를 두고, 어느 쪽 지도부에도 간섭받지 않은 채 살겠다며 초야에 머무는 권력자가 있지 않나."

물론 모른다. 멀뚱히 그의 뒤를 따라 걷다가, 레일리를 향해 설명이라도 해 보라고 턱짓을 했다. 내 어깨를 붙잡고 부축하듯 받쳐 주며 걷던 레일리가 대번에 미소를 지었다. 웃고는 있는데 역시나 사람을 경멸하고 깔보는 듯한 표정이었다.

"연금술사 에이미의 거처가 뷔올과 연합국의 국경에 위치해 있습니다."

"'연금술사 에이미'?"

"알려 드린 적이 있습니다, 마스터."

"몰라, 젠장. 에이미고 제이미고 처음 듣는다."

머리를 벅벅 헤집으며 대꾸하자 레일리가 깊은 한숨을 뱉으며 설명을 꺼냈다. 됐으니 들으라는 듯한 태도였다.

"이 대륙에는 소위 '초월자'라 불리며 두려움을 사는 존재가 총 여덟 명 존재하는데……."

"엥."

나는 레일리의 말을 끊고 인상을 쓰며 다시 물었다.

"연금술과 의학에 통달한 초월자라면 슈리하 왕국에 살잖아?"

"예?"

레일리가 눈살을 찌푸리며 반문했다.

"꿈이라도 꾸십니까? 집사가 성심을 다해 정보를 알려 드릴 때는 좀 귀담아듣도록 하시지요."

"어?"

분명 내가 알기로는 여덟 명의 초월자 중 넷이 뷔올에, 둘이 연합국에 있고, 한 명은 신성 제국의 교황이고, 나머지 한 명만이 슈리하 왕국에 있다. 그리고 그 사람이 바로 연금술사이며 의사인 초월자였다. 《세레나의 티타임》의 설정이니 누구보다도 내가 확실히 알고 있다.

그러나 내가 어리둥절한 표정을 짓자, 레일리가 더더욱 한심히 여기는 표정을 짓고 살뜰히 고개를 기울였다.

"입을 여실 때마다 '멍청함'의 평균치가 증가하는군요."

"닥쳐, 새끼야."

"연금술사 에이미는 연합국 남부의 섬마을 출신입니다. 직접 연합국을 박차고 나오기는 했지만, 슈리하 왕국 따위와는 엮인 일이 없습니다."

"뭐, 그렇기는 하지만……."

지금껏 우리의 대화를 잠자코 듣던 대공이 보랏빛 눈을 가늘게 접으며 끼어들었다. 그는 잠깐 말을 멈췄다가 우리 앞에 가지를 늘어트리고 있던 거대한 이파리를 한 손으로 걷어 올렸다. 그가 나를 향해 고개를 돌리고 사뿐히 웃어 보였다.

요컨대 그는 '나'라는 인물이 어디에서 어떤 경위로 이 세계에 존재하게 되었는지를 어렴풋이나마 알고 있는 인물이었다.

"강대국 사이의 힘 싸움에는 끼기 싫어하는 인물이니, 앞으로는 그렇게 될지도 모르지."

검지를 살짝 펼쳐 입술 앞에 가볍게 가져다 댔던 알렉시스 에슈마르크가 다정다감하게 덧붙였다.

"하지만 에이미의 앞에서 그런 소리는 하지 말게. 한창 반항적일 시기이니까."

그리고 그가 다시 앞장서서 걷기 시작했다.

요컨대……. 연금술사 에이미는 아직 어디에도 소속되지 않은 방랑민인 모양이었다. 즉, 내가 짠 설정은 ≪세레나의 티타임≫에서 본론이 진행될 무렵의 설정이라는 뜻이 된다. 아직 이 세계에서는 현실이 되지 않은 '설정' 말이다. 알렉시스 에슈마르크도 짐작한 눈치였다.

나는 찜찜한 기분으로 성큼성큼 그의 뒤를 따라 걸었다. 나를 몹시도 수상쩍어하는 듯한 레일리의 시선을 애써 무시하면서 말이다. 괜히 대공을 탓하며 걸음을 빨리했다. 꼬투리를 잡히고 싶지 않았고, 뭔가 단서라도 흘리면 입장이 아주 곤란해진다.

"알렉시스, 좀 천천히 가요."

"마스터."

그런데 괜히 대공에게 말을 거는 순간 레일리가 별안간 날카롭게 나를 불렀다. 혹시 방금 전의 이상한 행동으로 인해 뭔가 낌새라도 챘단 말인가? 잔뜩 긴장한 채 일부러 인상을 팍 쓰고 휙 고개를 돌렸는데, 아니, 정말로 이해할 수 없는 일이었다.

레일리가 웃음기 한 점 없는 얼굴로 나를 물끄러미 내려다보고 있었다. 누가 짐승 같은 놈 아니랄까 봐 형형한 눈을 한 채, 당장이라도 내 목덜미를 물어뜯을 듯했다.

이 금수만도 못한 놈은 왜 또 갑자기 이런단 말인가? 솔직한 말로 사바나의 야생 동물도 이 자식처럼 감정 기복이 야만적이지는 않을 것이다. 주춤거리며 물러나다가, 나무뿌리에 발뒤꿈치를 가볍게 박았다.

"멀지 않으니 차라리 빨리 가서 쉬는 편이 그대 몸에도 괜찮을 걸세. 어서 오지."

그때 알렉시스 에슈마르크가 달큼한 목소리로 대답했다. 딱 좋은 타이밍이었다. 나는 재빨리 돌아서서, 후다닥 나무뿌리를 건너뛰어 그에게로 총총히 뛰어갔다. 뒤에서 멀뚱히 서 있던 레일리가 뒤늦게 수풀을 헤치고 다가오는 소리가 들렸지만 애써 무시한 채 알렉시스 에슈마르크의 뒤에 찰싹 달라붙어서 그를 따라가기 시작했다.

다행히 레일리도 본인이 무력으로 상대하기 어려운 알렉시스 에슈마르크의 앞에서만큼은 위협적인 태도를 보이지 않으려는 모양이었다. 그도 더는 싸늘한 얼굴로 나를 불러 세우거나 하는 짓은 하지 않았다. 단지 뒤통수가 뚫릴 듯한 기분이었다.

역시 뭔가 낌새를 챈 것이 틀림없었다. 그게 아니고서야 갑자기 저렇게 살벌한 태도를 취할 이유가 없지 않은가. 새끼, 눈치는 또 쓸데없이 더럽게 빨라서…….

하지만 레일리가 낌새를 채고 캐묻든지 말든지, 내가 네놈의 인생을 그 꼴로 말아먹은 장본인이라는 것을 어떻게 알린단 말인가? 역시 회피, 회피뿐이다. 지은 죄가 많으니 어쩔 수 없었다. 이것이 다 내 업보려니 여겨야 했다.

아니지, 업보는 개뿔……. 역시 그것이 내 작품 세계다.

아니, 애초에 유리 옐레체니카의 두뇌가 너무나 초월적인 지능을 가지고 있어서 미래의 일을 예측할 수도 있지, 내가 왜 긴장해야 한단 말인가? 집사라면 주인님이 유능하다며 감탄이나 할 것이지, 왜 못마땅한 티를 내고 난리란 말인가?

즉시 진정한 나는 등 뒤로 한 손을 돌려 가운뎃손가락을 들어 주었다. 마음에 안 들면 네 쪽에서 뒤지시든가 해야지, 왜 나한테 난리야?

한동안 조용하던 레일리가 어쩐지 의미 있는 한숨을 뱉는 듯했지만, 나는 그의 반응을 말끔히 무시한 채 오늘도 당당히 걷기로 했다.

* * *

대공과 레일리의 말대로였다. 국경 지대에 이렇게 마음대로 집을 짓고 살아도 정말로 괜찮은 건지는 알 수 없지만, 뷔올 남부에서 연합국 북부에 걸친 숲의 중앙쯤에 돌입했을 때, 우리는 별안간 오두막 하나를 맞닥트렸다. 적당히 비만 피하며 지내기 위해 만든 듯한 초라한 가건물이었다.

초월자에 대해서는 대략적인 설정만 짜 두었다. 이 세계에 처음 들어왔을 때 대공과 후작의 머리 색조차 알지 못했던 것처럼, 나는 이번 초월자에 대해서는 이름마저 처음 들었다.

그 상태이니 슈리하 왕국의 의사 연합과 연금술사 길드의 공동 연합장이 원래는 연합국 출신이었을 줄 어떻게 알았으랴. 함부로 입을 놀리지 말아야 했는데, 아무튼 큰 실수였다. 여러모로 반성하고 있다.

'연금술사 에이미'라는 호칭에 더불어 한창 국가 권력에 반항적인 태도를 보이고 있다는 이야기를 듣고, 나는 대공을 따라 숲 안을 헤매는 내내 나름대로 이번 초월자의 설정을 구상해 보았다. 노랑과 주황으로 얼룩덜룩 칠해진 퍽 귀여운 생김새의 나무 오두막을 보고, 그 이미지가 보다 명확해졌다.

어쩌면 에이미는 주황색 양 갈래를 성기게 땋은 주근깨 가득한 아가씨일지도 모른다. 안경알 너머가 흐릿할 정도로 두꺼운 돋보기안경과 펑퍼짐한 작업복에, 색 빠진 멜빵 따위가 자연히 떠올랐다. 조금 다혈질에 약간은 공부벌레 스타일의……

"아! 빌어먹을!"

그런데 오두막에 다가가며 떠올리던 생각을 단숨에 끊어 먹으며, 누군가가 다급히 문을 박차고 튀어나왔다. 체격 좋은 남자였다. 그가 걸걸한 목소리로 외쳤다.

"알렉시스 에슈마르크, 분명 그 작자야!"

그리고 남자가 오두막을 벗어난 바로 그 순간, 쾅 소리와 함께 오두막이 폭발했다.

오……. 나는 마구잡이로 흩날리는 물빛 머리칼을 정돈할 엄두도 내지 못한 채 망연히 그 꼴을 지켜보다가, 알렉시스 에슈마르크의 손짓에 떠밀려 그의 뒤로 섰다. 사방을 채우고 있던 마력의 기관들이 덜걱덜걱 흔들리는 사이로 알렉시스 에슈마르크가 손가락을 툭 튕겼다.

톱니 장치가 삐걱삐걱 회전했다. 마력이 풀썩 가라앉으며 우리 주변을 보호하듯 감싸 안는 순간, 강렬한 돌풍이 다시 한 번 몰아쳤다. 이제는 오두막의 형체조차 찾기가 어려웠다.

주황색 더벅머리를 마구잡이로 헝클어트리며, 산발을 한 남자가 신경질적으로 뛰쳐나오다가 걸음을 뚝 멈췄다. 알렉시스 에슈마르크를 맞닥트리자마자 그의 입술에 심술이 덕지덕지 붙었다. 커다란 뿔테 안경에 얼굴의 절반 이상이 가려져 있었다. 그나마 드러난 코에는 약간의 주근깨가 남아 있었다.

"허!"

남자가 코웃음을 쳤다.

"뭐가 당당하다고 나한테 찾아와?!"

"잘 지냈나, 에이미."

알렉시스 에슈마르크가 부드럽게 인사했다. 남자가 신경질적으로 쏘아붙였다.

"마티어스!"

"그래, 마티어스."

에슈마르크 대공이 뻔뻔히 대답하며 한 손을 펼쳐 슬그머니 주변의 마력장을 들어 올렸다.

"빌어먹을, 매번 정정해 주는데도 꼭 그 하늘하늘해 미치겠는 씨족 이름으로 부르고 말이야, 당신이 그런 식으로 무식하게 거대한 마법을 써서 쳐들어올 때마다 주변의 마력장이 뒤집어져서 마력석 작동 방식이 전부 엉킨다고 내가 몇 번을 말해?!"

남자가 위아래로 삿대질을 하다가 한 번 더 몰아치는 돌풍에 악 소리를 내며 팔을 세워 머리를 보호했다. 그리고 조금 기다렸다가 사위가 잠잠해지고야 다시 비난을 시작했다.

"나는 마법을 못 쓰니까, 최소한 마력석 운용에라도 방해되지 않도록 배려해 달라는 말을 몇 번이나 해야 알아듣겠어?! 마법을 못 쓰는 발명가는 발명가가 아니라는 거야, 뭐야!"

요컨대, '연금술사 에이미'가 속사포처럼 비난하며 씩씩대더니, 보란 듯이 위협적인 태도로 멜빵을 쭉 잡아당겼다가 놓았다. 잔뜩 늘어났다가 수축하며 그의 가슴팍에 부딪친 멜빵이 사나운 소음을 냈다.

"정말 뒈져 보고 싶어! 뷔올의 대공이라고 내가 못 죽일 줄 알아!"

"오늘은 혼자 오는 게 아니라서 더더욱 '신사적인' 방법을 쓸 수 없었네. 이해해 주지."

"이해는 내가 하는 거야! 댁이 그렇게 뻔뻔히 요구하는 게 아니라!"

연금술사 에이미가 빽 내질렀다.

"애초에 다른 손님과 함께 오면 더더욱 공적인 절차를 거치는 게 상식 아니냐고!"

"아, 저, 안녕하세요."

그때까지도 알렉시스 에슈마르크의 뒤에 숨어서 잔여 폭발을 피하고 있던 내가 빼꼼 고개를 내밀며 손을 들어 보였다. 한바탕 또 폭언을 쏟아 내려는 눈치였던 연금술사 에이미의 눈썹이 안경 위쪽으로 역팔자 모양을 한 채 치솟았다. 내 생김새를 확인하자마자, 그가 희미하게 신음했다.

"유리 옐레체니카……?"

"일단은 맞고요."

"알렉시스 에슈마르크, 당신 정말 미쳤어?! 뷔올 황제의 총아를 이런 데에 데리고 오면 어떻게 해?"

남자가 한 번 더 방방 뛰며 고함을 내질렀다. 이번에도 비난의 대상은 온전히 대공이었다. 하지만 여전히 알렉시스 에슈마르크는 혼자서 태연하고 뻔뻔했다. 유유자적한 낯으로 오두막의 파편을 집어 올린 그가 산뜻하게 웃으며 대답했다.

"보다시피, 공적으로 들어가기엔 곤란해 보이는 일행 아닌가."

"배 째! 이번엔 통행증 못 만들어 줘! 저번에 나한테서 받아 간 통행증으로 댁이 무슨 짓을 했는지를 떠올려 봐, 덕분에 평화로운 내 오두막까지 감찰관이 떴었다고! 남몰래 입국한 나라에서 남편 있는 여자를 꼬시다니, 그게 짐승이지, 사람이 할 짓이냐? 더구나 그 남편이 아메트리크의 대사라니, 정신이 나갔⋯⋯."

"오두막을 다시 지어 주지."

"⋯⋯."

어쩐지 남자가 침묵했다. 알렉시스 에슈마르크가 특유의 꿀단지 같은 목소리로 달콤하게 속삭였다.

"뭐, 사죄의 의미로 마력석 따위에 의존하던 것보다 훨씬 효율 좋게 마법을 활용할 수 있도록 도와줄 수도 있는데."

"⋯⋯."

"물론 나는 백작과 연합국에 들어가서 둘러볼 곳이 있으니, 백작을 먼저 들여보내고 사흘만 머무를 걸세. 그 후엔 나도 이 사람을 따라 연합국에 들어갈 거야."

"사흘⋯⋯?"

"마법에 막혀 있던 실험들을 마무리하기엔 충분한 시간이지. 안 그런가."

"제⋯⋯. 젠장, 좋아, 들어와."

씨근덕거리며 한 걸음 물러서던 연금술사 에이미가 뒤를 돌아봤다가 다시 인상을 썼다.

"들어올 집도 없지만 말이야."

그 말을 들은 알렉시스 에슈마르크가 어깨를 으쓱해 보이더니, 태연히 한 손을 들어 곳곳의 장치를 툭툭 두드리며 마법을 시전했다. 삐걱삐걱

소리를 낸 기계 장치가 알아서 다시 작동을 시작하자, 사방에 흩어졌던 파편들이 마력의 흐름에 따라 본래의 자리로 돌아가기 시작했다.

"반갑소."

그리고 그때, 연금술사 에이미가 못내 불퉁한 태도로 인사를 건넸다. 알렉시스 에슈마르크의 무시무시한 마법을 이번에도 멀뚱히 구경하다가, 나도 뒤늦게 인사를 받았다.

"반가워요, 에이미."

내 인사를 들은 그가 다시 불쾌한 낯을 했다.

"빌어먹을, 내 이름은 에이미가 아니라 마티어스요!"

한마디만 더 잘못 꺼냈다간 당장에 역정을 낼 것 같은 투였다. 나는 재빨리 변명을 붙였다.

"아, 제가 잘못 인사를 했군요. 미안해요. 다들 에이미라고 부르기에 착각했어요."

"그건 내 씨족의 이름이야."

"그렇군요. 반가워요, 마티어스."

순순히 그의 요청대로 이름을 정정하자, 왜인지 연금술사 에이미가 나를 물끄러미 바라보다가 슬그머니 다가와서 손을 내밀었다. 아무튼 나도 거절하지 않고 손을 맞잡아 악수를 했다. 그가 퍽 감복한 듯이 입매를 일그러트렸다.

"마법사라고 해서 전부 남의 말은 더럽게 안 듣고, 속내 모를 너구리 영감탱이처럼 구는 것만은 아니구먼!"

물론 본래의 유리 옐레체니카는 완벽히 그런 인간일 테지만 굳이 그의 말에 대답하지는 않기로 했다.

그저 조용하고 차분한 미소만을 빙그레 지어 보임으로써 대답을 대신한 내 뒤로 레일리가 사뿐히 다가와서 시립했다. 마티어스 에이미의 시선도 자연히 그에게로 흘러갔다. 그가 잠시 아득한 표정을 지었다.

"설마 므라우의 까마귀?"

"아, 네. 제 집사예요. 자세히 소개하지는 않아도 될 것 같네요."

"으으윽."

그가 앓는 소리를 내며 두어 걸음 물러서더니, 레일리를 흘금거리다가 거리를 조금 더 벌렸다. 그래도 나에 대해서는 나쁜 이미지가 없었는지, 거리를 벌리고도 퉁명스러운 태도로 간략한 설명을 해 주었다.

"나는 알렉시스 에슈마르크가 뷔올로 귀환한 후, 추억의 장소를 찾겠다며 연합국을 드나들 때 남몰래 통행증을 만들어 줬소. 어쩌다가 이렇게 됐는지는 모르겠지만, 그렇다고 국가를 팔아넘겼다거나 하는 식의⋯⋯. 뭐, 죽을죄를 지은 것은 아니고."

더벅머리를 벅벅 헤집던 그가 짜증스레 덧붙였다.

"아무튼 당신도 이제 공범 아니야?"

"뭐, 그렇게 되겠네요."

"그럼 이야기가 빠르겠구먼. 기억을 잃었다고 들었으니, 당신, 연합국의 통행증에 대해서는 모를까."

"음, 여기까지 소문이 퍼졌군요. 네, 잘 몰라요."

하기야 내가 기억을 잃은 행세를 한 지도 1년 반이 다 되어 가고 있지 않은가? 유리 옐레체니카라 하면 대륙에서도 손에 꼽히는 유명인이니, 여기까지도 그럭저럭 소문이 퍼진 모양이었다.

내 대답을 들은 마티어스 에이미가 뚱한 태도로 설명을 붙였다. 태도는 불량하지만 의외로 꽤나 친절한 사람인 듯했다.

"본래 연합국의 통행증은 복제할 수 없는 특수 합금으로 만들지. 요컨대 그 통행증을 합성하는 정확한 레시피는 연합국 내부에서도 기밀로 유지된다는 얘기요."

"즉, 당신이 그걸 똑같이 만드는 일에 성공한 거군요."

"그래. 그러니 통행증은 만들어 주겠지만, 너무 이곳저곳에 쓰고 다니지는 마쇼. 저 양반처럼 통행증 하나만 들고 설치면서 거물한테 집적댔다가는 나한테 감찰관이 뜬단 말이지. 그런 걸 복제할 수 있는 인물이라고 해 봐야 몇 없으니까……."

퍽 뿌듯한 태도로 말을 맺던 그가 화들짝 놀라서는 헛기침을 하며 다시 강조해 말했다.

"그, 뭐냐. 다시 얘기하지만, 내가 결백하다는 것만은 명심하시오. 나는 그냥 너무 똑똑해서 개인적으로 합금을 만들었을 뿐이고……."

"이해했어요. 바다가 보고 싶어서 잠깐 들른 거니, 걱정하지 않아도 괜찮을 거예요."

"바다?"

마티어스 에이미가 인상을 찡그렸다.

"뷔올의 바다는 오염됐으니……. 이해 못 할 일은 아니지만……."

흘긋 알렉시스 에슈마르크를 바라봤던 그가 미간에 주름을 왈칵 잡은 채 슬그머니 다시 물었다.

"댁들 사귀나?"

그런데 그 순간 뻑 소리가 났다. 내 뒤에서 근처의 나뭇결을 살펴보며 아까 있었던 폭발을 조사하던 레일리가 나무줄기를 부러트린 것이었다. 마티어스 에이미가 다시 레일리로부터 거리를 벌렸다.

산뜻한 얼굴로 우리를 돌아본 레일리가 특유의 정중하고 사근사근한 태도로 해명했다.

"폭발 잔여물이 안쪽 깊숙이 박힌 것 같아서. 조금 살펴보겠습니다."

"그러시든가……."

마티어스 에이미가 껄끄러운 표정을 지었다. 아까부터 한결같이 레일리와는 상종하고 싶지 않은 듯한 태도였다. 이렇게 또 별로 알고 싶지 않았던 내 집사의 과거에 대해 어렴풋이 짐작하게 되는군. 인상을 찡그리며 어깨를 주무르는데, 별안간 레일리가 나를 불렀다.

"마스터."

"뭐."

"오해는 해명해 드리시지요."

"어?"

짜증스럽게 되물었다가 금세 그의 말을 이해했다. 아, 그거……. 공식적으로는 알렉시스 에슈마르크와 열애 중이라는 식으로 소문이 나게 두기로 결정했으니, 아무튼 사실은 사실이었다.

"예, 뭐. 사귀는 셈이죠. 대충 그 뭐, 엇비슷한 무언가?"

"그건 또 뭔데……?"

머리칼을 헤집으며 심드렁히 대답하자 마티어스 에이미가 이상한 신음을 뱉으며 반문했다. 그런데 그 순간 요란한 방전음과 함께 철판 구부러지는 소리가 들려왔다. 마티어스 에이미와 나는 다시 함께 고개를 돌려 레일리를 바라보았다.

나무줄기 안에서 발견한 듯한 날카로운 철판 조각을 손에 쥐고 있던 레일리가 철판에 번개를 흘려 넣으며, 싸늘한 얼굴로 고개를 기울인 채 나를 바라보다가 유들유들하게 웃어 보였다.

마티어스 에이미가 괴상한 장탄식을 뱉으며 나와 레일리, 대공을 몇 번이고 번갈아 보는 사이, 나도 멀뚱히 레일리를 바라보다가 이마를 탁 쳤다.

그러니까, 아까부터 자꾸 신경질적으로 굴며 나를 몇 번 반복해서 불렀던 것이, 내가 마티어스 에이미의 미래 거취를 일찌감치 예측하는 기이한 행동을 보여서가 아니라 단순히 질투 때문이었단 말인가?

짜식, 귀엽게 논다.

"너 나 좋아하냐? 아, 좋아하는 거로 치겠다고 했었지, 참."

보란 듯이 물개처럼 손뼉을 치며 감탄하자 레일리가 더더욱 산뜻한 태도로 웃더니, 철판 조각을 내던지고 성큼성큼 다가오기 시작했다.

반사적으로 성큼성큼 뒷걸음질을 치며 물러서다가 재빨리 돌아서서 알렉시스 에슈마르크에게로 뛰었다. 그는 말하자면 안전지대였다. 레일리가 함부로 대하지 못하는 무력의 소유자인 것이다.

　때마침 오두막을 다시 세우고 곳곳을 점검하던 에슈마르크 대공은 나를 발견하자마자 눈썹을 부드럽게 꺾으며 팔을 내밀었고, 나는 즉시 그의 팔을 잡아챘다.

　"역시 나를 팔아먹을 생각이군."

　그가 차분히 속닥거렸다. 나는 맹렬히 고개를 끄덕였다.

　"거, 그러기로 한 거 아닙니까?"

　당당히 답하자, 나를 물끄러미 내려다보던 알렉시스 에슈마르크가 사뭇 온화해 보이는 미소를 띠며 다정다감하게 대꾸했다.

　"유감이네, 백작."

　"아, 또 왜요?"

　"아까도 말했지만, 사흘 정도는 에이미의 연구를 도와줄 생각이어서."

　생각해 보니 그랬다. 망한 기분이 드는걸.

　"그동안은 둘이서만 지낼 텐데."

　"시시팔, 좆 됐다."

　"이번엔 검열 안 하나."

　"귀엽게 삐 해 봅니다. 삐."

　건성으로 튀어 나간 대답을 듣고 알렉시스 에슈마르크가 다시 잠자코 웃었다. 나는 그의 팔을 부러트릴 듯이 틀어쥐고 침착하게 심호흡을 했다.

　그러니까, 갈 데까지 갔다가 황제의 속사정을 알게 되고 레일리 크라하가 누구보다도 수상한 유리 옐레체니카 살해범 유력 후보라는 것을 깨달은 이 시점에, 개똥 같은 자칭 프러포즈를 받았는데 나는 다른 남자(a.k.a. 플레이보이)와 사귄다며 막말을 한 상태로 사흘간 둘이서만 지내야 한단 말인가?

나는 반사적으로 목덜미를 문지르며 마른침을 삼켰다. 인간이란 한치 앞도 모르는 생물이라더니, 내가 딱 그 꼴이었다.

* * *

결국 나는 미리 예정되어 있던 대로 알렉시스 에슈마르크를 숲에 남겨 둔 채, 마티어스 에이미의 가짜 통행증을 받아 연합국 안에 들어섰다. 눈에 띄는 물빛 머리칼만 감추기 위해 가발을 쓰고 통행증을 내밀자 손쉽게 통과됐다.

썩어도 준치라고 초월자답게 우수한 실력을 지닌 마티어스 에이미의 가짜 통행증을 손안에서 굴리다가, 레일리가 잡아 온 마차에 올라탔다. 놀랍게도 연합국에는 아직 말이 끄는 마차가 있었다. 극소수의 사람들만이 자동 마차를 구매해서 타고 다닌다는 듯했다.

솔직히 말하자면, 나는 적지 않게 긴장하고 있었다. 그렇지 않은가? 곤란한 타이밍이었다.

나는 불과 며칠 전에 유리 옐레체니카가 이 세계의 참쓰레기라는 사실을 깨달았고, 그럼에도 불구하고 레일리와 선을 넘어 갈 데까지 갔고, 그 직후에 황제와 대공의 뒷사정을 알게 되어 참된 유리 옐레체니카 살해 유력 용의자는 레일리 크라하밖에 남지 않는다는 사실을 알게 됐다.

유리 옐레체니카를 죽일 능력도 갖추었으며, 그녀를 죽임으로써 위협도 내부의 문제도 원한도 해결할 수 있는 인물은 레일리뿐이었다. 그리고 나는 유리의 몸으로 갸랑 잤다.

시발, 진짜 제정신이 아니었던 게 틀림없다. 분명 미친 짓이었지. 역시 사람이 뒷생각 없이 일을 저지르고 나면 이것저것이 빵빵 터지는 법이었다. 어쩌면 내 인생도 함께 터질 것이다.

어쨌든 그래서 늦게라도 레일리와 거리를 두기로 했다. 때마침 알렉시스 에슈마르크에게서 설명을 들어야 할 것 같았기 때문에, 한동안 그와 가깝게 지냈다. 그리고 내가 미처 상상하지도 못했던 개 같은 전개를 확인했다.

그러고 나니 더더욱 레일리와의 연애 따위로 골머리를 썩고 싶지는 않았다. 그래서 알렉시스 에슈마르크의 연인이 된 것으로 헛소문을 퍼트리고 그 소문에 편승할 생각이었다. 그런데 레일리 이 망나니 같은 자식은, 마치 그 전에 내가 자기랑 정식으로 사귀기로 했다는 듯이 당당하게 굴고 있었다.

막말로 내가 레일리와 좀 즐기다가 참된 사랑을 깨달아서 레일리와의 관계를 정리할 수도 있는 거고, 그 후 대공과 사랑의 밀월여행을 떠나 왔다고 한들 레일리 주제에 알 게 뭐란 말인가?

레일리 따위가 어떻게 나오든 알 바 아니었지만, 유리의 연약한 몸뚱이로 그에게 덤비기에는 솔직히 좀 저어되는 면이 있었다. 유리가 보유한 마법 능력도 정령술도 내가 마음껏 다룰 수 있는 능력은 아니지 않겠는가.

더구나 지금까지의 내 패턴을 스스로 점검했을 때……. 나는 레일리가 소위 '밀당'이라 불리는 연애의 전초전 같은 것 없이 다짜고짜 처음부터 끝까지 강력하게 당기면, 곧장 당기는 대로 끌려가서 잘생기고 일 잘하는 집사에게 홀라당 홀려 버리고 말 것이 분명했다. 사실 이것이 가장 문제였다.

나는 레일리가 감질나게 키스를 하면 멱살을 잡고 내가 먼저 입술을 들이밀어야 직성이 풀리는 인간이다……. 뒷일 따위는 신경도 쓰지 않는다. 스스로 생각해도 반성할 줄 모르는 미친 자였다.

그러니까, 정말로 복잡한 문제였다. 내가 해결해야 할 문제는 유리 옐레체니카의 문제도 있지만 나 자신의 문제도 있다. 알렉시스 에슈마르크의 문제는 덤이고 레일리 크라하는 개자식이고, 가 아니고. 아니, 물론 레일리 크라하는 개자식이 맞지만 중요한 건 그게 아니라는 의미에서 그게 아니고.

어쨌든 나는 본래 빙의물을 쓰지 않는다. 설정이야 몇 번이고 짜고 엎어 보았고, 간단하게 시놉시스를 짜는 일이야 몇 번 있었지만, 빙의물은 읽는 것도 쓰는 것도 좋아하지 않았다. 본격적으로 글을 쓰기 시작한 이후로는 더더욱 빙의물을 쓰지 않게 되었다.

이세계로 돌연 트립하는 내용도 마찬가지였다. 어떤 식으로든 서로 세계가 다른 사람들이 만나는 내용은 좋아하지 않는다.

사랑이든 우정이든, 일평생 살았던 세계보다 새로운 세계가 가치 있다고 무슨 근거로 판단한단 말인가? 그래서 결국 자신의 본래 세계로 돌아간다면, 결과적으로는 그 이야기의 모든 것이 미래의 주인공에게 무엇을 남긴단 말인가?

요컨대, 어느 쪽도 함부로 놓아서는 안 되는 가치들 사이에서 양자택일을 해야 하는 순간이 너무나 싫었다. 기본적으로 내 취향에 따른 캐릭터를 완성시키기 위한 고난도 그런 식은 아니었다. 그런 고난이 인물에게 무엇을 남기는지에 대해 생각해 봐도, 내 인생관에 있어서는 결코 용납할 수 없는 부류의 결론밖에 나지 않았다.

인간은 사랑만으로는 살 수 없다. 그렇다고 해서 한 번 생긴 인연을 모르쇠 끊어 내는 일이 쉽다고도 할 수 없을 것이다. 그러니 어느 쪽이든 무언가를 얻는 대신 무언가를 잃을 수밖에 없다. 그것도 스스로 선택한, 그리고 퍽 허망한 방식으로 말이다.

나는 그런 순간을 경험하고 싶지 않다. 내가 그러고 싶지 않아서, 내가 사랑하는 내 캐릭터들에게도 그것만은 겪게 할 생각이 없었다.

그런데 내가 빙의하게 될 줄은 정말로 몰랐다는 것이다. 젠장.

하지만 그렇다고 해서, 다른 세계에 인접한 삶을 살게 된 주인공에게 자신의 인생을 스스로 선택할 수 있는 자율적 선택지가 없다면 더더욱 최악이다. 그래서 요컨대, 나는 빙의물을 쓰지 않지만, 만일 빙의물을 쓰거나 상정하더라도 내 빙의물의 내부에는 반드시 '본래 세계로 돌아갈' 방법이 존재한다. 실제로도 지금까지, 그래서 결국 어떻게든 내 세계로 돌아갈 방법이 있으리라고 믿으며 행동해 왔다.

적어도 주인공에게는 선택할 권리가 주어져야 했다. 그것을 실행할 수 있든지, 아니든지, 능력의 문제와는 별개로.

자기 자신의 선택으로 결정하지 못한다면, 그것은 소설적인 고난으로서도 내 취향을 충족시킬 수 없다.

그리고 그 말인즉……. 나 자신에 대한 문제가 대두된다. 내 처지가 '내 빙의물'의 법칙을 따르지 않는다면 크나큰 문제겠지만, 따르더라도 나는 결국 언젠가는 선택을 맞이해야 한다.

그런데 이 꼴이 났다는 것이다.

차마 입에 담지 못할 비속어들을 아주 잠깐 검열 없이 읊어 보자. 아무리 생각해도 실수였다. 사서 고생을 하지, 사서 고생을 해. 역시 거기까지는 진도를 뽑으면 안 됐다. 일단 유리의 몸으로 레일리와 자서는 안 됐다.

어쨌든 여러 이유에서, 나는 레일리와 둘이서만 사흘간 연합국을 떠돌아야 한다는 사실을 깨달았을 때부터 일찌감치 긴장과 고난의 나날을 시작하고 말았다.

그러나 레일리는 뜻밖에도 둘만 남게 되자 이전만큼 위협적인 행동을 하지 않았다. 물론 내가 말하는 '위협적인 행동'이란, (기분이 위협적인) 키스, (어쩐지 위협적인) 스킨십, (마음이 위협적인) 수작질, (총체적으로 위협적인) 그 이상의 진도 모든 것을 포괄하는 표현이다.

내가 알렉시스 에슈마르크에게 미리 들어 두었던 항구 마을의 좌표를 마부에게 알려 주는 순간부터, 그는 정말로 아무것도 하지 않았다. 오히려 나보다도 센티멘털해 보이기까지 했다.

나는 그와 마차 안에 마주 앉아서 손에 깍지를 낀 채 턱을 괴고 눈을 부라렸다. 레일리는 나에게는 관심도 없어 보였다.

김레일리 크라하가 비로소 '밀당'이 무엇인지 알게 되어, 자비 없는 당기기를 그만두고 밀기를 시전하고 있는 것일까? 그렇다면 그나마 다행일 것이다. 나는 상대가 감히 나를 밀어내면 곧장 바이바이해 주는 인간이었다. 당기기에는 약하지만, 밀기에는 강하다. 아마도.

그런데 레일리의 태도가 어쩐지 묘했다. 단순히 연애와 관련된 '밀기 전략'으로 인한 침잠 같지는 않아 보였다. 그는 꼭 자신만의 세계에 빠진 사람처럼 턱을 괴고 창밖을 바라보고만 있었다.

"야."

"왜 부르십니까."

그래도 부르니 즉시 반응이 돌아오기는 했다. 나는 갸우뚱 고개를 기울이며 그를 관찰하다가 다시 턱을 만지며 생각에 사로잡혔다.

연합국에 진입한 후 레일리가 갑자기 가라앉은 이유가 과연 무엇이란 말인가? 그의 어머니가 이 근방 출신이니 엄밀히 따지면 그도 이 근방 출신이라고 해야겠지만, 사실상 레일리 크라하와 직접적인 연관이 있지는 않았을 것이다. 그는 므라우에서 태어나 므라우에서 자랐고, 그 후로는 뷔올 쪽에 머물렀으니까 말이다. 애초에 부모와 교류라 할 만한 관계를 맺은 적이 있는 것도 아니다. 혹시, 내가 미처 모르는 설정의 일환일까?

"부르셔 놓고 말씀은 않으십니까."

레일리 크라하의, 내가 아는 설정을 다시 한 번 점검했다. 1/4이 인간에 해당하는 반인 혼혈. 이때, 어머니는 반인이었으므로 아버지는 온전한 유사인족일 것이다.

아마도 아버지가 꽤나 권력자였으니 홍등가의 어머니와 관계를 가졌을 것이고, 레일리 크라하는 어머니의 일련번호로 자신의 출생을 추정했다. 이후 므라우에서 자라나며 능력을 발휘하고, 무법 지대 므라우를 손에 넣는 패자가 되었으며, 므라우 몰락의 날 인간에게 '사냥'당해 구속구를 이식당했다. 그리고 이전부터 안면이 있던 유리 옐레체니카에게 구해져서……

잠깐만……. 뭔가 이상했다. 이 세계관에서 그런 설정은 불가능하지 않나……?

"마스터."

그런데 그 순간 귓가에 달짝지근한 목소리가 데굴데굴 굴러 떨어졌다. 뜨끈한 입김과 함께였다. 나는 화들짝 놀라서 반대쪽으로 고개를 빼다가 마차의 벽에 격렬하게 머리를 박았다. 비명도 지르지 못한 채 눈앞에 별이 튀었다.

"끄흐윽……."

주저앉아서 머리를 감싸 쥐고 신음을 토해 내는데, 뷔올의 것과 달리 마부가 직접 끄는 마차는 양해 없이 덜컹덜컹 흔들리며 두피의 고통을 더하고 있었다.

"뒈, 뒈지겠네."

"뭘 하십니까."

"아! 네가 갑자기 귀에다가 숨 불어넣으니까 놀라서 물러나다가 이렇게 된 것 아니야!"

"상식적으로 좁은 공간에서 그렇게 열성적인 몸짓으로 피하려 하시는 것이 말이나 됩니까? 마스터의 멍청함을 집사의 탓으로 떠넘기지 마십시오."

짜증스레 대꾸한 그가 나를 강제로 잡아 세워서 바로 앉게 했고, 한숨을 내쉬며 무릎을 굽혀 내 위로 몸을 기울였다. 긴 손가락이 머리칼을 헤집으며 파고들었다. 퍽 부드러운 태도였다.

"얌전히 계십시오. 상처가 생겼는지 일단 확인하겠습니다."

"그래서 갑자기 왜 난리인데?"

"마스터께서 갑자기 부르시지 않았습니까? 왜 부르셨는지요."

"아, 그거 그냥 부른 건데. 딱히 이유나 용건은 없어. 마저 볼일 봐라."

건성으로 대꾸한 순간 레일리의 손에 힘이 꽉 들어갔다. 방금 박은 곳도 손끝으로 꾹꾹 누르기 시작했다.

"악, 아악, 아아악! 인마! 방금 박았는데 그러고 누르면……. 아!"

"마사지를 해서 풀어 드리겠습니다."

"개소리 마!"

빽빽 소리를 내지르며 그의 손을 강제로 떼어 내다가, 그대로 깍지를 잡혀 꾹 뒤로 떠밀렸다. 마차 소파의 등받이에 손이 푹 파묻혔다. 눈앞에는 레일리의 얼굴이 있었다.

젠장, 이 구도는 설마.

그리고 설마가 사람을 잡았다. 당장에라도 키스를 할 듯이 코앞까지 고개를 기울인 레일리가 은근한 투로 질문했다.

"지금 저와 '밀고 당기기'를 하시는 겁니까?"

"일단 말해 두자면, 너 그거 오늘의 두 번째 개소리다."

"대공과는 그래서 어떻게 된 겁니까?"

"이 자식이 대공을 함부로 불러 젖히고 말이야."

"대공의 뒤를 캤던 분이 하실 말씀은 아니군요, 마스터."

유들유들하게 대꾸한 그가 사나운 눈을 한 채 조금 더 나를 꾹 짓눌렀다.

"그래서 뭡니까?"

"사귀는 사이."

"라고 주장하시는 것 말고, 실제의 형태 말입니다."

"실제의 형태인지 아닌지 네가 어떻게 알아?"

"좋아하시는 상대는 제가 아닙니까?"

"아니거든, 개자식아!"

당장에 머리를 휘둘러 그를 들이박으려 했지만, 이 짓도 너무 자주 했는지 레일리는 고개를 흘긋 젖혀 자연스럽게 피한 후 곧장 부드럽게 입을 맞췄다. 치가 떨릴 정도로 자연스러운 연결 동작이었다.

"짜샤……. 그래, 솔직히 누가 봐도 그 인간이랑 내가 사귀는 사이 같아

보이지는 않을 테니 그 부분은 말해 준다. 막말로 내가 '그' 대공이랑 이렇게 저렇게 사바사바하려면 무슨 설정이 남들 보기에 가장 자연스럽겠냐? 상식적으로 말이야."

그 변명거리는 쥐뿔도 먹히지 않을 것 같아서 결국 적당한 사실을 고해 주자, 레일리가 눈을 가늘게 뜨며 희미한 감탄사를 뱉었다.

"대공의 여성 편력은 유명하니, 그럴 만도 하군요. 사실 짐작하고 있었고, 확실히 이해했습니다."

"주인의 뜻이 그러하니, 집사는 대들지 말고 협조나 해라. 그런데 왜 여전히 나를 붙잡고 있는데? 놔. 안 놔?"

"키스나 할까요."

"미친놈이 뭐라는 거야?"

"그러고 싶어서 괜히 생각에 잠긴 저를 부르며 냥냥거리신 것이 아닙니까?"

"너 오늘 자꾸 개소리한다."

싸늘하게 일갈했지만 레일리는 아랑곳하지 않았다. 입매를 비틀며 빈정대듯이 웃더니, 이를 드러내고 위협적으로 고개를 기울였다.

"제가 봐 드리지 않으니 꼬리를 탁탁 내리치며 불만스러워하지 않으셨습니까?"

"아니거든. 너 정말 온 세상 사람이 너를 좋아할 거라고 믿어 의심치 않는 병이라도 있는 거냐?"

솔직히 말해 나한테 관심 좀 줘 보라고 시비를 건 게 맞지도 모르지만, 아무튼 아니라고 했다. 내 대답을 들은 레일리가 보란 듯이 눈썹을 꺾었다.

"귀여워해 드리지요. '좋아하시는 방식'으로 말입니다."

그가 달짝지근하게 속삭였다. 그 목소리와 태도의 뉘앙스가 어쩐지 간과할 수 없을 만큼 찝찝했다.

"앗, 잠깐. 젠장, 그건 정말 안 돼."

"마스터의 월경 주기와 몸 상태는 제가 누구보다도 잘 알고 있으니 문제없습니다."

"아니, 아니, 그 문제가 아니고."

"앙탈을 부리십니까? 고양이님의 방식은 제가 또 익히 파악했지요. 그렇게 말씀하셔도 막상 시작하면 누구보다도 즐기시지 않습니까?"

"입으로 야설 좀 쓰지 마라!"

아니! 그리고 일단 한 번 더 그 짓을 했다간 너도 나도 돌이킬 수 없어질 것 같아서 안 된다고!

다급히 그를 밀어내려다가 다시 한 번 부드럽게 키스를 당하고, 또 그것에 홀라당 넘어가서 마주 대응하는데, 별안간 문이 벌컥 열렸다. 그리고 문짝을 열어 주던 마부 양반과 서먹하게 시선이 마주쳤다. 레일리의 눈썹이 하늘 높은 줄 모르고 올라갔다.

"아, 그게, 도착했다고 말씀을 드리려고……."

마부가 어색하고 민망한 표정으로 희미하게 말하다가, 결국 말을 잇지 못하고 슬그머니 문을 닫았다.

"……."

"……."

문짝을 물끄러미 바라보던 나는 즉시 무릎을 세워서 레일리의 명치를 찍었다. 눈치 없는 마부 아저씨에게 올해의 베스트 서포터, 최고의 골키퍼 상을 동시에 드리도록 하자.

"새꺄, 도착했다고 하잖아, 내 위에서 비켜."

싸늘한 얼굴로 문짝을 바라보던 레일리도 결국 순순히 몸을 세웠다.

"그래서 여긴 왜 오신 겁니까?"

"바다 보고 싶어서 왔다니까?"

머리칼을 헤집으며 퉁명스럽게 대꾸하자 레일리가 또 몹시 미심쩍어하는 듯한 표정으로 나를 위아래로 훑어봤다. 나는 그의 시선을 회피하다가 뚱한 태도로 다시 말했다.

"대공과 관련된 거라 말 못 해."

"지금 감히 제게 비밀을 만드십니까?"

"'감히' 좋아하시네. 네가 집사고 내가 주인이라는 건 기억하냐? 주인의 비밀을 집사 주제에 함부로 알려 하지 마라."

내 대답을 들은 레일리가 빙그레 웃었다. 적지 않게 열이 받은 듯한 얼굴이었지만, 나는 그의 표정을 모르쇠하고 마차의 문을 열었다. 레일리는 우선 내 손부터 잡고 마차에서 편하게 내리도록 에스코트를 해 주며 짜증스럽게 대꾸했다.

"어쨌든 그럼 혼자 다니실 생각이십니까?"

"글쎄……. 반박의 여지조차 없는 시골이니 위험한 게 없긴 하겠지만……."

"그럼 저도 개인행동을 좀 하겠습니다."

갑작스러운 말이었다. 내가 인상을 쓰고 턱짓으로 설명을 요구하자, 레일리가 여상히 대답했다.

"므라우와 가까운 곳이니까요."

"아는 곳이야?"

"알다마다. 이 근방에 제가 관여되지 않은 곳은 없습니다."

이 근방에 레일리와 인연이 깊은 뭔가가 있는 게 아닐지 나도 마차를 타고 오는 동안 짐작은 했으나, 아무리 생각해 봐도 애매하기는 했다. 단지 므라우와 가깝기 때문에 레일리가 개인행동을 하려 드는 것 같지도 않았고 말이다.

그건 또 그것대로 수상쩍은 말이었고, 나중에 한 번쯤은 다시 캐물어야 할 문제 같았다. 하지만……. 솔직하게 말하자면, 어쨌든 지금 당장은 내게도 반가운 얘기였다.

"좋아, 그럼 나중에 보자. 즐거운 하루!"

망설이지 않고 재빨리 대답하자 레일리가 또 못마땅한 태도로 싱글벙글 웃기 시작했다. 나는 그를 무시하고 잽싸게 돌아섰다. 아무튼, 무슨 일이 있어도 유리 옐레체니카가 남몰래 하고 다닌 짓을 레일리에게만은 알릴 수 없는 법이었다.

결국 나는 그 길로 레일리와 헤어져서 개인행동을 했다. 어차피 속셈과 꿍꿍이가 넘쳐나는 놈들을 대상으로 하는 것도 아니고, 평범한 바닷가 마을 사람들에게 나 자신의 이야기를 조금 묻는 일이었다. 레일리나 대공의 도움을 받지 않아도 어렵지 않게 해낼 수 있는 일이라는 얘기다.

내 껍데기가 유리 옐레체니카인 이상 일반인들은 나에 대한 경계를 한 층 무너트릴 수밖에 없다. 나 자신의 기억을 찾기 위해 스스로 거쳐 왔던 행적을 찾겠다는데, 이전에 호감을 지니고 있었던 지인이라면 얼마든지 협조해 줄 일이었다.

유리 옐레체니카는 의외로 인덕을 쌓아 두었다. 아니, '의외'가 아닐지도 모른다. 어쨌든 그녀는 대외적으로는 사람의 신분을 가리지 않고 가깝게 지내며, 그들의 내밀한 이야기를 곧잘 들어 주던 배려심 있는 사람이 아닌가. 어딜 가나 그녀를 알아보고 반기는 사람들로 가득했다.

"의사 선생!"

가장 먼저 마주친 옛 지인은 부둣가에서 어선을 끌어 올리던 근육질의 남자였다. 우선 레일리와 충분히 거리를 벌린 후 활동을 개시하기 위해 해안의 가도를 따라 산책하던 중에 만난 사람이었다.

그는 멀찍이에서 유리 옐레체니카를 발견하자마자 팔을 붕붕 휘두르다가 냉큼 다가왔다.

"고향에 돌아간다지 않았나? 아이고, 의사 선생은 하나도 안 늙었구먼. 역시 고귀한 출신의 사람인 거지? 그런 사람들은 관리도 잘하니까 말이야."

"아, 네, 그게 사실……."

"아, 정신 좀 봐. 일단 이것 좀 받고……."

"예?"

그리고 나는 내가 기억을 잃었고, 그래서 오래전에 머물렀던 이 마을에 들러 기억을 되짚고자 한다는 변명을 꺼내기도 전에 펄떡펄떡 날뛰는 거대한 참치 한 마리를 덥석 받아 안았다. 물론 내가 그런 것을 제대로 붙잡고 있을 힘을 지녔을 리 없다.

내가 당황해서 참치를 가까스로 붙잡았을 때, 남자가 허리춤에서 커다란 칼을 꺼내더니, 반응하기도 전에 참치의 머리를 칼등으로 쾅 하고 내리쳤다. 그 순간에 나를 공격하려 했으면 막을 길도 없이 속수무책으로 당할 뻔했지만, 다행히도 남자는 참치만을 말끔히 기절시킨 후 다시 칼을 집어넣었다.

나는 벙찐 채 그의 칼집을 바라보다가, 너무 무거워서 서서히 미끄러지는 참치를 겨우 고쳐 안았다. 그런데 다행히도 남자가 다른 방도를 마련해 줬다. 그는 허리춤에서 깨끗한 자루를 꺼내서 탈탈 털더니 그 안에 다시 참치를 받아 집어넣고는 자루의 끝을 꽉 묶어서 내게 쥐어 줬다.

"딸내미는 이제 아주 건강해져서 잘 지내고 있네. 걔가 입만 열면 의사 선생한테는 보답을 해야 한다고 노래를 해요, 노래를 해. 비싸게 팔리던 건데 선생이 드시는 게 좋겠소. 지금 어디에서 머물러?"

"저, 그게……."

"아, 댁도 이리로 와 봐! 의사 선생이 왔어!"

그리고 이번에도 내가 나의 사정을 설명하기에 앞서, 남자가 먼저 다른 사람들을 불러들였다.

남자의 부름을 듣고 가장 먼저 집 창문으로 빼꼼 고개를 내밀었던 체격 좋은 여자가 맨발로 뛰어나와서는 내 어깨를 두드리고 등을 떠밀며 반가워했고, 그 뒤를 좇아 나온 수염 난 아저씨가 내 어깨를 으스러지도록 안았다.

사람들은 단숨에 모여들었다. 얼굴에 커다란 화상 자국이 희미하게 남은 젊은 여자는 나를 보자마자 눈물을 펑펑 흘리며 두 손을 꼭 잡아 쥐고 꼭 한 번쯤 다시 뵙고 은혜를 갚고 싶었다고 말하기까지 했다.

"의사 선생님은 정말 하나도 안 변하셨네요!"

그리고 나를 마주한 사람들이 하나같이 하는 소리였다. 예전에 이 지역에서 지내던 유리 옐레체니카도 이십 대 초중반쯤의 외양을 지니고 있었지만, 10여 년이 지난 지금의 나도 고작 이십 대 중후반쯤의 외양을 지니고 있지 않은가.

"그래서 의사 선생의 진짜 신분은 뭐였던 거야? 이제 시간도 많이 지났는데, 탁 터놓고 말해 봐."

어느 사이엔가 마을의 광장에 모여 왁자지껄하게 잔칫상을 마련하는 것을 보고 내가 입을 떡 벌렸을 때, 가장 먼저 나를 발견했던 어부가 대뜸 말을 걸었다. 알렉시스 에슈마르크의 증언에 따르면 이 마을 사람들도 '라이케' 성씨로 인해 내가 가명을 쓰고 있다는 것 정도는 짐작했던 듯하니, 나는 거리낌 없이 대답했다.

"대단한 가문은 아니에요. 뷔올 변방의 남작 가문 출신이니, 제게는 달리 작위도 없답니다."

물론 어디까지나 알렉시스 에슈마르크가 조언해 준 가짜 신분이었다. 어차피 '유리 옐레체니카 백작'을 만난 적도 없는 사람들이니 굳이 이제 막 스물일곱이 된 유리 옐레체니카의 이름을 대서 혼란을 야기할 이유는 없었다.

그런데 적당한 말을 꺼내자마자 사람들이 다시 왁자지껄하게 떠들기 시작했다.

"그래도 역시 귀족이었구먼!"

"이럴 때가 아니지, 우리가 뭐, 무례라도 저질렀으면 어째? 그래도 나름대로 의사 선생한테는 늘 예의를 지키려고 노력했는데."

"괜찮아요, 여러분과는 격의 없이 지낼 수 있어 기뻐요. 한미하나마 귀족인지라, 의사로서의 꿈을 펼칠 기회가 없을 줄 알았는데 덕분에 마음 깊이 보람과 감사함을 느끼고 있답니다."

지나가던 이방인들은 다들 한 번씩 사람들이 모인 쪽을 흘긋거렸지만, 마을 사람들은 개의치도 않았다. 나는 더 늦기 전에 재빨리 '기억 상실' 설정을 풀었다.

그렇다. 아직도 이번 방문의 이유에 대해서는 설명조차 꺼내지도 못한 상태였던 것이다. 그래서 다시 말이 끊기거나 주제가 전환되기 전에 최대한 빠르게 그 설명까지 덧붙여서 해치웠다.

"그간 격조하였지요. 사실, 얼마 전에 사고가 생겨 기억을 잃어서요. 예전에 머물렀던 이 마을에서 단서를 찾을 수 있지 않을까 싶어 물어물어 찾아왔어요."

"저런."

사람들은 모두들 딱하다는 듯한 표정을 지었다. 그때까지는 무슨 말만 하려 하면 의사 선생에 대한 추앙을 듣느라 제대로 질문을 꺼내지도 못했지만, 다행히 그때부터는 제대로 된 이야기를 나눌 수 있었다. 조사다운 조사도 금세 이루어졌다.

유리 옐레체니카, 그러니까 '엘류이센 라이케'는 이 지방에서 지내는 내내 사람들에게 여러 감사한 일을 해 주었다. 마법사나 신관에게 보이지 않고서는 해결되기 어려울 법한 심각한 상처와 병들을 손쉽게 치료하고, 큰 대가를 받지도 않았던 것이다.

"마차에 치였던 우리 딸을 치료해 줬던 것도 의사 선생이지. 나는 그때 정말로 그 애를 잃는 줄로만 알았어. 이제 와서 생각해 보니, 흉터도 없이 잘살게 된 것은 전부 의사 선생이 뛰어난 덕이 아니겠나. 그때는 그런 것도 몰라서 그저 제대로 된 대접도 해 주지 못했으니 미안한 일이지. 참치 좀 더 먹게, 촌장이 비장의 과일주도 가져온댔으니까 그 전에 배를 채워 놔야지."

만나자마자 거대한 참치를 안겨 줬던 남자가 지방이 곱게 낀 부위만 골라 먹기 좋게 썰어 주며 가장 먼저 이야기를 했다.

"그 시절부터 이 마을에 살던 토박이라면, 누구나 의사 선생에게 말로 표현하기 어려운 감사함 한두 가지 정도쯤은 품에 안고 살고 있을 거야."

직접 운영한다는 빵집에서 온갖 종류의 빵을 들고 와서 내 앞에 먹기 좋게 잘라 주던 노인이 그렇게 덧붙였다.

"그러고도 치료비 같은 것은 전혀 받지 않았으니, 의사 선생이 떠나고 그 은덕이 얼마나 컸는지를 알게 된 이후로는 언제나 미안하고 죄스러웠지."

"제가 치료비를 받지 않았었나요? 그러면 생활은 어떻게 했던 것일까요?"

"아마 집안에서 들고 나온 돈이 있는 듯했어."

심혈을 기울여 숙성했다는 비장의 과일주까지 꺼내 와서 나를 대접하려던 촌장이 술 항아리를 열며 대답했다.

"그저 때에 따라 필요한 것이 있다고 말하면 우리가 알아서 구해다 주었지."

"다들 공공연히 떠들기를, 의사 선생이 귀한 집안 자제일 것은 짐작하고 있었으니까. 직접 무언가를 사서 생활을 꾸리는 일에는 젬병이리라고 생각했거든!"

광장 주변에서 사람들을 물러가게 하고 잔칫상을 차리던 여자가 웃으며 말을 보탰다.

"생선이 먹고 싶다고 하면 생선을 잡아다 주고, 책을 읽고 싶다고 하면 십시일반 책을 구해다 주었지. 아마 신분을 숨기고 싶었던 모양이지만, 이런 동네에서 책을 읽는 사람이 어디 많기나 하겠어? 학식깨나 있는 사람들은 죄 있는 집 자제이니, 의사 선생도 응당 그런 출신일 것으로 여겼어."

"그럼 저는 여러분께 금전적인 대가는 조금도 요구하지 않았던 것이로군요.

그럼에도 불구하고 여러분의 배려와 은덕으로 결국은 제가 해 드린 일보다 더한 보상을 받았고 말이에요. 과거의 제 삶이 그토록 따뜻한 인연과 정으로 가득했다니 마음이 푸근해져요. 후후, 멋진 삶을 살았던 듯해 기분이 나쁘지 않네요."

'유리 옐레체니카다운' 태도로 대답하며 입가를 가리고 잠깐 웃는데, 내 잔에 술을 그득히 따라 주던 촌장이 별안간 무언가를 떠올린 듯한 얼굴로 다시 말했다.

"아, 딱 한 가지, 우리한테 직접적으로 부탁했던 일이 있기는 했어. 그 부탁이 워낙 기괴해야지. 처음에는 이상한 사람인 줄로 알았지만, 알고 보니 그게 의사로서의 공부고 수양의 일종이라지? 도시에서는 알음알음 공공연히 이루어지는 일이라더구먼. 나는 당시에는 너무 놀라서 옐류이센 선생이 '작업'을 할 때마다 뒤에 붙어 따라가며 감시했었지 뭐야."

"제가 대체 무엇을 요청드렸었기에……?"

"죽은 자의 몸을 해부하지 않았나."

모두가 아는 이야기인 듯, 사람들이 자연스럽게 대답했다.

"도저히 해결하기 어려운 병을 앓는 이들에게는 사전에 허가를 구해, 목숨을 잃자마자 온기가 가시기도 전에 칼을 들이댔지. 처음엔 정말로 미치광이인 줄로만 알았어. 도움을 얻고 있으니 함부로 그리 말할 수도, 비난할 생각도 없었지만 말일세."

시신을 해부했다? 나는 눈을 가늘게 떴다가, 일단 촌장이 따라 준 술잔부터 들어 올렸다.

푸른 숲에서 숱한 인간들의 시신을 조사했을 유리 옐레체니카라면 굳이 의료 활동에 도움을 얻기 위해 그런 작업을 할 필요가 없었을 텐데, 묘한 일이었다. 이미 이 지방에 살기에 앞서 인간의 신체 구조 따위는 정확히 파악하고 있었을 것이 분명했다.

"돌아가시기 전에 미리 허가를 구하기도 했나요? 그……. 그분들께

상처가 되지는 않았을까요?"

"아, 배려 없는 방식은 아니었으니 너무 걱정하지 않아도 돼. 선생은 언제나 조심스러웠고, 오히려 우리야말로 의사 선생에게 조금이라도 도움이 되고 싶었으니까. 사실 우리 같은 이들에게 죽음 이후의 몸뚱이가 무슨 의미가 있겠나. 어떤 식으로든 아이들에게, 손자, 손녀에게 도움이 된다고 생각하면 그것으로 그만이라 여기는 자들이 많았어."

말인즉 처음에는 꺼렸지만 그것이 의료 목적의 연구와 이어진다는 사실을 알고 나서는 모두가 엘류이센 라이케의 기행을 개의치 않았다는 것 같았다.

그러나 내 입장에서 생각하기에는 아무리 생각해도 묘한 일이었다. 일찍이 인간의 신체 구조를 파악했을 엘류이센 라이케는 굳이 이런 좁은 마을에서 그만한 의심을 사고, 거부감을 조성하면서까지 그런 연구를 해야 할 이유가 없었다.

"저는 조금 특이한 사람이었나 봐요."

희미하게 그리 대답하자, 사람들이 다들 웃었다. 새삼스러운 말을 한다는 듯한 반응이었다.

"특이한 사람이었지!"

그때 막 구워져 나온 바비큐까지 받으며, 그들의 이야기에 귀를 기울였다. 이미 광장에는 이방인이나 여행자들이 남지 않은 상태였다. 간간이 이방인 몇몇이 광장을 지나치며 멀찍이에서 흘금흘금 상황을 살피는 눈치였지만, 알아서들 마을의 반가운 손님이 찾아왔다는 것을 파악한 듯했다.

"혼자서는 요리도 못하고 옷을 지어 입지도 못했으니까. 몇 번 우리가 생활을 도와주다가, 본인도 안 되겠다고 생각했는지 찾아와서 방법을 묻더라고. 그 후로는 직접 시도하는 듯했는데, 아, 실수가 말도 못 하게 많았지."

"아하하······."

뜻밖에도 헐렁한 면을 보이며 산 듯했다. 나는 민망한 얼굴로 웃으며 그들이 썰어 주는 고기 조각을 일일이 받아서 내 앞으로 가져왔다.

"그래도 다행인 건 늘 큰 부상이 아니었는지 금방 나았다는 점이야. 안 그래? 손가락에 덕지덕지 붕대를 감았다가도 다음 날이면 붕대를 싹 풀고 나타나서 금세 괜찮아졌다고 손가락을 펼쳐 보이기도 했어. 귀여운 면도 있었지."

유리 옐레체니카의 재생력에 대해서는 나도 익히 알고 있다. 엘제바에서 탈출할 때도 직접 확인했고, 이후 몇 번이고 그녀의 진실을 캐면서 원인까지 알게 된 문제가 아니던가.

턱을 괴고 사람들의 이야기를 듣는데, 돌연 이야기가 끊어졌다. 저희끼리 눈짓을 하던 사람들이, 다시 내 앞에 맛있는 것들을 몰아주기 시작했다.

"의사 선생을 싫어하는 사람은 없었어."

"귀한 분께 실수를 할까 싶어 조심스럽기는 했지만, 오히려 그래서 더 좋아하고 감사히 여겼지. 미안했고 말일세."

"안 좋은 일이 있었다니 마음이 아파. 하지만 이렇게라도 다시 만나 조촐하게나마 대접할 수 있게 되어 기쁘다네."

그들이 살뜰하게 한마디씩을 덧붙였다. 나는 커다란 고기 한 점을 입 안에 밀어 넣다가 그 다정한 말들을 들으며 눈을 댕그랗게 떴다. 그리고 반사적으로 턱을 움직이며 멀뚱히 앉아 있다가 뒤늦게 웃어 보였다.

아무튼 한 가지는 확실했다. 엘류이센 라이케는 어딜 가나, 사랑받는 일에는 일가견이 있었다. 그녀가 사랑을 알지 못하는 인간이었던 것과는 별개로, 언제나 어떤 식으로든, 누구에게든 사랑스러웠던 것이다.

음······. 하지만 이렇다 할 가닥이 잡히지는 않았다. 엘류이센 라이케가 사랑스러웠다는 사실 따위를 알기 위해 여기까지 온 것은 아니었다.

"기억을 잃으면서 의학 지식도 전부 사라졌어요."

술이 좀 들어간 사람들과 이야기를 나누며, 나는 적당히 자연스러워 보일 말 몇 마디를 꺼냈다. 이미 동네잔치가 된 모양이라 정작 대부분의 사람들은 내 존재를 신경도 쓰지 않는 듯했다. 그러다 보니 외곽에 앉아서, 줄곧 내 곁에서 자리를 지키고 있었던 몇몇 사람들에게나 꺼낸 말이었다.

"아마도 예전의 저처럼은 살 수 없을 거라고 생각해요. 그래도 제가 무엇을 어떻게 생각하고 좋아하고 싫어했는지, 어떻게 살아갔는지 정도는 알아 두면 좋을 것 같다는 생각이 들어서요."

"무슨 뜻인지 우리도 아네. 선생은 예전부터 생각이 깊고 철학적인 면이 있었지."

이 마을에서는 손에 꼽힐 정도로 가방끈이 길다는 턱수염 난 남자가 부드럽게 대답했다.

그는 이 마을에서 선생 일을 하는, 아메트리크의 수도까지 가서 수학한 후 귀향했다는 화가였다. 낡은 셔츠를 헐렁하게 입고, 나무 테로 만든 투박한 안경을 쓰고 있었다. 몇 번 금이 간 것을 겨우 붙여 둔 안경알 너머로 흐릿한 갈색 눈동자가 이리저리 흔들렸다. 모닥불의 불길을 따라 그의 감정도 화르르 춤을 추는 듯했다.

"죽음을 대하는 모습을 보면 그 사람이 어떤 사람인지도 대충은 짐작이 가네. 죽음을 앞에 두었을 때 선생은 늘 누구보다도 경건했고, 또 누구보다도 겁에 질린 듯했어. 나는 선생이 섬세한 사람이라고 생각했네."

"'겁에 질린 듯'이요."

그 표현을 다시 곱씹자, 남자가 조용히 웃었다.

"아직 죽음이라는 것에 익숙해지기 전에 아이들이 으레 그러듯이 말이야. 선생처럼 학식 깊은 이는 오히려 아무리 배우고 익혀도 파악할 수 없는 죽음에 공포를 느꼈을지도 모르지."

"미지의 영역이어서요?"

"그래. 그리고 그 허망함에. 엘류이센 선생이야말로 이 마을에서 누구보다도 많은 사람의 삶, 고비와 기로, 죽음을 지켜보고 살폈을 사람이 아닌가."

"제가 경건함을 느꼈음을 어떤 형태로든 드러냈나요?"

살며시 물었을 때, 그 대답은 다른 사람에게서 나왔다. 집에서 가져온 부드럽고 고소한 치즈를 내 앞에 큼직하게 썰어 주던 여자였다.

"사람이 죽을 때마다 며칠이고 거처에 처박혀서 나오지를 않았거든."

그녀가 자연스럽게 대답했다. 턱수염 난 남자가 그 말에 이어 자연스럽게 덧붙였다.

"가끔은 어린아이처럼 묻기도 했지. '선생님. 인간이 죽으면 무엇이 된다고 생각하세요?'"

그가 곰곰이 그 문장을 곱씹다가 재차 말했다.

"'치열하게 살다가도 한순간에 스러져서 무엇도 남기지 못한 채 티끌로 사라지는 삶이라니, 가끔은 죽음의 존재가 우리의 삶을 퇴색되게 하는 것이 아닌가 하는 생각을 해요.'"

"선생님께요?"

"그래."

"아마도 그 시절의 저는 겁이 많은 사람이었나 봐요. 죽는 것은 여전히 두렵고, 누구에게나 그렇겠지만 말이에요."

머쓱하게 웃으며 그럴싸하게 대답했지만, 머릿속으로는 다른 생각을 하고 있었다. 영생과 불로불사를 연구하던 인물이 그에 앞서 했던 말이라고 생각하면 수상쩍지 않은 것도 아니었다.

누구나 할 수 있는 말인 듯하다가도, 단지 그 발언의 주체가 엘류이센 라이케여서 수상했다. 아마도 내가 엘류이센 라이케에 대해 조금쯤은 파악을 한 후여서 그런지도 모른다.

정말로 이 마을에서 무엇을 하고 있었단 말인가? 도무지 그녀가 보인 행동의 이유나 목적이 뭔지 모르겠다. 엘류이센 라이케가 이유 없이 푸른 숲을 빠져나와 연합국의 변방에서 의사 노릇을 했다고 생각하기는 어려운데, 아무리 이야기를 들어도 그 밖의 별다른 이유를 추정할 수 없었다.

"선생은 유난히 아름다운 것을 사랑하는 사람이었으니까."

턱수염 난 화가가 부드럽게 대답했다.

"당신의 기준에서 '죽음'이란 아름답지도, 행복하지도 않은 것이었던 모양이지."

"아름다운 것을 좋아했나요?"

"미학이 뚜렷했어."

잎을 돌돌 말아서 만든 담배에 불을 붙이고 입에 물던 그가 웃으며 말했다.

"환자가 없는 날이면 괜히 우리 집에 와서 내 공방 구석에 앉아 그림들을 감상하고는 했지."

"선생님의 그림을 좋아한 것이 아닐까요?"

"그랬다면 영광이겠지만, 그건 아닐 거야. 나는 가끔씩 이 마을을 통해 외부로 반출되는 작품들을 맡아 주는 일을 했고, 선생은 주로 그런 것에 관심이 있어 보였으니까."

외부로 반출되는 예술 작품에 관심이 있었다……. 혹은 정말로 '아름다운 것' 자체에 대한 관심이었을 수도 있을 것이다.

따지고 보면 유리 옐레체니카는 언제나 고상하고 아름다운 구석이 있는 인물이었다. 조금 납득은 됐다.

"그럴 때면 내게도 방해받고 싶지 않은 듯했어. 아까도 이야기했지만, 우리 모두는 선생을 좋아했네. 그래서 방해하지 않기 위해, 늘 작품이 가득 들어찬 작은 공방 구석에 자리를 마련해 주고 홀로 빠져나왔지. 그래서 지금의 선생에게 과거의 당신이 예술품들 사이에서 무엇을 느끼고 무엇을 생각했는지에 대해서는 단서를 줄 수가 없겠구먼."

"아뇨. 그것만으로도 감사합니다. 예술품 사이에 쪼그리고 앉아 시간을 보냈던 과거의 저를 생각하면 마음 한구석이 차분해지는 듯해요. 아마도 정말 좋아하던 취미였을 테지요."

산뜻하게 웃으며 대답하다가, 턱을 손끝으로 쓸며 시선을 깔았다. 아름다운 것을 사랑하고, 예술품에 관심을 보였던 엘류이센 라이케. 죽음에 대해 고찰하고, 그 자체를 허망하고 무의미한 끝이라 여겨 치열한 삶을 회의적으로 반추했던 엘류이센 라이케.

그리고 아무것도 없는 골방에 주저앉아, 오직 사방을 둘러싼 화려하고 장식적인 물건들 사이에서 침잠하던 엘류이센 라이케를 떠올려 봐야 했다.

나는 더더욱 나 자신의 캐릭터를 이해하기 어려워졌다. 그녀가 무슨 생각을 하고, 무슨 행동을 하던 인간인지를 명쾌하게 추론할 수가 없었다. 좀, 일관성이 없는 것처럼 여겨질 정도였다.

그때까지의 그녀는 단지 목적 없이 떠돌고 있을 뿐이었을까? 아직 인간에 대한 호기심을 충족시키지 못해서, 인간의 삶에 자연스럽게 편입되어 그들을 면밀히 관찰하고 싶었던 것일까?

"예전에 머무르던 숙소는 정리하고 떠났으니 들르기도 어렵겠지. 별 도움이 될 것 같지는 않지만, 작업실에 들러 보겠나? 그러니까, 오늘 이 자리가 파하면 말이야."

그때 턱수염 난 화가가 조심스럽게 제안했다. 나는 눈을 댕그랗게 떴다가 두어 번 고개를 주억거렸다.

"폐가 아니라면 부탁드려요."

"폐일 리가 없지."

그가 인상을 찡그리며 웃었다.

"나는 당신에게 내 그림을 보여 주는 일을 좋아했어."

그런데 말투가 어쩐지 이상했다. 꼭 나를 눈앞에 두고도 과거의 엘류이센 라이케를 곱씹는 알렉시스 에슈마르크 같은 태도였다. 표정부터도 일찌감치 퍽 달큼한 낯이기도 했다.

나는 아차 싶어서 다시 말했다.

"저, 그, 제가 선생님과 가까운 관계였나요?"

이 세계에서 정신을 차린 후로 이 질문만 몇 번을 하고 다니는지는 모르겠지만, 정말로 어딜 가든 해야 하는 질문이기도 했다. 내 질문을 받은 그가 잠시 얼이 나간 표정을 지었다가 눈썹을 꺾으며 대답했다.

"내가 혼자 좋아했지. 지금은 아내가 있으니 걱정 마시게. 사실 내게 선생은 단지 동경의 대상이었을 거야. 예나 지금이나, 지극히 잘 만든 예술품 같은 사람이지 않나."

"결혼을 하셨군요."

"선생이 그 사람 얼굴의 화상을 치료해 주었어. 이 마을에 사는 사람 모두에게 당신은 은인이야. 그러니 부담 갖지 말고 보고 가도록 하시오. 도움이 된다면 그것으로 기쁠 테니까."

그가 담담히 대답했다. 나도 더는 그의 호의를 거절하지 않았다. 그리고 잔치가 파한 후, 정말로 그들 부부의 뒤를 따라 집까지 쫓아갔다가, 과거 엘류이센 라이케가 혼자서 시간을 보냈다는 골방 구석에 앉아 한동안 생각에 잠겨 있었다.

특별할 것은 없는, 평범한 화가의 공방이었다. 조금 가난하고, 다양한 분야에 관심을 보이며, 끊임없이 작품을 쏟아 내는 화가 말이다.

단지 예술품을 관람하고 싶었던 거라면 오히려 뷔올에서 훨씬 다채롭고 풍성한 예술품을 볼 수 있었을 것이다. 뷔올은 명실상부한 대륙의 심장이었다. 세상 어디보다도 화려하고 우아한 세계다.

과거 귀족도 발명가도 아닌 형태로 살아가던 엘류이센 라이케를 기억하는 사람들은 그녀가 아름다운 것을 사랑하고 죽음에 대해 깊게 고찰하던 섬세한 인물이라고 증언했다. 실제로 그녀가 남긴 것들을 살폈을 때, 감정적인 섬세함은 존재조차 하지 않았을 것이고, 인간다운 감성과 고찰은 지녀 본 적도 없을 테지만.

죽음에 대해서만은 정말로 무언가를 고민했을지도 모른다고 여겼다. '아름다움' 역시 그 자체로는 그녀의 철학적인 화두가 되었을 것이다.

그러니까, 이 세계는, 스팀펑크의 중앙에 있고, 디젤펑크적인 발전의 양상을 보이고 있으며, 그 자체로 일종의 SF 세계처럼 기능하고 있지 않은가? 반인과 유사인족의 몸 안에는 일련번호를 박아 넣고, 마찬가지로 번호가 박힌 장신구를 통해 그들을 가축처럼 분류한다.

유리 옐레체니카와 같은 '호문쿨루스'란 결국 인간이 직접 창조한 지성체라고도 할 수 있을 것이다. 인공지능 같은 것처럼.

직접 아이디어를 떠올리고 상상해서 무언가를 '발명'할 수 있는 인공 생명체로서, 그녀는 아름다움이 무엇인지를 알고 있었을까? 미와 미학을 이해했을까?

아니면, 이해할 수 없어서 관심을 가졌을까?

어느 쪽이든 확신하기는 어려웠다. 나는 그저 화가 선생과 그 아내에게 정중히 인사를 건네고 홀로 그들의 집을 빠져나왔다.

밤이 깊어지고야 잔치가 마무리되었기 때문에, 화실을 구경하고 나서 거리로 나왔을 때에는 이미 주변이 캄캄했다. 아직 숙소도 잡지 못했는데 어떻할지 고민했다가, 레일리가 잡아 두었을지를 생각하고, 만일 그렇다 한들 어디에 가면 레일리와 다시 마주칠 수 있을지를 곱씹다가, 화가의 집 바로 앞의 골목길에서 레일리를 발견했다.

팔짱을 낀 채, 벽돌로 만든 골목길의 담벼락에 등을 기대고 서 있던 그가 내 기척을 느끼자마자 고개를 돌렸다. 나는 그에게로 다가가다가 반사적으로 걸음을 멈췄다. 시선이 마주쳤다. 레일리가 생긋 웃었다. 보석 같은 보랏빛 눈이 어둠 속에서 부드럽게 접혔다.

그 이유를 명쾌히 설명할 수는 없지만, 아무튼 본능적인 반응이었다. 나는 슬금슬금 뒷걸음질을 쳤다. 레일리가 못마땅한 태도로 눈썹을 꺾으며 성큼성큼 다가왔다.

"설명을 들을 때가 된 것 같습니다, 마스터."

"뭐가? 너 하루 종일 뭐 했는데?"

"마스터야말로 하루 종일 무엇을 하셨지요?"

"보면 모르냐? 돌아다녔잖아."

"글쎄요."

미간에 주름을 잡은 그가 콧등을 찡그리며 말했다.

"광장에서 괜한 잔치가 열리기에 무슨 일인지를 물었더니, 반가운 손님이 왔다고 하더군요. 조금 더 자세히 묻자 이곳에서 10여 년 전에 의사 노릇을 하던 귀족 집안 출신의 여자가 오랜만에 돌아왔다고 했습니다."

이 사람들이……. 그렇게 쉽게 내 이야기를 퍼트렸단 말인가.

그런 사람들일 거라고 생각해서 나도 거리낌 없이 캐묻기는 했지만, 정작 이렇게 레일리에게 추궁을 당하려니 당황스럽기는 했다. 나는 슬그머니 시선을 회피하며 물러나려다가 그에게 팔을 붙잡혔다.

레일리가 특유의 화사한 미소를 지으며 내 팔을 붙잡고 확 잡아당겼다. 윽 소리를 내며 코앞까지 끌려갔다가 목을 뒤로 쭉 뺐다. 내 코끝을 가볍게 물며, 레일리가 이를 드러냈다.

"요컨대 세간에 알려지지 않은, 그리고 제가 모르는 당신의 과거가 있다는 뜻이고."

퍽 흉험한 낯을 하고, 그러나 그가 단정하게 말했다.

"자기 자신을 '제2의 인격'이라 밝히고 기억을 공유하지 못한다고 주장하셨음에도, 당신 자신의 비밀스러운 과거가 있음을 알고 계시면서 일언반구 언급하지 않으셨다는 얘기겠지요. 마스터."

개자식. 그냥 좀 지나가면 어디가 덧나기라도 하냐. 나는 애석한 얼굴로 그를 바라보다가, 어쩔 수 없이 적당한 말을 선별하고 떠올려야 했다.

"거, 뭐냐. 그럴 수도 있지."

물론 첫 번째로 내민 것은 오리발이었다. 당연히 씨알도 먹히지 않았다.

꿈쩍도 않고 나를 내려다보는 레일리를 멀뚱히 바라보다가, 결국 다른 질문이 나오기에 앞서 내 쪽에서 스스로 다음 변명거리를 꺼내 들었다.

"대공이 연합국에 볼모로 있을 때, 이곳에서 유리를 만난 적이 있대."

"에슈마르크 대공이?"

레일리가 곧장 인상을 썼다. 그의 이름이 여기에서 튀어나올 거라고는 조금도 예상하지 못한 듯했다. 나는 그의 반응을 눈치채지 못한 척 재빨리 태연히 말을 이었다.

"그래서 원래 안면이 있는 사이였다고 하더라고. 굳이 뷔올의 궁정에서 서로 알은체를 한 적은 없지만, 말하자면 유리 옐레체니카의 비밀 한 가지를 쥐고 있는 인물이었던 셈이지."

"비밀이라면, 나이 말씀이십니까?"

"그래. 나는 내가 깨어났을 때를 기준으로 유리가 스물여섯인 줄로 알고 있었는데, 그건 그냥 '공식적인' 나이이더라고. 좀 더 많은가 봐. 그리고 그 말인즉……"

나는 잠깐 고민하며 겨우 입을 열었다가, 다시 인상을 쓰며 닫았다.

'네놈의 반인 혁명에 지원을 아끼지 않던 개념 있는 인간 유리 옐레체니카가 사실은 인간이 아니었다'는 것을 레일리 크라하에게 올바르고 안전한 방법으로 설명하는 방법을 쓰시오.(5점)

아무리 생각해도 5점을 버리는 수밖에는 없다.

그런데 나를 물끄러미 내려다보던 레일리가 고개를 깊숙하게 기울여 입술 위에 가볍게 입을 맞추며 선수를 쳤다. 어울리지 않게 퍽 달래는 듯한 몸짓이었다.

"그 몸이 평범한 인간의 육신이 아니라는 것쯤은 이미 일찌감치 알고 있습니다. 계속 말씀하십시오."

그의 몸짓에 떠밀려 고개가 뒤로 가볍게 밀려났다가 제자리를 찾았다. 나는 멀뚱히 그를 바라보다가 뒤늦게 인상을 쓰고 날카롭게 반문했다.

"어?"

"어인이든 수인이든, 물과 관련된 유사인족의 일종일 것을 이미 파악했단 말입니다."

"네가 뭔데 그걸 알아?"

"집사 된 소임으로 주인과 관련해서는 모르는 것이 없습니다."

"집사야, 너 또 숨 쉬듯이 개소리 한다. 스스로 알아나 둬라."

"됐으니 설명이나 계속하십시오."

김레일리 크라하가 당당히 요구했다. 어딜 어떻게 살펴도 명령조의 태도였다.

"인마, 그게 예의 있는 집사로서의 자세냐?"

"집사로서의 자세에 걸맞지 않을 이유는 또 무엇입니까? 저는 마스터 같은 방종하고 무게감 없는 주인을 모시게 된 것을 제외하면 제 업무와 관련해서는 어디까지나 뛰어나고 특출한 경력을 이어 가고 있으니, 빨리 말씀이나 계속해 보시지요."

이 자식의 뻔뻔함에 대해서는 역시 말을 말아야 했다. 인상을 팍 쓴 나는 그의 어깨를 쭉 밀어내며 별수 없이 설명을 붙이기 시작했다.

"별거 없어. 그게 다야. 지금까지 네가 묻던 것들은 이제 좀 설명이 됐냐. 그래서 대공이랑 같이 행동하게 된 거야. 어쨌든 과거 유리의 행적을 알아내고, 유리가 어디로 사라졌는지를 파악하려면 그의 도움이 필요할 것 같아서."

"엘제바의 사건은 어떻게 된 겁니까?"

"대공의 배후에 황제가 있었어. 우리 입장만 개 같아지고 깔끔하게 덮였다."

"아하……."

이제야 비로소 사건의 전말을 대충 전해 듣게 된 레일리가 눈을 가늘게 뜬 채 미묘한 감탄사를 흘렸다.

"하지만 만일 애초에 유리 님이 마스터를 표면에 둔 채 '숨게 된 이유'가 에슈마르크 대공과 관련이 있다면, 지금 유리 님의 행적을 파악하는 과정에서 그와 함께 행동하는 것은 어리석은 선택이 아니겠습니까?"

의외로 레일리는 곧장 중요한 맥락을 짚어냈다. 확실히 논리적으로 옳은 말이기는 했지만, 나는 즉시 대답했다. 그럭저럭 확신 섞인 대답이기도 했다.

"그럴 일 없어."

내 대답을 들은 그가 인상을 쓰듯이 눈썹을 꺾었다.

"근거라도 있으십니까?"

"누구보다도 열렬히 유리를 찾고 있더라고."

"'열렬히 유리 님을 찾고 있다'?"

레일리가 나를 힐난하는 듯한 태도로 빈정거렸다. 짧은 판단이었다고 비난이라도 하려는 것 같았다. 나는 어깨를 으쓱해 보이며 태연히 말했다.

"그는 유리 옐레체니카를 사랑해. 누구보다도 유리가 돌아오기를 바라고 있는 사람이지."

그런데 내 말을 들은 레일리의 표정이 돌연 이상해졌다. 한동안 말없이 나를 물끄러미 바라보던 그가 어딘지 수상쩍은 태도로 다시 물었다.

"설마 지금, 대공이 마스터께 사랑한다는 말 한마디를 했다고 곧장 그를 믿겠다는 말씀을 하시는 겁니까?"

"아니, 나 말고 유리를 사랑한다니까?"

"그게 그거 아닙니까."

레일리가 짜증스럽게 반문했다. 나는 인상을 찡그렸다가 잠자코 다시 불쾌한 질문을 끄집어냈다.

"나랑 유리가 왜 같아?"

"같다고 주장하신 분은 과거의 당신이 아닙니까?"

"아니, 몸은 같지만 다르다고."

"다른 것은 압니다. 하지만 그런 구분에 무슨 소용이 있지요? 요컨대 에슈마르크 대공이 유리 님께 애정을 느꼈다고 입 발린 말 몇 마디를 하자마자 그에게 홀랑 넘어가서 경계심 없이 협조하고 있다는 얘기가 아닙니까."

"아, 글쎄, 그 사람 절대로 유리한테 해를 가하지는 않았을 거라니까. 앞으로도 그럴 일 없고."

"그리고 유리 님을 사랑하니, 마스터도 사랑할 것이고, 따라서 마스터는 그 사랑이 달갑다는 말씀이십니까?"

거기까지 들었을 때, 나는 당장에 대답을 꺼내기보다 잠깐 그의 말을 곱씹었다. 그리고 고개를 갸우뚱 기울였다.

"너랑 나랑 아무래도 지금 다른 얘기를 하고 있는 것 같지?"

"같은 얘깁니다."

"다른 얘기다, 새꺄."

"같은 얘깁니다."

"너 지금 질투해?"

생리적인 반응으로 질색하는 표정을 짓고 묻자 레일리가 싸늘하게 시선을 깔았다. 그가 덥석 내 턱을 붙잡아 누르더니 몹시 나긋나긋한 말투로 씹어뱉었다.

"그 표정 정말 불쾌하군요, 마스터."

아무튼 질투하는 게 맞는다는 얘기가 아닌가? 요지는, 알렉시스 에슈마르크가 유리 옐레체니카에게 보인 호감을 내가 긍정적으로 여기는 것 같으니 그게 마음에 안 든다는 소리가 아니겠는가? 평소 같았으면 물개처럼 짝짝 손뼉이라도 치며 비웃어 줬을 테지만, 그 발언이 나온 맥락이 마음에 걸렸다.

요컨대 이 자식은 나와 유리를 동일시하고 있는 것일까? 나도 모르게 인상을 쓰고 눈을 세모꼴로 치켜떴다.

아니, 만일 그렇다고 한들 그게 무슨 상관이란 말인가? 지극히 자연스러운 일일 수도 있다. 나는 지금 유리 옐레체니카의 몸 안에 있고, 유리 옐레체니카로서 살아가고 있지 않은가?

　아니, 아니, 그래도 기분은 개 같았다. 이 자식은 그래서 나한테 키스를 한 거냐고, 유리 옐레체니카에게 키스를 한 거냐고?

　시팔, 그게 나랑 무슨 상관이야?

　시팔 시팔, 그럼 나랑 상관이 있지 누구랑 상관이 있단 말이냐?

　나는 당장에 레일리의 손을 쳐 내고 바로 질문했다.

　"너 왜 나를 좋아하는데?"

　"마스터가 연애 감정으로 설명 듣지 않고서는 도무지 얌전히 계시지 않을 듯해 좋아하기로 했다고 말씀을 드리지 않았습니까?"

　"차마 사랑 앞에서만은 솔직하지 못한 서툰 남자 김레일리 크라하놀이 때려치우시고요. 빠릿빠릿하게 답해 봐라. 그래서 왜 나를 좋아하는데?"

　"그깟 놀이 아닙니다. 그리고 지금 그게 중요한 화제입니까?"

　"그래서 유리 옐레체니카를 좋아하는 건데, 나를 좋아하는 건데, 내용물이 나인 유리 옐레체니카의 얼굴을 좋아하는 건데?"

　쉬지 않고 쏘아붙이자, 그때에야 레일리의 표정이 이상해졌다. 짜증스러운 표정으로 나를 깔아 보던 그가 팔짱을 끼고 눈썹을 꺾으며 고개를 기울였다.

　"유리 님께 질투를 하십니까?"

　"아, 거, 그런 건 아니고."

　"맞는 것 아닙니까. 저를 좋아하시는데, 제가 가장 먼저 섬긴 주인은 유리 님 같으니 그게 마음에 걸리십니까?"

　"아니라니까."

　나는 즉시 싸늘하게 대답했다. 레일리가 특유의 시건방진 얼굴로 웃으며 다시 물었다.

"어차피 그게 그거 아닙니까. 무슨 상관이지요?"

"그."

그게 그거가 아니라고 대답하려다가 한 차례 말을 걸렀다. 그래! 아무튼 레일리 크라하의 입장에서는 그게 그거가 아닌가? 내가 왜 굳이 이걸 따지고 넘어가고 싶어 한단 말인가?

왜긴 왜겠나? 레일리 크라하의 오만방자한 개소리가 진짜이기 때문이 아니겠는가? 유리 옐레체니카 말고 내게 호감을 느끼면 좋겠다고 생각해서 말이다!

의! 소름이 돋는다, 소름이 돋아!

"그건 됐고, 대체 어느 점이 마음에 든 건데?"

거의 신경질적인 태도로 빽 따져 묻자, 뜻밖에도 갑자기 기분이 좋아진 듯한 레일리가 눈을 가늘게 뜬 채 나를 바라보다가 다시 어깨를 기울였다. 주머니에 손을 쿡 찔러 넣고, 망나니 같은 태도로 콧등과 입가에 다시 두어 번 키스를 한 것이다.

그리고 이번에는 내가 콧등 같은 연인다운 부위에 키스하지 말라고 따지기 전에 먼저 그럴싸한 대답을 내놓았다.

"까마귀로 살아서, 빛나는 것을 보면 모아 두는 습성이 있습니다."

"저번에도 그런 말 하지 않았냐? '빛나는 것'이 대체 뭐야?"

결국은 유리의 반짝반짝 빛나는 얼굴이 좋다는 것 아냐? 눈을 세모꼴로 뜨고 날카롭게 고개를 쳐드는데, 그 순간 깊숙하게 짓눌리듯이 키스를 당했다.

읍 소리가 목구멍으로 넘어갔다. 두어 걸음 물러나다가 벽돌로 만들어진 담에 등을 부딪쳤다. 레일리가 퍽 다정한 태도로 입을 맞췄다. 역시 키스는 잘하……. 아니, 지금, 상대의 얼굴이 좋다는 개소리를 해 놓고 갑자기 이렇게 키스를 할 일인가? 심지어 이렇게 잘할 일인가?

나는 당장에 레일리의 정강이를 걷어찼다. 별로 타격은 없었을 테지만,

그는 이번에도 순순히 물러났다.

"얼굴 같은 것이야 제게도 있으니 탐을 낼 이유가 없습니다. '유리 님' 이야 얼굴과 능력 외에는 볼 것이 없었지요. 애석하게도 둘 다 제게 이미 충분히 있습니다."

그래서 뭔데? 유리의 얼굴은 필요 없고, 그래서 내 어디가 좋다는 거냐? 애초에 저 개소리를 믿어도 되는 것일까? 뭔가 다른 꿍꿍이가 없다고 확신해도 된단 말인가?

심지어 레일리 크라하는 불길할 정도로 기분이 좋아 보였다. 그가 퍽 부드럽고 다정다감한 태도로 대꾸했다.

"빛나는 것이 사람이니 어쩌겠습니까? 가져야만 만족을 할 수 있게 된 것이지요."

나는 영 찝찝한 태도를 보이는 레일리를 위아래로 훑어보다가, 슬그머니 한 걸음 물러났고, 그만큼 다시 따라잡혔다.

"아니, 애초에 사람을 소유한다느니 하는 개소리 하지 마라."

"갖고 싶은 것을 어쩌란 말입니까."

"갖고 싶으면 사람을 가지나? 인품 밑바닥인 인간답게 헛소리도 아주 잘 뱉으시네요."

"가지기 위해 노력하고 있지 않습니까?"

"야, 양심은 있냐? 네가 나를 꼬드기기 위해 대체 뭔 노력을 했는데? 숨 쉬듯이 인성 자랑한 것 외에 뭐 더 있기는 하냐?"

"모릅니다."

그가 뻔뻔하게 대답하더니, 곧장 반문했다.

"거꾸로 여쭤보지요. 무슨 노력을 해야겠습니까?"

"아, 그걸 왜 나한테 물어."

"마스터는 당기면 끌려올 뿐이지 않습니까."

레일리 크라하가 부드러운 태도로 시선을 깔고 대답했다. 별안간 갑작스러운 표현이었다. 고개를 모로 꼬며 그의 말을 해석해 보기 위해 노력하는데, 그가 다시 한 번 말했다.

"몇 번이고 이 품에 안아 봤자, 단지 관계에서 얻는 자극과 스릴 따위를 잠깐 즐기실 뿐이 아닙니까?"

그리고 그건 정말로 기묘하고 수상쩍은 말이었다. 물리적으로 잡아끌어도, 육체적으로 관계를 가져도 만족할 수가 없다는 얘기가 아닌가.

그러니까, 마치, 내게서 참된 사랑을 받아 내야 나를 손에 넣을 것 같은데, 내가 자신을 온전히 사랑해 주지 않아서 만족하지 못한다는 말처럼 들리고 만 것이다.

그리고 그건……. 요컨대…….

"열렬한 사랑 고백 같은데."

"아닙니다."

레일리가 칼같이 대답했다.

레일리의 태도는 퍽 단호했지만 정작 나는 오히려 그의 발언을 듣고 나서 더더욱 껄끄러워졌다. 그러니까, 열렬한 사랑을 고백하는 듯했던 그의 발언이 껄끄러웠다는 얘기다.

중요한 문제다. 몇 번 언급했지만, 나는 빙의물을 좀처럼 쓰지 않는다. 개중에서도 책 빙의물은 더더욱 그렇다. 그뿐이랴? 작가가 자기 글에 빙의하는 내용이라면 무엇보다도 싫다. 내가 쓰는 글이 희망차지 않다는 이유도 물론 있지만, 그냥 총체적으로 마음이 끌리지 않았다.

남의 몸으로 사랑을 해 봤자 내게 남는 것은 무엇이란 말인가? 더구나 '남의 몸'으로 사랑하게 된 인물이 특정한 작품 속에 등장하는 '캐릭터'에 불과하다는 것을 뻔히 알면서, 어떻게 그것을 손쉽게 인간 대 인간으로서의 사랑이라고 규명할 수 있단 말인가?

더구나 빙의한 주체, 즉 '빙의자'의 정체성이 작가라면 더더욱 문제였다.

예컨대 나는 레일리 크라하의 키부터 몸무게, 삼부 치수와 과거, 설정과 신체 특징, 외모, 목소리, 옷차림, 성격까지 모든 것을 구성하고 직접 만들었다. 그가 지닌 모든 것은 결국 내가 바라기 때문에 그렇게 형성되었다.

내가 레일리 크라하를 사랑한다면, 그건 내가 만든 피조물에 대한 사랑이어야 한다.

만일 내가 레일리 크라하에게 이성적이고 인간적인 사랑을 느낀다면, 나는 그저 스스로 내면에서 구성해 놓았던 어떤 '이상적'인 틀에 사로잡혀 있는 것인지도 모른다. 그것에 홀려서, 레일리 크라하라는 개인과 무관하게, 단지 내가 좋아하던 설정이 현실에 나타났기 때문에 마음에 들어하게 된 것인지도 모른다는 얘기다.

그것을 개인 대 개인의, 인간 대 인간의 호감이라고 어떻게 확신하란 말인가?

네가 모르는, 네가 알아서도 안 되는 내 사정이 있다.

"개 같네, 진짜."

머리를 벅벅 헤집으며 쌍시옷 욕부터 했다. 욕이야 숨 쉬듯이 뱉어서 별다른 의미 부여는 없었지만, 거기에 개 같다는 말까지 뒤따르자, 당당하게 사랑 고백 따위는 아니라고 말해 놓고, 레일리는 대번에 불쾌한 낯을 했다.

이쯤 되니 나도 어느 정도 확신을 했다. 레일리 크라하는 아무튼 나한테 호감을 느꼈다. 대체 어느 지점에서 저 녀석을 낚을 만한 떡밥을 던졌던 건지는 모르겠지만, 아무튼 그를 내게 엮어 내기는 한 것 같았다.

그리고 그 호감을 전제해 생각해 보자. 레일리 크라하는 지금까지 단한 번도 나한테 구체적으로 감정을 표현하지는 않았지만, 스킨십이나 접촉의 빈도를 생각했을 때 엄밀한 범위에서 '밀당'이라 불릴 만한 행동을 한 일이 없었다. 그는 언제나 다짜고짜 자신의 욕구를 밀어붙이거나 나를 잡아끌기만 했을 뿐이었다. '밀어내기' 같은 것을 한 적이 없다는 얘기다.

말하자면 그것이 그가 보일 수 있는 최대한의 여유였다. 즉, 그는 언제나 여유가 없었다.

가볍게 간을 보는 수준을 넘어서서 나를 제대로 밀어냈다간, 정말 그대로 훌훌 털고 가 버릴지도 모른다는 것을 그 역시 어느 정도 짐작하고 있었을지도 모른다.

틀린 말도 아니었다. 레일리가 쉬지 않고 밀어붙이는 불도저 같은 놈이었기 때문에 정신 못 차리고 쥐어 잡혀 흔들리게 된 거지, 그러지 않았으면 나도 잠깐 흔들리다가 금세 정신을 차렸을 것이다. 최소한 이 꼴은 나지 않았으리라고 믿고 있다.

레일리가 다시 키스를 했다. 나는 주춤거리며 물러서다가 벽에 등을 부딪치고 쿵 소리를 냈다.

"무엇이 개 같으신지요."

내가 물러나려 하는 것을 단숨에 잡아챈 그가 싸늘하게 물었다.

"알아 두셔야 할 것이 있습니다. 지금 개 같은 건 다른 무엇도 아닌 제 기분입니다."

"이제는 마스터 앞에서 단어를 거르지도 않냐."

"선별한 말로 기분 좋게 말씀을 드려도 듣지 않고 계시지 않습니까?"

레일리가 나긋나긋하게 말했다. 나는 인상을 찡그리고 그를 바라보다가, 고개를 모로 기울이며 확인차 다시 물었다.

"그래서? 내 사랑이 갖고 싶다?"

"아닙니다."

또 그놈의 '아닙니다'였다. 더는 시시콜콜 캐묻고 싶지 않았다. 나는 인상을 쓰고 그냥 질문을 바꿨다.

"그럼 대체 뭘 요구하는 건데?"

그런데 내 질문을 듣고, 방금 전까지 불쾌한 표정을 짓고 있던 레일리가 묘한 형태로 표정을 바꾸었다. 해석하기 어려운 표정이었기 때문에 눈썹을 휙 올리며 기분 나쁜 티를 냈지만, 정작 레일리는 그런 내 반응에는 별로 개의치도 않는 것 같았다. 무슨 생각인지 곰곰이 나를 바라보던 그가 고개를 기울이며 코앞까지 얼굴을 내렸다.

부드럽게 보랏빛 시선을 내리깐 레일리가 퍽 달큼한 태도로 대꾸했다.

"당신을 온전히 소유하고 싶습니다. 당신의 삶, 목숨, 시시껄렁한 일희일비. 사소한 것에 휘둘리는 짧고 의미 없는 순간들."

그리고 내가 그의 말을 온전히 해석하고 반응하기도 전에, 그는 방금 전에 스스로 했던 말이면서 한 치의 주저함조차 없이 표현을 번복했다.

"설명하기도 납득시키기도 귀찮고 별로 마스터와 제 사이에서 온전한 소통이 가능한 영역도 아닌 듯하니, 적당히 사랑 고백 정도로 여기십시오."

그야말로 뻔뻔하고 어처구니없는 발언이었다. 당당한 개소리에 입을 떡 벌렸던 내가 반사적으로 물었다.

"사랑 고백 아니라며? 애초에 그 찝찝한 태도는 뭐냐?"

"제가 없이는 살 수 없게 되시면, 제 손아귀에 놓인 인생이 아니고 무엇인지요?"

입술을 달싹이면 스칠 법한 거리에서, 레일리가 특유의 야살스러운 눈꼬리를 접으며 이를 드러내고 반문했다.

"마스터께서 제가 없이는 살 수 없게 되시기를 바라는 감정이 마스터에 대한 사랑과 어떻게 다릅니까?"

"아, 상황을 봐라. 인품 박살 난 티 그만 내시고요……."

"사랑이 무엇인지를 누가 규정하지요? 특정한 관계를 사랑이라고 명명하는 순간의 기준은 누가 작성합니까? 어차피 제가 사랑이라고 표현하든 아니든 그렇게 생각하지 않으시는 것이 아닙니까? 물론 실제로도 사랑 따위는 추호도 생각해 본 적이 없고 일생에 필요 없는 가치라고 여깁니다만, 저는 지금까지 줄곧 제 의사와 입장을 명확히 표현해 왔다고 여깁니다.

상황 판단을 못 하시는 건 마스터 쪽입니다."

오만한 태도로 턱을 들어 올린 레일리가 차갑게 말했다.

"저는 단지 당신이 갖고 싶고, 그래서 당신이 제게 얽매여 저 없는 삶을 사는 일에 지장을 겪기를 바랍니다. 제가 일평생 먹이고 키우며 예뻐해 드리겠다고 일찍이 말한 적이 있는데도 전혀 듣지 않고 계시는 것이 아닙니까. 대체 무슨 생각에 그렇게 번거로우신지 모르겠습니다만, 그 멍청하고 단순한 머리로 감히 저를 재단하고 머리부터 발끝까지, 이 뱃속에 무엇이 도사리고 있는지를 명명백백히 전부 안다는 듯이 생각하려 들지 마십시오."

일단 기본적으로 내 캐릭터인데 내가 그를 머리부터 발끝까지 명백히 이해하고 있다는 확신과 자신감을 어떻게 버리란 말인가? 그렇다고 네 놈이 내가 직접 만든 캐릭터고 나는 네 조물주이니 너를 온전히 이해한다는 것은 내 착각이 아닌 진실이라고 어떻게 감히 면전에서 말을 하란 말인가?

그렇다, 사실 레일리가 내 캐릭터라는 점에서부터 문제였다. 이 자식과 내 관계는 그 지점에서부터 잘못됐다.

그 전에 다른 건 몰라도 일단 레일리 크라하의 눈빛이 심각하게 부담스러웠고, 또 험악해 보였다. 그럭저럭 부드럽고 달콤하기 짝이 없는 낯짝을 한 채 다정다감하게 속삭이고 있기는 했지만, 형형하게 번득이는 눈빛에서부터 일찌감치 맛이 가 있었다.

생각해 보니 아까부터 좀 수상쩍을 정도로 젠틀하게 굴고 있지 않았던가?

그때부터 이 자식, 맛이 가 있었단 말인가?

"제 욕망에 대해서는 마스터의 동의나 허가를 구할 생각이 추호도 없습니다."

그가 달짝지근하게 속삭였다.

"단지 제 욕망의 일환으로 마스터의 동의와 허가가 있으면 그럭저럭 만족스러울 것 같기 때문에 그것을 구하고 있을 뿐이지요. 착각을 하시면 곤란합니다."

새파랗게 빛나는 보랏빛 눈동자를 빤히 바라보다가 슬그머니 한 발을 빼려는데 레일리가 내 옆의 벽에 툭 팔을 대고 진로를 막았다. 그가 가만히 고개를 기울였다. 레일리의 품에 갇힌 듯한 꼴이었다.

"질투를 하십니까? 퍽 귀여운 말씀이십니다만, 그깟 것에 부족한 머리를 굴리며 괜히 상황을 복잡하게 만들지 마십시오."

레일리가 집사 주제에 감당하기 어려울 정도로 시건방진 소리를 숨 쉬듯이 뱉어 내고 있었다. 아무리 생각해도 이대로 붙잡혀 있다가는 어쩐지 안 좋은 상황이 이어질 듯한 직감이 이쯤 되자 나에게도 또렷하게 왔다.

머릿속에 빨간 불이 띠용띠용 번쩍였다. 아마도 조상신들께서도 내게 경고를 하고 있는 것이리라.

이 상태로 여기에 계속 붙잡혀서 지금의 주제를 이어 나가다가는 정말 여지없이 붙잡히게 될 것이다. 뭐가 어떻게 누구에게 붙잡히느냐면, 내 인생이 더는 달아날 수도 없이 레일리 크라하에게 붙잡힐지도 모른다는 얘기다!

"야, 야. 일단 놔 봐."

"유리 님 같은 것은 상관없습니다."

이제는 심지어……. 심지어 유리 옐레체니카를 두고 사람 취급도 하지 않는 것처럼 '유리 님 같은 것'이라고 표현하고 있지 않은가? 역시 일단 이 자리를 모면해야 한다. 기겁해서 달아나려다가 당장에 허리를 붙잡혔다.

내 허리를 꽉 잡아 쥔 채, 레일리 크라하가 들으라는 듯이 머리 위로 고개를 기울였다.

"유리 님 같은 것은 제가 하고 있는 이야기와 추호도 상관없다고 말씀 드렸습니다."

"난……. 난 상관있다."

"왜 상관이 있다고 여기십니까?"

레일리가 짜증스럽게 물었다.

"어차피 유리 옐레체니카가 돌아오지 않으면, 일평생 그 몸은 당신의 소유일 테고, 그러면 당신은 제 소유일 텐데."

"유리가 없으면 곤란한 거 아니냐?"

"유리 옐레체니카의 존재 가치는 그 이름과 능력, 위치와 입지만으로도 충분합니다."

이쯤 되면 정말로 곤란했다. 레일리 크라하가 유리 옐레체니카에게 얼마나 불온한 충성을 갖고 있었는지를 명백히 알게 된 것도 나름대로 문제라면 문제겠지만, 그보다도 더한 문제가 있다. 그보다도 더한 문제라고 여기고 있다는 점 역시 문제였다.

결국 나는 바둥바둥 발버둥을 치다가 빽 내질렀다. 어쩌다 보니 순도 높은 진심만을 담은 발언이었다.

"나는 유리 옐레체니카로서 사랑받고 싶지도 않고, 유리 옐레체니카로서 사랑하고 싶지도 않다고!"

나를 강제로 잡아끌던 레일리의 손이 뚝 멈췄다. 눈을 가늘게 내리뜬 그가 차분히 다시 물었다.

"요컨대, 제게서 사랑을 받고 싶고 저를 사랑하고 싶다는 말씀이 아닙니까?"

시팔.

"꼬……. 꼭 그런 건 아니지만……. 아, 젠장, 굳이 말하자면, 어? 사실, 그, 어느 정도는 그렇기도 한데."

"그렇다는 얘기군요."

"닥쳐, 좀."

"어쨌든 마스터께서 괜한 고민을 하고 계신 것은 이해했습니다. 또 무엇이 문제인지도 파악했고, 저를 열렬히 좋아하고 계시다는 것도 어느 정도는 짐작하고 있었습니다만 확신을 얻게 되는군요."

"아니, 좀 닥치라고."

"하지만 무엇이 문제입니까?"

발을 동동 구르는 내 허리를 잡아 들어 강제로 휙 안아 올린 레일리가 눈을 가늘게 뜨고 물었다.

"유리 님의 몸이라면 어차피 당신의 몸입니다."

나는 내가 그것을 '동일시'할 수 없는 이유를 구구절절 설명하기보다, 차라리 다른 이유를 대기로 했다. 레일리 크라하에게 어떻게든……. 그래, 시팔, 어떻게든 나 자신으로서 그를 상대하고 싶다는 욕망을 인정했을 때, 내가 취할 수 있는 유일한 방법이기도 했다.

"몸을."

다급히 입술을 달싹이다가 말했다.

"몸을 옮길 거야."

그리고 유감스러운 일이었다.

스스로 듣기에도 개소리였다.

레일리는 한동안 아무 말도 하지 않았다. 그의 침묵이 길어질수록 내 혼란도 가중됐다. 대화가 오가지 않는 사이 곱씹고 곱씹었지만 어딜 어떻게 생각해도 개소리 같았다. 반성하자. 역시 개소리다.

결국 매를 먼저 맞는 심정으로 시선을 내리깐 채 선수를 쳤다.

"개소리 같겠지만 진심이다."

레일리가 생긋 웃으며 나를 다시 내려놓았다. 나는 다시 벽과 레일리의 사이에 갇힌 꼴이 되고 말았다.

"개소리 같다는 건 알고 계시는군요."

"아, 닥치라니까. 넌 주인에 대한 기본적인 예의가 없나?"

"주인의 개소리를 개소리라고 정직하게 말할 수 있는, 충언을 아끼지 않는 집사를 둔 것을 자랑스럽게 여기셔도 좋습니다."

"해고하기 전에 닥쳐."

내 대답을 들은 그가 비웃는 얼굴을 했다. 여지없이 비꼬는 듯한 낯이었다.

"저 없이 생활을 영위할 수나 있으십니까?"

"건방진 쉐기……."

주먹을 휘둘렀다가 잡히고, 머리를 휘둘렀다가 다시 벽에 밀쳐졌다. 그리고 또 사전 합의나 동의의 과정 같은 것을 거치지 않고 진득하게 키스를 했다. 일단 키스까지는 순순히 받았지만, 생각할수록 열불이 나서 입술을 떼자마자 빽 고함을 쳤다.

"아! 해고야, 해고! 저리 꺼져! 생각해 보니 해고하면 다 끝 아니야? 딱 좋네! 해고야!"

"누구 마음대로 저를 해고한다 만다 하십니까?"

"야, 내가 주인이거든? 너 되게 당당하게 말한다."

"해고될 생각 없으니, 그 개소리에 부연 설명이나 어서 붙여서 저를 납득시켜 보십시오."

세상에서 제일가는 개소리를 하기는 했지만, 어쨌든 레일리도 내 이야기를 들을 생각은 있는 모양이었다. 나는 그에게 양손을 붙잡혀서 주먹질을 봉쇄당한 채 벽에 몰아붙여져 있다가 끙 소리를 내며 시선을 회피했다.

아무튼 다행히 적당한 '시나리오'는 떠올려 두었으니, 남은 일은 그럴싸하게 납득을 시키는 것뿐이었다. 나는 진지하게 목소리를 깔고 운을 뗐다.

"언젠간 유리가 돌아올 것 아니야."

"돌아오시지 않을 수도 있습니다."

꼭 그녀가 돌아오지 않기를 바라는 사람 같은 말투였다. 반사적으로 레일리의 얼굴을 살폈다가 다시 눈길을 피했다. 레일리 크라하의 인생에 유리 옐레체니카는 정말로 '그깟 것'에 불과했을까?

애석하지만, 작가인 내가 직접 해석하기로, 그럴 수 없었을 것이다. 레일리 크라하의, 그가 스스로 생각하기에 무가치하고 무용했을 삶에서, 최초로 의미 있는 일을 제안한 인물이 바로 유리 옐레체니카다. 유리 옐레체니카가 속으로 다른 생각을 하고 있었던 아니든, 레일리 크라하에게 그것은 삶에서 가장 가치 있는 일이었을 테고.

그러니 유리 옐레체니카의 배반을 알았을 때 레일리 크라하는 도저히 그것을 용서할 수 없을 것이다. 유리 옐레체니카의 진상을 알게 된 후, 다른 살해범 후보자들을 제치고 레일리를 가장 경계하게 된 이유도 그 때문이었다. 진실을 알게 되면 유리 옐레체니카에게 누구보다도 원한이 클 인물이었다. 그 말인즉, 진실을 알기 전까지는 유리 옐레체니카에게 그만큼 큰 의미를 두고 있을 수밖에 없다는 이야기다.

그럼에도 불구하고 레일리 크라하가 '유리 옐레체니카'의 귀환을 바라지 않게 되고, 그녀가 돌아오지 않더라도 어떻게든 자신의 삶을 이어 가기 위해 여러 방도를 구상하게 된 이유가 무엇이겠는가? 자연스럽게 흘러갈 수밖에 없는 생각이었다. 하지만 그깟 것은 별로 알고 싶지 않다. 굳이 그 문제에 대해 고찰하고 싶지도 않았다.

나는 억지로 생각을 끊어 내고 슬그머니 고개를 돌려서 다른 곳을 바라보며 말했다.

"돌아오든 아니든, 나는 유리랑은 다른 인격이고, 우리는 생각하는 것도, 살아가는 방식도 다를 수밖에 없다고."

"그게 굳이 몸을 옮길 이유입니까?"

"몸을 공유한 채로는 나 자신으로 살 수가 없다고 생각을 해서……."

"원래도 멍청하셨지만 고양이님이라고 불러 드렸더니 정말로 멍청해지신 모양입니다. 말씀하신 바에 따르면 설령 유리 님이 돌아오더라도 언제든 양해를 구해 자리를 바꾸면 되니 상관없는 일 아닙니까?"

"유리에게는 애인이 따로 있어."

사실 서로 사랑하는 관계는 아니라고 했지만, 어쨌든 유리에게 모종의 마음을 품은 알렉시스 에슈마르크와 그쪽도 그쪽 나름대로 갈 데까지 간 관계라지 않았던가? 나는 적당한 진실만을 선별해서 술술 늘어놓기 시작했다.

　"유리의 의식이 있을 때는 유리의 애인이랑 잘 지내다가, 내가 있을 때는 너랑 이것저것 해 버리냐? 유리야 뭐 신경도 안 쓰겠지만, 너는 어떤데? 일단 나는 안 괜찮아. 유리의 애인도 안 괜찮을 거라고 생각한다. 어느 쪽이든 별로라고."

　"그 말인즉……."

　눈썹을 꺾으며 내 이야기를 귀담아듣던 레일리가, 별안간 고민에 사로잡힌 사람 같은 진지한 얼굴을 했다가, 그 표정 그대로 부드럽게 말했다.

　"제가 마스터 쪽의 애인이군요?"

　"……."

　반사적으로 주먹과 머리가 동시에 나갔지만 주먹은 잡혀 있었고, 머리는 시원하게 빗나갔다. 이를 으득으득 갈면서 발끝으로 그의 정강이를 걷어찼지만 역시 타격은 전혀 없는 듯했다. 역시 아무리 생각해도 잘못됐다! 구도가 이따위로 되어 버리면, 꼭……. 꼭 서로 열렬히 사랑하는 관계 같지 않은가? 으!

　역시 아무리 생각해도 으악이다, 으악!

　눈에 불을 켜고 구두의 굽으로 레일리의 구두를 콱 짓밟았지만 레일리는 이번 공격 역시 대수롭지 않게 흘리더니 고개를 숙여 제 할 일이나 했다. 그의 할 일이란 물론 키스였다.

　"너 지금 내 말은 하나도 제대로 안 듣고 있지?"

　"듣고 있습니다. 저를 너무 애틋하게 사랑하신 나머지 몸을 옮겨야겠다고 생각하시게 된 것 아닙니까?"

　"아니, 그건 이유 중 극히 일부일 뿐……. 이 아니고, 아니! 애초에 그거 아니거든?"

그리고 레일리 크라하는 아니나 다를까 별로 귀담아듣지 않는 태도로 삐딱하게 고개를 기울이더니 재차 입을 맞추며 심드렁히 대답했다.

"계속 말씀하십시오."

"뭘?"

"그래서 몸을 어떻게 옮기겠다는 말씀이십니까? 그런 게 가능하기나 합니까?"

"아, 왜, 그, 내가 처음에 깨어났을 때 말했잖아! 내가 만들어진 경위 말이야!"

"경위?"

"유리는 영혼을 육신으로부터 분리해 내는 약을 만들고 있었어."

내가 처음에 이 세계에 들어왔을 때 레일리 크라하를 설득하기 위해 꺼 냈던 변명이었다. 유리 옐레체니카가 할 법한 일, 또 그녀가 해낼 수 있을 법한 일을 적당히 설계해서 말했고, 레일리도 그 지점에 동의했던 것이다.

여기에 알렉시스 에슈마르크를 이용하면 그럴싸한 이야기를 만들어 낼 수 있다. 그에게는 나중에 이야기를 맞춰 달라고 부탁만 하면 그만이었다. 어쨌든 알렉시스 에슈마르크는 내 가장 큰 비밀 몇 가지를 공유하고 있는 인물이 아닌가.

나는 당당히 말을 이었다.

"그 결과 '나'라는 분리된 영혼이 떨어져 나왔고 새로운 인격을 갖게 됐지 만, 어쨌든 유리의 실험 결과 중에는 분명 그 연구 자료가 있을 거야."

"그래서? 설마 마스터께서 그 연구를 이어받겠다는 허황된 말씀은 꺼내 지 않으시리라고 봅니다."

"유리의 실험실을 대공에게 보여 줄 작정이야. 대공과는 이미 이야기가 됐어."

"대공?"

레일리가 급격히 인상을 썼다. 예상했던 것보다도 격렬한 반응이었다. 그가 몹시 기분 상한 얼굴로 씹어뱉었다.

"그가 왜 당신을 돕습니까."

"유리의 애인이니까."

당연한 말이니 당연히 대답했는데, 레일리의 표정이 더더욱 안 좋아졌다.

"아까는 대공이 유리 님께 특별한 감정을 품고 있다고 말씀하셨지요?"

"응. 일방통행."

"그런데 애인?"

"유리가 그냥 받아 준 모양이던데."

"언제 말씀이십니까?"

뷔올로 돌아간 후에는 알은척하지 않고 지냈다는 말을 이미 둘러댔으니……. 별수 없이 나는 이번 여행을 다시 변명거리로 선택했다.

"이 마을에서 지내던 무렵에."

"그때쯤이면 에슈마르크 대공은 아직 성인이 되기 전이 아닙니까?"

"첫사랑이 끝사랑이라 유리를 잊지 못해서 그간 한 여자에게 정착을 하지 못하고 방탕하게 지낸 눈치더라고."

"소설이라도 쓰십시오. 에슈마르크 대공이 대체 마스터께 무슨 말을 쏘삭거린 겁니까?"

미안하지만 이미 이건 내 소설이라.

물론 그따위 말을 입에 담을 수는 없으니, 나는 되도록 뻔뻔하고 태연한 얼굴로 대답했다.

"표면적으로는 일방통행이었지만, 내심 유리한테도 마음은 있었던 모양이야. 우리 둘 다 몰랐지만, 유리가 갑자기 나한테 몸을 넘기기 직전에 에슈마르크 대공에게 남몰래 편지를 보냈대. 그 편지도 직접 확인했고, 마력으로 이루어진 인장도 대조해 봤어. 유리가 보낸 게 맞아. 숨게 된 이유에 대한 자세한 설명은 없었지만, 계획적으로 숨은 건 맞는 것 같아."

마력으로 이루어진 인장 따위 없었지만, 마법사도 아닌 레일리가 알 바는 아니었다. 실제로도 마법이 얽히자 그 문제는 알아서 납득하고 넘어간 모양이었다. 곰곰이 내 말을 곱씹던 그가 미간을 좁혔다.

"제 눈을 속이고 그럴 수는……."

인상을 쓰고 중얼거리던 레일리가 잠시 고개를 기울이더니 한심해 죽겠다는 눈으로 나를 훑어보며 말을 끊었다. 스스로 무언가를 납득한 듯한 태도였다. 무슨 생각을 했는지는 알겠고 나도 의도한 부분이었지만, 기분은 더러웠다.

내 표정이 자연히 일그러지자, 레일리가 구태여 생각을 입 밖에 냈다. 누가 봐도 고의였다.

"물론 마스터도 아니고 유리 님이었다면 불가능한 일도 아니었겠습니다만. 모쪼록 납득했습니다."

"말본새가 구리다, 인마."

"어쨌든 계속 말씀하십시오. 들어 보겠습니다."

아무리 생각해도 기분은 더러웠다. 나는 표정을 풀지 않은 채 계속해서 말을 이었다.

"설명 끝났어. 그래서 대공의 도움을 얻어 몸을 옮길 생각이야. 그래도 대공이 혼자서 유리의 연구를 추론하는 것보다는 유리에게서 직접 연구의 설명을 듣는 편이 좋을 것 같아서 유리의 단서를 찾으려고 여기까지 온 거다. 그래서 나는 언젠가 전혀 다르게 생긴 몸으로 갈 거란 말이야. 네가 시발 유리의 몸을 지닌 나랑, 육신과 구분되는 '나' 자체를 분리해서 생각하지 않는 이상 별로 너한테 대응하고 싶지도 않아. 나는 나 자신으로서 살 생각이라고."

나름대로 성실하게 꾸민 이야기를 구구절절 늘어놓은 후 흘긋 레일리의 눈치를 살폈다. 그런데 이 자식의 반응이 어딘지 예상한 것과 달랐다.

"말씀에 따르면, 이 마을은 대공과 유리 님이 처음으로 얽히고 상호

간에 호감을 갖게 된 지방이 아닙니까?"

레일리가 사근사근한 태도로 말했다. 말투만은 부드러웠지만 표정을 보아하니 기분이 좋은 것은 아닌 듯했다. 아니나 다를까 명확한 의사 표현이 뒤따랐다.

"기분이 나쁘군요."

"뭐가?"

"당신과 대공에게만 의미가 있는 지방에, 대체 무슨 생각으로 그와 함께 오겠다고 결정하신 겁니까?"

"내가 아니라 유리에게 의미가 있는 거라고. 지금 그게 뭐가 중요해?"

반사적으로 다시 짜증을 내자 레일리가 이상한 표정을 지었다.

"정말 열심히 분리하려 드십니다만, 몸을 옮기시든지 말든지 상관없습니다. 저는 얼굴 따위에는 개의치 않습니다. 얼굴이야 제가 잘났으니 그만입니다."

"거, 정말 당당하고 **뻔뻔하게도** 말한다."

너무 어처구니가 없을 정도로 당당해서 미간에 주름을 잡았던 나도 그의 손을 휙 쳐 내며 표정을 풀고 차근차근 설명을 붙였다.

"그래도 자연스럽게, 그 뭐냐, 어쨌든 최소한 네가 나한테……. 갑자기 키스를 하고, 어? 추파를 던지기까지는 내 얼굴이 유리의 얼굴이었으니까."

어째 레일리의 얼굴을 똑바로 보고 싶지가 않았다. 나는 슬금슬금 시선을 피하며 주절주절 말을 늘어놨다. 굳이 이렇게 말을 늘어놓고 있는 이유는 별로 생각하고 싶지 않았지만, 생각을 길게 잇지 않아도 답은 알아서 나왔다. 사실 스스로 알고 싶지도 않던 답이었다.

"적당한 몸은 이미 생각해 놨어. 나랑 크게 상성이 어긋나지 않는 몸이고, 몸의 주인인 영혼이 자리도 비웠고……. 아마도 그게 내가 있어 마땅한 몸이라고 생각해. 뒤처리도 이미 대공이 전부 도와줬으니까 문제도 없어.

네가 지금 생각하기로는 외모 같은 건 상관없다고 여길지도 모르지만, 옮겨 갈 몸은 유리랑은 진짜 완전 다르고, 막상 그러고 나면 네 생각보다 네 취향이 아닐 수도 있고……. 아니, 나는 그 얼굴 아는데 높은 확률로 취향이진 않을 거거든. 이해했냐?"

제기랄, 왜 내가 이런 소리를 내 소설 안에서 내 캐릭터를 상대로 지껄이고 있어야 한단 말인가? 내가 왜 이런 삽질을 하고 있어야 한단 말인가? 인생에 있어 단 한 번도 삽질 따위를 해 본 일이 없고 해 보고 싶지도 않았단 말이다.

그러나 그렇게 생각하면서도 나는 주저리주저리 떠들고 있었다! 개 같은 일이었다!

"하지만 그 뭐냐, 그게 네 모든 감정이나 생각의 전개에 아무 영향도 안 준 건 아닐 테니까……. 조금이라도 영향은 있었을 거고……."

"유리 옐레체니카가 돌아오지 않아도 된다고 했습니다."

그런데 흥미롭다는 듯한 얼굴로 나를 물끄러미 내려다보던 레일리가 돌연 차분한 목소리로 말을 끊었다.

"'유리 옐레체니카'가 없어도 마스터가 계시는 것만으로 충분하니, 제가 알아서 다른 모든 업무를 해결하겠다고 말씀드린 바 있습니다."

"글쎄, 그 문제가 아니라니까?"

"그게 제게 무슨 의미인지 전혀 이해하지 못하시는군요."

그가 훤칠한 키를 구부정히 기울여 내 얼굴 위로 고개를 숙였다. 퍽 위협적인 태도였다. 한편 종잡을 수 없을 정도로 달짝지근한 낯이기도 했다.

"시체 더미와 쓰레기장에서 태어난 인생에 유일하게 주어졌던 가치 있는 일보다, 당신과 보낸 시간이 빛나는 것으로 여겨졌다고 말씀드린 겁니다."

그 의미를 내가 모를 일은 없다. 아까 애써 생각의 방향을 돌린 주제이기도 했다. 다급히 그의 말을 끊으려다가 입을 다물었다. 내가 왜 굳이 그의 뒷말을 듣고 싶어 하는지는, 사실 별로 알고 싶지 않았다. 아니, 이미 알고 있다.

젠장맞을 일이었다.

입술 아래에 선명한 점을 박고, 그가 야살스런 태도로 눈을 접으며 말했다.

"유리 옐레체니카가 제시한 가치보다 당신을 갖고 싶다고 했습니다. 마스터. 그리고 제가 그렇게 생각하고 바라는 이상, 그런 시시콜콜한 사항 따위는 중요치도 않습니다. 그냥 나와는 전혀 다른 인간인 당신을 손에 넣고 싶습니다. 그 단순 무식한 뇌로라도 좀 더 깊이 있는 생각을 해 보십시오. 이렇게까지 말씀을 드리는데 귀담아들으셔야 할 것이 아닙니까?"

아니, 역시 안 듣는 게 나을 것 같은데. 슬쩍 시선을 피하려다가 턱을 붙잡혔다. 반사적으로 윽 소리를 냈다. 우악스런 손놀림이었다.

"다른 곳에 눈 돌리지 마십시오. 제가 지금 이야기하고 있습니다."

그리고 드디어 레일리가 험악하게 인상을 썼다.

"아직도 이해가 어려우십니까?"

대체 왜 집사 주제에 이렇게까지 오만방자하고 개 같은 성격을 지녔는지는 역시 모를 일이었지만, 레일리 크라하가 개자식이었던 것이 사실 하루 이틀의 일은 아니었다. 나는 반강제로 턱을 붙잡혀 끙끙대다가 다시 슬그머니 시선을 피했다.

……

하지만 아무리 진정하고 생각해 보려 해도 인지 부조화가 왔다. 시팔, 방금 내가 이 개자식한테서 뭘 들은 거야. 아니, 생각하지 말자. 아니, 아니, 역시 방금 대체 뭘 들은 거란 말인가. 아냐! 아니다! 생각하지 말자!

"마스터."

그런데 그때 레일리가 위협적으로 속삭였다.

"그 머리에, 제가 더 뭘 쑤셔 넣어 드리면 제대로 저를 보시겠습니까?"

역시 방금 전에 감당할 수 없을 만큼 로맨스 남자 주인공 같은 발언을 한 것이 이 개자식이라는 말이냐! 하늘이 무너지고 억장이 무너졌다!

기를 쓰고 레일리만은 보지 않으려고 슬쩍 다시 눈을 아래로 굴리는데 레일리가 조금 더 깊숙하게 어깨를 기울였다.

"눈."

그가 사납게 씹어뱉었다.

"저를 보십시오."

안 봤다가는 당장에라도 사달을 낼 법한 말투였다. 결국 나는 더 이상의 회피를 포기하고 제대로 레일리를 바라봤다. 새파랗게 빛나는 보랏빛 눈동자가 못마땅한 듯이 일그러졌다.

나도 별다른 말을 꺼내지 않았고 레일리도 다른 말을 붙이지 않았다. 한동안 눈싸움이라도 하듯이 서로를 빤히 노려보고만 있었다. 대체 이 상황에 내가 어떻게 대응하는 것이 나 자신의 앞길에 도움이 될지도 도통 짐작이 가지 않았다. 어쩌면 좋을지도 알기가 어려웠다.

레일리 크라하가 이렇게까지 나오리라고는 생각도 하지 못했다. 나는 그를 만들 때 사랑 따위의 MSG는 첨가한 적이 없다.

"나를……."

결국 먼저 말을 꺼낸 사람은 나였다. 턱을 붙잡히면서 대신 자유로워진 손으로 그의 뺨을 붙잡고 꾹꾹 밀어내며 꺼낸, 마지막 발악 같은 발언이었다.

"좋아하지는 않는다며?"

레일리가 눈썹을 꺾으며 짜증스레 인상을 썼다.

"살아 있는 것을 좋아한 일이 없습니다."

신경질적인 얼굴에 사나운 말투를 한 것치고, 그가 나름대로 성실한 대답을 꺼냈다.

"사랑 따위가 실존한다고 생각하지도 않습니다."

"그럼 뭐야?"

"애정을 무가치하게 여기면 인간을 갖고 싶어 할 수도 없습니까?"

결국 내 턱을 붙잡고 있던 손에서 힘을 푼 그가, 자신의 얼굴을 꾹꾹 밀어내던 내 손을 거칠게 떼어 내며 다시 말했다.

"제 삶에 애정 따위는 단 한 번도 실재하는 가치였던 적이 없지만, 바라신다면 그런 것으로 해 두어도 좋다고 이미 말씀드린 일이 있습니다."

거기까지 말했던 그는 자신에게 몰아붙여진 채 벽 사이에 끼이듯이 서 있던 나를 물끄러미 바라보다가 한숨을 뱉어 냈다. 그러더니 내 손을 툭 놓아주고는, 미간을 위아래로 문지르며 별안간 다른 얘기를 했다.

"보여 주십시오."

"뭐, 뭘?"

"옮겨 가려고 한다는 몸의 얼굴 말입니다. 어떻게 생겼는지 안다고 하시지 않았습니까."

"그걸 내가 어떻게 너한테 보여?"

"3클래스의 등급 낮은 마법 중에 환상 마법이 있지 않습니까. 이제 마법을 쓸 수 있게 되었다고 하셨으니, 보여 주시라는 얘깁니다. 아무튼 지금으로서는 대화가 성립되지를 않는군요. 직접 보고 나면 확실하게 답변해 드리기도 편하겠지요."

"아직 못⋯⋯. 쓰는데."

애초에 마법은 일반인들에게 알려진 것처럼 편리한 클래스 개념의 힘이 아니었다. 나는 죽어도 알렉시스 에슈마르크처럼 능숙하게 거대한 기관 장치를 다룰 자신이 없고, 애초에 이런 장치를 어떻게 움직여야 내 머릿속의 이미지를 환상으로 띄워 올릴 수 있을지도 짐작이 가지를 않았다.

내 대답을 들은 레일리가 아니나 다를까 더없이 한심한 것을 보는 듯한 얼굴로 나를 깔아보다가 품을 뒤지더니, 갑자기 이상한 종잇조각을 꺼내

내던졌다. 일단 받아 챙기고 나서 살피니 마법이 저장되어 있는, 일종의 스크롤이었다.

정황상 환상마법이 들어 있는 스크롤일 것이다. 일단 구조나 확인해 보기 위해 조금 더 자세히 들여다보니 그 원리도 그럭저럭 알 만했다. 마력석과 비슷한 방식으로 압축된 기관 장치들이 종이에 담겨 있는 듯했다. 갑자기 왜 내 얼굴이 보고 싶은 건지는 모르겠지만, 어쨌든 인상을 쓰고 기억을 되짚었다.

나 자신의 얼굴 같은 것도 이제는 흐릿해졌다. 본래의 얼굴을 제대로 보지 못한 지 체감상으로는 1년 반이 다 되었다. 당연히 기억도 영 모호해졌다. 나는 기를 쓰고 머릿속의 기억을 복기했고, 어느 정도 윤곽이 잡혔을 때에야 스크롤을 찢었다.

내가 왜 이 짓을 굳이 하고 있는지 회의감을 느끼면서도, 스크롤을 찢자마자 튀어나온 마력의 흐름에 내 '이미지'를 실었다. 사방의 기계들이 삐걱삐걱 돌아가다가, 불쑥 튀어나온 집게들이 자잘한 조각들을 허공에 쌓기 시작했다. 일종의 3D 프린터처럼 이미지를 띄워 올리는 원리인 듯했다.

허공에 얼추 사람의 얼굴이 생겨나기 시작하자, 레일리는 말없이 팔짱을 끼고 깔보듯이 그 형상을 지켜보았다. 나는 어쩐지 초조해졌다. 그깟 외모가 뭐라고, 이깟 일에 초조함을 느낀다는 사실 자체에 환멸을 느꼈지만, 이미 초조한 것을 어쩌란 말인가.

어쨌든 '이건' 내 몸이 아니었다. 여신이라고 불리는 힘의 기원에서 탄생해서, 요정 같은 체계를 지닌 인공 생물의 몸이다. 더없이 완전하고 아름다운 육신 말이다.

빌어먹을……. 역시 애초에 남의 몸으로, 이런 식으로 얽히는 것이 아니었다.

아니, 젠장! 왜 마치 레일리 크라하에게 유리 옐레체니카와 무관한 나 자신으로 사랑받고 싶은 듯이 이 난리를 치고 있단 말이냐? 나는 그만 그 분개를 삭이지 못하고 두 주먹을 불끈 쥐고 어깨를 부들부들 떨었다. 아무리 생각해도 견딜 수 없는 일이었다.

그때, 레일리가 크게 한숨을 내쉬었다. 나도 모르게 그의 반응을 살피며 초조해졌다. 그리고 생각을 마치기도 전에 반사적으로 첨언했다.

"그…… 기억 속에서 좀 미화돼서, 그것보다는 좀 더……."

"약간은 달라도 괜찮습니다. 전체적인 인상과 생김새는 대충 기억해 뒀습니다."

"뭐?"

"이목구비도 확인했습니다. 아무 문제도 없습니다."

"뭐?"

이건 또 갑자기 뭔 소리야, 이 새끼? 맥락을 이해했는데도 이 꼴이란 말이냐?

내 표정에서 생각이 드러났는지, 나를 빤히 응시하던 레일리가 고개를 기울여 입을 맞췄다. 방금 전까지 역정을 내듯이 몰아붙여 놓고, 이번에도 키스만은 부드러웠다.

"아름다움은 일찌감치 제게 있었으니 탐이 나지 않습니다."

그가 심드렁한 태도로 말했다.

"부와 권력 역시 마찬가지입니다."

"그래서 뭔 소린데……?"

"왜 인간은 언제나 이미 손에 쥐고 있는 것보다, 영영 손에 넣을 수 없을 것을 알면서도 일생 내내 손에 쥐지 못한 것만을 탐내게 된단 말입니까?"

유감스럽게도, 너무도 유리 옐레체니카와 닮은 발언이었다. 이해할 수 없었던 것들만이 그녀를 잡아끌고 유혹할 수 있었으며, 결국 그녀로 하여금 행동하게 했다. 레일리 크라하가 똑같은 짓을 반복하고 있었다.

망할 일이지만 레일리의 경우 그 대상이 나인 듯했다. 그가 비꼬는 듯한 말투로 뇌까리고, 퍽 달큼한 낯을 했다.

"물론 모르시겠지요. 마스터는 손에 쥐지 못한 것을 인식하지도 않는 여유롭고 나태한 사고방식을 지니지 않았습니까?"

"아니, 사실 딱히 그런 건 아닌데……."

"인간이라는 구획을 제거하고 저에 대한 문제로 한정을 짓겠습니다. 결국 이건 단지 제가 탐욕스러운 생물이기 때문입니다."

직감적으로 여기에서 더 묻지 말까 싶었지만, 이미 입이 알아서 움직이고 있었다. 나는 희미하게 다시 물었다.

"그래서……?"

"육신에 주어지는 선천적인 모든 것은 일찌감치 제게 있었습니다. 그러니 제게는 어떤 의미도 되지 못합니다. 하지만 당신."

레일리의 커다란 손이 내 가슴팍을 꾹 짓눌렀다. 거의 밀치는 듯한 압력이었다. 등을 벽에 대고 있었기 때문에 밀쳐진 것은 아니었지만, 거대한 손에 짓눌리듯이 미미한 압박감이 숨통을 눌렀다. 나는 여전히 그의 보랏빛 눈동자를 올려다보고 있었다.

"온전히 내가 갖지 못한 것, 영영 갖지 못할 것들로 이루어진 당신은 갖고 싶습니다. 당연히 껍데기 따위의 얘기는 아니지요, 마스터."

그 분위기가 너무나 미묘했다. 나는 직감적으로 이 상황이 무슨 상황인지를 깨달았다. 어떤 일이 뒤따를지도 짐작이 갔다.

달아날까?

생각했다가 이미 글렀다는 사실만은 명백히 인식했다. 솔직히 말해, 달아날 곳도 없지만, 달아날 곳이 있다고 해도 이미 타이밍을 놓쳐서 완벽하게 발목을 잡힌 듯한 기분이었다. 사실, 애초에 내게는 달아날 생각도 없었던 것 같다.

레일리가 사나운 태도로 웃었다.

"얼굴은 기억해 두었습니다. 기껏 부리에 만족스럽게 문 것을 놓아 버릴 생각은 없습니다. 어디로 옮겨 가서 무슨 껍데기를 쓰고 있든 자유 따윈 없을 겁니다. 그렇게 두지 않겠다는 얘깁니다."

코앞까지 얼굴을 기울이고 그가 속삭였다.

"당신이 원하든 원하지 않든, 저는 제가 원하는 것은 가집니다."

가슴팍을 짓누르고 있던 손끝이 태연히 몸의 윤곽을 훑어 내리며 떨어졌다가, 거칠게 내 허리를 잡아챘다.

"그러니 기왕이면 저를 '사랑'하십시오. 그래야 피차 좋습니다."

유들유들한 말투로, 레일리 크라하가 마지막으로 질문했다.

"계속 답을 요구하시던 그 질문에, 이 정도면 대답이 되셨습니까?"

그리고 대답도 듣지 않고 그가 키스했다. 난폭한 태도였다. 윽 소리를 내며 밀려났고, 담에 뒷머리를 가볍게 박았다가, 장갑 낀 손에 뒷머리를 통째로 붙잡혀 끌려갔다. 머리칼을 헤집고 들어선 그의 손이 단단히 내 목을 고정했다. 발뒤꿈치가 공중에 떴다가 가까스로 중심을 찾는 사이 꽉 붙잡혀 품에 갇혔다.

레일리 크라하는 지극히 유리 옐레체니카와 닮은 꼴인 캐릭터였다. 아마도 그래서 만났고, 협력했고, 서로에게 동조했고. 어쩌면 그로 인해 유리 옐레체니카도 이용 대상일 뿐이었던 그를 굳이 곁에 두고 편히 여겼는지도 모른다.

원치 않았던 일이지만 일찌감치 답은 떨어졌다. 사랑 같은 것은 모르고, 이해할 생각도 없지만, 자신이 갖지 못한 것에 더할 나위 없이 탐욕스러운.

빛나는 것을 두 손 가득 그러모으지 못해 안달이 난 까마귀 같은 악당들이었다. 누가 누구의 뒤통수를 치는지의 문제와 방식과 방향성의 차이만 있지, 사실은 유리 옐레체니카나 레일리 크라하나 그만그만한 인간쓰레기들이다.

더듬더듬 헤매던 손끝이 그의 정장을 마구잡이로 움켜쥐다가, 나는 그게 정말로 미친 짓이라고 생각했고, 그럼에도 불구하고 결국에는 레일리의 어깨 너머로 팔을 뻗어 빽빽한 등을 긁어내듯이 끌어안았다.

역시 단단히 미친 짓 같았다.

* * *

가을 하늘은 높고 푸른데 내 마음에는 먹구름이 낀 것 같다. 나는 마을에 도착한 첫날에 이미 조사를 할 만큼 해 버렸고, 알렉시스 에슈마르크를 기다리며 사흘을 보내는 내내 별다른 추가적인 소득을 거두지 못한 채, 단지 젊은 베르테르 같은 고민에 사로잡혀 있었다. 아니, 내 막장 고민 따위를 베르테르 씨의 경건한 고뇌에 비유하다니, 베르테르 씨 미안합니다.

갈매기가 끼룩끼룩 우는 날씨 좋은 항구 마을에서 나만이 먹구름을 몰고 다녔다. 해안이 보이는 카페의 창가에 앉아 종잇조각에 의미 없는 선과 점을 마구잡이로 그리다가 엎어졌다. 너무 거칠게 엎어졌다.

"윽."

반사적으로 신음을 토해 내며 허리를 짚었다.

"끄으윽……."

미친 듯이 아팠다. 나는 한참 동안이나 상에 엎어진 채 허리를 붙잡고 끙끙거리다가 상을 탕탕 두드렸다. 아무리 생각해도 미친 짓이었다.

결론부터 말했을 때, 나는 또 저질러 버리고 말았다.

이번엔 심지어 이것이 아주 미친 짓이라는 것을 알면서도 저질렀다. 이전처럼 분위기에 휩쓸린 것도 아니었다. 어디까지나 이성적이었는데도 해 버렸다. 레일리 크라하가 내 캐릭터라는 것을 명백히 인식하고 있었음에도 그것을 감당하지 못했다. 낯설고 어찔한 첫사랑에라도 휘둘리는 것처럼, 중심 없이 부평초처럼 쓸려가 버렸다.

이런 젠장! 대낮부터 그 생각을 하니 얼굴에 열이 오르는군.

"……."

얼굴에 열이 오르는 건 어디까지나 대낮부터 그딴 일을 상기해서일 뿐이다!

아무튼 스스로 문제점을 인식한 상황에서까지 또 저질렀으니 더더욱 제정신이 아니었다. 역시 미쳤다. 더 알다가도 모를 것은 레일리 크라하의 반응이었다.

워낙에 난폭한 녀석이라 언제나 격렬하고 무자비한 편이었지만, 이번엔……. 이번엔 기이할 정도로 다정했다. 아무 배려 없이 물고 씹는 것을 즐기는 주제에, 이번만큼은 왜인지 시기마다 보랏빛 시선을 내리깐 채 물끄러미 나를 살피다가 몇 번이고 내 상황을 살폈다. 관찰하듯이 지켜보고, 자꾸만 뜸을 들였다. 눈물이라도 비치는 것 같으면 주저 없이 입을 맞췄다. 끝에는 내 뒷머리를 감싸 쥔 채 부드럽게 쓰다듬기도 했다.

'역시 저를 좋아하시지 않습니까?'

한숨을 토해 내며 인상을 쓰고 웃더니 숨을 쉬기가 어려울 정도로 깊숙하게 키스를 하고, 그런 소리를 했다. 더할 나위 없이 만족스런 낯이었다.

"아!"

그만 생각해, 미친 자야! 나는 당장에 카페의 벽을 향해 머리를 휘둘렀다. 요란하게 쾅 소리가 났다. 소란스럽던 카페 안이 급격히 조용해졌다. 나는 유리 옐레체니카의 아름다운 미소 8번을 만면 가득 띠며 그들을 향해 한 손을 부드럽게 들어 보였다.

"죄송합니다. 실수로 부딪쳤어요."

"괜찮으세요……?"

"네, 네, 어디까지나 괜찮아요."

"저기, 피가 흐르는데요."

"아하핫, 걱정 마세요. 자주 이곳저곳에 부딪치는 편이라, 효과 좋은 상비약이 있답니다."

품에서 꺼낸 유리 옐레체니카 특제 고약을 보여 주고 온화한 미소를 지어 보였다. 그리고 그들을 향해 일일이 눈짓까지 해 준 후에야 다시 상에 엎어졌다. 한 손에 대강 덜어 낸 고약을 방금 벽에 박은 머리에 덕지덕지 펴 바르며 깊은 한숨을 토해 냈다. 아무리 생각해도 미친 짓이었다.

"젠······. 장······."

레일리 크라하 개자식을 더 생각하고 싶지 않은 마음만은 굴뚝같았지만, 마음이라는 것이 쉽게 내 뜻대로 흘러가는 것은 아니었다. 별로 떠올리고 싶지 않은 장면이 하나 더 머릿속에 오버랩 됐다.

'얼굴이나 생김새 따위는 아무래도 좋습니다.'

나를 한 팔로 안아 올려 욕실에 데리고 들어가며, 레일리 크라하가 달콤하게 속삭인 말이 다시 떠올랐다.

'마스터가 무엇이 되어도 제가 가질 수 있는 형태이기만 하면 됩니다.'

그리고 그런 말을 들으니까······. 꼭······.

이 세계 바깥의, 진짜 '나'를 향한 사랑 고백 같지 않은가.

"으으윽······."

다시 생각하니 또 괴로워졌다. 아니, 시팔, 하고많은 놈들 중에 인간을 가지고 말고 하는 개소리를 하는 놈과 그렇게까지 할 필요는 없었던 게 아니냔 말이다. 괴로운 건지 열불이 난 건지 방금 먹은 식사가 체한 건지, 도무지 뭔지 알 수가 없다.

나는 상에 대고 몇 번이고 쿵쿵 이마를 찧다가, 상을 걱정한 건지 나를 걱정한 건지 카페 주인이 와서 만류하고야 우아하게 자세를 고쳐 앉았다. 그러나 금세 다시 몸이 기울었다. 카페 창가의 기둥에 머리를 기댄 채, 우수에 젖은 얼굴로 쓸쓸히 읊조리듯 말해 보았다.

"살짝 죽고 싶군……."

"곤란한 말을 하는군."

별안간 머리 위에서 익숙한 목소리가 떨어졌다. 퍼뜩 고개를 들자, 알렉시스 에슈마르크가 장난스럽게 눈 끝을 찡긋거렸다.

그는 특유의 화려한 머리칼을 곱게 묶은 채, 앞서가는 멋쟁이들이나 쓰는 챙 넓은 남색 모자를 슬쩍 들어 보였다. 하얀 정장에 얇은 코트까지 차려입은 그가 카페 안에 서 있으니 주변의 공기까지 온통 화사해지는 듯했다. 역시 언제 봐도 얼굴만은 무시무시하게 잘생긴 인간이었다.

"사흘간 조사는 충분히 했나."

보랏빛 눈동자를 다정다감하게 접은 그가 첫인사로 그 말부터 꺼냈다. 여전히 기운 없이 기둥에 머리를 기대고 있던 나는 흘긋 앞자리를 향해 눈짓을 했다.

"앞에 앉으세요. 그 얘기부터 정리하고 이동을 하든지 말든지 하도록 하죠."

"그대 집사는?"

"……."

아! 또 생각났잖아! 반사적으로 기둥에 머리를 박으려다가 알렉시스 에슈마르크의 손에 부드럽게 이마를 붙잡혔다. 내 이마를 한 손으로 크게 감싸서 제지하고, 그대로 잡아당겨 자신의 몸에 기대게 한 그가 부드럽게 다시 물었다.

"뭔가 사건은 있었던 모양이지만 개인적인 사건 같으니 구구절절 묻지는 않겠네. 내가 그의 거취를 참고할 수 있도록, 어디에 있는지나 말해 주지."

나는 고개를 젖힌 채 그를 거꾸로 올려다보며 신음을 뱉었다.

"여기에서 바로 북상하면서 므라우를 지날 거니까 혹시라도 최근 그쪽에 안 좋은 일은 없는지 조사하라고 보냈어요. 어제 낮에 나갔으니 금방 올 겁니다."

"나도 조사하고 왔는데, 미리 연락을 줄 것을 그랬어. 괜히 그를 번거롭게 했군."

"아뇨, 딱히 그런 건 아니고……."

사실 그냥 눈앞에 두고 있으면 내가 곤란해서 변명거리를 만들어 내보낸 것이었다. 알렉시스 에슈마르크가 므라우의 최근 상황에 대해 조사를 했든지 말든지 그 소식을 전했든지 말든지, 나는 뭐라도 시켜서 레일리를 쫓아냈을 것이다. 대공이 책임감을 느낄 문제는 아니었다.

시큰둥히 머리칼을 헤집다가, 별말 없이 내 이마를 잡아 세우고 있던 그의 손을 떼어 냈다. 내가 더는 머리를 갖다 박을 생각이 없어 보이자, 알렉시스 에슈마르크도 그때에야 우아한 몸짓으로 앞자리의 의자를 꺼냈다.

그가 코트 자락을 정돈하며 자리에 앉고 나서, 나는 내가 이 마을에서 조사해 알아낸 정보들을 간략하게 요약해 전달했다.

"엘류이센 라이케는 인간들이 만든 '미', '예술', '미학'에 관심이 있었어요. 삶과 죽음 같은 것에 지극한 관심을 가지고 시신을 해부하기도 했고요."

"묘한 말이군."

"저도 그렇게 생각해요."

"그녀는 죽어도 이해할 수 없는 영역이었을 텐데."

알렉시스 에슈마르크가 산뜻하게 대답하다가, 얼굴을 붉힌 채 다가온 여급을 향해 싱그러운 미소를 지어 보였다. 습관적인 추파였다. 로맨스 소설에나 나올 법한 '유일한 사랑을 잊지 못해 어디에도 정착하지 못한 채

방황하는' 인간 주제에 정말이지 매사 숨 쉬듯이 보는 여자마다 작업을 걸고 있었다. 나는 일단 대화를 멈춘 채 애석한 눈으로 그를 훑어봤다.

그는 메뉴를 휙휙 넘기다가 결국 야나 콩 차를 주문했다. 이 세계의 커피와 비슷한 음료였다. 커피와의 차이점이라면, 도저히 감당하기 어려울 정도로 쓰고 텁텁한 '냄새'를 풍긴다는 점이었다.

카페인 총량도 커피랑은 비교할 수 없을 정도로 높은지, 경험상 세 모금 정도 마시고 나면 심장이 쿵쾅쿵쾅 뛰었다. 유리 옐레체니카의 심장이 일반인과 비교했을 때 카페인 같은 것에 특별히 영향을 받지는 않으니, 대부분의 일반인에게도 강력하게 작용할 것이다.

요컨대 이 세계에서는 도무지 '기호 식품'의 영역이 아니었다. 어디까지나 '각성제'의 용도로 음용됐다. 내 앞에 놓인 달짝지근한 허브 차와는 농도부터 달랐다.

처음에는 나도 야나 콩 차를 대충 커피 정도로 생각했다. 그래서 레일리를 꼬드겨 직접 마셔 본 일도 있었다. 이세계의 커피라니 궁금하기도 했다. 유리의 몸이 카페인이나 알코올에 특별히 약하지는 않다는 사실 정도는 레일리도 알고 있었고, 그는 흔쾌히 차를 끓여 줬다.

그리고 나는 딱 한 잔을 들이켠 후 가슴께를 부여잡고 아침 식사를 전부 토하며 방을 기어 다니다가 펑펑 울었다. 워낙 독한 차이기도 했고, 너무 호쾌하게 마셔 버린 탓도 있을 것이다. 세 모금에서 멈췄어야 했는데 맛이 없다며 남은 것을 전부 털어 넣었다가 그 꼴이 났다. 어쨌든 나를 품에 안고 이것저것을 먹여서 겨우 진정시킨 후로는, 레일리도 절대 티타임에 야나 콩 차를 내보이지 않았다.

요약하건대, 정신 똑바로 박힌 인간이라면 함부로 위장에 들이부을 음료가 아니었다. 애초에 맛도 더럽게 없다. 냄새는 또 고약했다.

대공의 앞에 금세 준비되어 나온 야나 콩 차를 질색하며 바라보다가 슬그머니 몸을 뒤로 물렸다. 내 반응을 살핀 알렉시스 에슈마르크가 희미하게 웃으며 잔을 들어 올렸다.

"그거 냄새 너무 쓰지 않아요? 와, 도저히 뚜렷하고 중요한 목적 없이는 못 먹겠던데, 굳이 그걸 카페까지 와서 시키냐."

"외교 업무를 하는 인간들은 대부분 입에 달고 사는 음료지."

"외교 업무를 보는 날도 아니면서 왜 마시는데요?"

"이런 종류의 음료를 마시면 머릿속이 차분히 정리되거든. 머리를 쓰는 일에 함께하면 좋아. 내 경우에는 일상 차로 마시는 편이다."

"야나 콩 차로 두뇌가 활성화될 때마다 심장의 내구도가 줄어든다는 얘기를 들은 적이 있는데."

"아, 그 얘기를 들었나. 내가 발견한 사실일세."

그걸 발견해 놓고 그렇게 태연히 아무 때에나 머리 좀 잘 굴러가라고 벌컥벌컥 마시고 있냐……. 질린 얼굴로 알렉시스 에슈마르크를 바라보다가 코앞에 손부채질을 해 냄새를 날리며 투덜거렸다.

"으, 진짜 유리 옐레체니카나 레일리 크라하나 댁이나, 사고방식 한번 끝내주게 효율적이네요. 미래의 수명 따위 개나 주라지 하는 그 사고방식 정말 히익이다, 히익."

"그대가 보이는 태도를 살피며, 바깥 세계의 사람들은 이 세계의 인간들보다 훨씬 풍요로운 삶을 살고 있을지도 모른다는 생각을 해."

에슈마르크 대공이 미소 띤 얼굴로 부드럽게 말했다.

"그대와 내 앞에 놓인 두 음료의 맛과 용도만큼은 다르겠지."

그의 말을 듣고 나는 윽 소리를 내며 입을 다물었다. 조금 양심이 찔리는 발언이었다. 괜히 허브 차를 들어 한 모금 벌컥 마시자, 그가 다시 주제를 환기했다.

"계속 얘기해 보게. 옐류이센 라이케는 자신이 결코 이해할 수 없었을 가치를, 왜 굳이 탐색하려 했을까? 그대의 생각은 어떤가."

"어느 정도 결론을 내려 놓고 괜히 저한테 한 번 더 묻는 거죠? 이해하지 못하는 것이니 관심이 생겼겠죠."

레일리 크라하가 그렇듯이, 엘류이센 라이케 역시 '가치'를 이해할 수 없는 인간이었다. 생각해 보면 레일리는 내가 자신의 행동이나 사고방식을 전혀 이해하지 못할 때면 종종 '유리 님은 동의했다'는 식으로 말하곤 했다. 유리 옐레체니카의 사고방식은 레일리 크라하의 것과 크게 다르지 않았다.

지극히 효율적이고, 극단적으로 편협했다.

"레일리와 유리는 꽤 닮은 꼴인 인간이었던 것 같아요. 평소에 하는 말을 들어 보면, 사고방식이 비슷했다거나, 레일리의 되도 않는 개똥철학에 유리는 공감했다거나, 그의 글러 먹은 사상에 유리가 동조했다는 경우가 자주 있었거든요. 이 마을에 도착한 날에 레일리가 직접적으로 그런 말을 했어요. 인간은 탐욕스러워서, 이미 쥐고 있는 것을 보거나 그것에 만족하지 못하고 영영 손에 넣지 못할 것만을 탐내고 지니지 못한 것에 끌리게 된다고."

"흐음……."

알렉시스 에슈마르크가 묘한 태도로 말을 끌었다.

"그녀에게 있어 레일리 크라하의 존재는 실질적인 의미를 지니지 못했을 거야. 하지만 그러면서도 퍽 아끼는 눈치였네."

"'아끼는 눈치'?"

"'귀여워'했다고 말해야 할까."

그가 잠자코 웃으며 대답했다.

"애완 짐승 같은 개념이었을까. 글쎄, 잘은 모르겠군. 나는 이해하기 어려운 일이었어. 그렇게까지 무참하게 속이고 이용하면서도 그럭저럭 귀여워하는 꼴을 지켜보며, 그저 엘류이센 라이케에게는 그런 이용 대상마저 흥미로울 수 있다는 사실을 알았지."

"비슷한 방식으로 인격을 구축한 존재여서 그랬을까요?"

"그랬을 수도 있다고 생각하네. '므라우의 까마귀'라면 세상에서 가장 비인간적인 사회에서 태어나 그 집단의 결정체처럼 자란 인물이니, 애초에 인간과는 다른 궤도를 살았던 엘류이센 라이케에게 동조하지 못할 인사도 아니었을 테고."

차분히 답한 그가 한 모금 더 차를 마셨다. 그리고 한동안 조용히 있다가 뒤늦게 덧붙였다. 평온하고도 여상한 태도였지만, 조금 회의적인 표정이었다.

"손에 쥐지 못한 것만을 바라보며 멍청하고 어리석은 욕망을 갖는 짓은, 굳이 그런 환경에서 자라지 않았더라도 누구나 범하는 과오겠지만 말이야."

턱을 괴고 있던 나는 말없이 차를 홀짝였다. 생각해 보면 그 역시도 손에 쥐지 못한 것을 위해 무시무시한 일을 도모한 작자가 아닌가.

나도 모르는 사이 티 나게 질린 표정을 지었는지, 흘긋 나를 살폈던 그가 어깨를 떨며 웃었다. 그러더니 단조로운 태도로 지나가듯이 덧붙였다.

"인간이란 교묘해서 전혀 다른 것에게도 끌리지만 자신과 비슷한 것에도 끌리지 않나. 경우에 따라 달라. 이해하기 어려운 것을 굳이 이해할 이유는 없지."

"흐음."

나는 적당한 감탄사로 그 화제를 끊었다. 굳이 우리가 이 이상으로 많은 이야기를 섞을 필요는 없을 것 같았다. 그리고 우선 레일리에게 둘러댄 대략적인 내용에 대해 말해 주고, 그와 이야기를 맞추기로 했다.

그 화제가 거의 마무리될 무렵, 돌연 알렉시스 에슈마르크가 떠보듯이 말했다.

"아까부터 허리가 불편해 보이는데."

"제발 눈치껏 닥쳐요, 좀."

"그래서 그와는 어쩔 생각이지?"

"아, 몰라, 몰라."

회회 손사래를 치며 다시 상에 엎어졌다. 알렉시스 에슈마르크도 더는 자세히 캐묻지 않았다. 그는 대신 연금술사 에이미를 도와준 일에 대해 잠깐 떠들고, 그 곁에서 머무르며 주워들은 소식을 약간 꺼냈다. 솔데인 마이어와 애셔 아마르트 뷔올에 대한 소식이었다. 세레나의 소식이기도 했다.

"마이어 후작이 원정 파견을 받았네. 표면적으로는 근래 푸른 숲 근방의 마력 파동이 기이하다는 것이지만, 푸른 숲이야 주기적으로 마력 폭풍을 일으키는 지방이니 대단한 문제도 아닐 텐데 말이야. 결국은 실질적인 좌천인 셈이지. 가서 머리나 식히고 오라는 소리일세."

"아아……."

내가 그렇게 말렸는데 결국 황제한테 정보를 고스란히 갖다 바쳤군, 그양반. 어느 정도는 짐작하던 사실이라 시큰둥하게 대응하자, 태연한 얼굴로 찻잔을 들어 올린 알렉시스 에슈마르크가 흥미롭다는 듯 물었다.

"역시 테라스에서 둘이 나눈 대화가 그 문제에 대한 얘기였던 모양이군?"

이제 와서 무엇을 숨기랴? 나는 상에 엎어진 채 머리칼을 마구 헤집으며 뚱하게 대꾸했다.

"하지 말라고 경고해 줬는데도 안 듣더라고요. 그래도 일단 본인이 직접 저지르기 전까지는 남한테 일러바치지 않는 의리를 발휘하기로 했어요. 알렉시스 당신도 나한테 너무 섭섭해하지는 말아요. 어차피 손해 본 것도 없잖습니까."

"그대와 후작 사이에 그만한 의리가 있었나? 처음 듣는 얘기군."

"아, 그게……. 그날 저한테 당신을 조심하라고 충고하지 뭡니까."

눈썹을 찡그렸던 알렉시스 에슈마르크가 개구쟁이 소년 같은 표정을 짓더니 뺨을 기울였다. 곧게 펼친 검지 끝으로 광대 근처를 천천히 문지르며 그가 잘게 웃었다.

"쥐가 고양이 걱정을 하는 꼴인가."

"그렇긴 한데, 아무튼 마음을 써 줬으니 저도 그냥 최소한의 의리로."

"논지는 이해했네. 별로 서운할 것은 없어. 어차피 마이어 후작은 이쪽이 먼저 눈치를 채든 아니든 보고를 했을 테니까."

대공이 태연한 얼굴로 대답했다.

"그는 그런 인간이지. 이런 시대에 소드 마스터라는 건 일종의 상징이니까. 그 경지에 오른 순간부터, 그는 더러운 일에는 손을 대지 않아도 되도록 주변에서 배려해 줄 수밖에 없는 인물이야. 굳이 이런 문제는 건드리지 않는 편이 그에게나 모두에게나 나았겠지만, 또 그럴 수도 없는 인간일세. 애초에 그만한 기사가 자기보다 열 살 가까이 어린 애셔를 주군으로 결정한 이래 충실하게 모시고 있으니 그것도 대단한 일이 아닌가."

뜻밖에도 평온하고 호의적인 반응이었다. 나는 멀뚱히 그를 바라보다가 상 위에 팔짱을 끼고 그 위에서 고개를 데굴 굴렸다. 시야가 구십 도로 돌아갔다.

"의외로 마이어 후작을 좀 좋아하는 편인가 봐요."

"싫어하는 인간 같은 건 없어."

텁텁한 냄새를 풍기는 차를 한 잔 말끔히 비워 낸 그가 찻잔을 내려놓으며 담담히 말했다.

"좋아하는 인간이 없듯이. 분리된 문제는 아닐세."

"흐음."

"어쨌든 그가 윌리엄스를 데려가겠다고 하니, 근래 윌리엄스와 가깝게 지내던 애셔도 그들과 동행하기로 했다더군. 말이야 윌리엄스에 대한 호의지만……. 애셔야 영특한 아이니까, 마이어 후작이 그 이상으로 날뛰며 괜한 것을 쑤석이지 않게 할 생각으로 따라붙었겠지. 그 애는 지극히 우리 집안의 핏줄을 이었거든"

"설마 태자 전하도 인간쓰레깁니까?"

내가 설정한 바에 따르면 황태자만은 이 세계의 인격 평균치를 올리는데에 한몫하는 인물이어야 하는데 이게 무슨 달갑지 않은 소리란 말인가? 반사적으로 번쩍 상체를 세우며 묻자, 알렉시스 에슈마르크가 빈정대는 낯으로 인상을 찡그렸다.

"우리 집안을 어찌 보기에 그런 소리부터 나오지?"

"아, 거, 그. 알렉시스랑 폐하랑. 댁들 둘만 봐도 좀 견적이 나오네요."

내 대답을 들은 그가 특유의 온화한 얼굴에 흐드러지게 미소를 피워냈다. 턱을 괴고 비뚜름히 앉아 있던 그가 자신의 관자놀이쯤을 검지로 툭툭 두드리며 말했다.

"그 애는 조금 돌연변이야. '이것'만 따지면 가장 뛰어나지. 폐하도 나도 가늠하지 못해."

"지능? 두뇌 말씀이세요?"

"그래. 마법에만 재능이 있었어도 퍽 쓸 만했겠지만 그쪽에는 재능이 없어서. 그 애는 전형적인 학자이고 개혁가이자 귀족이며 정치인이야. 이제 겨우 스물둘인데 노회한 너구리 같을 때가 있어."

나는 또 턱을 괴고 뚜하게 앉아서 그를 멀뚱히 바라보다가 고개를 기울였다. 주변의 유력한 귀족과 왕족들에 대해 언급할 때, 알렉시스 에슈마르크의 화법에는 어딘지 독특한 구석이 있었다. 그러니까, 그에 대해 유리 옐레체니카 다음으로 잘 알게 된 내 입장에서 생각했을 때 말이다.

다른 이들에 대해 떠들 때는 몰라도, 적어도 애셔 아마르트 뷔올에 대해 언급할 때만은 그의 태도나 몸짓, 눈빛, 말투 하나하나에서 애정 엇비슷한 것이 묻어났다.

"태자 전하를 꽤 좋아하시나 봐요."

"그대는 내가 세상 모든 것을 미워하기라도 한다고 생각했나?"

거기까지 말한 그가 희미하게 웃으며 찻잔의 손잡이를 손끝으로 문질렀다.

"나는 애셔가 권리를 갖는 것에 대해서는 추호도 불만을 가진 적이 없네. 사실, 권리 따위를 탐낸 적도 애초에 없기는 해. 단지 바라지도 않기는 했지만 그에 앞서 처음부터 없었고, 심지어는 요구하지도 않은 것을 일찌감치 거절당했기 때문에 마음 한구석이 조금 허망해졌지. 그 허망함이 나를 못 견딜 벼랑으로 밀쳐 버렸을 뿐."

이번에도 조금 지친 듯한 낯이었다.

"물론 그런 것이 아니었어도 나는 이런 삶을 살았겠지만 말일세."

나는 그를 물끄러미 바라보다가 슬쩍 시선을 피하며 목을 주물렀다.

생각해 보면 알렉시스 에슈마르크에게는 유일하게 그를 일찌감치 거부하지 않은, 온건한 관계의 혈육이 아니겠는가?

애셔 아마르트 뷔올이 알렉시스 에슈마르크의 조카이든 동생이든 간에. 더 나아가 이 수상쩍고 유능한 '숙부'를 어떻게 생각하든 관계없이 말이다.

"그, 뭐냐. 제가 이런 말을 해 봤자 고깝게 들리지 않을까 싶긴 한뎁쇼."

"말해 보게."

알렉시스 에슈마르크가 흔쾌히 뒷말을 청했다. 나는 힐끔 눈을 굴렸다가 천천히 대답했다.

"저는 '이것'을 설계할 때 확고한 기준이라고 할까, 신념이라고 할까, 뭐 그런 걸 갖고 있었거든요."

"기준?"

그가 흥미롭다는 듯이 반문했다. 내가 그에게 직접적으로 설계자, 창조자로서의 나에 대해 떠든 일이 처음인 탓도 있을 것이다. 나는 그의 반응을 모른 체하고 말을 이었다.

"지금까지 본 바에 따르면, 당신은 아마도 내가 이 세계에서 가장 공들인 '삶'을 지닌 사람들 중 하나일 거란 말이에요."

"글쎄, 회의적으로 반응할 수밖에 없는 말이군."

"시작은 원치 않은 곳에서 원치 않은 형태로 찾아왔을지 몰라도, 그 끝만은 지극히 완전하기를 바라요."

나는 되도록 차분히 말했다.

"그리고 내가 그러기를 바랐으니, 아마 당신의 끝도 완전할 거예요. 그러니까, 당신 자신의 기준에서요. 어디로 가든지 스스로 선택한 끝을 향해 움직일 테고요."

알렉시스 에슈마르크가 대꾸 없이 나를 바라보고 있었다. 섬세하게 빗은 듯한 아름다운 얼굴 위로 햇살 같은 백금발이 흐드러졌고, 자수정 같은 보랏빛 눈동자가 우아하고 부드러운 호선을 그리며 나풀나풀 흔들렸다. 반 잔 정도 남은 달콤한 허브 차의 온기가 손끝에 어렴풋이 맴돌았다.

사방을 빼곡하게 채운, 하지만 뷔올에서 느꼈던 것만큼 육중하지는 않은 기계 장치들이 우리 주변에서 삐걱삐걱 녹슨 쇳소리를 내고 있었다.

"그저 아직은 그 순간이 오지 않았다고 생각해요."

"'아직'."

"스스로 당신 자신의 '끝'이 어떤 형태로, 어떤 방식으로 찾아올지를 가늠하고 선택하는 순간 말이에요."

톱니바퀴 하나가 귓가에서 팽그르르 돌아갔다. 반사적으로 알렉시스 에슈마르크와 내 시선이 동시에 그쪽으로 흘긋 옮겨 갔다가 금세 제자리를 찾았다.

그가 부드럽게 대꾸했다.

"재밌는 얘기로군."

그리고 뒤늦게 미소를 머금으며, 대공이 팔을 조금 길게 뻗었다. 그러더니 그는 텅 빈 자신의 잔 대신 내 찻잔에 손가락을 걸쳤다. 눈을 세모꼴로 뜨고 수상쩍은 의도를 캐묻기도 전에, 그가 내 찻잔을 멋대로 가져가며 말을 이었다.

"어쨌든 애셔가 함께 갔으니 그대가 '의리'를 지키고 있는 후작의 신변에도 큰 문제는 없을 걸세. 이래저래 답답해하기는 해도, 그 애는 후작을 퍽 아끼거든."

"일단……. 젖형제라고 들었어요. 그리고 저기요, 그거 제 잔입니다만."

"맞아. 황후 마마께서 일찍 승하하셨기 때문에, 종고모님께서 애셔를 키우셨다. 마이어 후작을 키운 것도 그분이어서, 자연히 유모가 겹칠 수밖에 없었어. 나이 차이는 있지만 같은 젖어미를 뒀지."

"이보쇼, 손에 들고 계신 것이 제 잔이란 건 듣고 계십니까?"

"알레란 열매를 끓인 차인가? 꽤나 달겠군."

"거기에 허브랑 꿀이요."

"알레란 열매에 꿀까지. 정말 달겠어."

내 대답을 들은 그가 사뿐히 찻잔을 입술에 대고 아주 약간을 맛보았다. 허브 차를 마셔 본 적이 없는 것도 아닐 텐데 왜 지랄이란 말인가?

졸지에 얼마 남지도 않은 허브 차를 빼앗긴 내가 인상을 팍 쓰고 상을 탕탕 치자, 그때에야 알렉시스 에슈마르크가 찻잔을 도로 내려놓았다. 이미 마실 만큼 마신 후였다.

"아, 좀!"

"무슨 차를 마시나 싶어 맛을 좀 봤네. 독을 타지는 않았으니 편히 들지."

"이 양반 진짜 안 되겠네. 마티어스 에이미의 마음을 백분 이해하고도 남겠어! 편히 드는 건 내가 선택할 문제지 댁이 그렇게 제안할 문제가 아니거든요?"

"달콤한 걸 좋아하나."

"아, 새꺄, 네가 내 차를 훔쳐 먹었는데 지금 그게 문제냐? 벼룩의 간을 빼먹어야지 얼마 남지도 않은 걸 그렇게 벌컥벌컥……."

"나는 즐기지는 않네."

내가 뭐라고 하든지 본인의 할 말만 실컷 늘어놓던 알렉시스 에슈마르크가 차분히 말했다.

"'바깥'의 설계자는 뜻밖에도 퍽 달콤한 말을 하는군. 익숙지 않은 맛이라 그만 혀가 아릴 것 같아."

"아앙?"

미간에 주름을 잡고 따지듯이 시비를 걸다가 아차 싶어서 입을 다물었다. 그러니까……. 아까 꺼낸 오지랖 넘치는 말을 얘기하는 듯했다.

내가 민망하고 뚱한 얼굴이 되어 덥석 턱을 괴자, 대공이 여상한 얼굴로 다시 찻잔을 밀어 주었다.

그 후로는 별다른 대화가 오가지 않았다. 오후가 지나 해 질 녘이 되어 레일리가 돌아오도록, 그는 카페의 여급에게 간간이 추파를 던질 뿐 그 밖의 알맹이 있는 주제를 꺼내지 않았다.

그의 두 번째 음료는, 즐기지 않는다던 달콤한 허브티였다.

* * *

우리는 레일리가 돌아온 후 마지막으로 이틀 정도를 더 그 마을에 머물렀다. 이번엔 내가 주도하지 않고, 알렉시스 에슈마르크가 주축이 되어 한 번 더 마을을 돌아본 것이었다.

그는 특유의 유유자적한 태도로 항구 마을을 두어 바퀴 둘러보다가, 곳곳의 '마력'을 건드리고 작동시켜 보며 그 반응을 확인했다. 나는 졸랑졸랑 그의 뒤를 쫓아다니며 함께 마력 장치들을 지켜보았다. 레일리에게는 이해하기 어려운 일들이었을 것이다.

마력의 작동 방식에도 특별한 사항은 없었다. 예상했던 대로 연합국의 마력 구조는 성긴 편이었으며, 작동의 반응 속도도 느렸다. 복잡한 마법을 쓰기 위해서는 더 먼 곳의 기계까지 건드려야 했다. 대신 기계와 기계 사이를 연결하는 지레들이 길어진 탓에, 이쪽에서 작은 작동을 하면 저쪽에서는 뷔올에서의 것보다 큰 반응이 일어났다. 지렛대라는 것이 본래 그런 장치가 아닌가. 그러다 보니 연합국의 마력 환경도 마법의 복잡성보다는 그 크기나 반응 정도에 이점이 있는 듯했다.

어차피 별로 발견한 것은 없었지만, 대공은 항구 마을에서 한참이고 뜸을 들이다가 레일리의 표정이 점점 못마땅해질 무렵에야 작업을 마무리 짓고 므라우를 향해 북상하기로 결정했다.

므라우를 단순히 경유하려는 게 아니라 그곳에 본격적으로 방문하려 한다는 말을 들은 레일리의 표정은 더더욱 안 좋아졌다. 그는 나를 붙잡고 따로 제정신이냐고 물었지만, 내가 멀뚱히 자신을 올려다보며 갸웃거리는 것을 보더니 인상을 쓰고 한숨을 뱉었다. 그 후로는 별다른 말이 없었다.

연합국에서부터는 어차피 우리의 흔적이 추격당할 일이 없으므로, 마음 편히 마차를 빌렸다. 마력석 대신 말의 힘으로 끄는 연합국식의 마차였다.

므라우는 연합국과 뷔올의 국경, 요컨대 마티어스 에이미가 머무르는 숲의 북쪽에 걸치고 있는 지역이다. 처음엔 빽빽한 숲으로 도주해 자취를 감췄던 이들끼리 모여 군락을 이루었다가, 점점 더 북쪽으로 규모가 커졌다. 지금은 숲과 구분된 별개의 지역으로 여겨지고 있고, 실제로도 므라우 안에는 더 이상 녹지가 없다. 전부 빠른 속도로 사라졌다.

"무법 지대지."

마차를 타고 이동하는 내내 뭔지 모를 서류를 작성하던 대공이 차분히 말했다. 지나는 마을에서 사 온 책에 코를 박고 앉아서 므라우에 대해 알아보던 내게 꺼낸 말이었다.

"형태가 고정된 일이 없다. 처음 숲의 북쪽에 자리를 잡은 이후로는 반인들 사이의 공동체 생활에 가깝게 발전했지만, 갈 곳 없는 자들이 모이는 땅이란 금세 범죄자들의 거처가 되니까."

"온갖 유사인족이 모인 땅이라고는 알고 있는데요."

"자원은 한정되어 있고 식량을 얻기 좋은 비옥한 땅도 아니었네. 먹을 것도, 팔 것도 없고, 생산할 수 있는 것도 없는 비좁은 지역에서 '막대한' 힘을 지닌 자들끼리 부대껴 살았지. 충돌과 약탈은 자연스러운 일이었을 거야."

서류를 마무리 지은 듯, 돌돌 말아 촛농을 뿌린 후 반지로 인장을 찍은 그가 가방 안에서 기계 태엽 새 하나를 꺼냈다. 뷔올 사람들이 편지를 전달하기 위해 사용하는 장치였다. 사람마다 자신의 특징이 묻어나는 새를 사용하지만, 묘하게도 이번에 알렉시스 에슈마르크가 꺼낸 새에는 주인을 특정할 만한 단서가 전혀 붙어 있지 않았다.

남들 몰래 전달해야 하는 문서라는 뜻이었다.

"그렇게 므라우는 점점 더 외부의 인간이 범접하기 어려운 공간이 되었다. 연합국도, 뷔올도, 굳이 그런 성가시고 꺼림칙한 곳을 건드릴 의욕은 보이지 않았네. 뷔올이야 워낙 땅도 넓으니 척박한 남부 암석 지대 일부는 그대로 버려둘 생각이었겠지."

그를 빤히 지켜보는 내 시선에는 개의치 않는 듯했다. 편지를 삼킨 기계 태엽 새를 손 위에 얹어서 태엽을 끼릭끼릭 돌리던 알렉시스 에슈마르크가 마차의 창문을 열었다.

"그런데 점점 더 그 지역이 넓어지더니, 결국 지리학적으로도 무시할 수 없는 범위를 차지했어. 그러더니 무슨 일이 일어났는지 아나. 괄목할 수밖에 없는 기술력을 빠른 속도로 갖추기 시작했다. 어쩔 수 없는 일이었지. 마침 상당한 인재들이 동시대의 뷔올에 모였으니, 이참에 우리는 므라우를 지도에서 지우기로 결정했네."

"상당한 인재……."

그의 표현을 곱씹다가 인상을 썼다.

"당신과 후작이 어째서 전쟁도 없는 시대에 공훈 많은 실력자로 평가받나 했더니, 므라우 소탕에서의 공이었군요?"

"맞아."

태연히 대답한 그가 기계 태엽 새를 창밖으로 날려 보냈다.

"당시 그 무법 지대를 제패했던 '브라우의 까마귀'는 평범한 반인, 유사 인족과는 비교할 수 없을 정도로 강력한 힘을 지니고 있었으니까. 일개 기사들이 상대할 수 있는 종류의 능력도 아니고, 마법적 '한계'를 지닌 일개 무능력자들이 짓누를 수 있는 힘도 아니었네. '번개'라는 힘의 성질 자체도 드물고 강력한데, 자네 집사만큼 자유자재로 번개를 다루는 이는 이전까지 없었어."

대공은 거기까지 말했다가 잠깐 말을 멈췄다. 그러고는 온화하고 산뜻한 태도로 기계 태엽 새가 날아가는 것을 지켜보다가 창문을 닫았다. 한동안 그러고 서 있더니, 본인의 자리에 다시 잠자코 자리를 잡은 후에야 재차 말을 잇기 시작했다.

"다른 이들이야 방랑 중인 외조부님을 모셔 오고 어머니와 함께 출전시키면 된다고 여긴 눈치였지만, 개인적으로 나는 그저, '번개'는 좀 특수한 상대라고 생각했지. 아나나 다를까 두 분은 레일리 크라하를 마주치지도 못했어. 그를 만난 자들은 무참히 훼손된 시신으로 발견되었고 말일세."

대체 내 집사의 과거 행적이 얼마나 개판이었단 말인가? 흘긋 고개를 돌려 마부석 쪽을 바라보았다가, 팔짱을 낀 채 우리들을 지켜보고 있던 레일리와 시선이 마주치자마자 잽싸게 눈을 내렸다. 역시 우리의 대화가 그에게도 들리는 듯했다.

"당시의 악명은 대단했어. 그대는 모르는 일일까. 아니면 알고 있을까."

"자세히는 몰라요."

"뜻밖에 먼저 적의를 드러내지 않는 자들에게는 관용을 베푸는 듯했지만, 그의 전투 능력을 직접 확인한 인간은 살아남지 못한다는 말이 퍼졌을 정도였네. 워낙에 흉포한 전투 방식을 지니기도 했지. 태우고, 난도질하는 방식이니까."

확실히 그랬다. 나는 엘제바에서 단편적으로 봤을 뿐이었던 레일리의 전투 방식을 다시 곱씹었다. 확실히 악명을 떨치기엔 충분한 방식이었다. 내 눈앞에서 사람을 산 채로 태운 일은 없었지만…….

아니, 아니다. 딱 한 번 있지 않았는가. 내게 덤벼들었던 정체불명의 그 남자, 레일리를 통해 우리에게 대공의 정보를 흘렸던 협잡꾼을 떠올렸다. 내가 그에게 얻어맞아 만신창이가 된 채 바닥을 기고 있을 때 레일리 크라하가 눈이 뒤집혀서 그 남자의 머리를 책상에 박아 넣고, 몸 내부에 번개를 흘려 넣어 안에서부터 그를 태우기 시작했다.

꼭……. 유리와는 다른 내가 다치는 것을 두고 볼 수 없는 사람처럼 말이다…….

"백작."

대공이 부드럽게 나를 불렀다. 화들짝 놀라 고개를 들었다가, 의뭉스러운 태도로 웃고 있는 보랏빛 눈동자와 마주쳤다. 그가 산뜻하게 말했다.

"무슨 생각을 하고 있지?"

"아."

나는 황급히 입을 열었다가, 꾹 닫았다가, 반사적으로 대답했다.

"그, 아 거, 제가 아직 레일리가 싸우는 걸 본 적이 한 번밖에 없어서."

"아아. '엘제바'인가."

그가 여상한 낯으로 대꾸했다. 나는 대번에 인상을 썼다.

"오라질, 생각해 보니 또 열불이 나는군. 분명 당신이 수작질 부려서 우리를 보냈을 것 아니야?"

"조금만 화가 나면 튀어나오는 그 시정잡배 같은 말투도 퍽 유쾌하게 여기고 있네. 남들이 있을 때도 그런 식으로 말하면 곤란하겠지만 말이야."

"그래서 그때는 뭐 어떻게 된 건데? 당신이 어떻게 레일리와 알고 지내는 작자의 뒤에서 수작질을 부린 건데요?"

"다시 앞의 이야기로 돌아가지. 므라우에 들어가는 일이 생각보다 위험

할지도 모른다는 점은 그대 또한 알아 두는 게 좋을 것 같아서 꺼낸 말이니까."

또 종잡을 수 없는 발언이었다. 못마땅한 얼굴로 팔짱을 끼고 뚱하니 앉아 기다리자, 알렉시스 에슈마르크가 차분히 이야기를 이었다.

"그는 므라우의 패자였네. 나름대로 패자로서 베풀 관용이나 양보를 미덕으로 삼고 있었던 모양이지만, 그렇다고 해서 모든 이가 레일리 크라하를 마음 깊이 따랐던 것은 아닐세."

"흐음?"

"그대가 레일리 크라하를 집사로 삼기 전까지는 얼굴도 본 일이 없지. 단지 소문만이 무성했네. 검은 옷을 입고 시체 더미 위에서 군림하는, 거취를 종잡을 수 없는 까마귀가 인간들의 목숨을 수집한다고. 그렇다면 여기에서 문제를 내 보겠네. 어머니와 외조부님이 므라우로 파견되고, 마침 연합국에서 돌아온 지 얼마 되지 않아 기반 세력이 희미했던 내가, 공적을 세우기 위해 어떻게 므라우 토벌을 승리로 이끌었을까?"

비뚜름히 턱을 괸 알렉시스 에슈마르크가 부드러운 낯으로 물었다. 나는 양철 캔에서 쿠키 따위를 꺼내 입에 집어넣다가 눈을 댕그랗게 떴다.

"어…… 글쎄요?"

그러고 보니 알렉시스 에슈마르크가 발명가로서 이름을 알리기 시작한 것이 연합국에서 볼모로 지내다가 엘류이센 라이케를 만난 후라면, 그가 마법사로서 이름을 떨친 것은 어떤 사건을 계기로 했단 말인가? 여기까지 들은 이상 뻔한 일이었다. 므라우 사건이 알렉시스 에슈마르크의 가장 큰 공훈이 됐고, 마법사로서 그가 지닌 능력을 완벽하게 증명했다.

애초에 솔데인 마이어도 딱히 레일리와의 관계에서 서로에게 개인적인 유감은 없는 듯했으니, '레일리를 제압할 수 있었을' 사람이라고는 이 인간뿐이다. 그런데 정작 알렉시스 에슈마르크가 레일리 크라하를 마주친 적도 없다면? 어떻게 그는 므라우 토벌에서 크게 활약했을까?

"무슨……. 마법을 썼는데요?"

"짐작이 가다시피, 단번에 내 이름을 이 시대 최고의 마법사로 격상시킨 사건이었지."

그가 내 품 안으로 손을 쑥 집어넣어서 쿠키 몇 개를 가져갔다. 그리고 특유의 여유로운 얼굴로 쿠키들을 살펴보더니 하나를 입에 물었다.

"나는 므라우에 운석을 떨어트렸네. 불길에 사로잡힌 거대한 바윗덩어리를 근방 곳곳에 내리꽂았지."

대공이 일상적인 목소리로 말했다. 실수로 리본을 떨어트렸다든가 하는 식의 소리를 하는 사람처럼 여겨질 정도의 태도였다. 물론 내용은 그렇게 귀엽고 사소한 게 아니었다.

"번개 따위를 쓰는 자와 직접 대면해 봐야 좋을 일은 없을 테니까, 차라리 므라우를 통째로 날려 버렸어. 어머니께 부탁을 드려서 독단으로 군사들을 전부 바깥으로 나오게 한 후 한 번, 두 번, 세 번……. 마력석을 통해 확인한 생체 반응이 십분의 일 이하로 줄어들 때까지 운석을 박았다. 어차피 반인이나 유사인족의 생존률 따위는 높은 분들께는 큰 문젯거리가 아니었거든."

그가 부드럽게 말했다. 지극히 태연한 얼굴이었다.

"그러고 나니 남은 것은 정말로 사냥뿐이었지. 만신창이가 되어 달아나는 자들을 붙잡고 처리하면 그만이었다는 얘길세."

허리를 쭉 펴고 등받이에 등을 기댄 그가 건포도 박힌 쿠키를 우물우물 씹으며 태연한 얼굴로 손가락을 흔들었다. 삐걱삐걱 흔들린 마력이 알아서 주전자에 물을 담고 끓이기 시작했다.

"그렇게 므라우는 지도에서 사라졌네. 무슨 얘긴지 알겠나."

무슨 얘기라니, 별것이 있단 말인가. 미간을 좁히고 그의 이야기에 집중해 있다가 더더욱 인상을 쓰며 되물었다.

"당신이 완전 사기적인 능력을 지녔다는 얘기……?"

"저런."

알렉시스 에슈마르크가 마찬가지로 눈살을 찌푸리더니 힐난하는 투로 말했다.

"이번 여행에서 그대와 동행하는 두 사람 말일세."

물이 끓기를 기다렸던 알렉시스 에슈마르크가 찻잎을 퍼 넣으며 다정다감한 태도로 말했다.

"요컨대 인간은, 눈앞에 있는 친밀한 상대를 원망하기 좋아하지. 편하거든. 위압적인 힘을 보이는 자들보다는 가까이에 있는 사람을 탓하고 원망하는 게 손쉽고 말이야. 상대에게 잘못이 있든지 없든지, 그런 것은 중요치 않은 문제일세."

그리고 그는 내게도 찻잔을 하나 건네주었다. 일단 받고 나서 찻물을 바라보다가 고개를 기울였다.

알렉시스 에슈마르크가 가히 '초월자'다운 능력을 발휘하여 므라우를 지도에서 지워 버렸다는 것은 이해했다. 그 전까지 주된 활약을 했을 솔데인 마이어가 명성을 쌓은 경위도 파악했다. 레일리 크라하가 므라우에서 공포의 상징처럼 악명을 떨쳤음에도 속수무책으로 당한 이유도 알았다.

하지만 그것이, 엘제바에서 만난 그 개자식과 무슨 상관이란 말인가?

"그 얘기가 아까의 얘기와 무슨 상관이 있죠?"

"므라우가 통째로 지도에서 지워져야 했던 것은, 말인즉, 그 전까지 그들을 지켜 주던 강력한 수호신, '므라우의 까마귀'로 인한 일이었다는 걸세. 그가 너무 강력한 아군이었기 때문에 생긴 일이지."

"뭔 개소리야? 배은망덕에도 정도가 있지, 설마 정말로 그렇게 생각하는 놈이 있으려고요?"

미간에 내 천 자를 그리고 물었다가, 표정 하나 바꾸지 않은 채 찻잔에 차를 따르는 알렉시스 에슈마르크를 응시하며 끙 소리를 냈다. 역시 인간 세상은 요지경이었다.

"그런 놈들이 있었군요. 결국 당신이 우리에게 보냈던 끄나풀도 그런 놈이었을 테고."

"많았지. 레일리 크라하는 그런 졸렬한 사고방식과는 관련이 없이 살았으니 본인이야 얼마나 의식하고 있었는지 모르겠지만, 적어도 엘제바에서는 깨닫지 않았을까."

"자기를 적대시하는 놈들이 있을지도 모른다는 것을요?"

"그래."

알렉시스 에슈마르크가 특유의 달짝지근한 낯으로 대답했다.

"사람 일이야 어찌 될지 모르고 아마도 조만간 내가 어딘가에 다녀올지도 모르니 늘 나와 함께 다니라고는 않겠지만, 절대 레일리 크라하와 떨어지지 말게. 연합국에서 각자 행동했다는 이야기를 들어서 건네는 조언이야."

확실히 반박할 수 없는 말이었다. 내가 찻잔을 손에 쥔 채 만지작거리다가 끙끙대자, 그가 표정을 풀고 다시 한 번 쿠키를 가져갔다. 내가 계속 초콜릿 쿠키만 먹는 것을 본 탓인지, 그는 견과류가 박힌 쿠키만을 챙겼다.

차를 한 모금 마시고 쿠키를 한 모금 물고, 다시 찻잔을 들어 올리며, 에슈마르크 대공이 말했다.

"자네와 동행하는 두 사람은 브라우에서 그 누구보다도 증오하는 자들일세."

그리고 유리 옐레체니카는, 지금은 대공과 나만이 알고 있지만, 사실 브라우의 주민이 세상 누구보다도 증오해야 할 상대이기도 했다. 나는 괜히 복잡해져서 손바닥에 턱을 묻고 푹푹 한숨을 토해 냈다. 마부석에 앉아서 대화 내용을 전부 들었을 레일리가 흘긋 창 너머로 고개를 돌렸다가 다시 나와 눈이 마주치자 부드럽게 시선을 깔았다.

그가 입술을 달싹였다. 턱을 괸 채 그의 입 모양이 움직이는 형태를 따라 멀뚱히 시선을 옮겼다. 반사적으로 그의 입술을 읽어 냈다.

"제가 올 때 인당수 체험?"

별생각 없이 그의 입 모양에서 읽은 말을 따라 발음하자마자 레일리의 표정이 단숨에 일그러졌다. 그가 세상에서 제일 한심한 것을 보듯이 경멸 어린 눈으로 나를 바라보다가 다시 고개를 돌려 버렸다.

아니, 뭐. 뭔데. 입 모양으로 읽을 수는 있게 말을 해야 의미가 있는 것 아니야.

입을 떡 벌리고 가운뎃손가락을 휙 들어 올렸다가, 맞은편에 앉아 있던 에슈마르크 대공과 눈이 마주치고야 뒤늦게 손가락을 접었다. 멀뚱히 나를 바라보던 대공이 입가를 가리고 조용히 웃다가 차를 한 잔 더 따라 주며 살뜰하게 말했다.

"눈빛만으로 의사를 나눌 수 있는 관계는 아니군그래."

대공 당신은 좀 닥쳐.

심술이 덕지덕지 붙은 얼굴로 한마디 쏘아붙이려다가, 그가 내 입에 넣어 준 초콜릿 쿠키를 씹으며 얌전히 입을 다물었다. 결국 내가 먼저 닥치고 말았다.

"그대의 입술 모양을 읽어 보니 대충 짐작이 가는데 말이야."

"뭔데요?"

"뭐일 것 같나? 내가 짐작하기로는 퍽 '로맨틱'한 충정이었을 것 같지만, 뭐든 간에 내 입으로 들어서 의미는 있을까?"

"오라질."

실제로도 내가 대공에게 묻자 레일리가 몹시 불쾌한 얼굴로 나를 돌아보고 있었다. 나중에 기회가 되면 뭐라고 했는지나 물어봐야 할 것 같았다.

결국 지금 당장은 무슨 문장인지 확인하는 일을 포기했다. 대신 질펀하게 욕을 뱉으며 알렉시스 에슈마르크의 무릎이나 몇 대 때렸고, 얼마 지나지 않아, 우리는 마차가 도달할 수 있는 최종 한계선에서 멈춰 섰다. 알렉시스 에슈마르크가 일찍이 예고했듯이 운석에 의해 폐허가 된 땅이었다. 마차가 지날 수 있는 마지막 한계선은 그 사건 이전에 므라우가 차지하던 영역보다도 훨씬 바깥에서 끝이 났다.

므라우 외곽에 도착하자마자 레일리는 나를 에스코트해 내리게 한 후 마부에게 비용을 지불해 돌아가게 했다. 마부는 정말로 므라우에 들어갈 생각인지를 몇 차례 물었지만, 우리는 개의치 않고 진입 준비를 했다.

검게 타고 박살 난 지각 아래에서 용암 같은 것이 터졌다가 굳은 흔적이 선명히 남아 있었다. 움푹 파인 크레이터가 곳곳에 거대한 자국을 남겼고, 사방에는 형체를 남기지 못한 시체 더미 같은 것이 진득하게 녹아 있었다.

위풍당당하게 므라우 안으로 진입했지만, 우리는 얼마 가지 못해 다시 멈춰 섰다. 물론 내 탓이었다.

"웨에엑……."

후처리가 전혀 되지 않은 채 반화석이 된 시체 더미 위에는 다른 시체들이 차곡차곡 얹혀 있었다. 개중에는 극히 최근의 것들도 있었다. 녹아 짓물러 형체를 잃은 단백질 덩어리부터, 백골밖에 남지 않은 시신, 반쯤 썩어서 구더기들과 진물에 휩싸인 시체들까지 온갖 것이 있었다.

현대인으로서 눈앞에 두고 태연할 수 있는 풍경과 냄새는 아니었다. 결국 므라우 외곽에서 진입해, 어느 정도 폐허 안쪽으로 들어서자마자 나는 구역질을 시작했다. 참고 들어가 보려 했지만 도무지 무리였다.

"그렇게 미치셨느냐고 애초에 여쭤보지 않았습니까."

내 안색이 창백해지자마자 잽싸게 나를 끌고 그나마 말끔한 곳으로 가서 등을 두드려 주던 레일리가 신경질적으로 쏘아붙였다. 금세 다가온 대공도 반대쪽에 쪼그리고 앉아서 남의 토하는 얼굴을 빤히 들여다보다가 다정스럽게 어깨 언저리를 쓸어 주었다.

"그대, 정말이지 평화롭게 살았던 사람다운 티가 나는군."

"닥쳐요, 웨엑⋯⋯."

"냄새만이라도 어떻게 해 줘야겠는걸."

눈썹을 찡긋거리며 중얼거린 대공이 주섬주섬 주변의 기계 장치들을 건드리기 시작했다. 브라우의 기계 장치들은 '운석'에 휩쓸려 나가며 박살이 났는지 군데군데 폐허에 가까운 형상을 보였다. 새롭게 추가된 마력의 흐름에 의해 보강되어 그럭저럭 제 기능은 하는 듯했지만, 다른 곳의 마력에 비하면 한참 미흡했다.

나는 그렁그렁 눈물이 고인 눈으로 그를 빤히 바라보다가 그사이 한 번 더 속을 게워 냈다. 레일리가 깊은 한숨을 뱉으며 내 등을 퍽 다정하게 보듬었다.

그리고 결국 대공이 해 준 바람마법의 힘을 빌려 주변의 공기를 정화하기 시작하고서야 제대로 설 수 있게 됐다. 후각을 처리하고 나니, 다행히 눈으로 보는 것만으로는 크게 타격이 없었다. 징그럽고 끔찍하기는 했지만 못 볼 정도는 아니었다. '윽, 윽' 하고 연신 울다가 겨우 몸을 세웠다.

계속 토하다가 겨우 자세를 세운 탓에 갓 태어난 사슴처럼 후들후들 떨면서 일어나는 나를 레일리가 부축했다. 물끄러미 나를 바라보던 대공이 가만히 허리를 숙여 내 입가를 손끝으로 문질렀다.

순간 삐걱삐걱하는 요란한 소리와 함께 레일리의 주변에서부터 기계 장치가 미친 듯이 회전하기 시작했다.

"히이익."

레일리에게 붙잡혀 있어서 그 강대한 흐름에 바로 휩쓸릴 뻔했는데, 슬그머니 우리 사이에 한 손을 집어넣은 대공이 마력의 파동을 꾹 밀어냈다. 졸지에 강제로 내게서 조금 떠밀린 레일리의 표정이 폭삭 일그러졌다.

살벌한 시선으로 알렉시스 에슈마르크를 차갑게 바라보던 레일리가 흘긋 나를 살폈다.

"또 어디 아프십니까?"

네가 갑자기 기운 피워 올려서 숨을 쉬기가 힘들단다, 집사야……

나는 줄줄 식은땀을 흘리다가 주춤거리며 물러섰다. 그리고 알렉시스 에슈마르크의 옷소매를 잡아챘다.

"아, 알렉시스, 나 좀 부축해 줘요. 레일리 너는 좀 쉬어."

"그러지."

내가 굳이 자신에게 부축해 달라고 부탁한 이유를 즉시 파악했는지, 대공은 거절 한마디 없이 즉답을 꺼냈다. 그리고 레일리의 주변에 몰려 있던 마력들이 더더욱 사나운 소리를 내며 삐걱삐걱 회전하기 시작했다.

이번에도 무시하기 어려울 만큼 강력했다. 브라우의 '마력'은 박살 난 잔해들을 포함하고 있어서, 자칫하다가는 날카로운 것에 베이고 찔릴 것만 같았다.

다시 '히이익' 기겁하는 소리를 내며 도망치려 하는데, 알렉시스 에슈마르크가 자연스러운 태도로 내 허리를 휘감고는 슬쩍 주변의 기운을 다시 밀쳐 냈다. 기계 장치의 움직임은 반대 방향으로 밀려나서 저 먼 곳으로 번지기 시작했다. 반사적으로 대공의 품 안쪽으로 조금 더 파고드는데 레일리의 눈썹이 휙 꺾였다.

"마스터."

그가 위협적으로 나를 부르는 순간, 별안간 낯선 목소리가 툭 떨어졌다.

"레일리 크라하?"

그쪽을 돌아보니, 거구의 남자 다섯 명이 서 있었다. 이상한 형태의 뿔 같은 징을 두피에 박아 넣은 사람들이었다. 주먹 쥔 손의 마디마디에는 움푹 튀어나온 특수 합금 장치가 선명했다.

그들을 발견한 레일리가 고개를 꺾으며 눈을 가늘게 떴다.

"나를 아나."

그가 오만방자한 태도로 반문했다.

"역시 맞군."

레일리의 대답을 듣고 저희끼리 수군거리던 남자들이 대번에 주춤거리며 물러섰다. 그런데 개중에서도 선두에 있던 거한이 레일리를 위아래로 쭉 훑어보더니 이상한 표정을 지었다.

"뷔올에서 귀족의 집사 노릇을 하기 시작했다는 이야기는 들었는데…….. 진짜였나?"

말끔한 집사복을 차려입고 뷔올의 대공과 기 싸움을 하며 주변의 분위기를 망치던 주범, 레일리 크라하가 짜증스럽게 인상을 썼다.

"그렇다면?"

"당연히……. 주인을 처리하고 도망쳤을 줄 알았는데. 10년 동안 그 노릇을 하고 있었다고? 므라우의 까마귀도 이제는 한물갔군."

그리고 기가 죽었던 듯한 남자들이 그 말을 기점으로 다시 기세 좋게 어깨를 들썩이며 나섰다. 그들의 시선이 레일리의 곁에 있던 우리에게로 향했다. 어쩌다 보니 알렉시스 에슈마르크의 품을 파고들어 서로 부둥켜 안고 있는 꼴이었던 탓에, 그들의 눈에는 사랑의 도피라도 온 젊은 귀족 남녀로 보인 모양이었다.

"대단한 인간의 노예가 되었다고 들었는데……. 이제 보니 그것도 헛소문이군?"

선두에 서 있던 거한이 비웃듯이 말했다.

"철딱서니 없는 귀족이 므라우 같은 곳에 겁도 없이 들어오는데, 대단하신 '까마귀'께서 이제는 고작 그깟 사랑 놀음의 뒤치다꺼리나 하고 있는……."

그 순간 꽝 하는 요란한 소리가 났다. 순식간에 눈앞에서 사람 한 명이 간데없이 사라졌다. 무슨 일이 벌어진 건지를 명확히 파악하기도 전이었다.

내 등을 감싸 안고 주변의 마력으로부터 지켜 주던 알렉시스 에슈마르크만이 정황을 똑똑히 파악했는지 쯧쯧 혀를 찼다. 그가 소리 죽여 속삭였다.

"집사의 성품 관리를 하는 게 좋겠어. 어떤 표현에 버튼이 눌렸는지 너무 명백해서 이제는 굳이 지적하고 싶지도 않군."

그가 부드럽게 속삭이는 순간, 다시 한 번 우르릉 소리와 함께 요란한 폭발음이 터졌다. 이번엔 제대로 상황을 확인했다. 요란한 번갯불에 관통당한 거한이 저 멀리로 날아가 처박힌 것이었다. 누가 봐도 즉사 같았다.

레일리는 짜증스러운 얼굴로 턱을 쳐든 채 서 있다가 갑작스럽게 내 쪽을 살폈고, 좀 더 인상을 썼다. 아무튼 기분이 몹시도 더러워 보였다.

"이런 빌어먹을! 우리 형님한테 무슨 짓을 한 거냐! 아무리 네놈이어도 브라우를 떠난 지 10년이 넘었는데 이런 식으로 방종하게 굴면……. 신 사천왕이 가만히 있지 않을 거다. 이 구역은 우리 발제리파가 먹었다고! 네놈이 소란을 일으키면 바로 발제리 님이 오셔서……."

"발제리?"

멍청히 서 있다가 뒤늦게 상황을 파악한 다른 녀석이 앞에 나서며 외치는 순간, 레일리가 특유의 나긋나긋한 말투로 대화를 끊어 냈다.

"내 구두나 닦던 녀석인데. 출세했군."

빈정거리는 태도였다. 아무튼 지금 이 순간 그의 기분은 매우 개판이 된 것 같았다. 정갈한 태도로 장갑의 손목 부분을 점검하고, 담담한 얼굴로 손가락을 쭉 펼친 레일리가 부드럽게 한 손을 뻗었다.

"사랑 놀음 따위에 따라온 건 아니니 남의 안부를 걱정하지 말고."

그가 싸늘히 말했다.

"기분도 더러운데 청소나 하고 가지."

그리고 그 말이 떨어지기가 무섭게 사방에서 굉음이 작렬하기 시작했다. 갑자기 어두워진 하늘이 새하얗게 번득였다가, 벌겋게 타올랐다가, 꽝 소리를 내며 사방을 휘감았다.

사위가 삽시간에 어두워졌다. 알렉시스 에슈마르크가 흥미롭다는 듯이 고개를 빼 들었다. 레일리의 새하얀 은발만이 어둠 속에서 형형하게 번득이고 있었다. 보랏빛 눈을 가늘게 뜬 레일리가 우리에게 시비를 걸었던 건 달패를 향해 손끝을 까딱 휘둘렀다.

요란한 굉음과 함께 폭풍우가 몰아치기 시작했다. 이쯤에서 눈치 없는 나도 감을 잡을 수밖에 없다.

일견 대단해 보이는 장면과 별개로, 누가 봐도 화풀이였다.

* * *

"확실히 대단한 능력이군. 하지만 요즘 한창 마력에 민감해진 자네 주인이 다가갈 수 있을 정도로 기운을 죽이지 않는 이상 동행은 어려울 걸세."

레일리가 단숨에 쓸어버린 놈들부터 시작해 소란을 느끼고 나온 녀석들까지. 적은 미친 듯이 쏟아졌고, 또 그보다 빠르게 정리가 됐다. '신사천왕'이라는 무시무시한 작명 실력에 멈칫한 것도 잠시였다. 금세 자신의 부하들을 좇아 튀어나왔던 남부 므라우의 현 주인 '신사천왕 발제리'는 기분 상한 레일리의 흉악한 표정만 보고도 사색이 되었다. 그는 바닥에 납작 엎드려서 레일리의 기분을 살폈다.

그때까지 대공의 품 안에서 겨우 안전을 도모하던 나는 흘긋 나를 돌아본 레일리와 눈이 마주쳤다. 그 후에는 단번에 기분이 상한 그가 옛 부하의 납작 엎드린 머리 위에 구둣발을 얹고 짓누르며 짜증스레 므라우의 현 상태를 묻는 모습을 지켜볼 수밖에 없었다. 이쯤이면 거의, 내 집사의 성질이 너무 흉악해서 나라도 대신 세상에게 사과해야 할 판이었다.

그리고 레일리가 그에게서 충분한 답을 들어 낸 후 자리를 뜨려 했을 때, 발제리가 빈틈을 노려 그의 뒤통수를 향해 돌진했다. 물론 결과는 처참한 실패였다. 레일리의 손에 붙잡혀 땅바닥이 움푹 파이도록 파묻힌 발제리는 진부한 말을 했다.

'사실 나는 사천왕 중 최약체다……! 크큭, 레일리 크라하, 당신이 돌아와도 더는 므라우를 마음대로 쥐락펴락할 수 없을 것이다!'

엑스트라이기는 하지만 내 소설의 등장인물이 저런 삼류 대사를 치고 있는 것을 직접 보고 있을 때의 복잡다단한 기분을 설명하시오.(5점)

이번에도 역시 버리는 문제였다. 애초에 별로 알고 싶지도 않았던 기분이다. 그리고 그렇게 발제리까지 제압되고 나서야, 계속 저기압인 레일리를 버려둔 채 그의 손에 쓸려 나간 므라우의 건달패들을 이리저리 뒤적이던 알렉시스 에슈마르크가 툭 그런 말을 꺼낸 것이었다. 함께 가고 싶다면 기운부터 죽이라고 말이다.

"……."

못마땅한 얼굴로 물끄러미 나를 내려다보던 레일리 크라하가 팔짱을 끼자, 다시 주변의 기계 장치들이 삐걱거리며 흔들리기 시작했다.

"별로 주변의 마력을 건드리고 있지는 않습니다만. 그럴 방법도 모릅니다. 기운을 운용하고 있는 것도 아닙니다."

"엄청 위협적인데……."

애매하게 긴장한 내가 움찔움찔 어깨를 떨며 즉답하자 레일리가 조금 더 인상을 썼다. 그러더니 곰곰이 곱씹다가 어떻게든 자신의 주변을 맴도는 기운을 정돈하기 위해 입을 다물고 노력하기 시작했다. 어쨌든 기운을 잘 다루지 못하는 내가 반응할 정도이니 조언을 들을 생각인 모양이었다.

그때까지 잠자코 건달들을 뒤지던 알렉시스 에슈마르크가 드디어 손을 털고 일어났다. 그가 무참히 난도질당한 채 꿈틀거리는 사람들에게 관심을 보인 탓에, 나도 일단은 알렉시스 에슈마르크와 거리를 벌리고 있는 상태였다.

생각해 보니 이번엔 레일리가 저놈들의 목숨까지 거두지는 않았군. 문득 깨달음을 얻었다가 찝찝하게 미간을 문질렀다. 레일리는 여전히 남의 사정을 봐주는 놈이 아니었기 때문에 무자비하기는 마찬가지였지만, 적어도 그가 단 한 놈도 죽이지는 않았다는 사실이 어쩐지 마음에 걸렸다. 내가 알기로 자신에게 덤빈 놈들을 살려 둘 정도로 자비가 넘치는 놈은 아니었다. 엘제바에서도 그러지 않았던가.

흘긋 레일리를 살폈는데, 하필이면 여태 나를 보고 있었는지 보랏빛 눈동자를 물끄러미 내리깐 레일리와 시선이 마주쳤다. 눈이 마주치자마자 눈썹을 꺾었던 레일리가 불쾌한 얼굴로 한숨을 뱉었다. 무슨 생각을 했는지 이상한 말을 붙이기까지 했다.

"한 놈도 죽이지 않았고 전부 살아 있으니, 마스터께서는 그렇게까지 꺼림칙해하지 않으셔도 괜찮습니다."

그러더니 조심스럽게 내 앞에 손을 내밀었다. 나는 한동안 멀뚱히 그의 장갑 낀 손바닥을 바라보기만 했다.

안 그래도 정제되지 않은 힘으로 무시무시한 기운의 집합체를 끌고 다니는 놈이었다. 더욱이 므라우에 들어온 이후로는 주변의 마력을 종잡을 수 없을 만큼 흉포하고 강력하게 건드리기 시작했다. 아마도 이 근방에서 태어난 녀석이라 이 근방의 힘에 잘 반응하는 듯했다.

그런데도 퍽 노력을 했는지, 이제는 그의 기운이 많이 잠잠해진 상태였다. 방금 전의 발언도 꽤나 의미심장했다.

나는 조금 망설이다가 손을 내밀었다. 레일리의 손을 붙잡자마자, 그가 정중한 태도로 나를 일으켜 세웠다. 사방의 마력이 삐걱삐걱 요란한 소리를 냈다. 그리고 조금 더 잠잠해졌다. 기분이…… 좋아진 듯했다.

좀…… 찝찝했다. 슬그머니 손을 빼려다가 꽉 쥐어 잡혔다.

"자네의 능력에는 퍽 흥미로운 구석이 있어."

그때 부상자들의 몸을 들쑤셨던 손을 물의 정령으로 씻어 낸 알렉시스 에슈마르크가 주섬주섬 우리에게로 돌아오며 운을 뗐다. 빼내려던 손을 힘주어 잡힌 탓에 레일리를 빤히 바라보던 나도 곧장 그에게로 시선을 돌렸다.

"'번개'라기보다는……. 조금 다른 느낌인데. 불길을 일으키지는 못하는 게 아닌가? 태울 때의 방식은 열기로 녹이는 것에 가깝더군."

"2차적으로 불길이 일어나는 경우도 있긴 하지만, 불길 자체를 일으키지는 못합니다. 말씀하셨듯이 열기를 집중시켜 화기를 일으키거나 그 자체로 녹이고 태우는 겁니다."

의외로 이번에는 레일리도 순순히 대답했다. 왜인지는 모르겠지만 기분이 조금 풀린 것 같기도 했다.

알렉시스 에슈마르크는 발명가 특유의 자기 세계에 사로잡혀 곳곳의 부상자들 주변을 기웃거리며 턱을 만지작거렸다. 레일리의 능력이 꽤나 흥미로운 모양이었다.

나도 그를 따라 시선을 이곳저곳으로 돌렸다. 곳곳에 누운 부상자들이 끊임없이 끙끙대는 통에 사방에서 신음이 들려왔다. 대부분이 반인인 것 같았지만, 레일리의 능력이 난폭하고 흉포한 성질의 번개여서인지 회복은 전반적으로 더딘 듯했다.

하기야 레일리는 손에 꼽히는 자연 능력을 지닌 녀석이니, 레일리만큼 형질이 진한 녀석도 드물 것이다. 무시무시한 회복 능력은 레일리의 능력을 드러내는 또 하나의 증거인지도 모르겠다.

어느 순간 갑자기 발생하여, 인간 사이에 숨고 뒤섞여 살기 시작한 자들. 본래는 유사인족의 일부로 봐야겠지만 유사인족에서 특별히 구분되어 반인이라고 불리기 시작했다. 누군가의 죽음이 자연과 결합됐을 때 태어나는, 그들만의 기괴한 탄생과 죽음의 법칙으로 인해 다른 유사인족보다도 더 크게 꺼려졌다.

뷔올 역사 초기에는 그들을 사냥함으로써 용사의 칭호를 얻은 자가 건국 황제가 되기도 했다. 평범한 인간에게는 공포의 상징이자 경멸, 혐오, 역겨움의 대상이기도 했다. 개중에서도 레일리는 온전한 반인도 아니지만 그 누구보다도 강력했다.

폭풍우의 중앙에 서서, 온통 새까맣게 물든 폐허의 도시에서 새하얀 번갯불을 전신에 휘감았던 레일리의 모습을 문득 다시 상기했다. 은빛 머리칼이 홀로 보화처럼 번쩍였고, 보랏빛 눈동자는 요사스럽게 빛났다. 검은 옷자락이 풀럭풀럭 흔들리며 날개처럼 펼쳐졌다.

자주 머무른 곳이 자신이 태어난 시체 더미 근처였다는 얘기도 들었고, 그를 마주치고 목숨을 남긴 자가 얼마 없다는 것도 들었고, 은사를 이용해 훨훨 날듯이 공중에서 몸을 놀리는 전투 방식 역시 직접 지켜본 일이 있다. 스스로 표현했듯, 그맘때의 레일리는 아마도 빛나는 것을 모으는 까마귀처럼 살았을 것이다.

'빛나는 것만 보면 사족을 못 씁니다…….'

"……."

아, 젠장. 또 쓸데없는 것을 떠올리고 말았잖아. 반사적으로 아무 데나 머리를 휘두르려다가, 이 지역에서는 도무지 어디에도 머리를 박고 싶지 않다는 사실을 깨달았다. 그래서 스스로 뺨을 한 번 짝 때렸다. 으, 정신 차려라.

그래도 난잡하고 필요 없는 생각만 떠올라서 한 대 더 셀프로 뺨을 때리기로 했다. 그런데 그 순간 레일리에게 벌컥 손을 잡혔다. 그는 별다른 첨언 없이 내 손을 잡아 내린 후, 나를 품에 집어넣듯이 제압했다. 결국 나는 그에게 안긴 채 뚱하니 생각을 정리했다.

어쨌든 잘 알려지지 않은 반인의 특징과 생리에 대해서는 조금 더 상세히 알아볼 필요가 있다. 유리 옐레체니카가 가장 큰 관심을 쏟은 실험체가 아니겠는가.

그렇게 협의를 하고 시작한 여행이므로 알렉시스 에슈마르크도 최선을 다해 탐구적인 자세로 그들의 상태를 확인하고 있는 것이리라. 그가 생각하기에도 지금의 내게는 이런 작업을 맡기기 어렵다고 판단한 모양이었다. 천성이 발명가라 그냥 본인의 흥미와 궁금증을 충족시키고 있는 것 같기도 했지만, 아무튼 그 나름의 배려이므로 내심 고마워하기로 했다.

"재밌군. 이건 마치……."

"마치?"

알렉시스 에슈마르크를 따라서 그가 기웃대는 쪽으로 고개를 갸우뚱 기울였다가, 별안간 그와 눈이 마주쳤다. 갑자기 나를 돌아본 에슈마르크 대공이 다정다감한 얼굴로 생긋 웃어 보였다. 그러더니 부상자들을 들쑤시는 일을 갑작스럽게 그만두고, 다시 경로를 재설정했다.

뭔가를 떠올리기는 했는데 이 자리에서 공유할 만한 가설은 아닌 것일까? 레일리가 대화를 들을 수 없을 정도로 멀리 있을 때를 노려서, 한 번쯤은 알렉시스 에슈마르크와 이야기를 나눠 봐야 할 것 같았다.

"어쨌든 보아하니 짐작했던 대로 환영받지 못하는군그래. 자네가 믿을 만한 거처나 동료 같은 것을 소개해 주기는 어려울까."

"'믿을 만한'……."

생경한 표현이라는 듯이 그 말을 곱씹던 레일리가 한숨을 내쉬며 한 손을 들어 어깨와 목 언저리를 꾹 눌렀다. 잠깐 고개를 모로 꺾었던 그가 차분한 태도로 대답했다.

"므라우에 그런 것은 없습니다. 차라리 자발적인 협조자가 나타날 때까지 다 쓸어버리며 가는 편이 빠를 겁니다. 압도적인 힘을 보여 주는 것이지요."

"그래?"

특유의 온화한 낯으로 턱을 만지작거리며 대꾸했던 에슈마르크 대공이 코트의 끝자락을 툭툭 털어 내고 산뜻하게 말했다.

"그럼 이제부터는 내가 맡도록 하지."

"예?"

'자신의 영역'으로 여기는 곳에서 주도권을 빼앗긴 기분이었는지 레일리가 대번에 불편한 심기를 드러냈다. 하지만 알렉시스 에슈마르크는 태연했다.

"백작은 눈앞에서 사람이 죽는 일에 익숙지 않은 편이고, 자네는 그런 온건하고 평화적인 방식의 전투에는 서툴 테니 말이야."

레일리 크라하도 굳이 부정을 하지는 않았다. 오히려 잠깐 입을 다물고 있다가 순순히 그의 제안에 응하기까지 했다. 나는 멀뚱히 서 있다가 윽 소리를 내며 손사래를 쳤다.

이런 줴기랄, 아무리 봐도 내가 짐이 되는 상황이 아닌가. 아무리 내 알맹이가 현대인이라지만 이런 상황에서 정신적으로 짐이 될 이유는 없다고 봤다.

나는 재빨리 끼어들어서 내 의견을 피력했다.

"아, 그, 뭐냐. 이제 괜찮아요. 저한테 신경 안 쓰셔도 됩니다. 처음에 들어왔을 때 냄새가 너무 역해서 그랬던 거고, 그냥 멀찍이에서 보는 것만으로는 완전 괜찮음."

그런데 물끄러미 나를 돌아봤던 레일리와 에슈마르크 대공이 똑같은 태도로 고개를 돌리더니, 갈 길을 마저 가기 시작했다. 레일리는 여태 붙잡고 있던 나를 갑자기 순순히 놓아주기까지 했다. 한 팔로 어깨만 감은 채였다. 여전히 내 말에 대한 피드백은 일언반구 없었다.

이런 망할, 이 개자식들이 이젠 쌍으로 사람 말을 무시하고 있지 않은가. 나는 당장에 양손 가득 가운뎃손가락을 펼쳐 그들을 향해 들어 보였다.

그런데 그때였다. 별안간 레일리가 손을 휙 휘둘렀다. 나를 보듬지 않아 놓고 있던 손에는 어느 사이엔가 쇳덩이로 만든 뱀 한 마리가 붙들려 있었다. 빠각 소리와 함께, 쇳덩이로 만들어진 뱀의 몸뚱이가 자연스럽게 박살이 났다. 나는 잠깐 눈을 의심했다가, 눈두덩을 비볐다가, 인상을 쓰고 물었다.

"맨손으로 쇠를 부수다니, 네가 그러고도 사람이냐?"

"제발 본인의 무능함을 제 문제인 것처럼 말씀하지 마십시오."

"아니, 이 자식, 되게 자연스럽게 말하는데 맨손으로 쇠를 부수는 인간과 맨손으로 쇠를 못 부수는 인간이 있으면 그건 쇠를 부수는 놈이 비정상인 거거든?"

당당하게 따지는데 레일리가 묘한 표정으로 뱀의 안에서 내장……. 아니, 마치 내장인 것처럼 보였던 양피지를 끄집어냈다. 무언가가 적혀 있었다. 걸음을 멈춘 알렉시스 에슈마르크도 물끄러미 레일리의 손아귀를 관찰했다.

대륙 공용어로 이루어져 있지만 내가 읽을 수 없는 문장이었다. 즉, '텍스트'의 의미 자체로는 내가 인지할 수 없는, '암호'의 체계인 듯했다.

"계속 우리를 지켜보던 북동쪽 폐허 위의 기척들이 사라졌네. 그들이 보냈다고 봐야겠군. 내용은 어떻지?"

"짐작하셨겠지만, 비밀 기지로 찾아오라는 이야기입니다."

"아군인가?"

"굳이 숨지도 않고 우리를 불러들였으니, 가 봐야 알겠지요."

레일리가 나긋하게 답했다. 지극히 당연하고 자연스러운 말을 입에 담는 듯한 태도였고, 알렉시스 에슈마르크도 어디까지나 태연했다.

"아군이 아니어도 처리하면 그만입니다."

역시 내 집사의 인성과 이 세계의 안녕을 의심하게 만드는 발언이었고, 대공의 반응 역시 별로 가까이하고 싶은 인물의 것은 아니었다. 왜 내 옆에는 이런 놈들밖에 없단 말이냐? 내심 눈물이 쭉 흘렀다.

* * *

'비밀 기지'로 가는 길은 알렉시스 에슈마르크가 주도한 브라우 함락과 함께 전부 한차례 무너졌다. 레일리가 기억하는 비밀 통로나 비밀 기지도 전부 예전의 것이었다.

하지만 그는 어렵지 않게 새 통로와 기지들을 알아냈다. 애초에 전도성을 지닌 벽이나 기물을 지니고 있는 건축물이라면, 그 재질에 전기를 흘려 넣어 얼마든지 구조를 파악할 수 있는 인물이었던 것이다.

레일리는 엘제바에서 지하 수로에 자리를 잡고 해일로부터 살아남을 수 있는 은신처와 도피로를 확인했던 것과 마찬가지로, 이번에도 바닥 곳곳에 번개를 흘려 넣다가 금세 길을 찾아냈다.

"어때, 비밀 기지의 위치는 알아냈나?"

"당신이 운석을 때려 박았던 탓에 온갖 금속 물질이 므라우 전반에 퍼져 있군요. 덕분에 길을 찾는 것만은 오히려 예전보다도 수월합니다."

"고맙다는 인사는 됐네."

"……."

살벌한 태도로 침묵하던 레일리의 팔을 다급히 잡아끌며, 내가 대신 알렉시스 에슈마르크에게 힐난의 눈짓을 했다. 그는 뭐에 정신이 팔린 건지 계속해서 주변을 둘러볼 뿐, 우리의 대화나 이동에 크게 집중하지 않고 있는 듯했다.

"……. 비밀 통로는 한두 가지가 아닙니다만, 편지를 봐서는 어느 쪽으로 가야 할지가 명백해 보이는군요."

그렇게 말하는 것을 보아하니, 레일리는 이미 자신을 부른 이가 누구인지 대충은 짐작하고 있는 모양이었다. 그는 망설임 없이, 수많은 비밀 통로 중 한 곳을 골라 성큼성큼 앞장서기 시작했다.

므라우의 지하수로는 운석 충돌로 인해 전부 파괴되었기 때문에 '비밀 통로'는 폐허 사이로 거미줄처럼 퍼진, 말 그대로의 '숨겨진' 길들이었다. 별다른 전투 능력이 없는 내가 가운데에서 레일리를 쫓아갔고, 내 뒤를 지키듯이 대공이 따라왔다.

나도 혹시 몰라서 뮤라를 소환해 놓기는 했지만, 별 도움은 안 될 것 같았다. 사실 나는 멀찍이에서 전투를 지켜보다가 갑자기 자신에게 찾아오라고 전언을 남긴 '의미심장한' 동료에 대해 회의적이었다. 이미 엘제바에서 한차례 크게 홍역을 앓은 탓도 있었다.

엘제바의 경우에는 레일리 본인도 당당하게 협조적인 아군이라고 평가한 놈이었는데, 사실 알렉시스 에슈마르크의 수작질 중 하나였던 것이 아니겠는가. 더구나 대공에게서 레일리 크라하를 향하는 방향 잃은 원망과 분노에 대한 자세한 설명을 듣기까지 했는데, 이렇게 수상쩍게 등장한 갑작스러운 옛 동료 따위를 마음 놓고 믿을 수 있다면 그게 바보였다.

"엘제바에서 내게 협조했던 므라우 출신의 잔당, '핀카로'의 경우에는 그대의 집사와 구체적인 원한 관계가 있기는 했네."

내가 계속 '어차피 적일 텐데 왜 굳이 가 보느냐'며 불안을 토로하자, 알렉시스 에슈마르크가 결국 그때 사건의 자세한 정황을 설명하기 시작했다.

"처음 듣는 말이군요."

레일리가 싸늘하게 대답했다. 그리고 그의 대답을 들은 대공이 어깨를 떨며 웃었다.

"원래 가해자는 기억하지 못하는 법이지."

"그에게는 제게 들어온 업무상 '목표물' 하나를 양보하기까지 했습니다."

"아아. 그게 문제였어."

알렉시스 에슈마르크가 유쾌한 태도로 대답하고는, 금세 다시 물었다.

"그 임무가 성공했다는 이야기는 들었나?"

"임무에 실패했다면 자신의 부족함을 탓해야지, 그것이 왜 저에 대한 원한 관계가 된단 말입니까?"

"당시의 목표물이 누구였는지는 기억이 나고?"

"암살 대상 따위를 일일이 기억하지는 않습니다. 무가치한 일이지요.

어렴풋한 기억에 연합국의 변방이라기에 별 잡스러운 놈을 처리하는 업무이리라고 여기기는 했습니다만, 짐작 가는 난이도에 비해 보수가 꽤 크기에 양보를 했습니다. 제게는 별로 필요치 않았기 때문에 일종의 상도덕이었다고 표현하면 되겠군요."

냉정한 태도로 돌아 나온 대답에 에슈마르크 대공이 다시 한 번 즐거운 낯으로 웃었다.

"나도 놀랐네. 내가 머무르고 있는 저택에 므라우 출신의 암살자가 들어올 줄은 전혀 몰랐거든."

부드러운 대답에 레일리가 잠시 인상을 찡그리고 돌아봤다. 그는 두 사람의 사이에 서 있던 내 머리 위로 시선을 올려, 직접적으로 에슈마르크 대공에게 설명을 요구했다.

"아직 그녀가 공작이 되기 전이지. 아메트리크의 두뇌라고 불리기도 전이야. 하지만 이미 아메트리크를 중심으로 연합국의 다른 도시 국가들을 하나씩 점거하기 위해 활약하던 시기라 적이 많았네."

"오델 에포닐의 저택이었습니까?"

알렉시스 에슈마르크의 말을 끝까지 듣지도 않고, 레일리가 모든 정황을 이해한 듯이 질문했다. 대공은 상냥한 태도로 고개를 끄덕였다.

오델 에포닐은 아메트리크의 공작이다. 그녀야말로 연합국의 세력이 아메트리크를 중심으로 뭉칠 수 있도록 초석을 깐 장본인이었고, 동시에 철혈의 지략으로 이름을 알린 뛰어난 군사이기도 했다.

타고난 작위는 없었다. 그녀는 단승 남작의 딸로서, 애초에 물려받을 작위도 없었지만, 세습 가능한 작위가 있다고 해도 장남 계승이 원칙인 아메트리크에서는 물려받을 자격도 지니지 못했다. 지닌 것은 날 때부터 갈고 닦은 뛰어난 지략뿐이었다. 두뇌와 모사만으로 이른바 '초월자'의 이명을 얻었다.

"온갖 기관 장치가 있는 저택이라 내가 나설 것도 없었네. 그때 나는 일단

식객이기도 했고 말일세. 어쨌든 온갖 실험과 고문이 이어졌다. 의뢰인을 알아냈고, 결국 그 의뢰인은 에포닐 공작이 알아서 처리했어. 그렇게 필요한 정보를 캐낸 뒤에는 암살자를 데리고 있어야 할 이유가 사라졌으니 마침 그 저택에 신세를 지고 있던 공학자, 즉, 내게 선물로 던져 주었지. 하고 싶은 실험을 맘껏 하라더군. 그래서 '맘껏' 했다."

그가 태연한 얼굴로 말했다.

"정신부터 파괴해 봤네. 주기적으로 기억이 붕괴되는 중에도 자네에게 복수를 해야 한다는 점만은 또렷이 기억하더군. 자네의 생김새도 기억하지 못하는 것치고는 그럴싸한 집착이었어."

나는 그 말을 듣고 반사적으로 찔끔했다. 시기적으로 엘류이센 라이케 역시 엮여 있지 않을까 하는 생각을 아주 잠깐 한 탓이었다. 그 후로도 에슈마르크 대공의 소유물로 취급되며 빈번히 실험대에 올랐다면 높은 확률로 엘류이센 라이케와도 엮인 적이 있을 것이다.

요컨대……. 굳이 나를 '원수'로 판단하고 쫓아와서 '레일리 크라하'라고 부른 것에는 그만한 이유가 있었을지도 모른다. 그래, 시팔. 인생은 전부 자업자득이 아니겠는가.

허허롭게 웃고 있는데, 레일리도 대공이 자신의 옛 동료에게 가한 실험에는 전혀 개의치 않는 눈치였다. 그는 그저 조용히 곱씹었다.

"거물의 저택이었군요. 변방이라 예상하지 못했습니다."

"당시에는 지금만큼 유명하지는 못했으니 자네의 기억에는 별것이 아니라고 남았을지도 모르지만 말이야. 거물의 저택이었지. 핀카로는 자네가 일부러 자신을 미끼 겸 먹잇감으로 들여보냈다고 생각하더군. 므라우의 까마귀 레일리 크라하라면 주변에 발길조차 한 일이 없다는 점을 굳이 앞장서 정정해 주지는 않았네. 어차피 구속구로 인해 내게는 반항할 수 없는 처지였으니까 말이야."

알렉시스 에슈마르크가 산뜻하게 말했다.

"자네에게 복수라도 하고 싶은 눈치더군. 그래서 보내 줬지. 나는 백작을 끌어들이고 싶었거든. 설명은 들었다고 알고 있네. 그 점에 대해서는 굳이 언급하지 않아도 될 것 같은데."

"남 탓밖에 할 줄 모르는 한심한 인생이 아닙니까."

레일리가 싸늘하게 대답했다. 레일리 크라하가 도무지 용납할 수 없는 인간상이기는 했다. 나는 머쓱하게 머리칼을 문지르다가, 레일리의 등에 손을 얹고 일단 계속 걷기나 하라며 등을 떠밀었다. 흘긋 나를 살폈던 레일리가 순순히 걸음을 옮기기 시작했다.

"어쨌든 그러면, 편지를 남긴 녀석이 정말 '믿을 만할 상대'일 가능성도 있다고 하시는 거예요?"

나는 이 이야기를 늘어놓게 된 첫 번째 화제로 다시 화두를 옮겼다. 알렉시스 에슈마르크도 고분고분 내 말에 적합한 대답을 했다.

"그건 또 모르지. 구체적인 원한 관계야 어디에든 있을 수 있는 게 아니겠나?"

"흐음."

"그 부분은 걱정하지 않으셔도 됩니다."

그런데 뜻밖에도, 레일리가 먼저 우리의 불안을 끊어 냈다. 의외로 단호한 말투였다. 나는 레일리 크라하를 만들 때 신뢰 따위의 MSG 역시 넣은 일이 없는데, 예기치 않은 신뢰 따위라도 느끼는 듯한 확고함이 묻어나는 목소리였다.

"사실 아군이 되어 주기 위해 저를 불렀다고 생각하지는 않습니다만, 적어도 제게 불만이 있었다면 결과가 어찌 되든 아까 그 자리에서 바로 달려들었을 상대여서."

"누군지 짐작이 가?"

"'뱀'을 전령으로 쓰는 것은 그자밖에 없습니다. 애초에 므라우란 함부로 다른 자의 상징, 전령의 형태 따위를 따라 하려면 목숨을 걸어야 하는 무분별한 지역입니다. 만일 내 상징을 베껴서 전령 삼은 놈이 존재한다면 그 멱을 따 버리는 게 지극히 합법적이고 일상적인 도시라는 뜻입니다. 제가 은퇴한 지도 10년이 되었습니다만, 아마 아직도 '까마귀'는 공공연히 금지된 전령일 겁니다. 그러니 뱀도 마찬가지겠지요."

"누군데? 가까운 사이야?"

"가깝다면 가까운 사이지요."

누군가가 대답했다. 낯선 목소리였다. 레일리가 대답할 타이밍이었고, 빈정거리며 존대를 쓰는 방식도 비슷했지만 정작 레일리에게서 나온 대답은 아니었다. 다 무너진 돌의 잔해와 튀어나온 벽돌들 사이로, 가늘게 이어진 긴 통로의 끝에 앉아서 우리를 기다리던 호리호리한 남자가 손아귀 안으로 동그란 과일을 집어 던졌다가 스스로 잡아챘다.

조금은 성기고 헐렁한 튜닉을 걸치고 검은 바지를 딱 맞춰 입은, 긴 백발을 날개 뼈까지 기른 미형의 남자였다. 어두운 녹색 눈동자가 동그랗게 접혔다.

퍽 유쾌하고 부드러워 보이는 낯이었다. 한쪽 뺨에는 은빛으로 빛나는 비늘의 형상이 두드러지게 반짝였다.

그의 종족을 암시하는 신체적인 표상이었다. 뷔올에서는 그런 식으로 유사인족의 표상이 드러나는 신체를 지닌 경우 어떻게든 가리고 덮기 위해 여러 노력을 기울이고 다양한 장식품을 사용한다. 하지만 므라우에서 만난 이들 중에는 누구도 그런 신체적 표상을 가리려고 하지 않았다.

이번에 만난 남자 역시, 비늘 돋은 뺨을 애써 가리려 하거나 화려한 장식으로 대신 시선을 끌려고 하지 않았다. 황금으로 만든 작은 뱀 장식이 달랑이는 금속 목걸이만이 그의 유일한 장식품이었다.

그 홍채에는 묘한 빛이 감도는 금빛 세로선이 죽 갈라져 있었다. 꼭 파충류의 눈 같았다. 가는 몸 선과 더해져서, 그의 몸은 꼭 뱀처럼 낭창낭창하게 흔들렸다.

"우리는 같은 시대에 태어나서 같은 시기의 므라우를 떠돌았으니까요. 어쩌다 보니 비슷한 시기에 은퇴를 하기도 했고 말이지요."

비늘의 형상이 드러나지 않은 반대쪽 뺨에는 물방울 모양의 문신이 세 개나 있었다. 눈두덩을 따라 조그맣게 박힌 문신은 일종의 점처럼 보이기도 했다. 그리고 그 아래로, 움푹 파이고 훼손당한 광대뼈 안쪽에서 녹색 보석이 번득였다.

마력석이 내장된 구속구였다. 그는 구속구를 이식당한 반인이었다. 아마도 므라우 몰락의 날 붙잡혀서 광대뼈 안쪽 깊은 곳에 구속구를 묻게 됐을 것이다.

억지로 살을 파내고 뼈를 연 흔적이 예쁘장한 얼굴에 기괴하게 어우러져 있었다. 저렇게까지 살을 파헤쳤는데도 구속구를 제거하지 못하고 남겨 뒀다는 것은, 그 구속구가 '제거할 수 없는 구속구'였음을 의미한다. 구속구를 뇌를 비롯한 주요 신경계에 연결하는 방식으로, 함부로 구속구를 빼냈다가는 죽거나 폐인이 되도록 조치를 취하는 잔인한 방법이다. 레일리 크라하의 안구 뒤쪽에 이식됐던 구속구 역시 그런 물건이었을 것이다.

결코 구속구를 빼면 안 된다고 여겨지는, 강대한 반인과 유사인족에게나 행해지는 복잡하고 값비싼 이식 수술이었다.

"내 이름은 '가라한 아브리함'."

손에 들고 있던 곰팡이 핀 사과를 부드럽게 뺨에 괴며, 남자가 내내 웃음기를 머금은 얼굴로 산뜻하게 인사를 했다.

"뱀에게 물려 온몸에 파충류를 휘감은 채 죽은 자의 시신에서 태어나, 므라우가 지도에서 사라지기 전에는 레일리 크라하를 보필해 이 지역의 규율을 잡는 네 명의 짐승 중 하나이기도 했답니다."

그의 손을 떠난 썩은 사과가 데굴데굴 굴러서 비밀 통로의 계단들을 지나쳐 레일리의 발치까지 떨어졌다. 레일리는 차분히 팔짱을 낀 채 그를 올려다보고 있었다.

남자, '가라한'이 유쾌한 태도로 팔을 휘둘러 상체 앞에 대더니 과장되게 절을 했다.

"까마귀를 길들였다는 소문의 주인공을 만나게 되어 영광이에요. '옐레체니카 백작'."

* * *

그 후 우리는 가라한 아브리함의 안내를 따라 비밀 기지로 향하기 시작했다. 레일리나 알렉시스 에슈마르크는 누가 덤벼들더라도 해치우면 그만이라는 사고방식의 소유자들이라서 별로 개의치 않는 듯했지만, 누가 덤벼들어도 손쉽게 해치울 자신이 없는 나만은 도통 신뢰를 주기 어려운 첫인상을 남긴 가라한 아브리함의 뒤통수를 경계 어린 눈빛으로 쏘아보며 그 뒤를 좇아갔다.

내 취향의 설정을 지닌 것이 분명해 보이니 그 인격도 내 취향일 것이다. 그 말인즉 쓰레기라는 뜻이 된다. 이 논제의 증명은 이미 양옆에 있는 두 남자가 완벽하게 끝내지 않았던가.

하지만 어쨌든 레일리에게 호의적이라는 것만은 사실인 듯했다. 다짜고짜 우리를 안내해서 안전 가옥으로 진입한 가라한 아브리함은 유쾌한 태도로 휘적휘적 다가와서 레일리의 어깨를 툭 밀어내고 내게 악수를 청했다. 레일리가 당장에 인상을 쓰고 나를 예의 주시하기 시작했다.

"정식으로 인사를 나누죠. 당신 수하의 오랜 친구입니다. 소개는 아까 마치지 않았나요?"

"유리 옐레체니카야."

내가 굳이 레일리의 친구에게까지 온갖 예절을 지키며 귀족답게 굴 이유는 없으니 편히 대꾸하며 손을 뻗다가 중간에서 멈췄다. 가라함 아브리함의 손목 주변에서 묘하게 팽팽 돌아가는 톱니바퀴들 때문이었다.

운석에 쓸려 나가 폐허가 된 마력의 구조들이 손목 근처에만 빼곡할 이유가 없다. 물끄러미 그의 손을 바라보다가 슬그머니 거두었다. 그리고 한 걸음 물러서자 지금까지 우리를 예의 주시하던 레일리가 즉시 가라한 아브리함의 손목을 잡아챘다.

"장난질 치지 마라."

그가 살벌하게 말하자 가라한이 샐쭉 웃고는, 바로 손을 거둬들였다. 가라한은 어느 정도 예측한 일이었다는 듯이 태연히 손을 털어 내고 나를 안쪽의 소파로 안내했다. 알렉시스 에슈마르크도 여상한 얼굴이었다.

"역시 뷔올의 총아 옐레체니카 백작다운 일입니다. 인사 삼아 해 보았을 뿐, 악의는 없었으니 너그러이 넘어가 주시죠. 의자는 레이디께."

하지만 정작 수작질을 중간에서 차단한 레일리가 세상 누구보다도 수상쩍은 것을 보듯이 나를 깔아 보고 있었다.

"요컨대, 마력을 '감지'할 수 있게 되신 겁니까?"

"그렇다니까."

"그런데 쓸 수는 없다고 하시지 않았습니까?"

"거, 감지만 하고 좀 못 쓸 수도 있는 거지."

"어떻게 인간이 그렇게 한심하지요?"

"못 닥치냐?"

이를 드러내고 레일리에게 따져 묻다가 일단 소파에 털썩 앉았다. 대충 살피기에는 안전해 보였기 때문에 굳이 거절하지 않은 것이다. 일단 다른 건 몰라도, 소파 근처에 이상한 마력 구조는 없어 보였다. 레일리나 대공이 말리지 않으니, 마력 관련이 아닌 다른 장치도 없다고 생각하면 될 것이다.

"그래서 왜 우리를 부른 건데?"

어쨌든 아까부터 궁금했던 점을 다짜고짜 꺼냈다. 초면인 사람에게서 하대를 받으면서도 태연한 얼굴이던 가라한 아브리함이 그때에야 튜닉

자락을 정돈했고, 본인도 좀먹고 곰팡이 핀 소파에 걸터앉았다. 그나마 내게 내어 준 것은 깨끗한 소파였다.

"달리 이유는 없답니다, 백작님. 레일리가 너무 활개를 치고 다닐 것 같아서요. 저 녀석이 그러다간 겨우 체계가 잡힌 므라우의 윗대가리들이 다시 날아가게 생겼으니, 진정하고 목적이나 달성한 후 어서 나가라는 의미에서 돕기로 한 것이지요."

그가 차분히 설명하며 손짓을 했다. 여성부터 앉혔으니 나머지 두 사람은 서 있든지, 바닥에나 앉든지 알아서 하라는 태도였다. 바닥은 지저분한 오물로 엉망이었고, 온갖 기계나 장치들의 잔해가 즐비했다. 일단 신분제도상 윗사람이니 비켜 줘야 하나 싶어서 흘긋 대공의 눈치를 살폈지만 그는 계속 앉아 있으라는 듯 살뜰히 눈짓을 해 주었다.

레일리는 자연스러운 태도로 내 곁에 시립했고, 알렉시스 에슈마르크는 앉을 만한 의자가 없어 보이자 곧장 손을 휘둘렀다. 그의 손에 스친 기계 장치가 삐걱삐걱 요란하게 작동을 시작했다. 순간적으로 가라한 아브리함이 살벌한 태도로 날을 세우며 번쩍 고개를 들었다.

에슈마르크 대공은 가라한이 경계 태세를 갖추든 말든 전혀 개의치 않는 눈치였다. 그가 부드럽게 물 흐르듯이 손을 내젓자 곳곳에 떨어져 있던 온갖 부속품들이 한데 모여 차곡차곡 조립되며 의자 비슷한 것을 만들기 시작했다. 나사와 톱니가 엉망으로 뒤엉켜서 괴이한 형태가 되었지만, 점차로 사람이 앉을 수 있을 법한 의자의 모습을 갖추었다.

가라한의 녹색 눈동자가 형형하게 번득였다.

"마법사."

그가 잠자코 곱씹었다. 그러든지 말든지 언제나 그랬듯 당당하게 의자에 앉아 다리를 꼰 알렉시스 에슈마르크가 우아하고 일상적인 얼굴로 고개를 빼 들었다.

"그러고 보니 내 소개를 아직 안 했군."

특유의 달짝지근한 말투였다.

"뷔올 서부의 에슈마르크 일대와 엘제바를 자치령으로 삼은 대공, 알렉시스일세."

"에슈마르크 대공?"

가라한 아브리함이 날 선 태도로 그 이름을 되뇌었다. 그러더니 건방지게 코웃음을 치며 턱을 괴고 나를 한 번 더 살펴보았다. 그가 레일리에게 빈정대듯이 말했다.

"옐레체니카 백작이야 예전에도 들락거리던 사람이라지만, 거물을 데려왔군. 왜 굳이 이런 지역에 들어온 거야? 아무리 예전에 이 근방을 쥐락펴락했다고 해도, 이제는 네가 돌아올 곳 같은 건 남지 않았다."

"마스터께서 각하와 함께 므라우를 방문한다기에 내가 따라온 거지."

레일리가 담담히 대답하자 가라한은 더더욱 의아한 듯한 표정을 지었다. 그가 다시 대공과 나를 번갈아 바라보았다.

"무슨 목적으로 이 땅에 들어왔습니까? 아무도 당신들을 반기지 않을 겁니다. 레일리야 성품이 저 꼴이니 예전부터 적이 많았고 혼자 다닐 때야 그런 것에 개의치 않았다지만, 당신들은 곤란하지 않겠습니까? 당신들이야말로 마법사끼리 작당하고 므라우를 지도에서 지운 게 아닌가요? 분명 '그날'의 공격에는 마법사 부대가 관여했을 테니, 어떤 식으로든 뷔올 최고의 마법사들이라는 당신들도 참여했을 거라고 생각하는데."

"옐레체니카 백작은 결백하네. 나 홀로 한 일이니까."

알렉시스 에슈마르크가 태연히 대답했다. 그 말을 듣고 당장에 미간을 좁혔던 가라한 아브리함이 '홀로'라는 단어를 곱씹다가 기가 차다는 듯 머리칼을 쓸어 넘겼다. 무언가를 따지고 싶은 듯한 눈치였지만 결국 그 말을 삼키고, 대신 다른 말을 했다.

"목적이 무엇이든지, 어서 끝내고 나가는 게 좋을 겁니다. 므라우의 모든 자들이 그렇겠지만, 이 가라한 역시 당신에게는 좋은 감정이 없으니까요."

"구체적인 목적은 없네. 단지 '반인'에 대해 확인하고 싶었을 뿐."

"반인에 대해서?"

가라한이 묘한 태도로 반응했다. 그러나 뒷말은 레일리에게서 이어졌다. 그는 내가 앉은 소파의 등받이를 붙잡으며 구체적으로 따져 물었다.

"저도 처음 듣는 얘깁니다만."

"내가 너한테 설명 안 했었냐?"

"안 했습니다."

"그럼 알아 둬. 좀 확인할 게 있어서 왔어."

"……."

건성으로 대답하는데 싸늘한 기운이 흘렀다. 삐걱삐걱 둔중하게 찌그러지는 주변의 기계 장치들을 보고 기겁해서 고개를 들었다가, 레일리의 주변으로 거칠게 뒤엉키는 마력 장치를 확인하고 다급히 말을 덧붙였다.

"유리 옐레체니카에 대해 알아보려고 온 거라고 말했었잖아!"

"유리 님에 대해서……?"

짜증스럽게 캐물었지만, 얼마 지나지 않아 유리 옐레체니카가 평범한 인간이 아니라는 사실을 상기하고 납득한 모양이었다. 그가 불만스러운 얼굴로 기운을 가라앉혔다. 움츠러들어 있던 나도 겨우 다시 허리를 폈다.

우리의 대화를 잠자코 듣고 있던 가라한 아브리함이 턱을 만지작거리며 눈썹을 꺾었다.

"그 말을 듣자니, 꼭 백작님께서 '반인'이라는 듯하군요. 자기 자신에 대한 타자화도 기이합니다. 혹, 이 자리에 계신 분은 백작님 본인이 아니신 겁니까? 설명이 필요할 것 같습니다만."

"정확하지는 않네."

내가 대답할 말을 선별하기도 전에 알렉시스 에슈마르크가 물 흐르듯이 대꾸했다.

"옐레체니카 백작은 그런 개념이 없는 곳에서 태어나고 자라지 않았나.

예전부터 이상할 정도로 회복 능력이 좋은 편이라, 혹시 평범한 인간이 아닌 것일까 생각했다고 하더군. 므라우가 몰락할 때 대거 쏟아져 나온 자료에 의하면, 반인들의 신체 재생 능력은 뛰어난 편이었으니까."

진실을 아는 입장에서는 뻔뻔해 보일 정도였지만, 그럭저럭 그럴싸하게 들리는 설명이었다. 사실 유리 옐레체니카의 특출한 재생과 회복 능력은 그녀가 '근원'을 기반으로 삼은 호문쿨루스이기 때문이지만 말이다.

어쨌든 그의 설명을 듣고 나름대로 납득했는지, 의외라는 듯 인상을 찡그렸던 가라한이 차분히 대답했다.

"그래서 뷔올의 귀족치고는 퍽 인격자 같은 행세를 자주 한 겁니까? 이 자리에 계신 분은 그러면?"

"아, 그게……. 알고 있을지 모르겠지만 내가 기억을 잃어서. 그래서 과거의 나를 분리해서 부르다 보니 혼란을 준 것 같아. 기억을 잃었으니 당연히 옛날에 어떤 생각에서 그랬는지도 모르겠고."

옛날에 어떤 생각에서 반인이나 유사인족, 소외당한 자들에게 손을 내밀었는지야 물론 매우 잘 알고 있다. 그 본래 이유가 몹시 개판이었다는 점도 안다. 양심이 매우 아팠지만 나는 적당히 말을 흐리며 그의 의문에 답을 돌려줬다.

"기억도 찾을 겸해서 나 자신에 대해 알아보고 있어."

"유감이지만 헛다리를 짚은 것 같군요."

가라한이 즉시 답했다. 나는 물론이요, 알렉시스 에슈마르크도 의아한 얼굴을 했다. 우리가 가라한을 빤히 바라보자 그가 심드렁한 태도로 설명했다.

"반인이라고 해서 특수한 회복 능력을 갖춘 것은 아닙니다. 물론 일반적인 인간에 비하면 신체의 내구성이나 경도가 좋기는 하지만, 어디까지나 '비교적'일 뿐이고, 절대적으로 살폈을 때 그렇게까지 회복 능력이 좋기는 어렵지요. 당신들이 살핀 '반인'들의 회복 능력이 대체로 좋았다면,

그들이 므라우에서 태어나 므라우에서 살던 자들이기 때문입니다. 타고난 능력이 없으면 몸을 개조하고 약물을 투여해서라도 강해져야만 살아남을 수 있는 곳이니까요. 결과적으로는 신체의 붕괴를 부르는 강화입니다. 그런 경우와는 상관없는 것이 아닌가요? 물론 역사서에 기록되기 시작한 시점에나 실질적으로 출현했다고 저희의 사회 안에서도 추측되고 있기 때문에 역사가 길지는 않아서 표준 집단은 적습니다만……."

그가 퍽 말끔한 태도로 말했다.

"어쨌든 예시를 들어 드리죠. 개조 같은 것을 하지 않은 자들 중에서는 제가 그나마 '발현이 강한', 즉 회복력이 좋은 편인 반인입니다. 그런데 제 얼굴을 보십시오."

움푹 파인 뺨을 내보이며, 가라한 아브리함이 콧등을 찡긋거렸다. 파묻힌 구속구를 뽑기 위해 뼈까지 드러낼 만큼 살을 파헤쳤던 흔적이 그의 뺨에 고스란히 남아 있었다.

"만일 상처가 빠르게 아물 수 있다면, 이런 식으로 회복조차 하지 못한 상처를 고스란히 남긴 채 뼈를 드러내고 다니지도 않을 겁니다."

"나는 어지간한 상처는 회복이 되는 편이었는데. 개조 같은 것은 알다시피 한 적도 없다."

그런데 여태까지 이야기를 잠잠히 듣고만 있던 레일리가 돌연 끼어들었다. 실제로도 엘제바에서 나는 그의 상처가 괴이하리만치 빠르게 아무는 것을 본 일이 있다. 그런데 레일리의 말을 들은 가라한이 별 개소리를 다 듣는다는 듯 인상을 찡그렸다.

"네놈이 '표준'이냐? 아까도 내가 보낸 강철 뱀을 단숨에 손으로 부수지 않았어? 그런 짓을 숨 쉬듯이 하는 놈이 표준이 되면 안 되지."

"……."

레일리도 반박 없이 흘긋 시선을 깔았다. 역시 아무리 인간이 아니어도 모든 인외 종족이 그런 짓을 아무렇게나 할 수 있는 것은 아닌 듯했다.

그래 놓고 나를 한심한 것 취급했다는 얘기가 아닌가?

그를 물끄러미 올려다본 내가 그것 보라는 듯이 턱짓을 하고, 따지듯이 눈을 치켜떴다. 네놈이 평소에 나에게 행하는 인격 모독을 반성하라는 의미에서 어깨까지 들썩였다. 레일리는 대답도 변명도 하지 않았다. 그저 손을 내려 내 머리통을 꽉 붙잡고 강제로 정면을 바라보도록 꾹 눌렀다.

퍽 우악스러운 태도였기 때문에 그의 손목을 철썩 때리며 반항하다가 가라한과 눈이 마주쳤다. 잠깐 눈을 동그랗게 떴던 그는 의외로 표정을 풀더니, 호의적인 태도로 이것저것 조언을 꺼냈다.

"만일 백작님이 회복 능력 외의 다른 지점에서 '인간 같지 않은' 특성을 느낄 수 있을 정도로 발현이 강한 경우가 아니었다면, '희미하게 드러난' 반인의 특성 따위로는 기이할 정도로 회복 능력이 좋기 어렵습니다. 달리 '반인'으로서의 성질을 극명하게 드러내는 발현이 있었던 것이 아니라면, 애초에 다른 이유에서 회복이 잘 됐다고 봐야겠죠."

"'발현'이 강한?"

난감하게 의문형으로 말을 꺼냈다가 알렉시스 에슈마르크에게 눈총을 보냈다. 알렉시스 에슈마르크가 괜한 주제를 꺼내는 바람에 더 수상쩍어지지 않았는가. 반인이든 아니든 그렇게까지 치유 능력이 좋다니 더없이 이상해지고 만 것이다.

그런데 알렉시스 에슈마르크는 또 자신만의 생각에 빠져 홀로 턱을 괸 채 사색에 잠겨 있었다. 아까부터 계속 그러더니만, 이번에도 일찌감치 대화에 흥미를 잃은 채 집중하지 않고 있었던 것 같은 직감이 들었다. 저 인간을 진짜…….

저 빌어먹을 과학도 공돌이가 또 남을 난감한 일에 떠밀어 놓고 자기 세계에 사로잡히지 않았는가. 복장이 터질 지경이었다. 세기의 발견은 집에서나 하란 말이다.

"저는 짐작 가는 부분이 있군요."

그런데 그때, 뜻밖에도 레일리가 말했다.

"물을 접하면 마력이 난동을 부리지 않습니까. 따로 마력을 휘발시키는 약까지 마셔야지만 균형이 유지되는 건 분명 자연스러운 현상은 아닙니다. 신체의 내부 구조나 회로도 묘하시고 말이지요."

"엥."

그거야 유리 옐레체니카의 육신을 구성하는 기반이 된 '근원'이 영원히 순환하는 물을 매개로 삼았기 때문이다. 실제로도 '바깥'에서 끊임없이 흘러 들어오는 마력의 흐름으로 계속해서 신선해지기 때문에 회복 능력이 좋은 것이고 말이다.

그럼에도 레일리는 충분히 스스로 납득한 것 같은 표정을 지었다. 가라한 아브리함도 마찬가지였다.

"아아⋯⋯. '그런 종류'인가."

"'그런 종류'?"

정작 거짓말을 친 당사자만 빼고 저희끼리 알아서 근거를 붙여 거짓말에 납득하고 있지 않은가. 나도 상황을 좀 파악해 둬야 할 것 같았다. 빨리 설명을 해 보라고 눈을 부라리자, 언제나 불친절했던 레일리 대신 가라한이 설명했다.

"레일리의 힘이 강력한 건 그가 지닌 반인으로서의 성질 자체가 강력하기 때문입니다. 번개인이야 가끔 찾아볼 수 있는 정도지만, 개중에서도 '번개' 그 자체를 수족처럼 다룰 수 있는 경우는 드물지요. 강대한 자연의 힘을 고스란히 담은 생명체라면, 자연히 일부 성질이나 기능만 닮은 일반 반인들과는 그 체계부터가 다릅니다. 저도 그만한 인물은 레일리 크라하 외에는 본 일이 없습니다만, 그런 경우라면, 지금까지 스스로 눈치채지 못하셨을 뿐, 백작님도 물과 관련된 특수한 힘을 행사할 수 있을 겁니다."

아니, 사실 전혀 다른 이유에서 회복력이 좋은 거라 그런 능력과는 관련이 없는데. 어쨌든 이것저것 생각해 준 듯해서 감사의 눈짓이라도 해 보였다. 레일리도 가라한과 마찬가지로 일찌감치 오답인 가설에 사로잡혀 턱을 만지며 중얼거리고 있었다.

"하긴 언제나 비를 맞거나 물을 접하신 직후에는 바로 마력을 휘발시키셨으니, 그 후에 무슨 일을 할 수 있는지 따위는 관심사 바깥이 아니었습니까. 어릴 때부터 그렇게 하셨다며 제게 그 일을 맡기셨습니다. 어릴 때는 마력이 날뛰면 심장께가 아파서 어떻게든 마법을 썼다고 하셨지만, 제가 마력을 휘발시키는 약을 먹여 드리기 시작한 이후로는 약에 의존하게 되었지요."

"아, 그러냐?"

"마스터도 덜 한심해질 수 있는 길이 열린 것 아닙니까."

레일리가 부드럽게 말했다.

"돌아가면 그것이라도 연습해 볼까요?"

도무지 마음이 끌리지 않는 제안이었다. 애초에 전혀 다른 이유에서 물에 취약한 몸이 아닌가.

"시, 싫어. 아프다며."

연습 따위를 하진 않겠지만, 생각해 볼 여지가 있는 문제였다.

마력의 순환 그 자체로 이루어져 있어 어느 정도는 자체 복구가 가능한 몸이다. 그런 엘류이센 라이케가 목숨을 잃을 만한 사건이 대체 무엇일까? 목이나 뇌, 심장 같은 중요한 '마력 기관'이 제 기능을 하지 못할 정도로 파괴되거나, '마력' 자체의 순환과 흐름에 문제가 생기는 경우로 한정할 수 있을 것이다.

즉, 마력이 폭주하거나, 그 흐름이 너무 강력해지거나, 호문쿨루스로서의 불완전성으로 인해 거꾸로 흐르게 된 마력이 반대 방향으로 뒤집힌다든가 하는 것 말이다. 짐작건대 ≪세레나의 티타임≫에서도 그렇게 목숨을 잃었으리라고 보고 있고…….

"날 죽일 셈이냐?"

반사적으로 튀어 나간 말에 레일리가 또 한 번 한심해 죽겠다는 표정을 지으며 대답했다.

"정말 향상심이라고는 티끌만큼도 없으시군요."

결국 나는 다른 말을 꺼내 괜히 좋은 흐름을 탄 화제를 망치는 대신, 일말의 감정이라도 표현하기 위해 산뜻하고 상쾌한 얼굴로 부드럽게 가운 뎃손가락을 들어 주었다.

그런데 그때 가라한이 생긋 웃는 얼굴로 우리의 대화를 끊고 난입했다.

"그래서, 자신에게 반인의 혈통이 있는 것을 알았으니 이제 돌아갈 예정인가요?"

내 가운뎃손가락을 강제로 접어 주던 레일리가 눈썹을 꺾으며 그를 돌아봤다. 누가 들어도 축객령이었다. 괜히 므라우에서 난장판을 만들지 말고 어서 나가라는 의사가 명백했다. 레일리가 흘긋 나를 돌아보았다. 어떻게 생각하는지를 물으려는 듯했다.

물론 아직 나갈 수는 없었다. 우리가 반인에 대해 확인하고 싶었던 것은 '유리 옐레체니카가 어째서 반인에게 특별한 관심을 보였는지'였다. 그 이유를 확인하기 위해서는 살아 있는 개개의 반인, 그리고 반인의 시체 따위를 직접 뒤지는 수밖에 없다. 레일리와 가라한에게는 유감이지만 우리는 유리 옐레체니카가 연합국에서 한 '해부'와 비슷한 작업을 하기 위해 므라우에 왔다.

아무튼 아직은 나갈 생각이 없었다. 대공을 살폈지만 그는 여전히 자신만의 생각에 사로잡혀 있었다. 어쩔 수 없이 내가 대신 고개를 저었다.

"좀 더 둘러볼 생각이야."

내 대답을 듣고 가라한이 못마땅한 낯을 했다. 그리고 이 상황에서 충돌한 것은 정작 므라우에 난입한 대공이나 내가 아닌, 레일리와 가라한이었다.

우리의 목적은 이해할 수 없어도 어쨌든 레일리는 언제나 그랬듯 집사의 업무에 충실했다. 그는 자신의 현 주인인 내가 나가겠다고 선언하기 전에는 나가지 않겠다고 했고, 가라한은 그런 레일리의 말에 불만을 표출했다.

"지금의 므라우는 과거와는 다른 방식으로 움직이고 있다. 이제 와서 레일리 크라하가 다시 활개 칠 만한 시기가 아니야. 우리는 겨우 새 터전을 일궜으며, 이제야 비로소 자리를 잡고 있단 말이다."

"'우리'?"

레일리가 무덤덤한 태도로 말했다.

"'신사천왕'이니 뭐니 하는 어린애 장난 같은 얘기면 그만두는 게 어때."

"그건 소꿉장난이고."

인상을 쓴 가라한이 부정의 기미도 없이 신사천왕을 매도했다.

"므라우가 몰락하던 날, 과거 므라우의 규율을 잡던 다섯 명 중 두 명이 죽고 한 명이 불구가 되어 실험실에 끌려가 조각조각으로 분해됐다. 그중 살아남은 것은 너와 나뿐이었지만 우리는 우선적으로 붙잡혀 구속구를 이식당하고 끌려갔지. 그렇게 우리가 므라우로 돌아오지 못한 채 떠도는 사이 무사히 피신한 놈들은 저희끼리 살 방도를 모색했다. 운석에 깔리고 폐허가 된 이 지역에서, 더는 먹을 것도 구하기 어려워진 쓰레기장에서 살겠다고 아등바등 애를 썼을 거야. 그 과정에서 소꿉놀이가 필요했다면 이해할 수 있는 일이다. 늦게야 돌아온 입장이니, 나는 그들이 어떻게 사는지에는 관여할 생각이 없어. 애초에 과거의 우리는 사천왕 같은 괴상한 표현을 쓴 적도 없었잖아."

"너희와 묶여 불렸다고 생각한 일도 없다."

짜증스럽게 대답한 레일리가 장갑 끝단을 만지작거리며 심드렁히 덧붙였다.

"각자의 방식으로 살았고, 우연찮게 시대가 겹쳤을 뿐이지."

"그건 또 네 생각이고."

어처구니없다는 듯 코웃음을 친 가라한이 허리를 꼿꼿이 세웠다. 이미 에슈마르크 대공이나 내 존재에 대해서는 전혀 신경을 쓰지 않는 듯했다. 안중에도 없어 보인다고 해야 할 것이다. 가라한이 녹색 눈을 파랗게 빛내며 레일리를 비난했다.

"괴물 같은 회복력과 전투 능력을 지닌 '므라우의 까마귀'를 상징으로 삼았기 때문에 우리 자신을 지킬 수 있었어. 네 존재는 그 자체로 므라우를 보호하는 방어 체계였다. 동에 번쩍 서에 번쩍 하며 거슬리는 놈들의 명줄을 따고 다닌 그 개 같은 성품 덕분이기도 했고. 이유야 어쨌든 크게 덕을 봤지. 너야 그냥 네 눈에 거슬리면 죽이고 마음에 안 들면 뽑아내는 개차반이었지만, 우리 모두에게는 적어도 네게 소속되어 있다는 개념이 번져 있었다."

슬슬 나도 눈치가 보이기 시작했다. 과연 그들의 이야기를 내가 같이 듣고 있어도 되는지 알 수 없어진 것이다. 가능하면 슬쩍 자리를 빠져나가서 이참에 우리는 우리끼리 이야기를 하고, 옛 동료들은 옛 동료들끼리 앙금을 풀게 두는 게 좋지 않을까 하는 생각도 들었다.

슬그머니 알렉시스 에슈마르크의 눈치를 살폈지만, 그사이 생각을 정리한 듯했음에도 그는 그저 흥미롭게 상황을 관조하고 있었다. 대공의 태도만 살펴서는 이들의 언쟁이 우리의 행동 때문에 시작되었다는 것도 깜박 잊을 것 같았다.

옛 동료에게서 들은 내 집사의 인성도 개판이지만 저 인간의 인성 역시 개판이었다.

"네가 무슨 생각으로 저 예쁘장한 백작님 곁에서 수발이나 들고 있는지는 모르겠지만, 외부인이 함부로 침입할 수 있는 곳이 아니라는 건 너도 잘 알 텐데?"

그때 갑자기 아무 잘못 없는 내가 거론됐다. 눈을 댕그랗게 뜨고 내가 뭔 상관이냐고 인상을 쓰는데, 개의치 않은 가라한이 싸늘하게 쏘아붙였다.

"내가 므라우에 돌아온 것은 6년 전의 일이다. 그 4년 사이에 무슨 일을 겪었는지는 말하지 않아도 알고 있겠지. 아니, 운 좋게 저 백작님에게 구명된 너는 이해하지 못하는 일인가?"

가라한은 신경질적으로 레일리를 몰아붙였다. 물론 레일리는 더없이 태연한 얼굴로 팔짱을 낀 채 버티고 서 있을 뿐이었다.

"나는 생김새가 이 꼴인 탓에 광대뼈 깊숙이 구속구를 이식받고 매음굴에 끌려갔다. 도회지라서 뱀을 불러도 크게 도움을 받기 어려웠어. 거의가 실뱀이더군. 그래서 어지간하면 구속구라도 뜯어낼 생각으로 거울을 박살내 파편으로 얼굴을 파헤쳤지만, 보아하니 뇌와 바로 연결된 눈치여서 없애지도 못했지. 얼굴이 흉해져 상품 가치가 없어지니 이번엔 실험실로 갔다. 다행히 실험실이 산속에 있었기 때문에, 주변의 구렁이들을 불러들여 수갑을 파괴하고 만나는 연구원들의 머리를 전부 쥐어 터트렸다. 유감스럽게도 내 능력은 어디까지나 근력과 독으로 발전되어 있으니 구속구로 독성을 봉인당해 봤자 평범한 인간보다는 강력했거든. 수갑이 사라지니 다시 므라우로 돌아오는 것은 일도 아니었지. 폐허와 오물밖에 남지 않은 지역임에도 불구하고 나는 므라우로 돌아왔다. 너도 알다시피, 그 이유는 달리 있는 게 아니야."

"갈 곳이 없으니까."

가라한 아브리함은 레일리의 명료하고도 여상스러운 대답을 듣고 더더욱 마음이 상한 듯했다.

"그래. 뷔올의 인간들에게 '인간'조차 아닌 것으로 취급받는 우리다. 반인으로 태어나고 반인으로 자란 이상 어차피 우리가 갈 곳은 이 땅 어디에도 없다. 오물 더미에서 태어나 쓰레기를 먹고 자랐지. 어디에도 발붙일 곳 없이 살았다. 앞으로도 마찬가지야."

"'앞으로도 마찬가지'라고?"

레일리가 차분히 되물었다. 갑작스러운 질문에 미간을 찡그린 가라한은 레일리에게 제대로 대답을 돌려주는 대신 자신의 말만을 잇고 있었다.

"파괴되고 무너졌어도 우리가 갈 곳은 므라우밖에 없다. 전설적인 자들이 전부 사라진 므라우에서 저런 소꿉장난이나 하며 어떻게든 외부인을 들이지 않으려 하는 마음은 나도 이해가 가. 우리는 이 땅에서 어떻게든 막막한 세월을 버텨야 하니까, 어떤 식으로든 뭉치고 방어할 수밖에는 없지. 일찌감 치 변절하고 뷔올의 귀족에게 의탁한 네가 이제 와서 구둣발로 짓밟을 수 있는 땅이 아니란 말이다. 당장 네 주인을 데리고 나가. 반인일지도 모르는 자신의 혈통을 찾기 위해 지금까지 우리 모두에게 퍽 온건한 입장을 취했다는 점은 높이 사지만, 그래 봤자 뷔올의 귀족이다."

나는 잠자코 그들의 대화를 듣고 있었다. 거의 일방적으로 가라한이 말 하는 중이었지만 어쨌든 레일리도 나름대로 팔짱을 낀 채 그의 말을 귀담 아듣고 있었으므로, 얼추 대화라고 볼 수 있을 것이다.

레일리 크라하가 정말로 뷔올에 붙어 변절했는가에 대한 문제는 좀 애 매하다고 보지만, 어쨌든 가라한을 비롯해 므라우의 반인-유사인족 커뮤 니티에서 뷔올의 귀족을 데리고 온 레일리를 어떻게 생각할지는 확실히 이해했다.

"지금의 므라우는 외부의 동족에게서부터 정보를 얻지 못하나."

레일리가 단조로운 목소리로 물었다. 이제부터 그들 사이에 오갈 대화의 주제 역시 뻔한 일이었다.

레일리 크라하가 혁명을 주도한 것은 어디까지나 므라우로 돌아가지 않 고 대륙의 사회에 흡수된 반인과 유사인족들을 통한 일이었다. 그는 세계 각지에 퍼져 있는 자신들의 커넥션을 이용해 단숨에 세상을 뒤집어엎을 순간을 노리고 있었다. 자본과 뒷배는 유리 옐레체니카가 맡았다. 유리 옐 레체니카의 내면에 어떤 속셈이 있었든지, 어쨌든 레일리 크라하는 나름 대로 자신의 일을 진행시키고 있었다.

므라우 안에서 지내던 가라한은 몰랐겠지만, 레일리 크라하가 나름대로 므라우 바깥에서도 동족들을 위한 일을 하고 있었다는 것만은 명백했다.

물론 가라한 아브리함의 입장에서는 뚱딴지같은 소리였을 것이다. 가라한은 당장 미간을 좁혔다.

"너는 예전부터 외부인이 들락거리는 일로 우리가 실질적인 피해를 입지만 않는다면 개의치 않는다는 주의였지만, 그 결과 어떻게 되었지? 외부인은 므라우의 무엇에도 관여할 수 없다. 외부와 격리된 우리만의 세계를 지킬 필요가 있어. 네가 언제나 홀로 살았고 홀로 지냈다는 건 알지만, 너도 므라우의 인간에 대해 최소한의 책임과 연대는 느껴야 하지 않나?"

"마스터."

그때 레일리가 가라한의 말을 끊어 냈다. 짜증스럽게 미간을 문지른 그가 흘긋 나를 내려다보았다가 내 어깨를 둥글게 붙잡고 가볍게 떠밀었다.

"각하와 함께 잠시 나가 계십시오. 위험하니 각하와 따로 행동하시면 안 됩니다."

드디어 제삼자들에 대한 축객령이 떨어졌다. 알렉시스 에슈마르크와 가깝게 지내거나 둘만 있으면 신경질을 내던 최근의 행동거지와는 상반된 일이었다. 레일리 크라하에게는 그만큼 중요한 일이었다. 유리 옐레체니카가 온갖 구정물을 부어 버렸지만 말이다.

우리끼리 할 대화도 있고, 최근 들어 어울리지 않게 질투 따위나 하는 것 같은 레일리에 대해 고민해 볼 필요도 있다. 아니, 아니, 어차피 고민을 해 봤자……. 이미 생겨난 생각들이 변하거나 사라지지도 않고, 상황이 달라지지도 않을 테지만……. 괜히 시간을 벌고 싶었다. 개 같은 삽질이군! 나는 또 한 번 메타 비평을 했다.

어쨌든 여러 이유에서 반기며 몸을 세웠다. 하지만 알렉시스 에슈마르크는 꼼짝도 하지 않은 채 그저 눈썹을 꺾으며 흥미로운 낯을 했다. 그는 한동안 잠자코 앉아 있다가 레일리가 대놓고 날 선 태도로 고개를 돌리자 그때에야 여유롭게 자리에서 일어났다. 나를 에스코트하듯이 손을 내밀고, 알렉시스 에슈마르크가 부드럽게 말했다.

"'상상의 여지'가 있겠군. 가지, 유리."

어차피 일찌감치 유리 옐레체니카를 통해 레일리의 행동거지를 전부 파악하고 있었으면서, 성격 나쁜 발언이었다. 나는 그의 배를 팔꿈치로 푹 찌르며 패악은 작작 부리라는 의미에서 "알렉시스, 괜히 시비 걸지 마요." 하고 경고를 했다.

그리고 우리의 뒤통수를 바라보는 두 사람이 어떻게 생각하든지, 우리는 빠르게 자리를 벗어났다. 안전 가옥으로 향하던 비밀 통로를 되짚어 나가며, 에슈마르크 대공은 몇 번 걸음을 멈춰 소리가 들리는지를 확인했다.

요컨대 알렉시스 에슈마르크의 신체 능력으로 소리를 잡을 수 있는 거리라면, 우리의 이야기도 레일리의 신체 능력에 잡힐 수 있다는 뜻이 된다. 마력 구조가 워낙에 폐허가 되어 제대로 된 마법을 쓰기도 곤란해 보였을뿐더러, 비단 그런 상황이 아니어도 마법 운용에 민감한 놈들을 지적에 두고 티 나게 방음 마법을 써서 괜한 건수를 줄 이유도 없지 않겠는가. 그러다 보니 어쩔 수 없이 상호 간의 보안을 지켜 주게 된 셈이었다.

"계속 뭔가를 생각하던데 무슨 문제예요? 그리고 얼마 전에 서신을 날려 보낸 건 또 무슨 용건이고요?"

"생각하고 있는 건 여러 가지지만 무엇도 확실하지는 않아서……. 그대에게 공유하는 게 나은 일이 될 것 같지도 않아. 오히려 반대지."

그렇게 말하며, 그가 우리 주변을 감싸 안은 기계 장치에 손끝을 가져다 댔다. 날카로운 못 같은 것을 한 곳에서 쑥 잡아 빼자 그쪽으로 요란한 바람이 불어닥쳤지만, 알렉시스 에슈마르크는 태연한 얼굴로 못을 들어 기계에 흠집을 냈다.

[반인에 대해 추론한 것이라면, 혹시 모르니 확실히 듣는 귀가 없을 때에 적당히 이야기하도록 하지. 신체 능력만 따지면 내가 자네 집사보다 훨씬 못할 테니까. 동의한다면 고개를 끄덕여서 대답하게.]

일종의 필담이었다. 나는 재빨리 고개를 끄덕여 보였다. 그러고 나서야 다른 이야기로 화제가 넘어갔다.

"서신이라면 푸른 숲 근방의 마력 파동에 대한 조사를 지시한 걸세. 폐하 근처의 협력자에게 연락을 보냈으니, 관련해 자세한 정보를 얻을 수 있을 거야."

듣다 보니 또 이상했다. 우리는 황제 몰래 여행을 온 상태가 아닌가? 즉, 황제에게 직접 물어볼 수는 없는 일인데, 그런 중요한 마법적 정보를 황제 아닌 누구에게서 얻는단 말인가?

"폐하 근처에 폐하가 모르는 간자라도 심어 뒀습니까?"

"간자라고 하니 조금 꺼려지는 표현이군그래."

"표현뿐이 아니라 진짜로 꺼려지는 일을 하고 있다는 자각은 없으신 거요……?"

신분제 제정 국가에서 살고 있다면 최소한의 양심은 좀 챙겨라…….

서먹한 얼굴로 그를 훑어보며 눈길로 비난하는데, 드디어 알렉시스 에슈마르크가 걸음을 멈췄다. 거의 비밀 통로의 입구 부분이었다.

"그저 후작의 현황이 궁금해 에이미에게 간단하게 물어 들은 내용이라 확실하지는 않지만, 곳곳에 나타나는 징후나 최근 '마력'의 움직임을 살폈을 때 확실히 이번 마력 파동의 여파는 조금 클 것도 같아서. 일단은 자리를 비운 상태지만, 문제가 생긴다면 대처를 해야 할 것이 아닌가."

"애당초 '마력 파동'이 뭔데요?"

"저번에 안다는 듯이 넘어가지 않았나?"

"저번에 알겠다고 한 건 후작이 일러바쳤다는 거였고."

내 대답을 들은 알렉시스 에슈마르크가 눈썹을 휙 추켜세웠다가 손을 툭툭 털었다. 빠르게 작동한 마력 장치들이 적당히 우리가 앉을 곳을 마련해 주었다. 우리는 비밀 통로의 끝에서 그가 만든 작은 의자에 앉아 대화를 이어 갔다.

"일찍이 이야기했지만, 푸른 숲은 그 자체로 마력의 결정체일세. 엘류이센의 말에 따르면 그 내부에야말로 '바깥'의 근원과 연결되는 통로가 있어서 그렇다더군. 이 세계는 하나의 우아한 설계물이니, 그에 빗대 생각하면 '마력석'의 역할인 걸세."

"오, 네. '우아한' 설계물이라고 말해 주니 기분은 좋네요."

"우아하고 뛰어난 기계일수록 사람의 인격을 무시하는 경우가 종종 있는 법이지. 내부의 충돌로 인해 반발이 일어나 작동에 문제가 생겼다면, 이를 해결하는 것 역시 설계자와 발명가의 몫이고 말이야."

"아, 그래서 책임지려고 열심히 노력하고 있지 않습니까."

"그래, 그래."

내가 상체를 들이밀며 따지듯이 대꾸하자, 건성인 태도지만 목소리만은 견줄 바 없이 부드럽게 대꾸한 알렉시스 에슈마르크가 뼈 있는 낯으로 웃어 보였다. 그리고 곧장 내 뺨을 한 손으로 잡아 슬그머니 밀어내며 화제를 전환했다.

"내부에 들끓는 마력이 푸른 숲 주변의 결계, '마력 장벽'을 뚫고 폭발하듯이 터져 나올 때가 있어. 요컨대 마력 파동은 일반적으로 그 조짐인 걸세. 마력의 요동에 따라 주변의 마력들을 쓸어 내거나 떠미는 현상이네. 만일 가라한 아브리함이 그대 집사와 이야기를 나누고도 어쨌든 빨리 나가라고 한다면, 그 현상에 대해 언급하며 따라서 과거 비슷한 현상이 인위적으로나마 일어났던 이 근방을 둘러봐야 한다고 대답하기로 하지."

"아하. 결국 그냥 괜찮은 변명거리라는 얘기군요."

"사실 실제로도 심각한 문제이기는 해. '마력'이야 이유도 없이 다른 곳에서의 마법에 휩쓸려 먼 곳까지 영향을 미치기도 하니 그렇다고 치더라도⋯⋯. 애셔가 가기도 했으니까 말일세. 마력 파동의 추이가 평소와 어딘지 달랐던 것이 아니라면 그 애가 굳이 그렇게까지 움직일 이유가 마땅치 않아서 말이야. 후작과의 사이는 늘 좋았지만, 고지식한 후작이 순순히 애셔의 동행을 받아들인 것도 수상쩍고. 아마도 황실의 마법사들이 무언가 구체적인 걱정을 토로했으니 애셔가 동행할 수 있게 되었을 걸세."

"만일 말씀하신 대로 '규모가 큰' 마력 파동이라면, 어떤 문제가 생기는데요?"

"마나장에 가려서 햇빛이 도달하지 못하게 되지. 일시적인 일이겠지만 세계 단위의 '일시적인'이라는 것은 인간의 기준에서 언급할 문제가 아니니까."

일종의 화산 폭발이나 태양풍 같은 것으로 이해하면 되는 걸까? 턱을 만지며 곰곰이 고민하다가, 이어진 알렉시스 에슈마르크의 말에 귀를 기울였다.

"폭발이라도 했다간 대륙의 절반이 날아가게 되네."

"히익이네욤."

기계적으로 반응하다가, 생각해 보니 복잡한 문제인 듯해 또 한 번 인상을 썼다.

거대한 마력의 폭풍, 햇빛이 사라지고 대륙이 날아갈지도 모르는 위기일발의 상황. 마력, 마력, 마력……. ≪세레나의 티타임≫의 중요 인물들이 모두 예기치 않게 한자리에 모일 법한 상황이기도 했다…….

솔데인 마이어야 본인이 꿈꾸는 순진하고 티 없는 아가씨의 전형이 세레나 그 자체이므로 자연히 세레나에게 호감을 가질 것이고, 알렉시스 에슈마르크에게 있어 '세계를 공유할 수 있는 이해자'는 유리 옐레체니카의 사후 세레나 윌리엄스가 될 것이니 서브 남주의 역할 역시 완벽하게 책정된다.

어떤 점에서 서로에게 호감을 느꼈는지는 몰라도 애셔 아마르트 뷔올은 이미 세레나와 잘 지내고 있는 눈치였다. 즉, ≪세레나의 티타임≫에서 달라진 것은 '나'의 존재로 인해 조금 변형된 인간관계뿐이다. 세계의 흐름에는 다를 것이 없어야 했다.

마력의 폭풍. 나는 다시 그 표현을 곱씹었다.

유리 옐레체니카는 무한히 순환하는 마력과 근원, 물에 연결되어 있는, '영생'을 살면서 자체적으로 복구가 가능한 호문쿨루스다. 따라서 마력의 폭주나 강대한 기운의 흐름으로 인해 목숨을 잃었을 것이라고 일찌감치 추론해 두었다. 그리고 만일 그렇다면, 대륙에 위협이 될 수도 있을 법한 '마력의 폭풍'과 무관했을 리 없다. 곤란할 정도로 딱딱 맞아떨어지고 있었다.

유리 옐레체니카의 죽음이 이번 문제와 얽혀 있는 걸까?

"어쨌든 내 협력자가 당신을 보낼 때까지는 이곳에 머무르며 근방의 마력 구조와 반인에 대한 추가 조사를 함세. 연락을 받아 보고 확인할 가치가 있다면 푸른 숲의 마력 파동도 살피는 게 좋겠지만 말이야. 어쨌든 엘류이센 라이케의 의식이 자취를 감춘 시점에 푸른 숲이 요동친다는 건……. 묘한 일이 아닌가. 점검해 볼 가치는 있겠지."

구구절절 옳은 말이었다. 고개를 주억주억 흔들었지만, 얼마 지나지 않아 다른 의문을 깨달았다. 혼자 갸웃거리던 나는 결국 그의 말에서 한 지점을 붙잡고 늘어졌다.

"연락이 도착할 수 있다는 얘기는……. 므라우에 올 거라는 예정도 알리셨던 거예요? 그런 거 정확히 알려도 괜찮은 건가."

"그래. '그녀'는 믿을 만한 협력자거든. 입이 무겁고 능력도 좋지. 외교 업무를 맡아 보면서도 그만한 인물은 몇 명 상대해 보지 못했네. 수완도 뛰어난 데다가 개인적으로 소통을 할 수 있는 창구도 갖고 있으니까, 그야말로 완벽한 연락책이 아닌가."

대수롭지 않게 답한 알렉시스 에슈마르크가 턱과 입술을 만지작거리며 조금 더 생각을 정리했다. 나는 그를 물끄러미 바라보다가 고개를 기울였다. '그녀'?

묘한 말이었다. 알렉시스 에슈마르크는 자신의 애인을 황제의 간자로 심어 둔 것일까? 하지만 황제 주변에서 중요한 마법 관련 사항을 파악하기 위해서는 충분한 직위나 능력이 있어야 했다. 호칭이나 어투를 봤을 때 그의 어머니 이리나 경이 협력자라고 보기는 어려운데, 그 밖에는 마땅한 여성 권력자가 떠오르지 않았다.

그뿐만 아니라, 솔직히 개인적으로도 궁금했다. 누가 감히 뷔올 황제의 눈을 속이고 대공의 스파이 노릇을 하고 있단 말인가? 이렇게까지 복잡하게 꼬인 콩가루 집안에서 그런 일을 하려면 어지간한 인물은 아닐 것이다. 대답을 해 줄지는 모르겠지만, 일단 한번 물어나 보기로 했다.

"'그녀'라면……. 이리나 경이신가요? 아니면 당신의 애인 중 하나?"

"설마."

산뜻하게 대꾸한 그가 태연히 말했다.

"아멜리아 레스킷일세."

"예?"

그 언니가 여기에서 왜 나와? 내가 입을 떡 벌리고 기함하자, 그가 여상한 태도로 덧붙였다.

"준남작의 딸로 태어나 황제의 총애를 받는 연인이 되어, 세습하지 못하는 자작 작위를 따 낸 여인일세. 황제의 총애를 등에 업고 망해 가던 어머니의 상단을 대륙에서도 손에 꼽히는 대상단으로 키워 내기도 했으니, 따지자면 어지간한 호걸보다도 뛰어나지. 애인 같은 관계였던 적은 없네. 아버지든 형님이든, 가족과 연인을 공유하는 취미는 없으니까. 어머니를 닮은 여자와 애인 관계로 지내는 악취미는 더더욱 없어."

"아니, 그것 말고. 그 사람이 왜 당신이랑 협력을 해요?"

"이해타산이 맞아떨어지니까."

"외교 업무 외에는 식민지 무역과 찻잎 통상 따위나 하는 당신이 황제보다 더한 아군이 된다고요? 당신이 그녀에게 뭘 줄 수 있는데?"

"글쎄."

전혀 예상하지 못한 이름을 꺼낸 알렉시스 에슈마르크가 그때에야 못을 내던졌다.

"황제는 줄 수 없고 나만이 줄 수 있는 것이라면, 역시 자유 같은 것일까."

그러더니 더는 첨언하지 않았다. 하기야 남의 일이니 당사자가 없는 자리에서 제삼자인 내가 자세히 캐물을 수도 없는 일이었다. 너무 예기치 못한 일이라 입을 빠끔거리기는 했지만, 나도 금세 안정을 찾았다. 기분만 더러웠다.

이런 제기랄, 만일 그렇다면 처음에 아멜리아 레스킷의 살롱에 참가했을 때부터 나는 이 작자의 손아귀에서 놀아나고 있었으며, 모든 행동을 보고당하고 있었다는 게 아닌가? 오……. 역시 빌어먹을 일이었다.

그 와중에 대공은 여전히 여유롭고 일상적인 태도였다. 우리가 글귀를 적어 떠들었던 마력의 기계 장치를 물끄러미 바라보다가 잠깐 숨을 토해 내듯 웃기도 했다.

"이 글귀를 읽을 수 있는 인간은 몇 세대가 지나서야 나올까?"

승마복을 입고 다리를 쩍 벌린 채 앉아 불량하게 턱을 괴었던 내가 눈을 동그랗게 떴다. 그리고 멀뚱히 그를 바라보다가, 기계 장치를 바라보다가, 시큰둥히 대꾸했다.

"몇 세대가 지나서 보든지 그냥 단순히 A와 B와 B의 집사 사이에 삼각관계 비슷한 게 있을 거라고 여기지 않겠습니까. 사실 애초에 언어가 바뀌지 않을 거라는 보장도 없고……. 아, 그것보다도 저는 댁한테 그럼 처음부터 멱살 잡혀 끌려다녔다는 얘기 아닙니까? 진짜 당신 개자식 아니냐."

"새삼스러운 말을 하는군. 하지만……. '삼각관계'?"

내 표현을 들은 그가 시선을 깔고 조용히 웃다가, 방금 내던졌던 못을 다시 주워서 필담 위에 죽죽 선을 그어 글씨를 덮기 시작했다.

"그렇게 보이면 곤란하지."

"아, 새꺄, 기분 나쁠 사람이 누구인데 댁이 기분 나쁘다고 글자를 지우고 있어요?"

당장에 그의 정강이를 퍽 걷어찼지만 큰 타격을 입지는 않은 것 같았다. 결국 정말로 문장을 통째로 지운 후에야 알렉시스 에슈마르크가 다시 내게 손을 내밀었다. 슬슬 자리에서 일어나자는 것 같았다.

왜 그럴까 생각하다가 아차 싶어서 즉시 일어났다. 레일리나 가라한이 대화를 끝내고 우리에게 오고 있는 모양이었다. 과연 자세히 살피니 주변의 마력 장치들이 삐걱거리며 조금씩 흔들리고 있었다. 마치 우리 쪽으로 살짝 떠밀렸다가 제자리를 찾는 듯한 모양새였다.

우리를 데리러 온 것은 두 사람 모두였고, 뒤이어 알렉시스 에슈마르크가 꺼낸 '마력'에 대한 변명거리까지 들은 가라한은 더 이상 가타부타 첨언하지 않은 채 한 걸음 물러섰다. 말은 없었지만, 우리가 이 근방에 잠시 머무르겠다고 의사를 표현한 것에 대한 묵인이었다.

여전히 대공과 손을 맞잡고 있던 나는 못마땅히 우리를 바라보는 레일리의 시선을 인식하고 슬그머니 웃으며 손을 뺐다. 그렇다고 해서 나에게 내민 레일리의 손을 잡은 것은 아니었다. 레일리의 눈썹이 한없이 역팔자로 꺾이든지 말든지는 알 바가 아니었다. 내 손은 그저 내 손으로 있으면 충분했다.

역시……. 캐릭터와 썸을 타는 것에 대해서도 진지하게 고민해 봐야 했다. 곧 유리 옐레체니카의 죽음 이벤트가 찾아올 것 같다는 문제도 있고 말이다. 이런 개 같……. 삐빅삑…….

아무튼 이렇게 주저앉아 아무것도 못 한 채로 머리를 감싸 쥐고 생각만 한다고 답이 나오지는 않을 텐데, 나는 왜 늘 고민하게 되는 걸까?

아무리 생각해도 도통 모를 일이었다.

레일리 크라하가 나에게 보이는 관심이 어디까지나 수단이고, 대공이나 후작을 견제하기 위한 일에 불과했다면 나도 마음이 편했을 것이다. 내가 어떻게 생각하든 레일리가 나에 대한 연애 감정을 느끼지 않는다면 더 이상 감정적으로 진행될 관계도 없기 때문이다.

하지만 어쨌든 연합국에서 레일리는 명확히 자신의 입장을 밝혔다. 개 같은 성품이기는 하지만 그 성품에 애착이 어떤 영향을 미치고 있는지도 낱낱이 드러냈다.

그리고 그렇게 된 이상, 나도 생각을 하긴 해야 했다. 손뼉 치며 비웃어 줄 수 없는 입장이 된 것이다.

피한다고 피할 수 있는 똥물이 아니고 주인이라고 물지 않는 개도 아니었다. 썸남에게 똥물이니 개니 하는 표현을 쓸 수밖에 없다는 점에 대해서는 나 자신도 애석하게 생각하지만, 솔직히 이 정도 인품이면 내 인생에는 똥물이 맞고, 이 개 같은 성격을 개 이상의 무엇으로도 표현할 방법이 없다.

이러나저러나 레일리 크라하는 개자식이고, 나는 이 개자식을 아마도 꽤 좋아한다.

제정신이냐?

하고많은 상대 중에 왜 하필 이런 개자식이 좋단 말이냐?

하지만, 아무튼 인정할 것은 인정해야 했다. 이것 하나 인정하기까지 아주 오랜 시간이 걸렸지만, 인정하고 넘어가지 않으면 다음 대처를 할 수 없다는 것을 덕분에 알았다. 언제까지고 정체된 채 있을 수는 없다.

복장이 뒤집어질 일이지만, 나는 레일리 크라하를 좋아한다. 아마도.

"으!"

생각하자마자 소름이 돋는군! 역시 제정신이 아니었다!

가라한이 내준 뒤에도 레일리가 한 번 더 세척하고 점검한 후에야 사용하게 된 낡은 시트 위를 굴러다니다가 바닥을 쾅 내리쳤다. 주먹만 아팠다.

고개를 홰홰 젓고, 당장 직면한 상황에 대해서나 다시 생각했다. 오늘의 심력은 레일리 크라하를 아마도 꽤 좋아한다는 사실을 인정하는 것으로 이미 충분히 소비하고 말았으니, 다른 생각으로 도망을 쳐도 괜찮을 것이다. 나는 알렉시스 에슈마르크에 대해 생각하기 시작했다.

지난밤, 그는 근방의 레스킷 상단에 방문하기 위해 므라우를 떠났다. 며칠 근방에 머무르며 조사에 조사를 거듭하다가, 레스킷 양이 보냈을, 인장 없는 기계 새가 알렉시스 에슈마르크를 찾아온 덕이었다.

편지를 열자마자 구구절절 마법의 공식과 규모, 온갖 숫자와 전문 용어들의 향연이 펼쳐졌다. 그 꼴을 보자마자 어지러워진 내가 이마를 짚든 말든 개의치 않은 알렉시스 에슈마르크는 꼼꼼히 편지를 확인했고, 즉시 불태우며 나를 향해 돌아섰다.

자세히 조사해 보기 위해 일행을 이탈할 테니, 자신이 돌아올 때까지만 므라우에서 기다리라는 얘기였다. 어차피 나 혼자서는 제대로 조사를 하기도 어려울 텐데 왜 하필 므라우에서 기다릴지를 묻자, 알렉시스 에슈마르크는 턱을 만지며 묘한 태도로 시선을 깔았다가 차분히 대답했다.

'유리 옐레체니카에 대해 생각하게. 내가 생각할 수 있는 것과 그대가 생각할 수 있는 것은 분명 다를 테니까. 둘 중 누구도 온전하게 그녀를 이해할 수 없을 테지만 말이야.'

어디까지나 옳은 말이기는 했지만, 나름대로 곁에 있는 레일리를 의식해 걸러 낸 표현이었을 것이다. 그래서 나는, 그때까지 내 기준에서 고민하던 '유리 옐레체니카'에 대한 생각을 입 밖에 꺼냈다. 마찬가지로 걸러

낸 표현이었지만 알렉시스 에슈마르크가 충분히 알아들을 수 있으리라고 봤다.

우리가 그로부터 실질적인 도움을 얻기는 어려운 종류의 추론으로, '정보'라고 보기에도 애매했다. 별 알맹이는 없었기에 중요하게 여기지 않은 부분이었지만, 개인적으로 알렉시스 에슈마르크에게는 공유해 줄 가치가 있는 의견이라고 생각했다.

'당신은 유리의 옛 일기장을 갖고 있었죠? 어린 시절의 일기장 말이에요.'

레일리로서는 처음 듣는 얘기였을 테지만, 그렇다는데 알 게 뭔가.

알렉시스는 눈을 동그랗게 떴다가 그렇긴 한데 왜 그러냐며 돌아섰고, 나는 그의 양팔 소매를 붙든 채 바짝 서서, 하려던 말을 꺼냈다.

'왜 당신에게 일기장을 줬을까요? 그녀에게는 숨겨야 할 정체성의 비밀도, 남들에게 말 못 할 과거도 충분히 있었는데도 어린 시절의 단서를 당신에게 제공한 셈이잖아요. 입에 담은 적도 없던 푸른 숲에 대한 추론이 가능할 법한 자료이기도 했고요. 충분한 지능을 지닌 당신에게 자신의 정체성이나 과거가 들통 날 수도 있다는 생각은 해 본 적이 없는 걸까요?'

'그래서? 실제로는 그대가 기억을 잃기 직전……. 늦봄쯤에 별안간 내 방에 나타났을 뿐이지만 말일세. 그 질문을 꺼내는 이유는, 나름대로 떠올린 결론이 있기 때문이겠지?'

'당신한테 자신에 대해 알아 달라고 표현한 게 아니었을까요?'

자기 자신의 인생, 삶에 대한 알렉시스 에슈마르크의 태도가 늘 내 마음을 쓰이게 했기 때문이다. 실제로도 내가 추론한 유리 옐레체니카의 삶이나 사고방식이 그렇기도 했다.

'유리 자신도 정확히 규명할 수 없는, 자기 자신에 대해 알아 달라고. 아마도 자신을 이해할 수 있으리라고 생각한 유일한 상대인 당신에게 표현한 그녀의 하나뿐인 진심 같은 게 아니었겠냐고요.'

'정보로서의 가치는 없군. 하지만 그대, 지금 나를 위로하는 건가?'

알렉시스 에슈마르크가 그렇게 되물으며 잠자코 웃었다. 틀린 말은 아니었고, 오히려 정곡을 찔렸다. 덕분에 나도 손을 팔랑팔랑 내저으며 머쓱하게 대답했다.

'그냥, 그, 뭐냐. 실속은 없지만 당신한테는 말해 주면 좋지 않을까 해서. 타이밍을 못 잡고 있었는데 나름대로 생각한 걸 공유할 수 있을 시기 같아서 말해 본 거예요. 거, 소소한 호의니까 별로 신경 쓰지 마십쇼.'

그리고……. 그러고 나서……. 이 바람둥이가……. 다짜고짜 예고도 없이 왈칵 나를 잡아끌어 품에 안지 뭔가.

훤칠한 미남의 품에 안겨서 발꿈치가 가볍게 공중에 들렸다. 기껏해야 기사 계급의 귀족과 무법 지대 전투원 출신 양아치와 썸을 탄 경험밖에 없다 보니, 늘 우악스럽게 잡아채던 놈들 사이에서 그만은 유달리 부드럽고 온화한 태도였다. 뼛속까지 왕족으로 나고 자란 사람이었다.

그런 이유에서 특히나 기억에 남았다. 아직까지도 감촉이 생생하다. 뒷머리를 부드럽게 받치고, 다정한 태도로 머리칼을 쓸어 주며 꼭 감아쥐기까지 했다.

그 이해 못 할 행동이 그가 떠난 뒤로도 나에게 로맨스 판타지 장르에 걸맞은 혼란을 줬다. 확실히 이 세계는 로맨스 판타지가 맞다. 내가 쓴 글이지만 놀랍게도 그랬다.

"……."

왜 그랬냐, 알렉시스. 아무리 생각해도 모르겠군.

당장 그 순간에는 눈을 댕그랗게 떴다가 그의 어깨 위로 빼꼼 고개를 내밀었고, 혼란에 사로잡혀 어물거리다가 손을 뻗어서 등을 마주 안고 쓰다듬어 주기는 했다. 이 양반은 덩치는 커도 뿌리 깊은 애정 결핍에 시달리는 인물이기 때문에, 아마도 이 양반이 어리광 같은 것을 부리는 모양이라고 내심 알아서 판단을 내렸기 때문이었다.

만일 그렇다면, 이 세계를 이 꼴로 말아먹고 그의 인생에 엿을 준 장본인으로서, 그의 못다 푼 감정에 대한 최소한의 책임을 져야 할 의무감을 느꼈다. 그래서 일단은 생각에 앞서 그의 등을 꼭 끌어안고 등허리를 쓸어 주었다. 요컨대 사심 한 톨 담기지 않은 부모나 창조주로서의 위로였다.

하지만 그가 떠난 후, 한나절이 지나도록 고민해 보았고, 결국 혼란에 사로잡히고 만 것이다. 알렉시스 에슈마르크는 애정 결핍인 데다 인간쓰레기에 개자식이기는 해도 성인다운 판단력을 갖추지 못한 인물은 아니었다. 판단력을 갖추고도 그 꼴로 사니 더더욱 개자식이지만, 어쨌든 그가 다짜고짜 사람을 끌어안을 이유로는 충분하지 않다는 얘기다.

그렇다면 무엇인가? 갑자기 엘류이센 라이케가 보고 싶어 견딜 수가 없어진 거냐? 인간쓰레기지만 사랑이 하고 싶었냐? 아니, 물론 알렉시스 에슈마르크의 마음속에는 오랜 옛적부터 보답 받지 못할 사랑이 차고 넘쳤으니 그 꼴이 되었을 것이다. 그렇다면 뭐냐. 역시 뭐냐? 나는 또 김레일리 크라하의 말대로 냐, 냐 거리고 있나?

온갖 잡생각을 하며 시트에서 뒹굴던 나는 바깥을 돌아다니다가 안전가옥으로 돌아와 내 앞에 다가온 레일리를 발견하고 움직임을 멈췄다. 어디에 다녀오는 거냐고 물으려다가, 방금 전에 하던 생각의 여파로 질문의 끝마디만이 입 밖으로 튀어나왔다.

"냐, 냐……. 냐?"

"……."

짐작건대 내가 알렉시스 에슈마르크와 진한 포옹을 한 탓에 계속 불쾌한 태도로 한나절을 보내던 레일리의 표정이 요란하게 이상해졌다.

"아, 시팔, 방금 전 그거 실수입니다. 실수다, 실수……."

물론 통하지 않는 변명이었다. 레일리의 표정을 보고 제 발이 저린 내가 다급히 덧붙였다.

"인마, 그 표정 못 치워? 다른 생각에 빠져 있다가 앞 문장들이 통째로 잘렸을 뿐이라고!"

"귀여워해 드릴까요?"

"오햅니다. 순서대로 '왜 서 있냐', '뭐냐', '아니꼽냐?'였습니다. 주지해 주시죠."

"확실히 요즘은 뜸했군요. 마스터께서 바라신다면, 뜻하시는 대로 충분할 만큼."

비꼬듯이 말한 레일리가 내 말은 듣지도 않고 내가 누운 시트 앞에 한쪽 무릎을 꿇었다. 그러고는 자세를 낮춰 곧바로 입을 맞췄다. 나는 끙 소리를 내며 고개를 뒤로 젖히다가 강제로 붙잡혔다. 그리고 나서야 허공에서 헤매던 손을 뻗어서 일단 레일리의 등에 감았다.

아무튼 모르겠고, 오랜만이니 키스는 할 생각이었다. 내가 애 좋아하고 얘가 나 좋아하는데 뭐가 문제란 말인가? 볼 장 다 본 사이에 가릴 것도 없는 일이 아닌가? 사귀지 않고, 앞으로도 딱히 사귈 생각은 없을 뿐이었다.

그리고 언제나 이 녀석과 내 관계에 있어 가장 큰 문제는 아차 하는 사이에 키스 이상의 것이 된다는 점이었다.

* * *

미……. 친……. 놈…….

물론 이 문장에서 명시된 '미친놈'은 나 자신이다. 아차 하는 사이에 또 저질렀다. 심지어 종반에 이르러서는 혼자 잠들어 버렸다. 잠에서 깨어나고 보니 얇고 깨끗한 담요에 둘둘 말린 채 레일리의 품 안에 앉아 고롱고롱 고개를 흔들며 졸던 중이었다.

정신 차려라! 정말로 전근대 사회의 온갖 수발을 받는 삶에 익숙해져서 어쩔 생각이냐, 나 자신! 두 손으로 양 뺨을 짝 때리고야 조금 정신이 들었다. 그러고 나니 다른 불길함이 스멀스멀 피어났다.

"가라한은……?"

설마 이 꼴로 있는데 들어왔던 건 아니겠지. 무시무시한 불안감을 느끼며 슬그머니 물었는데, 다행히 레일리가 퍽 산뜻하게 대답했다.

"오늘은 므라우 내부의 회동이 있는 날입니다. 그는 오늘 밤 늦거나, 내일 새벽쯤에나 돌아올 겁니다."

"그럼 다행이고. 야, 내 옷 좀 내놔 봐."

"온갖 짓을 함께 한 사이인데 이제 와서 그런 게 필요가 있습니까?"

"짜샤, 달라면 좀 줄래?"

"혼자 입으실 수는 있는지요?"

한껏 기분 좋은 태도로 내 이마에 입술을 묻은 레일리가 부드럽게 물었다. 그의 태도가 문제인지 말이 문제인지. 아무튼 순간적으로 숨을 멈췄다가 단숨에 토해 냈다. 그러나 나는 금세 반사적으로 폭삭 인상을 썼고, 곧장 이를 갈며 대답했다.

"뉘, 혼자 못 입으니 빨리 입히기나 하시죠. 집사야."

순순히 대답하고야 레일리가 잠자코 내 가방을 뒤져 옷을 고르기 시작했다. 활동하기 편한 남복이었다. 그는 면바지와 셔츠를 꺼내 곳곳의 사슬과 걸쇠들을 손본 후 내게 입혔다.

나는 얌전히 그의 손안에서 빙빙 움직이며 옷을 입다가, 착용이 완료되고야 옷자락을 쭉 잡아당기며 매무새를 확인했다. 그리고 일단 알렉시스 에슈마르크가 맡기고 간 일을 처리하고자 레일리의 손을 잡아끌어 안전 가옥 바깥으로 나섰다.

레일리의 눈앞에서 반인을 직접 죽여서 살필 수도 없는 일이고, 사실 직접 죽이는 꼴을 보고 싶은 생각도 없으므로, 최근에는 내내 시체 폐기장에 들락거리고 있었다. 일종의 쓰레기장이면서 동시에 시체 폐기장이었다. 별로 알고 싶지 않은 세계관적 특성이다.

므라우에는 사람과 쓰레기 사이의 구분이 없었다. 내가 만들었지만 역시 개 같은 동네였다.

일찌감치 가라한이 챙겨 줬던 장갑을 레일리가 점검한 후 내게 넘겨주었고, 나는 그 장갑을 낀 채 그나마 덜 오염된 시체의 상처나 내부를 확인하기 시작했다.

가라한의 말대로였다. 반인의 신체는 내구도가 퍽 뛰어난 편이지만, 회복력에는 특수한 점이 없었다. 엘제바에서 직접 확인한 레일리의 회복 능력은 가히 다른 종족의 것 같을 지경이었다.

과거 어째서 레일리가 므라우의 전설 따위로 불렸는지도 알 만했다. 유리 옐레체니카는 어째서 특별한 점이 없는, 단지 일종의 초능력을 지녔을 뿐 인간과 차이를 보이지 않는 일족에 관심을 가졌을까?

추측 가는 유리 옐레체니카의 이유라고 해 봤자 비인간적인 것들뿐이었다. 나는 이 세계의 작가이고, 유리 옐레체니카가 얼마나 세계관을 무너트리는 초월자였든지 그녀는 내 캐릭터다. 그러니 아마 내가 추측한 이유가 유리 옐레체니카의 이유였다고 생각해도 될 것이다.

유리 옐레체니카는 무엇에 소속되고 싶었는지도 모른다. 결과적으로는 자기 자신을 '신'이라는 형태로 격리하겠다는 개소리를 하게 되었지만, 그 기반에는 '무언가'에 소속되고 싶은 마음이 있었을지도 모른다는 것이다.

처음에는 인간에게 흥미를 가졌다. 그러다가 어느 순간 반인이야말로 자신과 비슷하다고 생각을 했을지도 모른다. 특수한 능력, 인간과는 약간씩이지만 차이가 있는 신체 구조, 각기 다른 초능력 따위에 흥미를 가졌을까. 그래서 평범한 인간보다는 반인에 더 가능성을 두고……. 실험하다가……. 레일리 크라하를 만났다.

말하자면 레일리는 개중에서도 극도로 발전한 반인의 형질을 보이는 셈이었다. 이 시대에 살필 수 있는 가장 뚜렷한 진화의 형태라고도 볼 수 있다. 지극히 유리 옐레체니카와 유사한 생리, 사고방식을 지니기도 했다.

거기까지 생각했을 때, 갑자기 시체에서 구더기가 뿜어져 나왔다. 자연히 생각도 끊어졌다. 으악 하며 주저앉았지만, 아래에서부터 느껴진 물컹한 감촉에 절로 눈물이 치밀었다. 제기랄, 내가 어쩌다가 이딴 세계에 들어와서 이러고 있게 된 것인가.

솔직히 말해, 지금까지 이어져 온 일련의 사태는 평범한 현대인으로 살던 내가 아무렇지도 않게 견딜 만한 시련이 아니었다. 너무나 구역질이 났지만 간신히 머리칼에 들러붙은 구더기들을 떼어 내고 자세를 바로 했다. 레일리가 다가와서 곧장 나를 일으켜 세운 후 조심스럽게 털어 줬고, 나는 뮤라를 불러서 좀 더 청결하게 뒤처리를 했다.

그나마 알렉시스 에슈마르크가 미리 만들어 줬던 스크롤들을 이용해 주변의 공기를 차단한 덕에 그럭저럭 버틸 만했다. 나는 다시 자세를 잡고 시체 더미를 뒤지기 시작했다.

이것은 4D다. 현실감이 좀 뛰어난 VR 같은 것이다. 이것은 4D다. 내가 직접 설정한 소설 속의 서술 한 줄로 축약되는 변두리 설정일 뿐이다.

"야, 있잖아."

그리고 나는, 문득, 내가 머리부터 발끝까지 '구성'한 캐릭터에게 슬그머니 말을 걸어 보았다. 솔직히 말하자면 적지 않게 충동적이었다. 입이 열리고 뉴런이 시키는 대로 말했다.

"나 사실 너를 좋아하는 것 같긴 해."

한참 동안 대답이 없었다. 시체 폐기장의 기둥에 등을 기대고 서서 팔짱을 낀 채 있던 레일리가 한참 후에야 대답했다.

"늦게도 들은 말이군요. 그리고 별로 그런 말에 적합한 상황 같지도 않습니다만."

"의식의 흐름으로 뱉어 봤음."

"의식의 흐름으로 뱉을 말입니까?"

"야, 돌고 돌아 서울…… 아니, 모로 가도 뷔올로만 갔으면 됐지, 뭐가 문제야?"

짜증스럽게 대꾸한 후 자리를 옮기자 레일리도 잠자코 몇 걸음을 옮겨 벽을 따라 내 쪽으로 다가오다가 별안간 멈춰 섰다.

"그렇게 말씀하시고, 에슈마르크 대공과는 대체 뭘 하시는 겁니까?"

"아……."

최근에 내린 결론이라 결심이 흐려지기 전에 말을 뱉은 것은 좋은데, 다짜고짜 그 질문이 나오면 역시 곤란했다. 그 자식은 대체 왜 갑자기 사람을 끌어안고 난리란 말인가. 나는 난감하게 시선을 회피하다가 툭 대답했다.

"그 사람이랑은 그냥 친군데. 뭐라고 하나, 어쩌다 보니 이해타산이 맞았고 같은 목적을 갖고 함께 행동하다 보니 친근감이 생긴……. 그런 종류."

"'친구'?"

"저스트 프렌드 모르냐, 저스트 프렌드."

"저스트 프렌드가 포옹을 합니까?"

"그건 그냥 그 양반 변덕이고……. 아, 거참 그럴 수도 있지!"

사실 나도 그 작자가 왜 갑자기 포옹을 했는지는 모르겠지만 적당히 둘러대 보았다. 그러자 레일리가 몹시도 못마땅한 표정을 지은 채 삐딱하게 턱을 들고 나를 날카롭게 노려보다가 신경질적으로 대답했다.

"아무튼 그러면……."

어쩐지 불길한 서두였다. 나는 황급히 레일리의 표정을 확인했다가, 즉시 손을 털어 냈다.

"저를 좋아하신다면 이제."

"근데 너랑 뭐, 연애를 하거나 잘되거나 그럴 생각은 딱히 없다."

"예?"

"뭐, 문제라도?"

오늘도 당당하고 뻔뻔하게 반문하자, 레일리의 표정이 천천히 화사해졌다. 언제나 그랬듯 레일리 크라하가 산뜻하고 다정스러운 표정을 짓고 있다면, 그 표정이 온화하고 나긋해 보일수록 몹시 빡쳤다는 이야기가 된다.

"이유가 뭡니까, 대체."

레일리가 싸늘한 목소리로 물었다. 그야 네가 내 캐릭터고, 나는 이 세계에 눌러앉아 살 생각이 추호도 없고, 이래저래 말은 그럴싸하게 해 뒀지만 내가 원래의 몸으로 돌아갔을 때 레일리랑 잘될 가능성은 없다고 봐야 하지 않겠는가. 괜히 미련 남을 짓은 하고 싶지 않았다.

나는 시체 더미로 시선을 돌린 후 생리적으로 인상을 찡그렸다가, 겨우 어깨쯤의 셔츠에 코끝을 문지르고 다시 작업을 시작했다.

"알다시피 나는 몸을 옮길 거고."

"옮기든 말든 상관없다고 말씀드리지 않았습니까. 이해하셨다고 생각했는데 말이지요."

"그건 이해했는데."

"똑바로 들으십시오. 그따위 문제는 상관없습니다."

"인마, 좀 끝까지 들어라. 그 몸의 생김새는 확인해 놨는데, 그 몸이 어디에 사는 인간의 몸인지도 잘 모르거든. 어디쯤일지도 모르는데, 딱히 너랑 다시 만나게 될 것 같지도 않고."

사실 애초에 다른 세계고 말이다. 주섬주섬 여러 변명을 내놓는데 레일리가 문맥을 끊고 갑자기 끼어들었다.

"그건 제가 알아서 합니다."

뭘 알아서 해, 미친놈이…….

하고 싶은 말은 많았지만 할 수 있는 말은 없었으므로, 나는 진심 어린 힐난을 꺼내기보다 또 다른 적당한 말을 뱉었다.

"아무튼 괜히 잘됐다가 복잡해지는 건 싫어. 내 말을 전부 이해할 필요는 없고, 그냥 그렇게 알아라."

그런 내 말을 듣고 또 한동안 조용해졌던 레일리가, 얼마 지나지 않아 잠잠한 태도로 다시 물었다.

"요컨대 그만큼 저를 좋아하신다는 말씀이신지요?"

"……?"

시팔, 어쩌다가 얘기가 그렇게 되지? 아무리 생각해도 저 새끼의 사고방식을 따라잡을 수 없다. 그러기에는 내가 너무 정상적인 사고방식을 지닌 건강한 마음의 소유자였다.

그런데 내가 레일리 크라하의 도무지 정상이 아닌 언어 이해 회로를 따라잡기 위해 미간을 좁히고 고뇌하는 사이, 레일리가 다짜고짜 말을 이었다.

"그렇다면 저에 대해서도 알아 두십시오."

"야, 언어 회로 말아먹고 비대한 자의식을 지녀서 남의 말은 무조건 자기 마음대로 해석해 듣는 놈인데, 내가 이 이상으로 너에 대해 뭘 알아 둬?"

"제가 유리 님과 본래 무엇을 하고 있었는지 말입니다. 유리 님이 없어도 제가 알아서 그 빈 공간을 메우겠다고, 그러니 제 곁에 계시라고 말씀드린 것이 무슨 의미인지 정확히 알아 두십시오."

레일리 크라하가 뜻밖에도 부드러운 태도로 대답했다.

"구구절절 복잡한 것을 생각하는 대신, 그저 레일리 크라하를 어떻게 생각하는지, 무엇을 하고 싶은지에 대해서만 집중하십시오. 상황이 복잡하든지 말든지 당신이 내게 이성적인 호감을 느꼈다면, 상황이 어떻게 변하더라도 이성적인 호감을 느꼈다는 사실은 사라지지 않습니다."

퍽 단정적인 어조였다. 시체 더미를 뒤지다가 손을 반인의 배 안에 쑤셔넣은 채 고개만 들어 그를 바라보았다. 푸른 보랏빛 눈동자가 번개처럼 번득였다. 므라우에 들어온 이래 레일리의 눈은 늘 묘하게 광채를 품고 형형하게 빛나곤 했다.

나는 홀린 사람처럼 그의 눈동자를 바라보다가 반사적으로 인상을 썼다. 그리고 스스로 듣기에도 퍽 날 선 태도로 캐물었다.

"요지는?"

"어차피 이미 좋아하시게 된 거, 제 옛 이야기나 듣고 동정 조금 느끼고, 신경 조금 쓰시다가, 그런 구구절절한 사연에 약하시니 모쪼록 저한테 마음을 쓰십시오. 다른 것 개의치 마시고 그저 레일리 크라하나 보시라는 얘깁니다."

그러나 내 태도에도 개의치 않고, 레일리 크라하가 가뿐히 대답했다.

"이미 좋아하게 되셨다면, 그러다가 또 한 번 반하십시오."

늘 그랬듯 뻔뻔하고 당당한 낯이었다.

"'인간적인 호감'으로 말이지요."

* * *

레일리 크라하의 삶이란, 요컨대 시체 더미에서 시작되었다. 므라우의 시체 더미라는 것이 으레 그렇듯 그가 태어난 곳 역시 일개 쓰레기장이었다. 구더기와 해충이 들끓는 폐기장에서, 반쯤 죽어 가는 번개인 여자의 몸을 비집고 태어났다.

여자의 시신이 배를 감싸고 몸을 웅크리고 있었으니, 아마도 태어나는 순간까지는 어미도 살아 있었을 것이다. 여자가 목숨을 잃은 것이 먼저인지, 레일리의 능력이 발현된 것이 먼저인지는 아무도 모른다. 후자였다면 레일리 크라하는 어미의 목숨을 제 손으로 끊고 태어난 셈이다. 레일리 크라하가 발견될 때, 그 어미의 육신은 일찌감치 번개에 타 숯덩이가 되어 있었기 때문이다.

태어난 직후이니 당연히 본인은 기억하지 못한다. 하지만 그 무렵을 기억하는 자들이 회자하는 바에 따르면, 그날, 무서우리만치 거대한 번개가 몇 번이고 므라우 외곽의 시체 폐기장에 내리꽂혔다고 한다. 훗날 추측되기를 레일리 크라하가 처음으로 쓴 번개의 능력이었다.

그날의 기이한 현상은 그가 므라우에서 활약하는 내내 몇 번이고 각색되어 퍼졌다. 세상 가장 낮은 곳에서 기이한 일들을 동반하고 등장한 레일리 크라하는 므라우의 주민들에게 있어 일종의 전설이 됐다.

그러나 시체 폐기장에서 갓난아이가 어떻게 얼마나 살아남았는지도, 역시 아무도 모른다. 시신에서 합금과 패물을 뜯어내기 위해 폐기장에 들렀던 므라우의 특수 직종 '청소부'가 아이를 발견할 때까지, 무슨 수를 썼는지 아무튼 살아 있었다. 원체 튼튼하고 걸출한 육신이니 그 덕을 봤을 것이다.

해충과 구더기들은 번개의 힘으로 쫓으며, 시체에서 흘러나온 진물과 고깃덩이를 먹었을지도 모른다는 얘기가 돌기도 했다. 진상이야 아무도 모르지만 레일리 크라하는 어찌 되었든 자신이 신체 건강하게 살아남았으면 되었다고 생각한다. 예나 지금이나 그랬다.

어쨌든 특수한 힘을 지닌 듯한 반인 혼혈은 '청소부'와 '감별사'의 손을 거쳐 '알선업자'에게까지 흘러갔다.

후일 레일리 크라하가 므라우 전역을 정돈하고 통일된 패권을 잡으며 그나마 내부에서만큼은 규율이 잡혔지만, 그맘때만 해도 므라우는 지금보다도 훨씬 불합리한 곳이었다. 좁은 사회 안에서도 물리적인 힘에 따라 계층이 나뉘었다. 레일리 크라하와 같은 연고 없는 반인 꼬마라면 최하층에 속했다.

'알선업자'가 바로 그런 최하층의 므라우 시민을 다루는 직종이었다.

그 시절의 므라우 사람들은 내부의 인간, 동족을 외부에 파는 짓도 서슴지 않았다. 알선업자는 어린아이들을 길러 매음굴의 창부로 활용하기도 했고, 인체 실험을 했으며, 의지와 지능을 파괴해 박제된 인형 꼴로 만들어 뷔올이나 연합국에 노예로 팔아넘기기도 했다.

노예 시장도 심심찮게 열렸다. 최소한의 윤리로 노예 경매에 제한을 두는 연합국이나, 사사로운 경매를 막고 국가 공매에 권력을 집중시킨 뷔올과는 달랐다. 므라우는 말하자면 세상의 막장이었다. 그 이상으로 떨어질 곳도, 잃을 윤리도 없는 땅이었다고 해야 한다.

레일리 크라하가 서너 살쯤 되니, 그 생김새가 퍽 아름다웠다. 비인간적인 금속 빛깔의 은빛 머리칼은 신비로움을 남겼고, 보석을 가공해 박은 듯한 푸른 보랏빛 눈동자는 더없이 귀해 보였다.

매음업을 주된 수입원으로 삼고 있던 알선업자는 레일리 크라하의 의지와 지능을 파괴하기로 했다. 인형 같은 생김새이니, 성 노리개로 만들어 팔면 비싼 값을 받으리라고 생각했다.

그맘때의 레일리 크라하가 물론 윤리나, 도덕이나, 자신의 권리 같은 어려운 문제에 빠삭했던 것은 아니었다. 그는 그저 '그 작업'이 자신에게 해롭다는 사실을 본능적으로 파악했고, '해로운' 것을 완강히 거부했다.

처음으로 사람을 죽인 날이었다. 물론 사람을 죽이는 행위에 문제가 있다고도 생각한 일이 없다. 생존은 곧 살해와 연결됐다. 다른 목숨을 가지고 자신의 목숨을 채우는 식이었다. 므라우의 인간들은 누구나 그렇게 살았다.

그날 레일리 크라하가 의식하게 된 것은 살인의 업보도, 죄의 무거움도 아니었다. 그가 그날 알게 된 것은 '힘'이었다. 하늘로부터 내리꽂힌 벼락에 통째로 타 죽은 조인 남자의 시신 앞에 서서, 자신의 힘을 새삼스럽게 깨달았다.

일반적으로는 '알선업자'는 다른 반인과 유사인족을 마음껏 제압할 수 있어야 한다. 그러다 보니 자연히 알선업자의 조건 중에는 뛰어난 전투 능력도 있다. 그 말인즉, 레일리 크라하가 살해한 조인 남자 역시 결코 므라우의 먹이 구조에서 뒤처지는 인물이 아니었다는 얘기다. 오히려 꽤 이름이 높았다. 악명이라고 해야 할 것이다.

그런 인물을 단숨에 살해했으니, 자연히 레일리 크라하의 이름도 하루 아침에 유명해졌다.

레일리 크라하는 여전히 배운 것도 아는 것도 없이, 자신의 안위를 살피기 위한 본능만을 갈고닦은 일종의 짐승이었지만, 적어도 자신의 악명이 돈이 된다는 것은 알았다.

돈은 곧 식량이 된다. 므라우에서 식량이란 그 자체로 힘과 권력이었다. 힘과 권력은 그의 안위를 보장했다. 그는 사람을 죽이는 일에 가책을 느낀 적도 없고, 추호도 망설이지 않았다. 누군가를 죽이면 명성을 쌓을 수 있다. 그것으로 충분했다.

여섯 살 나이에 최초로 살인 청부업을 했다. 뷔올에서 쏟아져 나오는 폐기물들을 뒤져 오염된 과일과 금속, 합금의 찌꺼기들을 캐던 어린아이 들 사이에서 똑같은 일을 하다가 얻은 기회였다.

낯선 남자에게서 네 능력은 대단하니 다르게 활용해 보라는 제안을 들었다. 그 남자가 시키는 대로 지명된 인물을 죽이고 나니 돈이 들어 왔다. 그때까지 만져 보지 못한 거액이었다. 단순히 이름을 알리는 용도 만이 아닌, 그 이상의 효율을 낼 수 있는 살인도 존재한다는 것을 그때 알았다.

그 후로는 아예 그쪽 일에 전념했다. 청부업은 쉽고 편했으며, 효율이 좋았다. 레일리 크라하는 효율 좋은 생존 방식을 마다하지 않았다.

뷔올 남부의 산세 험한 산맥에서 태어나 산짐승들과 함께 자란 가라한 아브리함이 므라우까지 흘러들어 온 것도 그맘때의 일이었다. 뷔올이 대대적으로 산지를 개발하면서 있을 곳을 잃고 쫓겨난 것이다. 동년배다 보니 그들이 각자의 구역을 잡기 전까지 한동안은 활동 영역이 겹쳐서, 가라한이 므라우에 흘러든 뒤 가끔은 파트너로서도 일을 했다.

사실 그맘때 협업하거나 경쟁했던 동년배의 청부업자는 한 명 더 있었다. 므라우의 시민들이 스스로 성씨와 이름을 짓는 것과 달리, 뷔올에서 노예의 자식으로 태어나 뒤늦게 므라우로 도망쳐 들어왔던 그는 '이름'을 거부했다. 대륙 공용어의 첫 번째 철자가 동족들 사이에서 불리는 그의 이름이었다. 대륙 공용어를 옮겨 적는 것은 난해하니, 그를 임의로 'ㄱ'라고 하자.

ㄱ는 특수했다. 그의 몸은 아름답게 반짝이는 무지갯빛 비늘로 덮여 있었다. 피부에 비늘이 있음에도 그 생김새가 놀랄 만치 아름다웠다. 평범한 유사인족 '인어'와는 아름다움의 차원이 달랐다. 그야말로 신화에서 튀어나온 듯한 모습이었다. 그래서 그의 피나 살점, 심장을 통해 영생을 얻을 수 있다는 소문도 퍼졌다.

그 소문 탓이었다. ㄱ는 훗날 므라우 몰락의 날 우선적으로 생포되었다. 운석에 의해 불구가 된 그는 속절없이 실험실로 끌려갔고, 요란하게 분해되어 세계 각지로 팔렸다. 레일리 크라하가 유리 옐레체니카의 은덕으로 구속구를 풀었을 때 가장 먼저 해결한 일이기도 했다.

뷔올 북부의 남작에게 이식되었던 ㄱ의 심장을 뽑았고, 대상단의 거부에게 찾아가서 그가 ㄱ에게서 갈취한 황금빛 눈을 산 채로 도려냈다. 살점 한 점, 피 한 방울이라도 먹은 자들이 있다면 그 목구멍에 단검을 꽂아 넣으며 북에서부터 남으로 휩쓸었다. 연합국의 작은 소왕국에도 갔다.

왕에게서는 ㄱ의 젊은 팔다리와 아름다운 얼굴을 되찾았으며, 공주에게서는 ㄱ가 곱게 간직하던 목걸이를 머리와 함께 뜯어냈다. 누군지 모를 뷔올 귀족과 유사인족 노예 사이에서 태어난 ㄱ에게 주어진 유일한 아버지의 정표였다. 물론 일찌감치 쓸모없는 물건이었을 뿐이므로, 그 후에는 왕궁과 함께 불태웠다.

단지 화풀이였다. 그는 그저 자신의 분노를 어떻게 풀면 좋을지 알지 못했다. 어째서 분노하는지도 미처 몰랐다. ㄱ의 족적이 남은 모든 곳에 찾아가 잔혹하게 난장판을 만들었다.

1년 정도를 그렇게 낭비했다. 정확히는 9개월이다. 이유는 달리 없었다. ㄱ가 생전에 레일리 크라하와 그렇게까지 가까웠던 것도 아니다.

레일리 크라하가 므라우 전역을 지배하는 시기에 ㄱ는 북부를 담당했다. 서로의 일에 관여한 적도 없다. 솔직하게 말해 데면데면한 사이였다. 레일리 크라하는 누구와도 깊게 인연을 맺은 일이 없었다.

그러니 단지 화풀이였다.

다시 레일리 크라하의 과거로 돌아가서 얘기를 하자. 열세 살 무렵에는 이미 악명이 자자한 히트맨이었다. 온갖 현상금을 휩쓸고 다니던 열다섯쯤부터는 자신보다 훨씬 연륜이 있는 이들과 어울렸다. 총 두 사람이었다.

그들은 추후 레일리 크라하와 동시대에 뷔올 동, 서부를 담당했고, 므라우 몰락의 날에 목숨을 잃었다. 그나마 운석을 어떻게든 해결하기 위해 앞장서 나섰다가 직격으로 깔려 융해되었기 때문에 ㄱ의 꼴은 나지 않았다.

내장 한 조각 남기지 않고 깔끔하게 죽는 것 역시 반인과 유사인족으로서 챙겨야 할, 삶의 가장 중요한 미덕 중 하나였다.

므라우가 최악의 형태로 파괴된 것은 레일리 크라하가 막 스물한 살이 되었을 무렵이다. 성인이 된 후 열아홉쯤에 유리 옐레체니카와 몇 번 조우한 일이 있었지만, 그때 몇 번 스쳤던 뷔올의 어린 여자가 자신을 구하리라고는 생각해 본 일이 없다. 그러나 그 소녀가 별안간 찾아와 그를 구제했다.

안구 아래에 구속구를 이식당하는 과정에서 온갖 난리를 쳤다. 물론 레일리 크라하가 순순히 당할 거라고 생각한 자는 뷔올에나 므라우에나, 어디에도 없었을 것이다.

그 실험실의 시술자와 연구원들은 반쯤은 몰살당하고 반쯤은 부상을 입었다. 점점 더 피해가 늘어나자, 더더욱 레일리 크라하를 통제하지 못하게 됐다. 결국 레일리 크라하는 그들을 뿌리치고 수술 도중에 탈출했다.

그리고 그 산중에서, 유리 옐레체니카와 조우했다.

구속구로 인해 번개도 쓸 수 없고, 은사도 실험실에 두고 나와 무기도 없었지만, 당장에 살인 멸구를 하기 위해 손을 휘둘렀다. 그런 연약한 몸뚱이 따위는 악력만으로 짓눌러 버릴 자신이 있었다. 구속구 따위는 목격자들부터 처리한 후에 스스로 눈을 헤집어 뽑아낼 작정이었다. 그는 그런 삶의 방식에 단 한 번도 망설임을 느낀 적이 없었다.

그러나 그 순간, 레일리 크라하의 손과 무언가가 격돌했다. 반투명한 막이었다. 한 번도 제대로 본 적이 없는 상위의 마법이기도 했다. 그 장엄한 것이 앳된 소녀의 몸 위로 단단하고 견고하게 펼쳐졌다.

물빛 머리칼이 아른아른 흩날리는 사이로, 선홍빛 눈동자가 부드럽게 휘었다.

"오래 찾았어요, 레일리 크라하."

나중에 레일리가 알게 된 바에 따르면 어차피 인간과 다른 연령 체계를 지닌 여자였지만, 당시에 알려지기로는 열일곱이었다. 뒷짐을 지고 산책이라도 나온 듯 여유로운 낯이었다.

그 소녀, '유리 옐레체니카'가 우아한 감색 드레스를 입고 막 피어나는 꽃처럼 흐드러지게 웃었다. 비쩍 마른 하늘하늘한 몸은 가을철의 연약한 코스모스 같았지만 흉악한 수배자를 눈앞에 두고 달콤한 얼굴로 미소를 띠는 선홍빛 눈동자는 부정할 길 없는 권력자의 것이었다.

힘과 권력을 모조리 손안에 쥐고 타인을 자신의 발아래로 깔아 보는 자들의, 어디에도 얽매이지 않는 자유분방한 눈.

"당신을 괴롭히는 눈 아래의 그것."

그의 인생에 가장 중요한 것은 언제나 생존이었다. 어떤 상위의 개념도 마음에 담은 일이 없다. 가치 따위를 운운하기에는 가치를 의식한 경험이 없다. 자존심에 집착하기 이전에 자존심이 무엇인지를 인지한 적도 없었다.

생존, 식량, 휴식, 부상, 치료, 고통, 기근과 추위.

가치를 학습하기에는 그의 삶이 너무나 각박했다. 그는 그저 늘 레일리 크라하였고, 단지 살아왔다.

"안전하게 없앨 수 있다면, 나를 위해 무엇을 해 줄 수 있죠?"

오직 살아남기 위해 살고 있었다.

"지금까지와는 '다른' 삶을 살아 볼 생각, 없나요, 레일리."

므라우의 시체 더미 위에 앉아 홀로 걷잡을 수 없는 생각에 빠졌던 날, 그녀와 처음 마주쳤던 순간 들은 것과도 비슷한 말이었다. 그때는 '이제부터 찾아보자'고 했다.

그러나 이번에는, 유리 옐레체니카가 사뭇 다른 표현을 빌렸다.

"까마귀라면 무릇, 보다 빛나는 것을 손에 쥐어야지요."

달콤한 말이었다. 레일리 크라하가 그때까지 그 존재조차 몰랐던 상위의 가치를 엿보도록, 그녀가 길을 내보였다. 유리 옐레체니카가 무엇을 위해 레일리 크라하를 끌어들였는지는 몰라도, 레일리 크라하는 명백히 유리 옐레체니카의 말에 매료되었다.

그때까지는 사람의 생명이 빛난다면 그것을 꺼트리는 것이 레일리 크라하의 몫이었다. 하지만 유리 옐레체니카는 '이제부터 찾아보자'고 했고, '손에 쥐어야 한다'고 했다. 빛나는 것을 어떻게 하면 손아귀에 넣지?

애초에, 빛나는 것이 대체 무엇인가?

유리 옐레체니카가 제시한 것은 동족에 대한 연대와 책임, 해방과 자유의 투쟁이었다. 그녀가 자본과 명분을 줬다.

허울 좋은 개살구였지만 레일리 크라하는 자신이 미처 모르던 가치에 매료됐다. 처음에는 흥미였고 호기심이었으나, 그러다 보니 어느 순간 진심으로 그것을 놓지 못하게 됐다.

일생에 처음으로 맞이한 가치 있는 일이 10년간 그를 휘둘렀다. 그것을 위해 살았다. 그래도 단지 살아남기 위해 살았던 시간보다는 나은 것 같았다. 레일리 크라하는 인간의 삶에 대해 생각했다. 인간이 무엇을 위해 살고, 또 무엇으로 인해 살고.

어떻게 사는 것이 가장 인간답고 가치 있는지에 대해.

사실 그는 우리와 함께 연합국의 항구 마을에 들렀던 첫날 홀로 돌아다니면서도 그런 것을 탐색했다. 그의 어머니가 일하던 매음굴이 그 근처의 해안에 있었던 모양이다. 일종의 '매음촌'이었다. 매음 사업을 중심으로 마을이 유지되고 기능하는 지역 말이다.

그래서 나와 헤어져서 따로 행동을 한 첫날에 그 근방을 돌아다니다가 왔다고 한다. 인간다운 삶에서 흔히 부모와의 인연은 함부로 버리기 저어되는 가치로 여겨지기 때문에 그것을 살필 생각이었다고 했다. 가족과 가정이란 인간에게 믿음직하고 이상적인 울타리와 제반 환경을 제공할 수 있는 기본적인 요소 중 하나이므로, 그것을 이해함으로써 인간다운 삶에 필요한 토양을 확인하기를 내심 기대했다는 것이다.

아버지가 누구인지를 내가 괜히 몇 번 물었기 때문에, 최근 들어서는 그것에도 신경이 쓰인 듯했다. 그는 최대한 어머니의 정보를 캐 보려 했다.

하지만 이미 30년도 더 된 예전의 일이고, 대단한 사람도 아닌 반인 노예에 대한 정보다. 기록이 남아 있을 리 만무했다. 그렇게 허탕을 치고 돌아와서 나와 재회했다.

그는 그저 내가 갖고 싶었다. 나를 가지고 싶어서 견딜 수 없었던 것이다. 이유는 없었다. 단지 나를 늘 곁에 둘 수 있기를 바랐다.

이제부터는 작가의 영역이다. 나는 '레일리 크라하'라는 인물의 일생을 명확하게 알았다. 그러니 그의 삶, 그의 사고방식, 그가 살아온 궤적과 앞으로 취할 행동의 방향성을 어느 정도는 추론할 수 있게 됐다. 레일리는 감히 자신을 온전히 이해한다고 자만하지 말라며 나를 위협했지만, 유감스럽게도, 나는 자연스럽게 그것을 할 수 있는 사람이다. 레일리 크라하의 생각을 추론해 따라가 보자.

가치란 누구에게나 다르게 책정된다는 것을 알았으니 이제 보편론을 떠들 수는 없다. 그렇다면 레일리 크라하의 기준에서, 그 자신에게 평안을 안길 수 있을 '보다 가치 있는 삶'이 무엇인지에 대해 말해야 한다.

하지만 일생의 전반을 짐승과 진배없이 살았던 그는 영영 이해하지 못할 것 같았다. 아마 언제까지고 인간답게 살 수 없을 것이다. 단지 유리 옐레체니카의 곁에서 풍족하고 안온한 인간들의 삶을 지켜보며 흉내 내고 있을 뿐이다.

이제 와서는 삶의 방식도, 생각의 방식도 달라질 수 없다. 그는 행복 따위를 느낀 적이 없고 행복이 무엇인지도 모른다. 평화도 안식도 알지 못한다. 긴장이나 경계가 없는 삶에 대해서도 생각해 본 일이 없다. 필요하다고 여긴 적도 물론 없었다.

대륙을 뒤집어엎고 반인과 유사인족이 평범한 인간과 동등하게 살아갈 수 있는 세상을 만든다면, 그와 마찬가지로 망가진 삶만을 살아 본 자들이 어떻게 인간다운 삶을 영위할 수 있을까?

그는 그것이 불가능하다고 생각했다. 어떤 식으로든 이루어질 수 없는 이상이라고 생각했다. 그러면서도 이상에 사로잡혀 유리 옐레체니카의 이름을 빌렸고, 허울을 놓지 못해 허상을 좇았다.

누려 본 경험이 없어 세상이 바뀌었을 때 어떻게 살면 좋을지는 몰라도, 우선 체계를 바꿔야 한다고 생각했다. 그는 애초에 치열한 곳에서만 살아, 무력 충돌을 피하거나 두려워할 이유도 없는 족속이었다. 그러니 무슨 수를 써서든 사회의 기반부터 바꿀 필요가 있다.

그러면 누군가는 행복하게 살아가는 방법을 알게 될 것이고, 누군가는 그것이 자연스러운 세계에서 태어나고 살아갈 것이고. 그 주체는 자신이 아니어도 좋으니, 결국에는 인간답게 살 수 있게 될 것이라고 낙관적으로 믿었다.

"듣다 보니 거, 되게 낯간지럽네······."

우리는 일단 시신들의 조사를 마무리한 후 뮤라를 불러 시체 냄새가 가실 때까지 말끔히 씻었다. 그리고 레일리의 이야기를 마저 들으며 가라한의 안전 가옥으로 돌아왔다. 오는 내내 이어지던 얘기는 안전 가옥에 도착했을 무렵 어느 정도 종장에 이르렀다. 최근 유리 옐레체니카와 더불어 그가 준비하던 일이 주제로 나온 것이다.

그쯤 되자 잠자코 듣기가 어려워졌다.

레일리는 앞에 서서 보고라도 하듯이 얘기를 마저 하는 중이었고, 나는 소파에 앉을 권리를 받은 채 웅크리고 앉아 있다가 장탄식을 뱉었다. 이유는 간단했다. 낯간지러웠다. 얘기를 들으면서 자연히 머릿속에 온전한 '레일리 크라하'의 프로필이 완성된 탓이기도 했다.

지금까지 레일리가 내내 떠들던 이해하기 어려운 표현들이 하나같이 설명되는 순간이었다. 이러니저러니 말하지만, 어쩌다 보니 거기까지 해석이 됐다. 왜 하필 내 캐릭터여서 뻔히 해석이 된단 말인가?

결과적으로 나는 무시무시하게 낯 뜨거운 시간을 감내해야 했다.

"뭐가 말입니까?"

레일리는 도무지 이해하지 못하는 얼굴로 물었지만 나는 끙 소리를 내며 턱을 괴고, 손바닥에 입 근처를 파묻었다. 그리고 흘긋흘긋 시선을 피하다가 한 손을 뻗어 까딱까딱 손짓을 했다.

"됐고 앉아 봐."

다짜고짜 명령조로 말하자 레일리가 못마땅한 낯으로 눈썹을 추켜세웠다. 그래도 나름대로 순순히 한쪽 무릎을 꿇고 자세를 낮췄다. 그러고 나서야 반쯤 세운 상체가 소파 위에 웅크린 나와 그럭저럭 비슷한 눈높이로 내려왔다.

그때 내가 손을 뻗었다. 레일리 크라하의 은빛 머리칼 위에 유리 옐레체니카의 창백한 손이 사뿐히 내려앉았다.

괜한 짓 같기도 했지만 솔직히 나는 레일리 크라하의 인생에 대해서도⋯⋯. 할 말이 없었다. 알렉시스 에슈마르크에 대한 감정과도 비슷했다. 다시 글을 써도 나는 충분히 망가졌어야 할 인생은 충분히 망가트리고, 충분히 괴로웠어야 할 인생은 충분히 괴롭게 만들 것이다. 그것이 내 글이고 나 자신의 작품 세계이기 때문이다. 그래도 레일리나 알렉시스나 내 눈앞에 있는 이상 그들이 살았을 인생 역시 진짜였다.

일종의 부채 의식 같은 것이라고 표현하면 될 것이다. 레일리 크라하의 박살 난 인생에 대한 마음의 빚 말이다.

"잘했어, 잘했어. 개 같은 인성은 여전히 개 같고 네놈이 옛날에 살았던 방식은 아무튼 쓰레기 같았고, 지금도 좀 인간쓰레기지만."

나는 건성으로 주워섬기며 레일리의 머리 위를 두어 번 토닥였다. 레일리의 눈매가 새치름해졌다. 이게 뭘 하는 짓인지도 모르겠다는 눈치였고, 감화되기는커녕 꽤나 불쾌한 낯이었다. 물론 다른 놈도 아닌 레일리 크라하에게 이따위 인간적이고 감정적인 교감을 시도해서 성공하겠다는 의도는 나에게도 딱히 없었고, 단순한 자기만족이었으니 별로 개의치 않았다.

"그래도 장한 생각을 했네. 아마도 네가 바라는 대로 앞으로의 세대는 더 좋아질 거야."

그래서 그만두지 않고 계속해서 자기만족을 위한 말을 하며 고개를 기울였다. 레일리의 머리를 부드럽게 쓰다듬으면서.

이 자기만족이 내 캐릭터에 대한 부채 의식을 덜어 냄으로써 생기는 자기만족인지, 아니면 레일리가 자신의 엉망진창이었던 삶에서 지극히 가치 있는 평안과 행복의 상징으로 정작 자신의 삶을 화려하게 말아먹은 '나'를 선택했다는 것을 알게 됨으로써 얻은 자기만족인지에 대해 고민했다. 언제나 그랬듯 고민은 무용했다.

"원치 않는 곳에서 시작된 삶이어도, 너도 분명 네가 향하는 삶의 최후만은 지극히 완전하게 맞이할 테니까."

요컨대, 레일리 크라하는 일평생 가치에 대해서는 전혀 고찰하지 않은 채로 살았다. 그럴 수도 없었다. 떠밀리고 쫓기는 듯한 삶이었다. 언제나 당장의 욕구를 채우고 생존을 보장받는 일만으로도 급급했다. 그런 그에게 유리 옐레체니카가 바람을 불어넣었다. 어디까지나 개인의 비뚤어진 욕망을 위한 일이었지만 레일리 크라하에게는 그 의미가 남달랐다.

그래서 그는 정말로 므라우에서 빠져나온 이후의 삶을 온전히 그 일에 바쳤다. 그러면서도 정작 자기 자신의 이상적인 삶에 대해서는 생각하지 못했다. 생각할 겨를이 없었던 것은 아니고, 생각을 하기 위한 기본적인 자료가 없었다.

평안과 행복. 개인이 누구나 다르게 추구하는 이상적인 가치. 이상적인 삶 따위에 대해서는 생각해 본 적도, 고민해 본 적도 없는 인간에게 주어진 갑작스런 과제였다.

처음으로 가치의 개념을 제시한 유리 옐레체니카는 그것을 '빛나는 것'이라고 칭했다. 레일리 크라하는 그래서 그 빛나는 것을 갖고 싶다고 생각했고, 그 결과 나를 갖고 싶어졌다.

이게 무슨 소리란 말인가? 무슨 소리겠는가? 이런 제기랄, 개똥 같은 프러포즈라며 기겁했는데, 레일리 크라하의 기준에서는 그 이상으로 '당신이 나의 삶에 얼마나 영향을 미치고 있는지'를 서술할 길이 없었다는 것을 알게 된 것이다.

나는 무릎에 얼굴을 파묻었다. 아무튼 낯이 뜨거웠다. 손만 계속 움직여 레일리의 머리를 쓱쓱 헤집었다.

다른 특별한 것은 전혀 없었다. 이유도 없다. 내가 전혀 다른 사회와 문명을 이룩한 바깥 세계의 현대인이기도 하고 막 빙의해서 경황없이 마구잡이로 살았던 것이, 레일리 크라하에게는 일평생 꿈도 꾸지 못한 '낯선 방식의 삶'이었던 것이다.

그의 시각에서 보기에는 치열함도 고난도, 삶의 기본적인 장애 요소도 없는, 어디까지나 평화롭고 안온한 삶 말이다. 사소한 것에 일희일비하고 시시껄렁한 것에 웃고 화내는 삶.

그리고 아마도 그것이 그가 스스로 규정한, 레일리 크라하가 이상적으로 생각하는 가치 있고 행복한 삶이다.

빌어먹을, 정말로 괜히 들었다. 이런 이야기에 약하니 동정도 좀 하고 신경도 좀 쓰라더니, 딱 그 꼴이 되고 말았다. 레일리 크라하 이 개자식, 기어코 나에게 이랬어야 했단 말이냐? 이것이야말로 투 머치 인포메이션이 아니고 무엇이란 말인가?

역시 듣는 것이 아니었다. 어차피 나는 언젠가 이 세계를 빠져나갈 것이고, 그러지 못한다면 일평생 온전히 행복하기는 어려울 터였다. 나를 쌓아 올리고 내가 쌓아 온 모든 것은 당연하게도 내 세계에 있고, 이제 와서 레일리 크라하에게 이렇게 발목이 잡힐 수는 없는 일이었다.

타인에게 감정적으로 휘둘리고 싶지 않다. 나 자신이 만들어 낸 이야기로 인해서라면 더더욱 휘둘릴 생각이 없다.

어쨌든 본인이 바라는 삶의 형태는 확실히 파악했으니 내가 떠난 후에도 레일리 크라하가 나름대로 자신의 삶을 살 것이라고 믿지만, 사실 자신은 없었다. 나와 함께 보낸 시간이 그 자체로 그에게 의미를 남겼다. 본인은 사랑 같은 건 생각해 본 일도 없어서 모른다고 말했지만, 일종의 애정이었다.

나와 보내는 시간이 좋았고, 앞으로도 내 곁에서 시간을 보내고 싶었을 것이다. 그래서 나를 '손에 넣'고 싶어졌다. 유리 옐레체니카가 가치는 스스로 찾아 손에 쥐어야 한다고 말했기 때문에, 그런 방식으로밖에는 가치를 개념화하지 못했다.

알 바 아니었다. 내가 떠난 후에는 스스로 자신의 삶을 책임져야 한다. 당연한 일이다. 누구나 타인에게 그런 것을 요구할 수는 없다. 하지만 그렇게 생각하면서도 감정적으로 자유로워지기 어려운 것이 사람의 마음이었다.

내가 머리에 손을 대자마자 대놓고 불쾌감을 드러냈지만, 레일리는 그래도 더 이상은 불만을 토로하지 않고 잠자코 앉아서 내 손길을 받고 있었다.

개판이었던 그의 전반부의 삶, 유리 옐레체니카의 거짓말에 휘둘려서 의미도 소득도 없을 일에 마음과 시간을 바친 후반부의 삶. 나는 ≪세레나의 티타임≫을 떠올렸다. 사실, 그럴 수밖에 없었다.

일생에 단 한 가지, 가치 있다고 생각한 일을 준비했지만, 그 길을 앞장서서 보여 준 멘토이자 조력자라고 믿었던 인간은 사실 뒤에서 다른 수작질을 하고 있었다. 레일리 크라하가 이때껏 준비했던 모든 유일하고 온전한 것을 단숨에 말아먹고 무효화시킬 법한 일을 준비하고 있었던 것이다.

이제는 레일리 크라하가 이성을 잃고 미쳐서 세레나 윌리엄스와 뷔올 제국의 적이 되어 돌아온 것을 부족함 없이 납득할 수 있다. 어떤 이유를 대든지 이해할 수 있을 것 같았다. 유리 옐레체니카가 죽은 것도 그의 인생에는 큰 전환점이 될 것이고, 만일 유리 옐레체니카가 뒤에서 꾸몄던 모종의 일들을 알게 된다면 그 역시 레일리 크라하의 심장을 분노로 난도 질하기에 충분했다.

그뿐만이 아니었다. 유리 옐레체니카로 인해 일찍이 알렉시스 에슈마르크에게 혁명의 모든 정보가 들어가 있었으니 혁명은 높은 확률로 실패했을 것이다. 일생을 바친 유일한 가치 있는 일이 수포로 돌아갔을 때, 단지 살아남기 위해 살아가고 있던 레일리 크라하는 더 무엇을 하며 살 수 있단 말인가?

그런 상황이 되었을 때, 레일리 크라하가 할 수 있는 것은 기폭제로서의 역할뿐이다. 강제로라도 세상을 뒤집어엎을 방아쇠 말이다.

그의 인생은 어떻게 흘러도 행복과 평안으로는 닿을 수 없다. 그것이 소설적 서사에 필요했기 때문이고, '레일리 크라하'라는 인물의 역할에 적합한 인생이었기 때문이다. 레일리 크라하의 삶에 빛 따위는 처음부터 없었다. 아마 마지막 순간에나, 죽음을 앞둔 순간에나 모종의 '빛'을 보게 될지도 모르지만.

나는 조금 우울해졌다. 개 같은 일이지만, 놀랄 만치 내 소설 같았다. 레일리 크라하 역시 전형적인 내 캐릭터였다. 지극히 자연스러운 일이다. 자연스럽지 않은 것은 오히려 나 자신의 소설 속 캐릭터가 지닌 한낱 서사에 휘둘리는 내 쪽이었다.

왜 자연스럽지 않은 형태로 내 사고가 변질되었겠는가? 왜?

이제는 그 이유가 너무나 명확해지지 않았는가?

"왜 우울해지셨습니까? 그러라고 꺼낸 이야기는 아닙니다만."

결국 레일리가 먼저 말을 걸었다. 나는 그에게 꺼낼 마땅한 대답을 찾다가 문득 떠오른 생각에 번쩍 고개를 들었다. 레일리가 눈썹을 찡긋거리며 무슨 일이냐는 듯 표정으로 질문을 했다.

"야, 그런데 생각해 보니, 자본과 명분을 주는 거라면 지금의 내가 해도 되지 않냐. 유리가 돌아올 때까지만이라도 말이야."

내 말을 들은 그가 이상한 표정을 지었다. 조금 말을 고르는 듯한 표정이었다. 레일리가 그런 표정을 짓는 것은 본 일이 없다. 아마도 정말 예기치 못했던 발언을 들은 눈치였다. 그가 조용히 답했다.

"또 갑자기 뚱딴지같은 소리나 하시는군요."

"아니, 생각해 보니 그렇잖아. 내가 유리 대신 등장한 바람에 진척이 안 되고 일도 느려진 거니까 책임을 지겠다는 거지. 자본이야 내가 새로 벌어 줄 수는 없지만 지금 있는 유리의 자본이라면 어차피 유리도 하던 일이니 흔쾌히 줄 수 있고, 명분 같은 건 이미 너희에게 충분하다고 생각해."

"'충분'하다?"

"물론 내가 가능한 선에서라면 얼마든지 지지하겠지만, 대륙 최고의 지식인이 지지해 주지 않아도 그것으로 충분하단 말이야. 조사해 보니 반인이나 평범한 인간이나 탄생 과정이나 수명, 생김새, 능력의 강약 면에서 차이가 있을 뿐이지 두드러지는 차이점은 없는 것 같은데 이렇게까지 극단적인 세계에서 분리된 채 살고 있다니, 그게 온당하다고 생각하나?"

"당신이나 그렇게 생각하지요."

레일리가 퍽 싸늘한 태도로 대꾸했다. 나에 대한 힐난을 담은 것은 아니었다. 그는 그저 적잖이 냉소적인 태도로 코웃음을 쳤다.

"당신이나."

그가 건조하게 곱씹었다. 묘한 태도로 반복된 문장이었다. 그 말을 듣고 또 괜히 가슴이 따끔거렸다. 나는 끙끙거리며 괴로워하다가 레일리에게서 손을 거두고 나 자신의 머리칼을 마구잡이로 헤집었다.

"의식이 제시되고 그것이 사회에 강력하게 퍼진 순간부터, 그 의식을 한 번쯤 곱씹는 사람이 나올 수밖에 없어. 분명 하나둘 그것이 이상하고 잘못되었다고 생각하는 사람이 나올 거라고. 명분은 어떻게든 뒤를 따를 거야. 앞서 말했듯이 내가 보장하는 것으로 충분한 역할을 할 수 있다면 언제든지 도울 거고. 그래, 알렉시스 에슈마르크한테도 도움을 요청하면 되잖아."

어차피 그 양반이야 별로 그런 문제에 개의치 않을 것이다. 원래의 흐름대로 유리 옐레체니카가 레일리 크라하를 온전히 등쳐 먹는 입장이었고, 그 상태로 모든 정보를 알렉시스 에슈마르크의 손아귀에 쥐여 준 채 죽었다면 당연히 뷔올의 대공으로서 그 사태에 임했겠지만 지금은 상황이 달랐다. 그에게는 그딴 건 중요하지도 않은 문제였다.

그저 살아가는 것에 지친 인간이다. 타인을 배척하는 것에도 열의가 없고, 타인이 제 권리를 찾는 것에도 관심이 없다. 자신의 것을 조금 더 내주든 빼앗기든 그런 것에 연연할 인사도 아니었다. 나는 주절주절 떠들었다.

"그 작자는 자기밖에 안중에 없어서 그런 거 신경 안 쓰니까, 내가 잘 설득해 볼게."

"얼마나 효용이 있을지는 몰라도 일단 사양하지는 않겠고, 사실 유리 님의 자본이라면 제 자본으로 대체하고 있었기 때문에 상관은 없습니다만, 갑자기 왜 그런 말씀을 하십니까?"

"아, 개자식아, 네가 신경 좀 쓰라고 괜한 얘기를 주절주절 떠드는 바람에 나도 괜히 신경이 쓰이게 돼서 이러는 것 아니야! 괜히 죄책감 느껴지니까 나 때문에 일정이 밀리고 있었던 거면 후딱 끝내라고!"

"그것 말고 저한테 신경을 쓰시라고 제 인생을 떠든 겁니다. 괜히 떠든 줄 아십니까? 어쨌든 그 의견은 알겠습니다. 알아서 진행하고 있었고, 이미 충분히 유리 님의 도움 없이도 진행 궤도를 탔습니다만, 굳이 그렇게 말씀하신다면 도움은 받을 수 있는 만큼 받도록 하지요."

레일리가 순순히 대답했다. 나는 신경질적으로 그의 무릎 언저리에 발길질을 했다.

갑자기 왜 이런 얘기를 하느냐면, 물론 내 마음이 편하기 위해서다. 언제나 그랬듯이 이번에도 마찬가지였다. 최소한 레일리 크라하가 자신의 일생을 바친 일이라도 무사히 마무리 짓기를 바랐다. 그러고 나면 굳이 나에게 연연할 이유도 없을 것이다.

그 후에 나는 행복하게 내 세계로 돌아가면 그만이다. 내가 해 줄 수 있는 모든 일을 해서 최선을 다해 그를 도왔고, 그가 원하는 이상의 세계를 구축하는 일에 성공한다면, 그 이상적인 세계에서 자신의 이상적인 거처를 찾는 것은 레일리의 몫이었다.

그때까지도 영영 찾지 못할 내게만 얽매여 있다면 거기까지는 내가 책임져 줄 이유가 없다.

이렇게 마음이 쓰이는 것을 이 상태 그대로 두고 돌아가면 내게는 마음의 짐으로 남겠지만, 그렇다고 내가 내 진짜 인생을 포기하고, 나 자신도 아닌 남의 몸으로 계속해서 이 세계에서 살아갈 이유는 없다. 그렇게 산다고 해서 행복하지도 않을 것이다.

그런데 괜히 자신을 걷어차는 내 발목을 단숨에 붙잡더니, 레일리가 태연한 얼굴로 물었다.

"빠르게 일을 마치고 나면, 무엇을 할까요?"

"뭐가?"

"저는 그 외에는 별다른 인생의 목적을 설계한 일이 없습니다. 하고 싶은 것도, 해야 할 일도 마땅치가 않지요. 그 무렵이면 마스터도 마스터의 목적을 달성해 유리 님을 복귀시키고 몸을 옮기려는 것이 아닙니까? 그러면 유리 님을 모실 이유도, 따로 모실 마스터도 없어진 상황이 아닙니까. 예전에는 단지 이유도 없이 살아남았습니다. 최근에는 그저 그 목적을 위해 살았지요. 그때에 저는 무엇을 합니까?"

"그렇지……."

어물어물 대답하는데, 레일리가 지금껏 한쪽 무릎을 꿇고 앉아 있던 자세에서 그대로 허리를 폈다. 몸을 일으켜 세우지는 않았다. 오히려 다른 무릎까지 제대로 바닥에 대고 상체만을 세웠다. 내 발목을 다시 소파 위에 밀어 자리에 웅크리게 하더니, 소파의 팔걸이 양쪽에 손을 짚고, 달큰한 태도로 표정을 폈다.

그리고 소파 위에 웅크리고 있던 내 뺨에 부드럽게 입을 맞췄다. 웅크리고 있던 몸이 자연히 소파 깊숙이 밀려나 앉았다. 유리 옐레체니카의 긴 다리가 그때에야 제대로 펼쳐져서 소파 아래로 느른히 떨어졌고, 내 다리 사이에 자리를 잡은 레일리 크라하가 퍽 애정 어린 낯을 했다.

내 이마에 입술을 묻고, 그가 유혹하듯이 속삭였다.

"당신이 있다는 어딘지 모를 곳을 찾아 여행이나 할까요, 마스터."

그를 두고 내 세계로 돌아갈 생각을 하기가 무섭게 레일리 크라하가 내 감정의 멱살을 잡아챘다.

"독순술도 못 하셔서 대단한 개소리를 하셨던 기억이 있습니다만, 당신이 하루 이틀 개소리를 하는 것도 아니니 어쩔 수 없지요. 마부석에서 드린 말씀은 다름이 아닙니다. 므라우 같은 위험한 곳에 들어오는 것은 못마땅하지만 그 곁에 그저 제가 있으면 된다고 말씀을 드리고 싶었습니다. 어디든 저와 함께 가십시오."

내가 그의 뺨을 밀어내자 잠깐 고개를 들었던 그가 눈썹을 꺾고 물끄러미 나를 바라보다가, 고개만 다시 기울여서 입술에 산뜻하게 키스를 했다. 젠장맞을 일이었다. 이게 뭘 하는 짓인지 도무지 나 자신도 이해할 수 없다.

"제가 곁에 있겠습니다."

꼭 서로 사랑하는 사이 같다고 생각했다. 사실 서로 사랑 비슷한 감정을 느끼는 관계는 맞다. 그래서 꼭 그것이 연인 같다고 생각한다. 하지만 연인은 아니고, 그렇게 될 생각도 없다.

정말로 지금 이게 무슨 짓을 하고 있는 걸까?

"당신 곁에 이어져 있는 그 길의 끝에는, 무언가 빛나는 것이 있겠지요."

빌어먹을, 진정 이게 무슨 짓이란 말인가? 나는 잠자코 되뇌듯이 속삭이는 그를 밀어내는 대신 뺨을 감싸 쥐었다. 양가적인 감정이 내 등을 떠미는 사이 유리 옐레체니카의 팔로 레일리 크라하의 목을 감고서.

"그러니 부디 쫓아가게 해 주십시오."

아마도 사랑일 법한 생각에 또 한 번 휘둘리며.

그러나 결국엔 누구도 쫓아올 수 없는 곳으로 돌아갈 생각이다.

SIDE OUT: 작가에게 로맨스를 촉구한다! (5)
Vol. 5 ― 레일리 크라하

단 한 번도 손에 쥐지 못한, 낯설고도 아득한 것.
손에 넣을 수 없는 것임을 알면서도 원하기에 탐욕이었다.

＊ ＊ ＊

제정신인지 모르겠다. 역시 정신이 나간 것 같았다. 레일리 크라하는 혼자서 열을 내다가도 금세 즐거워하고, 고민이나 걱정거리라고는 전혀 없는 것 같다가도 별로 중요치도 않은 문제에 일희일비하는 괴상한 인간을 관찰했다. 그는 살면서 단 한 번도 저런 인간을 본 일이 없었다.

유리 옐레체니카의 집사로 일할 때는 거의 보좌관에 가까운 역할이었지만, 그녀가 '저 꼴'이 된 이후로는 제대로 된 보좌관으로서의 활약을 한 일이 없다. 정말로 집사 노릇을 해야 했다.

틈만 나면 쿠키 굽는 법이 적힌 책을 펼치고, 생크림을 요령 있게 만드는 법을 고찰했다. 어떻게 하면 바삭하면서도 촉촉한 빵을 구울지를 궁리하다가, 시간이 되면 달콤한 것을 좋아하는 주인의 입맛에 맞춰 직접 찻잎과 향료를 엄선해 차를 블렌딩했다. 어쩌다 이러고 있게 되었는지는 몰라도, 볼수록 가관이라 일단 저 인간이 하는 꼴을 순순히 구경하고 있었다.

입만 열면 헛소리가 줄줄 이어지지만 별로 실속이 있는 것 같지는 않았다. 딱히 할 줄 아는 것은 없어 보이는데 자기 자신의 무능에는 개의치도 않는 듯했다. '유리 옐레체니카'의 온전한 의식이 돌아와야 마음 편히 놀고먹는다는 죽어도 이해 못 할 소리까지 하지 않았던가.

사실 그녀가 한 말을 어디에서부터 어디까지 믿으면 좋겠느냐는 문제는 있었다. 레일리 크라하는 명료한 방법을 선택했다. 그는 그녀가 주절주절 꺼낸 말 중 단 한마디도 온전히 믿지 않았다. 모든 말을 '일단 그런 것으로 해 두겠다'는 정도로 치부했다. 그 정도면 충분히 얘기가 통했다.

아니지, 따지고 보면 애초에 얘기가 통하는 것 같지도 않다. 시시껄렁한 농담 외에는 대개 대화가 따로 놀았다. 시시껄렁한 대화 따위에는 이쪽에서 별 흥미가 없으니 논외로 친다면, 별로 효율 높은 대화가 오간다고는 할 수 없었다.

그러나 어쨌든 저 인간을 유리 옐레체니카라고 부르기도 곤란한 것은 사실이니 그녀가 사라졌다는 가설만은 나름대로 진정성 있게 받아들이고 있다. 하지만 만일 그렇다면, 정말 어디로 사라졌단 말인가? 중요한 시기였다. 갑자기 이런 식으로 여러 업무의 흐름이 끊어지면 난감했다.

늘 속내 모를 말만 떠들더니 이번에도 내막은 짐작조차 가지 않는 짓이었다. 그는 버릇처럼 유리 옐레체니카의 말을 곱씹었다. '레일리.' 언제나 달콤한 목소리로 그의 이름을 입에 담고는 했다. 유달리 나긋나긋한 음성이었다.

'신이란 누군가에 의해 만들어지는 거예요.'

레일리 크라하는 장갑 낀 손으로 턱을 괴고 티 테이블에 앉아 침대 근처를 살피다가, 이리로 저리로 뒹구는 나태한 인간을 발견하고 미간을 가늘게 좁혔다.

유리 옐레체니카에 대한 묘한 회상이었다. 레일리 크라하의 인생에 그녀는 지대한 영향을 끼쳤다. 좋은 식으로든 나쁜 식으로든 마찬가지였다. 수상쩍고 못 믿을 인간이었지만, 분명 그녀의 어떤 면모들은 충분히 존경하고 있다.

'일이 끝난다면, 그때엔 당신이야말로 그들의 구원자가 되겠군요.'

정말로 의식의 주인 자리를 내주고 숨은 것이든, 그런 행세를 하는 것이든, 이상한 함정을 파 둔 것이든 의도를 알 수 없는 일이었다. 일단은 장단을 맞추고 있지만 언제나 그녀의 진의에 대해 고민했다.

하지만 어쨌든 '저건' 죽었다 깨어도 유리 옐레체니카 본인은 아니니, 달리 방법도 없었다. 어쩔 수 없이 당분간은 전형적인 '집사'의 행세를 하면서 주인을 모시기로 했고, 이 결심을 완벽히 실천하고 있었다.

그가 얕은 한숨을 내쉬며 아이싱 요령을 적은 책을 다시 펼쳤다. '새 마스터'가 하는 짓들을 유심히 살피며 고찰해 봐야 머리만 복잡해질 뿐이니, 남는 시간에 디저트나 만들어 둘 생각이었다.

* * *

같은 몸이지만 익숙하지 않은지 자꾸만 스텝이 꼬였다. 의식하지 않을 때 박자도 리듬도 꼬이지 않고 잘 추는 것을 보니 과연 유리 옐레체니카 답지만, 정작 너무 의식한 나머지 실수를 하는 것 같았다. 요컨대 정신의 문제였다.

정말이지 유리 옐레체니카를 모시면서 이런 잡무까지 일일이 관리한 적은 없었다. 레일리 크라하는 '새 마스터'을 가볍게 품에 안고 댄스의 스텝부터 고개의 각도까지 사소하게 지도했다.

한번 비꼬아서 말을 걸면 카랑카랑한 반격이 돌아왔다. 느물거리며 그 반격을 흘려버리고 또다시 날 선 말을 꺼내면 씩씩대며 덤볐다. 물려도 긁혀도 아프지 않은, 덜 자란 고양이 같은 반항이었다. 솜방망이 주먹으로 맞는 듯했다. 요컨대 마스터가 뭐라고 하든지, 무엇을 하든지 그에게는 조금의 타격도 없었다는 뜻이다.

과거 그들이 무슨 일을 하고 있었는지는 추호도 모르는 '새 마스터'는 멋도 모르고 유력 귀족들과 얽히고 다녔다. 신랑감을 찾는다는 개소리는 덤이었다. 무슨 짓을 어디까지 하나 지켜보다가, 웃으며 괴롭히고 짜증을 받아 주고 시시껄렁한 얘기를 떠들고 농담이나 주고받으며.

손을 맞잡고 춤을 추고, 허리를 감싸 안아 몸을 끌었다. 어째서 이러고 있는지는 알 수 없다. 그저 때때로 아득해졌다.

핏물에 젖은 목걸이가 손아귀에서 덜렁덜렁 흔들렸다. 금속 목걸이를 강제로 잡아당겨 목을 잘랐더니 찢긴 살점과 머리칼이 곳곳에 엉겨 붙어 있었다. 아버지의 유일한 정표라며 애지중지했던 기억이 있는데 이제 와서 살펴보니 아무 장신구점에나 가도 살 수 있는 기성품이었다.

정표 같은 소리를 잘도 했군. 그 정도 진실을 일찍이 모르지 않았을 옛 동료를 이제야 조롱하듯 비난했다.

낯익은 얼굴이 흉측하게 짓뭉개진 채 대리석 바닥에 들러붙어 그를 응시했다. 눈동자 색만은 달랐다. 레일리 크라하는 자신의 손으로 바닥에 처박은 옛 동료의 얼굴 위로 구둣발을 뭉갰다. 별로 보고 싶지 않은 꼴이었다.

검은 옷이라 눈에 띄지는 않지만 이미 흠씬 젖어 있었다. 하얀 뺨을 손등으로 문질렀다. 피는 닦이지도 않고 번지기만 했다.

무엇을 위해 이러고 있는지는 모른다.

단지 무언가를 견딜 수가 없었다.

늙은 왕의 시신이 그의 발아래에 난도질당한 채 흩어져 있었다. 젊은 몸을 갖고 싶어 팔다리와 육신의 근육을 전부 이식했지만 뇌는 노쇠한 자의 것 그대로였다. 중요한 장기는 전부 마찬가지였다. 의미 없는 발악이다.

무엇이 좋다고, 이깟 덧없는 삶 따위를 이렇게까지 지저분하게 이어 가고 있단 말인가. 그는 발끝으로 시신의 흉부를 헤집다가 낯선 심장을 발견하고 무정한 낯으로 짓밟아 터트렸다.

옛 동료의 심장이라면 가장 먼저 갈취자의 가슴에서 산 채로 뽑아내 갈비뼈 바깥으로 도망치게 해 주고 왔다.

그렇게 그가 떠돌기 시작했다. 단지 아득한 허망함을 느끼며. 레일리 크라하는 목적 없이 흔들리고 있었다. 삶도 죽음도 그를 옭아맬 수가 없었기 때문에.

살아가야 할 이유를 찾고 있었다.

'새 마스터'는 유리 옐레체니카가 지니고 있던 대부분의 능력을 사용하지 못한다. 쉽게 다치고 금세 머리를 싸맸다.

가끔씩 광장의 카페에 가서 파르페 따위를 앞에 놓아 주면 이 세계의 지극히 당연한 모든 것에 놀라고 감탄하며 신이 나서 이것저것을 떠들고 물어봤다.

그러고 나면 레일리 크라하는 티타임에 내놓을 달콤한 것을 구상하며 하루를 보내다가 때맞춰 과자를 굽고, 입맛에 맞게 마멀레이드와 잼과 크림을 만드는 것이다.

그렇게 하루를, 이틀을.

매일을 보냈다.

'나는 산에서 살았어. 그 시절엔 인간이 얼마나 우리에게 잔혹한지를 몰랐지.'

열넷의 봄, 가라한이 말했다. 봄이기는 했지만 므라우에는 계절 구분이 없었다. 어지럽게 휘말린 보랏빛 하늘 아래로 뱀처럼 쉿쉿거린 그가 가까스로 목을 빼 들고 뒤틀린 어깨뼈를 제대로 맞췄다. 청부 임무를 수행하는 중에 박살 났던 팔이다. 므라우에서 제작한 비위생적인 골절 회복 앰플을 맞고 밤낮을 토하다가 눈의 혈관이 터졌지만, 그래도 팔은 무사히 나은 듯했다.

'함께 지내던 유사인족 둘과 반인 하나가 짐승처럼 사냥당했다. 거꾸로 매달려서 전신의 피를 뽑히고, 예쁜 거죽과 쓸 만한 장기는 전부 도려내졌지. 그 애들의 장기는 마력을 많이 담고 있어서 마법석의 정련에 쓰인다고 했어.'

새까만 폐허 도시가 쓰레기장 위에 솟아 있었다. 가라한은 십 대 중반까지만 해도 곧잘 어린 시절에 지내던 산중의 일을 떠들곤 했다. 그날도 소년은 긴 팔을 시체 더미 위로 늘어뜨리고 핏물을 뱉으며 태연히 덧붙였다.

'그들이 우리를 사냥하는 것이 합법이라면, 우리가 그들을 난도질하고 잡아먹는 것 역시 합법이 아니냐?'

스스로 되새기는 듯했다. 외부 세계에서 자란 가라한에게는 지극히 낯설지만 익숙해져야 하는 말이었고, 므라우에서 태어난 레일리 크라하는 단 한 번도 의문을 품은 적이 없는 논리였다.

'무엇이 짐승이고 무엇이 사람인지가 무슨 상관이야?'

가라한이 우는 듯한 목소리로 말했다.

'인간도 짐승도 식물도 돌도, 어차피 죽고 부서지고 나면 전부 의미 없는 쓰레기가 될 뿐인데.'

'새 마스터'는 언제나 제멋대로 방종하게 굴었고, 생활 방식은 엉망이었다. 귀족다운 구석이라곤 티끌만큼도 없었다. 다른 사람도 아니고 유리 옐레체니카의 다른 인격임을 자청하면서 어떻게 이 지경까지 난장판인지는 도통 오리무중이었다.

잠깐 파티에 흥미를 보이는 것 같더니 또 꾸물거리며 테라스로 도망을 나와서는, 달콤한 음료수와 케이크 따위에나 관심을 보이기도 했다.

이럴 거면 신랑감을 찾겠다는 헛소리는 말든지 했어야지, 도대체 뭘 하고 있는지 알 수가 없다. 못마땅히 그녀를 바라보던 그는 달콤한 음료를 자신의 앞쪽으로 챙겨 가는, 그저 별생각 없어 보이는 그녀의 머리 위에, 마찬가지로 별생각 없이 손을 얹어서 쑤석쑤석 부드럽게 헝클어트렸다.

그러면 또 고양이처럼 등을 말고 카악 덤벼들 것이다. 어쩌면 그것을 기대하고 있는지도 모른다.

종잡을 수 없는 말에 맞장구를 쳐 주다가, 요란한 소리가 들려오는 파티장을 나란히 서서 바라보다가, 형형색색으로 일그러지는 화려한 불빛, 어둠을 등지고 서서.

한 번도 신경 쓴 적 없는 시시껄렁한 개념과 이야기들을 일상처럼 주고받았다. 매사 즐거운 사람처럼 떠들었다.

그녀는 그저 간식을 먹을 뿐인데 언제나 행복해 보였다.

생크림이 뽀얗게 동그래서 기분이 좋고, 딸기가 맛있어서 기분이 좋고, 멜론의 색이 분홍색이어서 기분이 좋다. 포도 알이 좋아하는 숫자에 맞춰 아홉 개 동그랗게 놓여 있어서 마음에 들고, 스콘이 심장을 닮은 '하트'

모양으로 구워졌다며 개구쟁이 같은 얼굴로 웃더니 스콘 위에 손으로 하트를 그려 보이고, 쿠키에 그려진 간단한 표정이 찌그러져서 재밌다며 좋아하고, 찻잔의 찻물이 푸른색이면 신기해한다.

그녀가 떠드는 모든 것이 괴이했다. 레일리 크라하는 알지 못하는 것이다. 그럴 때면 그는 버릇처럼 달콤한 것들을 슬쩍 그녀에게로 밀어 놓았다. 습관처럼 자연스럽게 튀어나오는 투정과 별것도 아닌 불만, 장난스런 말 따위가 낯설었다.

새 마스터가 좋아하는 차는 맛과 향이 달콤한 꽃차였고, 찻잔에 보랏빛 꽃이 피어나면 그것이 단아하고 예뻐서 보기에 좋다고 말했다. 그 말을 듣고 나서 찻잔에 피어난 꽃을 살피니, 정말로 그것이 단아하고 예뻐서 보기에 좋은 듯했다.

'그러고 보니 이거 네 눈 색이랑 똑같네. 나 보라색 좋아해. 화려하게 생겨서 반대급부로 인성 더러워 보이는 생김새도 쏙 닮았다, 야.'
'이 꽃에도 독 가시 달렸다며?'

그녀는 언제고 별생각 없이 마구잡이로 지껄였고, 그럴 때마다 그는 그것을 유심히 살피다가. 정말로 그렇다는 것을 알고.
그것이 모조리 똑같은 쓰레기가 아니었음을 비로소 알게 됐다.
정말로 의미 없는 일들이었다.

* * *

무엇 하나 특별할 것이 없는데 별안간 그것이 빛난다고 생각했다. 그러고 나서 스스로 관찰하니, 왜인지 시선이 늘 그것을 좇고 있었다. 그것이 예전부터 찾던 빛나는 것이라고 생각하니 견딜 수 없이 갖고 싶어졌다.

소유에 대한 열망을 인식하고 나서부터는 다른 누구에게도 뺏기거나 넘겨주고 싶지 않았다.

그녀가 자꾸 쓸데없는 일로 타인과 얽히니 짜증이 났다. 그럴 바에야 차라리 자신과 그렇게 얽히는 편이 낫겠다고 여겼다. 어차피 그렇게 할 것이다.

레일리 크라하는 박살 내고 싶었던 것을 박살 내지 못한 일이 없다. 갖고 싶은 것을 손에 넣는 일도 마찬가지였다. 그는 단 한 번도 사회나 문화, 집단이나 관계 따위에 종속된 적이 없었기 때문에, 언제 어느 때에든 하고 싶은 것을 하지 못할 이유가 없었다. 그렇게 살았으며, 또 그렇게 살 것이다.

다른 일을 하다가도 떠올리고, 시선을 옮겨 좇고, 결국 사소한 일까지 챙기게 되는 것이 거슬렸다. 생각에 사로잡혀 있다 보면 자연히 새 마스터에게로 의식이 흘러가고, 그러면 또 불현듯 웃게 돼서 그것이 성가셨다.

예전엔 성가시게 구는 것이 나타나면 가차 없이 난도질하고 박살 내 눈앞에서 치워 버렸는데 그럴 수도 없다. 유리 옐레체니카가 돌아오기를 바라서는 아니었다. 물론 유리 옐레체니카가 돌아오지 않으면 곤란하겠지만, 굳이 그 문제가 아니어도 새 마스터를 눈앞에서 치워 버릴 생각은 들지 않았다.

그가 도무지 알지 못하는 것이었다. 그러니 계속 그렇게 거슬려도 성가셔도 괜찮지 않을까 생각했다.

그 곁에서 그렇게 마냥 성가신 시간을 보내고 싶은지도 모른다. 그저 레일리 크라하가 그렇게 살고 싶은지도 모른다는 것이다.

유리 옐레체니카가 자취를 감춰 기약 없이 일정이 밀렸지만, 그에게 있어서는 반드시 해야만 하는, 강박 같은 일이 있다. 그러니 그 업무를 어서 끝내고. 그러고 나면.

그렇게 의미 없이 시간을 보내며 시시껄렁한 것에 휘둘리며 웃고 떠들고,

그렇게 함께 지낼 수 있지 않을까. 짧게 생각해 본 일이었다. 맛있는 것을 만들고 향긋한 차를 섞고 원할 때 입을 맞추고 실속 없는 대화로 시간을 채우며, 굴곡 없이 살아가는 삶 말이다. 그것이다.

그것이 빛나는지도 모른다고 생각했고, 탐이 났다. 그래서 손에 넣고 싶었다.

가지고 싶다고 생각했다.

* * *

고롱거리며 기분 좋게 빗질을 받는 꼴을 볼 때면 꼭 사람이라기보다는 고양이를 키우는 느낌이었다. 여전히 실속이라고는 없는 일상적인 대화를 주고받다가 태연한 얼굴로 허리를 숙여 입을 맞추자 윽 소리를 냈다가도 금세 받아 줬다.

어느 순간부턴가는 나름대로 뭘 어떻게 납득했는지 퍽 호응도 좋았고, 그 꼴을 보면 그녀도 긍정적으로 받아들이고 있는 듯해 만족스럽기도 했다. 이유도 없이 키스하고 근거도 없이 그것이 좋았다. 그녀가 키스에 별로 의미를 두지 않는 것은 명백해 보였지만 아무튼 좋았다. 그는 제멋대로 그녀에게 입을 맞출 때면 그럭저럭 흡족함을 느꼈다.

어차피 자신이 돌보고 자신이 만든 것을 먹이면서 마음껏 손안에 쥐고 있을 수 있다. 레일리 크라하가 없이는 옷 한 벌 혼자서 입지 못한다. 다른 인간들과 얼마나 어울리든지 어쨌든 그의 소유라고 생각했다.

실제로도 새 마스터는 눈을 뜨고 행동을 시작한 이후 접한 모든 것에 집착이 없어 보였다. 맛있는 것을 먹거나, 티 테이블에 마음에 드는 꽃이 있거나, 향긋한 것을 좋는 것은 어디까지나 일회성의 관심이었다. 감정 기복이 크고 쉽게 동요했지만 한 감정에 오래 얽매이는 일이 없었다.

입으로는 결혼 상대를 찾는다는 소리를 아무렇게나 뱉었으면서 사실상

관심도 없는 듯했고, 자신에게 인간적인 관심을 보이는 사람은 되레 부담스러워했다.

그녀는 무엇에도 얽매이지 않지만 그녀의 삶에는 레일리 크라하가 필요했다. 그러니 옭아맬 수 있는 유일한 수단은 그의 손에 있다. 그것으로 그럭저럭 만족스러웠다.

무슨 생각을 하는지 도통 모르겠고 유리 옐레체니카와는 다른 의미에서 종잡을 수 없는 성품이지만, 새 마스터는 나름대로 그의 통제 안에 있는 듯했다. 아무리 해도 손에 쥔 느낌이 들지 않아 마음에 차지 않는 것과는 별개로, 레일리 크라하 이상으로 그녀를 소유할 수 있는 인물도 없을 것만은 명백하다고 봤다.

그리고 엘제바에서의 일이다. 유리 옐레체니카와는 전혀 다른 그것, 유리 옐레체니카에게서 찾지 못한, 그가 언제나 고대했지만 단 한 번도 손에 넣지 못한 '그것'을 감히 눈앞에서 빼앗길 뻔했다.

눈이 뒤집힌 것은 사실이다. 그의 '것'을 망가트리는 놈이 있다면 당연히 눈이 뒤집힐 정도로 화가 난다. 당시에는 통제력을 잃고 그놈을 새 마스터의 눈앞에서 잔인하게 죽여 버리려 했다. 스스로 인정할 수 있는 문제였다.

하지만 아프다며 고래고래 소리를 지르는 새 마스터의 목소리를 듣고야, 레일리 크라하는 그녀가 '유리 옐레체니카'나 '레일리 크라하'와는 본질부터 다른 인간이라는 것을 제대로 깨달았다. 그 깨달음을 얻고 나니 보복 따위는 중요한 문제가 아니었다. 그는 결국 제대로 된 보복을 그만두고 그녀의 상처부터 확인해야 했다.

그렇다. 그녀는 본질부터 다른 인간이었다.

유리 옐레체니카와는 전혀 다른 인간이, 레일리 크라하에게 들으라는 듯이 말했다. 유리의 육신에 흠집이 생기면 어떡하느냐고.

그깟 것은 문제가 아니다. 문제는 달리 있었다. 하지만 무엇이 문제인지는 미처 표현하지 못했다. 본인조차도 '그렇다면 무엇이 문제인지'를 규명하는 일에 애를 먹었기 때문이다.

별것도 아닌 총상인데도 상처를 확인하자마자 새 마스터는 기겁을 했다. 인간 한둘 죽거나 다치는 모습을 본 것만으로도 내내 안색이 나쁘기에 어지간하면 환부를 보이지 않으려 했지만, 또 늘 그랬듯 고집만은 쇠고집이었다. 그렇게 억지를 써서 부상의 정도를 확인하더니 집사의 부상이 심각하니 어서 이곳을 빠져나가야 한다며, 급기야 되도 않는 소리를 했다.

세상 어느 주인이 '주인님이 지켜 주마' 따위의 말을 한단 말인가? 실제로도 별로 효용이 있는 말은 아니었다. 레일리 크라하야 어쨌든 새 마스터가 마음에 들었으니 됐다고 여기지만, 역시 일단 제정신은 아닌 사람이다.

애초에 누가 감히 브라우의 까마귀를 지키느니 마느니 하는 소리를 하겠는가? 그는 '지킨다'는 단어와는 애초부터 인연이 없었다. 주체로도 객체로도 마찬가지였다.

레일리 크라하는 대놓고 비웃으면서도 나름대로 그녀의 그 발언에 만족했다. 남이 자신을 지키겠다고 설치는 꼴은 의외로 퍽 흡족스러웠다. 따지자면 그야말로 온갖 상황에서 새 마스터를 지켰지만, 그런 일련의 상황 역시 뜻밖에도 마음에 들었다.

자신이 지킬 만한 것이든 자신을 지킬 만한 것이든, 그런 것이 존재한다는 사실 자체가 나쁘지 않다고 생각했다.

"아, 능력이 좋으면 인간도 아니냐?"

그녀가 몹시도 당연하다는 듯이 말했다. 본인의 것도 아니고 레일리 크라하의 상처에 약을 발라야 한다고 노발대발 화를 내면서 꺼낸 말이었다. 상처가 낫는 사이에 아픈 것은 뭐가 되느냐고.

그 말에서부터 무언가 문제를 느꼈어야 했다.

어느 순간 그는 자신이 감당 못 할 것을 삼키려 들고 있다는 사실을 깨달았다. 뷔올로 귀환하는 마차 안에서 탈진해 잠든 그녀를 품에 안고 상념에 사로잡혔을 때는, 정말이지 사실은 아무것도 제대로 소유하지 못했다는 느낌을 받았다. 큰 착각을 하고 있었다.

새 마스터는 문자 그대로 무엇에든 집착이 없었다.

레일리 크라하만은 어떤 식으로든 그녀를 옭아매고 있다고 생각했는데, 사실은 정말로 어디에도 얽매이지 않는 것인지도 모른다. 몇 번이고 밀어붙여도 마찬가지였다.

사실대로 말하자면 그는 조금쯤 자만을 하고 있었다. 이미 일찌감치, 어떤 방식으로든 그녀의 삶은 그의 손아귀에 떨어졌으며, 대체할 수도 달아날 수도 없는 감정적인 올가미를 충분히 쥐었다고 믿었다.

그도 그럴 것이 그녀는 일찍부터 레일리 크라하에게만 특수하게 관심을 보이고 있었다. 다정하게 입을 맞추면 얼굴이 발갛게 달아올라서는 괜히 더 짜증을 부리고 신경질을 냈다. 그런 것이 좋아서 일부러 더 다정하게 굴기도 했다. 그뿐만 아니라 남이 어찌 되든 본인의 비위만 상하지 않는다면 전혀 개의치 않는 인간이, 레일리 크라하의 그깟 부상 따위에 길길이 날뛰지 않았던가.

그래서 나름의 근거를 갖춘 후, 그는 어느 정도 자신을 가졌다. 어쨌든 마스터는 레일리 크라하를 유달리 좋아한다. 그것만은 명확했다.

하지만 점차로 그것이 온전한 소유는 아닐지도 모른다는 확신이 섰다. 그녀는 레일리 크라하와 관련된 무엇에도 얽매이지 않고 있었다.

애초에 본인의 입으로 자인하게 만들어서 확인을 받은 적도 없다. 다른 인간과 키스를 하자 레일리 크라하와 입을 맞췄을 때와는 전혀 다른 반응을 보이며 동요하기도 했고, 그 꼴을 봤을 때는 그야말로 돌아 버릴 뻔하기도 했다.

그는 마음이 급해졌다. 사실 처음부터 여유 따위는 없었다. 필요하다면 호소할 수도 있다고 생각했다. 원한다면 무엇이든 시늉하고 줄 수 있다. 그러나 무엇을 하면 좋을지 도통 짐작이 가지 않았다.

새 마스터는 어려웠다. 이것을 해야 한다고 조건을 걸었다가도, 그걸 드리겠다고 하면 그게 아니라고 또 역정을 냈다.

갖고 싶다. 어떻게 하면 가질 수 있지? 무엇을 해도 충족되지 않아서, 그저 계속해서 갖고 싶었다. 품에 안아도, 또 안아도 부족했다. 이것으로는 충분하지 않았다. 무엇을 해도 부족했다.

레일리 크라하는 결국 일평생 손에 넣어 본 적이 없어서 더더욱 열렬히 갖고 싶은 것을 온전히 소유하지 못해 안달이 났다. 무슨 수단을 써도 통하지 않았다. 쥐었다고 생각하면 빠져나가고, 소유했다고 생각하면 도망쳐 버리니 점차로 조바심을 느꼈다.

애당초 그는 그녀가 생각하는 것을 도저히 따라잡을 수 없었다. 본질부터가 달랐다. 상처가 아픈 것에 마음을 쓰는 삶을 살아 본 일이 없기 때문이다. 단지 목숨을 부지하면 그것으로 족했다. 아프지 않고, 평화롭고, 즐겁고 행복한 삶을 추구하며 살아가는 삶에 그때에야 어렴풋이 혀를 댔다. 낯선 촉감과 소스라치게 뜨거운 공기에 지레 놀랐다. 그는 그때까지도 그런 삶을 소유해 본 일이 없다.

그래서 이제는 정말로 그렇게 살고 싶은지도 모른다고 확신했다. 그런데 뭐가 문제인지, 이것만 가지면 되겠다고 확신을 했는데도 도통 손아귀에 들어오지를 않았다.

모쪼록 쌍방의 합의가 있다면 좋았겠지만, 무엇을 해도 손에 들어오지 않으니 그는 더는 마스터의 사정 따위는 고려하지 않기로 했다. 어쨌든 갖고 싶다고 생각했으니 그것은 손에 넣어야 했다. 손에 넣으면 그것으로 충분할 것 같았다.

유리 옐레체니카 따위는 관계없는 이야기였다. 처음부터 그랬다. 유리 옐레체니카가 아니기 때문에, 그녀에게 있는 그 시간과 공기를 온전히 그 자신의 삶에 끌어들이고 싶은 것이다.

그러니 그저 당신의 삶, 사사로운 일희일비, 소소하고 아무것도 아닌 사연들. 내가 일평생 소유하지 못했고 앞으로도 결코 손에 넣지 못할 당신의 그 모든 것을.

스스로 탐욕임을 알면서도 여전히, 오직 나만이, 영영 갖고 싶다고.

그 꺼림칙한 탐욕을 어떻게 표현하고 증명해, 납득시킬 수 있단 말인가?

그는 그래서 자신의 이루지 못할 욕망을 온전히 납득시키기보다, 그 욕망을 이렇게 줄여서 말하기로 했다. 생애 처음으로 자신의 목과 머리를 남의 손길에 흔쾌히 허락하고서.

곁에 있게 해 달라고.

그러니, 언제까지나. 곁에 있게 해 달라고 애원했다.

* * *

"나를 기만했습니까?"

삐걱삐걱 요란하게 흔들리고 붕괴하는 세계 아래에서, 레일리 크라하가 자조했다.

"그런 식으로, 도망가고, 회피하고, 나를 기만했습니까?"

그는 감당할 길 없는 분노에 사로잡혀서, 혹은 그 분노에 휘말려서 한 글자 한 글자를 심장에 새겼다. 몸 안에서 번개를 머금은 적란운이 뱅뱅 휘도는 것 같았다.

어째서 무슨 수를 써도 그 인간을 손아귀에 넣고 마음껏 소유할 수 없었는지를 비로소 알았다. 그 여자가 언제나 세상 모든 것에 집착이 없어 보였던 것도, 자신에게 가장 처음 길을 제시한 유리 옐레체니카의 수상쩍었던 태도도, 곁에서 함께 걷다 보면 생전 처음 보는 빛을 밟을 수 있으리라고 여겼던 모든 시간과 순간들도.

그것이 어째서 무의미했는지를 이해했다.

유리 옐레체니카의 인생에서 레일리 크라하는 처음부터 수단이며 도구였다. 지극히 변두리에서 시작되어, 짧고 간결한 이변 따위로 끝이 나는, 애초부터 상정 바깥의 인간이었던 것이다.

"처음부터."

레일리 크라하가 들끓는 분개를 낱낱이 드러내며 싸늘하게 씹어뱉었다.

"그리고, 또 그렇게."

그리고 인물들이 자기 자신의 정체성을 충분히 확립했을 때, 그들의 삶은 그들이 마땅히 맞닥트려야 할 끝을 향해 자연스럽게 굴러가게 되어 있다. 그것은 그 세계의 규칙이기도 했다. 설계자가 직접 규정한 일이었다.

지극히 자연스러운 수순으로, 스스로 가장 완전한 선택을 내릴 수 있는 끝을 향해서.

각자가 자신의 삶을 완성해 가는 것이야말로 그들의 운명이고 서사였다.

그 참혹한 분노와 허망함 앞에 운명적인 서사 따위처럼 서서, 레일리 크라하가 기어코, 기어코 최후의 순간 말했다.

"제 삶을 더없이 무가치한 것으로 만드시는군요. 마스터."

〈다음 권에 계속〉

번　　외

원하는 것(Want)과 필요한 것(Need)에
대한 상대적 관점에서의 고찰

1장. 기계 마차의 주석 꽃

시들지 않는 꽃. 혹은 생명 없는 꽃.
혹은 차가운 꽃. 혹은 만들어진 꽃.
혹은 꺾이지 않는 꽃. 혹은 영원의 꽃.

주석 판을 구부려 축제에 쓸 꽃을 조각하기 시작한 건 단지 강철의 마법 제련을 선호하는 뷔올에서 주석이 가장 흔하고 덜 쓰이는 금속이었기 때문이다. 남아도는 자원이기 때문에 장식에나 쓰이기 시작했다. 영화와 부귀를 상징하는 사치스러운 축제의 장식물로.

재색 하늘을 뚫는 강철의 비가 내리고 오물이 흐르는 세계.

하지만 그 여자가 살펴본 이 세계는 맑고 청명한 하늘과 아름다운 백색 도시, 피어나는 꽃과 비눗방울을 내뿜는 호화로운 수도관 따위로 이루어져 있다. 때문에 이 세상에 대해 아무것도 모르는 그 여자는 그래서 그 꽃을 보고 지레 짐작해 낭만적이라고 했다.

그게 꼭 영원을 맹세하기 위해 바치는 충정과 경애, 신의 따위를 상징하는 것 같다고. 필연적으로 서사시 같은 장치라며. 어느 세상의 것일지 모르는 상상을 하고 놀라워한다.

따라서 그런 기이한 말을 들을 때마다, 레일리 크라하는 그 여자를 보며 문득문득 생각해 보아야 했다.

그 여자야말로 꼭, 소설책 속에서나 튀어나온 것 같은, 그런 말도 안 되는 인간이라고.

2장. 제목 없는 날

그의 하루에는 일반적으로 제목이 없다. 그는 어떤 날에 의미를 부여하고 제목을 붙일 정도로 감상적인 인간이 아니었다. 자신의 삶을 대할 때 그 정도의 성의를 보일 수 있는 부류가 아니라는 얘기다.

따라서 그의 하루에는 특별한 순간이나 기억에 남는 일 따위가 끼어들 필요가 없었다. 원래 그가 누군가를 꼬드겨 불꽃놀이 따위를 보러 가자고 하는 사람은 아니었다는 말을 하고 싶은 것이다.

사실 레일리 크라하는 애초부터 축제나 외유 따위에 관심이 있는 인사가 아니었다. 뷔올은 하루가 멀다 하고 온갖 공연과 호화 축제 따위가 이어지는 방탕한 도시였지만, 그렇다고 해서 그가 뷔올의 숱한 여흥거리에 한 번이라도 관심을 보인 적이 있었냐고 한다면 그런 것은 아니었다. 단호히 말하건대, 조금의 관심도 없었다.

그가 갑자기 불꽃놀이니 퍼레이드니 밤 축제니 하는 요상한 유흥 문화에 관심을 갖게 된 것은 전적으로 1년 전 새로 생긴 마스터 때문이었다.

사실 이 새로 생긴 한심하고 수상쩍은 마스터라는 인간이 레일리 크라하에게 강제로 새로 시작하게 만든 일은 축제를 찾아보는 정보 탐색 활동 정도로 끝나지 않았다. 1년 사이에 그의 생활 패턴은 360도 달라졌다.

이 마스터는 집사라면 당연히 주인의 수발을 들어야 한다고 생각하는 듯했고, 집사라면 당연히 쿠키도 맛있게 구워야 한다고 여기는 듯했고, 집사라면 당연히 차도 잘 끓여야 한다고 생각하는 듯했고…….

대충 '집사'란 '만능 종신계약 노예' 혹은 '가사형 최고급 오토마타'와 비슷한 무언가라고 생각하는 모양이었다. '집사'라는 직업군이 실제로도 그런지 따위야 레일리 크라하가 알 바가 아니었다.

적어도 본래 유리 옐레체니카는 그에게 그런 일을 요구한 적이 단 한 번도 없었지만, 주인이 요구하는 걸 해내지 못하는 집사라면 확실히 그가 생각하기에도 자격 미달일 것 같기는 했다. 자신이 잘났음을 모르지 않는 완벽주의자인 그의 관점에서, 누군가가 그에게 기대하는 일을 그가 해내지 못하는 건 굴욕적이고도 불가능한 일이었다. 애초에 '불가능'했다!

그의 이상하고 요상한 완벽주의와 마스터의 이상하고 요상한 선입견 따위가 한데 모여 기가 막힌 시너지를 냈다. 결과적으로 그는 요리도 잘하고 청소도 잘하는 아주 가정적인 만능 집사가 됐다. 더불어 말 한번 지지리도 안 듣는 애―마스터―까지 돌보고 있다.

요즘 들어 그의 일일 업무란 베이킹과 장보기, 목욕 수발과 차 블렌딩, 조금이라도 더 완벽한 차를 끓이고 위대한 디저트를 만들기 위한 가사 연구의 시간 같은 것에 치중되어 있었다. 조금이라도 시간이 남으면 축제와 공연 따위를 찾아보았다. 평소엔 문화생활 따위는 쓸데없는 시간 낭비에 불과하다고 생각했지만, 마스터가 등장함으로 인해서 그가 주의 깊게 살펴야 하는 세상의 범위가 갑자기 넓어졌다.

그렇게 대충 정보를 찾아보다가 간혹 마스터가 좋아할 만한 눈요깃거리가 있으면 적당히 그녀를 꼬드겨서 끌고 나갔다. 별다른 이유는 없었고,

처음에 외출을 하자며 데리고 나갔을 때 광장의 카페에 앉아 입을 떡 벌린 채 지나가는 모든 것을 신기한 듯이 쳐다보던 그녀의 얼굴이 아주 한심해 보였고, 그게 마음이 들었기 때문이다.

이러니저러니 해도 얼마 전에 투덜대며 봤던 불꽃놀이가 신기하긴 했던 모양이라, 여름에만 열리는 야시장을 동반한 밤 축제에 데리고 갈 요량이었고, 가을이 되면 기계 마차 퍼레이드에 끌고 나갈 작정이었다. 어쨌든 불꽃놀이를 보면서는 얼굴까지 빨개져서 그가 입을 맞추는 데에도 꽤나 열정적으로 화답하지 않았던가. 그 후로는 뭔 생각을 했는지 신이 나서 그와 입술을 맞대 오기도 했다.

대충 기분 좋으면 장땡이라는 식의 더없이 그녀다운 사고방식을 갖고 있는 게 분명해 보이기는 했지만, 그도 그냥저냥 그 여자에게 편히 입을 맞출 수 있게 돼서 기분이 나쁘지 않았다. 축제는 마스터를 들뜨게 하는 모양이니 마스터가 들뜨면 그의 기분도 한결 나아질 것이다.

그는 이제 자신의 기분이 기능하는 메커니즘을 대충 추론할 수 있게 됐다. 마스터가 한심하고 멍청해 보이는 얼굴로 헤벌쭉 웃으면 그는 그게 퍽 마음에 드는 것 같았다. 이해할 수는 없지만, 그건 아마 마스터의 기분과 같은 방식으로 작동하는 것이리라. 그녀가 찻잔에 피어난 보랏빛 꽃 따위를 보면 실없이 보기 좋다며 행복해하는 것처럼 말이다.

무엇이 기쁘고 기쁘지 않은지에 대한 생각을 한다. 무엇이 그를 기쁘게 하고 무엇이 그를 기쁘지 않게 만드는지를 생각한다. 그건 분명 므라우의 까마귀답지 않은 일이었고, 하지만 지금의 레일리 크라하를 움직이게 했다.

그의 앞에서 대놓고 무엇에 기쁘고 무엇에 기쁘지 않은지를 떠든 사람이 마스터였기 때문인지, 그의 기쁨과 그렇지 않음에 얽힌 일들은 대부분 그녀와 관련되어 있었다. 마스터가 무엇을 하고 어떤 반응을 보이느냐에 따라 명백하게도 그의 기분도 달라졌다. 그래서 그는 마스터가 기뻐할 만한 일을 찾기 시작했다. 대충 그렇게 시작된 외유였다.

변덕이 죽 끓듯이 하는 마스터는 어떨 땐 외출을 반기다가도 어떨 땐 꼭 외출에 겁을 먹은 사람처럼 저택에 틀어박히려 했지만, 그러다가도 막상 끌고 나가면 신이 나곤 했다.

말하자면 그의 마스터는 확실하지 않은 두려움 따위에 취약한 인간이었다. 경험해 보기 전에 최악의 가설을 세워 놓고 지레 겁을 먹어 그것을 피하기 위해 애초에 회피하기 시작하는 식의 인간 말이다.

일어나지 않은 일에 대한 레퍼토리를 짜다 보니 머릿속에서 소설 한 권을 완성시키고, 최악의 시나리오를 고려한 채 겁을 먹어 슬금슬금 발을 물리는 인간.

언제나 자신만만했던 레일리 크라하의 입장에서는 조금도 이해가 가지 않는 일이었다. 막상 두려워했던 비밀 상자를 열어 보면 그 안에 들어 있는 것은 가시 박힌 철퇴 따위가 아니라 슈크림이 잔뜩 든 잘 부푼 디저트 같은 것일지도 모르는 일 아닌가.

모든 것이 최악의 예상보다 좋게 끝날 수도 있다는 달콤하고 안이한 생각 따위를 품은 채 살아온 인생은 아니었지만, 마스터의 곁에서 한가로운 시간을 보내다 보면 종종 그런 생각을 하게 되곤 했다.

무슨 일이 생기든, 마스터가 뭐에 역정을 내든, 어찌 되었든 그 문제를 해결하고 나서 마스터에게 티 테이블 따위를 준비해 주고, 그 곁에서 헤벌쭉해진 한심한 얼굴 따위를 볼 수 있는 짧은 시간이 생기기만 한다면 그것으로 된 게 아닌가 하는 생각 말이다.

만일 가시 박힌 철퇴 따위가 튀어나온다고 하더라도 어렵지 않게 해결할 자신이 있으므로 떠올리는 생각일지도 모른다는 자각 정도는 물론 그에게도 있었다. 때문에, 그는 대개의 경우 이 문제로 마스터를 구박하지는 않았다.

기본적으로 한심하고 쓸데없이 행동력만 좋은 그녀의 인생에 그런 두려움이나 지레 겁먹고 도망치려 드는 회피 본능이라도 있으니 망정이지,

그러지 않았다면 '불이네? 마음에 든다! 가 보자!' 따위의 소리를 하며 불에 달려들고 인생을 마칠 팔자였다. 말하자면 날파리 같은.

"……."

다시 생각하니 또 새삼스럽게 한심했다. 레일리 크라하는 잠시 책장을 넘기던 손을 멈추었다가 혀를 차며 다시 시선을 내렸다. 그런데 그가 혀 차는 소리에 반응했는지, 마스터가 침대 위에서 끄우웅 이상한 소리를 내며 웅얼거리다가 몸을 뒤집었다. 그녀가 눈을 반짝 떴다.

유리 옐레체니카의 그 얼굴을 어떻게 그렇게 쓰는지 오만 인상을 쓰며 졸음 섞인 눈을 끔벅끔벅 느리게 깜박이던 마스터가 갑자기 발딱 일어났다. 그러고도 잠깐 앉아서 멍하니 허공을 바라보고 있는 꼴이 여전히 비몽사몽한 것 같았지만, 그녀가 주섬주섬 머리칼을 헤집으며 늘어지게 하품을 하더니 주섬주섬 기지개를 켜듯 몸을 꼼지락거리기 시작했다. 꼴은 저래도 일어나기 위해 최소한의 노력 정도는 하고 있는 모양이었다. 다소 어눌한 목소리로 질문이 튀어나왔다.

"몇 시야……?"

"좀 더 주무셔도 됩니다."

"음……. 그럼……. 좀 더 잘래……."

"예, 그러십시오. 축제 준비를 해야 할 때쯤엔 다시 깨워 드리겠습니다."

레일리 크라하는 읽고 있던 슈가 데코레이션 방법이 적힌 책자를 곱게 접어 치워 두며, 앉아 있던 마스터의 곁에 다가가 그녀의 등을 살뜰하게 받쳐 주었다.

그녀를 만지는 손끝에 별생각 없이 뺨을 부비며 무거운 얼굴을 기댔던 그녀는 결국 레일리 크라하의 품에 안겨 다시 침대 위에 얌전히 눕게 됐다. 우물대던 그녀의 가슴까지 폭신한 이불을 슬며시 덮어 주자 그녀가 기분 좋은 고양이처럼 눈을 감은 채 코끝을 찡긋거렸다.

레일리 크라하가 장갑을 일단 벗어 두는 사이 마스터는 새끼 짐승처럼 몸을 동그랗게 말더니 그가 앉아 있던 의자 쪽을 향해 고개를 돌리고 누웠다. 그는 잠결에 눈물이 고인 마스터의 뺨을 잠시 손끝으로 문지르다가 살며시 눈곱을 떼어 주고 손수건으로 손을 닦은 후에야 다시 장갑을 끼워 넣었다.

손을 내밀면 내미는 대로, 마스터는 그가 아주 좋아하는 얼굴을 한 채 온기 따위를 쫓아 얌전히 제 눈가를 내맡기고 있었다. 그녀는 별생각 없이 그의 손바닥을 쫓아 뺨을 기대려 했다가, 금세 떨어져 나가는 감촉 때문인지 결국 다시 눈을 떴다.

눈에는 아직도 졸음기가 가득했지만 그녀의 시선이 자연히 그를 쫓았다. 그는 그 사실이 또 아주 좋았다. 레일리 크라하가 얌전히 침대를 짚고 허리를 숙여 그녀의 뺨에 입을 맞췄다. 그 감촉 탓인지, 쿠션과 이불에 파묻혀 있던 마스터가 별안간 건성으로 손을 내저어 레일리 크라하의 팔뚝을 겨우 찾아내더니 두어 번 토닥이며 말했다.

"집사야, 너도 좀 자 둬……. 어제도 밤 샜잖아……."

그 말을 듣고 레일리 크라하가 눈을 가늘게 떴다. 솔직히 말하자면 밤을 샌 것은 아니지만 취침 시간이 늦기는 했다. 어째서인지 외출을 두려워하는 마스터와 그래도 그녀에게 축제를 보여 주면 좋아할 것 같다고 생각하는 레일리 크라하의 의견이 충돌한 탓이었다.

이런저런 충돌의 결과 사흘 동안의 축제 기간 중 하룻밤만 외출하기로 합의를 보기는 했지만, 뷔올의 성 안쪽과 바깥쪽을 가득 채우고 있을 축제 노점을 전부 돌아볼 수는 없을 테니 최적의 이동 경로를 미리 결정해 둬야 했다.

바로 그, '축제 계획' 따위를 세우느라 허약한 유리 옐레체니카 주제에 새벽 5시가 넘어서야 잠자리에 들었다. 지금 그의 마스터가 대낮에도 제정신이 아닌 이유였다. 그리고 마스터야 새벽 5시가 넘어 잠자리에 들면 다음 날 골골대는 체력의 소유자지만, 레일리 크라하의 경우에는 딱히 그렇지도 않았다. 애초에 그는 평소에도 그리 수면 따위에 연연하는 족속은 아니었다. 레일리 크라하가 냉정히 진실을 정정해 주었다.

"새진 않았습니다만."

"새벽 5시에 잤는데……. 대충 샌 거지 뭐……."

웅얼웅얼 대답하던 마스터가 왜인지 갑자기 인상을 팍 썼다. 그녀가 눈도 못 뜬 채 투덜거렸다.

"에이씨……. 자꾸 말하게 하지 마……. 잠 깨잖아……."

"그냥 주무십시오. 수면 따위는 평소에도 한두 시간이면 충분했고, 오늘도 평소 정도로는 잤습니다. 애초에 사람이라면 일주일 정도는 안 자도 버틸 수 있어야 합니다."

"아니 시발, 잠이 홀딱 깨는 소리를 하고 있네. 미친 새끼 아냐."

마스터가 다시 벌떡 일어났다. 레일리 크라하는 그녀의 상체를 얌전히 눌러 강제로 눕게 했다. 하지만 마스터는 금세 한 번 더 벌떡 일어났다.

"아니, 다시 생각해도 잠이 홀딱 깨네! 야! 너 왜 하루에 한두 시간밖에 안 자? 누가 들으면 내가 시발 너를 존나존나 착취하고 있는 것처럼 보일 것 아냐!"

"예? 착취하시지 않습니까."

"아니 시발 일도 정도껏 해야지! 청소건 침구 정리건 조향이건 한 일주일에 한 번씩만 해도 충분하다고! 식재료는 사나흘 치 미리 사다 놔도 된다고! 늘 궁금했는데 너 대체 어디서 자냐? 내가 잠들 때도 여기에 있고 내가 일어날 때도 여기에 있는데 제발 부탁이니까 거기 그 의자에 앉아서 쪽잠만 잔다고 하지는 말아 줘!"

"제 침실이 따로 있습니다. 아직까지 저택 구조도 모르신다니 기가 막히는군요. 그나저나 일주일에, 사나흘에 한 번?"

레일리 크라하가 코웃음을 쳤다.

"저를 마스터처럼 배임하는 인간으로 만들지 마십시오."

"뭘 또 배임이야 시발? 내가 고용주인데? 내가 그렇게 하라는데 그게 왜 배임이야?"

"잠이나 주무십시오."

"염병 시발 덕분에 홀딱 깼다니까! 미친 새끼야 잠 좀 자! 노동 환경이 대체 왜 그래!"

"굳이 일을 하지 않아도 잠 따위에 오랜 시간을 허비할 생각은 없습니다. 인간의 신체 구조 중 가장 불합리한 점이 수면에 필수적으로 일정 이상의 시간을 써야 한다는 부분이라고 생각하는 편입니다만."

"뭘 또 불합리해! 일단 인간으로 태어났으면 그래도 몸이 요구하는 건 해 줘야지! 야, 고용주인 내가 요구하지도 않는데 왜 무리해서 일하는데?"

"애초에 제 체력이 마스터의 체력과 같습니까? 한두 시간이면 충분합니다. 신체의 컨디션 관리는 옛날부터 제 주된 업무였고, 무리를 해 가면서 사는 게 어리석은 일이라는 사실 정도는 알고 있습니다."

"……."

종족과 적성과 과거사의 문제로 넘어가니 과연 마스터가 그런가 하고 혹하는 표정을 지었다. 하지만 그래도 여전히 그의 수면 시간 때문에 불만이 많은 듯했다. 인상을 팍 쓰고 그를 바라보고 있는 마스터를 강제로 눕혀 보았지만, 마스터는 용수철처럼 튕겨져 일어나서는 계속해서 그를 째려보다가 말했다.

"나 진짜 잠 다 깼어."

"……."

그는 몰라도 마스터는 확실히 좀 더 자야 했다. 밤에 축제에 나가서 노점을 신나게 돌아다닐 것을 생각하면, 지금 충분히 자 두지 않았다가는 내일 몸살을 앓을 것이다. 아주 마뜩잖은 얼굴로 마스터를 내려다보던 레일리 크라하가 결국 몸을 숙여 그녀를 안아 들었다.

"왜 또 안아 옮기냐."

"목욕부터 하시지요. 다시 주무실 수 있도록 마사지해 드리겠습니다."

"아니, 잠이 홀딱 깼다니까."

"나갈 준비를 하더라도 목욕은 해야 하니 얌전히 수발이나 받으십시오."

그 말을 듣고 마스터는 결국 별수 없다는 듯이 몸을 늘어트렸다. 이제 정말로 정신이 좀 들었는지 그녀의 입에서 축제에 대한 기대 어린 예측 따위가 줄줄이, 또 간간이 새어 나오기 시작했다. 레일리 크라하는 마스터의 그런, 정말이지 세상물정 모르는 추측 따위를 듣는 일이 나쁘지 않다고 생각했다.

여름날 열리는 밤 축제면 거리 가득 맛있는 먹을거리를 파는 노점이 들어서는 거냐는 질문부터 시작해서 손에 폭죽 따위를 들고 오색의 불빛을 흔드는 것도 괜찮겠다는 이야기와, 즙 많은 과일을 먹으며 선선한 야경 따위를 볼 수 있지 않을까 하는 기대까지. 아마 마스터가 생각하는 그런 축제와 완벽히 일치하지는 않을 테지만 어느 정도는 비슷한 점이 있기도 했고, 아닌 점이 있기도 했다.

그는 그런 끊이지 않는 의문에 그럭저럭 성실히 답해 주며 그녀를 씻기고, 다시 잘 수 있도록 몸을 마사지해 주고, 나가기 전에 챙겨 먹을 그럴싸한 끼니를 만들기로 했다. 마사지를 받고도 잘 생각이 없어 보였던 마스터는 냉큼 따라붙었다.

그녀가 떠드는 소리를 들어 보면 어딘가에는 정말로 그런 세계가 있어서 마스터가 그 세계를 아주 잘 알고 떠드는 것처럼 들리기도 했다. 사람 목숨을 벌레처럼 취급하며 죽여 넘기지도, 무자비한 초월자들이 인간을 도륙하지도, 또 그럴 필요도 없는 세상. 마력 찌꺼기에 뒤덮여 신체에 변이가 일어난 인간 같은 것은 없는 세상.

"내가 떠드는 세상이 딱히 그런 게 아예 없는 이상적인 세상이라고 할 수는 없을 텐데? 이상적인 세상 같은 건 없지. 제도를 만든 게 인간인 이상 사회 문제야 어디에나 일어나는 거고. 그냥 비교급이라고 할까, 뷔올에서 일어나는 착취 기반의 구조가 최선은 아닐 텐데 말이야."

간혹 레일리 크라하의 그런 대답을 들으면 마스터는 시큰둥하게, 세상에 대해 마냥 아무것도 모르는 인간답지 않은 대답을 꺼내곤 했다. 이번에도 별생각 없어 보이는 얼굴로 그렇게 대답한 마스터는 레일리 크라하의 의심 어린 눈초리를 아는 건지 모르는 건지 늘어지게 하품을 하며 테이블의 등받이 달린 의자에 깊게 몸을 묻었다가 머리칼을 마구잡이로 헤집었다. 방금 전에 막 곱게 말린 머리칼이 또 엉망으로 헝클어졌다.

"젠장, 미묘하네. 좀 더 자고 싶긴 한데 좀 더 자고 싶지 않기도 하고……."

"그러기에 더 주무시라고 말씀드리지 않았습니까."

"야, 그게 내 마음대로 되냐."

투덜대는 말을 한 귀로 듣고 한 귀로 흘리며, 레일리 크라하는 간단히 구워 크림과 요거트, 과일과 수제 시럽을 곁들인 팬케이크를 마스터의 앞에 가져다 놓았다. 그러면서 슬쩍 손을 들어 그녀의 머리칼을 쓱쓱 쓰다듬듯이 빗어 정리해 주기도 했다. 마스터는 태연한 얼굴로 그의 손길을 받으며 팬케이크에 포크를 푹 찔러 넣었다. 건성으로 한입 크기로 팬케이크를 자른 그녀가 그걸 그의 입가까지 밀어 올렸다.

"야, 입 벌려."

"그런 방종한 말투를 쓰시다니……."

"네가 스스로 안 챙겨 먹는데 그럼 내가 어떡하냐? 아, 얼른 먹어. 나도 먹게."

"……. 하나를 다시 만들겠습니다."

"좋은 생각이네. 그럼 기다렸다가 같이 먹어야징."

"그사이 식을 테니 새로 만드는 것으로 드십시오."

"아니 뭐, 상관없는데?"

"새로 만드는 것으로 드십시오."

"식는다고 맛이 덜해지는 음식도 아니고……."

"새로 만드는 것으로 드십시오."

"아, 젠장, 알겠다고."

결국 툴툴대며 그에게 그릇을 뺏긴 마스터는 새로 나온 팬케이크가 그녀의 앞에 대령되고 나서야 포크를 들었다. 어쩔 수 없이 레일리 크라하가 그녀와 마주 앉고 나서의 일이었다.

팬케이크로 간단히 끼니를 때우면서 그들은 축제에 입고 나갈 옷에 대해 상의했다. 다양한 노점을 둘러볼 텐데 평소처럼 굽 높은 구두와 드레스 따위를 입고 나가는 비효율적인 짓을 할 이유는 없으니 간편한 옷으로 입자고 주장하는 마스터와 품위 없는 옷을 입히니 본인이 들고 다니겠다고 주장하는 레일리 크라하의 충돌이 또 한동안 이어졌다.

"승마복 정도면 괜찮지 않으십니까."

"그것도 신발이 불편하잖아."

"그것도 불편하면 대체 뭘 신으시겠다고 주장하시는 겁니까."

"음……. 굽 없는 샌들?"

"평민이나 신는 신발입니다."

"아니? 유리 옐레체니카는? 원래? 평민 아니었냐?"

세상에 불만이 많아 보이는 태도로 쏘아붙이는 마스터를 빤히 바라보다가 레일리 크라하가 결국 어쩔 수 없이 대답했다.

"알겠습니다. 샌들을 신을 수 있을 만한 옷으로 준비하도록 하지요."

"좋아!"

신이 난 마스터는 기어코 레일리 크라하에게서 원하는 대답을 끌어내고야 만면에 기분 좋은 표정을 머금었다. 그녀가 팬케이크를 뒤적이다가 한입 크게 쑥 입에 집어넣는 꼴을 한숨을 내쉬며 지켜보다가, 레일리 크라하가 별수 없이 손을 뻗어 뺨에 묻은 크림 따위를 닦아 주었다.

사건성도 위험도 기억에 남을 만한 특수한 순간도 없이, 제목조차 없는 아주 평범한 날처럼. 그의 삶이 단 한 번도 그러지 못했지만 지난 1년 동안 늘 그랬듯이 말이다.

3장. 제목을 지어 붙이는 날

뷔올의 여름 밤 축제는 일반적으로 성도 가득 들어찬 수많은 발명가 공방의 노점을 둘러보는 일로 시작되어 신규 발명품의 경연대회로 마무리된다. 매일 다른 주제로 공방의 노점이 들어서고, 경연 대회의 심사 방식도 확연히 달라지곤 했다.

마스터가 상상한 아기자기하고 맛있는 것이 가득한 소상공인의 노점 따위가 들어서는 날은 당연하게도 아니었지만, 마스터는 이것도 이것 나름대로 신기하고 재미있는 모양이었다.

그녀는 옆을 지나간 기계 소동물이 튀어나오는 모자를 쓴 사나이나 한쪽 구석에서 홍보하고 있는 자동 응답 오르골 따위를 보며 입을 떡 벌리다가 자동으로 사탕을 굳혀 주는 냉각 장치 앞에서 한동안 사탕 제조 과정을 구경하기도 했다. 레일리 크라헤에게서 건네받은 돈으로 얼른 냉각 장치로 만든 사탕을 구매해 입에 문 마스터가 입 안에 커다란 태엽 모양 사탕을 굴리며 헤벌쭉 배부른 고양이처럼 입매를 늘어트렸다.

"마음에 드시는 모양입니다. 상상과 다르셨을 텐데요."

"상상과 달라서 마음에 드는 거지, 뭐."

"상상한 대로였으면 실망하셨겠습니까?"

"그건 또 그것대로 재미있기는 했겠지만, 원래 아는 재미도 재밌는 거고 처음 해 보는 것도 재밌는 거야."

마스터가 아주 당연한 사실을 읊듯이 말했다.

"내가 생각해 보지도 못한 것들이 즐비할 때마다 그게 너무 신기하고 좋아……."

건성으로 떠든 마스터는 어느새 신이 나서 다른 노점 앞으로 성큼성큼 다가가고 있었다. 비행 장치를 이용해 허공에 띄워 놓은 어항 따위를 파는 노점이었다. 레일리 크라하는 놓치지 않고 그녀를 따라잡아 쫓아가며 그녀가 인파에 떠밀리지 않도록 슬쩍슬쩍 손을 끼워 넣어 주변인들의 접근을 차단했다.

"집에 어항 하나 놓을까?"

"안에 넣을 물고기는 누가 돌보죠. 뭘 먹여도 되고 뭘 먹이면 안 되는지 같은 걸 아시긴 합니까?"

"……. 집사가 돌보지 않을까."

"싫습니다."

"알겠어."

뷔올의 무엇 하나 제대로 알지 못해 자기 자신의 생활도 이상하게 엮어 가고 있는 사람이다 보니, '뭔가를 관리한다는' 것은 사실 애초에 마스터에겐 불가능한 일이었다. 마스터는 '생명체를 키우는 건 쉽게 결정하면 안 되는 일이 맞지…….' 따위의 소리를 하며 투덜대고 있었지만, 사실 살아 있는 생명체는커녕 집안의 가구 하나도 그녀에게는 맡길 수 없다는 게 레일리 크라하의 입장이었다.

결국 어항을 내려놓은 마스터가 그 옆의 다른 인공 어항을 새로 집어

들었다. 굳이 안에 생명체를 키우지 않아도 되는 장식적인 유리 공예품이
었다.

"안에 장식만 넣고 물고기 안 키워도 되잖아? 장식 정도는 내가 직접
해도 별 문제 없으니까."

"제 미의식에 반합니다."

"이 새끼가 결과물도 안 보고."

"뻔하죠. 제 미의식에 반합니다."

"야."

날카롭게 쏘아붙이는 마스터의 손에서 어항을 쏙 뺏어서 제멋대로 값을
지불해 버린 레일리 크라하가 마스터의 등을 떠밀어 계속 움직이게 했다.
그들이 실랑이를 벌이는 사이 이 골목에 사람이 많아지고 있었다. 마스터
를 데리고 다른 골목으로 넘어갈 생각이었다.

"아싸, 사는 거야?"

"제가 장식할 테니 손도 대지 마십시오."

"나도 같이 하면 안 되냐."

"예."

"아니, 진짜 개 단호하네."

어쨌든 마음에 드는 어항을 구매할 수 있어서인지, 마스터는 투덜대면
서도 순순히 레일리 크라하의 안내를 따라 걷기 시작했다. 사람이 많은 골
목들을 피해 다른 골목으로 넘어가고자 노점이 들어설 수 있도록 공식 허
가가 나지 않은 인적 드문 뒷골목으로 돌자, 마스터는 방금 전까지 보던
번화한 거리와는 퍽 다른 것 같다며 잠깐 주변을 두리번거렸다.

스산한 골목에는 폐건물이 많았다. 약간의 마력 찌꺼기와, 구석진 곳에서
웅크리고 있는 빈민들이 눈을 빛냈다. 빈민들이 모여 사는 구획에도 종류가
있지만 여긴 개중에서도 가장 질이 나쁜 지역이었다.

뷔올은 절대로 성벽 안에 이런 구획을 남겨두지 않고 싹 '박멸'해 버린

다는 주의지만, 뷔올의 성벽 바깥까지 노점이 들어서는 날이다 보니 축제 거리의 일부분은 이런 거리 주변을 끼고 형성됐다. 노점이 들어서는 대로 변은 멀쩡해도 좀만 더 안쪽의 골목으로 들어서면 다른 세상을 사는 사람들의 생활 반경이 펼쳐지는 식이었다.

사실 레일리 크라하에겐 그럭저럭 익숙한 풍경이었지만, 마스터는 적지 않게 당황한 듯했다. 그녀가 혼란스러운 얼굴로 방금 전까지 그들이 있었던 거리 쪽을 몇 번인가 돌아보았다.

"이런 거리는 처음 보는데."

"평소엔 이쪽으로 모시지 않으니까요."

"오늘은 여기로 가도 괜찮나?"

"제가 함께 있으니 괜찮습니다. 평소엔 이쪽으로 다니지 마십시오. 납치와 인신매매 같은 범죄가 빈번히 일어나는 골목이라. 이곳에서 실험 재료를 충당해 가는 연금술사들도 많습니다."

"뷔올 새끼들 이렇다니까."

마스터가 잠깐 구시렁거렸다. 그게 무슨 뜻을 내포한 말인지, 레일리 크라하는 아주 잠깐 가늠해 보아야 했다. 하지만 그의 고민은 길게 이어지지 않았다.

마스터는 그처럼 떠오른 생각 따위를 구태여 자신의 입속에 감추고 있는 부류의 사람이 아니었다. 그 조그만 머리통으로 뭔가를 숨기고 애써 회피하기 위해 애를 쓰고 있다는 것은 명백히 짐작하고 있었지만, 어찌 되었든 순간적으로 떠오른 감정이나 불만 따위는 가감 없이 내뱉는 사람이라는 뜻이었다.

마스터가 투덜투덜 말했다.

"뭔가 멋진 게 있다 싶으면 이면에는 상상조차 못해 본 버려진 게 있다고……."

홀로 중얼거린 마스터가 잠깐 찝찌름한 얼굴로 노점이 잔뜩 들어서 있던, 여전히 다양한 장식 등으로 인해 밝게 번쩍이는 저 너머의 골목을 돌아보았다가 괜히 걸음을 빨리했다.

레일리 크라하는 그 말을 듣고 꼭 자신을 일컫는 것 같다는 생각도 순간적으로 해 보았지만, 사실 레일리 크라하에게 들으라고 한 말은 아니었다. 논리적으로는 그 역시 그러리라고 짐작하고 있었다. 마스터는 애초에 브라우가 어떤 지역이고 레일리 크라하가 과거에 어떻게 살았는지도 정확히 알지 못하는 인간이다 보니 레일리 크라하를 일컫는 듯한 말이 되리라고도 생각조차 못 해 본 것 같았다.

그녀는 히트맨이라는 직업이 곧 청부 암살자로서의 일을 뜻한다는 것 정도는 개념적으로 이해하고 있지만, 청부 암살자로서의 삶이 실질적으로 어떤 것인지를 이해하지는 못하는 것 같았다. 아니면 자신의 능수능란한 집사와 그런 개념을 제대로 연결 짓지 못하는, 흔히 지인에게 약해지는 부류의 인간이든가. 어느 쪽이든 마스터는 딱히 레일리 크라하의 과거사 따위에 현실감을 갖지 못한 편이었다.

그녀가 행복하고 유복한 인생만 살아 본 인간 같다고 느껴지는 때가 있다. 바로 그런 식으로 마스터가 레일리 크라하의 본질이 정확히 무엇인지를 제대로 이해하지 못하는 것 같을 때였다.

그녀는 좀처럼 '실질적인 불행'을 구체적으로 체감하지 못하는 편이었다. 그녀가 경험해 보지 못한 불행이 어딘가에 있다는 사실을 인지하고는 있지만, 그래서 그것이 정확히 얼마나 저급한 인생을 낳는지까지는 정확히 알지 못하는 부류의 사람 말이다. 혜택받은 삶을 산 사람의 특징이기도 했다. 유리 엘레체니카의 인생 궤적을 떠올려 보면 그럴 만도 했다. 기억을 잃은 마스터에게도 그런 성향은 내재된 모양이었다.

그가 구구절절 자신의 과거 행실을 토로한 일도 없으니 더더욱 그럴 터였다. 애초에 그는 자기 자신의 과거에 대해서도 별다른 생각이 없었다. 그냥 그렇게 태어났으니 그렇게 살았다. 살아남으려면 그래야 했으니 그렇게 했다. 그의 인생에 도덕이니 윤리 같은 게 끼어든 적이 없었으므로, 그도 군이 도덕이니 윤리 따위 때문에 고민해 본 적이 없다. 좋고 싫은 게 없는 인생이라 자신의 삶이 좋거나 싫은 적도 없었다.

정말이지, 그냥 그렇게 살았다. 객관적인 사실에 불과했다. 그가 지금 이렇게 살고 있듯이.

하지만 간혹……. 요즘 들어서는 이 삶을 좀 더 유지하고 싶다는 생각을 한다. 마스터나 곁에 끼고 유유자적하게 살면 나쁘지 않을 것 같다는 그런 생각.

결국은 축제를 구경하기 위해 저택을 빠져나오기 전에 떠올렸던, 그 생각의 연장선에서 이어지는 감각이었다. 무슨 무시무시한 철퇴를 상자 안에서 발견하든, 그 철퇴를 해결하고 나서 마스터의 티타임 따위를 준비할 수 있으면 그것으로 된 게 아닌가 하는 생각 말이다.

거꾸로 말하면 마스터의 티타임 따위를 준비하는 입장으로 '돌아가고 싶어진' 것이다. '돌아가고 싶은' 곳이 있다는 사실 자체가 생경했다. 그는 새삼스럽게 자신의 사고방식에 자리 잡은 그 낯설고도 비합리적인 가치 판단을 두어 번 곱씹어 보다가, 문득 발을 멈췄다.

어디선가 희미하게 야옹 소리가 났다.

마스터도 감각만은 유리 옐레체니카와 대등한 인간이라, 그녀의 걸음 역시 뚝 멈췄다. 그러더니 그녀가 확인 삼아 레일리 크라하를 돌아봤다. 레일리 크라하는 잠깐 눈을 가늘게 떴다가, 그녀에게 확신을 주기로 했다.

"고양이 소리를 들으셨는데 환청인가 싶으신 거라면 고양이 소리가 맞습니다. 길고양이인 모양이죠."

"음……. 길고양이를 만난 건 처음인 것 같은데?"

"고양이는 귀한 짐승이니까요. 귀족들이 저택 안에서나 키우지, 바깥으로 내돌리는 법은 드뭅니다. 성공적인 인생의 상징 같은 겁니다."

"고양이가 드물어?"

"실험 재료로 많이 쓰였습니다. 귀족들이 키우기 좋은 손 안 가는 짐승이기도 했고, 개량해서 애완용으로 종 자체가 변질된 뒤로는 거리를 돌아다니는 '흉포한' 자연종을 박멸하기 위해 좀 더 애를 썼죠. 연합국에는 아직 고양이 생태가 남아 있다고 압니다만, 뷔올에는 애완용 고급종밖에 남지 않았을 겁니다."

거기까지 말하고, 그가 잠시 침묵하다가 턱을 빼 들며 다시 말했다.

"이런 곳에서 고양이 울음소리가 들린다니, 이상한 일이기는 하군요. 생각해 보니 저도 뷔올의 수도지에서는 길고양이를 본 적이 없습니다만."

"……."

마스터가 잠깐 턱을 문지르며 고개를 기우뚱 꺾었다가, 차분히 눈가를 찡그렸다. 이럴 때만은 신기하리만치 빠르게 돌아가는 두뇌를 지닌 마스터가 망설임 없이 물었다.

"어느 쪽이야?"

"모시겠습니다."

레일리 크라하도 굳이 마스터의 의사에 반하려는 생각은 하지 않았다. 마스터는 이런 일에는 좀처럼 의견을 굽히지 않는 편이었다. 그가 얌전히 마스터의 요구를 들어주고, 차라리 그녀의 곁에 안전히 따라붙는 편이 나았다.

기본적으로 수상쩍은 일이기도 했다. 이 근방에서는 일찍이 사라진 자연종 고양이 따위가 뷔올의 성곽 외부 슬럼에 갑자기 나타날 만한 개연성도 부족했고, 생각해 보니 레일리 크라하가 길고양이 따위를 마지막으로 본 것도 연합국 근처를 떠돌 무렵의 일이었다.

므라우는 고급종 고양이가 살 만한 환경이 아니었고 가끔 마주치는 고양이들도 실험을 받아 개조된 고양이들이거나 오래 자연 속에서 살아남아 아주 난폭하고 흉포한 맹수화된 놈들이었으니 그렇다고 치더라도…….

"납치해서 팔려던 것 같군요."

아니나 다를까, 새장 따위에 갇혀서 얌전히 야옹대고 있던 흰 털 고양이를 발견한 레일리 크라하가 차분히 읊자, 마스터가 곧바로 그를 돌아봤다.

"확실해?"

"목걸이가 상당한 고가입니다. 이 새장은 안에 갇힌 짐승이나 노예가 탈출하지 못하도록 전류 장치가 되어 있는 것으로, 도난을 방지하기 위한 목적이기도 하죠. 흔히 암거래에 사용되는 허가받지 않은 감금 장치입니다. 제대로 된 판매 루트를 거치려면 정식 규격에 맞춘 케이스를 써야 합니다. 무엇보다도 저런 목걸이를 할 정도라면 귀에 소유주를 표현한 칩을 넣어 두었을 가능성이 높은데 칩을 박는 시술은 노예를 둘 수 있는 자본가나 시킬 수 있는 고가의 시술이라……."

천천히 설명하던 레일리 크라하가 새장 안으로 손가락을 쑥 집어넣었다. 그는 고양이가 할퀴려 들든 말든 무시하고 고양이의 귀를 잡아당겼다. 날카로운 울음소리가 터져 나오는 순간, 오히려 마스터가 기겁했다.

"야! 뭐 하는 짓이야!"

"있군요, 칩. 금색인 걸 보니 귀족가에서 키우던 고양이입니다. 털이 관리되지 않은 걸 보면 데려온 뒤 시일은 좀 지난 듯한데……. 어쨌든 납치된 모양입니다."

"고양이 귀를 그렇게 막 잡아당기면 어떡하냐! 그건 학대라고!"

산뜻하게 고양이의 귀를 놓아준 레일리 크라하는 대차게 자신을 째려보는 마스터를 무시하고 잠깐 머리칼을 쓸어 넘겼다.

"학대 같은 소리."

책 속에서나 나올 법한 개념을 떠드는 여자에게 건성으로 대꾸한 레일리 크라하가 다시 질문했다.

"그래서, 귀족가의 고양이인 듯한데 어쩌실 겁니까? 괜한 일에 얽히는 건 사양이니 못 본 셈 치죠. 우리가 돕는다고 해 봤자 길거리를 헤매다가 다시 이런 일이 반복될 뿐이고, 우리가 데려가는 건 더더욱 말이 안 됩니다."

"아니, 어떻게 그러냐. 발견했으면 도와줘야지."

"저는 돌볼 생각 없습니다."

"내가 돌볼 테니까 걱정 마라. 애초에 납치당한 거면 우리가 키우는 게 아니라 주인을 찾아 주는 게 우선 아냐?"

"갖고 싶어 하시던 어항과 물고기도 돌볼 자신 없어 하셨으면서……."

"그거랑 이거랑 같냐? 아무튼 돌봐야 하더라도 내가 돌볼 테니까 신경 끄쇼."

투덜댄 마스터가 좀 더 자세히 새장을 들여다보기 시작했다. 혹시라도 그녀가 전류가 흐르는 새장에 스칠까 싶어서 레일리 크라하는 재빨리 마스터의 이마 앞에 자신의 손바닥을 가져다 댔다. 마스터의 머리가 슬금슬금 다시 새장으로부터 멀어졌다.

"그럼 훔쳐 온 건가. 이따위 새장에 고양이를 가두고 말이야……."

"그래서, 구해 가실 겁니까?"

"아니, 그런데……. 따지고 보면 납치된 거라는 보증이 없으니까 말이야. 정말로 우연찮게 주워서 선한 마음으로 키우던 고양이인지도 모르고……. 유기묘 임시 보호 같은 개념으로……. 젠장, 확신만 하면 구해 가는데."

"좋은 의도로 이따위 새장에 고가의 고양이를 가뒀을 확률은 낮다고 봅니다만."

"하긴, 이렇게 털 관리도 안 해 주지는 않겠지."

거기까지 떠드는 순간 뒤에서 바스락 소리가 났다. 마스터가 눈을 화등잔만 하게 뜨고 얼른 뒤를 돌아보았다. 레일리 크라하는 그렇게 급하게 돌 것도 없이 느긋하게 뒤쪽을 한번 확인했다.

"어이, 내 상품에 무슨 볼일이라도 있냐? 비싼 거니까 손대지 마시지? 아니면 뭐, 슬쩍할 생각이었냐?"

패거리 몇 명과 함께 그들의 뒤에 따라붙었던 남자가 드디어 존재감을 드러내면서 읊었다. 일찍이 그 존재를 눈치채고 있었던 레일리 크라하는 마스터에게 '그것 보십시오. 제가 하는 말에는 다 이유가 있습니다.' 따위의 말을 툭 던진 뒤 얌전히 돌아섰다.

"파는 건가?"

"얼마에 살 건데?"

"이런 특상품을 어디에서 구했지?"

"알 바 없고, 얼마에 살 거냐고?"

"제대로 알아 두지? 난 지금 네게 친절하게 물으려는 게 아니다."

"뭐, 원래 주인이라도 되시나? 그래도 그건 이제 내 소유니까 돈이나 내고 가져가. 여자 앞이라고 허세 떨지 말고!"

거기까지 질답이 오간 뒤 건달들 몇몇이 수적 우세를 드러내려는 듯이 옆으로 퍼져 그들을 둘러싸자, 레일리 크라하가 보란 듯이 턱 끝을 까딱였다.

"보셨지요?"

"음……. 봤다."

"그럼 이제 구해 가실 겁니까?"

"그럼 데려가서 주인 찾아 줄래."

그렇게 대답한 마스터가 주섬주섬 품을 뒤지기 시작했다. 도무지 이해할 수 없는 이 머리통에 어떤 생각이 든 건지 궁금할 지경이었다. 반사적으로 인상을 쓴 레일리 크라하가 싸늘한 신음을 흘리며 눈썹을 휙 꺾어 올렸다. 그가 마스터의 손을 제지했다. 마스터는 오히려 왜 그러냐는 듯 눈을 동그랗게 떴다.

"설마 돈주머니를 꺼내십니까? 이런 놈들에게 그럴 필요 없습니다."

"아니, 네 전투 능력이 대박일 거라는 것 정도는 나도 아는데 말이다……. 여기에서 치안소에 끌려갈 만한 문제를 일으키고 싶지는 않은데……. 나 당분간 눈에 띄는 일은 자중하고 싶거든……? 외출도 원래 안 하려다가 나온 거고……. 폭력을 안 쓰고 해결할 방법은 없을까. 우리 돈도 많은데 그냥 돈을 주면 안 되냐?"

"그럴 필요 없이, 치안소에 끌려가지 않으면 되는 게 아닙니까."

"그런 방법이 있어?"

"바로 수행하겠습니다."

태연히 읊은 레일리 크라하가 곧장 마스터의 허리에 팔을 휘감았다. 마스터가 잉 하는 신음소리를 흘리기도 전에, 그가 반대쪽 손으로 새장을 휙 낚아챘다. 새장에 전류가 흐르든 말든 사실 그의 문제는 아니었다. 레일리 크라하는 양손에 고양이 두 마리를 쥔 채로 즉시 옆의 창틀로 휙 박차고 뛰어올랐다가, 그 창틀을 밟고 몇 번인가 연달아 골목의 양쪽 벽을 박차 가며 몸을 건물 위로 띄워 올렸다.

으 아 악 따위의 띄엄띄엄 끊어지는 비명을 흘리던 마스터는 그가 옥상에서 옥상 위로 아무렇지도 않게 건너뛰는 꼴을 보고야 비로소 정신을 차린 듯했다.

"시발, 사람이냐?"

아래에서 그의 도약을 봤던 건달들이 떠든 소리와 어떻게 그렇게 토씨하나 틀리지 않고 똑같은지, 레일리 크라하가 날건달 같은 백작을 바라보며 눈을 가늘게 떴다. 그는 훈계하는 대신 대답부터 꺼냈다.

"사람은 아니죠."

"내가 지금 그 얘기 하냐."

"축제는 더 구경하실 예정이신지요. 그러면 이 새장은 눈에 띄니 부수고 고양이를 품에 안은 채 돌아다니시는 편이 낫겠습니다."

"그래야지. 아니, 애초에 전류가 흐르는 쇠창살에 애가 박으면 어떡하려고 그렇게 뛰냐, 그렇게 뛰긴?"

"제가 그 정도도 간수 못 할까 봐……."

레일리 크라하의 힐난 어린 목소리를 듣고, 그의 한 팔에 짐짝처럼 들려 있던 마스터가 잽싸게 빼꼼 고개를 내밀어 새장을 확인했다. 거칠게 옥상과 옥상을 넘나들며 안전한 곳을 물색하는 레일리 크라하의 손에 들려 있는데도, 새장은 크게 흔들리지 않고 있었다. 고양이는 그냥 아래를 쓱 내려다보기만 하며 야옹 야옹 울어 대기만 했다.

"진짜 사람인가……."

마스터의 목소리를 무시한 채, 그는 건달들이 따라잡지 못할 만한 안전한 곳에 내려서서 새장부터 해체했다. 바로 달아나려던 고양이는 레일리 크라하의 손에 덜미가 잡혔다.

"야! 그렇게 배려 없이 잡지 말라니까! 야옹아, 이리 온. 암컷이네? 야옹이, 우쭈쭈, 언니한테 온."

마스터는 우쭈쭈 따위의 어울리지 않는 소리를 내며 고양이에게 손을 내밀었다가 고양이의 손톱질에 다칠 뻔했다. 하지만 레일리 크라하가 못마땅한 티를 내며 주변의 마나를 건드린 탓인지 그 직후 얌전해진 고양이는 결국 순종적으로 마스터의 품에 안착하게 됐다. 레일리 크라하의 눈치를 보며 마스터의 품에 꼭 안긴 고양이가 두어 번 희미하게 야옹 야옹 울었다.

"야, 고양이한테 눈치 주지 마."

"갑자기 고양이를 구해 오신 마스터 때문에 여러모로 계획이 어긋나지 않았습니까. 괜히 귀찮은 일이나 자처하시다니. 이유라도 들어 보도록 하죠."

"전기 새장 같은 거에 갇혀 있는 고양이를 꺼내 주는 데에 이유까지 필요하냐?"

마스터가 건성으로 대답했다. 그녀가 품 안에서 얌전히 있는 고양이를 상냥히 두어 번 쓰다듬어 주었다.

"괜찮아, 괜찮아, 저 오빠가 행동이 거칠긴 해도 널 다시 어떻게 하려는 건 아니거든? 주인 찾아 줄게."

"……."

그녀를 빤히 보던 레일리 크라하가 잠시 침묵하다가 천천히 말했다.

"'저 오빠'라는 건 제 얘기입니까?"

"응, 네 얘기인데."

"……."

"그 불쾌한 침묵은 뭐야?"

짜증스럽게 쏘아붙이는 마스터를 말없이 응시하던 레일리 크라하가 한숨을 내쉬며 그녀를 번쩍 안아 들었다. 짐처럼 짊어졌던 아까와 달리 이번엔 곱게 아가씨처럼 모시려는 자세였다. 마스터는 태연히 그의 품에 안긴 채 고양이를 달래듯 두어 번 토닥였다.

"일단 아래 골목에 내려다 드리겠습니다. 바로 앞이 또 노점 골목이니 다시 섞여 들죠."

"흠……. 글쎄……."

"'글쎄'라면?"

"집에 그냥 돌아가는 게 나을 것 같아."

"꽤나 기대하시던 축제가 아닙니까?"

"일단 고양이한테 집부터 찾아 주는 게 내 축제 구경보단 우선 아닌가 싶어서."

마스터가 깊게 생각에 잠긴 사람처럼 팔짱을 끼고 하는 소리에, 그는 또 이해하지 못할 말을 들은 사람 같은 표정을 지었다. 마스터가 의아한 얼굴로 대답을 요구하듯 그를 다시 올려다볼 무렵에는 레일리 크라하 역시 제대로 표정을 갈무리한 뒤였다. 그가 사근사근 다시 대답했다.

"사람이 많은 거리 위를 건너뛰어서 이동하는 위험 부담 큰 짓은 하지 않는 편이 낫습니다. 잘못하다간 치안관의 총에 맞을 테니까요. 물론 순순히 맞아 줄 생각은 없습니다만. 납 탄환이야 차단 가능하고. 단지 그렇게 되면 그야말로 원치 않으시는 '눈에 띄는' 문제를 일으키는 꼴이 될 것 같습니다만."

"하긴, 그것도 그러네."

"저택까지 돌아가는 길만 노점을 더 둘러보시죠. 어차피 지나가야 하는 길입니다."

"그래, 그러자. 괜히 위험한 짓을 하는 것보단 그편이 나을 듯하네."

순순히 납득한 듯이 대답을 꺼내기는 했지만, 그 후로 마스터는 노점에 가까이 가서 제대로 살펴보는 일 없이 흘긋흘긋 엿보기만 하고 지나쳐 갔다. 레일리 크라하도 더는 그녀에게 궁금하면 제대로 살펴보라는 식으로 독촉을 하는 대신, 그녀가 시선을 던졌던 노점들을 대충 기억해 두었다. 어느 공방의 노점인지 따위를 나중에 조사하면 마스터가 관심을 가졌던 물건을 슬쩍 사서 들여 올 수도 있을 것이다.

하지만 개중에서도 마스터의 시선이 유난히 미련 깊게 머물렀던 '만개하는 꽃의 회전차'만은 그대로 지나치게 할 수가 없었다. 그 미련이 뚝뚝 떨어지는 눈동자라니. 결국 긴 고민을 한 레일리 크라하는 저택의 코앞에서 마스터의 뒷덜미를 잡아채며 들으라는 듯이 혀를 찼다.

마스터는 영문 모르는 얼굴을 한 채 레일리 크라하에게 덜미를 잡혀 끌려 가다가, 점점 더 눈썹을 획획 꺾어 올렸다. 그러든 말든 그는 그녀를 노점 거리까지 다시 끌고 가서 '만개하는 꽃의 회전차' 노점 앞에 세웠다.

'만개하는 꽃의 회전차'는 마력석을 박아 넣은 발명품으로, 매 시각마다 아래에 달린 물레방아가 뱅글뱅글 돌아가는 벽시계였다. 물론 그것뿐이었으면 축제 날 거리에 노점을 내 가면서까지 선보일 이유가 없었을 테지만, 중요한 건 매 시각마다가 물레방아가 뱉어 내는 꽃에 있었다.

안에 다양한 꽃씨 따위를 뿌려 넣으면 마력석의 마력이 쇠할 때까지, 매 시각마다 성장이 촉진된 꽃씨가 한 줌씩 싹을 틔워 물레방아의 바구니에 담기는 것이다. 꽃씨를 섞어서 넣으면 매 시각마다 불규칙하게 싹을 틔운 다양한 형태의 꽃다발을 받을 수 있는 셈이라, 귀족들이 기분 전환용으로 곧잘 들러서 살펴보고 구매해 가고 있었다. 마력석이야 귀족의 입장에서는 마력이 다하면 새 것을 끼우기만 하면 되니 반영구적으로 사용할 수 있는 사치품인 셈이었다. 레일리 크라하는 경험적으로 이런 물건은 축제 때 사 두지 않으면 구매가 불가능하리라는 사실을 알았다.

"뭐가 가장 마음에 드셨습니까. 사 가기로 하지요."

"엥? 아니, 하지만 이런 거 못 들고 가잖아."

"제가 들고 가면 되지 않습니까. 어차피 고양이는 저보다 마스터를 좋아하는 듯하니."

"아니, 고양이를 안지 않았어도⋯⋯. 다른 집들은 마차 같은 거에 실어서 가져간다지만⋯⋯."

"⋯⋯? 제가 들고 가면 됩니다만."

"네가 사람이 아니란 걸 내가 잊었다."

태연한 레일리 크라하의 말에 싸늘히 대답한 마스터가 한숨을 내쉬며, 그래도 역시 됐다고 그의 소매를 쭉쭉 잡아끌었다. 레일리 크라하는 흘긋 그녀의 손가락을 내려다보았다가, 그냥 돈주머니를 꺼냈다.

"있는 걸 다 사면 됩니까."

"야, 내 돈으로 네가 왜 생색을 내."

"정 그러시면 제 돈으로 사지요."

"아니, 그러란 소리가 아니고⋯⋯. 진짜 무거워 보이는데? 못 들고 가, 못 들고 가. 들고 갈 수 있어도 들고 가면 안 돼. 몸 상한다."

"이런 것으로는 안 상합니다."

"아니, 글쎄⋯⋯."

"뭐가 마음에 드십니까."

"⋯⋯."

마스터가 못마땅히 인상을 썼다. 그녀는 잠시 불만 어린 표정으로 레일리 크라하를 흘겨보다가, 결국 미간을 문지르며 한숨을 내쉬었다. 그녀가 불퉁히 대답했다.

"하얀 거."

"그럼 그거로 하죠."

그리고 그렇게 일방적으로 시계까지 구매해서 저택으로 돌아가기 시작하자, 마스터는 계속해서 레일리 크라하의 주변을 맴맴 돌며 혹시라도 그가 무리하는 것은 아닐지 확인하기 위해 애를 썼다. 레일리 크라하는 오히려 그런 그녀가 거슬린다고 진실을 뱉었다가 결국 다시 마스터의 역정을 샀다.

화가 난 마스터가 성큼성큼 걸어서 그를 버려두고 몇 걸음인가 앞장서 가다가, 슬그머니 그가 잘 따라오고 있는지 확인하듯 고개를 돌려 살피는 꼴을 보고는 잠깐 웃음을 터트리기도 했다. 좀 더 걸음을 빨리한 그는, 그런 무거운 걸 들고 그렇게 빨리 걸으면 안 된다며 다급히 속도를 줄이고 뒷걸음질을 쳐 그에게 다가온 마스터를 내려다보며 비죽이 웃었다.

"집사의 안녕이 걱정되십니까?"

"보통은 걱정하지 않겠니?"

"므라우의 까마귀가 뭘 하던 인간인지 모르시는군요."

"네 체력이 상식선과 안 맞는다는 걸 내가 모르겠냐? 그냥……. 난 원래 이런 무겁고 커다란 건 전문 배송원 분들한테도 계단 오르내리며 직접 옮기시게 하면 안 된다고 생각하는데……. 마음이 불편하다고 해야 하나……."

"전문 배송원?"

"앗, 시발, 그게."

"전문 배송원들은 당연히 귀족 저택의 2층이건 3층이건 가구를 옮겨야 합니다. 정말 상식 없는 소리를 하시는군요."

말실수를 한 사람처럼 말을 번복하려던 마스터가 잠깐 벙찐 얼굴이 됐다. 레일리 크라하의 말에서 무엇이 의외였는지는 모를 일이었다. 마스터가 순간적으로 당혹스러운 표정을 지었다가, 별안간 갸우뚱했다가, 뭔가 스스로 납득했는지 약간의 안도 어린 표정을 지었다가, 그 안도는 금세 간데없이 사라졌다. 그녀의 눈썹이 또 하늘 높은 줄 모르고 훌쩍 치솟았다.

"물론 다들 그렇게 살고 있지만, 모두가 그렇게 산다고 해서 신분과 돈으로 사람을 가혹하게 부리는 게 당연한 건 아니잖아. 얼마든지 도울 수도 있는 거고, 지게차나 사다리차 같은 걸 이용해서 올려도 되는 거고, 직접 수레 같은 걸 끌고 나가서 한결 쉽게 일을 처리해도 되는 거고, 어쩔 수 없이 인력이 들어가는 거야 그렇다 치겠지만, 그러지 않아도 될 상황에 남의 몸을 혹사해 가며 옮기는 걸 당연하게 여기는 것과는 다르잖아."

"지게차? 사다리차?"

"앗."

이번엔 정말로 당황한 듯했다. 어쩔 줄을 몰라 하던 마스터가 갑자기 목소리를 깔고 말했다. 그럴싸한 말이었는데 왜인지 변명조였다.

"그냥 그런 게 있으면 어떨까 하고 생각해 봤는데……. 발명할까?"

왜 이런 말을 변명조로 한단 말인가? 유리 옐레체니카가 얼마나 위대한 발명가였는지를 생각해 보면 별로 이상하게 튀어나온 말은 아니었다. 수상적은 부분이 없었는데 오히려 수상쩍어졌다. 물론 유리 님과 달리 마스터야 딱히 위대한 발명가도 뭣도 아니니 이상한 점을 찾으려면 찾을 수야 있겠지만…….

아하……. 레일리 크라하가 눈을 가늘게 떴다. 이제 보니 유리 옐레체니카의 실험 노트 같은 것이라도 실험실 안에서 발견한 모양이었다. 대충 아이디어는 엿봤지만 만들지는 못하는 상태 같은 것일지도 모른다. 그가 웃으며 되물었다.

"발명하실 수나 있으십니까?"

"날 얕보지 마라! 그, 원리는 아니까. 설계는 못하지만. 다른 공방에 수주라도 넣으면 만들 수 있는데……."

아니나 다를까 뒷말을 흐리는 마스터를 흘긋 보았던 레일리 크라하가 한숨을 푹 내쉬었다.

"괜히 남 좋은 일이나 시키지 마십시오. 그래 봤자 그 공방의 발명품이 될 것 아닙니까."

"그래도 있으면 전반적으로 생활이 편해지긴 하니까……. 뷔올은 돈도 많고 자원도 많고 심지어는 마법까지 있는 나라 주제에 너무 사람을 착취하는 경향이 있단 말이지……."

마스터가 별생각 없는 얼굴로 턱을 만지작거리더니, 금세 좋다며 고개를 주억거렸다.

"괜찮지 않나? 유리는 돈도 충분히 번 것 같고. 한두 개쯤은 재능을 세상에 기부해도 될 것 같은데."

"……."

"왜 그렇게 못마땅히 보나?"

"아닙니다. 마음대로 하십시오. 아이디어를 정리해 주시면 제가 적당한 공방을 물색해 수주를 넣겠습니다."

레일리 크라하가 낮은 목소리로 대답하며 한 손으로 시계를 옮겨 들고 저택의 잠금 장치를 해제했다. 마스터는 다급히 시계를 받쳐 들기 위해 반대쪽으로 돌아갔다가, 그가 거뜬히 한 손으로 벽시계를 안고 있는 모습을 보고 입을 떡 벌렸다.

마스터의 웃긴 반응을 흘긋 바라보았던 레일리 크라하가 다시 입가에 희미한 미소를 걸었다. 그는 마스터를 끌고 저택 안으로 들어가서, 마스터가 매일 아침 가장 먼저 확인하곤 하는 햇볕 잘 닿는 벽에 벽시계를 걸어 두었다. 시계를 걸면서 시곗바늘을 손봐 시간을 제대로 맞춰 놓는 바람에, 순간적으로 물레방아에서 덜컹 소리가 났다.

"오, 꽃 나왔다."

"시간을 맞추며 마침 정각을 지나친 모양이군요."

"와, 파란 꽃!"

마스터가 또 신이 난 얼굴로 헤벌쭉 웃었다. 여태 품에 안고 있던 고양이를 얌전히 바닥에 내려놓은 마스터가 얼른 바구니에 담긴 꽃 한 다발을 품에 안았다. 흰색과 파란색 꽃이 주가 되어 뒤섞인 꽃다발을 신이 나서 들여다보던 마스터가 일일이 꽃을 하나씩 헤집어 가며 레일리 크라하에게 그 꽃들의 이름을 묻기 시작했다.

"그건 아리화입니다. 푸른색이 선명할수록 향이 짙고 꿀의 맛이 달아 청을 만들기도 하지요."

"그럼 이건?"

"오레티라고 부릅니다. 설산에서 일어나는 눈보라에 의한 신기루 따위에서 비롯된 명칭인데, 티끌 하나 묻지 않는 순백의 색이라는 이유에서 그런 이름이 붙었고……. 함부로 먹으면 독이 되니 고양이가 건드리지 못하게 하는 편이 낫겠군요."

"이거는?"

"조유라고 부르는 꽃인데 연금술사들이 자주 쓰는 시험지의 재료로, 특정 성향을 지닌 약물이나 공기에 반응시키면 푸른색을 잃고 붉어져서 옛 황족들은 독극물을 검사하는 용도로도 썼다고 합니다."

"오오, 이건?"

"타지키입니다. 말려서 방향제로 씁니다만, 말리면 본래의 연하늘색에 가까운 빛깔을 잃고 검어집니다. 새카만 색이 보기 드물어서 귀족가의 장식용으로도 많이 사용되는……. 왜 그렇게 보십니까?"

"아니, 의외로 꽃을 많이 알고 있네, 싶어서."

멀뚱히 레일리 크라하를 들여다보던 마스터가 별생각 없는 얼굴로 대답하더니, 독이 있다는 설명을 들은 오레티 꽃만 따로 빼내 아쉬워하면서 벽난로 앞으로 다가갔다. 레일리 크라하는 한숨을 내쉬며 그녀의 손에서 오레티 다발을 쏙 빼내 버렸다.

꽃 따위야 본래 그의 관심사가 아니었다. 새 마스터가 꽃 따위를 아침마다 새로 꽂아 두면 특유의 헤벌레한 얼굴로 한심하게 좋아하기에, 매일매일 꽃을 새로 받아 와서 집안을 장식하다 보니 줄줄이 꿰게 됐을 뿐이었다. 그는 새삼스럽게, 자신이 이 여자를 꽤나 공들여 돌보고 있다는 사실을 인정해야 했다.

바닥에 얌전히 누워서 그들을 지켜보던 하얀 털의 고양이를 레일리 크라하가 잠시 살벌히 흘겨보았다. 그는 마스터가 주워 온 저것이 별로 마음에 들지 않았다.

입으로는 예의 바른 태도를 가장한 말이 튀어나오고 있었다.

"굳이 태우실 필요 없습니다. 마음에 드신 듯하니 고양이가 건드리지 못하게 소형 온실을 가져와 그 안에 전시해 두도록 하지요."

"소형 온실?"

"……. 본 적이 없으셨던가요."

"응! 처음 듣는다!"

반짝반짝 빛나는 눈을 흘긋 바라보았던 그가 결국 한 번 더 푹 한숨을 내쉬었다. 그는 창고로 가는 동안 내내 졸졸 쫓아오는 마스터와, 안겨 오는 사이 정이 들었는지 경계를 푼 탓인지 그녀의 뒤를 졸졸 쫓아오는 고양이 한 마리를 애써 무시한 채 말없이 유리 온실을 꺼내 들었다.

홀린 듯이 쫓아오는 바람에 아직도 오레티를 제외한 다른 꽃다발들을 모조리 품에 안고 있던 마스터가 신기한 듯이 잠깐 발뒤꿈치를 들썩이다가 고개를 들이밀었다.

평범한 반구형 유리 온실을 꺼내 든 그가 마스터가 잘 볼 수 있게 테이블 위에 온실을 올려놓았다. 꽂혀 있던 태엽을 몇 바퀴 감으니 유리 온실의 전면이 서걱서걱 소리를 내며 위쪽으로 둥글게 말려 올라갔다. 유리 온실이 열린 순간부터는 아름다운 노랫소리가 새어 나오기 시작했다. 마스터가 눈을 동그랗게 뜨고 그것을 바라보다가 온실을 향해 삿대질을 하며 레일리 크라하를 올려다보았다.

"오르골 같은 건가?"

"'오르골 같은' 게 아니라 오르골입니다. 결합된 상품이죠. 언제던가 유리 님이 한번 만들어 보시더니 특색도 없고 재미도 없다며 내던지신 것이긴 합니다만, 지금도 사용할 수는 있을 겁니다. 유리 온실 계통의 상품들은 다른 공방의 작품 중에도 흔히 있습니다."

"온실의 효과를 제대로 낼 수 있어?"

"여기 안쪽을 보시면 내부 온도를 조절할 수 있는 기온 장치가 되어 있고……. 감압 장치도 있습니다만 이건 쓸 일이 없겠지요."

"오……."

"유리는 마력석이라 외부의 온도에 의한 영향을 덜 받게 해 줍니다."

"오오……."

"……."

신기해하는 마스터를 잠시 입을 닫은 채 빤히 지켜보던 레일리 크라하는 우선 손에 쥐고 있던 오레티 다발에 레이스 천 따위를 덧대고 리본으로 깔끔히 묶어 꽃다발을 만들기 시작했다. 그리고 그 꽃다발을 지지대까지 만들어 유리 온실 안에 집어넣은 그가 기온 조절 장치를 작동시켰다.

그 작업이 끝날 무렵에야 그가 싸늘히 말했다.

"역시 오늘 축제를 좀 더 둘러보고 오시는 편이 나았을 것 같습니다만. 오래 기대하시지 않았습니까. 이런 물건들을 신기해하시고 말입니다."

흘긋 고양이를 탓하듯 바라보았던 레일리 크라하가 그렇게 읊든 말든, 마스터는 유리 온실이 신기한지 그 안에 손을 넣어 온도를 재는 등 별 멍청해 보이는 짓을 다 해 대다가 뒤늦게 대답했다.

"아니, 뭐……. 축제 같은 건 언제 또 볼 기회가 생기겠지."

"……."

레일리 크라하가 침묵하든 말든 건성으로 대꾸하고 대화를 끝내 버린 마스터는 품에 안고 있던 다른 꽃다발들을 그의 품에 안기더니, 본인은 유리 온실을 곱게 두 손에 얹은 채 신기해하며 방으로 돌아가기 시작했다. 그는 결국 짧게 탄식성에 가까운 한숨을 뱉어 내며 그녀를 따라잡았다.

"가을에도 축제가 있습니다. 마차 퍼레이드라 직접 노점을 구경하실 수는 없을 테지만, 그걸 구경하러 가 보시겠습니까."

"마차 퍼레이드?"

"뷔올이 새로운 국가를 속국으로 만들거나 정복에 성공할 때마다 개선 행진을 하던 것에서 착안한 행사입니다만, 지금은 옛 의미를 잃고 단순히 장식적이고 화려한 축제 쪽으로 돌아섰습니다."

"착안 근원 한번 살벌하네."

뚱하니 말하기는 했지만, 흥미가 생긴 것은 사실인지 마스터가 좀 더 설명해 보라는 듯이 레일리 크라하에게 눈짓을 했다.

"수도에 근거지를 둔 귀족들은 모두 마차 한 대씩을 내놓아야 해서, 사실상 자본력이 있는 귀족들만 수도에 남기게 된 원인이기도 하죠."

"마차 한 대씩을 내놓는다고?"

"얇은 주석 판으로 만든 꽃을 마차에 달아 장식하고, 다양한 빛깔의 조명을 뷔올 성벽 안에 가득 켜 놓는 겁니다. 뷔올 성벽 안쪽의 도시에는 새하얀 돌이 빼곡하게 깔려 있기 때문에 불빛에 색이 입혀지면 꽤나 멋들어진 꼴이 되지요. 주석으로 만든 꽃은 그 빛을 잘 반사하면서도 자신의 색을 잃지 않는 편이니, 오묘한 빛깔이 일품이라고 합니다."

"왜 전해 들은 것처럼 말해?"

"축제에는 관심이 없었고 직접 그 시기에 인파 많은 도시로 나가 본 적은 없습니다. 유리 님은 일반적으로 축제에 참가하시는 분이 아니었기 때문에, 지원하던 공방에 옐레체니카 백작의 전용 문장만 전달한 뒤 마차 제작을 일임하고 끝났지요."

"아하, 꽃을 직접 만드는 게 아니구나."

"원래 직접 만드는 거라고는 합니다만, 가문에 어린아이가 있어서 공작 놀이의 개념으로 시키는 경우가 아니면 굳이 직접 만들지는 않습니다. 번 거롭기도 하고요."

"음……."

아쉬워 보이는 듯한 얼굴을 물끄러미 바라보다가, 레일리 크라하가 잠깐 허리를 낮췄다. 마스터의 손에서 자연스럽게 유리 온실을 받아 들면서 그가 마스터의 뺨에 두어 번 가볍게 입을 맞췄다.

"올해는 직접 만들어 볼까요."

"직접 만들어도 돼?"

"안 될 이유는 없습니다만."

"아니, 몇 개나 만들어야 하는지도 모르겠고 괜히 번거로울까 봐."

"마스터를 돌보는 것만큼 번거로운 일은 없습니다."

"이 새끼가."

마스터가 곧장 털을 세우듯 살벌히 이를 드러내든 말든, 그는 유리 온실은 근처에 있던 장식장 위에 아무렇게나 대충 엎어 놓은 뒤 그대로 마스터를 붙잡고 부드럽게 입을 맞췄다. 그 키스가 유난히 다정한 탓인지 마스터는 두어 번 눈을 깜박이다가 뒤늦게 뺨을 붉혔다.

아, 레일리 크라하는 그게 또 만족스러워졌다. 오늘은 마스터가 충분히 축제를 즐기지 못해 그도 생각만큼 흡족해지지 못했지만, 발치에서 고양이가 야옹야옹 울어 대는 동안 꽃을 품에 안은 채 그녀에게 입을 맞추니 그럭저럭 기분이 나아지는 것 같기도 했다.

그녀가 어쩔 줄을 몰라 하다가 결국 레일리 크라하의 어깨에 살며시 손을 얹었다. 그들 사이에서 꽃다발이 와사삭 짓눌리는 소리를 내고야 마스터가 정신을 차렸다.

"으아악, 꽃!"

"……. 화병에 정리해 두고 마저 하지요."

"뭘 마저 해?!"

마스터가 빽 소리를 내지르더니 쿵쾅대며 자신의 침실로 도망쳐 버렸다. 레일리 크라하는 못마땅히 그 뒷모습을 빤히 바라보다가 발치에서 눈치를 보며 야옹 울어 대는 고양이를 흘긋 내려다본 뒤 결국 한 손에 꽃을 갈무리해 안고, 반대쪽 손으로는 고양이를 들어 올렸다. 마스터가 고양이를 안을 때 그렇게 했듯이 고양이의 엉덩이와 뒷발을 제대로 받쳐 주고, 그가 성큼성큼 마스터를 쫓아가기 시작했다.

그들은 그로부터 얼마 후 주석 판을 구부려 꽃을 만들기는 했지만, 가을의 마차 퍼레이드에는 제대로 참가하지 못했다. 여름이 끝나기 전에 마스터가 엘제바로 향한 탓이었다.

그리고 바로 그 엘제바에서부터, 뭔가가 많이 잘못 돌아가기 시작했다.

4장. 새장 밖의 고양이

하지만 아직은 그들이 엘제바로 찾아갈 무렵이 아니었으니, 이야기는 다시 마스터가 주워 온 그 고양이에게로 돌아온다.

마스터는 그 고양이를 데리고 온 뒤로 하루 종일 고양이를 불러 대며 살기 시작했다. 당연하게도 그건 레일리 크라하에게 썩 즐겁지 못한 일이었다. 그의 심기가 점점 더 불편해지든 말든, 마스터는 고양이를 예뻐하며 온종일 품에 안고 다녔다.

귀족가에서 사랑받고 자란 애완 개량종답게, 처음에 마스터를 할퀴려 했던 주제에 고양이는 금세 마스터를 자신의 애완 인간 정도로 지정했는지 야옹 야옹 거만하게 울어 대며 태연히 마스터의 품에 올라가 앉아 있곤 했다.

그가 입을 맞추면 맞추는 대로 기분 좋게 받아 주다가도 고양이가 짓눌리면 안 된다고 금세 역정을 내는 마스터 때문에 그는 그녀에게 제대로 입을 맞추지도 못하게 됐다. 마스터가 저 녀석을 귀여워하며 평소답지 않게 상냥한 목소리를 낼 때부터 마음에 들지 않았는데 이젠 그 고양이가 하는 짓이 죄다 꼴도 보기 싫어졌다.

역시 이렇게는 못 두겠다고 생각한 레일리 크라하는, 고양이를 데려온 지 불과 사흘 만에 고양이의 진짜 주인을 찾기 위해 수소문을 하기 시작했다. 어차피 귀족가 출신의 고양이라는 사실은 알고 있었으니, 귀에 박힌 칩의 외부에 드러난 부분을 이리저리 살펴봐서 일련번호를 확인한 뒤 황실에 문의를 넣어 둔 것이다. 고양이의 간략한 용모파기와 함께였다.

"칩의 일련번호와 고양이의 생김새를 황실에 알리고 왔습니다. 황실의 담당 행정관이 칩 시술 기록을 살펴서 알맞은 귀족가에 연락을 넣어 줄 겁니다."

"얼마나 걸릴까?"

"기록을 살펴보는 데도 시간이 필요하고 해당하는 가문에 기별을 넣어 사실 확인을 할 필요도 있으니 일주일 정도는 걸리겠지요. 주인을 찾는 일에 문제는 없을 겁니다."

"흐음, 그렇구나."

별생각 없는 듯한 얼굴로 뚱하니 대답했던 마스터는 침대에 누워 있던 자세 그대로 납작 엎드렸다. 이쯤 되면 당연하게도, 그녀와 마주 누운 것은 고양이였다. 고양이는 마스터가 고개를 낮추자마자 간드러지게 울더니 그녀에게 엉금엉금 다가가 코를 부비기 시작했다.

마스터의 얼굴이 헤벌쭉 미소를 머금었다. 그녀가 아기를 대하듯 혀 짧은 소리를 내며 고양이를 끌어안고 뒹굴기 시작했다. 어느 사이엔가 고양이에게 나비라는 요상한 이름까지 지어 준 참이었다.

"아쉽다, 나비야. 언니랑 헤어지기 싫지?"

"……."

"웅, 헤어지기 싫다고? 언니도 아쉬워! 에구, 귀여워라."

"……."

"고양이가 어쩜 이렇게 순하고 사람을 잘 따를까. 강아지 같아. 우리 나비, 귀여워, 귀여워."

"꼭 애완종으로 개량되지 않은 고양이를 본 적이 있는 분처럼 말씀하십니다."

"……."

마스터가 어째서인지 고양이를 품에 안고 레일리 크라하에게 등을 돌린 채 몸을 만 자세 그대로 잠시 멈춰 있었다가, 느릿느릿 대답했다.

"책에서 봤거든……. 고양이들은 원래 사람을 경계하는 편이고, 자기 앞가림을 스스로 잘하고, 스킨십을 선호하지 않고, 개들의 충성과는 다른 방식으로 사람과 교감하는 편이라 사람을 졸졸 따르거나 명령을 잘 듣지는 않는다고……."

왠지 또 변명처럼, 돌아보지도 않고 읊던 마스터가 뒤늦게 휙 고개를 돌려 레일리 크라하를 바라보았다. 눈을 가늘게 뜨고 그녀를 바라보던 레일리 크라하가 무슨 일이냐는 듯이 눈썹을 휙 올렸다.

"그리고 네가 하도 나한테 고양이 님, 고양이 님 했으니까 그렇지. 말도 안 듣는다든가, 반항적이라든가, 네 마음대로 되지 않는다고 온갖 개소리를 했잖냐. 응?"

마스터가 꼭 동의를 구하고 싶은 사람처럼 물었다. 레일리 크라하는 의도를 알 수 없는 수상쩍은 행동거지를 빤히 바라보다가 미심쩍은 얼굴로 대답했다.

"왜 남들에겐 고롱대면서 제 발치에 와선 고롱대지 않으시냐고도 한 것 같습니다만. 재롱을 부리실 만한 장소가 있다면 당연히 제 발아래에서지요. 애완종 고양이도 돌봐 주는 사람 정도는 가립니다. 그 녀석도 보십시오, 마스터가 돌봐 주니 마스터에게만 애교를 떨지 않습니까. 그러니 마스터도 제게 마땅히 그러셔야 하는 게 아니겠습니까."

"개소리 마. 어떻게 된 게 입만 열면 그렇게까지 개소리만 떠들 수가 있냐. 아무튼 너는 내가 책에서 본 고양이랑 똑같은 고양이만 얘기했으니까, 뷔올의 고양이가 이렇게 순한 줄은 몰랐지."

"어찌 되었든 순해지도록 개량된 종이니까요."

"개량된 종⋯⋯. 이라는 게 그런데 무슨 뜻이지? 집에서 키운 지 세월이 오래돼서 대를 거쳐 야생 본능이 사라진 건가?"

"약물로 개량한 겁니다."

"뭐 시발?!"

마스터가 기겁하며 몸을 벌떡 일으켜 세웠다가 어쩔 줄을 몰라 하며 고양이를 품에 안고 다시 누웠다.

"아냐, 진정하자⋯⋯."

"연합국이나 뷔올 남부의 소도시 같은 곳에서는 아직도 옛날 고양이와 비슷한 종들을 볼 수 있으니 멸종된 것은 아니지요. 별일 아닙니다. 뷔올은 언제나 그런 식으로 다른 종족을 자기들 입맛에 맞게 바꿔 왔습니다."

"⋯⋯."

잠깐 찜찜한 얼굴로 눈을 굴리던 마스터가 왜인지 갑자기 레일리 크라하의 눈치를 봤다. 그녀가 갑자기 그의 눈치를 볼 만한 말을 한 것은 아니었다. 레일리 크라하는 잠깐 그 이유를 가늠해 보기 위해 희미하게 인상을 썼다가, 논리적인 이유를 추론해 내기도 전에 먼저 들려온 마스터의 목소리에 귀를 기울였다.

"반인이나 유사인족도?"

"그건 바꿨다기보다는 죽였다고 봐야겠습니다만."

"⋯⋯."

대수롭지 않게 튀어나간 대답을 듣자마자 떨떠름한 얼굴로 싫어하던 마스터가 다시 우울한 얼굴로 몸을 말았다. 그녀가 투덜거렸다.

"애완종으로 개량된 고양이의 건강엔 문제가 없는 거야?"

"연금술의 비의로 약물 처리를 했으니 더 건강해지는 편입니다만."

"그거 하난 다행이네."

"고양이와 헤어지는 게 아쉬우십까?"

"그야 당연히 아쉽지! 이제 내 동생인데. 우리 집 막내잖아. 그치, 나비야?"

"……. 하루라도 빨리 원래 주인이 찾으러 와 주면 좋겠군요. 조속히 그 고양이가 꺼졌으면 싶습니다."

"저 오빠 말하는 꼬라지 좀 봐! 개자식이지, 그치, 나비야!"

"고양이에게 제 욕에 대한 동의를 얻으려 하지 마십시오."

어찌 되었든 레일리 크라하의 그런 깊은 바람 덕인지, 아니면 고양이를 살뜰히 아끼는 마스터의 애정이 다른 방식으로 성과를 거둔 건지, 고양이 주인은 신고가 접수된 지 나흘 만에 자신의 고양이를 찾으러 왔다. 일련번호의 대부분을 레일리 크라하가 공들여 파악해 간 덕도 있었지만, 고양이 주인이 이미 실종 신고를 넣어 놓은 참이라 작업이 빨라졌다는 모양이었다.

물론 일주일도 온종일 집에서 지내는 마스터가 고양이와 끈끈하게 친해지는 데에는 충분한 시간이었지만, 어찌 되었든 애완 개량종 고양이는 주인을 살뜰히 잘 따르는 종이었고, 고작 일주일 동안 돌봐 준 여자보다는 본래의 주인을 더 반기며 후다닥 마스터의 품을 박차고 뛰쳐나가 주인의 품에 쏙 안겨 버리고 말았다.

고양이를 안고 있던 품이 순식간에 텅 비어 버리자 마스터가 순간 시무룩한 얼굴을 했다. 레일리 크라하는 반사적으로 마스터의 얼굴을 좀 더 제대로 살피며 손을 뻗으려 했다가, 마스터가 잽싸게 뛰어나가 고양이의 원래 주인과 대화를 나누는 꼴을 보고 겨우 손을 거두었다.

아무리 그가 마스터에게 원하는 만큼 입술을 대고 혀를 섞고 있어도, 다른 귀족 앞에서 그런 짓을 서슴없이 할 만큼 상식이 없는 것은 아니었다. 그랬다가는 유리 옐레체니카의 위신에도 금이 갈 것이고, 마스터에게도 썩 좋은 일이 일어나지 않으리라는 것을 안다.

마이어 후작이 수작을 부리러 찾아왔을 때 일부러 눈치채라는 식으로 마스터를 붙잡아 두고 입을 맞춘 적이 있기는 하지만……. 어차피 마이어 후작이야 그런 걸 소문 낼 만한 족속도 아니었다. 그렇지 않더라도 최소한 그 인간에게만큼은 확실히 선을 그어 둬야 한다는 생각에, 스스로 인정하기에도 순간적으로 눈이 돌아가서 저지른 짓이었고 말이다. 하지만 어쨌든 그건 정말이지 예외적인 경우였다.

반인 노예를 정부로 둔 귀족이 없는 것은 아니지만, 그 반인 정부가 브라우의 까마귀여서는……. 안 좋으니까. 그가 그 생각에 다다랐다가 못마땅히 표정을 일그러트리는 사이, 마스터는 고양이의 원래 주인이라는 라자헬 남작 부인과 고양이 얘기로 화기애애한 대화를 꽃피우기 시작했다.

"나들이 삼아 마차에 태워서 데리고 나갔다가, 갑자기 사라지고 말았어요. 납치를 당했었다니……. 벌써 사라진 지 두 달째라 포기하고 있었어요. 우리 리샤, 고생이 많았어."

남작 부인이 감격의 울음기가 서린 얼굴로 고양이에게 얼굴을 비비자 마스터가 더더욱 화 난 얼굴로 열심히 고개를 주억거렸다.

"그런 타이밍에 사라진 거였다니, 그냥 길거리까지 뛰어나온 고양이를 주워 간 것도 아니고 나들이 나가는 귀족들의 마차 근처를 맴돌며 뭔가를 훔치려고 기회를 노리는 놈들이었나 봐요. 부인, 나비……. 아니, 리샤와 재회하셔서 정말 다행이에요."

"리샤를 찾아 주셔서 정말 감사해요, 백작님. 예기치 못하게 생일 선물이라도 받은 것 같아요……."

결국 남작 부인은 정말로 울음을 터트렸다. 그 모습을 보며 왜인지 마스터가 다정하고 뿌듯한 미소까지 입가에 내거는 꼴을 보며, 레일리 크라하는 눈을 가늘게 떴다.

"정말 감사합니다, 이 은혜를 어떻게 갚아야 할지……."

"저도 덕분에 일주일 동안 행복하게 지냈는걸요! 사랑스러운 리샤와 함께해서 저야말로 기뻤으니까요. 리샤가 무사한 거로 충분하죠."

"마음도 넓으셔라. 역시 소문다운 분이시군요."

레일리 크라하가 보기엔 한 편의 촌극 같은 작별이 그렇게 이루어졌다. 마스터는 집 안에만 틀어박혀 세월을 보내던 사람답지 않게 라자헬 남작부인을 배웅하기 위해 얼른 뛰어나가 저택 정문까지 쫓아가기까지 했다. 그리고 그 자리에 서서는 마차에 타서 멀어지는 라자헬 남작부인과 고양이를 꽤 오래도록, 하염없이 지켜봤다.

"……. 정이 많이 드셨나 봅니다."

"그야 그렇지. 일주일이나 돌봤는걸."

"새로 고양이 한 마리를 들여올까요."

"그건 됐어."

마스터가 뚱하니 대꾸하더니, 그 말의 무엇이 마음에 안 들었는지 또 쿵쾅거리며 자신의 방으로 돌아가기 시작했다. 마스터의 종잡을 수 없는 기분을 가늠하기 위해 잠깐 애를 썼던 그가 즉시 그녀를 쫓아 들어가 마스터의 기분을 살펴보았다.

마스터는 말짱한 얼굴로 침대에 누워 낮잠이나 자려는 듯이 채비를 하고 있었지만, 아까 잠깐 시무룩해졌던 얼굴이 그의 마음속에서 좀처럼 떠나지 않고 있었다. 잠깐 미간을 좁힌 채 마스터를 바라보던 그가 잠자코 물었다.

"마스터."

"왜."

"역시 고양이를 한 마리 들이는 건 어떠십니까."

"뭐야, 너, 고양이 싫다며."

"풀죽어 계시지 않습니까."

"아니 그건 나비가 갔으니까."

"그러니 새 나비를 들이시면 될 일 아닙니까."

"그거랑 이거랑 같냐? 얘, 집사야, 애정이란 건 대체 가능한 게 아니란다."

마스터가 종종 쓰는 그 문장을 이번에도 늘 그랬듯 제대로 이해하지 못한 그가 희미하게 인상을 쓰는 사이, 마스터가 투덜거리는 듯한 말투로 덧붙였다.

"잠깐 왔다 간 고양이인걸. 치사한 자식, 자기 주인 만났다고 나 몰라라 하며 그렇게 뒤도 안 돌아보고 가 버리다니."

괜히 웅크려서 돌아누우며, 마스터가 투덜투덜 떠들었다.

"귀엽고 정도 들었고, 오래 이렇게 같이 있어도 괜찮을 것 같다고 생각도 했고 주인이 안 나타나면 내가 키울 생각도 했지만……. 진짜 주인이 따로 있는데 뭐 어쩔 수 없지."

"아쉽지 않으십니까?"

"아쉽지! 하지만 안 되는 걸 뭐 어떡해?"

입술을 잠깐 삐죽인 마스터가 그제야 레일리 크라하를 돌아보며 머리칼을 쓱 쓸어 넘겼다.

"며칠이면 괜찮아질 거야. 신경 쓰지 마."

그 말을 끝으로 마스터는 이불 속에 파묻혔다.

5장. 생일

마스터의 말대로였다. 그녀는 며칠 후에는 괜찮아졌다. 간간이 '이런 거나비가 좋아했을 텐데……. 좋은 집에서 사니 잘 지내고 있겠지.' 따위의 아쉬움 섞인 중얼거림을 떠들긴 했지만, 그런 회상 역시 빠른 속도로 잦아들었다. 고양이를 아예 잊어버린 것은 아닐 테지만 그녀가 떠들었던 대로 어쩔 수 없는 일이니 잠깐 스쳐 지나가며 예뻐했던 고양이 같은 것은 단지 한때의 좋은 만남 정도로 기억에 남기기로 한 모양이었다.

그런데 그 사실이 어쩐지 레일리 크라하를 못마땅하게 만들었다. 그 잠깐 왔다 간 고양이가 꼭 그녀에게 레일리 크라하의 존재 같은 것은 아닐까 하는 생각이 든 탓이었다. 어딘가에 갇혀 있던 고양이를 아무렇지도 않게 꺼내 준 여자는, 오랜 시간 당연하게 갇혀 살던 것이 굳이 나가고 싶다거나 나가야 한다는 생각조차 하지 못하게 된다는 사실은 조금도 짐작하지 못할 터였다. 그녀의 상상의 범주 바깥일 테니까.

하지만 레일리 크라하의 기준에서 삶이란 늘 그런 것이었다. 그래서 갇혀 있던 그것을 마스터가 아무렇지도 않게 꺼내 주고, 고양이가 자신을 꺼내 준 데다가 온종일 안고 다니기까지 한 그녀에게 금세 적응해 마음을 열고, 바깥세상과 자유 따위에도 금방 익숙해져 가는 꼴을 보며……

그는 그게 마뜩지 않아졌다. 그게 꼭 자신 같기도 했다. 고양이야 원래 풍족한 삶 속에서 살던 놈이라 남작가로 돌아가 잘 먹고 잘 살고 있을 테지만, 그래서 무엇이 마음에 안 드냐면……

마스터에게는 결국 레일리 크라하 역시 그런 감성으로 대하는 대상에 불과할지도 모른다는 생각이 마뜩잖은 것이다. 그가 떠나고 나면 마스터는 또 그런 식으로 '그런 놈이 1년 정도 내 수발을 들었지. 보기 좋고 정도 들었고, 오래 같이 있는 것도 나쁘지 않았던 데다가 더 함께 지내도 좋았을 테지만……. 안 되는 걸 어떡해? 어쩔 수 없지.' 식으로 그의 존재를 날름 납작하게 눌러 아무것도 아닌 일로 만들어 버리려 할 것만 같았다.

레일리 크라하가 못마땅해하며 팔짱을 끼자, 곧 다가올 마이어 후작과의 자원 봉사 약속 날짜 따위를 확인하며 달력을 들여다보던 마스터가 그 시선을 느끼고 뒤늦게 눈을 동그랗게 떴다.

"뭐야. 넌 또 뭔데 눈을 세모꼴로 뜨고 나를 그렇게 노려보고 있어?"

"마스터가 집착 없이 세상사 전반에 마구잡이로 대응하고 계시다는 사실을 곱씹어 보고 있었습니다."

"나 집착 있는데? 딸기나 좀 더 가져와 봐."

"그런 하찮은 집착 따위에 대해 얘기하는 게 아닙니다만. 마스터의 생활 양상이 무책임하고 무성의하다는 얘기지요."

"갑자기 왜 주인한테 인신공격이야? 야, 됐으니까 딸기 가져올 생각 없으면 달력 가져가서 체크나 좀 해."

"……? 뭘 체크합니까."

뜬금없이 튀어나온 말에 레일리 크라하가 눈썹을 꺾으며 모나게 대꾸했다.

그가 그러든 말든 마스터는 얼마 남지 않은 딸기를 아껴 먹듯이 야금야금 이빨 끝으로 물어 먹으며 건성으로 대답했다.

"왜, 얼마 전에 고양이 데려간 뭐시기 남작부인이."

"'라자헬 남작부인이'."

"아무튼 말이야. 어쨌든 그분이 생일선물이라도 받은 기분이라고 하시길래. 생각해 보니 네 생일을 모르잖냐. 소문을 듣자니 대충 언제 태어났는지는 아는 것 같아서."

"알기는 합니다만."

"응, 그럼 그거 체크해 봐."

"왜 해야 합니까?"

날짜를 체크하려는 시도조차 하지 않은 채 레일리 크라하가 묻자, 딸기를 뱅글뱅글 돌려 가며 아삭아삭 갉아 먹던 마스터가 지저분하게 남은 흰 과육을 입 안에 쏙 집어넣으며 눈을 댕그랗게 떴다.

"유리 생일이야 나도 모르고 너도 모르고 뷔올 국민 모두가 모르는 것 같으니 됐다지만, 생일을 알면 챙겨야지?"

"생일을 알든 모르든 굳이 챙길 이유라도 있습니까?"

"……?"

너무나 당연하다는 듯이 튀어나온 말에 레일리 크라하가 태연히 대답하자, 마스터가 잠깐 혼란스러운 표정을 지었다. 그녀는 왜인지 순간 아차 한 듯한 표정을 지었다가, 금세 고개를 갸우뚱 꺾더니, 희미하게 기가 막힌다는 듯한 탄식을 뱉어 냈다.

"마리벨 후작도 생일 파티 열고 난리 났더만, 생일 파티의 개념이 나한테만 있는 건 아니지? 어, 그러니까, 흠. 푸른 숲에서만의 문화적 특징이라든가 그런 거여서 내가 알지도 못하는 사이에 머릿속에 들어 있었던 건 아닌 듯하다는 합리적 추론을 안 할 수가 없는데……."

"생일 파티는 있습니다만 귀족으로서 사교 관계를 구축해야 하는 것도,

권력을 과시해야 하는 것도 아닌데 굳이 생일을 챙길 이유는 없을 것 같은데요."

레일리 크라하가 냉정하고 합리적인 태도로 대답했다. 그는 얌전히 마스터의 책상 위에 달력을 다시 정리해 주며 차분히 덧붙였다.

"시간과 기력의 낭비입니다."

"생일인데?"

"생일에 무슨 의미가 있습니까?"

"흠, 태어난 날?"

"달리 특별한 일이 있었던 것도 아니고, 직접 선택해서 날짜를 고른 것도 아닌 우연찮게 '태어난 날' 따위에 어떤 의미가 있습니까?"

레일리 크라하의 그 질문을 듣고, 마스터는 잠깐 알쏭달쏭한 얼굴을 했다. 그녀는 정말이지 예기치 못한 질문을 들은 사람처럼 관자놀이를 비스듬히 짚은 채 한동안 생각에 잠겨 있었다. 보아하니 당연하게도 태어난 날을 축하하고 생일을 챙겨야 한다는 식의 관념을 갖고 있었던 모양이었다. 정말이지 놀랄 만큼 해맑은 인간다운 사고방식이었다.

태어나서 딱히 좋은 일이 있었던 것도 아니고, 그냥 태어났으니 살았다. 이렇게까지 의미 없는 탄생이 있을 수는 없을 것이다. 레일리 크라하는 시큰둥하게 마스터의 찻잔에 찻물이나 조금 더 채워 주었다. 그는 기본적으로 그런 것에 가치를 부여하지도 않을뿐더러, 부여할 이유도 방법도 모르는 족속이었다.

하지만 거기에서 대화가 끝났다고 생각한 레일리 크라하와 달리, 마스터는 그가 결국 추가 딸기를 손질해 들고 올 무렵까지 그 고민을 한 모양이었다. 레일리 크라하가 돌아오기를 기다렸다는 듯이, 마스터가 번쩍 고개를 들었다.

"나도 뭐 소설 속 주인공들처럼 네가 태어난 게 축복받았다든가 네가 태어나 줘서 감사하다든가 그런 얼토당토않은 생각을 하는 건 아니고 오히려 세계적 단위에서 보자면 네가 존재하는 게 내 모든 불행의 시초 같긴 한데 말이다."

"무례한 말을 거르지도 않고 잘도 하시는군요."

"그래도 엉? 생일 축하하면 기분이 좋잖냐."

"축하할 게 있어야 축하를 하지 않습니까?"

"그냥 그 핑계로 맛난 것도 먹고 외출도 하고 가족들이랑 지인들을 부려 먹기도 하고 그러는 거지. 너뿐만 아니라 주변인들까지 다? 이 경우엔 같이 혜택 보는 사람은 내가 되겠군."

"제 생일에 제 수발을 들어 줄 만한 사람이 본인밖에 없다는 자각은 있으십니까?"

"……."

마스터가 잠시 침묵하다가 자신 없이 대답했다.

"내가 너처럼 할 수는 없겠지만 조금쯤은 그 비슷한 걸 할 수도 있지 않겠냐? 뭐……. 놀아 준다든가."

"……."

정말 와 닿지 않는 발언이었다. 레일리 크라하가 싸늘히 그녀를 내려다보다가 준비해 온 딸기나 예쁘게 그녀의 앞에 내려놔 주었다.

"별로 마음이 동하지 않는군요. 그 말씀을 들으니 더더욱 됐습니다."

"뭐 이 새꺄?"

"애초에 생일이라고 하면 매년 돌아오는 것입니다만, 매년 꼬박꼬박 챙기실 자신이나 있으십니까?"

매일 집에서 굴러다니기밖에 안 해서 시간관념도 없는 주제에 날짜는 체크할 수 있겠냐는 빈정거림이었지만, 불행하게도 마스터는 그 말을 다른 의미로 들은 모양이었다. 그녀는 태연한 얼굴로 딸기 따위나 콕 찍어 먹으며 아무렇지도 않게 대답했다.

"내가 너랑 지내는 동안만 챙기는 거지, 뭐. 근데 사실 받을 당사자가 싫으면 어쩔 수 없으니까. 강요할 생각까진 없어. 영 마음에 안 차면 그냥 말고."

"……."

레일리 크라하가 싸늘히 시선을 깔았다. 별생각 없어 보이는 뒤통수가 딸기가 맛있다는 하찮은 소리 따위나 지껄이며 신이 나서 눈앞에서 오락 가락하는 꼴을 보며, 그는 배알이 뒤틀리는 것을 느껴야 했다.

명백하게도, 이 여자는 언제라도 레일리 크라하 따위와 무관하게 훌훌 떠나 버리려는 것이다. 이 경우엔 유리 옐레체니카의 의식을 표면에 올리고 본인은 의식의 심층 안에 잠들어서 편히 살겠다는 것일 테지만, 레일리 크라하 따위가 그녀의 선택에 조금도 영향을 미치지 못한다는 것만은 변치 않는 진실 같아 보였다. 일주일 동안 키운 고양이와 다를 게 뭐란 말인가?

이미 앞서 그가 스스로 짐작했던 것처럼, '그런 놈이 일 년 정도 내 수발을 들었지. 보기 좋고 정도 들었고, 오래 같이 있는 것도 나쁘지 않았던 데다가 더 함께 지내도 좋았을 테지만……. 안 되는 걸 어떡해? 어쩔 수 없지.' 따위의 생각만을 하고, 며칠, 혹은 몇 달 만에 '괜찮아질' 것이다. 그는 그 사실에 두서없는 분개 따위를 느꼈다.

아니, 하지만 생각해 보면 맞는 얘기였다. 원래 이 여자의 몸뚱이는 위대한 대발명가이자 현인인 유리 옐레체니카의 것이었고, 지금의 새 마스터는 유리 옐레체니카를 다시 표면의 의식으로 끌어올리기 위해 애쓸 거라고 스스로 밝힌 적도 있다. 그 말을 어디까지 믿을 수 있느냐를 굳이 따지지 않더라도, 어찌 되었든 유리 옐레체니카가 숨어 있을 이유를 제거해야 한다는 그 목적의식만은 분명해 보였다.

더불어 새 마스터가 레일리 크라하에게 떠든 소리를 고스란히 다시 읊어 주자면, 유리 옐레체니카와 지금의 새 마스터 중에 어느 쪽이 더 세계의 입장에서 도움이 되느냐 묻는다면 따질 것도 없지 않겠는가.

둘 중 압도적으로 세계에 기여하는 사람은 유리 옐레체니카 쪽일 터였고, 솔직히 말하자면 레일리 크라하에게도 유리 옐레체니카 쪽이 훨씬 실질적인 도움이 됐다.

아니, 아니다. 하지만…….

레일리 크라하에게 어느 쪽이 '필요'하냐고 묻는다면, 그건…….

"그나저나 고양이도 없어졌으니, 고양이가 철판 조각 같은 걸 삼킬 염려도 없겠네."

그의 생각 따위를 알 리 없는 마스터가 문득 떠오른 듯이 말했다. 그녀는 마이어 후작과의 약속일을 다시 한 번 점검하더니, 남은 날짜 따위를 셈해 보았다. 그리고 특유의 헤벌쭉 웃는 듯한 한심한 얼굴로 그를 올려다보더니 이렇게 말하는 것이다.

"주석 꽃 미리 만들어 둘까?"

"……. 얇게 가공한 주석 판을 떼어 오도록 하지요."

"조아씨! 그럼 외출하기 전까진 공예에 집중해야지."

그러더니 신이 나서 일정표에 쫙 줄을 그어 '주석 꽃 만들기' 따위를 적어 놓는 마스터를 보며 그는 그 설명할 길도 없고 표현할 방법조차 없는, 심지어는 스스로 인지하기조차 어려운 부당함에, 그만 짓눌리는 것만 같았다.

그의 숨통을 조이는 듯한 불합리였다.

6장. 그릇 저울의 놋쇠 추

따지고 보면 그건 처음부터 부당했다. 새 마스터와 레일리 크라하의 감정을 재는 저울이 있다면, 그건 아마도 처음부터 불공평하게 기울어져 있었을 것이다.

애초에 그들의 관계라는 것이 그랬다. 그에게 마스터가 아마도 '필요'하다는 사실을 인정하면서부터 레일리 크라하도 그 관계의 압도적인 권력 관계를 부정할 수 없게 됐다. 그에게는 마스터가 '필요'하지만 마스터에게는 딱히 그가 필요치도 않다.

마스터가 저 단순무식한 머리통으로 대충 그를 어떻게 생각하고 있을지는 벌써부터 짐작이 갔다.

얼굴이 잘생겼다느니, 자기가 좋아하는 생김새라느니, 그런데 키스하자고 하니 딱히 싫지도 않아서 그냥 받아 줄 뿐인 것이다. 그냥 그뿐이었다. 적당히 마음에 들고, 적당히 좋아하고, 적당히 원하는 정도의. 하지만 그건 '필요'는 아니었다.

옷 한 벌 혼자서 입지도 못하는 인간 주제에, 말도 안 되고 부당하게도 그에게만 일방적으로 마스터가 '필요'한 것이다. 이를 어떻게 설명하거나 표현하면 좋을지, 가치의 무게를 저울질해 본 적이 없는 레일리 크라하는 도무지 감을 잡지 못한 채 막연한 숨 막힘 따위를 느껴야 했다. 하지만 그것이 정확히 무엇인지도 모르기 때문에 어떻게 대처하면 좋을지를 몰랐다.

그는 우선 상식적으로, 이 불공평하게 기울어진 저울을 조금이라도 바로잡기 위해 마스터의 그릇에 강제로 놋쇠 추를 추가해 얹어 줘야 한다는 생각을 했다. 저울이란 본디 그런 것이었다.

마스터의 그릇에는 강제로 놋쇠 추 두세 개를 얹어 줘야 한다. 두세 개보다 더 많은 추를 얹어야 할지도 모른다. 그래야만 이것이 조금이라도 공평해지지 않겠는가.

실제로도 그는 이 부당한 저울 따위를 인지하기 전부터, 본능적으로 자신의 불리함을 해소하기 위해 몇 개의 놋쇠 추를 마스터의 삶에 끼워 넣기 위해 시도해 왔다.

스스로 생활조차 이어 나가지 못하는 인간의 생활을 보살피기도 하고, 마스터가 좋아하는 대로 음식을 만들거나 그녀가 요구하는 '집사'의 모습대로 디저트 따위를 굽기도 하고, 아침마다 새로운 꽃을 보면 행복해지는 듯한 마스터의 그 빌어먹을 '헤벌쭉'한 얼굴을 보고 싶어서 매일 아침 알지도 못하는 꽃을 색과 조형에 따라 우아하게 꽂아 테라스에 장식해 놓기도 했다. 그 모든 게 따지자면 이 잘못 기울어진 저울을 조금이라도 바로잡기 위한 놋쇠 추였다.

언제든 레일리 크라하가 없어져도 상관없다고 생각하는 듯한 저 인간으로 하여금 강제로 그에게서 벗어나지 못하게 한다거나, 강제로 레일리 크라하를 '필요'한 것으로 여기도록 만드는 일은 사실 어렵지도 않을 것이다. 그녀의 신체를 훼손하거나, 그녀가 정을 준 다른 인간들, 예컨대 거슬리는 마이어 후작이나 괜히 접근해 대는 에슈마르크 대공 따위를 처리해 버리기만 하면 되는 것이다.

하지만 그런다고 해서 그게 썩 만족스러울 것 같지도 않았다. 그녀의 헤벌쭉 웃는 한심하고 하찮은 얼굴이 아마 다시는 그를 향해 돌아오지도 않을 것이고, 그러면 그는 아주 불만족스러울 것이다. 그랬다가는 그에게 '필요'한 것을 영영 가질 수 없게 되리라는 사실을 알고 있었다. 그게 왜 '필요'하고 '불만족'스러울 것 같은지는 몰라도, 아무튼 불만족스러운 것이다. 용납할 수 없는 일이었다.

레일리 크라하의 그 설명되지 않는 욕망을 새 마스터는 쥐뿔도 이해하지 못하고 있었고, 애초에 이해할 생각도 없어 보였다. 그녀에게 레일리는 딱히 그 정도로 필요한 것이 아니니까 당연한 일이었다. 사실 솔직히 말하자면 레일리 크라하도 이해하지 못하고 있었고, 이해할 필요도 없었다. 이미 그러고 싶은데 그 개연을 이해하려는 노력 따위는 무용한 소모에, 낭비일 뿐이었다.

이 그릇 저울이 처음부터, 요컨대 그릇의 무게에서부터 부당했다는 사실을 알면서도 레일리 크라하는 그 측량을 그만둘 수 없게 됐다. 이 측량이 필요한 것은 그만의 일이었고, 마스터에게는 조금도 필요치 않다는 사실을 알고 있었기 때문이다.

그도 본능적으로 알았다. 밑바닥을 굴러먹으며 살아남은 그의 본능은, 여기에서 그만둬 봤자 '필요'한 것을 잃게 되는 사람은 그뿐이고, 그에게만 반영구적인 손실이 되리라는 사실을 일찌감치 직감해 알아서 마스터의 그릇 위에 슬그머니 놋쇠 추를 추가해 얹어 놓으려 하고 있었던 것이다.

그가 그렇게 어쩔 수 없이 은근슬쩍 마스터의 일상에 끼워 넣는, 말하자면 이런 것들, '쟤가 없으면 그래도 조금은 서운하겠지.' 혹은, '쟤가 없으면 그래도 조금은 쓸쓸하겠지' 싶은 지점들에 대해서도 생각해 보아야 한다.

결국 그 모든 것은 너무나 별것 아닌 것에서 시작될 뿐이었고, 실제로도 별것 아닌 것에서 끝나고야 말 터였다. 레일리 크라하는 해소되지 않는 불안을 느껴야 했다.

그야말로 익사할 것만 같은 불공평함이 그를 옥죄기 시작했다. 그리고 그 사실이 아주 화가 났다.

7장. 다시 제목 없는 날

이러니저러니 해도 날짜는 지나가고 하루는 다시 새롭게 시작되기를 반복했다. 마스터는 언제나 그랬듯 늘어지게 자다가, 자다가, 계속 자다 보니 점점 더 잠이 느는 듯했고, 레일리 크라하는 늘 그랬듯 피곤을 지울 정도로만 자고 일어나 새벽같이 집사의 하루를 시작했다.

우선은 새벽에나 열리는 한정 청과물 시장과 꽃 시장 따위에 다녀오고 꽃꽂이를 해 테라스와 마스터의 머리맡에 올려놓은 뒤 아침 식사를 준비하며 오늘 마스터에게 입힐 옷을 코디해 두는 것이다. 그 모든 일을 하는 동안 마스터가 기분 좋게 목욕을 할 수 있을 만한 온도로 목욕물을 준비해 두고, 그 곁에는 오늘의 기분을 환기시켜 줄 향유 따위를 일찌감치 진열해 두어야 한다. 오늘의 후식을 위한 반죽 작업을 미리 해 두는 것 역시 잊어서는 안 될 작업이었다.

그렇게 마스터가 일어나고 나면 그녀를 씻기고, 머리칼을 관리해 주고, 거품에 휩싸인 그녀가 시도하는 시시콜콜한 장난 따위를 받아 주다가, 그가 마련해 둔 옷을 입히고, 아침을 먹이고, 머리칼을 빗어 주며 시시껄렁한 농담 따위를 주고받으며 그녀를 위한 티 테이블을 마련하고, 첫 번째 차가 끝나기 전에 완성된 디저트를 우아하게 플레이팅해 앞에다가 밀어 놓아야 했다.

마스터의 취미생활 역시 그가 돌봐 줘야 하는 영역의 일이었다. 뷔올이 라는 작은 세상에 대해서도 아무것도 모르는 마스터는 취미를 가지려고 생각해 봐도 마땅한 취미를 제때 떠올리지 못하는 사람이었기 때문에, 그 는 세상만사가 신기한 듯한 이 여자에게 미리미리 취미로 삼을 만한 것, 시간을 때울 만한 일, 간단히 가지고 놀기 좋은 것 따위를 준비해 줘야만 했다.

마스터가 독서에 관심을 가질 때는 읽을 만한 책들을 선별해 추천해 주기 도 하고, 그녀가 아직 글을 배울 무렵에는 글공부에 좋을 만한 서적을 따로 알아보고 구매해 온다든가 하는 식이었다. 그 밖에도 다양한 여가 시간 역 시 그가 구성해 두었다. 마스터가 좋아할 만한 신기한 기계 장치 따위를 창고에서 하나둘 꺼내 와 슬그머니 앞에 밀어 놓으면 마스터는 장난감을 받은 고양이처럼 신이 나서 좋아하곤 했다. 그러면 또 불가해하게도 그의 기분 역시 좋아졌다.

그러면 장난처럼 지나치듯 두어 번 입을 맞추다가, 마스터의 반응이 나 쁘지 않다 싶으면 그녀를 품에 안고 무릎 위에 앉힌 채 진하게 하고 싶은 일을 마음껏 풀어내는 것이다. 그 입맞춤이 대관절 무엇인지, 그따위 행위 로는 그 어떤 생산적인 결과물을 남길 수 없다는 사실을 알면서도 그냥 기분이 좋으니 했다. 하고 싶으니 했다고 표현해야 한다.

그녀가 그의 입맞춤을 싫어하면 그의 기분도 아주 짜증스러워지거나 신경 질이 나기 일쑤였지만, 반대로 그녀가 퍽 '설레 하는 듯한' 표정을 지으면 레일리 크라하는 설명할 방도도 없이 흡족해졌고, 세간에서 연인들이 하듯 이 다정하게 입을 맞추면 마스터가 뺨을 붉히며 어쩔 줄을 몰라 하는 한심한 꼴에 그의 해석되지 않는 욕망이 조금은 충족되는 것만 같았으니까.

솔직히 말하자면 근래 들어 그의 하루를 구성하게 된 이 모든 작업들 중 단 한 가지도 본래 레일리 크라하의 전공 분야는 아니었다. 뷔올의 모두가 알고 있겠지만 그의 전공 분야는 당연하게도 살인과 폭력이었다. 우는 아이의 울음도 그치게 할 악명 높은 암살자로서의, 쓰레기의 도시에서 군립하던 무법자로서의 인생만이 므라우의 까마귀에게 허락되어 있었으니까.

하지만 원치 않게도 한심하고 태연자약한 주인 따위를 모시게 됨으로써, 그는 그의 인생과는 조금의 인연도 없었을 법한 이상야릇한 기술들을 익히게 되고 말았다.

따지고 보면 그가 일일이 노력해서 익힌 기술들인 셈이었지만, 레일리 크라하의 관점에서 그런 것은 노력도 아니었다. 타고나길 어지간한 일에 다재능을 보이는 압도적인 자질을 지니고 있었던 그에게, 집사로서의 몇몇 업무는 낯설기는 해도 어려운 것은 아니었고, 필요 없어 보이기는 해도 '필요'한 것을 획득하기 위해서는 필수적이니 해야만 하는 일이었다.

어이가 없고 기가 막히지만 막상 해 보면 못할 만한 짓도 아니었다. 쿠키를 구워서 그 형태가 귀엽게 나왔을 때 마스터가 보기 좋다고 웃으며 좋아하면 그게 정말 보기 좋은 모양이라고 생각할 수도 있었고, 그 형태가 완전하다는 사실을 본인도 인정할 정도의 수작이 탄생하면 그럭저럭 뿌듯하기도 했다. 그러니 일반적인 관점에서 이를 재미있다고 표현한다고 해도 부정할 방법이 없을 것이다. 그는 그냥저냥 그게 재미있는 것 같았다.

레일리 크라하는 기본적으로 무엇이든 빨리 익혔다. 미의식이든 꽃꽂이든, 패션이든 색채학이든, 그게 마스터의 얼굴에 한심하고 못 봐줄 만한 멍청한 미소 따위를 띄워 올릴 것 같다면 그냥 대충 배우고 익혀서 어떻게든 잘하게 됐다. 그녀에게 가을의 마차 퍼레이드를 보여 주고 싶었기 때문에, 얇게 편 주석 판으로 꽃을 만드는 해 본 적 없는 공예 역시 응당 그가 '잘해 내야만 하는' 또 하나의 새로운 분야가 되었다.

고양이도 원래 가족에게 돌려보냈겠다, 금속 쪼가리가 돌아다녀도 고양이가 삼킬 위험이 없으니 사람만 조심하면 된다는 마스터의 주장하에, 그들은 한참 남은 가을을 미리 준비하며 가을의 마차 퍼레이드를 대비하기 시작했다. 옐레체니카 백작의 마차에 장식할 주석 꽃을 만들기 시작한 것이다.

세간에서는 흔히 어린아이들에게나 시키는 공예 작업이었기 때문에, 다행히도 황성 근처의 서점 몇 군데를 뒤지자 그럭저럭 쓸 만한 주석 판 공예 방법이 적힌 책들을 구매해 올 수 있었다. 기본적인 몇몇 꽃들의 형태를 만드는 방법 따위만 알려 주는 정도였지만, 그걸 보고 알아서 응용하면 어지간한 꽃의 형태는 거의 따라 만들 수 있을 것 같았다.

레일리 크라하는 주석 판을 주문해 둔 뒤, 그 주석 판들이 도착하기 전에 마스터가 잘 때를 틈타 틈틈이 그 책들을 쭉 독파해 두었다. 타고나길 손재주와 눈썰미가 좋고 신체 능력이 뛰어난 그에게, 이틀 후에 도착한 주석 판을 구부리고 펼쳐 아름다운 꽃 모양을 만드는 일 따위는 별것도 아니었다.

철판을 자르는 전용 가위로 얇은 주석 판을 꾸깃꾸깃 오리고, 구부리고 휘어서 꽃잎을 만든다. 입체적으로 말린 꽃 따위는 금세 마스터가 한눈에 알아보는 장미가 되기도 하고, 마스터가 이름을 따로 물어봐야 하는 생경한 꽃이 되기도 했다.

마스터는 도무지 제대로 된 작품을 만들지 못했다. 위대한 발명가 유리 옐레체니카의 손재주 문제는 아닐 테니 그냥 마스터의 지능 문제인가 싶기는 했지만, 그 비참한 솜씨로 만드는 꽃을 지켜보는 일에도 꽤 그럴싸한 재미나 감흥 따위가 있었다.

사실 그건 모두에게 함께, 공평하게 솟아나는 감흥 따위가 아니라 레일리 크라하에게만 솟아나는 감흥일지도 모른다. 당사자인 마스터의 반응만 살펴봐도 명백히 그런 것 같아 보이기는 했다. 해도 해도 결과물이 잘 나오지 않고 이상하게 찌그러진 주석 덩어리 따위만 남게 되자 마스터는 꽤나 화가 난 것 같았다. 그래서 레일리 크라하는 그녀에게, 어차피 어두운

밤거리를 돌아다니는 마차의 곁면에 장식하는 꽃 장식이라 실질적인 꽃의 형태가 중요하지는 않다는 중요한 비밀을 일러 주기도 했다.

중요한 것은 어떻게 조명을 반사하느냐는 것이었다. 그는 마스터에게 이론적인 요령 몇 가지를 일러 주었다. 다양한 색채로 번득일 밤의 불빛들을 최대한 다채롭게 반사하고, 그게 정말 형형색색으로 몽환적인 빛을 내뿜으며 번득이는 꽃송이처럼 보이게 하려면 되도록 많은 굴곡과 거친 단면, 그러면서도 매끄러운 면 따위를 갖게 해야 했다. 사실 굳이 꽃의 형태일 필요도 없는데 꽃 모양으로 만드는 것은 뷔올 문화 특유의 사치스러운 객기에 불과했다.

피차 주석 판으로 만든 꽃이라 그 꽃들에는 대체로 이름이 없었지만, 이 꽃이 뭐냐, 저 꽃이 뭐냐 물어 대는 마스터 때문에 금세 그 빼곡한 꽃들에도 저마다 각각의 이름이 붙었다. 그리고 그러면 레일리 크라하의 하루에도 의도치 않게 제목 따위가 붙게 된다. 뷔올의 어린아이들을 위해 태엽 장치가 알아서 하루에 몇 페이지씩인가를 읊어 주는 기계식 동화책의 하루치 분량 챕터명처럼.

기계 마차에 주석으로 꽃을 단다. 그건 분명 시들지 않는 꽃일 터였고, 빛을 잃지 않는 꽃이리라. 금속으로 만든 꽃은 밤 조명을 환하게 밝힌 거리에서 열정을 품은 심장처럼 발그스레하게 번득인다.

그러니 아마도 기계 마차의 주석 꽃이란 영원한 약속이나 사랑, 맹세, 충성, 혹은 번영에 대한 희망 따위를 상징하는 전근대적이고 로맨틱한 표현이리라고, 마스터가 꼭 뭔가 많이 아는 사람처럼 말했다.

그녀는 그런 식으로 이 세계에 대해 말도 안 되는 낭만적인 생각을 품을 때가 있었다. 레일리 크라하가 조금도 동조할 수 없는 그런 낭만 말이다. 말하자면 그녀는 마치 서사시나 기사도 소설 따위에서 튀어나온 인간처럼 생각하고 말하는 사람이었다. 아마 이 대륙의 가장 번성한 것만 모인 뷔올에서 처음 눈을 뜨고 이곳의 문화와 생활만을 살펴보며 살았기 때문에 박힌 잘못된 인식 따위일 것이다.

이 세상에서 낭만이 죽은 지 얼마나 오래됐던가? 수천 년 전부터 반인을 비롯한 모든 유사인족들은 단지 학살과 착취의 대상이었을 뿐, 단 한 번도 대등한 인격체로서 존중받아 본 적이 없다.

애초에 몇백 년 전까지 주석이 가장 구하기 쉬우면서도 쉽게 버려지는 금속이었기 때문에 장식으로 주석을 쓰는 것이다. 그러니 마스터가 떠드는 영원한 충성이나 맹세 운운은 그냥 개소리에 불과했다. 그녀는 그냥 소설 속에서 사는 사람이었다. 사실 대개의 경우 마스터는 개소리를 했다.

하지만 역사적인 진실을 설명하는 대신, 레일리 크라하는 마스터가 꾸물꾸물 개떡 같은 솜씨로 만드는 얇은 주석 꽃송이 따위를 바라보다가, 그녀가 만든 차가운 금속 꽃이 가을 밤 거리의 퍼레이드에서 환한 불빛을 반사하면 그의 기대보다 보기 좋을지도 모른다는 생각을 했다. 그 형편없는 몰골에도 불구하고.

어쩌면 그것은 정말로 빛을 잃지 않고 영원토록 시들지 않는 약속이나 사랑, 맹세, 충성, 번영이나……. 희망 따위를 상징하는 것처럼 보일지도 모르겠다.

적어도 그에게는 그렇게 보일 것이다.

아니, 좀 더 정확히 말하자면 달리 표현해야 한다. 주석 판을 구부린 꽃이야 뭐가 어떻게 되든 그냥 마차의 금속 장식물에 불과하지만, 아마 그것은 그에겐 퍽 다르게 보일 것이다. 그것이 무엇인가를 그에게 일러 줄지도 모른다.

그의 무가치하고 별 의미도 없으며 딱히 그래야 할 만한 이유도 없는 여느 때와 같은 하루에 마스터의 기상천외하고 긴장감 없는 언행이 일방적으로 제목을 붙이듯이, 주석 꽃 따위에도 또 '오레티, 마라, 조유, 타지키, 아리화', 이런 식의 난잡한 이름이 붙게 되고, 그러면 그는 주석 꽃을 보며 마스터가 떠든 꿈만 같고 소설 같은 소리 따위를 개연성 없이 떠올리게 되는 것이다.

그렇게 그가 이 하루에도 제목을 붙인다.

상황과 현상에 이름을 붙이고 의미를 부여하고 제목을 지어 주는 짓 따위는 본래 그와는 인연이 없는 행동이었지만, 그녀가 해 대는 이상한 행동들 때문에 그의 하루에는 강제로 제목 따위가 붙게 됐고, 제목이 붙으니 어쩔 수 없이 그 언어에 따르는 의미가 생겨 버리는 식이었다. 그렇게 의미가 생기면 그 의미에 대해 떠올리게 된다. 상황과 현상에 이름을 붙이고 만다.

옛날엔 이것이고 저것이고 다 똑같은 쓰레기라고 생각했던 꽃들의 이름을 이제 전문가처럼 구분하고 서로 다른 방식으로 키우거나 장식할 수 있게 되었듯이. 찻잔 안을 채우며 피어나는 꽃 따위가 보기 좋다고 생각하게 되었듯이. 이리저리 조명을 반사하며 손을 대고 공을 들인 만큼 화사하게 반짝일 주석 꽃이 분명 보기 좋을 거라고 예측하게 되었듯이.

그렇게 '된' 것이다. 그가 가만히 마스터의 한심하고 뭔가 사고를 칠 것 같은 뒤통수를 내려다보다가, 그 머리칼에 입술을 묻었다. 그러니 그 이름은 그만 그런 식으로 붙여지고 만다.

사랑은 아니지만 대체로 사랑과 비슷할지 모르는 감정으로.

8장. 기계 마차의 주석 꽃

따라서 그것은 시들지 않는 꽃. 혹은 생명 없는 꽃. 혹은 차가운 꽃.
혹은 만들어진 꽃. 혹은 꺾이지 않는 꽃.
더불어 영원의 꽃.

애초에 그렇게 생겨난 것은 아니지만 어쩌면 한없이 그것에 가까울지도
모르는 것이리라.